LLWYBR GWYN YR ADAR

LLWYBR GWYN YR ADAR

ALUN JONES

LLWYBR GWYN YR ADAR
ALUN JONES

ISBN : 978-1-913996-71-0

Dymuna'r cyhoeddwyr gydnabod cymorth ariannol
Cyngor Llyfrau Cymru

Clawr : Ifan Emyr
Cysodi : Almon

Cyhoeddwyd gan
Gwasg y Bwthyn, 36 Y Maes, Caernarfon, Gwynedd LL55 2NN
post@gwasgybwthyn.cymru
www.gwasgybwthyn.cymru
01558 821275

Dymuna'r awdur ddiolch i Wasg y Bwthyn am gyhoeddi'r nofel hon, ac yn arbennig i Meinir. Diolch hefyd i'r Cyngor Llyfrau am y nawdd, ac i Ifan Emyr am gynllunio'r clawr a'r map.

I
HYWYN, ANNES, TWM,
NINA A SIWAN

Y PEDWAR CAWR

Llyn
Borga

Afon Borga Fawr

Mynydd
Tarra

Mynydd Frigga

Llyn
Nanna

Afon Cun Lwyd

Mynydd Agnar

CWM YR
HELFA

Llyn Sigur

Llyn Helgi
Fawr

Llyn Sorob

Llyn Embla

Y TEULUOEDD

Llyn Sorob
Seppo a Thora
Gaut, Cari a Dag (eu dau fab a'u merch)

Lars (Daid) ac Aud
Tarje ac Eir (eu mab a'u merch)

Lars (mab Eir a Gaut)

Y Pedwar Cawr
Edda a Bo
Helge (tad Edda) ac Amora (ei gariad, mam Jalo,
milwr oedd yn gyfaill i Eyolf a Tarje)

Llyn Sigur
Eyolf (Baldur) ac Ingrid
Aino (mam Eyolf)

Aarne (a fu'n Uchben yn y fyddin werdd)
Leif (mab Aarne) a Louhi

LLIWIAU'R EIRA

Mae hogyn yn eistedd ar drum ar ben uchaf Cwm yr Helfa uwchben ei gymdogaeth ar lan Llyn Sigur ar drothwy'r gaeaf. Daw'n amlwg ar unwaith ei fod o a'r byd o'i amgylch yn un ac wrth ddod i fyny'r cwm mae o'n credu mai'r eryr ifanc y daru o ei ryddhau o fagl sydd uwchben. Cyn hir mae'n gweld y blaidd yn ei wylio, o bosib yr un y bu mewn cysylltiad mor glòs ag o wrth ei ryddhau o fagl nes i'r blaidd gael enw ganddo. Mae'n ceisio ei ddenu'n nes ond mae'r blaidd yn troi ac yn dychwelyd i'r coed. Yr un munud mae'r awyr yn duo ac wrth i'r hogyn ddechrau prysuro i lawr y cwm daw'r eira i'w wyneb.

Rai blynyddoedd yn ddiweddarach mae pedwar milwr ifanc ymhlith tua chant o filwyr y fyddin lwyd ar long: Eyolf, Tarje, Linus a Jalo. Mae'r pedwar yn ffrindiau calon er bod Tarje'n filwr llawer mwy cydwybodol na'r tri arall. Cyn pen dim mae'r llong fregus yn taro craig danfor ac mae Jalo'n marw o'i anaf. O gyrraedd tir mae Linus yn mynd i chwilio am ddeunydd bwyd ac yn gweld iâr alarch, yr aderyn sydd mor gysegredig drwy'r tiroedd fel nad oes neb erioed wedi meddwl am ei ladd, heb sôn am ei fwyta. Ond yn ei alar disyfyd mae Linus yn dial ar y duwiau a'r credoau a phopeth ac yn rhoi warrog i'r iâr hefo pastwn a mynd â hi'n ôl hefo fo ac yn dechrau ei phluo a Tarje yn gweiddi gwrthod ei bwyta.

Yn ddiweddarach mae'r tri ar goll yn y tiroedd gwag, ond mae rhywun wedi'u gweld ac yn dod atyn nhw. Mae'n eu tywys am oriau er nad ydyn nhw'n dallt ei iaith o ac yn dod â nhw i Warchodfa sydd gan y fyddin werdd mewn uchelfannau anghysbell, a Linus bellach yn anymwybodol. Mae'r Uchben sy'n gyfrifol am y Warchodfa, Uchben Aarne, yn pwysleisio wrthyn nhw nad ydyn nhw mewn peryg a chyn mynd i mewn mae Eyolf yn gweld dynes rhwng dau gwt, yno'n llonydd, ac mae'n argyhoeddedig mai arno fo y mae hi'n edrych er bod cwfwl yn cuddio ei hwyneb. Ddwy noson yn ddiweddarach mae Tarje yn cymryd y goes am fod Eyolf wedi llifo darn bychan o addurn y mae wedi ei gario hefo fo ers blynyddoedd yn winau, yr arwydd ei fod yn gwrthod pob ymladd a phob byddin.

Mae Tarje yn cyrraedd cymdogaeth ger rhaeadr y Tri Llamwr, y gymdogaeth wedi'i difa gan fyddin, heb neb ar ôl ond gŵr a gwraig a hogan fach analluog. Yn ddiweddarach mae'n dychwelyd hefo'r fyddin i gipio'r Warchodfa, ac wrth fynd heibio mae'r fyddin yn lladd y dyn a'r hogan fach, ond mae'r ddynes yn cipio arf oddi ar hogyn o filwr ac yn ei lladd ei hun cyn i neb gael cyfle i'w threisio. Mae'r hogyn, Bo, sy'n fab i Uchben a ddienyddiwyd am gynorthwyo dau wisgwr gwinau i ddengid, yn cael ei gaethiwo mewn sach.

Yn y Warchodfa mae Linus yn gwella ac wedi

dadlennu mai iath Aino, y ddynes, ydi ei famiaith o hefyd, a iaith Baldur, y tywysydd. Mae Eyolf yn methu dallt pam mae'n teimlo rhyw arwyddocâd annelwig i'r enw Baldur. Mae ymgyrch y fyddin lwyd i gipio'r lle'n fethiant llwyr ond mae Bo yn cael ei ryddhau o'i sach ac yn dod yn rhan o deulu bach y Warchodfa. Mae Aino'n deud mai chwilio a ddaeth â hi yno, ac o'i holi mae Linus yn cael gwybod mai chwilio am ei mab y mae hi, yr hogyn a aeth ar goll o Gwm yr Helfa mewn storm eira flynyddoedd ynghynt, ac mai Baldur ydi'i enw yntau hefyd. Mae hi'n cymryd yn ganiataol mai fo ydi'r hogyn a ddarganfuwyd yn anymwybodol mewn coedwig wedi i fleiddiaid dynnu sylw dyn oedd yn byw gerllaw ato, a bod y dyn wedi cymryd gofal ohono ac wedi mynd i ffwrdd hefo fo ar ôl ei ymgeleddu am leuadau ac ailddysgu popeth iddo gan ei fod wedi colli ei gof yn llwyr.

Mae Tarje wedi dod o hyd i'w fyddin eto fyth ac yn gorfod mynd hefo rhyw ddeucant o filwyr i geisio goresgyn y Warchodfa eto ond erbyn iddyn nhw gyrraedd, a Tarje yn mynd yn fwy diobaith o funud i funud, mae'r lle yn wag a'r cytiau i gyd wedi'u tanio. Erbyn hyn mae milwr mewn sach a thra mae pawb arall wedi mynd i archwilio olion y Warchodfa mae Tarje yn sleifio at y sach i ryddhau'r milwr. Ond daw un o'r Uchbeniaid, Uchben Anund, ar ei warthaf a'i orchymyn i arteithio'r milwr. Mae Tarje yn gwrthod ac yn yr helynt sy'n dilyn mae'r Uchben yn rhuthro Tarje hefo'i arf wedi'i godi ond mae Tarje yn cael y blaen arno ac yn ei drywanu yn ei wddw hefo'i gyllell. Wedi gwallgofi, mae'r milwr yn rhedeg i'r Warchodfa gan weiddi fod yr Uchben wedi'i ladd, ac mae o'i hun yn cael ei ddienyddio yn ddiymdroi.

Ar ôl cyd-deithio ran o'u taith ddihangol mae Aarne a'i gymdeithion wedi ymwahanu oddi wrth Aino a'r tri arall a mynd i'r gorllewin tuag adref. Mae Aino a'r lleill yn ei chychwyn hi tua'r Pedwar Cawr, mynyddoedd mwyaf cysegredig yr holl diroedd, sydd ymhell i'r gogledd-ddwyrain, a hynny am fod ar Linus isio dod o hyd i rieni Jalo i ddeud wrthyn nhw ei fod wedi marw. Pan maen nhw'n cyrraedd y gymdogaeth ar odre'r Pedwar Cawr y ddau gyntaf a welant ydi tad a'i ferch, sydd fymryn yn fengach na Bo a'i gwallt mor hir a syth â gwallt y ddynes a laddodd ei hun hefo arf Bo ger y Tri Llamwr. Mae Bo yn teimlo atyniad y munud hwnnw ac mae Helge, y tad, yn eu gwahodd i gael bwyd hefo nhw a llety am y nos.

Mae'n mynd yn storm yn nhŷ Jalo ar ôl i Eyolf ddeud ei neges. Mae'r fam yn ddistaw, ond mae'r tad a'i fam o'n ymateb yn llwyr wahanol ac yn codi cymaint o ffrae nes i Bo ddiniwed ddangos ei winau iddyn nhw, gyda chanlyniad gwaeth fyth. Yn ddiweddarach mae Eyolf a Bo ac Edda yn gwylio'r tad a'i fam yn mynd at y Llyn Cysegredig i offrymu iddo er mwyn puro'r tŷ o'r gwinau a'i fudreddi. Yr offrwm ydi cerflun copr ysblennydd o gi, ac mae Edda yn gwybod mai eiddo mam Jalo ydi o a'i bod yn ei drysori. Tra mae hyn yn digwydd mae Linus wedi mynd i'r tŷ at y fam.

Dal i fynd y maen nhw wedyn, ac un diwrnod maen nhw'n gweld milwr unig yn cerdded yn y pellter. Mae Eyolf yn llamu rhedeg ar ei ôl a gweiddi arno ond dydi Tarje ddim yn ei glywed ac mae'n diflannu i'r coed ac o'r golwg. Drannoeth maen nhw'n cyrraedd tŷ sydd o fewn rhyw ddiwrnod i gartref Linus. Taid Linus sy'n byw yno, a chanlyniad y bytheirio diarbed o'i du ydi Aino yn deud yn ddigyffro ei bod yn chwaer iddo, a'i bod yn gwybod fod Linus yn perthyn iddi ers pan oedd yn gorwedd yn y Warchodfa ac yn sôn am ei deulu. Ychydig ddyddiau ar ôl ymlacio yng nghartref Linus maen nhw'n cyrraedd Cwm yr Helfa ac mae Eyolf yn ebrwydd yn methu deud dim pan mae Bo yn dod o hyd i hen fagl blaidd wedi'i falu. Yn hytrach na mynd i lawr hefo nhw mae o'n mynd i ben y trum uchaf a phan mae Aino a'r ddau arall yn cyrraedd y tŷ ar ôl bod yn y gymdogaeth yn cyhoeddi eu dyfodiad mae Eyolf eisoes yn y tŷ, ac wedi tynnu darn bychan o addurn o'r cwpwrdd a gweld ei fod yn union ffit hefo'i ddarn addurn gwinau o. Mae ymateb Aino yn dangos ei bod yn gwybod o'r eiliad y'i gwelodd gyntaf yn y Warchodfa.

TAITH YR ADERYN

Yr un tiroedd, ryw ddwy flynedd yn ddiweddarach. Mae'n dechrau ar lan Llyn Sorob, lle mae pobl yn chwilio am fabi sydd wedi'i osod yn y gors er mwyn gweld a ydi'r tad, sydd heb briodi hefo'r fam, yn ei arddel drwy fynd i'w nôl yng ngŵydd pawb a mynd â fo at ei fam. Os nad ydi'r tad yn gwneud hynny mae'r babi'n cael ei adael yn y gors dros nos i farw. Mae Gaut (15 oed) a Cari ei chwaer (9 oed) yn gwylio ac ar ôl ffrae hefo nai yr Hynafgwr mae Gaut yn deud wrth Cari mai fo aeth â'r babi at ei fam a hynny drwy sleifio i ochr arall y gors heb i neb ei weld, a hynny am mai fo ydi'r tad. (Mae gan y rhan fwya o gymdogaethau eu Hynafgwr, wedi'i benodi ganddo fo'i hun cyn amled â pheidio.) Y fam ydi Eir (17 oed), sy'n chwaer i Tarje, a Lars ydi'r babi bach, yr un enw â thad Eir. Bedwar diwrnod yn ddiweddarach mae Gaut yn cael ei gipio i'r fyddin. Mae Thora, mam Gaut, ac Aud, mam Eir a Tarje, yn mynd am dro i goedlan i geisio cysuro ei gilydd. Un llygad sydd gan Aud ar ôl i filwyr ddod yno i falu ei hwyneb pan laddodd Tarje Uchben Anund a gorfod mynd yn herwr o'r herwydd.

Mae Ahti, sy'n Isben yn y gwersyll y cipiwyd Gaut iddo, yn digwydd gweld Gaut yn cael ei chwipio'n ddidrugaredd wrth bostyn. Mae'n ei ryddhau ac wrth geisio cysuro rhywfaint arno mae'n dweud ei fod wedi bod mewn gwersyll hefo Tarje am ychydig ddyddiau a'u bod wedi dod yn gyfeillion. Mae'n deud wrtho mai mab yr Aruchben oedd yr Uchben y daru Tarje ei ladd, ac o ddeall y cysylltiad rhwng Gaut a theulu Tarje mae'n gwybod nad oes ganddo ddewis ond ei gynorthwyo i ddengid. Mae'n gwneud hynny ac yn cael ar ddeall yn ddiweddarach fod yr Uchbeniaid yn y gwersyll wedi darganfod hynny. Mae'n gorfod ffoi ei hun a throi'n herwr.

Ar lan Llyn Helgi Fawr ger ei gartref mae Bo yn mynegi ei ddyhead beunyddiol i hirdeithio i'r Pedwar Cawr i fod hefo Edda. Mae ei deulu'n delwi o glywed y rheswm ei fod mor sicr fod Edda yn dymuno hynny. Y bore wedi'r helynt yn nhŷ Jalo roedd Edda ac yntau wedi deifio i'r Llyn Cysgeredig i fynnu'r offrwm yn ôl am mai mam Jalo oedd pia fo, er bod dwyn offrwm a gyflwynwyd i'r duwiau y tu hwnt i amgyffred neb. Drannoeth mae Bo yn cychwyn ar ei hirdaith, ac wrth letya hefo Aino ac Eyolf yn Llyn Sigur rai dyddiau'n ddiweddarch mae'n cael ar ddallt fod y fyddin yn amau bellach na chafodd o mo'i ladd hefo'r lleill yn yr ymgyrch ar y Warchodfa flynyddoedd ynghynt pan oedd o'n gaeth yn y sach, a bod y fyddin yn chwilio amdano o'r newydd. Serch hynny mae'n canlyn ymlaen ar ei daith.

Mae cythrwfwl ar lan Llyn Sorob pan ddarganfyddir corff nai yr Hynafgwr yn hongian â'i ben i lawr oddi ar fasarnen ger y llyn, ac mae bron pawb yn gytûn mai oherwydd ei fod o wedi arwain y milwyr i le y gellid cipio Gaut yn ddidrafferth ohono y mae hynny. Yn ddiweddarach mae gweddw'r hen Hynafgwr yn mynd â chrys bychan i Lars am ei bod wedi clywed fod llawer yn ei hamau hi o drefnu'r cipio, a thra mae hyn yn digwydd mae Gaut wedi'i ddal a'i gaethiwo mewn sach. Mae'n dechrau sibrwd enwau pob un o'i deulu bob hyn a hyn i geisio cadw'n gall a mynnu gobaith.

Ar ôl ei hirdaith mae Bo yn cyrraedd y Pedwar Cawr, a'r peth cyntaf mae Edda ac yntau'n ei wneud ydi mynd i'r Llyn Cysegredig i nofio ynddo, a Helge, tad Edda, yn diarhebu o sylweddoli hynny. Mae o bellach yn caru hefo Amora, mam Jalo, wedi iddi hi hel ei gŵr a'i fam o'r tŷ drannoeth yr helynt pan glywsant fod Jalo wedi marw. Rai dyddiau'n ddiweddarch daw llwyth o filwyr yno i chwilio'r tai am bethau gwerthfawr i'w cadw yn yr adeilad coffa anferth y mae'r Aruchben am ei godi ar safle'r Warchodfa lle cafodd ei fab ei ladd gan Tarje. Daw'n amlwg i Edda a Bo fod un o'r milwyr yn casáu ei orchwyl a'i fywyd, ac unwaith y mae'r milwyr eraill wedi mynd mae o'n dychwelyd i dacluso un tŷ. Mae Edda a Bo yn dod ato ac ymhen dim mae Bo yn ei adnabod oddi wrth ei lygaid, yr un llygaid yn union â'r rhai oedd yn edrych arno wrth i'r arf gael ei gipio oddi arno yn y Tri Llamwr ac oedd yn dal i syllu arno wrth i'r arf wneud ei waith. Svend ydi enw'r milwr a chan nad ydi o wedi bod adra na chlywed dim am ei deulu ers chwe blynedd mae Bo yn gorfod deud yr hanes wrtho.

Mae Ahti yn cyrraedd Llyn Sorob, yn unswydd i ddeud fod Gaut wedi'i ddal drachefn wrth ei deulu a phwysleisio bod gan y fyddin ddefnydd iddo ac nad ydi o mewn peryg ar hyn o bryd. Yn ddiweddarach, y bore wedi defod yr ymbil am ddiogelwch Gaut ar noson y diffyg ar y lleuad, mae Ahti'n digwydd taro ar Eir yn y goedlan yng nghefn ei chartref ac yn nabod ei chydymaith ar ei union. Mae eiliad o'r naill yn edrych i lygaid y llall yn ddigon i Tarje ac yntau wybod y byddan nhw'n cychwyn i chwilio am Gaut drannoeth. Maen nhw'n gwrthod mynd ag Eir hefo nhw am fod hynny'n rhy beryg iddi ond ychydig ddyddiau wedyn mae Eir yn dod ar eu gwarthaf yn ddiarwybod, a Lars wedi'i lapio mewn harnais ar ei bron a phabell a phwn ar ei chefn. Rai dyddiau wedyn maen nhw'n cyrraedd Llyn Sigur ac mae Eyolf ac Idunn ei gariad yn penderfynu ymuno hefo nhw a phedwar diwrnod yn ddiweddarach maen nhw yng nghartref Linus ac mae yntau'n dod hefo nhw hefyd. Ar eu taith maen nhw'n dod yn dystion i frwydr a'i hadladd; maen nhw'n cyrraedd Mynydd Tarra, ble treuliodd Eyolf ei lencyndod, a rhagor o gof Eyolf yn dychwelyd iddo pan mae o'n gweld hen gôt o'i blentyndod. Mae ôl dannedd blaidd yn amlwg ar y gôt. Yno hefyd mai Ahti'n deud mai'r hen Warchodfa ydi nod y daith gan mai yno y bydd y fyddin yn mynd â Gaut.

Mae Edda a Bo a Svend wedi cychwyn ar hirdaith hefyd. Mae Svend am ddychwelyd i'w gartref, a Bo yn mynnu mynd yno hefyd i orchfygu profiad y sach. Maen nhw hefyd yn dod yn dystion i waddod brwydrau ar eu taith a thra mae hyn yn digwydd mae Gaut wedi'i ryddhau o'i sach gefn nos gan filwr sy'n dial am ei fod wedi'i guro gan y fyddin yn gynharach yn y dydd. Wedi tridiau o gyd-gerdded maen nhw'n ymwahanu ac mae Gaut yn cychwyn ar ei hirdaith tua'r dwyrain ac adref, yn dal i sibrwd enwau ei deulu, a dim ond gwybod fod y môr ddeuddydd neu dri tua'r gorllewin sy'n mynegi cyfeiriad ei gartref iddo.

Mae Eir a'i chymdeithion yn cyrraedd y Warchodfa a chael y lle'n wag, heb na milwr nac adeilad yno, dim ond bedd wedi'i ailagor a'i wagio. Mae'n amlwg iddyn nhw mai bedd Uchben Anund oedd o, gan eu bod wedi gorfod ymguddio oddi wrth osgordd angau Uchben y diwrnod cynt. Maen nhw'n cychwyn yn ôl yn llawn siom, ond yn cael achlust digon annelwig yn fuan wedyn fod Gaut wedi'i ryddhau.

Mae Edda a Bo yn dychwelyd i'r Pedwar Cawr ac yn cael gwybod yno fod Uchben Aarne a'i deulu wedi treulio peth amser yno am fod eu cymdogaeth wedi'i goresgyn gan y fyddin werdd. Yn Llyn Sorob mae Gaut wedi llwyddo i gyrraedd adra o flaen Eir a'i chymdeithion a daw'r nofel i ben ac yntau'n ymguddiad mewn pantle bychan uwchben dyffryn. Mae symudiadau sydyn yr adar a'r anifeiliaid yn datgan fod rhywrai'n dod tuag yno ar hyd y dyffryn ac mae o bron yn argyhoeddedig ei fod yn gwybod pwy ydyn nhw.

LLWYBR
GWYN
YR ADAR

1

'Tyd i fy helpu i, y lleban, yn lle llercian yn fan'na! Mi wn i dy fod di yna!'

Chwiliai'r hen wraig gwr y coed gyferbyn. Roedd wedi rhoi'r gorau am ennyd i straffaglio â'r ddynes a orweddai ger trothwy'r tŷ, oedd â'i hanadl yn brin ac yn prinhau a'i llygaid hanner cau eisoes wedi mynd i ryw fyd arall. Roedd cigfran wedi rhusio codi oddi ar frig coeden a rhugliadau ei hadenydd yn torri yr un mor sydyn ar y distawrwydd â'r glec fechan eiliad ynghynt wrth i frigyn brau dorri. Daethai symudiadau brigau eraill yn syth wedyn a chamodd yr hen wraig at y coed.

'Tyd 'laen, pwy bynnag wyt ti!'

Arhosodd. Yna dynesodd fymryn eto.

''Ta 'di'n rhaid i mi 'i llusgo hi fy hun? Mi fydda i wedi mynd o'i blaen hi cyn bydda i wedi gorffan.'

Arhosodd.

'Paid 'ta.'

Trodd yn ôl, a dychwelyd at y ddynes. Safodd uwch ei phen am ennyd cyn plygu ati. Roedd wedi dod â chlustog a blanced o'r tŷ i geisio ei chadw'n weddol gynnes a chael meddalwch o dan ei phen. Gafaelodd eto yn ei llaw a chymryd cip arall tuag at y coed. Cododd, gan wneud hynny'n gyflymach ac ystwythach nag y byddid yn tybio oddi wrth ei hoedran. Cerddai dyn tuag ati. Gwelodd fod rhyw duedd dynesu at y canol oed arno, ac roedd ganddo arf yn ei law.

'Dydw i ddim yn beryg,' oedd ei gyfarchiad wrth ddal ei arf i lawr.

'Pwy wyt ti?'

Dynesodd y dieithryn.

'Do'n i ddim yn bwriadu dy ddychryn di,' meddai.

'Oes golwg wedi dychryn arna i?'

Gollyngodd y dyn ei arf ac aeth ar ei liniau wrth ochr y ddynes. Dim ond cip a gymerodd ar yr wyneb cyn codi ei ben.

'Ers pryd mae hi yn fa'ma?' gofynnodd.

'Wn i ddim. Gwta awr yn ôl y dois i yma.'

Astudiodd yr hen wraig o eto. Roedd yn lân, ond yn amlwg yn treulio llawer mwy o'i amser allan nag i mewn. Ond gwelai hi ryw ddirgelwch yn ei lygaid.

'Oes 'na neb arall yma?' gofynnodd o wrth droi ac edrych i mewn i'r tŷ.

'Weli di rywun? Roedd hi'n gallu siarad mymryn pan ddois i yma. Tawn i'n gwybod 'i bod hi wedi cael 'i gadael i farw mi fyddwn i wedi dod ynghynt.'

Trodd o ei ben yn ôl yn chwim.

'Be 'ti'n 'i feddwl?'

'Mae hi wedi mynd i fethu braidd ers i brofedigaeth 'i tharo hi llynadd. Yr ŵyr oedd yn gofalu amdani.'

'Lle mae o?'

'Mi ddaethon Nhw yma, 'ndo. A mynd â fo 'te.'

Gwelodd ddychryn diamheuol yn llenwi llygaid y dieithryn.

'Pryd?' gofynnodd o, ei lais hefyd yn datgelu.

'Echdoe, yn ôl 'rhyn ddalltis i.'

Brysiodd o i archwilio'r wyneb yn fanylach. Pwysodd ei law ar y foch ac agor mymryn mwy ar y geg. Cyn hir sythodd ei gefn, ond arhosodd ar ei liniau.

'Y fyddin lwyd,' meddai.

'Ia medda hi,' cytunodd hi.

Tybiai fod ei wyneb wedi gwelwi. Ni thynnai o ei lygaid oddi ar yr wyneb odano.

'Oedd 'na neb ar ôl i ofalu amdani?' gofynnodd ymhen ychydig.

'Na. Doedd gynni hi neb arall, mwy nad oedd gan yr ŵyr druan.' Astudiai hithau wyneb y ddynes i geisio darganfod rheswm am yr archwiliad. 'Dim ond un ŵyr oedd gynni hi, y gyduras. Ar draws y deunaw 'ma ydi o. Welwn ni mono fo eto, yn ddigon sicr.'

Gwelai'r dieithryn ei bod dan deimlad braidd.

'Roedd gynni hi fab arall ond does neb a ŵyr be ddigwyddodd i hwnnw,' aeth hi ymlaen. 'Os ydi o'n fyw ddaru o rioed draffarth dod ar y cyfyl i holi 'i hynt hi.'

Dihidrwydd profiad oedd lond ei llais wrth iddi ddeud hynny. Doedd y dihidrwydd ddim yn ei llygaid chwaith wrth iddi sylwi heb gymryd arni gwrandawiad mor astud yr oedd yn ei gael a'r ymateb iddo.

'Mi a' i â hi i'r tŷ,' meddai o.

'Mi fydd 'i symud hi'n ddigon amdani.'

'Wela i ddim dewis. Mynd â chdi i'r tŷ,' meddai o mewn llais clir wrth yr anadl bytiog odano.

Stwyriodd y pen ac agorodd y ddynes lygaid ymwybodol. Dechreuodd ddeud rhywbeth, ond doedd y llais ddim yn cydweddu â'r llygaid. O fethu, cododd law, ond doedd dim digon o nerth ynddi i gyrraedd nod, a disgynnodd wrth i ochenaid fechan ddod o'r geg. Daeth pytiau eraill o anadl.

Ryw funud wedyn cododd y dieithryn.

'Claddfa,' meddai.

Clywai hi y gair yn swnio'n ddryslyd braidd.

'Claddfa mewn lle mor anghysbell â hwn?' gofynnodd. 'Mae'r gladdfa cyn bellad â dy draed di. 'Ta wyt ti am 'i llusgo hi bedair awr?'

Plygodd o i gau'r amrannau cyn amneidio tuag at nant fechan islaw, a glan wastad iddi.

'Mi'i claddwn ni hi yn fan'na,' meddai.

'Ia, waeth fan'na ddim,' cytunodd hi. 'Rwyt titha'n ddigon gwelw o'i gweld hi.'

'Mi wna i 'i chladdu hi. Paid di ag ymlâdd.'

Cododd ac aeth heibio i'r tŷ ac i'r cefn. Dychwelodd ymhen dim â chaib a rhaw yn ei ddwylo. Ceisiodd anwybyddu'r treiddgarwch newydd wrth i'r hen wraig ei astudio, heb gymryd arni bellach nad oedd yn gwneud hynny. Aeth at lan y nant a dechreuodd geibio'r tir hydrin. Aeth hithau fymryn i lawr y lan a dychwelyd ymhen ychydig hefo carreg lefn gron yn ei dwylo.

'Does arna i ddim isio bod yn lleidar,' meddai o pan

oedd y bedd yn dechrau dod i siâp, 'ond wyddost ti oes 'na fwyd yn y tŷ?'

'Digon i wneud pryd,' meddai hi. 'Be 'di d'enw di?'

'Does dim angan i hwn fod yn ddyfn, nac oes?'

'Rhyw enw digon rhyfadd gen ti.'

Daliodd o i geibio a rhawio. Cafodd yr hen wraig ddigon o lonydd i bendroni.

'Yr enwa 'ma'n gallu bod yn ddigon hwylus weithia i wahaniaethu'r naill oddi wrth y llall,' cynigiodd, o gael dim ond distawrwydd diwyd o'i blaen. 'Laga ydw i. Mae gen i ŵr a dwy ferch, ac mae gynnyn nhwtha enwa hefyd,' ychwanegodd, fel tasai'n siarad hefo hi'i hun. 'Ria ydi hi, ne' oedd hi, gyduras,' ychwanegodd wedyn gan amneidio at y corff. 'A Mog ydi'r ŵyr druan.' Arhosodd ennyd. 'Mi a' i i baratoi tamad i ti, tra byddi di'n styriad wyt ti'n mynd i ddeud wrtha i sut gwyddat ti ble i ddod o hyd i gaib a rhaw mor ddidraffarth.'

Arhosodd ennyd am ateb na ddaeth, a chwilio mymryn rhagor ar ei wyneb. Yna trodd, a chamu'n araf tua'r tŷ. Rhoes o y gorau i'w waith am eiliad i'w gwylio, a rhyw olwg ansicr ar ei wyneb. Ailafaelodd yn ei waith, a'r golwg ansicr yn cynyddu.

'A dyna iddi fedd digon taclus,' meddai Laga ymhen yr awr, pan oedd y bedd bron yn barod a hithau wedi dod o'r tŷ. 'Mi rown ni hi ynddo fo a'i chladdu hi a fydd 'na ddim i ddangos 'i bod hi rioed wedi bod yma yn meddwl a magu a phoeni a galaru unwaith y bydd yr ŵyr wedi mynd i'r un dynged, ac o'i nabod o mi fydd hynny'n lled fuan.' Pensynnodd fymryn ar y corff draw. 'Ond dyna 'di'n hanas ni i gyd 'te, pa fath betha bynnag ydan ni. Ein gwaith ni ydi dod â phlant i'r byd iddyn Nhw 'u cael nhw.' Yna edrychodd arno fo'n dal i gadw ei sylw i gyd ar ei waith. "Sgin ti rwbath i ddangos dy fod di wedi bod hyd y tiroedd 'ma rioed, rwbath o dy ôl i ddangos?'

Rhoes o y gorau i rawio. Sythodd. Edrychodd yntau ar y corff.

'Dim a fydd yn y golwg i neb fyth,' meddai.

Ni thorrwyd gair arall rhyngddynt tra buont yn cyrchu'r corff. Draw wrth y coed safai dau garw llonydd, yn eu gwylio'n dawel a sobor fel tasan nhw mewn claddfa. Wrth deimlo pwysau'r corff doedd y dieithryn ddim yn synnu fod Laga wedi methu ei symud. Ond nid hynny oedd ar ei meddwl hi.

'Wyt ti am ddefodi?' gofynnodd pan oedd y corff yn y bedd ac yntau wedi gosod un llaw iddo yn daclus dros y llall a rhoi'r garreg lefn dros y galon.

'Mi wna i 'ta,' meddai hi wedyn, o beidio â chael ateb. Plygodd a thorri swp o wellt a'i ollwng wrth ochr y bedd. 'Mi ddo i o hyd i 'ngeiria.'

Syllodd ennyd ar y geg oedd wedi ailagor rywfaint wrth i'r corff gael ei gludo, ac amneidiodd beth yn fodlon ar y dieithryn yn plygu at yr wyneb a phwyso o dan yr ên i gau'r geg drachefn. Arhosodd o eto braidd yn hir yn nhyb Laga wedi iddo orffen y gorchwyl bychan hwnnw, dim ond aros yno, yn syllu ar y corff, yn llwyr yn ei feddyliau ei hun.

'Wyt ti isio i mi ddeisyf rwbath arbennig ar dy ran di?' gofynnodd hi.

'Pam dylwn i...' dechreuodd o, cyn aros. 'Na, gwna fel rwyt ti'n tybio sydd ora.'

Doedd o ddim i'w weld yn canolbwyntio. Roedd ei lygaid ar y corff, ond ni thybiai hi ei fod yn edrych arno. Safodd hi wrth droed y bedd. Cododd ddwyfraich mor syth ag y gallai ac mor uchel ag y gallai uwch ei phen cyn eu tynnu i lawr yn araf a chroesi un dros y llall yr un pryd, gan ddal i'w cadw'n syth.

'Allu!' llafarganodd, ei llais yn mynd yn fain ac yn grynedig wrth iddo godi.

Arhosodd. Ni ddaeth smic oddi wrth y dieithryn. Aeth hithau oddi ar ei hechel braidd, ond dim ond am eiliad.

'Allu!' llafarganodd wedyn, gan ddal y gair am hir, yn gwahodd y llais arall i ymuno.

Ond ni wnaeth. Trodd hithau ato, ei breichiau o'i blaen o hyd.

'Wel dyna fo 'ta,' meddai. 'Os nad wyt ti isio iddi fynd i fangreoedd y Gallu, fedra i mo dy rwystro di, debyg.'

'Nid hynny,' meddai yntau'n ffrwcslyd, bron wrtho'i hun.

Trodd Laga yn ôl i wynebu'r bedd.

'Allu!' llafarganodd. 'Mae'r tiroedd hyn, y dyfroedd hyn, yr awyr sydd uwchben, yn ymbil gyda mi ger y corff marw a weli yma na fyddo i Mog fynd yn ysglyfaeth i'w ddiniweidrwydd 'i hun yn nieithrwch peryglus 'i brofiadau newydd ymysg yr anghyfarwydd ynghanol y tiroedd maith.' Arhosodd ennyd rhag ofn fod cyd-ymbil ar ddod, cyn mynd ymlaen. 'Anfon dy Belydr i'w warchod fel y bydd iddo gadw'r cof yn fyw am Ria sy'n mynd o olwg y tiroedd heddiw'r dydd, ac atgyfnertha 'i ddymuniad o iddi fynd i dy fangreoedd ac iddo ynta dreulio 'i ddyddia yn dy fawrygu a dilyn dy orchmynion un ac oll.' Arhosodd eto, a gwrando ennyd. Ond roedd ei chydymaith mor ddistaw a llonydd â'r ddau garw draw. Aeth rhagddi. 'Gwêl y corff yr ydan ni wedi'i ollwng y munuda hyn i'r bedd isod. Gwêl y pridd a fydd bellach yn un â'r galon fu'n curo er dy anrhydedd a mawredd y Chwedl a'r duwiau oll.' Daliai ei breichiau croes mor llonydd ac mor syth ymlaen ag y gallai. Yna dechreuodd eu gostwng yn araf, yr un mor syth. 'Derbyn drwy'r croesfreichiau hyn Ria at 'i cheraint oll.' Petrusodd. 'Paid â dal y distawrwydd sydd yma yn 'i herbyn hi.'

Plygodd i lawr a gafael yn y swp o wellt a'i daenu dros y corff. Edrychodd arno am sbel cyn troi ei golygon at y dieithryn.

'Wnes i'n iawn, d'wad?' gofynnodd. 'Mae ots gen ti, debyg.'

'Do. Cystal â'r un,' atebodd o, yn anwybyddu ei hail sylw.

'Mi fydd yn iawn rŵan,' meddai hi. 'Rwyt ti wedi gwneud gwaith da ar y bedd 'ma, beth bynnag arall sydd i'w ddeud amdanat ti.' Gafaelodd yn y rhaw. 'Mi wna i lenwi. Dos di i edrach sut mae'r bwyd. Mae 'na gostrelaid o boethlyn yna hefyd,' meddai wedyn. 'Mae hwnnw i ti i'w yfad os nad oes arnat ti ofn iddo fo dy wneud di'n rhy dafodrydd.'

'Pa haws wyt ti na neb arall o wybod f'enw i na dim

amdana i?' gofynnodd y dieithryn. 'Mi fedrwn i ddeud unrhyw enw wrthat ti prun bynnag. Fasat ti ddim callach.'

'Tasat ti â dy fryd ar ddeud clwydda mi fasat wedi gwneud hynny ar d'union gynna.'

Gafaelodd Laga yn y rhaw a chrafu mymryn ar y domen bridd wrth ochr y bedd hefo hi. Dechreuodd lenwi'r bedd, ond dim ond un rhawiad braidd yn rhy drom aeth iddo cyn iddo fo ymyrryd.

'Mi wna i,' meddai.

'Dyna chdi 'ta. Os wyt ti'n mynnu.'

Symudodd Laga o'r neilltu. Syllodd ar rawiad o bridd yn disgyn i'r bedd gan orchuddio wyneb y corff. Trodd.

Trodd yn ôl.

'Dim ond un rheswm fedra fod gen ti am gymryd arnat na chlywist ti mohona i pan ofynnis i sut ce'st ti'r gaib a rhaw 'ma mor ddidraffarth a pham ddaru ti gymryd arnat na wyddat ti oes 'ma gladdfa ai peidio. A go brin 'i fod o'n rwbath arferol i ddyn o dy oed di styrbio wrth gl'wad am hogyn deunaw oed na welist ti rioed mono fo na gwybod am 'i fodolaeth o yn cael 'i gipio gynnyn Nhw.'

Ni chafodd ateb i hynny. Penderfynodd fod y distawrwydd yn dadlennu hen ddigon.

'Paid â meddwl 'mod i'n glyfar nac yn ddewin o fath yn y byd nac yn graff chwaith,' meddai. 'Mi fyddai gofyn i mi fod yn ddall a direswm i beidio â gweld mor amlwg ar dy wynab a dy ymddygiad di ydi dy fod yn claddu dy fam. A does dim angan i ti orfod crynu deud mai Ahti ydi d'enw di. Mi wyddost cystal â minna mai dyna'r gair yr oedd hi'n trio 'i ddeud hefo'i hanadl ola, gyduras.'

Daeth ato, a gosod ei llaw ar ei fraich.

'Waeth i ti 'i ddeud o ddim,' meddai.

Roedd ei llais wedi tyneru heb iddi sylweddoli hynny. Rhoes o y gorau i'r rhawio.

'Ahti wyt ti, 'te?' meddai hi.

'Ia.'

Prin glywadwy oedd y gair. Gwasgodd Laga ei fraich a gadael i amnaid fechan ddatgan ei chydymdeimlad. Ymbaratôdd am y cwestiwn arall, ond doedd hwnnw ddim ar ddod.

'Mi wna i orffan llenwi,' meddai.

'Na.'

Ailafaelodd Ahti yn ei orchwyl heb ddeud dim arall. Wedi rhawiad neu ddwy trodd hi ac aeth i'r tŷ. Eisteddodd yno am ychydig, dim ond i synfyfyrio. Clyd a llwm oedd y tŷ. Roedd ychydig ddillad yma a thraw, a mymryn o greiriau ar silff uwchben y ffenest. Roedd tri chawg ar silff arall, pob un o wahanol faintioli, ac esgidiau dyn yn sypyn un ar ben y llall odani. Pan ddaethai hi i nôl y blanced a'r glustog roedd wedi rhoi ei llaw ar y siambr dân a sylwi ar ei hunion nad oedd tân wedi bod ynddi y diwrnod hwnnw na'r diwrnod cynt. Doedd yr un gwanwyn yn ddigon tyner i wneud hebddo, pa mor iach bynnag oedd neb.

Cododd cyn hir ac aeth i orffen paratoi'r bwyd, a chwestiwn nesaf anorfod Ahti yn gwasgu arni, ac yn gwasgu mwy fyth wrth iddi ei glywed yn dynesu. Doedd hi ddim am darfu ar ei feddyliau a'i deimladau pan ddaeth o i mewn chwaith. Roedd hi wedi tywallt dŵr i gawg iddo olchi ei ddwylo, a dim ond am eiliad neu ddwy yr edrychodd o o'i amgylch cyn gwneud hynny. Wedi iddo orffen, aeth i eistedd wrth y bwrdd, eistedd yno'n dawel, yn edrych o'i gwmpas eto ryw unwaith ac yna ei gwylio hi'n gwasgu dŵr berw o'r bresych a'r nionod cyn eu taenu ar y ddau blât wrth ochr y cig.

Daeth hi â'r platiau at y bwrdd ac eisteddodd gyferbyn ag o.

'Fi ddaeth â'r chwadan 'ma a'r dorth fras,' meddai wrth ddechrau bwyta a cheisio meddwl pam nad oedd y cwestiwn yn dod i'r fei. 'Eu cyfnewid nhw am wely am noson, ne' dyna oedd y bwriad.'

Torrodd dorth o flawd rhisgl y binwydden a'i rhannu. Cymerodd gegiad o lysiau a'u cnoi'n ofalus cyn codi coes yr hwyaden a dechrau ei bwyta.

'Dŵad adra i aros oeddat ti?' gofynnodd wedi sbelan o fwyta tawel.

'Go brin. Dim ond ...' Ysgydwodd Ahti ei ben. 'Deunaw ddudist ti ydi'r ŵyr?'

'Ia.'

Ymbaratôdd Laga eto, ond roedd Ahti yn dawel.

'Mae'n beryg na ddeil o leuad yng nghanol y rheina,' aeth hi ymlaen. 'Rhy addfwyn a diniwad o'r hannar. Be 'di dy hanas di 'ta?' gofynnodd ychydig yn gyflym wrth i'r pigo bwyta gyferbyn â hi beidio. 'Pryd oedd y tro dwytha i ti fod yma?'

'Pan o'n i'n llefnyn.' Roedd rhyw dristwch ofer i'w glywed yn ei lais wrth iddo edrych mymryn ar y stafell eto. 'Dwy flynadd ar hugian.'

'Nhw?'

'Ia. Y fyddin lwyd. 'Y nghipio pan oedd pawb arall yn y coed. Un ar bymthag o'n i.'

Ailddechreuodd bigo bwyta.

'Nid anwybyddu dy fam ar hyd yr holl flynyddoedd wnest ti, felly,' meddai Laga.

'Na.'

'Newydd ddŵad oddi wrthyn Nhw wyt ti?'

'Na, mae dwy flynadd. Mi gododd rwbath arall 'i ben. Ro'n i wedi helpu milwr pymthag oed i ddengid am mai'r dewis arall oedd 'i weld 'o'n cael 'i arteithio a'i ladd. Mi gafodd 'i ddal wedyn a'i gaethiwo mewn sach ac mi es i hefo'i gariad o a'u babi bach nhw a phedwar arall i chwilio amdano fo. Mi fuon ni wrthi am leuada, a phan ddychwelon ni roedd o wedi cyrraedd adra 'o'n blaena ni.' Ysgydwodd ei ben fymryn. 'Yn Llyn Sorob oedd o'n byw, bedwar lleuad taclus tua'r dwyrain 'na.' Arhosodd, yn synfyfyrio. 'Gaut ydi'i enw o. Wedyn mi ddaeth yr helynt yn y fyddin, ac ... ym ...'

Arhosodd eto, ond dim ond am ennyd.

'Dad,' meddai. 'Falur. 'Y mrawd,' eglurodd, rhag ofn. 'Be ddigwyddodd iddyn nhw? Wyddost ti?'

Peidiodd Laga â bwyta. Am ennyd ni fedrai godi ei llygaid i edrych arno.

'Deud,' meddai Ahti. 'Dw i wedi hen g'ledu i bob dim bellach.'

Tawel oedd Laga eto am ychydig.

'Mi lofruddiwyd dy frawd a'i wraig a dy dad hefo'i gilydd ddechra'r ha'. Rhyw ddeg lleuad yn ôl.'

Gallodd godi ei llygaid i edrych arno. Ond dim ond edrych ar ei blât oedd o, heb unrhyw fath o gynnwrf i'w weld.

'Y llwydion,' hanner sibrydodd.

'Ia, meddan nhw.' Chwiliai Laga yr wyneb difynegiant. 'Gwybod 'ta dyfalu wyt ti?'

'Gwybod, am 'wn i.' Roedd y geiriau'n flêr eto a bron yn anhyglyw. 'Sut – ym...'

'Roedd dy frawd yn byw yng nghartra 'i wraig. Hwnnw ryw chwe awr tua'r de 'na, medda dy fam, ac roedd dy dad wedi mynd yno i wneud rwbath i'r tŷ. Mi ddaeth y fyddin i ysbeilio'r gymdogaeth, a...' Ysgydwodd ei phen. 'Doedd Mog ddim adra. Mi lwyddodd o i'w hosgoi nhw. Mi ddaeth yma.'

Am eiliad roedd hi'n ystyried estyn ei llaw i gyffwrdd ei fraich, o'i weld mor llonydd. Ond ymataliodd.

'I hyn y doist ti adra, yli,' meddai toc.

Daliai Ahti i syllu'n ddisymud ar ei blât. Yna edrychodd yma ac acw ar y llawr cyn codi ei lygaid i edrych ar Laga.

'Ers faint oeddat ti'n 'u nabod nhw?' gofynnodd.

'Chydig o flynyddoedd bellach.' Rŵan roedd sŵn mymryn o ymlacio yn llais Laga. ''Dan ni'n byw bedair awr o'ma i'r gorllewin, awran daclus o'r arfordir. Mi gafodd dy fam a dy dad 'u dal mewn storm eira ac mi gafon loches am dridia hefo ni.' Roedd ei geiriau'n gyflymach. 'Ar ôl hynny y dechreuon ni alw yma ryw ddwywaith ne' dair y flwyddyn, ond mae'r gŵr wedi mynd i fethu symud rhyw lawar erbyn hyn. Ar 'y mhen fy hun dw i wedi dŵad y troeon dwytha. Hwn ydi'r trydydd ers yr helynt.'

'Oedd Mam a Dad yn sôn rhywfaint amdana i weithia?'

'Dim ond am dy fodolaeth di a dy enw di a dy blentyndod di a dy ddiflaniad diesboniad di. Be arall wyddan nhw amdanat ti? Tyd, byta'r bwyd 'na.'

Roedd yn eiliadau wedyn ar Ahti yn gwneud hynny.

'Mi aeth dy fam druan i lawr yn raddol wedyn,' meddai Laga.

'Faint o oes oedd ar ôl iddi?'

Dychrynodd y cwestiwn Laga braidd.

'Blynyddoedd, o gael gofal,' atebodd. 'Mae'n rhaid bod rwbath wedi gafael yn'i hi y dyddia dwytha 'ma iddi ddirywio fel hyn.'

Gadawodd Ahti i hynny fod.

'Be wnei di rŵan?' gofynnodd Laga, yn gweld ei fod o'n bwyta'n fwy naturiol. 'Aros yma?'

'Go brin.'

'Mi eith y lle â'i ben iddo os na fydd 'na rywun yma.'

Ysgwyd pen derbyn y drefn ddaru Ahti i hynny. Teimlai rŵan wrth ei chlywed mai dim ond plentyndod oedd y tŷ'n ei olygu iddo, a rhywbeth wedi'i fyw oedd hwnnw. Ni theimlai arwyddocâd dyfnach iddo. Doedd o erioed wedi edrych yn ôl arno a'i ddyrchafu fel roedd llawer o'i gydnabod yn ei wneud hefo'u plentyndod nhw. Edrychodd fymryn o'i amgylch ar y stafell eto a methu teimlo unrhyw dynfa.

'Oeddat ti'n rwbath yn dy fyddin?' gofynnodd Laga wedi pwl arall o fwyta tawel.

'Mi ge's 'y nyrchafu'n Orisben rywfodd ne'i gilydd a phan o'n i'n grediniol 'u bod nhw'n difaru gwneud hynny mi arbedis fywyd Uchben mewn brwydr a'r munud nesa ro'n i'n Isben.' Synfyfyriodd Ahti fymryn ar ei fwyd. 'Ond do'n i ddim yn plesio wedyn chwaith. Ac ro'n i braidd yn rhy hoff o ddeud clwydda wrth Uchbeniaid.'

'Che's i erioed argraff fod dy fam yn trio plesio neb, o'r hyn nabyddis i arni.'

''Beryg dy fod yn 'i nabod hi'n well na fi,' meddai Ahti, yn synfyfyrio eto.

'Paid â deud rhyw betha fel'na,' meddai hi, ei llais yn dyner. 'Ond yn ôl 'rhyn ddalltis i y tro blaen, roedd Mog wedi deud 'i fod o'n mynd i wisgo'r gwinau a doedd gynni hi ddim gwrthwynebiad i hynny.' Arhosodd eiliad cyn dal ati. 'Ac os daru o ac os daru'r milwyr ddaeth yma echdoe ddarganfod hynny mi wyddost yn well na fi 'i bod hi wedi canu arno fo.'

'Ydi. Ond mae arna i ofn fod dy ymbil di ar 'i ran o gynna yn ofer prun bynnag.'

Y gwisgwyr gwinau oedd y rhai oedd yn gwrthod pob ymladd a phob byddin ac yn dangos hynny drwy wisgo neu gario rhywbeth oedd wedi'i lifo'n winau. Roedd y fyddin lwyd a'r fyddin werdd am y gorau'n gwneud ati i'w hela a'u difa.

'Be 'di dy farn di amdanyn nhw?' gofynnodd Laga, yn difaru yr un eiliad wrth iddi ofyn, yn ei deimlo'n gwestiwn creulon.

Doedd dim angen iddi boeni.

'Mi ddois yn ffrindia calon hefo dau pan oeddan ni'n chwilo am Gaut,' meddai o.

'Doeddat ti fawr o filwr, felly, rhwng pob dim.'

Gwenodd Ahti fymryn ar hynny. Bellach roedd ei blât bron yn wag, a gorffenasant eu pryd yn ddi-sgwrs.

'Mae'n rhaid i mi fynd rŵan, i gael y dydd yn gydymaith,' meddai Laga wrth godi.

'Mae gen ti bedair awr o daith?'

'Oes. Pedair awr heb stelcian.'

'Diogel?'

'Cyn ddiogelad ag unrhyw daith arall hyd y tiroedd 'ma.'

Aeth at y drws. Daeth Ahti ar ei hôl.

'Diolch,' meddai o. 'A'r bwyd hefyd. Dw i ddim wedi cael bwyd blasus fel'na ers ... Diolch.'

Amneidiodd Laga.

'Dyna ni, felly.'

'Wyt ti'n iawn i fynd adra dy hun?' gofynnodd o.

'Wedi hen arfar.' Edrychodd Laga i lawr at y bedd. 'Dyna fyddai dy fam yn 'i ofyn hefyd, bob un tro chwara teg iddi, er bod y gŵr hefo fi.' Gwasgodd fymryn ar ei fraich. 'Rwyt ti'r un llygaid â hi.'

Amneidiodd drachefn. Trodd, a chychwyn.

'Laga.'

Arhosodd, a throi. Roedd wedi mynd beth pellter.

Gwelodd fod caeadau wedi'u gosod dros ffenestri'r tŷ. Prysurai Ahti tuag ati, a phynnau ar ei gefn.

'Wyt ti ddim am aros, felly?' gofynnodd hi.

'Paid â chymryd arnat dy fod wedi bod yma wrth neb ond y rhai sy'n gwybod eisoes.'

Cynhyrfodd Laga fymryn o weld mor ddifrifol oedd o.

'Pam?' gofynnodd.

'Rhag ofn iddyn nhw ddŵad ar d'ôl ditha hefyd.'

'Pwy? Be wyt ti wedi'i wneud?'

'Mi fyddwn i'n dy ddanfon di tasai hi ddim yn beryclach i ti hefo fi nag ydi hi ar dy ben dy hun.'

Eto ni welai Laga ddim yn ei lygaid iddi ofni bygythiad o unrhyw fath.

'Be wyt ti wedi'i wneud?' gofynnodd eto.

'Esgus oedd yr ysbeilio. Welist ti geg Mam?'

'Am be wyt ti'n sôn?'

'Nid salwch gafodd hi. Gwenwyn. Dos, a phaid â sôn amdana i na Mam wrth neb.'

Gydag un edrychiad arall i fyw ei llygaid, trodd a brysio i'r goedwig y daethai ohoni oriau ynghynt. Ni throdd ei ben yn ôl.

O ben y goeden bedair awr yn ddiweddarach, ac yntau'n llonydd fel ei boncyff, daliai i edrych ar y tir, fymryn yn ddedwyddach ei fyd, ond dim ond am ei fod yn fodlon nad oedd neb ond fo'i hun wedi dilyn Laga.

Daeth i lawr o'r goeden. Pwysodd yn erbyn y boncyff. Rŵan doedd dim i dorri ar yr hel meddyliau.

2

'Ryr,' meddai Lars, a phlygu bys bychan i gyfeiriad yr aderyn pell.

'Rwyt titha'n fab i dy fam a dy dad, 'twyt?' meddai Tarje.

Gwasgodd fymryn mwy ar ei nai bach yn ei freichiau ac ymatebodd Lars drwy afael yn ei drwyn a'i droi a chwerthin. Chwarddodd Tarje hefo fo eto fyth a cychwynnodd i lawr o ben y boncan at lan y llyn, lle'r oedd Eir a Gaut a Thora yn gorweddian.

'Roedd gynno fo bob dim oedd gan y lle 'ma i'w gynnig a Llyn Sorob 'i hun i ddewis ohonyn nhw,' meddai Tarje wrth ollwng Lars ac eistedd wrth ochr Thora, 'ond roedd yn rhaid iddo fo weld eryr oedd cyn bellad oddi wrtho fo ag y medrai dim fod. Mab 'i fam a'i dad.'

'Rhyddid,' meddai Eir, wrth dderbyn Lars i gael ei fwytha wedi iddo fo bendroni mymryn prun ai at ei fam 'ta at ei dad neu ei nain roedd am fynd i'w cael.

'Be?' gofynnodd Tarje, yn ceisio dirnad y wên gynnil ar wyneb ei chwaer.

'Dw i'n cofio'r adag yr oeddat ti'n ochneidio ac yn bytheirio bob tro'r o'n i'n crybwyll yr eryr.'

'Tyd!' gwaeddodd Dag o'r llyn ar Gaut.

'Dw i'n rhy ddiog.'

Doedd dim gofyn i Dag na Cari edrych ar ei gilydd cyn dod o'r dŵr a rhedeg at eu brawd mawr a gafael ynddo un bob troed. Tuchanodd Dag â'i holl nerth seithmlwydd wrth i'r ddau ddechrau ei lusgo ar hyd y gro. Roedd ei fam ac Eir yn fwy na pharod i gynorthwyo a'r peth nesaf oedd Gaut yn glanio ar wastad ei gefn yn y llyn. Roedd Lars wedi rhedeg ei gamau bach ar eu holau a chododd Eir o a mynd ag o i'r llyn hefo'r lleill. Dychwelodd Thora at Tarje ac eistedd wrth ei ochr i wylio'r chwarae.

'Rhyddid,' meddai Tarje, yn swnio ymhell.

'Mae'n werth dy weld di'n 'i yfad o, tasat ti ond yn gwybod hynny,' meddai Thora.

Roedd Tarje wedi bod adra ers rhyw flwyddyn a hanner, pan ddychwelodd hefo Eir a Lars ar ôl bod yn chwilio'r tiroedd am Gaut, ond cwta leuad oedd ers i bawb yn y gymdogaeth ddod i wybod ei fod yn ôl yn eu plith ac iddo yntau ddangos hynny'n ddigon swil a di-lol. Daethai'r cadarnhad flwyddyn ynghynt fod yr helynt yn uchelfannau'r fyddin lwyd wedi troi'n storm waedlyd ymhlith yr Uchbeniaid a bod yr Aruchben wedi'i ddisodli. Roedd pob math ar straeon am ei dynged ond doedd neb ar gael a fedrai roi dwyfraich dros galon i gadarnhau ei fod yn fyw nac yn farw. Daethai cyhoeddiad arall leuadau yn ddiweddarach a chadarnhad iddo o bob rhyw fan fod Tarje bellach yn cael ei ystyried yn fwy o gymwynaswr nag o Lwfr Lofrudd am iddo ladd Uchben Anund, mab y cyn-Aruchben, a bod pob chwilio amdano wedi dod i ben.

Ond rŵan ni wyddai Tarje sut oedd Thora yn gallu bod mor bendant ei dyfarniad. Doedd o'i hun ddim yn ymwybodol ei fod yn mynegi ei ryddid newydd amheus mor amlwg. Ella ei bod hi'n gweld mân awgrymiadau a mân arwyddion nad oedd o'n ymwybodol ohonyn nhw, meddyliodd.

'Y tŷ,' meddai, bron wrtho'i hun.

'Be?' gofynnodd Thora.

'Ydyn nhw o ddifri?'

'Mi wyddost cystal â minna.'

'Ia, ond ...'

'Dydi Seppo na minna'n mynd i ddeud be ydi dyletswydd wrth neb sydd wedi bod mewn sach am leuada bwygilydd. Dydi dy dad na dy fam ddim chwaith.'

'Mi wn i hynny. Mae'r ddau a Lars yn haeddu pob gora gân nhw. Ond pan ddaw'r gymdogaeth i wybod, mi fydd – wel ...'

Bu adeg y byddai Tarje yn gwaredu rhag y syniad. Ond ni wyddai beth i'w feddwl am ddim bellach. Roedd Eir a Gaut wrthi'n codi tŷ newydd rhwng un cartref a'r llall ac wedi deud y noson cynt eu bod am fynd i fyw iddo y munud y byddai'n barod. Doedd dim sôn am briodi.

Eir oedd wedi dewis lleoliad y tŷ, a hynny heb i Gaut na neb arall gael gwybod tan drannoeth. Pnawn cawod eira fyrhoedlog gynta'r hydref oedd hi, a Lars ym mreichiau Gaut yn chwerthin wrth ddal ei wyneb i dderbyn y plu, a Gaut yn chwerthin hefo fo nes iddyn nhw gyrraedd y darn llwybr lle'r oedd Gaut wedi'i gipio i'r fyddin gan y milwyr. A heb gymryd arni wrth neb roedd Eir wedi mynd ati ben bore trannoeth i dorri'r llwyni a'r drysi yr oedd y milwyr wedi ymguddio y tu ôl iddyn nhw. Roedd hi wedi dechrau o'r tu ôl i'r llwyni, gan ddynesu fesul stribed hir o doriadau at y llwybr a difa pob cuddfan. Roedd wedi torri cryn dipyn cyn i'w thad ddigwydd clywed sŵn toriad wrth iddo fynd heibio ar y llwybr. Erbyn nos roedd y llain yn glir a phob tyfiant toredig nad oedd deunydd tanwydd ynddo wedi'i gario neu'i lusgo i bwt o bantle dinod, yn domen i grino wrth ei phwysau cyn ei llosgi. Roedd Gaut ddiwyd wedi methu deud dim.

Roedd o'n cael pyliau o fethu deud dim prun bynnag. Os oedd Lars ar gael pan fyddai hynny'n digwydd byddai'n ei godi a'i wasgu ato, waeth pwy oedd yn bresennol. Roedd pawb yn dallt, ac yn gwybod yr un pryd mai dallt hynny a fedren nhw yr oeddan nhw.

Roedd pwl felly rŵan. Roedd Gaut wedi llonyddu yn y llyn, ac Eir a Lars yn dynn ynddo. Ond roedd Cari a Dag yno i bennu mai dim ond ychydig eiliadau y parodd y tro hwn.

'Mae'n debyg bod 'na dduw priodasa hyd yr uchelfanna 'na yn rwla,' meddai Thora, yn ysgafnach ei llais o weld Cari a Dag yn meddiannu Gaut eto fyth. 'Rhyngddo fo a'i betha a ydi o'n bod ai peidio. Ond os ydi o, mi elli fentro na fuodd o rioed mewn sach.'

'Lodor.'

Pensynnai Tarje ar ryw orffennol wrth i'r gair ddod megis ohono'i hun o'i geg.

'Be?' gofynnodd Thora.

'Duw'r briodas.'

Roedd Gaut a Cari a Dag yn dechrau ras nofio, a holl osgo Dag yn datgan ei fod o'n llawer mwy o ddifri ynglŷn â'i orchwyl na'r ddau arall. Wrth eu gweld roedd meddwl Thora yn dychwelyd yn anorfod i ddyddiau yr arswydai wrth feddwl na welai hi mo'r tri hefo'i gilydd fyth mwy, heb sôn am eu gweld mor naturiol hapus fel hyn.

'Duw'r briodas 'ta duw'r Briodas Deilwng?' gofynnodd.

'Mi wyddost,' meddai Tarje.

'Mae hi wedi canu ar Seppo a fi, felly. Nid fy llusgo i 'mhriodas ge's i. Nid plant y Gorchymyn ydi Gaut na Cari na Dag.'

'Nid rwbath rwyt ti'n cael dy lusgo iddi ydi Priodas Deilwng.' Syllai Tarje hefyd ar y nofwyr brwd, a'i orffennol yn dal ynddo. 'Rwyt ti'n gwirioni am fod tad y priodfab wedi dy ddewis di i'w fab, ne'r priodfab aeddfed wedi gwneud hynny 'i hun, ne' bod dy dad wedi dewis y priodfab addas iti. Ac rwyt ti'n troedio i dy ddyfodol o dy wirfodd diolchgar. Ne' fel'na maen nhw'n deud.'

Nid y Tarje yr oedd hi a phawb arall yn gyfarwydd ag o a glywai Thora rŵan.

'Mae chwerwedd y siom yn dal i ddychwelyd i dy lais di o bryd i'w gilydd,' meddai.

Roedd Tarje wedi laru deud nad oedd yn dioddef o siom o fath yn y byd. Dim ond wrth Eir a Thora oedd gofyn iddo wneud hynny, ond doedd dim gofyn iddo chwilio am ateb rŵan gan fod Seppo yn dod i lawr y boncan tuag atynt, wedi iddo fod yn gwrando ar y negesydd oedd wedi cyrraedd y gymdogaeth ers canol y bore. Eisteddodd wrth ochr Thora gan edrych ar y llyn a gwirioni'n dawel am ennyd unwaith yn rhagor. Cyn i Eir a Gaut ddychryn Tarje hefo'u cyhoeddiad y noson cynt roedd wedi bod yn fymryn o argyfwng wrth i bawb chwilio am Dag i'w gael i'w wely, ond doedd dim hanes ohono er yr holl weiddi nes i Gaut gyrraedd â phedair grugiar yn hongian oddi ar ei ysgwydd. Roedd wedi dadlwytho ei helfa dan wenu'n braf ac wedi mynd ar ei union at y fwyaf o'r ddwy fasarnen ger glan y llyn ac wedi diflannu i blith brigau a dail ei changhennau uchaf, gan ddychwelyd ymhen munud neu ddau a Dag wrth ei gwt.

O'u gweld, dim ond derbyn y drefn ddaru Seppo. Tybiai fod hynny'n haws iddo fo nag i lawer. Hon oedd y goeden yr oedd Obri, nai yr Hynafgwr, wedi'i hongian a'i ben i lawr oddi arni a'i adael yno i farw bron dair blynedd ynghynt, yr unig lofruddiaeth yn y gymdogaeth ers cyn cof neb, yr unig un erioed yn nhyb llawer. Gan mai Obri oedd wedi bod yn bennaf gyfrifol am fod Gaut wedi'i gipio i'r fyddin roedd bron pawb yn y gymdogaeth yn gytûn mai dyna'r rheswm dros ei lofruddio, ond er pob holi a bygwth doedd yr ymchwilwyr fymryn yn nes i'r lan bryd hynny nac wedyn. Roedd gweddw'r hen Hynafgwr yn gwrthod yn lân â chadarnhau na gwadu ei bod hi'n gwybod pwy oedd yn gyfrifol, er gwaethaf pob bygythiad. Yn gyndyn o dderbyn y methiant ac yn dal i ferwi o'i fewn oherwydd yr hyn a alwai o yn frad gweddw ei ragflaenydd, roedd yr Hynafgwr wedi cynnal defod ymgynghori noson Lleuad Byrddydd y gaeaf cynt ac wedi cyflwyno ei gŵyn gerbron Norül dduw a'r holl dduwiau a dychwelyd i gadarnhau fod y Weddw bellach o dan lach y duwiau yn unol â gorchymyn y Chwedl, a'u bod wedi cyhoeddi mai gwreiddiau'r felltith oedd i'r fasarnen a fynnodd fywyd ei nai ac nad oedd neb i'w dringo mwyach heb ennyn eu gwg difaol nhw. Yn ddiryfyg roedd Dag wedi'i dringo y noson cynt yn ei obaith diniwed o wneud nyth cuddiedig iddo'i hun dros nos. Rŵan wrth ei weld mor ddiwyd yn y llyn ni fedrai Seppo wneud dim ond gwenu mymryn.

'Be ddaeth â chdi o dy lafur?' gofynnodd Thora iddo wedi'r eiliadau o gydsyllu.

'Y negesydd a'i negeseuon.' Roedd gwên Seppo yn darfod a mymryn o bryder yn dod i'w lais. 'Mae Aruchben newydd y fyddin lwyd wedi cyhoeddi un ymgyrch fawr derfynol yn erbyn y fyddin werdd, i'w difa hi o'r tiroedd am byth.'

'Yn union fel y tro blaen a'r tro cynt a'r tro nesa a'r tro wedyn,' meddai Thora. 'Waeth i'r negesydd gael 'i fwyd a'i lety am ddeud petha fel'na ddim, decini. Y peth calla wnest ti rioed oedd callio,' meddai wrth Tarje.

'Callio ydi deud rhyw ffwlbri fel'na?' gofynnodd Tarje.

'Dydi hynna ddim yn berthnasol, prun bynnag,' meddai Seppo. 'Roedd y negesydd wedi cael ar ddallt na chei di ddim ailymuno â'r fyddin, drwy orchymyn yr Aruchben. Mi wyddost pam.'

'Nid rhag ofn i ti ladd 'i fab o,' meddai Thora, o weld wyneb Tarje.

'Rwyt ti'n ddigon diniwad o hyd, 'twyt?' meddai Seppo wrtho.

'Be wn i am ddim?' Eto fyth teimlai Tarje ei fod bellach yn ildio ar y tyrchu lleiaf. 'Mae gwybod bod y pump 'na yn y dŵr yn hapus yn hen ddigon o wybodaeth i mi.'

'Mi fydd yn ddigon buan i ti ddeud petha fel'na pan fyddi di deirgwaith dy oed,' meddai Thora.

Doedd dim chwant cael ei atgoffa gan Tarje. Drannoeth y cadarnhad cyntaf nad oedd y fyddin yn chwilio amdano mwyach roedd wedi crybwyll y syniad o ailymuno. Roedd Eir wedi rhuthro i'w wddw ac wedi'i ddarnio'n ddidrugaredd. Nid hynny aeth â hi chwaith. Roedd Tarje wrthi orau ei allu'n ceisio ymresymu â bytheirio diarbed Eir pan gododd Gaut ei lygaid, dim ond eu codi ac edrych arno am eiliad a'u gostwng drachefn. Ailfeddyliodd Tarje y munud hwnnw.

'Mi ge's i sgwrs go hir hefo'r negesydd pan ddalltodd o bod gen i gysylltiad,' meddai Seppo. 'Roedd o'n deud fod pawb yn derbyn dy fod di'n llawn mor gyfrifol â neb am wrthryfel mewnol y fyddin lwyd.'

'Dyna be 'di malu awyr,' meddai Tarje.

'Go brin. Roedd 'na dipyn o chwyrnu ymhlith yr Uchbeniaid am yr Aruchben a'i griw llyfwyr ymhell cyn dy helynt di hefo Anund. Mi wyddost hynny, mae'n debyg.'

'Do'n i ddim yn cymryd llawar o sylw o betha felly.'

Am ei fod yn rhy gydwybodol i feddwl. Dyna oedd Eir wedi'i ddeud wrtho ddydd y bytheirio. Rŵan teimlai'n ddiymadferth eto.

'Y ffordd ddaru o ddial am helynt Anund oedd y sbardun oedd ar y chwyrnwyr 'i angan,' meddai Seppo.

'Amhosib!' Bron nad oedd llais Tarje yn gri. 'Hynny bedair blynadd ynghynt.'

'Roedd angan digon o amsar i ddarbwyllo rhai Uchbeniaid hanfodol ac i ofalu nad oedd 'na anadl yn cyrraedd sgyfaint ambell un gwrthwynebus. Ac am dy ran di yn yr hybu cychwynnol rwyt ti'n dipyn o arwr. Tasat ti'n dychwelyd i'r fyddin mi fyddat ti'n fwy o arwr fyth. Drwg hynny ydi y byddai peryg i ti ddechra magu syniada.'

Tawel oedd Tarje i hynny. Edrychai ar y fasarnen fawr, y goeden yr oedd wedi'i hawlio drwy ei blentyndod, yn union fel roedd Gaut wedi'i hawlio hi wedyn, ac yn union fel roedd Dag yn dechrau ei hawlio hi rŵan, gan wrthod pob gorchymyn a rhybudd gan yr Hynafgwr a phawb oedd am goelio hwnnw. Roedd gan yr Hynafgwr ei fyd ei hun; roedd gan Dag ei fyd ei hun. Teimlai Tarje rŵan ei fod o'i hun yn siglo rhwng deufyd. Dymunai beidio.

'Wyt ti'n 'y nghofio i'n deud am Louhi a fi'n rhyddhau milwr o sach ger y Tri Llamwr?' gofynnodd. 'Wnes i ddim deud wrthach chi 'mod i wedi deud wrth Louhi ychydig funuda ynghynt na châi neb roi unrhyw filwr mewn sach pan fyddwn i'n Aruchben.' Chwarddodd yn fyr a sur braidd. 'Syniada ddudist ti?'

'Dyna fo, yli.' Edrychai Seppo hefyd ar y fasarnen, y goeden yr oedd yntau wedi'i meddiannu yn ei dro. 'Hel a dyfeisio casgliad digonol o elynion ydi swyddogaeth

Aruchben, nid goruchwylio arwyr rhag ofn iddyn nhw fynd yn ormod o lancia.'

'Arwr,' meddai Tarje, ei lais ymhell o gyfleu'r gair.

'Mae 'na rwbath arall hefyd.' Roedd llais Seppo yn fwy difrifol. 'Mae'r fyddin lwyd wedi cael gelyn penna yn dy le di. Nid y fyddin werdd, wrth reswm.' Arhosodd ennyd. 'Ahti.'

Doedd sylw neb ar hapusrwydd y llyn mwya sydyn. Daeth rhyw ebychiad o geg Thora, ond roedd Seppo yn canlyn arni.

'Rai lleuada cyn i'r Aruchben newydd 'i benodi'i hun, ac ynta'n chwilio am bob cefnogaeth bosib drwy bob math ar ddullia mi gofiodd bod gynno fo frawd,' meddai. 'Mi aeth ati i chwilio 'i hynt o a buan iawn y cafodd o ar ddallt 'i fod o wedi'i ladd. Wyt ti'n cofio Ahti yn deud wrthat ti am yr helynt pan ddaru o gynorthwyo Gaut i ddengid y tro cynta?' gofynnodd i Thora. ''I fod o wedi lladd dau Orisben wrth ddengid 'i hun wedyn? Brawd yr Aruchben newydd oedd un.'

'Oliph dduw!' ebychodd Tarje.

'Mi aeth ati ar 'i union i ddial ar deulu Ahti a mynd â'i fyddin hefo fo i'w lladd nhw i gyd, ar wahân i un ella. Mi ddaru gyhoeddi nad pobol oeddan nhw, ond cnawdolion, yn dda i ddim ond i'w difa o'r tiroedd.' Gwyliodd Seppo Dag yn dringo ar gefn Gaut ac yn sefyll ar ei ysgwyddau a gweiddi ei fuddugoliaeth lawen wrth ddeifio yn ôl i'r llyn. 'O leia ddaru'r hen Aruchben ddim lladd dy deulu di, dim ond gwneud i dy fam ddiodda weddill 'i hoes, a phawb arall hefo hi,' meddai wrth Tarje, ei lais yn llawer dwysach.

'Mi'u lladdwyd nhw hefo'i gilydd?'

Roedd yr oferedd yn llond llais Tarje, a'i eiriau'n llawn cymaint o osodiad ag o gwestiwn.

'Mi ddaru nhw lofruddio 'i dad a'i frawd o a gwraig 'i frawd hefo'i gilydd, yn ôl y negesydd,' atebodd Seppo. 'Mi arhoson nhw wedyn i'r galar wneud 'i waith cyn dial ar 'i fam a'i nai o. Mi wenwynwyd 'i fam o hefo gwenwyn ara deg a mynd â'r nai hefo nhw. Does wybod 'i hanas o. Mae gen ti well syniad na fi, ella.'

'Ahti?' gofynnodd Thora wedi rhai eiliadau tawel.

'Ŵyr neb 'i hynt o. Ŵyr neb ydi o'n gwybod am 'i deulu ai peidio.'

Syllai Thora hefyd ar ei theulu bodlon yn y llyn. Roedd y diwrnod y daethai Ahti yno yn unswydd i ddeud am hynt Gaut yn fyw iddi unwaith eto. Doedd neb erioed wedi clywed na thrafferthu i ddychmygu am Isben yn cynorthwyo milwr newydd pymtheg oed i ddengid, ond dyna'r oedd Ahti wedi'i wneud, er nad oedd o erioed wedi gweld Gaut o'r blaen, ac roedd o wedi gorfod dengid ei hun am wneud hynny a throi'n herwr o'r herwydd. Roedd Seppo a hithau wedi ceisio ei berswadio i godi ei gartref yno a newid ei enw. Ond yna roedd Tarje wedi cyrraedd o ryw guddfan a thrannoeth roedd Ahti ac yntau'n cychwyn ar daith leuadau i chwilio am Gaut am ei fod wedi'i ddal drachefn a'i gaethiwo gan y fyddin. Doedd bod Gaut wedi llwyddo i gyrraedd adra cyn iddyn nhw fedru dod o hyd iddo'n lleihau dim ar eu hymdroddiad na'u menter nhw, fel roedd Thora wedi pwysleisio drosodd a throsodd wrthyn nhw. Rŵan roedd chwarddiad clir Dag o'r llyn fel tasai o'n cadarnhau hynny iddi.

'Pam na ddaw o yma?' meddai. 'Mae o'n gwybod sut llwyddodd dy dad a dy fam ac Eir i dy guddiad di,' meddai wrth Tarje. 'Mi fedrwn ni 'i guddiad ynta hefyd.'

'Dyna pam y cadwith o draw,' meddai Tarje. 'Mae o'n gwybod be fyddai'n digwydd i ni tasai'r fyddin yn darganfod hynny.'

'Os ydi'r hyn glywodd y negesydd yn gywir, mae'n bosib fod Ahti ymhell o fod yn 'nelu tuag yma,' meddai Seppo.

'Pam?' gofynnodd Tarje.

'Mae'n debyg bod un ne' ddau o'r fyddin wedi dychwelyd i sicrhau fod y gwenwyn wedi gwneud 'i waith ar 'i fam o ac i losgi'r tŷ'n ulw. Pan ddaethon nhw yno mi welson nhw fedd newydd yn ymyl y tŷ a chyn mynd ati i danio mi ddaru nhw agor y bedd i gadarnhau mai hi oedd ynddo fo. Ond does gynnyn nhw na neb arall syniad pwy fyddai wedi bod yno i'w chladdu hi a'r tŷ mor anghysbell.'

'Ydi'r fyddin yn credu mai Ahti oedd o?' gofynnodd Tarje.

'Go brin, ne' mi fasai'r negesydd wedi deud, mae'n debyg. Ond pwy arall fyddai wedi'i chladdu hi? Fyddai crwydrwr oedd yn digwydd mynd heibio ddim, na fyddai?'

'Ddaru ti awgrymu hynny wrth y negesydd?' gofynnodd Tarje.

'Naddo. Mae Hagan yn 'i nabod o. Roedd o'n Orisben pur frwd yn yr un gwersyll â fo medda fo. Mi ddiflannodd Hagan yn ddigon buan pan welodd o fo.'

Roedd Hagan hefyd wedi cymryd y goes o'r fyddin a Gaut ac yntau wedi digwydd taro ar ei gilydd pan oedd y ddau ar eu hirdeithiau tuag adref ac wedi cyd-deithio'r deng niwrnod olaf. Roedd Hagan yn gymydog a chyfaill plentyndod i Seppo ac wedi bod yn y fyddin am ddeunaw mlynedd a heb weld yr un o'i deulu yn ystod y blynyddoedd hynny. Fore eu dychweliad roedd y gorfoledd annisgwyl o gael Gaut yn ôl wedi'i bylu braidd i Seppo gan mai ei orchwyl cyntaf pan welodd o fod Hagan yno hefyd oedd gorfod deud wrtho bod Angard ei dad wedi marw ers dau leuad. Doedd dim mymryn o sôn am ei bum brawd, oedd hefyd wedi'u llusgo i'r fyddin y naill ar ôl y llall yn eu tro. Ond doedd ar y cyfeillgarwch ddim mymryn o angen ei aildanio ac roedd y cyrchu i dŷ Hagan yr un mor feunyddiol rŵan ag oedd pan oedd o'n dŷ Angard, a hynny i Gaut yn ogystal ag i Seppo.

'Roedd gan y negesydd un peth arall pan sylweddolodd o pwy o'n i,' meddai.

'Gaut?' gofynnodd Thora ar frys.

'Dydi'r fyddin ddim yn 'i gysylltu o hefo Ahti. Maen nhw'n meddwl amdano fel un gafodd 'i gaethiwo mewn sach am arddel arwr. Does dim angen iddo ynta guddiad rhagddyn nhw chwaith.'

3

Dim ond picio i nôl ei damaid ddaru'r eryr. Daeth heibio i Gaut heb gymryd y sylw lleiaf ohono, yn union fel tasai o wedi penderfynu nad oedd Gaut wedi dod yno i darfu ar ddim. Un eiliad roedd Gaut yn dal ei anadl rhag ofn i'r lastorch sylweddoli ei fod yna ar ben y graig fechan ar gopa'r bryn ac yn ceisio yr un pryd feddwl am ffordd o'i dal a mynd â hi adra am sgram. Nid wedi dod yno i hela oedd o a doedd ganddo ddim ond ei ddwylo i'w gynorthwyo, ond yr eiliad nesa roedd y lastorch yn gwibio a'r eiliad nesa wedyn roedd yr eryr yn sgubo uwch ei phen ac yn ei gwanu ac yn bygwth rowlio hefo hi nes iddo ei gwanu drachefn a'i llonyddu. Dechreuodd ar ei sgram ei hun yn ddiymdroi gan ddal i anwybyddu Gaut. Roedd yr helfa wedi digwydd cyn i Gaut ystyried ei fod wedi clywed siffrwd bychan yr adenydd yn dynesu a'u waldiad cadarnach yn erbyn y gwellt a'r grug wrth i'r eryr ymgiprys â'i brae. Doedd Gaut ddim wedi gweld y lastorch yn cyrraedd yno chwaith, dim ond wedi tynnu ei sylw am eiliad oddi ar y llyn islaw a'i gweld yno.

Nid yr eryr yr oedd Eir ac yntau wedi'i fagu oedd hwn chwaith, y cyw bychan llegach yr oedd Gaut wedi dod o hyd iddo'n amddifad yn ei nyth ac wedi mynd ag o adra pan gryfhaodd ddigon i'w symud wedi i Gaut fod yn ei fwydo yn ei nyth am ddyddiau. Y cyw bach hwnnw oedd yn gyfrifol am i Eir ac yntau ddod yn gariadon. Roedd yn dal i fod hyd y fan a byddai cyfarchiad Gaut yn llond ei lygaid bod tro y'i gwelai. Roedd wedi gwirioni ei ben un bore cymylog yn y gwanwyn pan welodd ei fod wedi paru.

Daliodd i wylio'r gwledda odano am ychydig, cyn codi ei olygon a throi, troi i'r un cyfeiriad â phob tro. Roedd y syllu tua'r de-orllewin yn anorfod, fel pob tro, yn dod â'i dristwch anorfod, fel pob tro. Nid am mai i'r cyfeiriad hwnnw y cafodd ei lusgo iddo gan y milwyr ar ôl gadael y dyffryn a âi tua'r gorllewin yr oedd y tristwch, nac am mai i'r cyfeiriad hwnnw yr oedd y gwersyll y cafodd ei lusgo iddo ac y dihangodd ohono gyda chymorth Ahti. Y tristwch oedd mai dim ond diwrnod a hanner o daith oedd y gwersyll o Lyn Sorob. Y tristwch oedd ei fod o wedi mynd i gyfeiriad arall pan gafodd ei draed yn rhydd.

Hen dristwch bellach, ond roedd yn taro o hyd. Trodd Gaut yn ôl a chanolbwyntio ennyd ar yr eryr, oedd yn dal i brysur sglaffio. Chwiliodd yr awyr i edrych oedd eu heryr nhw i'w weld ond doedd dim golwg ohono na'i gymar. Doedd y tristwch anorfod wrth syllu i'r de-orllewin ddim yn codi'r felan chwaith, oherwydd o droi a syllu i'r cyfeiriad arall roedd y gymdogaeth i gyd i'w gweld, gan gynnwys y tŷ newydd sbon oedd ar fin bod yn gartref i Eir a Lars a fo. Roedd gweld hwnnw'n ddigon i glirio popeth ond y gorau o'i feddwl.

Ar lan y llyn odano roedd yntau'n destun y sylw a'r

sgwrs. Roedd ei dad a Tarje wedi tynnu cwch newydd Tarje o'r dŵr fymryn ac wrthi'n ei sicrhau i'w bostyn, a'r fasged bysgod yn llawn wrth eu traed. Wedi iddo glymu'r cwch eisteddodd Tarje ar ei ymyl i yfed mymryn yn rhagor o'r haul tyner.

'Mae o'n hoff o'r copa 'na, 'tydi?' meddai ymhen ychydig gan amneidio tuag at Gaut, oedd bron wedi cyrraedd gwaelod y bryn. 'Oedd o'n mynd ar 'i ben i hun fel'na cyn iddo fo gael 'i gipio?'

'Doedd o'n gweld dim o'i le ar 'i gwmni 'i hun bylia pan oedd o'n fengach,' atebodd Seppo. Eisteddodd yntau ar ymyl y cwch, a chadw ei sylw ar Gaut oedd â rhyw osgo bodlon ei fyd i'w weld arno, hyd yn oed o bell fel hyn. 'Ydyn nhw wedi deud wrthat ti?' gofynnodd.

'Deud be?'

'Naddo, felly.' Roedd Seppo yn fwriadol ysgafn ei lais. 'Maen nhw'n mudo fory.'

'Nac 'dyn, debyg.' Roedd llais Tarje wedi codi ohono'i hun. 'Dydi'r tŷ ddim wedi'i orffan, heb sôn am ddim arall.'

'Ydi, meddan nhw. Mae'r stafelloedd yn barod fwy na heb, mae'r siambar dân a'r ffwrn yn barod, mae'r stafall ager yn barod. Ac mae dy ddodrefn a dy ddau wely di ynddo fo.'

'Gwely Lars ydi un.'

'A'u gwely nhw ydi'r llall,' meddai Seppo, o wrando ar gynnwrf cynnil y llais wrth ei ochr. 'Mae'r duwia wedi colli 'u gafael ar y ddau ers tro byd.'

'Ond be am y gymdogaeth?'

'Gawn ni weld.'

Tawodd y ddau, i ymlacio mymryn wedi'r pysgota a chael y cwch i'w angorfa. Roedd y gwaith ar y tir a'r tŷ newydd wedi'i ddechrau cyn y gaeaf a chyn i Tarje gael ar ddallt nad oedd chwilio amdano mwyach, ac felly doedd o ddim wedi bod ar gael i glirio'r llwyni hefo'r lleill a chynorthwyo i ddechrau codi'r tŷ. Roedd o wedi treulio'r dyddiau a'r lleuadau ynghudd yn gwneud dodrefn i'r tŷ newydd, gyda chymorth brwd a thawel Gaut pan nad oedd y tywydd yn caniatáu i Gaut fod yn gweithio ar y tŷ ei hun.

'Oes 'na sôn am briodi?' gofynnodd Tarje wedi'r ysbaid ymlaciol dawel, ei lais yn penderfynu'r ateb.

'Pan fydd Lars yn ddigon hen i ofyn iddyn nhw wneud hynny ac ynta'n gwybod am be fydd o'n sôn. Dyna ge's i bora.'

'A 'dest ti ddim i drio 'i ddarbwyllo fo.'

'Daeth Seppo ddim i'r drafferth o ateb. Gwyliodd y ddau Gaut yn dynesu.

'Newydd golli pryd o fwyd,' cyfarchodd Gaut nhw wrth iddo gyrraedd. 'Welsoch chi'r eryr?'

'Do, yn hofran yn y pelltera ac yna'n saethu troi uwch dy ben di,' atebodd Seppo. 'Doeddat ti ddim yn canolbwyntio arno fo yr adag honno chwaith.'

'Mi ddwynodd ein bwyd ni. Glastorch fras, flasus i'w gweld. Cystal hawl â ni gynno fo iddi, debyg.'

'Tasat ti'n meddwl chwartar cymaint am werthoedd a chyfrifoldeb ag yr wyt ti am y bleiddiaid a'r eryrod a'r petha gwylltion,' dechreuodd Tarje, a rhoi'r gorau iddi.

'Chdi'n peryglu dy fywyd bob eiliad am leuada i chwilio amdana i ydi 'ngwerthoedd i,' meddai Gaut, pob ysgafnder yn ei lais wedi diflannu. 'Eyolf a Linus ac Idunn yn gwneud yr un peth, er nad oedd Idunn na Linus rioed wedi cl'wad amdana i. Pawb ohonoch chi...'

Roedd ei lais wedi tawelu i ddim.

'Dw i ddim yn sôn am hynny,' meddai Tarje, ei lais yntau'n dawel ddarbwyllol. 'Gwerthoedd y tiroedd, gwerthoedd y cymdogaetha.'

'Gwerthoedd y duwia ydi'r rheini. Mi gân nhw fod ble maen nhw. Ac mae gen ti well gwerthoedd na'r rheini prun bynnag.'

'Nac oes,' dadleuodd Tarje.

'Oes. 'Blaw am Beli mi fyddwn i wedi fy lladd, os na fasach chi wedi digwydd dod o hyd i mi cyn hynny. Ond dial oedd cymhelliad Beli i 'nhynnu i o'r sach. Mi ddudodd hynny 'i hun, droeon. Dial am y gweir gafodd o. Nid dial oeddat ti pan dynnist ti Bo o sach, na phan dynnist ti fab yr Uchben gwyrdd hwnnw o'i sach o, na'r milwr truan hwnnw y lladdist ti fab yr Aruchben diffath 'na o'i herwydd o. Gwerthoedd y duwia ydi annog caethiwo pobol mewn sacha a gwirioni o'u gweld nhw'n diodda i farwolaeth. Dy werthoedd di ydi 'u rhyddhau nhw, ac mi wyddost hynny.'

Roedd y cofio'n mynd yn ormesol unwaith eto, a doedd Lars ddim ar gael i'w wasgu ato. Ceisiodd ei orchfygu, a chododd y fasged bysgod a chychwyn. Doedd o ddim haws. Rhoddodd y fasged i lawr ac aeth at Seppo a'i dynnu ar ei draed a gafael amdano. Gwasgodd o'n dynn ato am eiliadau hirion cyn ei ollwng ac ailafael yn y fasged a chychwyn drachefn. Dim ond amneidio ar Tarje a chodi mymryn ar ei sgwyddau ddaru Seppo, gan geisio cymryd arno nad oedd o chwaith wedi'i orchfygu eto fyth. Roedd Tarje yr un mor fud.

Ychydig eiliadau wedyn roedd wrth ochr Gaut.

'Anghofia'r gwerthoedd 'ta,' meddai. 'Priodwch, tasai dim ond i mi gael deud dy fod di'n frawd cyswllt i mi.'

'Neith dy alw di'n frawd cyswllt a Lars Daid ac Aud yn dad a mam cyswllt ddim mymryn o wahaniaeth. Dw i'n eich addoli chi a dyna fo.'

'Ella y gneith o wahaniaeth iddyn nhw 'sti,' meddai Seppo o'r tu cefn iddo, yn methu cadw'r hyn oedd newydd ddigwydd o'i lais.

Cadw'n dawel ddaru Gaut am ennyd, ond yn amlwg yn ystyried hynny. Nid peidio â phriodi oherwydd rhyw egwyddor fawr neu ryw her fawr oeddan nhw, dim ond peidio a dyna fo. Ella bod rhywfaint o wrthdystio oherwydd bod y gwerthoedd yn cael eu derbyn mor ddiniwed a digwestiwn, a hynny'n eu gwneud yn fwy o orchmynion na dim arall. Ond ella mai ei dad oedd yn iawn, meddyliodd. Roedd y ddau deulu wedi methu gwneud dim ond gwrando pan ddaru o sôn amdano'i hun yn sibrwd eu henwau wrtho'i hun i'w atgyfnerthu a chadw'n gall pan oedd yn y sach, ac fel roedd o'n gwahaniaethu rhwng y ddau Lars drwy alw un yn Lars Daid. Er y sobreiddio o'r newydd, erbyn trannoeth roedd y taid wedi gwirioni digon ar ei enw newydd i'w fabwysiadu, a bellach dyna oedd o'n ei alw ei hun wrth bawb a dyna oedd pawb yn ei alw o. Ella bod gofyn ystyried, meddyliodd Gaut eto.

'O'r gora 'ta,' meddai ar ôl cam neu ddau wedyn, yn swnio'n ddi-hid a hynny'n dychryn y ddau arall am ennyd. 'Poeni dim arna i. Gofyn i Eir. Gofyn i Lars hefyd tra byddi di wrthi.'

Ynghanol ei ddychryn awr yn ddiweddarach, llwyddodd Gaut i fynnu dwy amod. Doedd ei lwyddiant ddim cymaint o gamp â hynny chwaith gan fod Eir mor dawel frwd ag yntau. Yr amod gyntaf oedd eu bod yn priodi drannoeth, ac nad oedd neb ond y ddau deulu a Hagan i fod ar y cyfyl. Yr amod arall oedd fod Gaut yn mynnu tri Hebryngwr yn hytrach nag un. Y tri oedd Lars, Dag a Tarje. Be dw i i fod i'w wneud? oedd Dag frwd wedi'i ofyn. Gwna fel fyd fynnot ti, oedd ateb Gaut, ac ochenaid Tarje i'w chlywed dros y tŷ. Gaut oedd wedi cael cusan gyntaf Cari am fod Eir wedi gofyn iddi hi fod yn Warchodes.

Daeth trydedd amod. Roedd Eir a Gaut wedi mynd am dro at y llyn, yr un o'r ddau'n sicr iawn oeddan nhw'n bensyfrdan ai peidio. Roedd twynyn cul ac isel ar hyd glan ddeheuol hir y llyn, yn ei wahanu oddi wrth y gors. Aethant draw ar hyd y llwybr oedd ar ben y twynyn ac aros i stelcian ger tro yn y llyn, tro braf fel tasai wedi penderfynu ffurfio bae bychan iddo'i hun. Aethant i lawr o'r twynyn ac aros wrth y lan, i afael a chusanu a theimlo eu hunain yn cynhesu ei gilydd heb ddeud dim, dim ond caru'n ddieiriau a diweithred.

Ymhen dim dynesodd ceiliog alarch i fusnesa, a daeth stori Linus i lenwi meddwl Gaut y munud hwnnw, fel y gwnâi bellach bob tro y gwelai un. Pan ddaeth hefo'r lleill i ddanfon Eir a Lars yn ôl adra roedd Linus wedi tywallt ei brofiadau a'i hanes iddyn nhw. Un hanes oedd ganddo oedd yr hyn a ddigwyddodd hefo'r alarch, yr aderyn cysegredig nad oedd neb drwy'r holl diroedd erioed wedi meiddio meddwl am ei ladd, heb sôn am ei fwyta. Ond roedd Linus wedi gwneud hynny. Roedd Jalo, ei gyfaill o filwr, wedi'i anafu mewn llongddrylliad ac wedi marw ychydig wedyn mewn cwch bychan hefo Eyolf a Tarje ac yntau ynddo, a Linus mewn galar disymwth pan ddaethant i'r lan yn dial ar y duwiau a'r credoau a phopeth ac wedi rhoi warrog i iâr alarch hefo pastwn a'i phluo a'i berwi. Roedd Eyolf ac yntau wedi'i bwyta a Tarje wedi gweiddi gwrthod. Pan orffennodd Linus ei stori gofynnodd Gaut iddo sut flas oedd ar yr aderyn. Cafodd gerydd cyffredinol dilyn y drefn am wneud hynny, a dyfarniad Linus oedd bod y cig yn seimlyd a gwydn ac nad oedd llawer o waith dod i'r casgliad nad oedd yr her yn werth y drafferth o'i gwneud eilwaith.

Harddwch perffaith yr alarch oedd un o'r pentyrrau o resymau yr oedd yn aderyn cysegredig, harddwch na chreid mohono gan neb ond y duwiau eu hunain, ond rŵan wrth syllu arno'n agos fel hyn ni welai Gaut ei fod fymryn yn fwy nac yn llai hardd nag unrhyw aderyn arall. Ymhen ychydig daeth cymar ato, a chyn pen dim roedd saith arall yno. Cafodd Gaut weledigaeth y munud hwnnw.

'Dim ond cawg a dŵr a thân pren cwch odano fo oedd gan Linus,' meddai. 'Mi fentra i 'i fod o'n flasus o'i baratoi o a'i goginio fo'n iawn.'

'Am be wyt ti'n sôn?' gofynnodd Eir.

'Go brin bod cawg ar draeth yn well na ffwrn mewn tŷ. Ni'n dau fydd yn darparu'r wledd.'

Ennyd y parodd y cynnwrf a aeth drwy Eir. Roedd gwên anghrediniol braidd yn llenwi ei hwyneb wrth i'r syniad dreiddio iddi, ond darfu wrth iddi weld wyneb Gaut. Doedd o ddim yn gwenu o gwbl.

'Mi 'rhoswn ni tan dradwy,' meddai hi. 'Ne'r diwrnod wedyn. Hwnnw'n well ella.'

A phedwar diwrnod wedyn, wedi'r wledd, a Tarje yn diarhebu o weld Eir a Gaut wedi mynnu ei pharatoi, roedd Thora ac Aud yn prysur sibrwd wrth ei gilydd yng nghornel y stafell yn y tŷ newydd. Camgymeriad Gaut oedd gadael Eir a mynd o fewn gafael. Y munud nesaf roedd llaw ei fam gyswllt newydd yn gwasgu'n anhrugarog am ei war a hithau'n ei hanner llusgo hefo hi i'r gornel.

'Cig be gawson ni'n wledd?' gofynnodd.

'Dwy ŵydd wyllt,' atebodd yntau, a chymryd llymaid o fedd blasus Lars Daid.

'Mor wyllt â dŵr y cafn llydan,' meddai ei fam.

'Gofyn cael dwy 'toedd, a chitha i gyd yn sglaffio am y gora,' meddai yntau, yn cadw ei sylw ar ei gwpan am mai'r dewis arall oedd cael ei ddarnio gan lygaid hamddenol ei fam.

'Doedd rheina ddim mwy o wydda nag oeddan nhw o gywion tylluan,' meddai Aud.

'Rhyw feddwl dw i,' meddai Gaut yn araf gan gymryd llymaid arall, 'na fyddai o'n syniad call iawn deud yn amgenach wrth bawb yn ein plith.'

'Oes terfyn ar dy wrthgrediniaeth di, greadur?' gofynnodd Aud.

'Y duwia roddodd fi mewn sach. Y duwia ddaru falu dy wynab di.'

'Dos at dy wraig.'

Ond methodd Aud guddio ei deigryn. Cusanodd Gaut hi, a gwenu wrth orfodi llymaid o'i fedd arni. Cusanodd hi eilwaith cyn clywed Dag yn gweiddi arno o'r stafell ager lle'r oedd Cari ac yntau newydd fynd i fusnesa gan dynnu Eir hefo nhw. Aeth tuag yno a phlannu dwrn ar ysgwydd ei dad wrth fynd heibio. Roedd Seppo mewn sgwrs go ddwys hefo Hagan, ac roedd Gaut bron yn sicr ei fod yn gwybod ei thestun. O dderbyn y cyfarchiad cadarnhaol cododd Seppo aeliau ar y ddwy yn y gornel a dod atynt.

'Wel ia,' meddai'n hamddenol, yn dal i deimlo'r dwrn hapus ar ei ysgwydd ac yn gofalu nad oedd ei lais yn cario ymhellach na nhw ill dwy, 'os cofia i'n iawn mae'r Chwedl yn ein gwahardd ni rhag byta'r gigfran hefyd, 'tydi? Ella bod gynnon ni le i ddiolch mai'r gwaharddedig arall gawson ni.'

'Mi gawn ni ladd faint fynnon ni o gigfrain, dim ond inni beidio â'u byta nhw, pwy bynnag yn 'i iawn bwyll fyddai'n dymuno hynny,' meddai Aud.

'Wyt ti'n poeni?'

'I be, bellach?'

'Ia, mae'n debyg.'

Gadawodd Seppo hi ar hynny. Yn y gongl gyferbyn eisteddai Lars Daid synfyfyrgar, a Lars ar ei lin. Roedd y bychan wedi neidio arno ychydig funudau ynghynt ac wedi gwasgu ei drwyn a chwerthin, wedi troi ei locsyn a chwerthin, ac wedi swatio yn ei gesail a chysgu, gan adael iddo ddychwelyd i'w fyfyrio. Yn ei dro roedd yntau fel holl dadau'r tiroedd wedi bod yn meddwl byliau am yr adeg y deuai'n bryd iddo drefnu Priodas Deilwng ar gyfer ei ferch, neu dderbyn penderfyniad tad rhyw ddarpar briodfab ar ei chyfer. Ond ymhell cyn helynt Tarje roedd wedi dod yn amlwg nad oedd Eir yn hogan a fyddai'n gweddu i hynny. Yna daeth yr helynt, ac aeth pob defod ac arfer yn amherthnasol wrth i wyneb Aud gael ei falu dan ddyrnau ac esgidiau'r milwyr. Ychydig leuadau yn ddiweddarach roedd Eir wedi dod i'r tŷ a chyhoeddi fod yr hogyn o gymydog wedi dod o hyd i gyw eryr amddifad a'i fod yn ei fagu. Ymhen dim roedd Gaut yn ailfywiogi'r tŷ gyda'i naturioldeb braf ac yn gryfach ei gefnogaeth lafar i Tarje na phawb arall hefo'i gilydd. Roedd yntau wedi cynnig ambell gyngor iddo fo ac Eir ar y dull gorau o gael yr eryr i ymgynnal yn llwyddiannus, ac erbyn hynny roedd Gaut yn galw'n feunyddiol ac yn ei gynorthwyo o amgylch y tŷ a'r tir. Roedd y canlyniad yn cysgu yn ei gesail ar ddydd priodas ei fam a'i dad.

Doedd hwnnw'n ysgytwad o fath yn y byd bellach. Yr ysgytwad oedd ei fod wedi digwydd gweld pennau'r ddau aderyn oedd Eir a Gaut wrthi'n eu pluo bedair noson ynghynt. Roedd Gaut wedi codi ei ben i edrych arno a gwenu'n gynnil cyn ailafael yn ei waith.

Daeth Seppo a Hagan i eistedd ato a rhoes Hagan gwpanaid o fedd iddo. Roedd ganddo blatiad o gig yn ei law a chynigiodd o iddo.

'Wel ia,' ochneidiodd yntau wrth gymryd tafell, 'mae o'n ddigon blasus, 'tydi?'

'Tasan nhw wedi priodi dridia yn ôl fel roeddan nhw wedi'i fwriadu fydda fo ddim wedi cael digon o amsar i fagu blas, debyg,' meddai Hagan. 'Mae dy fab cyswllt di yr un ffunud â'i dad.'

'Laddis i rioed alarch, y twpgi,' meddai Seppo.

'Nid yn llythrennol ella.'

*   *   *

Braf oedd bod drwyn wrth drwyn ar ymylon cwsg.

'Gŵr priod,' meddai Eir, a chwythu'r anadl ysgafnaf ar draws ei dalcen. 'Gŵr cyfrifol.'

'Gwraig briod. Yn ufudd i'w pherchennog am weddill ei hoes.'

Ailddeffrodd a chwarddodd Gaut o gael y dwrn disgwyliedig yn ei stumog.

'Wyt ti'n teimlo'n fwy parchus a syber?' gofynnodd hi.

Chwythodd o anadl lawer mwy swnllyd ar ei thalcen hi.

'Wyt ti?' gofynnodd hithau wedyn.

'Defod ydi defod. Mae pawb yn fodlonach, wedyn dyna fo.'

'Paid byth ag aeddfedu. Aros fel rwyt ti.'

Swatiodd y ddau eto.

"Dan ni'n ŵr a gwraig rŵan,' meddai o yn y man. 'Dim cyfrinacha.'

'Doedd 'na'r un cynt.'

'Sut ce'st ti'r cerflun o facha Obri?'

'Cysga'r lwmp.'

Ganol y pnawn rhyfeddol hwnnw roedd Gaut wedi gweld y criw bychan yn dod heibio i'r tro pell yn y dyffryn, wedi i led-gythrwfwl yr adar a'r anifeiliaid fynegi fod rhywrai'n dynesu, ac yntau'n argyhoeddedig fod yr eryr wedi mynegi hynny eisoes, wedi iddo hedfan mor unionsyth i grombil y dyffryn yn y bore a dychwelyd yr un mor unionsyth tua chanol dydd. Roedd Gaut wedi aros yn ei guddfan yn y pantle ar ochr y bryn am eiliad neu ddwy nes iddo wybod bod Eir ymysg y criw, er mor bell oeddan nhw. Wrth lamu ar hyd y dyffryn tuag atyn nhw roedd wedi nabod Ahti, yna Eyolf, ac wedi'r neidio a'r cusanu a'r holi a chyflwyno Idunn a Linus iddo roeddan nhw wedi deud wrtho fod Tarje hefyd wedi dychwelyd ond ei fod ynghudd. Roedd Lars ynghwsg ym mreichiau Linus ac wedi deffro yn ei freichiau o. Yn ddiweddarach, wedi nos, roedd Eir wedi tynnu'r cerflun oddi am ei gwddw a'i roi iddo. Roedd wedi bod ynghudd o dan ei gwisg tan hynny. Ei gerflun o oedd o, o'i wneuthuriad ei hun, cerflun o'i ben a phennau Cari a

Dag. Pan lamodd y milwyr arno i'w gipio i'r fyddin roedd Obri wedi plycian y cerflun oddi ar ei wddw ac wedi'i gadw yn ei boced. A phan ddychwelodd Gaut ymhen y lleuadau roedd wedi gofyn i'w dad a'i fam oedd rhywun wedi dod o hyd i'r cerflun adeg llofruddiaeth Obri. Ond ni wyddai'r naill na'r llall ddim o'i hanes o.

A rŵan doedd Gaut ddim â'i fryd ar gysgu am fymryn eto.

'Deud,' sibrydodd. 'Sut ce'st ti o?'

Cusan oedd ei hateb.

4

Wedi cyrraedd, roedd y syniad yn fwy ynfyd nag yr oedd wedi bod ar hyd y daith. Roedd o wedi cael pyliau o gredu nad angen am gwmni a siarad call ond angen am swcwr oedd yn ei hybu ymlaen gydol yr adeg, angen diarth iawn iddo fo. Ond doedd o ddim yn dymuno cwmni na swcwr ar draul neb.

Roedd yn cofio digon am y lle iddo gael at ben y llwybr y tu hwnt i'r boncan, er mor drwchus oedd y niwl. Gan mai llwybr ffwrdd-â-hi heibio i gefnau dyrnaid o'r tai oedd o, eithriad fyddai i neb ei droedio mewn tywydd diwedydd fel hyn, ac roedd digon o lwyni o'i ddeutu yma a thraw tasai'n clywed rhywun yn dynesu. Aeth ymlaen, pob cam yn ei wneud yn fwy ansicr. Ar wahân i'r un pellaf, roedd y tai ger ochr chwith y llwybr, ac yn y man daeth at yr un cyntaf, oedd yn nes at y llwybr na'r lleill ymhellach draw. Arhosodd, yn gwrando ar y cyfnos, oedd yn dywyllach oherwydd y niwl. Gwyddai y byddai'r croeso a gâi yn y tŷ hwnnw'n fwy brwd nag a gâi mewn unrhyw dŷ yn yr holl diroedd, ond rŵan o fod o fewn cam neu ddau i'r drws gwyddai na fedrai fynd ato. O fod mor agos gwyddai na fedrai fynd at unrhyw ddrws arall chwaith, ond roedd cyrraedd yno i wneud dim ond troi'n ôl yn fwy ynfyd fyth. Llyncodd ei boer ac aeth ymlaen, gam wrth gam, yr amheuon bellach yn llawer mwy o rwystr na'r niwl.

Roedd wedi credu y byddai hwnnw'n gymwynaswr. Fel arall byddai pawb yn eu gwelyau erbyn iddi dywyllu digon iddo allu symud yn ddisylw, â'r cyfnos mor hir. Cyn i'r niwl ddod, y bwriad oedd aros tan y bore bach cyn sleifio at y tŷ cyntaf neu'r pellaf a churo ar y drws pan synhwyrai fod rhywun wedi codi yno. Roedd o'n fwriad lled gall yn y guddfan, pan nad oedd y pwn na'r babell ar ei gefn. Ond o gychwyn, doedd ganddo ddim dewis ond eu cario gan y gwyddai na fedrai fyth ddod o hyd i'w guddfan wrth geisio dychwelyd iddi yn y niwl.

Pendronodd eto, ac aeth yn ei flaen i geisio meddwl a magu plwc. Ond doedd yr un syniad newydd am ddod i'r fei. Cyn hir, arhosodd eto a gwrando ar y distawrwydd. Gwyddai oddi wrth natur y llwybr ei fod wedi mynd heibio i'r tŷ olaf ar y chwith ers munudau a'i fod yn dynesu at ble'r oedd y llwybr yn mynd rhwng llwyni uchel am sbelan cyn cyrraedd cyffiniau'r tŷ ar y dde. Wrth ailgychwyn sylweddolodd fod rhywbeth yn ddiarth. Aeth ymlaen gam neu ddau cyn aros drachefn. Roedd yn ddigon golau iddo weld nad oedd y llwyni oedd i fod ar y dde ddim yno. Roedd rhywun wedi'u torri a'u clirio, a thir gwastad glân oedd yno rŵan, hynny a welai ohono. Ceisiodd graffu. Gwyddai fod arwyddocâd wedi bod i'r llwyni, i ddau deulu beth bynnag, os nad i ragor. Cerddodd gam neu ddau ymlaen i'r tir, gan ddal i graffu.

Daeth lleisiau ar y llwybr, o'r cyfeiriad yr oedd o

wedi bod yn anelu ato. Sleifiodd ymlaen orau y gallai i'r tir oedd wedi'i glirio nes bod yn lled fodlon na welid o o'r llwybr cyn troi i graffu yn ôl tuag ato. Ni welai ac ni chlywai ddim. Bu yno am dipyn cyn bodloni bod pwy bynnag oedd yno wedi mynd heibio. Dychwelodd fesul cam a chyrraedd y llwybr. Doedd dim smic i'w glywed, y distawrwydd yn pwysleisio eto mor ofer oedd ei fwriad. Ond ymlaen yr aeth, yn arafach a mwy gwyliadwrus na chynt. Cyn hir, daeth i derfyn y llwybr ac i'r llwybr lletach a âi ag o tuag at y tŷ oedd ar y dde neu i'r gymdogaeth ar y chwith. Neu fe fedrai fynd fymryn at y tŷ a throi i lwybr bychan arall a âi ag o at dri thŷ ym mhen pellaf y gymdogaeth, tai nad oedd ganddo gysylltiad o gwbl â nhw, a'u cyrchu yr un mor ddi-fudd â chyrchu'r un ar y dde iddo, meddyliodd eto fyth.

Dynesu tuag ato ddaru o, serch hynny, ac aros yn stond eto pan welodd ei siâp drwy'r niwl. Byddai'r croeso yr un mor dwymgalon yma ag yn y tŷ cyntaf, ond roedd yn groeso nad oedd ganddo hawl iddo. Trodd.

'Rhyw fusnesa braidd, ddieithryn?'

Roedd y ddau o fewn hyd braich iddo, eu pennau digwfwl yn derbyn lleithdra'r niwl heb feddwl dim amdano. Roedd wedi nabod y llais a gwthiodd yntau ei gwfwl yn ôl ar unwaith.

'Nid ar berwyl drwg,' meddai.

'Ahti!'

Eir oedd y gyntaf i symud. Brysiodd ato, a gafael ynddo am eiliad cyn ei gofleidio a'i gusanu. Tynnodd ei phen yn ôl ar unwaith.

'Lle mae dy farf di?'

'Yr ymgais leia digalon y medrwn i ddod o hyd iddi i beidio â chael 'y nabod.'

Gwasgodd Eir o a'i gusanu eto.

'Dechra mynd yn flêr yn dy henaint,' meddai wrth ei ollwng. 'Gadael i bobol dy weld a dy ddilyn di.'

'Ac i be oeddat ti'n mynd 'fath â morgrugyn yn gochal rhag cilddant yr arth prun bynnag?' gofynnodd Gaut wrth afael amdano a'i wasgu.

'Rhyw eirth digon rhyfadd gen ti,' meddai Ahti, yn gyndyn o'i ollwng o glywed ei eiriau. 'Rwyt ti mor ddiniwad rŵan ag yr oeddat ti y diwrnod cynta i mi dy weld di rioed. Paid â deud nad wyt ti wedi cl'wad fy hanas i.'

'Do.' Ceisiai Gaut ei orau i swnio'n hamddenol. 'Mi wyddost titha na weli di ddim llwybr diogelach i ti na hwn drwy'r holl diroedd.'

'Nid fi.' Gollyngodd Ahti ei afael arno. 'Arnach chi y bydd y dial os gwelan nhw chi hefo fi. Mi wyddoch hynny'n iawn.'

Doedd y niwl na'r cyfnos ddim yn cuddio digon ar y ddau wyneb o'i flaen iddo beidio â gweld y pryder sydyn yn eu llenwi, y ddau hefo'i gilydd.

'Be sy'n bod?' gofynnodd.

'Mi gawson ni negesydd,' dechreuodd Gaut, yn araf a phytiog, 'ryw leuad yn ôl.'

'Mi wn i hanas 'y nheulu,' meddai Ahti i'w arbed. 'Does dim gofyn i chi ddeud unrhyw newydd drwg wrtha i, na'i guddio fo. Os na wyddoch chi rwbath newydd am Mog,' prysurodd ymlaen.

'Dy nai?' gofynnodd Eir.

'Ia.'

'Dim ond 'i fod o wedi'i lusgo i'r fyddin.'

'Mi wn inna hynny. Dim arall.'

Roedd yn ymwybodol o ryddhad y ddau. Gafaelodd ynddyn nhw eto, dim ond dwy law ar ddwy fraich.

'Pryd cyrhaeddist ti?' gofynnodd Eir.

'Bora ddoe.'

Roedd sŵn fymryn yn euog yn ei lais.

'Be wyt ti wedi bod yn 'i wneud ers hynny?' gofynnodd Gaut.

'Trio magu plwc.' Edrychodd eto i'w llygaid. 'Ylwch, mae'n well i mi fynd. Ro'n i'n anghyfrifol yn meddwl am ddŵad yma.'

'Wyt ti am fynd, wyt ti?' gofynnodd Eir.

'Ro'n i'n wallgo'n meddwl am ddŵad.'

'Welist ti'n tŷ newydd ni? Yn hwnnw y byddi di heno.' Gafaelodd yn ei fraich. 'Tyd. Mi gei weld Dad a Mam a Tarje a Seppo a Thora fory.'

Gwyddai Ahti nad oedd haws â dadlau. Gwyddai nad oedd yn dymuno chwaith. Cychwynasant.

'Mi wyddost bod Tarje yn rhydd?' gofynnodd Gaut. 'Mae o wedi cael maddeuant.'

'Gwn. Ac o'i nabod o, mi fentra i 'i fod o'n deud bod hynny ar fy nhraul i.'

'Mi ddechreuodd wneud hynny. Ond mi glywodd Eir o. Ddaru o ddim wedyn.'

'Sut mae Lars?' gofynnodd Ahti wedi cam neu ddau arall. 'Lle mae o?'

'Hefo Cari a Dag,' atebodd Gaut. 'Maen nhw'n 'i hawlio fo. Ar ein ffor o dŷ Lars Daid ac Aud i'w nôl o oeddan ni pan ddaru ni dy weld di'n sleifio i'r niwl o flaen tŷ ni.'

'Dyna ydi'r clirio llwyni? Mi godist dy gartra lle ce'st ti dy gipio?'

'Eir ddaru.'

Awr yn ddiweddarach roedd Ahti yn ymlacio yn yr ager, a'i ddillad yn mwydo yn y twb. Am y tro cyntaf ers lleuadau teimlai'n ddiogel, a'r ofn ei fod yn ddiogelwch nad oedd yn ei haeddu am y gallai fod ar draul tri fel y rhain yn pylu. Roedd Gaut wedi'i hel o i'r tŷ hefo Eir tra bu o'n mynd i nôl Lars. Y munud y gwelodd o ei dad a'i fam a gwenu ar y cerydd bychan disgwyliedig am y dylai Lars fod yn ei wely ers meitin, gwyddai fod cadw cyfrinach rhagddyn nhw'n ynfyd a dywedodd fod ganddyn nhw ddyn diarth. Cadwch o'n ddiogel tan fory, oedd y gorchymyn. Pan ddychwelodd i'r tŷ gwelodd mai siarad hefo fo'i hun a chanu iddo'i hun roedd o wedi bod yn ei wneud yn niwl y cyfnos gan fod Lars yn cysgu ar ei ysgwydd.

Daeth Ahti o'r ager wedi'i lapio yn y blanced a roddodd Eir iddo, gan hymian nodau'r gân y clywsai Gaut yn ei chanu i Lars pan ddaethant i'r tŷ, cân yr oedd Eir wedi'i chanu iddo droeon yn ystod eu taith hir i chwilio am Gaut, ac yntau a'r lleill wedi'i dysgu bron yn ddiarwybod. Aeth i'r stafell arall i gael gweld

Lars ynghwsg yn ei wely newydd, a'r munud hwnnw teimlodd ei bicil ei hun yn mynd yn ddibwys bron. Roedd wedi dal y bychan yn ei freichiau ddigon o weithiau yn ystod eu taith, a daeth ysfa sydyn arno i wneud hynny eto. Calliodd. Daliodd i edrych arno am ychydig cyn dychwelyd at Eir a Gaut.

Roedd gwledd fechan ar ei gyfer. Tyrchodd iddi.

'Be 'di'r cig 'ma?' gofynnodd toc.

'Roedd Lars yn dair oed ddoe,' meddai Gaut.

'Gwych. Mae o'n eich haeddu chi a dach chi'n 'i haeddu o. Cig y wledd, felly?'

'Fwy na heb.'

'Blas da arno fo. Be ydi o?'

'Dair blynadd i rŵan ro'n i'n mynd â Lars yn ôl i Eir.'

'Y gors?' gofynnodd Ahti, wedi distawrwydd bychan.

'Ia,' meddai Eir.

Cododd Gaut yn sydyn. Gafaelodd yn llaw Eir a'i chodi ar ei thraed cyn gafael amdani a mynd i'r stafell lle'r oedd Lars yn cysgu.

Teimlai Ahti ei fod yn gallu rhannu cyfoeth y tawelwch. Ac o dipyn i beth wrth wrando aeth i synfyfyrio mymryn ar y cig yn ei law. Pan oedd o ar ei daith hefo'r lleill yn chwilio am Gaut roedd wedi cael pyliau o feddwl tybed a fyddai ffawd Gaut yn wahanol tasai o wedi dilyn y drefn pan aeth i gyrchu ei fabi bach o'r gors. Trefn y tiroedd a'r oesoedd oedd gosod babi newydd-anedig merch ddibriod mewn cors dros nos er mwyn i'r tad ddod i'w gyrchu a'i ddychwelyd at y fam, a thrwy hynny ddangos ei fod yn arddel y babi ac yn cydnabod gerbron pawb mai fo oedd y tad. Os na ddeuai'r tad i'w nôl, câi'r babi ei adael i farw yn y gors. Gwyddai Ahti nad oedd y drefn yn ddieithriad chwaith. Gallai ddibynnu yn aml ar faint oedd y fam neu ei theulu'n plesio, neu a oedd yr un a amheuid o fod yn dad yn plesio ai peidio. Gan fod Eir yn chwaer i Tarje ac yntau'n esgymun drwy'r holl diroedd bryd hynny am iddo ladd mab yr Aruchben, doedd ganddi hi ddim gobaith.

Nid wedi dilyn y gorchymyn oedd Gaut. Roedd wedi arddel ei fabi yn ei ddull ei hun, gan adael pawb ond ei deulu a theulu Eir mewn dryswch llwyr. Roedd o'n nabod y gors yn well na rhai bumgwaith ei oed oedd wedi byw yn y gymdogaeth gydol eu hoes, ac yn hytrach na chyrchu'r babi a'i gario oddi yno yng ngŵydd pawb roedd wedi sleifio at Lars o ben arall y gors a mynd â fo'n ôl yr un modd. Ond drwy wneud hynny gwyddai Ahti fod Gaut wedi dirmygu'r ddefod a sarhau'r defodwyr, yn eu tyb nhw beth bynnag, a châi byliau cyson o gredu mai dyna'r rheswm pennaf dros drefnu i Gaut gael ei gipio i'r fyddin. Doedd o ddim wedi rhannu'r meddyliau hynny hefo neb ar y daith chwaith.

Cyn hir, trodd ei ben. Roedd y ddau yno'n llonydd, yn gafael yn ei gilydd a'u pennau wedi plygu mymryn dros y gwely. Trodd ei ben yn ôl ac astudio ei gig unwaith yn rhagor. Pan ddychwelodd y ddau at y bwrdd, roedd llygaid Eir yn dawel braf. Roedd llygaid Gaut fymryn yn fwy llaith.

'Be ddudist ti oedd y cig 'ma?' gofynnodd Ahti iddo.

'Mi gafodd 'na hogan fach 'i geni yma ddechra'r gwanwyn. Dydi'i mam hi ddim wedi priodi. Roedd yr Hynafgwr a'i griwiach isio rhoi'r hogan fach yn y gors ond buan iawn y daru nhw ailfeddwl pan ddechreuodd pawb 'u gwatwar nhw am fod Lars wedi'u gwneud nhw'n racs dair blynadd yn ôl. Mae'r hogan fach a'i mam wedi cael llonydd.'

'Da iawn. Cig be ydi hwn, Gaut?'

'Mae'r duwia'n dechra colli 'u gafael. Hen bryd.'

Rhoes Ahti y cig yn ôl ar ei blât.

'Mae'n beryg mai fel arall y mae hi,' meddai.

'Pam wyt ti'n deud hynna?' gofynnodd Eir, ac Ahti yn gweld mymryn o ddirmyg at y syniad yn llenwi ei llygaid.

'Drwy drefn y duwia ne' rwbath, mae Aruchben newydd y fyddin lwyd yn hanu o'r un partha ag Aruchben y fyddin werdd. Hefyd mae'r un llwyd yn tynnu'r duwia ato'i hun yn llawar tynnach na'r hen Aruchben ac yn benderfynol o gael y tiroedd i ddilyn y drefn. Yn hynny o beth mae'r ddau Aruchben yn debyg iawn i'w gilydd, o ran credoa ac o ran ymgyrchu diarbad o'r newydd i gael y tiroedd i gyd i ailorseddu'r duwia a byw i'r Chwedl. Yn 'u tyb nhw ill dau mae'r tiroedd wedi llacio ac wedi mynd yn ddibris o'r duwia a'r credoa. Mae'r ddau hefyd bellach am y gora'n galw pawb nad ydyn nhw'n plesio'n gnawdolion, i'w difa 'ran myrrath.'

'Os ydi'r ddau o'r un farn a'r un bryd, be 'di'r holl ymladd 'ma?' gofynnodd Eir.

'Mae'r fyddin lwyd yn deud mai ar ochor chwith

trwyn Oliph dduw mae'r ploryn,' meddai Gaut. 'Mae'r fyddin werdd yn taeru mai ar yr ochor arall mae o.'

'Dyna wyt ti am 'i ddysgu i dy blentyn?' gofynnodd Ahti. 'Dw i'n dod o'r un partha â'r ddau yn fras,' meddai cyn aros am ateb, 'tiroedd y de-orllewin pell 'cw, ac mae 'na un gred yn fan'no nad ydi hi'n gyffredin yn unman arall. Mae'r ddau Aruchben yn dynwarad 'i gilydd ac yn deud erbyn hyn mai cael y gred honno i ymledu drwy'r tiroedd fydd yn tanio'r adfywiad parhaol.'

'Neith hynny ddim symud y ploryn i ganol 'i drwyn o,' meddai Gaut.

'Os wyt ti'n credu mai ymladd tragwyddol ydi tynged y tiroedd wna i ddim taeru hefo chdi.' Syllai Ahti ar y cig ar ei blât. 'Ond rhyw feddwl ydw i nad ydi hynny'n gydnaws iawn â'r modd roeddat ti'n canu i dy hogyn bach pan ddoist ti drwy'r drws 'na gynna.'

'Ildio i'r byddinoedd fyddai galarnadu iddo fo. Callia.'

Daeth pwt o wên ar wyneb Ahti.

'Os wyt ti'n gorchymyn. 'Ta waeth,' aeth ymlaen, 'yn y partha acw, cred y canrifoedd ydi bod y duwia'n cyfuno yn ôl y gofyn, a chyfarch y Gallu mae'r tiroedd bryd hynny yn hytrach na chyfarch un o'r duwia unigol ne' ymbil arno fo. Dyna sy'n digwydd fel rheol mewn defoda arbennig fel priodasa ne' gladdedigaetha ne' pan mae gofyn i ryw ymbil fod yn fwy dwys na'i gilydd. A dyna mae'r tiroedd i gyd i fod i'w wneud o hyn ymlaen. Y Gallu ydi'r doethineb a'r mawredd cyfun.' Cododd ei lygaid eto i edrych am ennyd ar y ddau. 'Mae 'na fwy o siâp credu hynny ar y postyn drws 'na nag arnoch chi.'

'Mae croeso iddyn nhw drio, debyg,' meddai Eir.

Yr un sicrwydd ag erioed, meddyliodd Ahti. Dyna oedd Eir wedi'i ddangos gydol y daith i chwilio am Gaut ac yn ôl, ar wahân i'r ychydig oriau hynny pan ddaru o weld ei bod wedi dod â cherflun Gaut hefo hi a'i bod yn ei gadw yn ei sachyn. Canolbwyntiodd ar ei fwyd ac edrych yn amheus eto am ennyd ar y cig. Ar wahân i'r diwrnod y bu ei fam farw hwn oedd y tro cyntaf iddo fod mewn tŷ ers iddo ymadael â chymdogaeth Llyn Sorob y tro cynt. Er gwaethaf pob gwahoddiad a pheth ymbil arno i setlo yno, cwta leuad yr oedd o wedi aros y tro hwnnw. Roedd gweld dau deulu mor hapus wedi gwneud iddo feddwl am ei deulu ei hun, a dychwelyd adra oedd ei fwriad, taith bedwar lleuad anodd ac araf. Daethai'r newydd am yr helynt yn y fyddin a bod chwilio o'r newydd amdano fo ymhell cyn iddo gyrraedd. A rŵan yng nghwmni'r ddau hyderus dechreuai gydnabod faint o dryblith oedd y lleuadau diwethaf wedi bod.

'Wyt ti'n credu?' gofynnodd Gaut, yn sylwi fod Ahti fel tasai o wedi mynd i ganolbwyntio'n llwyr ar ei blât.

'Mi fûm i, mae'n debyg,' atebodd Ahti, rhyw oslef ffwrdd-â-hi yn ei lais. Difrifolodd. 'Ond i ddangos 'i fod o o ddifri mae'r Aruchben llwyd newydd â'i fryd ar oresgyn ardaloedd y Pedwar Cawr a'u hawlio nhw iddo'i hun. Honno ydi'r ymgyrch sydd ar y gweill ar hyn o bryd.'

'Symud 'i gwt i fan'no?' gofynnodd Gaut.

'Mi fydd yn ddigon pell, felly,' meddai Eir.

'Na, dim peryg,' meddai Ahti. 'Fyddai'r lle'n dda i ddim iddo fo gefn gaea, at 'i ganol mewn eira. Ond fel ym mhobman, mi ellwch fentro y bydd yno lyfwr ne' ddau i gyfarch y fyddin pan gyrhaeddith hi.' Roedd ei wyneb wedi difrifoli'n sydyn. 'Dw i wedi cl'wad bod mab Uchben a gafodd 'i ddienyddio am nad oedd o'n plesio yn llochesu yno hefo'i gariad. Mae hi wedi'i geni yno. Mae ynta fel chditha wedi bod mewn sach,' meddai wrth Gaut. 'Mab Uchben Haldor.'

'Bo,' rhuthrodd Gaut ar ei draws. 'Mae Tarje wedi deud yr hanas wrtha i. Fo ddaru 'i ryddhau o.'

'Ia. Mi ge's i orchymyn gan Uchben lloerig i fynd i chwilio amdanat ti ac ynta y diwrnod hwnnw y ce'st ti dy draed yn rhydd ar ôl dy gurfa. Wn i ddim oedd o am eich cadw chi'ch dau yn yr un sach. Yr Uchben Mulg hwnnw oedd yn dwysgamu o flaen elor Anund yn yr orymdaith anga honno a'i arf yn trio cosi'r cymyla,' meddai wrth Eir. 'Ond os ydyn nhw'n gwybod pwy ydi Bo fydd y llyfwyr ddim chwinciad yn achwyn amdano fo wrth yr Uchbeniaid pan gyrhaeddith y fyddin y Pedwar Cawr, mae hynny'n sicr. Mae'n amlwg o'r dechra nad oes gan yr Aruchben newydd chwaith yr un bwriad o roi'r gora i chwilio amdano fo.' Synfyfyriodd fymryn ar ei gwpanaid o gwrw eithinen. 'Ro'n i yn yr un gwersyll ag Uchben Haldor pan gafodd o 'i ddienyddio. Mi aeth yn dipyn o helynt pan ddaru nhw ddarganfod 'mod i'n gwrthwynebu 'i ddienyddio fo.' Yfodd lymaid. 'Wn i ddim sut ce's i ddal ati i fod yn Orisben. Ro'n i'n hannar disgwyl iddyn nhw 'nienyddio inna hefyd.'

Daeth sŵn bychan o'r stafell arall. Gwrandawodd y tri am eiliad. Cynyddodd y sŵn fymryn a chododd Gaut a mynd drwodd. Clywai Ahti o'n hanner sibrwd wrth Lars ac yn dechrau canu'n dyner iddo. Tawelodd ei lais i ddim ymhen ychydig a dychwelodd at y bwrdd. Gwenodd yn gynnil ar Eir wrth eistedd. Am eiliad roedd Ahti yn eiddigeddus ond yr eiliad nesaf gwyddai eto fod hyn yn werth pob ymdrech.

'Mi fyddan nhw'n ymlid Bo yn enw'r Gallu, felly,' meddai Eir.

'Cyfiawnhau pob dim,' meddai yntau. 'Mae hi'n waeth na hynny hefyd. Dw i wedi cl'wad fod teulu Bo yn Llyn Helgi Fawr mewn peryg, bod yr Aruchben yn mynd i ddial arnyn nhw hefyd, os nad ydi o wedi gwneud hynny eisoes.'

'Fel dy deulu di,' meddai Eir yn ddistaw.

'Ia.' Synfyfyriodd Ahti ar y bwrdd o'i flaen. 'Wn i ddim ydw i wedi galaru ar 'u hola nhw. Wn i ddim ydi'n bosib i mi alaru ar ôl teulu na welis i mohonyn nhw ers ugian mlynadd. Peth fel'na ydi o.' Stwyriodd fymryn, a gafael eto mewn darn o gig a'i astudio ennyd. 'Ond mi fedraf obeithio fod teulu Bo yn Llyn Helgi Fawr wedi cael gwybod mewn da bryd. Mae tair o'i bedair chwaer o'n efeilliaid. Hynny'n 'i gwneud hi'n anos iddyn nhw gadw hefo'i gilydd ac yn ddisylw, ella.'

'Y Gallu 'ma sydd ar d'ôl ditha, mae'n debyg,' meddai Gaut.

'Ia. A chan mai'r Aruchben a'i ddewis bobol sy'n penderfynu pwy sy'n cael mynd i fangreoedd y Gallu ar derfyn eu hoes, go brin y cawn i fynd i fan'no tawn i'n cael fy nal.' Yfodd lymaid arall o'r cwrw. 'Nid copaon na chrombilia'r Pedwar Cawr nac unrhyw fynydd diddringo arall ydi mangreoedd y Gallu, gyda llaw,' meddai. 'Roeddan ni'n dysgu hynny pan oeddan ni'n blant. Ond mae'n debyg mai trwy rym y Pedwar Cawr mae'r duwia'n cyfuno'n Allu.' Astudiodd ragor ar y cig yn ei law am ennyd. 'Llwybr Gwyn yr Adar ydi 'i drigfan o.'

'Y Llwybr?' torrodd Eir ar ei draws, ei hwyneb yn llenwi ag atgof sydyn. 'Dw i'n cofio'r Weddw yn sôn rwbath am hynny. Dw i'n 'i chofio hi'n deud bod 'i thad hi'n dŵad o diroedd pell y gorllewin yn rwla ac y byddai o'n cyfarch rwbath gefn nos a galw arno fo ac yn codi 'i freichia at y Llwybr wrth wneud hynny. Dw i ddim yn cofio cyfarch be. Ro'n i'n rhy fach. Wn i ddim oedd hi'n credu hynny 'i hun.'

Dim ond clywed eu lleisiau oedd Gaut. Roedd yng nghanol y noson honno eto. Y noson honno oedd y cof cliriaf o ddigon oedd ganddo o'i hirdaith unig o gyrion y moroedd tuag adra. Roedd y dyn wedi'i gaethiwo yn y cwt ac yntau wedi torri twll yn y to i ddengid, a phan ddaeth y nos ddileuad a'i babell wedi'i chodi mewn coedlan fechan roedd yn gyndyn o fynd iddi gan fod Llwybr Gwyn yr Adar yn newydd sbon iddo yn yr awyr, er ei fod wedi edrych arno a'i ddathlu a dychmygu ei ddychmygion amdano filgwaith. Ond y noson honno roedd y Llwybr yn harddach nag y bu erioed, yn cadarnhau popeth gobeithiol oedd i'w gadarnhau. A byth ers hynny doedd yr harddwch wedi pylu dim.

Daeth Ahti ag o o'i feddyliau.

'Ydw i o'i chwmpas hi os awgryma i mai chydig iawn o bobol sydd wedi byta cig fel hwn yn holl hanas y tiroedd, Gaut?' gofynnodd.

'Mi fydd Llwybr Gwyn yr Adar yn dal i fod yn ysblennydd pan fydd y duwia a'u poblach a'u byddinoedd wedi mynd i'w crogi,' meddai Gaut.

'Dyna fi wedi cael atab eto fyth. Ro'n i'n credu tan heno 'mod i wedi byta cig pob creadur oedd ar gael i'w fyta. Be ydi o?'

'Rhyw dderyn neu'i gilydd oedd yn sbaena hyd y fan 'ma.'

'Alarch.'

Dyfarniad tawel oedd o, ac Ahti yn clywed ei lais ei hun braidd yn ddiarth.

'Ia,' meddai Eir. Edrychodd ar Gaut, ond roedd o'n dal yn ei fyd cyfrin ei hun. 'Be wnei di ag o rŵan?'

Edrychodd Ahti eto ar y cig am ychydig.

'Gan 'mod i wedi'i ddechra fo, waeth i mi 'i orffan o ddim, am 'wn i.'

Bwytaodd.

5

Gwireddwyd yr ofnau. Gwyddai pawb yn y ddwy gymdogaeth ar lannau Llyn Borga ar odreon mynyddoedd y Pedwar Cawr ers rhai diwrnodau fod y fyddin lwyd yn ymgrynhoi ym mhen uchaf dyffryn Horar, i'r gogledd o afon Borga Fach a'r ceunant. Ond pan ddaeth y blaenfilwyr, nid o'r cyfeiriad hwnnw y daethant ond i fyny glannau afon Borga Fawr o'r de.

Torri mymryn o goed oedd Bo. Gan fod popeth mor ansicr doedd dim diben gwneud gorchwyl oedd â pharhad ynglŷn ag o. Bellach roedd Edda ac yntau'n cael y tŷ iddyn nhw'u hunain fwy na heb gan fod ei thad yn treulio bron pob diwedydd a nos yn nhŷ Amora. Roedd y sôn anghymeradwyol am hynny'n mynd â bryd rhai yn y gymdogaeth byliau, ond gan nad oedd Helge nac Amora fyth yn rhoi eu bysedd ym mrywes neb roeddan nhw'n cael llonydd. Gwyddai Edda fod rheswm arall. Roedd gŵr Amora, oedd yn byw hefo'i fam ym mhen arall y gymdogaeth, braidd yn rhy hoff o luchio pwysau nad oedd yn cael ei werthfawrogi'n ormodol hyd y lle. Gwyddai Edda hefyd fod digon o sôn amdani hi a Bo hyd y fan, ac nad oedd neb bellach yn coelio'r stori a ddywedodd Bo wrth yr Hynafgwr pan ddaethai yno bron dair blynedd ynghynt ei fod yn gefnder iddi.

Roedd hi yn y gymdogaeth pan ddaeth y cadarnhad am y blaenfilwyr. Rhedodd adra. Gollyngodd Bo y fwyell a brysiodd y ddau i dŷ Amora.

"Dan ninna newydd gl'wad,' meddai Helge, ac Edda a Bo yn synnu nad oedd o nac Amora yn cyffroi dim. 'Fydd y lle 'ma'n lle i neb ond yr ufudd a'r llyfwyr bellach.'

'Rhyw dybio ydan ni nad ydach chi'ch dau â'ch bryd ar fod ymysg y rheini,' meddai Amora, ei llais digyffro hithau'n dechrau cymedroli rhywfaint ar feddyliau'r ddau wrth iddyn nhw sefyll yn llwydaidd braidd wrth y drws.

'Chaet ti ddim cyfla i fod, prun bynnag,' meddai Helge wrth Bo. 'Mae hi wedi canu arnat ti i aros yma. Mae 'na ddigon o sibrydion amdanat ti fel mae hi, ac mi allwn fentro y bydd 'na filwyr yma fyddai'n nabod wynab dy dad yn dy wynab di.'

'Mae hynna...' dechreuodd Bo, a rhoi'r gorau iddi.

'Sawl munud gymeron nhw i dy nabod di yng nghymdogaeth y Saith Gwarchodwr?' gofynnodd Amora. 'Cnawdolyn fyddi di gan y fyddin os ceith hi afael arnat ti.'

'Mi fasai'n iawn arnach chi 'blaw amdana i,' meddai yntau, ei lais yn dangos mor fyrhoedlog oedd y cymedroli.

Cafodd hergwd bur hegar gan Edda.

'Callia.' Tynnodd o ar ei hôl i fynd i eistedd wrth y bwrdd. 'Sut eith neb o'ma hefo byddin ar draws pob llwybr?' gofynnodd i'w thad.

'Mynd drwyddyn nhw gefn nos, 'fath â ddaru ni cyn y tro cynta y daethon ni yma,' meddai Bo cyn i Helge gael ateb.

'Mae'r lleuad yn rhy gry,' meddai Helge. 'Mae o'n llawn nos fory ac mae'n beryg y bydd hi'n rhy hwyr i ti erbyn hynny prun bynnag. Dwyt ti ddim wedi gwneud ati i ddangos y parch dyladwy tuag at bawb hyd y lle 'ma, ac mi fydd rhai ohonyn nhw'n cofio hynny,' meddai wedyn, o weld Bo yn ysgwyd pen braidd yn ddiniwed. 'Mae llawar ohonyn nhwtha hefyd yn credu 'u bod nhw'n gwybod pwy wyt ti.'

'Doeddan ni ddim isio'ch poeni chi,' meddai Amora, 'ond rydan ni wedi rhagweld hyn ers y dechra ac wedi paratoi. Mi fyddwn ni'n pedwar yn cychwyn ar y machlud heno 'ma.'

'I ble?' gofynnodd Edda mewn dychryn disymwth.

'O'ma. I'r de.'

'Am byth?'

'Mae'n well i ti gymryd yn ganiataol mai felly y bydd hi.'

Roedd Edda wedi gafael yn llaw Bo, ac yn ei gwasgu. Ond rŵan doedd o ddim mor ddychrynedig.

'Be ddudist ti am ryw leuad ne' rwbath?' gofynnodd i Helge.

'Mae'n amlwg na fedrwn ni ddilyn llwybra'r afonydd,' meddai Helge yn dawel. 'Ond mae 'na ffor arall. Ro'n i am 'i chadw hi'n gyfrinach oes, ond dyna fo. Dyna'r ffor mae'n rhaid i ni fynd, y ffor y dois i yma y tro cynta.' Ar Edda yr edrychai. 'Mi welodd dy fam fi'n cyrraedd.

Roedd hi'n hoff o ddringo ac roedd hi wedi mynd i fyny'r cwm y pen pella i'r Llyn Cysegredig. Mi gadwodd y gyfrinach ac mi ge's fynd i fyw hefo hi a'i mam a'i thad ac ymhen rhyw ddwy flynadd roeddan ni'n priodi.'

'Ers pa bryd mae dringo cwm yn gyfrinach?' gofynnodd Bo.

'Nid fi oedd yn 'i ddringo fo. Dŵad i lawr iddo fo o'n i.'

'O ble?' gofynnodd Edda.

'Y bwlch rhwng y ddau fynydd. Y bwlch sydd ymhell uwchlaw'r Terfyn.'

Diflannodd pob cythrwfwl ac ofn o grombil Bo. Llanwodd gwên anghrediniol ei wyneb.

'Terfyn y Cawr?' gofynnodd, yn methu cuddio edmygedd newydd sbon.

'Mae'n well gynnon ni chdi fel'na,' meddai Amora wrtho, ei gwên hi ychydig yn drist.

'Oeddat ti'n gwybod hyn?' gofynnodd Bo iddi.

'Oeddwn.'

'Dad!' meddai Edda, ei llais ond prin glywadwy.

Roedd yr anghrediniaeth lawn edmygedd disyfyd yn llenwi ei llygaid hithau. Ei thad ei hun yn croesi Terfyn y Cawr a mynd drwy'r bwlch rhwng dau o bedwar mynydd mwyaf cysegredig yr holl diroedd, ac un y mwyaf cysegredig i gyd. A'i mam, nad oedd ond prin ei chofio, yn ei weld yn dod ac yn troi cyfrinach yn gariad. Doedd byddin ar eu gwarthaf yn ddim o gymharu â hyn. Doedd y Terfyn ddim yn bodoli yn ystod y gaeaf gan fod y tiroedd oll dan eira, a doedd dringo unrhyw fynydd ddim yn berthnasol nac yn bosib hyd yn oed pe dymunai'r gwallgofyn pennaf wneud hynny. Ond doedd gwanwyn a'i ddadmer na haf a'i wres ddim yn clirio'r eira oddi ar y mynyddoedd yr oedd y duwiau'n eu hawlio, ac roedd y Chwedl yn cyhoeddi nad oedd neb byw i feiddio croesi Terfyn y Cawr ar unrhyw fynydd a cheisio mynd yn uwch, waeth pa mor gyfnewidiol y gwnâi haf a haul y Terfyn. Roedd Bo ryfygus yn mynnu nad oedd dim ond eira a rhew uwchlaw'r Terfyn a bod digon o'r ddau ar gael ar lawr gwlad drwy'r gaeaf prun bynnag. Rŵan gwyddai Edda pam nad oedd ei thad erioed wedi dadlau am hynny.

'Dyna pam na chlywis i rioed air o fawrygu'r duwia na phlygu iddyn nhw o dy geg di,' meddai hi wrtho.

'Wel...' cynigiodd yntau.

'Dyna pam na chlywodd Edda na minna air o gerydd o dy enau di pan ddaethon ni â'r ci copor yn ôl o'r llyn,' meddai Bo, ei lais yn dathlu.

Codi mymryn ar ei sgwyddau oedd ateb Helge i hynny. Gwyddai nad oedd haws â chynnig mai oherwydd ei ddychryn ac nid oherwydd unrhyw egwyddor yr oedd o heb eu ceryddu y diwrnod hwnnw. Roedd Bo bymtheg oed wedi cyrraedd y gymdogaeth y diwrnod cynt hefo Aino ac Eyolf a Linus, a hynny'n unswydd er mwyn i Eyolf orfod deud wrth Amora a'i gŵr fod Jalo wedi marw. Nid galar disymwth ddaeth o enau'r tad o glywed y newydd ond pwl disyfyd o gega a lluchio awdurdod, yn gymaint felly nes i Bo ddiniwed agor ei grys a dangos ei winau iddo. Funudau ar ôl yr heldrin a ddilynodd hynny roedd y tad a'i fam o, nain Jalo oedd hefyd yn byw yn y tŷ, yn mynd at lan y Llyn Cysegredig ac yn taflu'r ci copr hardd iddo fel offrwm i'r duwiau, iddyn nhw buro'r tŷ o'r gwinau a'i holl ddrewdod. Bore trannoeth roedd Edda a Bo wedi deifio i'r Llyn i fynnu'r ci yn ôl am fod Edda yn gwybod mai eiddo Amora oedd o a'i bod yn ei drysori, ac wedi mynd â fo adref a'i ddangos i'w thad, a hithau a Bo fel pawb yn y tiroedd yn gwybod fod y syniad o ddwyn offrwm a gyflwynwyd i'r duwiau yn rhywbeth y tu hwnt i amgyffred neb, heb sôn am ei ddwyn o lyn mwyaf cysegredig yr holl diroedd. Wedi methu deud dim oedd Helge.

'Mae hwnna'n dŵad hefo ni,' meddai Bo gan bwyntio at y ci ar y silff. 'Waeth pa mor drwm fydd y pynna, mi fydd hwnna ynddyn nhw.'

'Mynd i'w estyn o o'n i pan ddaethoch chi,' meddai Amora.

Roedd y distawrwydd bychan a ddilynodd hynny braidd yn rhyfedd wrth i'r dadleniad gael ei araf ddisodli gan feddyliau eraill. Roedd mymryn o wrid yr ystyriaeth arall yn dod ar wyneb Bo. Yn gweld hynny, roedd Edda ar gychwyn deud rhywbeth ond cafodd Helge y blaen arni.

'Mae 'na ... ym ... mae 'na ... waeth i chi gael gwybod rŵan ddim,' meddai, y gwrid ar ei wyneb o'n ddyfnach na'r un ar wyneb Bo.

'Be?' gofynnodd Edda.

'Mae'n rhaid i ni fynd o'ma prun bynnag.' Roedd yn amlwg ar Helge ei fod yn chwilio. 'Does 'nelo dy lochesu di ddim â hynny,' meddai wrth Bo. 'Mi wyddoch nad ydan ninna'n dau yn gweddu i'r moesau cadarn mae'r Aruchben newydd yn benderfynol o'u gorddio i'r tiroedd a'r ymgrymu i'r Gallu 'ma mae pawb i fod i'w wneud o hyn ymlaen, a dangos hynny. Ym ...' Petrusai eto. 'Mae'n sicrach fyth na fyddan ni ddim yn y dyfodol chwaith.' Edrychodd ar y ddau cyn gostwng ei lygaid am ennyd. 'Mae ... ym ... mi fydd gen ti chwaer ne' frawd bach cyn bo hir,' meddai wrth Edda, y geiriau'n cyflymu ac yn mynd yn ddistawach wrth eu deud. 'Dach chi'n ffieiddio,' rhuthrodd wedyn, o weld dau wyneb a chlywed dim ond tawelwch.

'Nac 'dan, debyg,' meddai Edda, ei llais bron yn waedd. 'Pa bryd?'

'Rhyw bedwar lleuad a darn,' meddai Amora, ei llais hi'n llawer tawelach a chadarnach, yn ôl ei harfer.

Roedd distawrwydd bychan eto, yr un mor ansicr â'r un cynt. Roedd llaw Bo yn dynn yn llaw Edda, yn dibynnu'n llwyr.

'Mae'n ddigon posib felly ... ym ... wel ... y byddi di'n dŵad yn dad ac yn daid yr un diwrnod,' meddai o wrth Helge, ei wrid o rŵan yn waeth nag un Helge. ''Dan ninna wedi bod yn rhyw stwnsian hefyd,' meddai wedyn, y chwilio'n waeth. Trodd at Edda. 'Chdi 'ta fi oedd i fod i ddeud?' gofynnodd, yn fwy anobeithiol fyth.

*   *   *

Roedd yn dda i Bo bellach wrth ei gampau dringo pan oedd yn llefnyn, er nad oedd o erioed wedi dringo clogwyn rhew o'r blaen. Fo oedd wedi mynnu mynd yn gyntaf hefo'i raff a'i fwyell pan ddaethant ato. Doedd y clogwyn ddim yno pan ddaethai Helge i lawr o'r bwlch flynyddoedd ynghynt a'i ddyfarniad o oedd mai llithriad go fawr oedd wrth wraidd ei ffurfio a bod ysgwydd fechan wedi atal yr eira rhag cael ei chwalu. Gan fod y clogwyn y tu hwnt i'r ysgwydd, doedd dim angen mwyach iddyn nhw bryderu i rywun eu gweld o'r pellteroedd islaw. Cyn cyrraedd ato roedd y pedwar wedi cadw'n dynn yn ei gilydd wrth ddringo'r llechwedd eira eang, i ofalu orau y gallent na fedrai neb llygatgraff yn y gymdogaeth weld siapiau unigolion yn yr uchelfannau pell yn ystod eu pedair awr o ddringo di-saib. Roedd Edda ac Amora ar y blaen, a Helge a Bo y tu ôl iddyn nhw a phlanced wen ar eu pennau ac yn cuddio eu cefnau, i'w gwneud mor anweladwy â phosib o'r pellteroedd. Roedd tynnu'r pedwar pâr o bigau haearn ar strapiau o'u pynnau a'u clymu'n dynn am eu hesgidiau eira yn cadarnhau i'r pedwar fel ei gilydd ac yn ddiarwybod i'w gilydd mor derfynol oedd yr ymadael. Doedd mo'u hangen y diwrnod cynt wrth iddynt ddringo drwy'r goedwig ar ochr y cwm o'r wawr i'r machlud, a chan fod y cwm i'w weld o'r gymdogaeth doedd ganddyn nhw ddim dewis ond y coed.

Taldra rhyw bedwar person oedd uchder y clogwyn, ac roedd Bo wedi cymryd digon o amser i greu lleoedd gafael digon cadarn wrth ei ddringo. Roedd y rhew'n llawer caletach nag yr oedd o wedi'i dybio, a phan gyrhaeddodd y copa gwelodd nad oedd ganddo ddim i glymu'r rhaff wrtho. Rhybuddiodd y lleill wrth ollwng ei phen arall i lawr iddyn nhw. Daeth Edda i fyny'n ddigon di-lol ac roedd hi ar gael wedyn i gynorthwyo hefo'r rhaff a thynnu rhywfaint o'r straen oddi ar Bo fel nad oedd llawer o beryg iddo lithro. Pan gyrhaeddodd Amora ddiogelwch y gwastad roedd y wên dallt ein gilydd yn ei llygaid yn gynhesach nag y bu hi erioed, yn ddigon i aildanio rhywfaint ar hyder Bo.

Doedd hwnnw ddim wedi bod yn rhyw wych iawn ers lleuad. Roedd Tona, eu cymdoges, wedi mynd yn fwy a mwy dibynnol arnyn nhw ers i Edda a Bo ddychwelyd o'u hirdaith i'r Tri Llamwr a'r arfordir bron ddwy flynedd ynghynt. Wrth i hynny ddwysáu ac i'w meddwl gilio'n raddol a diddychwel i'w fyd ei hun roedd Bo wedi dod yn fwy a mwy o ffrindiau hefo hi, a doedd yn ddim ganddo yntau alw Edda yn Hirwallt Euraid a'i alw ei hun yn Bellgerddwr. Yna daeth y sôn am fwriadau'r Aruchben llwyd newydd i godi gwersyll parhaol a gwarchodfa yno, a'r gwaeau o bob rhyw fath a gâi eu darogan oherwydd hynny'n hawlio pob meddwl. Doedd dim cysuro na darbwyllo ar Tona, ac un diwedydd ychydig ddyddiau wedyn roedd Amora wedi'i gweld hi'n brysio o'i thŷ ac yn mwmblian wrth fynd heibio heb gymryd sylw o neb. Byddai hynny'n digwydd yn ei dro prun bynnag, ac roedd Amora yn credu mai "i warchod o' oedd y geiriau a glywsai wrth i Tona fynd heibio.

Bo ddaeth o hyd iddi. Un rheswm nad oedd cysuro arno oedd ei fod yn argyhoeddedig y byddai'n wahanol tasai o wedi dychwelyd o'i hela y pen draw i'r Llyn Cysegredig ychydig ynghynt, yn hytrach na dal arni tan i olau'r dydd ddechrau ildio. Pan ddaeth at y llyn roedd Tona ar ei hwyneb yn y dŵr. Roedd o wedi rhuthro ati a'i thynnu i'r lan, ac roedd yn funudau wedyn arno'n gorfod sylweddoli ei fod yn rhy hwyr. Wedi iddyn nhw gael y corff i'r tŷ roedd Helge wedi pwysleisio wrthyn nhw fod y gymdogaeth i gredu mai yn Llyn Borga y boddodd hi, er mwyn i'r corff a'r bedd a'r coffa amdani gael llonydd. Doedd dim dichon gwybod ai drwy fwriad ai drwy ddamwain y boddodd hi, ond pan glywodd Edda Amora yn sôn am yr hyn y tybiai iddi ei glywed wrth i Tona frysio heibio, awgrymodd mai wedi mynd yno i warchod y babi marwanedig yr oedd wedi'i gyflwyno i ofal y Llyn Cysegredig flynyddoedd ynghynt yr oedd hi. Dyna oedd Bo wedi'i dderbyn. Ond roedd yr hyder a'r hapusrwydd newydd a'i llanwodd y noson y cusanodd Edda y newydd am yr hyn oedd yn digwydd yn ei chroth yn ei glust wedi diflannu.

Am Tona y meddyliai Bo rŵan hefyd. Wedi iddyn nhw setlo yn y babell ar ben ucha'r goedwig y noson cynt roedd Helge wedi deud na fyddai Tona fyth wedi croesi Terfyn y Cawr a dod hefo nhw, a'u hunig ddewis fyddai gorfod ei gadael ar ei phen ei hun, yn abwyd diamddiffyn i bob gwatwar. Rwyt ti'n trio deud fod yr hyn ddigwyddodd er gwell, oedd Bo wedi'i gynnig. 'Beryg 'y mod i, oedd Helge wedi'i ateb.

Doedd yr ysgwydd ddim digon uchel i guddio'r olygfa o ben y clogwyn rhew, a phan oedd y pedwar wedi cyrraedd y gwastad safasant am dipyn i edrych i lawr ar y gymdogaeth a'r llynnoedd, bellach ymhell islaw ac yn newydd a diarth rywfodd, yn cadarnhau'r gwaith dringo yr oeddan nhw wedi'i gael y diwrnod cynt. Gafaelai Amora ac Edda yn ei gilydd. Roedd y ddwy wedi'u geni yn y gymdogaeth a doedd Amora erioed wedi treulio diwrnod oddi yno, a dim ond y chwech neu saith lleuad y bu ar ei thaith hefo Bo oedd Edda wedi bod oddi yno.

'Deud y gwir,' meddai Amora toc, yn gofalu nad oedd neb ond Edda yn ei chlywed, 'be wyt ti'n 'i feddwl o dy dad a minna'n ... wel ...'

'Dw i'n hunanol. Dw i isio mab ne' ferch fach a brawd ne' chwaer fach.'

Closiodd Edda yn dynnach ati a'i chusanu ar ei boch. Y tu ôl iddyn nhw teimlodd Helge ddedwyddwch a rhyddhad newydd sbon.

Roedd sylw Bo ar y Llyn Cysegredig. Hwn a chred y tiroedd amdano oedd wedi dod ag Edda ac yntau at ei gilydd, hwn a'u hanghred nhw ill dau. Roedd rhywbeth yn wefreiddiol dim ond yn hynny. Cofiai'r diwrnod hwnnw pan ddychwelodd y tro cyntaf a Tona ddiarth yn gafael ynddo ac yn ei fwytho ac yn deud wrtho am Edda yn cerdded glannau'r llyn a'i bys yn y dŵr i aros amdano fo. O'r fan hon gwelai'r lan a'r dŵr yr oedd Edda wedi chwarae ei bys drwyddo ac yr oedd o wedi tynnu corff Tona ohono.

Daeth Helge ato. Cododd Bo ei olygon i edrych arno am eiliad.

'Tynna'r golwg euog 'na o dy wynab ne' mi hyrddia i di'n ôl i lawr y clogwyn 'ma,' meddai Helge.

'Mi fydd yn rhaid i ti fagu dau blentyn, felly.'

'Nid arnat ti mae'r bai mai yma'r ydan ni,' pwysleisiodd Helge.

'Deud di wrtho fo,' ategodd Edda. 'Mae o'n c'noni ddydd a nos.'

'I ble 'dan ni'n mynd?' gofynnodd Bo.

'O'ma,' meddai Helge.

'Dim ond hynny?'

'Ia, ar y funud.'

'Mi fedrwch chi'ch dau briodi rŵan.'

Gollyngodd Amora ei gafael ar Edda. Roedd y golwg anobeithiol difyr pan fyddai Bo yn mynd drwy'i betha yn llenwi ei hwyneb unwaith yn rhagor. Yr un anobaith byrlymog oedd yn llenwi wyneb Helge. Ond er eu hadnabyddiaeth ohono, doedd hi nac yntau ddim wedi dychmygu y gallai'r syniadau melltennog ddirybudd hynny gael eu tanio mewn lle fel hwn.

'Be arall fedrai fod ar feddwl rhywun ar ben clogwyn o rew ar adag fel hon?' gofynnodd Amora.

'Fydd 'na neb yn eich nabod chi, ble bynnag fyddan ni'n mynd,' dadleuodd Bo. 'Mae'n iawn felly, 'tydi? Pwy fydd elwach? Ella bydd 'na ryw dduw neu'i gilydd yn rwla'n chwalu'n ronynna. Gora oll. Un yn llai o'r nialwch.'

'Petha fel hyn oedd yn llenwi dy glustia truan di yn ystod eich taith?' gofynnodd Amora i Edda.

'Ia, fwy na heb.'

Roedd y llygaid ar lygaid eto.

'Ella y medrwch chitha'ch dau feddwl am briodi hefyd,' meddai Helge.

'Mae'r petha 'ma'n digwydd,' atebodd Bo, yn sydyn ffrwcslyd a'r gwrid yn llamu eto i'w wyneb. Ond gwelodd y wên yn llygaid Amora ac yn sydyn fedrai o wneud dim ond gafael amdani.

'Rwyt ti'n gadael dy gynefin am byth,' meddai. 'Sut wyt ti mor hamddenol?'

'Mi ge's blentyndod fel pawb arall.' Trodd Amora ei golygon yn ôl ar y gymdogaeth, a'r wên yn ei llygaid yn darfod. 'Mi ge's ŵr wedi'i ddewis i mi, fel bron pawb arall. Mi ge's Jalo. Mi ddaru ni'n dau wneud ein gilydd yn hapus nes tynnodd y fyddin o oddi arna i. Mi wyddost sut flwyddyn ge's i wedyn, er nad oeddat ti ar y cyfyl nac erioed wedi 'ngweld i na gwybod 'mod i'n bod.'

Gwyddai rŵan wrth ddeud hynny a syllu ar ei chartref yn smotyn bychan pell na fyddai angen iddi hiraethu. Roedd Jalo'n llond ei meddwl yn gyson, ryw ben bob dydd, a doedd ar y cyfoeth hwnnw ddim angen dodrefn na thŷ na chynefin i'w hybu. Gwyddai rŵan na fyddai hiraeth am y rheini'n berthnasol, a theimlai fraich Bo amdani'n cadarnhau hynny.

'Fydd gen ti hiraeth?' gofynnodd Bo i Helge, o'i weld yn mynd at ei bynnau.

'Chydig mwy na fyddai gen i yn y gladdfa, mae'n debyg.'

'Dach chi'n gadael pob dim. Dau dŷ taclus, dau gartra. Yr holl waith dach chi wedi'i wneud arnyn nhw.'

'Dyna fel bydda hi yn y gladdfa hefyd.' Cododd Helge ei bynnau. 'Dowch, mi awn ni.'

Gwasgodd Bo fymryn ar Amora cyn ei gollwng.

Trodd hithau a chodi ei phynnau. Cynorthwyodd Bo hi ac Edda i'w cael yn gyfforddus am eu cefnau cyn codi ei rai o. A'r pynnau rŵan am ei chefn, edrychodd Edda ar y gymdogaeth am ychydig, cyn troi.

'O'r hyn gofia i, does gynnon ni ddim clogwyni eto,' meddai Helge. 'Mae'r darn cul 'ma'n droellog ac yn codi ar hyd yr adag a digon o waith dringo arno fo. Mi ddylan ni gyrraedd 'i ben draw o mewn rhyw deirawr ne' bedair. Mi fyddan ni ar gopa rhewlif anfarth wedyn. Mi eith hwnnw â ni tua'r de yn lled ddidramgwydd. Mae 'na gilfacha yn y creigia os daw hi'n wynt ne'n storm.'

Ddaru o nac Amora ddim troi eu pennau yn ôl tua'r gymdogaeth cyn cychwyn. Gafaelodd Bo yn Edda a chladdu ei wyneb ar ei hysgwydd am ychydig a mwytho'r gwallt euriad hir o dan y pynnau yr holl ffordd i lawr ei chefn cyn gollwng. Aethant.

Ymhen dim roeddynt yn dringo bwlch cul a throellog na welid dim ond awyr ohono, ac oedd yn fwy o geunant eira caled na dim arall. Roedd tair blynedd ar hugain ers i Helge ddod i lawr drwyddo, ac ynghanol y cofio a'r ail-fyw anorfod câi byliau o gredu ei fod yn cofio ambell droad yn y bwlch, a meddwl yr un pryd tybed faint o'i dwyllo ei hun oedd o'n ei wneud wrth dybio hynny.

'Deud i mi, be sy gen ti yn erbyn afonydd?' meddai Bo wrtho ar ôl rhyw deirawr o ddringo diwyd.

'Dyma ni eto,' meddai Edda.

'Ia, mwya tebyg,' cytunodd Helge. 'Am be 'ti'n sôn?' gofynnodd i Bo.

'A chymryd bod 'na'r fath betha'n bod â phobol

gall, rhyw feddwl dw i y byddai 'na duedd yn amball un o'r rheini i gyrraedd cyffinia Llyn Borga a'i ddwy gymdogaeth un ai i lawr y dyffryn a'r ceunant o'r gogledd hefo afon Borga Fach ne' i fyny ar hyd glanna afon Borga Fawr o'r de. Mi benderfynist ti beidio.'

'Am nad oedd gen i ddewis. Mae'r rheswm a'r hanas y tu ôl iddo fo yn un maith.'

Roedd Bo yn rhyw hanner disgwyl rhagor, ond doedd dim ar ddod. Yn fuan wedyn daeth y ceunant eira i'w derfyn ac ymhen ychydig gamau roeddan nhw ar ben esgair oedd hefyd yn gopa'r rhewlif. Doedd y tri arall ddim wedi cymryd llawer o sylw o ddisgrifiad Helge ohono, ond o'i gyrraedd gwelsant mor wir oedd o. Tynasant eu pynnau, dim ond i edrych. Doedd dim arall i'w weld o'u blaenau, dim ond rhewlif rhwng creigiau, a tasai rhywun yn deud wrthyn nhw ei fod yn cyrraedd hyd derfynau'r tiroedd byddai'n ddigon hawdd ei goelio. Roedd yn mynnu llonyddwch hir pob llygad oedd ar gael i ryfeddu arno.

O dipyn i beth roedd llygaid Amora yn dechrau crwydro. Roeddan nhw'n dal i fod rhwng y ddau fynydd, Mynydd Ymir ar y chwith a Mynydd Oliph ar y dde, mynydd uchaf a mwyaf cysegredig yr holl diroedd. Roedd Bo yn mynnu ei alw'n Fynydd Aino, waeth pwy oedd yn gwrando, ac roedd hwnnw'n rheswm pur gadarn pam nad oedd o'n plesio pawb yn y gymdogaeth. O'r uchder hwn doedd copaon y ddau ddim i'w gweld fymryn yn nes ati nag oeddan nhw o'r gymdogaeth, oedd yn cadarnhau iddi hi mor uchel oeddan nhw ac mor amhosib oedd cyrchu tuag atyn nhw. Ond o'r uchder hwn roedd y ddau fynydd yn newydd, a rhyw wedd ddiarth ar y ddau. Ond nhw oeddan nhw. Nhw'r oedd hi'n eu gadael am byth. Trodd i edrych tua'r gogledd. Roedd copa Mynydd Corr yn glir a newydd hefyd, a chopa Mynydd Horar yn y pellter i'r dde iddo'n fwy newydd fyth. Mynydd Aarne oedd enw Bo ar hwnnw ac roedd pawb yn y gymdogaeth yn gwybod hynny hefyd.

Roedd y rhewlif oedd yn dod i'w derfyn rhwng Oliph a Chorr ac oedd yn cyflwyno ei ddŵr tawdd i'r Llyn Cysegredig i'w weld am bellteroedd yn troi'n raddol a gosgeiddig tuag at Fynydd Horar cyn cael ei guddio gan Corr. Dim ond ei derfyn a welid o'r gymdogaeth, a chan fod ei ddŵr tawdd yn llifo i'r Llyn Cysegredig roedd y rhewlif ei hun hefyd yr un mor gysegredig. Roedd Bo wedi cynnig droeon mai'r un rhewlif oedd yn cynnig ei ddŵr tawdd i afon Borga Fach ymhellach i'r gogledd, er nad oedd ganddo'r un modd o gadarnhau hynny. Doedd hynny ddim yn plesio chwaith. Ond rŵan wrth ei weld yn ymestyn ymhell y tu hwnt i Corr roedd yn hawdd iawn gan Amora gytuno hefo Bo. Yn ei dro roedd Jalo hefyd wedi bod yn ddibris o'r Llyn a'r defodau, ond dim ond wrthi hi y byddai'n dangos hynny.

Aeth popeth yn drech na hi. Trodd a gafael yn Bo. Tynnodd o ati a'i gofleidio a'i gusanu.

'Rwyt ti'n Bo ac yn Jalo i mi,' meddai. Cusanodd o eto. 'O'r dechra.'

'Mi wn i,' meddai Bo.

Roedd yn eiliadau wedyn ar Amora yn ei ollwng.

'Mi fyddwn ar hwn am ddiwrnoda, sut bynnag fydd y tywydd,' meddai Helge, yntau hefyd wedi bod yn syllu o'i gwmpas.

Ond roedd ei feddwl rŵan ar y gobaith ei fod yn gallu dirnad rhywfaint ar yr hyn oedd newydd ddigwydd yn ei ymyl. Doedd o ddim wedi deud wrth neb am y deffro plygeiniol pan oedd Edda ar ei hirdaith, a'r ofnau diobaith nad oedd siâp cilio arnyn nhw nes codai. Gwyddai heb ofyn fod Amora wedi bod drwy'r un plygeiniau pan oedd Jalo yn y fyddin. Trodd ei sylw yn ôl at y rhewlif.

'Mae hynny o arllwys mae o'n 'i wneud i afon sy'n llifo i'r de-ddwyrain ac yn ymuno yn y diwadd ag afon Borga Fawr,' meddai, yn clywed ei lais yn swnio'n ddiarth rywfodd.

'Dydi o ddim yn rhyw dir hela gwych iawn, nac 'di?' meddai Bo. 'Mae'n debyg bod gynnon ni ddigon o fwyd?'

'Oes, hyd yn oed os cawn ni storm.'

Roedd llais Helge yn dal i fod beth yn synfyfyriol.

'Ffwr â ni 'ta,' meddai Bo, rhyw reddf yn deud wrtho ei fod ar gychwyn ei bedwaredd hirdaith ers iddo gael ei ryddhau o sach y fyddin oedd wedi gorfodi tair ohonyn nhw arno.

Codasant eu pynnau drachefn, ac edrych eto ar y rhewlif.

'Mae gen ti ddigon o gyfla i ddeud dy stori, beth bynnag,' meddai Edda wrth Helge.

6

Dim ond am ennyd y daru Gaut ystyried twyllo mymryn ar Weddw'r Hynafgwr. Doedd Lars ddim yn gweld unrhyw angen iddo fo na'i dad dynnu amdanyn cyn cerdded drwy'r llyn dyfn at y ddau fryn yr ochr arall ac roedd yn mynnu mynd at y dŵr gan dynnu Gaut ar ei ôl. Dyna fyddai'n digwydd bob tro, ond rŵan roedd Cari a Dag wedi cyrraedd i fynd â sylw Lars ac roedd o wedi gadael Gaut a rhedeg atyn nhw gan adael rhwydd hynt i Gaut fyfyrio eto fyth ar y fasarnen fawr. Bellach roedd y goeden a thynged Obri ynghlwm. Y cerflun am ei wddw oedd yn sicrhau hynny.

Cusan oedd ateb Eir bob tro'r oedd o'n gofyn iddi sut cafodd hi'r cerflun. Roedd ei dad wedi deud wrtho nad oedd hi ar y cyfyl pan ddaethpwyd o hyd i Obri'n hongian oddi ar gangen y fasarnen, a bod Cari a Dag wedi rhedeg i dŷ Eir i helpu hefo Lars ers ben bore ac nad oedd Eir wedi mynd allan. Felly doedd hi ddim chwaith wedi gallu sleifio i dŷ Obri i chwilio am y cerflun pan ddaeth yr hanes am ei dynged ar frys gwyllt i bob tŷ. Gwyddai Gaut fod y Weddw yn gwybod pwy ddaru ddenu Obri i'w ddiwedd, ond doedd dim i'w gael ganddi hi. Ac am ennyd roedd o wedi ystyried picio i'w thŷ i gael y ddogn arferol o gofleidio a chusanu crynedig ac yna awgrymu ei fod yn gwybod erbyn hyn a'i chael hi i gadarnhau hynny'n anfwriadol. Ond yr ennyd nesaf gwyddai mai ei thwyllo hi a thwyllo Eir fyddai hynny, a lawn cyn waethed, yn ei wneud o'i hun yn amheugar yn hytrach na chwilfrydig.

Tynnodd y cerflun oddi am ei wddw eto, dim ond i afael ynddo. Roedd o'i hun wedi gwirioni llawn cymaint â neb arall arno pan ddaru o ei orffen a gweld llwyddiant llawer gwell na'r disgwyl. Gwyddai y gallai wneud un gwell na fo bellach, o ran ceinder, ond nid o ran dim arall. Go brin y byddai Obri wedi'i rwygo oddi am ei wddw pan oedd y milwyr yn ei gipio i'r fyddin tasai ganddo fodd i wybod mai gwneud cymwynas oedd o, tybiodd, oherwydd roedd Beli wedi deud wrtho ar ôl iddo'i ryddhau o'r sach y byddai'r cerflun wedi'i falu'n dipia o flaen ei lygaid cyn ei gaethiwo tasai o ganddo, ac roedd pawb oedd yn dallt eu pethau wedi cadarnhau hynny wedyn.

Daeth Eir o'r tu cefn iddo, ei thraed ar y gwellt yn creu dim sŵn. Eisteddodd wrth ei ochr a gwenu'n ôl ar y wên fechan euog ar ei wyneb o.

'Mi fedrwn i wneud un gwell na hwn rŵan,' meddai o.

'Paid â meiddio.'

'Mi wna i un ohonon ni'n tri 'ta.'

'Ond hwnna fyddi di'n 'i wisgo.'

'Sut ce'st ti o?'

Cafodd gusan, hon eto'n ddigon i ddistewi taran. O'u gweld, datgymalodd Lars ei hun oddi wrth Cari a Dag a rhedeg ei gamau bychain i gael ei fwythau o. Bodlonodd Gaut eto fyth i'r drefn.

Ond rhyw fodloni byrhoedlog oedd o. Rhwng pawb roedd o wedi cael hanes cyflawn o'r hyn a ddigwyddodd i Obri, hyd yn oed hyd a thrwch yr wyth boncyff a ddefnyddiwyd i wrthweithio pwysau ei gorff i'w gael i hongian wrth y rhaff. Gwyddai fod Angard, yr hen gymydog yr oedd o mor hoff ohono, wedi deud wrth ei dad mai cryfder meddwl yn hytrach na chryfder corff oedd ei angen i gael y boncyffion i fyny i gangen y fasarnen fawr a chael Obri i sefyll yn nghylch y cwlwm dolen ar y rhaff o dan y gangen arall, yn barod ar gyfer y plwc a fyddai'n ei thynhau am ei fferau. Roedd Gaut wedi profi hynny, ar y slei ynghanol y coed yn hytrach na ger y fasarnen, oedd mewn lle rhy amlwg. Roedd o wedi torri boncyff cyffelyb i'r rhai oedd wedi'u disgrifio iddo ac wedi'i glymu wrth raff a darganfod ei fod yn ddigon hylaw i'w gael i fyny ar gangen heb fawr o drafferth.

Doedd y profi ddim cymaint ar y slei ag yr oedd o wedi'i obeithio chwaith, oherwydd daethai ei dad i'r coed a'i weld wrthi. Dyna'r pryd y dywedodd ei dad wrtho fod Angard wedi cynnig ei ddamcaniaeth iddo yntau hefyd, y bore y gwelwyd corff Obri'n hongian. Pan ofynnodd Gaut iddo pam na ddywedodd hynny ynghynt atebodd ei dad nad oedd Angard nac yntau fymryn nes i'r lan o dderbyn na gwrthod y ddamcaniaeth. Rŵan, fodd bynnag, a'r cerflun yn ei law a'r fasarnen o'i flaen, roedd y dyheu am wybod yn gryfach nag yr oedd wedi bod o gwbl. Ella mai gweld yr ymbil yn ei wyneb a wnaeth i

Eir afael ynddo eto a'i gusanu drachefn. Ailwisgodd yntau ei gerflun a bodloni i'r drefn.

Cafodd gusan arall yn ddiweddarach, yn grynedig ar ei foch a'r bysedd ceimion yn crafu i fyny ac i lawr ei gefn. Roedd y Weddw yn rhyw ddechrau mynd i fethu a byddai Gaut yn mynd â sachaid o goed iddi pan fyddai'n gweld bod ei storfa'n dechrau gwagio. Y tâl fel pob tro oedd y gusan a chwpanaid fechan o fedd. Roedd y Weddw yn dyfarnu ei fod yn llawer rhy ifanc i gael cwpanaid fawr, priodi neu beidio. Roedd o'n llawer rhy ifanc i briodi hefyd, tasai'n mynd i hynny, heb sôn am fod yn dad. Doedd hynny ddim yn ei hatal rhag dal ati orau y gallai i wneud ambell ddilledyn i Lars chwaith.

'Be dâl dy hanesion diweddara di?' gofynnodd iddo wedi iddi eistedd gyferbyn ag o a dal ei phen fymryn yn gam wrth edrych arno, arwydd digamsyniol o rywbeth i ddod.

'Fawr ddim.' Roedd y demtasiwn i wthio cwch y cerflun i'r dŵr yn tonni drosto eto, yn gryfach am eiliad na cheisio dyfalu'r wyneb. "Fath ag arfar.'

'Ia, debyg. Mi gafodd Lars bach ben-blwydd gynnoch chi.'

'Do.'

'A thamaid o fwyd.'

'I bawb arall yn hytrach na fo. Poeni dim arno fo, nac oedd?'

'Nac oedd, greda i.'

Bwrlwm o ystyr a gafodd Gaut yn y llais diniwed.

Roedd rhywbeth am ddod, prun ai oedd o am ddeud rhywbeth ai peidio. Bodlonodd ar flasu'r medd.

'Mae'n chwith mynd yn fusgrall,' meddai hi yn y man.

'Dach chi ddim yn eich congol.' Gallai Gaut fod yn ddiffuant braf wrth anghytuno. 'Dach chi'n mynd o gwmpas, dach chi'n dŵad acw ac i dŷ Aud. Mae 'na rai fengach na chi'n llawar mwy musgrall.'

'Chwara teg i ti am gysuro hen wreigan. Ond mae 'na lefydd na fedra i mo'u cynnig nhw bellach.'

'Dydi pawb ifanc ddim yn cyrchu'r copaon pigfain chwaith.'

'Ia, bydd di'n glyfar. Wn i ddim pryd y bûm i at y llyn ddwytha. Bron nad ydw i wedi anghofio sut siâp sydd arno fo.'

'Mae Lars yn trio 'ngherddad i drwyddo fo bob tro.'

'Rhywun yn deud fod yr adar yn prinhau.'

Roedd Gaut yn hen ddigon effro i weld yr abwyd. Yfodd lymaid di-hid.

'Dw i ddim wedi gweld llawar o brindar. Pwy fyddai'n 'u cyfri nhw?' gofynnodd.

'Adar y dyfroedd.'

'Mi hedfanith y rheini fel y mynnon nhw o lyn i lyn, debyg.'

'Os byddan nhw'n ddigon ffodus i fod yn fyw i wneud hynny. Wnest ti rioed ddim i neb hyd y lle 'ma dy ddrwghoffi di pan oeddat ti'n gybyn, dim ond bod ynghanol dy betha dy hun,' meddai wedyn cyn i Gaut gael cyfle i ddeud dim. 'Ond mi chwalist y drefn yn dipia pan est ti â dy fabi bach yn ôl at 'i fam drwy dy ddirgel ffyrdd dy hun. A hyd yn oed wedyn roedd 'na lawar mwy yn dy edmygu di na dy gollfarnu di, er mai ar y slei'r oeddan nhw'n gwneud hynny, o raid, debyg. A phan ddychwelist ti o dy hir grwydriada hefo dy hanas, doedd 'na neb am dy ddrwghoffi di wedyn, yn ddigon sicr.'

Tawodd, fel tasai i ori ar ei geiriau.

'Fydda i ddim yn meddwl am ryw betha fel'na,' meddai Gaut, erbyn hyn yn sicr o'r hyn oedd i ddod.

'Ond mae 'na ben draw ar edmygu,' cadarnhaodd y Weddw, y rhybudd yn glir yn y llais synfyfyrgar. 'Ac maen nhw'n deud hyd y lle 'ma bod y duwiau â'u bryd ar feddiannu'r tiroedd o'r newydd am fod y bobol wedi mynd yn rhy ddifraw yn 'u cylch nhw a bod y Gallu yn cryfhau 'i afael ar Lwybr Gwyn yr Adar. Dydi pawb ddim yn ddifraw, wrth reswm, ond fedrwn ni wneud dim os ydi'r duwiau'n penderfynu.'

''Nelo fi ddim â'r rheini,' cynigiodd Gaut.

'Paid â dy dwyllo dy hun, clapyn.' Pwysodd y Weddw ymlaen fymryn. 'Mi welodd rhywun chdi wrthi.'

Sibrwd hynny ddaru hi.

'Wrthi'n be?' gofynnodd o.

'Doedd y nos ddim digon o lancas i fedru atal 'i lygaid o rhag gweld y deryn yr est ti ag o adra gerfydd 'i goesa bedair noson cyn pen-blwydd dy hogyn bach. Mae'n dda i ti 'mod i ar gael y munud hwnnw i gadw trefn ar 'i ddychryn o. Digwydd bod, ro'n i newydd gychwyn adra ar ôl cael pwt o swpar caredig gan Aud a Lars. Dwyt ti ddim yn gwadu, mi welaf.'

Roedd cynnwrf, er gwaethaf pob ymdrech. Gobeithiai Gaut ei fod yn llwyddo i'w guddio.

'Pwy oedd o?' gofynnodd.

'Hidia di befo.' Roedd y gyfrinach yn llond llais y Weddw o hyd. 'Mi lwyddis i i'w ddarbwyllo fo mai wedi trio achub y deryn o safn y llwynog oeddat ti, a'i fod o wedi marw ryw funud ar ôl i ti wneud hynny, a dy fod wedi mynd i dŷ dy fam a dy dad cyswllt i ddeud yn dy ddychryn. Mi ddudis i wrtho fo 'u bod nhw wedi dy gynghori di i fynd â'r deryn adra a'i gladdu fo i'w gyflwyno fo i'r duwiau yn nhawelwch y nos.' Ysgydwodd ben diobaith. 'Rwyt ti'n rhyfygu mwy nag a ryfygodd neb erioed, greadur. Er mwyn dy wraig newydd a dy hogyn bach a dy deulu a phawb, paid. Er dy fwyn dy hun, paid.'

'Pwy aeth ag Obri i'w goedan?'

'Paid â neidio'r cymyla!' Daliodd y Weddw ben ffrom yn ôl. 'Sôn am yr aderyn cysegredig dw i.'

'Dydw i ddim yn neidio'r cymyla. 'Dan ni'n sôn am yr un peth. Y duwia sy'n defnyddio'r alarch ydi'r duwia a anogodd Obri i ddod â'r milwyr i 'nghipio i, hynny o annog oedd arno fo 'i angan. Ac os ydw i yn 'i chanol hi, dach chitha hefyd. Mi glywis i bobol yn deud pan nad o'n i ddim i fod i'w cl'wad nhw y bydd y duwia'n eich cael chi am beidio ag achwyn wrth yr ymchwilwyr.'

'Dydi bregliach hen wreigan o bwys i neb, ac mi wyddost hynny.'

'Mi wn i hefyd mai am be ddigwyddodd i mi y lladdwyd Obri. Nid be ddaru o i neb arall.'

'Mae hynny ynddo'i hun yn fwy na digon i mi gau 'ngheg.'

Am eiliad roedd Gaut yn fud. Hon oedd y ddynes yr oedd o wedi'i chasáu drwy hynny o lencyndod a gafodd cyn ei gipio i'r fyddin, y ddynes yr oedd o'n argyhoeddedig bryd hynny ei bod ynghanol y ddefod a orchmynnodd osod Lars yn y gors, y ddynes yr oedd o bellach yn ei hedmygu. Roedd y cysgod gwên drist ar ei hwyneb yn mynegi iddo fo ei bod yn sylweddoli'r hyn a chwyrlïai yn ei ben rŵan.

'Paid â rhyfygu eto,' ymbiliodd arno. 'Defnyddia dy ienctid a dy asbri a dy brofiada i greu dullia callach o beidio â dilyn y drefn. Mae'r gallu gen ti.'

Aros yn dawel ddaru Gaut i hynny. Roedd syniad arall wedi rhuthro i'w ben. Doedd y Weddw ddim mor fusgrell dair blynedd ynghynt ag yr oedd hi rŵan, a hyd yn oed os na fedrai hi ddringo'r fasarnen i gyrraedd y gangen bryd hynny gallai fod wedi defnyddio ystol fechan, dim ond ei llusgo yno a'i chuddio yn y llwyni nes byddai popeth wedi'i baratoi ac yna ei llusgo'n ôl cyn denu Obri i'w dynged. Ella mai llwch i lygaid a dim arall oedd ei stori hi am rywun yn mynd â chostrelaid o fedd i Obri y noson cyn ei ladd, gyda'r addewid am well i ddod.

'Chi ddaru?' gofynnodd heb feddwl.

'Be?' gofynnodd hi.

'Lladd Obri.'

'Callia, y llyffant brych.'

'Pwy ddaru 'ta? Waeth i chi ddeud ddim.'

'Mae gen ti fwy o ddoe na neb arall yn y gymdogaeth 'ma, waeth pa mor hen ydyn nhw,' meddai hi. 'Does arnat ti ddim angen rhagor ohono fo. Heddiw a fory ydi dy gyfnod di, hefo Eir a Lars bach. Canolbwyntia di ar hynny.'

*   *   *

'Mae 'na rwbath mawr ar goll o ddamcaniaeth Angard,' meddai Gaut, yn mwytho'r cerflun yn ei ddwylo ac yn syllu ar y fasarnen fawr bob yn ail.

"Dallt bod y Weddw wedi deud wrthat ti am roi'r gora i fwydro dy ben ynglŷn â hyn i gyd,' atebodd Seppo.

Drwg y byrwellt oedd nad oedd yn datgelu sŵn traed. Unwaith yn rhagor roedd Gaut yn eistedd arno, ar goll yn ei fyfyrion eto fyth, ac unwaith yn rhagor roedd rhywun wedi dod ar ei warthaf heb iddo'i weld na'i glywed. Ei dad oedd o y tro hwn. Eisteddodd wrth ei ochr a chymryd y cerflun oddi arno, dim ond i'w hanes a'i arwyddocâd dreiddio iddo eto am ennyd.

'Ydi Eir yn gwybod dy fod di'n dal i ori ar hyn?' gofynnodd.

'Ydi, debyg. Mae hi'n cau 'ngheg i hefo'i gwefusa bob tro.'

'Dyna pam wyt ti'n gori?' Rhoes Seppo y cerflun yn ôl iddo. Cododd. 'Tyd, mi awn ni am dro.'

'I ble?'

'I rwla eith â dy feddwl di ar rwbath arall.'

Cychwynasant, ac anelu at lwybr y twynyn ar lan y llyn, a Seppo yn ciledrych yn sydyn a disylw i gyfeiriad yr agosaf o'r ddau fryn oedd i'r gogledd o'r llyn ac yn ymestyn tua'r gorllewin. Gwyddai na fyddai cerdded mymryn yn mynd â sylw Gaut oddi ar ei benbleth chwaith, a doeddan nhw ddim wedi mynd lawer ar hyd y llwybr nad oedd o'n dechrau arni eto.

'Mae pob dim ddaru Angard 'i gynnig am sut y digwyddodd o'n dal dŵr, ar wahân i un peth,' cynigiodd.

'Ac mi wn i be 'di hwnnw,' meddai Seppo. 'Sut cafodd y lladdwr y cwlwm dolan am ffera Obri cyn plycian y rhaff arall.'

'Dydi o ddim yn gwneud synnwyr. Mi fasa fo wedi gallu sleifio y tu ôl iddo fo i gael y rhaff am 'i wddw fo, ond nid am 'i ffera fo, debyg.'

'Dibynnu ella pa mor llac oedd y cwlwm dolan. Ne' ella bod y lladdwr wedi rhoi warrog iddo fo ar 'i wegil i'w gael o i ddisgyn. Mi fyddai'n ddigon hawdd iddo fo wedyn.'

Yr eiliad honno trawodd syniad newydd Gaut, a hwnnw'n ddigon i'w ddelwi.

'Be sydd?' gofynnodd Seppo, yn sylwi ar ei union.

'Ne' 'i gael o i orwadd o'i wirfodd. Mi fyddai hynny'n haws fyth.'

'Sut gwnâi o beth felly, hogyn?'

'Sut gwnâi hi beth felly.'

Arhosodd Seppo yn stond.

'Wyt ti rioed yn ama dy fam, ne' Aud?'

'Nac 'dw debyg.'

'Mi wnest ti ama'r Weddw, yn 'i hwynab.' Oni bai am y taerineb yng ngwedd Gaut byddai Seppo wedi chwerthin. 'Dyna be oedd dallgeibio, o'i hochor hi.'

'Nid ama.' Doedd yr oslef ddiamynedd fwriadol yn llais Gaut ddim yn llwyddo i guddio'r taerineb. 'Cryfdar meddwl, nid cryfdar corff,' aeth yn ei flaen, yn pwysleisio mymryn ar ei ddadl. 'Dyna ddudodd Angard medda chdi. Ydi Mam ne' Aud yn gwybod pwy ddaru?' gofynnodd yn sydyn.

Ysgydwodd Seppo ei ben.

'Na.'

Ailgychwynasant.

'Nid mynd am dro 'ran myrrath ydan ni,' meddai Seppo wedi ychydig gamau.

'O?' Roedd clywed hynny'n ddigon i Gaut am eiliad. 'I ble 'dan ni'n mynd?'

'I ben draw'r llyn ac i fyny'r ochor bella 'cw yn slei bach.'

Trodd Gaut ei ben ar unwaith.

'I be?'

'I weld pwy sy'n sbaena ar y gymdogaeth yn y topia 'cw. Paid â syllu nac aros.'

Yr eiliad honno dychwelodd yr hen gynnwrf, yn un ergyd ddirybudd, a theimlai Gaut ei stumog yn rhoi. Ond dim ond am ennyd. Roedd llais digyffro ei dad yn cymedroli popeth.

'Be welist ti?' gofynnodd, yn gwneud ymdrech i ofalu nad oedd ei lais yn datgelu dim.

'Symudiada. Digon cynnil, ond maen nhw yna, ers pedair awr o leia.'

Trawodd y syniad Gaut ar ei union.

'Chwilio am Ahti maen nhw?' cynigiodd.

'Dydi o ddim yn amhosib, nac 'di?' Roedd llais Seppo yr un mor ddigyffro. 'Dw i wedi'i rybuddio fo.'

Chwinciad gymerodd Gaut i ailystyried.

'Na. Tasai'r fyddin yn ama 'i fod o yma, rhuthro fasa hi, nid anfon neb i sbaena.'

'Ella. Ond mae 'na rywun yna. Mi welis i ben un. Roedd gofyn i Ahti gael gwybod.'

Doedd neb ar wahân i'w dau deulu a Hagan yn gwybod fod Ahti yn eu mysg, er ei fod bellach yn byw yn y gymdogaeth. Gan nad oedd neb arall yn gwybod mai fo oedd o pan fu yn eu mysg y ddau dro cynt chwaith, chawson nhw ddim llawer o drafferth i'w gael i'w alw ei hun yn Hilmir, yn enwedig hefyd gan nad oeddan nhw wedi clywed neb yn y gymdogaeth yn sôn dim amdano fo na'i helynt, ac nad oedd gan hynny le gan neb i amau dim. Roedd o'n ddigon bodlon cydnabod ei fod wedi dechrau laru ar ei grwydro diderfyn. Seppo, a Gaut yn arbennig, oedd wedi'i berswadio mai'r dewis oedd ganddo oedd byw yn eu canol neu aros ynghudd ella am weddill ei oes.

Roedd glan orllewinol y llyn yng nghanol y coed ac roeddan nhw ill dau o'r golwg ymhell cyn ei chyrraedd. Roedd y llyn yn culhau'n arw erbyn hynny a chydig o waith tramwyo oedd ar y lan orllewinol cyn cyrraedd yr allt a godai bron yn unionsyth i gopa'r bryn mwyaf coediog o'r ddau. Doedd yr allt ddim ar gael i'w dringo i neb ond y penderfynol.

'Wnes i ddim meddwl,' meddai Seppo yn sydyn, gan aros.

'Be sydd?' gofynnodd Gaut, yn gweld golwg bron fel golwg euog ar wyneb ei dad.

'Wyt ti'n iawn i fynd ymlaen?'

'Ydw debyg.' Gwnaeth Gaut ati i ysgwyd pen diamynedd. 'Tyd.'

'Ro'n i'n anystyriol,' meddai Seppo wedyn.

'Paid â malu.' Rhyw hanner sibrwd i gryfhau'r sylw ddaru Gaut. 'Tyd 'laen.'

Doedd dim llwybr o fath yn y byd i fyny'r llethr ac roedd dwylo a breichiau am foncyffion lawn cyn brysured â thraed wrth i'r ddau sleifio i fyny'r ochr, a Seppo, oedd wedi gofalu mai fo oedd ar y blaen, yn cael pyliau annisgwyl a dymunol o ailbrofi asbri ieuenctid wrth ymlafnio o goeden i goeden, yn gwybod eu bod ill dau'n anweladwy i bawb ond nhw'u hunain ac ambell aderyn.

'Sgin ti ryw syniad faint oedd yna?' gofynnodd Gaut pan oeddan nhw'n cael mymryn o saib ar ganol y dringo.

'Na. Ond go brin bod mwy nag un ne' ddau.'

Gorffwysodd Gaut ei ben yn erbyn boncyff bedwen, un o'r ychydig rai oedd yno ynghanol y pinwydd. Doedd dim posib gweld dim pellach na rhyw dri lled braich i unrhyw gyfeiriad, ond iddo fo doedd hynny'n cyfyngu dim ar ddim.

'Mi fasa Dag wrth 'i fodd hefo ni,' meddai.

'Callia,' atebodd Seppo, yntau'n gwrando ar y tawelwch ac yn ei gofio. 'Mae gofyn i'w freichia a'i goesa fo gael un pum mlynadd arall o dyfiant.'

'Felly'n wir?'

Rhythodd Seppo arno.

'Wyt ti rioed wedi dŵad ag o i fyny fa'ma?'

'Fo ddaeth â fi.' Gwenai Gaut. 'Yr hannar hogyn hannar wiwar cynta yn hanas y tiroedd.'

Pwysodd Seppo ei ben yntau yn erbyn boncyff.

'Pa bryd oedd hyn?' gofynnodd.

'Dridia yn ôl. Mae o am ddŵad â Lars yma y tro nesa medda fo.'

'Oliph a'n cadwo!' ebychodd Seppo, hanner wrtho'i hun.

'Mae'n fain iawn arnat ti os 'ti isio i hwnnw dy gadw di.'

Daliai Gaut i wenu'n braf wrth ailgychwyn. Eithriad bellach oedd clywed ei dad yn crybwyll y duwiau yn ei ebychiadau.

Erbyn iddyn nhw gyrraedd copa'r bryn roedd Gaut wedi hen sobri, a'i feddwl erbyn hyn yn llwyr ar nod y dringo. Roedd y llethr hir i lawr at lan ddwyreiniol y llyn a'r gymdogaeth yn llawer moelach na'r ochrau o ran coed, ond roedd digon o lwyni arno a'r faint a fynnid o leoedd i ymguddio ynddyn nhw. Llechodd y ddau y tu ôl i lwyfen fechan gyfagos, coeden yr oedd Gaut wedi penderfynu ers pan oedd yn glapyn ei bod yn cael trafferth i ymgodymu â'i safle gan nad oedd y tir odani'n ddigon maethlon i'w chynnal fel y gweddai i goeden o'i bath.

Fo welodd y symudiad. Rhoes ei fys ar ysgwydd ei dad a phwyntio i lawr i'r chwith. Am eiliad doedd dim ond y coed a'r llwyni i'w gweld ond yna cododd pen rhwng dau lwyn, ac aros yn llonydd gan edrych draw tua'r gymdogaeth. Roedd yn amlwg mai sbecian oedd o, a dim ond gwallt ac ysgwyddau oedd yn y golwg iddyn nhw ill dau.

Roedd y tri mor llonydd â'i gilydd am funudau hirion. Ac o dipyn i beth wrth edrych ar y sbeciwr roedd rhyw reddf yn Gaut yn penderfynu nad oedd yn beryg. Roedd o'i hun wedi gwneud yr un peth ddegau o weithiau yn ystod ei hirdaith, yn llechu y tu ôl i goed a llwyni a chreigiau i sbecian ar fyddinoedd, ar gymdogaethau, ar unigolion o flaen eu cartrefi, yr ofn mawr yn ei atal rhag troi'r sbecian yn gyfathrach. Wedi dod ar ei warthaf yn ddirybudd oedd pawb yr oedd wedi cael unrhyw gyfathrach hefo nhw, gan gynnwys y ddau yn y cyfarfyddiad oedd erbyn hyn y rhyfeddaf. Yn y pantle hyfryd ger Llyn Nanna oedd hynny wedi digwydd, hefo Idar a Karl, brodyr Linus. Tasai o wedi deud ei enw cywir wrthyn nhw yn hytrach na'r un roedd wedi'i fabwysiadu yn ei ofn, byddent wedi deud wrtho fo mai Gaut oedd enw'r milwr yr un oed â fo yr oedd eu brawd wedi mynd hefo Eir ac Ahti a'r lleill i chwilio amdano.

'Does 'na neb hefo fo,' meddai Seppo yn y diwedd, i ddod ag o o'i fyfyrdod.

'Go brin,' cytunodd.

'Tyd.'

Cychwynasant i lawr, gan ddal i lechu y tu ôl i bob llwyn ond yn gofalu yr un pryd nad oedd y pen odanyn nhw'n mynd o'u golwg. Buan y daeth yn amlwg mai ar ei ben ei hun oedd y sbeciwr. Pan ddaethant o fewn cyrraedd gwelsant babell wedi'i lapio a phwn ac arf ar y ddaear ychydig oddi wrtho.

'Mi fyddi di'n nabod y lle 'ma y tro nesa,' meddai Seppo.

Neidiodd y dyn, a throi. Roedd golwg arswydlon yn ei lygaid wrth iddo gythru am ei arf.

'Does dim angan hwnna,' meddai Seppo, yn dal ei ddwylo allan fymryn, mor ddigyffro â'i lais.

Prin gael y geiriau o'i enau ddaru o nad oedd Gaut yn gweiddi.

'Beli!'

7

'Gan fod raid i ti ddeud rwbath ryw dro cyn i'r tri ugian mil lleuad ffansi 'ma ddod i'w terfyn waeth i ti wneud hynny rŵan ddim,' meddai Gaut wrth Beli.

'Pa well dull o gael neb i ddeud 'i bwt?' gofynnodd Seppo gan godi dwy law anobeithiol braf ar Thora.

'Mi edrychwn ni ar ôl hwn,' meddai Gaut. 'Mae arna i ryddid iddo fo.' Trodd yn ôl at Beli. 'Be 'di ryw ffrae fach a chditha wedi mentro dy fywyd i 'nghael i'n rhydd?'

Doedd hi ddim yn ffrae fach bryd hynny, dridiau ar ôl i Beli ei ryddhau o'r sach gefn nos a hwythau ar daith na wyddai Gaut i ble, dim ond taith i osgoi'r fyddin a'r byddinoedd. Roedd sgwrsio'n troi'n anghytuno ac wedyn yn gecru ac wedyn yn ffraeo, yn llwyr unochrog gan mai Beli oedd yn codi ei lais ac yntau'n dal i ddadlau ei bethau'n dawel. Ond roedd rhyw fanion a fu'n fawr yn amherthnasol ganddo bellach.

'Roeddat ti'n edmygu'r duwia, do'n i ddim,' meddai wedyn, yn chwilio am gysylltiad llygaid oedd yn gyndyn o ddod. 'Ro'n i'n edmygu'r gwinau, doeddat ti ddim. Pan oeddan ni'n edrach ar y lleuad, ro'n i'n gweld patryma, roeddat ti'n gweld duw. Be 'di o bwys? Mae 'na betha pwysicach i'w cofio na hynny. Mi ddudist ti wrtha i am gallio, ond roeddat ti'n 'y nghofleidio fi wrth ddeud hynny. Dyna dw i'n 'i gofio.'

'Hwn ydi dy fabi bach di?'

Rhyw led-ebychu'r geiriau ddaru Beli.

'Do'n i ddim ar gael pan oedd o'n fabi.'

Doedd Beli ddim wedi codi ei lygaid i edrych ar Gaut wrth ofyn ei gwestiwn, a phrin edrych ar Lars oedd o wedi'i wneud cyn gofyn. Doedd o ddim i'w weld yn cymryd sylw o ateb Gaut chwaith. Doedd yr un gair wedi dod o'i geg wrth iddo ddod i lawr o'r bryn a Seppo a Gaut un bob ochr iddo, y ddau'n rhannu ei bynnau gan nad oedd i'w weld mewn llawer o gyflwr i wneud hynny ei hun mwy nad oedd o i fygwth. Chwinciad oedd hynny wedi para ac roedd wedi gostwng ei arf y munud yr adnabu Gaut. Roedd o'n cloffi fwyfwy wrth ddod i lawr y bryn ac erbyn iddyn nhw gyrraedd tŷ Seppo prin fedru cerdded oedd o. Roedd yn amlwg hefyd ei fod mewn gwres, a buan y darganfu Thora fod ganddo archoll hyll o dan sawdl ei droed chwith, hwnnw wedi dechrau casglu a'r sawdl wedi dechrau duo. Bu wrthi am dros awr yn trin yr archoll ar ôl rhoi llwyaid o foddion sudd rhisgl yr helygen i Beli i leddfu rhywfaint ar ei boen. Doedd o ddim wedi deud na gofyn dim wrth i'r archoll gael ei drin, dim ond ochneidio ei boen bob hyn a hyn, ond roedd o i'w weld fymryn yn fwy cyfforddus wedi i Thora orffen a chlymu rhwymyn am y troed. Roedd Dag a Lars wedi bod yn gynulleidfa ddistaw am ychydig cyn mynd yn ôl at eu pethau, gan nad oedd gweld pobl yn dod i'r tŷ i gael trin eu harchollion gan

Thora ddim yn anarferol iddyn nhw o gwbl. Roedd Cari yn brysur wrth gynorthwyo ei mam fel y gwnâi bob tro.

'Sut ddaru ti frifo?' gofynnodd Gaut wedyn, gan nad oedd siâp deud dim arall ar Beli.

'Sathru rwbath yn 'rafon wrth olchi 'nhraed dw i'n meddwl.'

Cododd Beli ei lygaid am ennyd i edrych ar Gaut cyn eu gostwng drachefn.

'Pryd?'

'Dridia'n ôl.'

'Ddaru ti drio 'i drin o dy hun?'

'Rhyw fymryn. Hynny allwn i.'

'Paid,' meddai Thora wrtho wrth ei weld yn stwyrian i godi. 'Mae gofyn iti ddal dy droed i fyny am ryw ddeuddydd ne' dri.'

'Sut gwna i beth felly?' Roedd mymryn o argyfwng i'w glywed yn llais Beli.

'Mae gynnon ni fagla os ydi dy fryd di ar symud,' meddai Cari. 'Dydyn nhw rioed wedi bod yn segur medda Mam.'

'Mae dy wres di i'w weld yn gostwng,' meddai Gaut, yn astudio ei wyneb, hwnnw'n batrwm braidd gan ei ymateb di-ddallt i ddycnwch a medr di-lol Cari. 'Wyt ti'n teimlo'n well?'

'Ydw. Diolch,' meddai wrth Thora. 'Diolch,' meddai wedyn wrth Cari, fymryn yn fwy amheus.

'Mi fedri di siarad rŵan, felly,' meddai Gaut, yn gwenu'n gynnil ar ei dad yn ysgwyd yr un pen anobeithiol braf ar Thora o glywed ei eiriau. 'Be ddaeth â chdi i'r partha hyn? Oeddat ti'n dŵad yn unswydd, 'ta dim ond ar grwydr wyt ti?'

'Mi ddois i i gymdogaeth echdoe, tua'r de-orllewin 'na,' atebodd Beli ar ôl ennyd o bensynnu. 'Do'n i ddim wedi gweld yr un ers dyddia lawar. Mi es yno ar f'union ac wrth holi mi ddudon nhw bod Llyn Sorob a Llyn Embla i'r partha yma. Ro'n i'n cofio mai o yma'r oeddat ti'n dŵad ac mi ddois tuag yma i edrach oedd 'na ryw hanas o dy hynt di.'

'Mae dy go di'n dda,' meddai Gaut. Roedd o ar ganlyn ymlaen ond tybiodd iddo weld mymryn o amnaid yn llygaid ei dad. 'Mi a' i i nôl y bagla i ti gael ymarfar,' meddai wrth Beli.

Aeth drwodd i'r cefn.

'Fydd o ddim yn gwybod ble maen nhw,' meddai Seppo. 'Dw i wedi'u symud nhw.'

Aeth drwodd ar ôl Gaut. Aros amdano oedd o, nid chwilio am faglau. A rŵan doedd ei wyneb ddim hanner mor sicr ag yr oedd yn y gegin.

'Wyddwn i ddim 'mod i'n werth pedair awr o sbecian,' meddai.

'Mae'n anodd, 'tydi?' cytunodd Seppo, y benbleth yn llond ei wyneb yntau. 'Dw i ddim isio meddwl yn ddrwg nac yn amheus, ond cofia na ddoist ti ddim i'w nabod o. Ond prun bynnag,' ychwanegodd ar fwy o frys, 'os oes 'na rwbath amheus, does 'nelo fo ddim â chdi. Rwyt ti'n ddiogel, does 'na neb yn chwilio amdanat ti. Mi ofalwn ni y ceith o lety ac mi neith dy fam drin 'i friw o bob dydd nes bydd o wedi gwella.'

'Ella nad ydi o'n gwybod,' meddai Gaut, y syniad yn dod ar wib iddo. 'Pam dylai o wybod nad oes 'na neb yn chwilio amdana i? A hyd yn oed os ydi o'n gwybod hynny, dydi o ddim yn golygu nad ydyn nhw'n dal i chwilio amdano fo. Mae rhyddhau milwr o sach yn rwbath anfaddeuol, waeth pwy na be ydi'r milwr na pham mae o ynddo fo.'

'Ella,' meddai Seppo. 'Mae'n well gen inna feddwl hynny hefyd.'

'Mi a' i ag o adra. Mi geith wledd enfawr heno.'

'Paid â lladd deryn ar 'i chyfar hi.'

Diflannodd pob amheuaeth ar wyneb Gaut mewn gwên braf. Gafaelodd yn y baglau ac aeth drwodd ar ôl ei dad.

Rai oriau yn ddiweddarach roedd Beli yn rhai o ddillad Seppo, wedi llwyddo i ymolchi drosto gan gadw ei droed yn sych cyn y swper yr oedd Eir a Gaut wedi'i ddarparu ar eu cyfer. Roedd yn ddigon siaradus, ond daeth yn amlwg yn fuan iawn mai awch am hanes a hynt Gaut oedd ganddo yn hytrach nag unrhyw ddyhead i gynnig dim o'i hanes ei hun. Roedd Eir wedi darparu matres iddo wrth ochr gwely Lars ac roedd yn amlwg erbyn iddo orffen ei swper ei fod wedi ymlâdd. Newydd fynd ar ei fatres oedd o pan ddaeth Thora i'r tŷ, a Gaut ac Eir yn gwybod y munud hwnnw mai'r unig reswm dros iddi ddod oedd fod troed Beli yn waeth nag yr oedd hi wedi'i gymryd arni wrtho.

'Dim ond rhag ofn 'i fod o wedi dechra rhedag drwy'r rhwymyn,' meddai hi wrth Beli. Cododd fymryn ar ei droed, yn bur dyner. 'Na, mae o'n iawn. Mi ddeil tan fory.'

Gwelodd Eir ei bod hi'n syllu lawn mor ddyfal ar wyneb Beli ag ar ei droed.

'Mi gaewn ni'r drws arnat ti i ti gael llonydd i gysgu,' meddai wrth Beli pan oedd Thora yn codi oddi wrtho. 'Paid â phoeni am Lars. Mi godith yn dawal bach cyn y plygain a dŵad aton ni. Oes arnat ti isio rwbath?'

'Na. Diolch i chi i gyd,' meddai o, a throi ar ei ochr.

Caeodd Eir y drws arno. Roedd Thora wedi eistedd ac wrthi'n rhoi arwydd i Gaut ei fod wedi tywallt hen ddigon o fedd i'w chwpan.

'Ydi o'n ddrwg?' gofynnodd Eir iddi gan amneidio at ddrws Lars.

'Ydi a nac 'di,' atebodd Thora. 'Does 'na ddim gwenwyn gwaed hyd y gwela i, ond mae o'n mynd i gymryd dipyn mwy na diwrnod ne' ddau.'

'Be mae Dad yn 'i feddwl erbyn hyn?' gofynnodd Gaut ar ôl i'r tri gael eu diod a hwythau'n eistedd yn ddigon agos at ei gilydd i gadw eu lleisiau'n dawel.

'Dal yn yr un benbleth. Pam cerddad ar 'i union i un gymdogaeth, a mynd i ben bryn i wardio am oria pan welodd o'r nesa, ac ynta'n anelu ati?'

'Ro'n i'n dringo brynia os oedd 'na lwyni'n guddfanna ar 'u copaon nhw i weld be oedd o 'mlaen i,' meddai Gaut.

'Am bedair awr ar y tro? A thwll hegar yn dy droed? Does ar neb ohonon ni isio'i ama fo,' pwysleisiodd, o weld y boen ar wyneb Gaut.

'Ella ca i o i siarad fory,' meddai o, yn benderfynol o fod yn obeithiol. 'Roedd o'n hyder a sicrwydd am y gwelach chi pan oeddan ni'n cerddad. Mae 'na rwbath 'blaw y briw 'na wedi gwneud i'r rheini ddiflannu.'

'Pan oeddat ti ar dy hirdaith roedd gen ti nod,' cynigiodd Eir. 'Roedd hwnnw'n dy gynnal di.'

'Eich enwa chi oedd yn 'y nghynnal i.'

"Run peth. Ond os ydi Beli wedi bod yn crwydro am flwyddyn a rhagor, i be? Dim byd i gyrraedd ato fo, dim byd i'w wneud ond gori ar yr un teimlada a'r un syniada. Mae hynny'n siŵr o fynd yn ddifaol yn hwyr ne'n hwyrach.'

'Yn enwedig os ydi'r meddylia hynny'n gori ar gydnabod a theuluoedd y milwyr oedd yn yr un baball â chdi ac yr oedd o'n sicr 'u bod nhw'n mynd i gael 'u dienyddio am adael i ti ddengid,' meddai Thora. 'Mae'n ddigon posib 'i fod o'n credu fod rhai o'r cydnabod ne'r teuluoedd â'u bryd ar ddial a'u bod nhw'n chwilio amdano fo.'

'Ella 'i fod o wedi cael achos i gredu hynny,' meddai Eir.

Chwiliodd Gaut ei ddiod am ennyd cyn yfed llymaid.

'Ella,' meddai. 'Ond dydi hynny ddim yn egluro pam cerddad i un gymdogaeth a sbaena am hydoedd ar y llall.'

'Fo sy'n deud 'i fod o wedi cerddad ar 'i union i'r gymdogaeth arall,' meddai Thora.

'Mi fyddwn wrthi drwy'r nos fel hyn,' meddai Eir. 'Faint gymrith o i wella?' gofynnodd i Thora.

'Nawddydd a rhagor, mae'n beryg.' Synhwyrai Thora awgrym yn y cwestiwn. 'Mae'n anghyfleus iddo fo fod yma, 'tydi?' meddai. 'Mi gawn ni le iddo fo.'

'Na,' anghytunodd Eir heb betruso. 'Tasa fo heb ryddhau Gaut, heb 'i ryddhau y bydda fo. Go brin y bydden ni wedi dŵad o hyd iddo fo.'

Syllu'n ddigon sobr ar y medd yn ei gwpan oedd Gaut.

'Mi'i cawn ni o o'i gragan fory,' meddai.

8

Braidd yn ddiniwed oedd terfyn y rhewlif i Bo. Roedd wedi dychmygu clogwyni llawer mwy trawiadol a gwlyb na'r un yr oeddan nhw wedi'i ddringo bum niwrnod ynghynt i gyrraedd y bwlch rhwng y ddau fynydd. Wedi dringo iddo yn lled agos i'w derfyn o'r gorllewin oedd Helge ar ei daith flynyddoedd ynghynt ac roedd wedi deud nad oedd ganddo'r un bwriad i ddychwelyd y ffordd honno hyd yn oed tasai o'n digwydd adnabod yr union fan y dringodd iddi. Ond pan ddaethant i'w derfyn gwelsant ei fod yn culhau'n naturiol ac roedd yn bosib camu ohono gryn bellter o'r fan yr oedd ei drwyn yn darfod yn darddiad afon. Roedd y tir y daethant iddo'n garegog am ychydig ond buan yr oedd peth tyfiant o dan draed ac ymhen ychydig wedyn tyfai llwyni ac ambell binwydden ac aethnen. Daliasant i fynd ar fwy o frys er mwyn cyrraedd coedlan a gynigiai gysgod a chuddfan yn y pellter. Ymhen ychydig roedd dyffryn gwaelod y rhewlif yn troi fymryn tua'r de ac yn darfod mewn dyffryn arall a'i afon yn aberu ag afon letach a phrysurach a lifai tua'r dwyrain. Anghofiodd Bo ei brysurdeb ei hun ac ymhen ychydig roedd ganddo bedwar torgoch braf ar y lan wrth ei draed.

'Oes 'na rwbath o'i le pan mae rhywun yn teimlo'n fwy diogel ar rewlif digynnyrch nag ar lawr gwlad sy'n cynnig cynhaliaeth?' gofynnodd Amora, a Helge newydd ddychwelyd o ben bryncyn bychan lle bu'n sbaena i weld a oedd yn ddiogel iddyn nhw gynnau tân i gael eu pryd o fwyd poeth cyntaf ers gadael eu cartrefi.

'Croeso i'r tiroedd,' meddai Bo.

Digon tawel oedd Helge tra buon nhw'n codi'r babell a gwneud y tân a pharatoi'r pysgod. Ar ganol bwyta oeddan nhw pan gododd ei ben yn sydyn.

'Mae o'n hawdd i'w ddeud, siŵr,' meddai, a gwên fechan led ryddhaol, led amheus i'w gweld ar ei wyneb. 'Finna wedi bod yn pendroni a chnoi yno' fy hun o'r dechra.'

'Be?' gofynnodd Bo.

'Chdi ne chi'ch dau sy'n ein harwain ni o hyn ymlaen.'

'Be 'ti'n 'i feddwl?' gofynnodd Edda, yn gynnwrf sydyn drwyddi.

'Mi wn i ein bod ni ar waelod y rhewlif,' atebodd Helge, yr un mor hamddenol â chynt. 'Wn i ddim arall.' Cododd ei ysgwyddau fymryn i ategu ei eiriau. 'Gwybodaeth pobol erill sydd gen i fod yr afon 'ma'n llifo i afon Borga, nid 'y mhrofiad fy hun, a straeon pobol erill oedd yn deud wrtha i faint o daith oedd o dy flaen di i gyrraedd dy gartra pan ddoist ti acw gynta un a gwironi dy ben ar Edda a'i gwallt,' meddai wrth Bo. Gwenodd eto beth yn drist ar benbleth ddisymwth Edda. 'Rwyt ti wedi crwydro mwy o diroedd na fi,' meddai wrthi. 'Yr unig grwydro helaeth dw i wedi'i wneud rioed ydi mynd o 'nghartra fy hun ar draws pum diwrnod o dir, i fyny rhewlif am bump arall, ac i lawr cwm yr oedd dy fam yn digwydd bod ynddo fo a'i gorffan hi yn 'i chartra hi.'

'Roeddat ti'n gwybod hyn,' meddai Bo wrth Amora, yn sylwi ar ei hwyneb digyffro.

'Oeddwn, debyg. Doeddan ni ddim am ddeud wrthach chi cyn inni gychwyn ne' mae'n beryg y basach chi wedi cynhyrfu gormod inni gychwyn o gwbwl.'

'Hynny ydi,' pertrusodd Bo, 'does gynnoch chi ddim syniad i ble'r awn ni, felly.'

'Tawn i'n cynnig enw i ti, fasa fo'n ddim ond enw,' meddai Helge.

'A phwy sy'n deud y bydden ni wedi cynhyrfu gormod i gychwyn, prun bynnag?' gofynnodd Edda, ei goslef hithau mor ddi-hid braf ag un Bo.

'Hyd yn oed tasan ni'n gwybod fod raid i ni gerddad i fyny yn hytrach nag i lawr rhewlif am bum diwrnod,' ategodd Bo. 'Pwy sy'n deud bod y stori 'ma sydd gen ti heb 'i deud yn gwneud synnwyr?' gofynnodd i Helge.

'Mae hi os wyt ti'n ffoadur,' meddai Edda, y syniad yn dod iddi ar amrantiad. Edrychodd ar ei thad, ond roedd o'n cadw ei olwg ar ei fwyd. 'Dyna oeddat ti?' gofynnodd iddo.

Amnaid fer oedd ei ateb.

'Ia, o bosib,' meddai wedyn. 'Ro'n i'n ffoi, yn sicr.'

'Mae dy stori di'n un drist,' meddai Bo, yntau'n ei astudio am ennyd. 'Does dim rhaid i ti 'i deud hi.'

'Dim tristach na dy hanas di, a'r hyn rwyt ti wedi dygymod ag o,' meddai Helge.

'Mae hynny'n wir,' meddai Amora.

'Mi wyddost am hyn hefyd?' gofynnodd Edda iddi.

'Gwn. Un o'r petha cynta ddaru dy dad 'i ddeud wrtha i pan ddechreuon ni glosio at ein gilydd.'

'Oedd Mam yn gwybod?' gofynnodd Edda i Helge.

'Oedd. Drannoeth ar ôl i ni gwarfod. Dydi o ddim yn hanas dymunol.' Arhosodd, ond ni welai ddim ond ymddiriedaeth dawel yn y ddau wyneb o'i flaen. 'Ro'n i – dw i yn y canol rhwng dwy chwaer. Mae'r hyna ddwy flynadd yn hŷn na fi a'r fenga flwyddyn a diwrnod yn fengach. Roedd Mam a ni'n tri'n gynnyrch Priodas Deilwng waeth na dim mae dy ddychymyg di wedi'i arllwys i'n penna ni,' meddai wrth Bo, 'ac roedd Mam yn cael 'i hatgoffa'n feunyddiol faint o waith llusgo i'w phriodas oedd wedi bod arni. Roedd o'n 'i churo hi lawn mor amal a didrugaredd ag yr oedd o'n ein curo ni. Pan o'n i newydd gael fy un ar bymthag mi benderfynodd 'i chorff truan hi mai digon oedd digon ac mi fu hi farw. Doedd hi ddim yn bymthag ar hugian.'

Arhosodd, y cofio i'w weld fel tasai'n ei drechu am ennyd.

'Roedd Mam ddeng mlynadd yn fengach na hynny pan fuo hi farw,' meddai Edda.

'Nid am yr un rheswm.'

'Ydi'r rhew 'ma wedi rhewi dy ben di hefyd?' gofynnodd Bo.

Gwenodd Amora ei gwên drist ar y cerydd. Doedd Bo ddim ar feddwl gwenu.

'Mi aeth petha'n waeth wedyn,' meddai Helge, ei lais yn fwy synfyfyriol ofer. 'Mi aeth y curo'n amlach a mwy didrugaredd ac un diwrnod mi ddaru mi drio 'i atal o rhag leinio Edel, 'y chwaer fach. Do'n i rioed wedi meiddio meddwl am wneud peth felly cynt, ond ro'n i'n meddwl 'mod i'n llwyddo hefyd yn o lew, ond mi ddaeth yr Hynafgwr i'r tŷ pan oeddan ni ar 'i chanol hi. Roedd o a Nhad yn llawiach garw ac mi ddaru hwnnw 'y nal i'n ôl hefo'i freichia a'r peth dwytha dw i'n 'i gofio ydi pastwn yn dŵad at 'y ngwynab i.'

'Oedd o'n eich curo chi i gyd hefo pastwn?' gofynnodd Edda, bron fel tasai'n methu derbyn yr hyn roedd yn ei glywed.

'Weithia.' Cododd Helge ei lygaid am ennyd i weld dau bâr o lygaid yn syllu arno mor ddychrynedig a diddeall â'i gilydd. 'Wn i ddim pryd dois i ata fy hun, ond pan wnes i doedd dim hanas o Edel na Bera, 'y chwaer fawr. Ro'n i'n gwybod fod Bera'n caru, ar y slei mi ellwch fentro, a mam 'i chariad ddudodd wrtha i be oedd wedi digwydd. Pan welodd Edel fi'n disgyn yn llonydd mi gredodd 'mod i wedi fy lladd ac mi ruthrodd allan a dŵad o hyd i Bera a deud hynny wrthi. Mi arllwysodd Bera holl hanas y curo wrth 'i chariad a'i fam ac mi ddaru hi 'u helpu nhw i gymryd y goes ac mi aethon a mynd ag Edel hefo nhw. Tua'r gorllewin yr aethon nhw a hyd y gwn i yno maen nhw byth.'

'Welist ti mohonyn nhw wedyn?' gofynnodd Edda, y dychryn yn dal i fod yn llond ei llais.

'Naddo. Fedra i wneud dim ond gobeithio 'u bod nhw'n iawn.'

'Anamal oedd Dad adra,' meddai Bo, yntau'n amlwg yn cael trafferth enbyd, 'ond pan fyddai o, ni'n dau oedd y ffrindia penna yn yr holl diroedd.'

'Mi fyddi felly hefo dy blentyn dy hun hefyd,' meddai Helge.

Lled-wrando ddaru Bo ar hynny. Mwya sydyn roedd y dyhead i weld ei deulu a bod hefo nhw'n ei daro, yn llawer cryfach na'r un o'r dyheadau beunyddiol eraill. Doedd o ddim wedi'u gweld nhw ers tair blynedd nac wedi gallu anfon unrhyw fath o neges i ddeud ble'r oedd. Hyd yn oed tasai wedi clywed am rywun oedd am deithio dau leuad a rhagor o'r Pedwar Cawr i gyffiniau Llyn Helgi Fawr fyddai dim mymryn o sicrwydd y byddai'r teithiwr yn cadw'r gyfrinach a gofalu na chlywai neb ond y teulu y neges.

Daeth Edda ag o yn ôl o'i feddyliau.

'Be ddigwyddodd wedyn?' gofynnodd i'w thad, am nad oedd arwydd ei fod o am ganlyn ymlaen, a'r tynerwch yn ei llais yn cyfleu yr un teimlad ag oedd gan Bo.

'Fedrwn i ddim meddwl am unrhyw fath o obaith,' atebodd Helge ar ôl ennyd o bensynnu. 'Ond mi wyddwn fod mab yr Hynafgwr yn crwydro tua'r de bob hyn a hyn i edrach am 'i deulu, ac o dipyn i beth mi fagis ddigon o blwc o rwla mewn deuddydd o fylltod ac anobaith ac mi es i'w tŷ nhw pan oeddan nhw allan a dwyn 'i baball o a'i sach cysgu o a'u cuddiad nhw mewn llwyni. Ar ochor ddwyreiniol y gymdogaeth yr oeddan nhw'n byw a 'mwriad i oedd mynd i nôl y baball a'r sach cysgu gefn nos a sleifio'n ôl drwy'r gymdogaeth a mynd tua'r gorllewin ar ôl Bera ac Edel.'

'Ond nid felly y bu hi,' cynigiodd Bo am fod Helge wedi tewi eto.

'Pan ddychwelis i adra roedd yr Hynafgwr yno. Dyma'r ddau'n dechra gweiddi a gwatwar. Fi oedd yn cael y bai am fod Bera ac Edel wedi'i heglu hi ac mewn dim roeddan nhw'n bygwth a gwthio a phwnio a'u dyrna nhw'n dechra cau am y gora. Mi waeddis inna dros y tŷ a chythru i'r pastwn. Mi'i cafodd yr Hynafgwr hi ar ganol 'i ben ac mi ddisgynnodd y munud hwnnw heb na gwaedd nac ochenaid na dim. Mi'i cafodd Nhad hi tua'i ysgwydd ne' rwla ac mi aeth ynta i lawr hefyd. Mi gythris wedyn i sachyn a'i lenwi o hefo mymryn o ddillad a hynny o fwyd oedd yn y tŷ. Roedd yn amlwg bod yr Hynafgwr yn farw gorn ond roedd Nhad yn griddfan ac yn ysgwyd ac yn trio codi. Erbyn i mi gyrraedd y llwyni lle'r o'n i wedi cuddiad y baball a'r sach cysgu roedd o allan yn gweiddi ar bawb a'r eiliad nesa roedd o'n disgyn ar 'i hyd ar lawr wedyn.' Ysgydwodd ei ben fymryn. 'Wn i ddim be ddaeth ohono fo. Roedd y lle'n gythrwfwl i gyd a doedd gen i ddim dewis ond 'i hanelu hi tuag yma.'

'Ddoist ti yma'n ddianaf?' gofynnodd Bo.

'Roedd 'na rai wedi 'ngweld i'n mynd tua'r llwyni. Mi fûm i'n ymguddiad rhagddyn nhw am ddeuddydd, ond yn dal i fynd bob tro y gallwn i, ac erbyn i mi ddod i'r cyffinia yma ro'n i'n gwybod nad oedd neb yn 'y nilyn i. Yna mi ddaeth y fyddin lwyd hyd y fan ac mi ddiflannodd pob gobaith oedd gen i o ganlyn ymlaen tua'r dwyrain na throi tua'r de. Ro'n i'n gwybod am y Pedwar Cawr wrth gwrs ac yn gwybod hefyd bod 'na ddwy gymdogaeth yr ochor arall iddyn nhw, ond roedd y syniad o fynd i fyny'r rhewlif yn rhy ynfyd i'w ystyriad. Ond mi ddringis iddo fo am na welwn i unrhyw guddfan arall yn bosib. Ro'n i'n gallu gweld 'i derfyn o ac mi arhosis yno yn y gobaith o gerddad i lawr wedi iddi dwllu a chanlyn ymlaen tua'r dwyrain ne'r de gefn nos. Ond pan dwllodd hi roedd y goleuada i'w gweld a lleisia i'w cl'wad tua'r gwaelod 'ma a doedd gen i ddim dewis. Roedd hi'n ddechra ha' a'r unig beth y medrwn i 'i wneud oedd mynd i fyny a gobeithio y medrwn i fynd drwy'r bwlch yn weddol ddirwystr. Mi gychwynnis yng ngolau'r lleuad nes o'n i o'r golwg. Doedd 'na neb ond y rhewlif a fi wedyn am bum diwrnod. Mi ddois at Derfyn y Cawr a sylweddoli fod gen i ddewis o obaith o oroesi drwy fynd iddo fo a mynd trwy'r bwlch ne' aros ble'r o'n i i farw o newyn. Dim ond digon ar gyfar rhyw ddau bryd o fwyd oedd gen i ar ôl.'

Tawodd am ennyd. Roedd golwg welw braidd arno o rannu ei hanes.

'Ac ymhen dwy flynadd roeddat ti wedi priodi hefo'r un ddaru roi copsan i ti'n dŵad i lawr o'r Terfyn,' meddai Bo, cyn iddo gael cyfle i fynd ymlaen. 'Da, 'te?'

Cododd Helge ei lygaid i edrych arno, yn amlwg yn methu dallt.

'Hynna sydd gen ti i'w ddeud?' gofynnodd.

'Ia, debyg. Be 'dan ni i fod i'w wneud? Dy gollfarnu di?'

Yna sylweddolodd Helge. Nid bod yn ddi-hid o hanes mor annymunol oedd Bo. Mynegi yn ddiarwybod ei brofiadau ei hun oedd o. Rhwng y fyddin a'i deithiau roedd wedi bod yn dyst i gyrff fesul un, fesul degau a mwy, a hynny ers cyn iddo fod yn bymtheg oed. Edrychodd ar Edda. Roedd hi yr un mor dawel ddigyffro â Bo. Roedd hithau wedi cael profiadau bellach, ystyriodd. Trodd ei sylw'n ôl at Bo.

'Os ydach chi'ch dau am briodi, mi wyddost rŵan sut dad cyswllt fydd gen ti,' meddai.

'Dw i'n gwybod hynny ers y diwrnod cynta y gwelson ni'n gilydd.' Yna penderfynodd Bo ddod â'i syniad gerbron. 'Ond os ydan ni am briodi,' meddai, 'welwch chi rwbath o'i le ar i Edda fynd i gwarfod 'i mam gyswllt newydd a'i phedair chwaer gyswllt newydd?'

'Mynd i Lyn Helgi Fawr?' gofynnodd Amora, ac amheuaeth i'w glywed yn ei llais am y tro cyntaf.

'Ia. Cwta ddau leuad.' Cododd Bo amrannau fymryn yn ddireidus ar yr amheuaeth. 'Os down ni o fewn cyrraedd i Lyn Nanna mi gawn ni alw hefo Linus ac wedyn mynd ymlaen i Lyn Sigur i weld Aino ac Eyolf. Mae 'na rwbath bach yn deud wrtha i y ca i faddeuant gynno fo ac Idunn am fethu bod yn Hebryngwr yn 'u priodas nhw os ydyn nhw wedi priodi. Rhyw ddiwrnod ne' ddau arall yn fan'no ac mi fyddwn ni adra ymhell cyn gwelwn ni unrhyw eira gwerth sôn amdano.

Ac mi geith y ddau fabi bach 'u geni yng nghlydwch y siambar dân a fydd dim mymryn o wahaniaeth pa mor gyndyn fydd y gaea o hel 'i begla ato. Be well?'

Dim ond ennyd a roes iddyn nhw ystyried hynny, o weld yr amheuaeth yn dwysáu ar wyneb Helge.

'A hefyd 'te,' meddai wrth Amora, 'mae isio i ti weiddi dros y lle ym mhob cymdogaeth y down ni iddi ar i'r holl ferchaid ddŵad i wrando arnat ti'n deud wrthyn nhw sut i roi terfyn ar Briodas Deilwng heb ladd neb na chyffwrdd ynddyn nhw. Mi fentra i mai chdi ydi'r unig un yn hanas y tiroedd i hel Meistr y Briodas Deilwng o'r cartra, ac nid yn unig hynny, hel dy sgraglan o fam gyswllt allan hefo fo. Chdi fydd arwres y tiroedd. Wel, arwres pawb ond y Priodaswyr Teilwng.'

Roedd Amora yn ysgwyd pen difyr o anghrediniol ers eiliadau.

'Rydan ni'n mynd i gael dau leuad o hyn?' gofynnodd i Edda.

'Ydan.'

Roedd Helge hefyd yn ysgwyd ei ben.

'Dw i wedi bod yn poeni am leuada, am flynyddoedd, a fyddai angan i mi ddeud wrthach chi a sut i'w ddeud o.' Prin hyglyw oedd o. 'A dyma chi.' Cododd ei ben. 'Mae dau leuad yn dipyn o fynd hefyd, 'tydi?' meddai.

'Ar wahân i setlo mewn gobaith mewn lle diarth, y dewis arall ydi hirdaith dengid er 'i fwyn 'i hun,' meddai Edda. 'Pwy sydd angan peth felly? Dim ond cerddad i weld y felan yn gwaethygu o ddydd i ddydd.'

'Dwyt ti ddim yn yr un cyflwr rŵan ag yr oeddat ti ar

dy hirdaith y tro dwytha,' meddai Helge. 'Mae'n rhaid i ti styriad hynny.'

'Mi reda i'n gyflymach na chdi.'

'Llynca honna 'ta,' meddai Bo wrtho. 'Llyn Helgi Fawr amdani, felly?' gofynnodd i Edda.

'Ia, os ni'n dau sydd i ddewis. Mi fyddwn ni ynghanol dwy Amora felly, byddwn?' meddai wrth ei thad, yn fwriadol ysgafn gan ei bod yn ei weld yn dal i fod yn amheus. 'Mi fydd raid i ni gael enw arall i un ohonyn nhw.' Yna petrusodd. 'Be wneith dy fam a dy chwiorydd pan welan nhw?' gofynnodd i Bo, a gorffen ei chwestiwn hefo'i llaw dros ei bol.

'Mi ga i gerydd gan Mam, ac mi wylltith pan chwardda i am 'i ben o. Mi gaf fy sgwrio hefo cribin crastir gan Birgit cyn cael 'y nghusanu am hydoedd diderfyn fydd yn ddigon i godi pwys ar folgi. Mi fydd Gerd a Runa ac Eydis wrth 'u bodda, yn enwedig pan fydd Mam yn gwylltio. Ond mi gei di a chi'ch dau groeso mawr gan bawb.'

Ac wrth ei glywed roedd Edda yn edrych ymlaen at y daith. Er iddyn nhw fod yn dystion i bethau digon annymunol, a brawychus rai ohonyn nhw, ar eu hirdaith ddwy flynedd ynghynt, roedd gwefr barhaol ynddi, a dim ond cyfrannu ati oedd gweld tiroedd newydd. Rŵan, am y tro cyntaf ers iddyn nhw gychwyn seithddydd ynghynt, teimlai'r wefr yn aildanio. A byddai gwefr fechan arall i'w chael os oeddan nhw am fynd i edrych am Aino ac Eyolf. Bellach byddai'n gallu siarad hefo Aino yn ei hiaith hi. Roedd Bo wedi'i dysgu hi iddi wrth iddyn nhw fynd am dro hyd lwybrau'r Pedwar Cawr neu dreulio ambell gyda'r nos ddioglyd yn y tŷ, ac nid ei bod hi'n hoffi sŵn yr iaith oedd ei hunig reswm dros ei dysgu chwaith.

'Ia, mi awn ni,' ategodd wedyn.

Ychydig yn ddiweddarach dim ond ei thad a hi oedd o flaen y babell, yn gafael am ei gilydd, yn byw eto'r fagwraeth hefo neb ond hwy ill dau yn y tŷ.

'Mi fasai'n brafiach arnat ti tasat ti wedi deud wrtha i ers talwm,' meddai hi wrth deimlo'r gusan fechan gyfarwydd ar ei thalcen.

'Na, dw i ddim yn meddwl,' sibrydodd o.

9

'Ble buost ti?' gofynnodd Gaut.

'Crwydro mymryn,' atebodd Ahti.

Eisteddodd, a gwirioni eto fyth am fod Lars yn crafangio arno i eistedd ar ei lin. Roedd Seppo wedi'i weld yn mynd yr ochr arall i'r llyn ac ar hyd y dyffryn tua'r gorllewin ers ben bore dridiau ynghynt, a sgrepan a phabell fechan ar ei gefn. Rŵan, a'r haul ar fin machlud ac Eir wedi'i weld yn dychwelyd ddwyawr ynghynt ac wedi'i wadd yno am swper, roedd yn amlwg arno yn ei ddillad glân ei fod newydd gael trochiad go hir yn y twb molchi.

'Crwydro unswydd 'ta crwydro?' gofynnodd Gaut, er ei fod yn gweld wyneb Ahti yn dadlennu'r ateb.

'Tawn i isio mynd yn ôl i'r lle y cychwynnis i ohono fo bora ddoe faswn i ddim yn mynd â chdi hefo fi am holl gopor y Chwedl.'

'Ydw i mor ddiwerth â hynny?'

'Ro'n i'n gofyn am honna, Lars,' atebodd Ahti. Sobrodd. 'Mi fûm i yn y gwersyll.'

'Pa wersyll?' gofynnodd Eir.

'Hwnnw mae dy ŵr yn edrach dros y brynia a'r coedwigoedd trymion tuag ato am hydoedd sobreiddiol bob tro mae o ar gopa'r bryn 'na.'

Dim ond ennyd barodd yr awydd yn Gaut i wadu. Roedd y ddealltwriaeth a'r cydymdeimlad cynilaf i'w clywed yn llais Ahti.

'I be gwnaet ti beth felly?' gofynnodd. 'Ddudist ti ddim o'r blaen dy fod yn gwybod yn union ble mae o.'

'Do'n i ddim,' meddai Ahti. Mwythodd fymryn ar ben Lars wrth i'r bychan swatio ato. 'Dim ond isio rhyw gadarnhau.'

'Be sy 'na i'w gadarnhau mewn lle felly?' gofynnodd Eir.

Clywai Ahti yr un dirmyg tawel yn ei llais ag oedd pan oedd o'n sôn am yr Aruchben newydd yn mynnu cael y tiroedd i adnewyddu a chryfhau'r gred yn y Gallu a'i orseddu o'r newydd ym meddyliau a bywydau pawb o'u trigolion. Ac roedd y dirmyg yn gryfach am nad oedd pwt o her ynddo. Roedd o wedi treulio ei oes i gyd bron ym myd y gorchymyn a'r bygwth a'r derbyn digwestiwn, ac am eiliad roedd mymryn o wefr ddymunol yn mynd drwyddo wrth gael ei drochi'n ddiryfyg ym myd y gwrthod.

'Dim ond ers rhyw leuad yr o'n i wedi bod yn y gwersyll cyn i Gaut ddod yno,' atebodd, 'ac roedd y tiroedd hyn yn hollol ddiarth i mi a doedd gen i ddim syniad i ba gyfeiriad oedd Llyn Sorob pan sonnist ti amdano fo, mwy nad oedd gen titha ar ôl y cerddad a'r newid cyfeiriad mynych yr oeddan nhw wedi gofalu 'u gorfodi arnat ti ar dy ffor yno,' meddai wrth Gaut. 'Ac mae'n amlwg 'mod i wedi dengid i'r un cyfeiriad â chdi yn fras, ond ro'n i'n lled sicr mai anelu am y de-orllewin oedd angan i mi 'i wneud i gyrraedd o fewn cyffinia 'nghartra. Bron ddau leuad yn ddiweddarach mi glywis dy fod wedi dy ddal drachefn ac mi drois yn ôl wedi rhyw ddiwrnod o bendroni i drio cael gafael ar dy deulu di rhag ofn nad oeddan nhw'n gwybod. Mi ge's gyfarwyddiada digon cadarn sut i gyrraedd yma, ac o gyfeiriad Llyn Sigur y dois i.'

'Mi deithist ddau leuad yn unswydd,' meddai Gaut, ei lais ond prin glywadwy.

'Nid y ffor honno y dois i 'leni,' prysurodd Ahti ymlaen, 'ond yn fwy o'r de. Mi welis fynydd yn y pellter un diwrnod, ac ro'n i'n sicr 'y mod i'n 'i nabod o, a'i fod o yn ymyl y gwersyll. 'Des i ddim ato fo am bod 'na filwyr gwyrdd i'w gweld rhyngo i ac o. Ond dw i wedi bod yn c'noni isio cadarnhau. Mae'r gwersyll yna, ar odre'r mynydd fwy na heb. Nac 'di,' ailfeddyliodd, 'mae 'i weddillion o yna, yn olosg a lludw wedi c'ledu, ac mae'n amlwg 'i fod o wedi'i losgi ers tro.'

'Dyna fo, felly,' meddai Gaut, fel tasai'n chwilio am rywbeth i'w ddeud.

'Roedd y postyn y ce'st ti dy glymu wrtho fo yno o hyd, yn gyfa a dim arlliw o ôl llosgi arno fo.'

Dim ond awgrym cynnil o dynnu ei wynt ato a gafwyd gan Gaut.

'Mi es ato fo a'i falu o'n siafins,' meddai Ahti.

Aros yn dawel ddaru Gaut.

'Dial am be oeddat ti?' gofynnodd Eir i Ahti.

'Roedd o'n herio, yn llonydd yn fan'no, yn union fel tasai'r duwia wedi gorchymyn a gofalu nad oedd dim i ddigwydd iddo fo.' Doedd dim arlliw o her yn llais Ahti wrth ddeud hynny. 'Roedd y fwyall mor wyllt â'r mylltod yr o'n i yn 'i ganol.'

Tawel oedd Gaut eto. Daethai geiriau'r Weddw nad oedd arno angen rhagor o orffennol i'w feddwl. Ella ei bod hi'n gwybod mor amhosib oedd ei hanogaeth, meddyliodd.

'Hen hanas bellach,' cynigiodd, yn gwybod bod mwy o wadu nag o argyhoeddiad yn ei lais.

'Bechod na fyddai o,' meddai Ahti. 'Mi welis a chl'wad rwbath arall,' aeth ymlaen, o beidio â chael ateb ar ei union. 'Ond does dim angan i ti boeni,' meddai ar fwy o frys wrth Gaut.

'Be welist ti?' gofynnodd Eir.

'Milwyr llwyd. Ro'n i wedi'u gweld nhw ar y ffor yno, ond roeddan nhw'n nes at yma ar y ffor yn ôl. Rhyw 'nelu tua'r gogledd oeddan nhw hefyd, yn hytrach nag at yma. Ond mi ddois i braidd yn rhy agos at dri. Doeddan nhw ddim hefo'r gweddill ac mi glywis ran o'u sgwrs nhw. Chlywis i ddim llawar am 'u bod nhw'n cerddad a minna'n cuddiad, a fedrwn i mo'u dilyn nhw i gl'wad rhagor.'

'Milwyr cyffredin oeddan nhw?' gofynnodd Gaut.

'Na. Uchben ac Isben ac un mewn rhyw wisg fach ddigon dinod. Fedra fo fod yn ddim ond ysbïwr. Ond roedd y peth cynta glywis i'n lled obeithiol. Os dalltis i nhw'n iawn, maen nhw'n chwilio am deulu Bo.'

'Maen nhw'n ddiogel, felly?' rhuthrodd Gaut.

'Mae'n debyg 'u bod nhw.' Gwasgodd Ahti Lars

fymryn yn fwy ato, dim ond am eiliad fechan. 'Mae 'na filwyr ar gael sy'n barod i sleifio o flaen y fyddin i rybuddio pobol a chymdogaetha pan mae 'na rwbath dan din ar y gweill. A go brin bod 'na brinder o rai'n fodlon gwneud hynny i rybuddio teulu Uchben Haldor. Roedd o'n uchel 'i barch am 'i fod o'n gall, rwbath sy'n gallu bod yn brin mewn Uchbeniaid.'

'Sut llwyddist ti i fod yn y fyddin am ugian mlynadd a chditha'n gwybod dy fod yn gall?' gofynnodd Gaut.

'Nid Gaut ydi enw pawb.' Darfu'r direidi yn llygaid Ahti mor sydyn ag y daeth. 'Mi glywis rwbath arall hefyd.'

'Be?' gofynnodd Eir, yn syllu ar y sobrwydd newydd.

'Yn syth wedyn mi glywis yr ysbïwr yn deud 'i bod yn hen bryd i'r Beli 'na ddŵad yn ôl. Mi gynigiodd yr Isben ella 'i fod o wedi cachgïo ac mi glywis yr Uchben yn deud yn ddigon swta 'i bod yn well iddo fo beidio. Mi ddudodd yr ysbïwr rwbath am resyma posib erill, a dyna'r cwbwl dealladwy glywis i.'

Roedd ochenaid fechan Gaut yn ddigon clywadwy.

'Peidiwch â rhuthro i gollfarnu,' meddai Ahti o'i chlywed. 'Dydi Beli ddim yn enw rhy anghyffredin.'

Gadael i Gaut ac Ahti fân siarad ddaru Eir wrth iddyn nhw fwyta, a Lars newydd fynd i'w wely am y rhan fwyaf o'r nos os oedd o i ddal at ei arferiad o godi cyn y plygain a dod i swatio rhyngddyn nhw ill dau yn eu gwely nhw am weddill y nos a'r bore bach. Roedd hi bron yn sicr mai'n fwriadol yr oedd Ahti wedi dechrau mynd i sôn am bethau eraill hefo Gaut wrth i'r ddau dyrchu'n ddigon awchus i'r bwyd o'u blaenau. Doedd hi ddim yn ymuno yn y sgwrs. Roedd yn ddigon hawdd cytuno hefo Ahti nad oedd sicrwydd o fath yn y byd mai'r Beli oedd yn dal i fod ynghlwm wrth ei faglau mewn tŷ ynghanol y gymdogaeth yr oedd o o'i guddfan wedi'i glywed yn cael ei drafod gan y milwyr, ond doedd Beli ei hun ddim wedi bod o unrhyw gymorth i neb feddwl yn amgenach. Nid cyflwr ei droed oedd yn gyfrifol ei fod wedi bod ar ochr y bryn am o leiaf bedair awr y diwrnod y daeth yno. Gwylio oedd o, chwilio am rywun, pa gymhelliad bynnag oedd ganddo, a hyd y gwyddai hi doedd neb o drigolion y gymdogaeth yn un i chwilio amdano nac amdani drwy sbecian. Roedd y rhyddhad o wybod nad oedd neb mwyach yn chwilio am Tarje yn dal i donni drosti yn ddirybudd a direol byliau a doedd ganddi'r un dymuniad i'r pyliau ddod i ben. Roedd y rhyddhad o wybod nad oedd neb yn chwilio am Gaut chwaith yn wastadol ac yn fwy dwys fyth.

Dim ond un oedd ar ôl i Beli ei wylio neu i chwilio amdano felly, ac Ahti oedd hwnnw. Doedd ddim yn amhosib fod Beli wedi'i ddal gan y fyddin ac mai amod ei ryddhau yn hytrach na'i ladd am ei fod o wedi rhyddhau Gaut o'i sach oedd ei fod i ddod o hyd i Ahti. Byddai'r artaith meddwl a godai hynny ynddo'n fwy o hwyl i'r fyddin na'i ladd. Roedd Linus ac Eyolf wedi hen ddysgu hynny iddi pan oeddan nhw ar eu taith, a dim ond cryfhau'r gwersi oedd clywed Tarje gyfrifol yn eu hanghymeradwyo. Doedd ddim yn amhosib chwaith i Beli gredu y gallai Ahti fod wedi dod i'r gymdogaeth i chwilio am nodded a chuddfan, yn gwybod y byddai Gaut a'i deulu'n fwy na digon parod i dalu cymwynas yn ôl. O feddwl felly, roedd y pedair awr o wylio o ochr y bryn yn gwneud pob math o synnwyr.

Ond roedd yn well ganddi beidio â meddwl felly. Roedd Gaut wedi deud prun bynnag nad anfon rhywun i sbaena fyddai'r fyddin tasai'n amau fod Ahti yno, ond rhuthro a chwalu ym mhob tŷ. Ac roedd Ahti ei hun wedi ategu hynny, a hyd y gwyddai o o'r cip slei a gafodd ar Beli ac yntau ynghudd rhag ofn, doedd o rioed wedi'i weld o'r blaen.

'Be fasai'n digwydd tasan ni'n gofyn iddo fo ar 'i ben?' gofynnodd Gaut yn sydyn.

'Gofyn be i bwy?' gofynnodd Ahti.

'Beli, debyg. Pam buo fo ar ochor y bryn 'na am bedair awr, yn gwybod fod 'i droed o'n gwaethygu o funud i funud.'

'Dydi o'n sôn dim amdano'i hun, nac 'di, meddach chi. Pam dyla fo ddechra siarad rŵan?'

Fu dim rhaid i Gaut ateb hynny. Roedd ei dad yn dod drwy'r drws. Daeth at y bwrdd i fusnesa mymryn ar ei gynnwys a gafael mewn tafell fechan o gig carw a'i sglaffian. A'i geg yn llawn, ysgydwodd law i wrthod cynnig Eir o blatiad.

'Mi ddychwelist, felly,' meddai wrth Ahti ar ôl gorffen cnoi a gori mymryn ar y blas oedd yn llond ei geg o hyd. 'Ddaru ti ddim digwydd gweld pâr o fagla ar dy daith a rhywun yn sownd ynddyn nhw?'

'Be sydd?' gofynnodd Eir.

'Mae Thora newydd ddychwelyd o loches Beli,' atebodd Seppo. 'Doedd dim sôn amdano fo na'i bynna na'i fagla. Mae'n amlwg 'i fod o wedi'i chychwyn hi ers ben bora. Welodd neb mono fo'n mynd.'

Roedd Ahti a Gaut yn ebychu am y gorau.

'Ofn 'ta ynfydrwydd?' gofynnodd Eir.

'Does 'na ddim dichon gwybod i ba gyfeiriad yr aeth o felly chwaith, nac oes?' meddai Ahti.

'Go brin,' meddai Seppo. 'Ond mae Thora yn diarhebu. Mae o ymhell o fod yn barod i fynd ar 'i grwydr. Mae 'na waith trin ar y briw 'na o hyd ac os na ddychwelith o'n fuan mae'n beryg am 'i droed o. Heb sôn am wenwyn gwaed. Lembo dwl.' Trodd. 'Dim ond dŵad i ddeud hynna o'n i.'

'Mi ddo i hefo chdi.' Cododd Ahti. 'Waeth i titha gael fy hanas i hefyd. Diolch am y bwyd, bobol.'

*   *   *

Braf oedd bod drwyn wrth drwyn ar ymylon cwsg.

Teimlai Eir fod hynny'n brafiach fyth ers rhai dyddiau. Fedrai hi ddim credu mai'r dedwyddwch o fod yn gwybod nad oedd peryg bellach fod y fyddin lwyd yn chwilio am Gaut oedd yn gyfrifol amdano, oherwydd roedd y ddau wedi cael digon o amser i gynefino â hynny. Roedd yn amhosib bod 'nelo dyfodiad Beli ag o chwaith. Ond mwya sydyn roedd Gaut fel tasai o wedi dod yn fwy sicr ohono'i hun rywfodd, ac yn fwy cariadus a thawel hyderus nag erioed, er na wyddai hi chwaith sut gallai o fod yn fwy nag yr oedd o eisoes. Roedd o wrthi drwy'r dydd pan ganiatâi'r tywydd yn clirio darn pur enfawr o dir yng nghefn y tŷ ac yn ei baratoi i dderbyn hadau llysiau a chnydau yn y gwanwyn, ond ni chredai hi mai bod ffrwyth ei lafur mor weladwy oedd yn gyfrifol chwaith. Penderfynodd dyrchu mymryn.

'Cysgu 'ta meddwl wyt ti?' sibrydodd yn ei glust.

Cusan gafodd hi'n ateb.

'Pam wyt ti'n fwy dedwydd dy fyd?'

Doedd ganddi ddim awydd na mynadd i ofyn y cwestiwn drwy ddirgelach ffyrdd.

'Am mai chdi ydi'r ora a'r ddewra yn yr holl diroedd.'

'Be 'ti'n 'i rwdlan, y lobyn?'

'Ro'n i'n gwybod hynny cynt, ond dw i'n 'i wybod o'n iawn rŵan.'

'Am be 'ti'n sôn?'

'Dw i'n gwybod sut ce'st ti'r cerflun o facha Obri.'

Gorchfygodd hi â chusan, yn union fel y cusanau yr oedd hi wedi'i orchfygu o hefo nhw bob tro'r oedd o wedi bod yn gofyn ei gwestiynau.

10

Roedd Dag wedi penderfynu mai braidd yn fach oedd Lars ar hyn o bryd i wneud pob dim, megis dringo drwy'r coed neu fynd i fyny'r bryn agosaf at y dyffryn i guddfan y pwll oedd tua hanner y ffordd i'w gopa. Ond roedd yn well mynd i'r guddfan ar ei ben ei hun prun bynnag, gan nad oedd neb wedyn i darfu ar y creu a'r gyfrinach oedd yn ei lenwi y munud y cyrhaeddai yno. Dim ond fo a'i fyd oedd yn bod bryd hynny. Roedd Gaut wedi'i ddysgu i aros yn llonydd neu symud yn ara deg braf pan oedd yno fel na fyddai'r adar na'r pryfaid na'r mân anifeiliaid yn cymryd sylw ohono. Byddai wrth ei fodd yn gwylio pob gwas y neidr a ddeuai i hofran a gwneud ei symudiadau cyfrin uwchben dŵr clir y pwll oedd ynghanol y pantle. Ond roedd cuddfan y pwll yn arbennig am rywbeth pwysicach na hynny, hyd yn oed. O'r fan hon roedd Gaut wedi gweld Eir a Lars yn dychwelyd ar hyd y dyffryn o'u taith bell bell. Byddai yntau yn ei dro'n sleifio i ymyl y guddfan bob hyn a hyn i weld a welai rywun yn dod o'r gorllewin pell ar hyd y dyffryn islaw. Ambell dro byddai symudiad sydyn adar ac anifeiliaid yn datgelu bod rhywun neu rywrai'n dod ar hyd y dyffryn neu'n ei groesi, ac roedd yn hwyl eu gwylio'n dod heb iddyn nhw wybod ei fod o yno yn ei guddfan. Ac o edrych tua'r dwyrain a thros y gymdogaeth, gallai weld oedd rhywun yn dod o'r cymdogaethau oedd i gyfeiriad Llyn Embla hefyd neu'n cychwyn tuag yno.

Rhyw sbaena o gwmpas yma a thraw oedd ei lygaid pan welodd gythrwfwl sydyn yn yr awyr draw. Ymhellach i'r dyffryn, lle'r oedd yn troi mymryn tua'r de ac o'r golwg, codai nifer go fawr o adar brysiog. Ychydig wedyn gwelodd flaidd yn rhedeg i'r coed yn nes ato. Anaml iawn y deuai bleiddiaid mor agos â hyn at y gymdogaeth. Roedd ei dad a phawb wedi dysgu hynny iddo, ac roedd gan Gaut ddigon o straeon gwych amdanyn nhw pan oedd o ar ei hirdaith a phan oedd gan Cari ac yntau hiraeth bob dydd amdano. Daliodd i wylio, ynghudd, yn anwybyddu pob bywyd oedd yn symud yn y pantle. Ymhen dim roedd yn rhythu, ac ymhen dim wedyn roedd yn rhedeg nerth ei draed i lawr y bryn.

'Mae 'na rwbath yn bod.'

Roedd Seppo a Tarje wrthi'n brysur yn llnau eu cychod a digwydd codi ei ben ddaru Tarje i weld rhuthr Dag. Gollyngodd ei grafwr a brysio i gwfwr Dag heb edrych i weld oedd Seppo yn ei ddilyn. Dechreuodd redeg pan welodd Dag yn arafu mymryn i chwifio braich wyllt arno.

'Mae 'na filwyr yn dŵad!' gwaeddodd Dag pan oedd o'n tybio ei fod o fewn clyw. 'Milwyr llwyd!'

Trodd Tarje ei ben, ond gwelodd fod Seppo wedi dod yn ddigon agos iddo yntau glywed Dag. Trodd Seppo ar ei union a'i hanelu hi at y gymdogaeth. Roedd yn dal i fod yn rhedwr difai a chododd yntau fraich i dynnu sylw Hagan, a safai ar ben y boncan uwchlaw'r llyn.

Roedd dwy neu dair gwaedd yn ddigon. O fewn munudau roedd y rhan fwyaf o'r ieuenctid oedd mewn oed i gael eu cipio gan y fyddin neu i fodloni ei chwant yn gadael eu gorchwylion ac yn sleifio i guddfannau yn y coed. Roedd ambell un yn rhedeg heibio i ble'r oedd Seppo yn sefyll a phob un yn diolch iddo fo wrth fynd heibio, y genod yn arbennig felly. Fedrai yntau wneud dim ond diolch. Hanes Gaut oedd yn bennaf gyfrifol am y trefniant ac am fod yr hogia a'r dynion ifanc mor benderfynol o beidio â chymryd eu cipio gan unrhyw fyddin, a phrin iawn bellach oedd y gwrthwynebiad i hynny o fewn y gymdogaeth.

Er ei gynnwrf, roedd Tarje yn ddisymwth yn gadarn, ac roedd wedi brysio i gyrion y gymdogaeth i wylio'r fyddin yn dynesu, yn benderfynol fod yn rhaid i'r hen ddyddiau a'r hen ofnau ddod i ben. Roedd o wedi laru ar yr hen byliau cyson o'i deimlo'i hun yn ddiymadferth a diddim. A doedd dim angen bod yn rhyfygus nac yn herfeiddiol. Gwyddai fod ganddo fwy o brofiad na neb yn y gymdogaeth rhwng popeth, waeth faint oedd eu hoed. Roedd eraill wedi cyrraedd ato erbyn hyn, yn ddynion a merched, ac ni wnâi ddim ond ysgwyd ei ben ar bob cyngor i fynd o'r golwg rhag ofn. Teimlai eu presenoldeb yn ei atgyfnerthu prun bynnag. Trodd atyn nhw. Doedd dim golwg o'r Hynafgwr.

'Peidiwch â dangos unrhyw fath o gynnwrf,' meddai.

A fo oedd ar flaen y dyrfa pan gyrhaeddodd y

milwyr, gryn gant yn ôl ei gyfri wrth iddyn nhw ddynesu, ac yntau'n chwilio am wynebau cyfarwydd gan geisio cymryd arno nad oedd yn gwneud hynny. Ni welai'r un. Roedd Uchben ac Isben ar y blaen, yn llygadu'r dyrfa gan chwilio yn ei mysg am hogia addas i'w cipio yn ôl yr arferiad, ac ni synnai Tarje am eu bod hwythau hefyd yn ddiarth iddo. Erbyn hyn roedd Seppo a Hagan wrth ei ochr, ac roedd ei dad bron â chyrraedd. Roedd o'n fwy balch o hynny na dim. Doedd dim hanes o Gaut a diolchai am hynny.

Anadlodd yn ddyfn gan geisio peidio â'i ddangos cyn amneidio mor ddi-hid ag y gallai ar yr Isben wrth i hwnnw godi ei arf fel arwydd i'r milwyr aros. Aeth un cam bychan ymlaen.

'Da bo dy ddydd,' meddai wrth yr Uchben, gan ddal i fusnesa ar yr wynebau y tu ôl iddo heb gymryd arno bellach nad oedd yn gwneud hynny. 'Dod yma 'ta mynd heibio wyt ti a dy filwyr?'

'A phwy wyt ti i ofyn cwestiyna, haerllugyn?' gofynnodd yr Uchben.

'Waeth i mi wneud, mwy na rhywun arall,' atebodd Tarje. 'Deud i mi,' meddai mor ffwrdd-â-hi ag y medrai, 'fyddat ti'n Uchben tasai'r chwip yn dal i fod yn llaw yr hen Aruchben?'

Gwelodd ei lwyddiant sydyn. Ond doedd o ddim am ymlacio.

'Dipyn o geiliog a hannar, mi welaf,' meddai'r Uchben wedi'r ennyd, ond ei wrid yn dal i ddadlennu. 'Wel aros di, gnawdolyn...'

Cyn iddo ddeud chwaneg roedd Gorisben wedi brysio ato.

'Dw i'n 'i nabod o, Uchben,' meddai, ei lais yn gynhyrfus. 'Fo ydi Tarje.'

Rhythodd yr Uchben ar Tarje. Ceisiodd yntau beidio â dangos gormod o ddiddordeb yn wyneb y Gorisben wrth ystyried a oedd wedi'i weld o'r blaen ai peidio. Ni chredai ei fod.

'Wyt ti'n siŵr?' gofynnodd yr Uchben, yn dal i rythu ar Tarje.

'Ydw, Uchben.' Roedd y Gorisben yn defnyddio ei ddwy law i bwysleisio. 'Fo ddaru buro'r tiroedd o fodolaeth Uchben Anund Anfad.'

Rhaid i bawb wrth ei enw, meddyliodd Seppo wrth gynnig cip ar Tarje. Gwerthfawrogodd Tarje y cip i'r eithaf, a theimlodd ei hun yn cael ei atgyfnerthu eto. Ac yn y chwinciad hwnnw rhuthrodd y teimlad iddo ei fod mwya sydyn yn dallt rhywfaint ynglŷn ag agweddau Gaut a Linus ac Eyolf at y fyddin, at y duwiau, at bopeth arall.

Ond chafodd o ddim ond y chwinciad hwnnw i feddwl nac ystyried dim, oherwydd roedd y Gorisben yn troi'n ôl i wynebu'r milwyr.

'Milwr B Rhif Saith ar Hugian o Ddeuddegfed Rheng Maes Trigian!' gwaeddodd.

Rhedodd milwr o ganol y llwyth ato. Anelodd yntau ei fys tuag at Tarje.

'Wyt ti'n 'i gofio fo?' gofynnodd.

'Ydw, Orisben,' atebodd y milwr ar ei union heb

ddim ond prin edrych ar Tarje. 'Fo ydi Tarje Lwf ... Tarje,' rhuthrodd i'w gywiro ei hun. 'Isben Tarje,' meddai wedyn.

Hyd y gwyddai Tarje doedd o erioed wedi gweld y milwr hwn chwaith. Ond gwyddai nad oedd hynny'n fawr o syndod gan mai wedi tueddu i gadw iddo'i hun yr oedd o yn y fyddin tan i Eyolf a Linus a Jalo ddod i'r fei i'w hawlio ac i chwerthin yn braf ar bob cerydd yr oedd o wedi'i daenu arnyn nhw.

Roedd yr Uchben a'r Isben yn prysur ymgynghori. Yna trodd yr Uchben a chamu ymlaen at Tarje.

'Rwyf yn dy gyfarch,' cyhoeddodd.

Roedd ei lais wedi ffurfioli. Am y tro cyntaf yn ei oes gwelai Tarje hynny'n ddigri.

'Mi wyddost fod yr Aruchben wedi gorchymyn na chei di ailymuno â'n rhengoedd, rhag ofn i ti fynd yn ysglyfaeth i'r fyddin werdd a'i budreddi,' aeth yr Uchben yn ei flaen. 'Tasai'r gorchymyn hwnnw heb ei wneud mi faswn yn dy gymryd i'r fyddin yr eiliad hon ac yn dy ddyrchafu di'n Uchben. Ond parchwn ddyfarniad yr Aruchben.'

Roedd Tarje ar feddwl cynnig rhyw sylw ar hynny, ond penderfynodd beidio.

'Be wnei di a dy fyddin yn y partha hyn?' gofynnodd, gan geisio gwneud i'w gwestiwn swnio'n ddim ond un wrth fynd heibio, megis.

'Rydan ni wedi cael achlust fod Ahti Lofrudd Ffiaidd yn llochesu yma,' atebodd yr Uchben, 'a theulu dialgar llwfrgi o Uchben a gafodd ei ddienyddio oherwydd ei frad.'

Rhaid i bawb wrth ei enw, meddyliodd Seppo wrth gynnig cip arall ar Tarje. Ond yna sobrodd ar ei union wrth i Beli orchfygu ei feddwl. Dim ond am eiliad y bu hynny hefyd oherwydd roedd yn cofio geiriau Gaut yn deud mai rhuthro y byddai'r fyddin tasai hi'n amau fod Ahti yn eu plith. Ac roedd pob synnwyr yn deud mai ar y plygain y byddai'n gwneud hynny, nid ar ôl cerdded wrth ei phwysau ganol y pnawn gan roi cyfle i hogyn newydd gael ei wyth oed rybuddio pawb a rhoi digon o gyfle i unrhyw un a ddymunai ddiflannu wneud hynny.

Roedd Tarje hefyd wedi llenwi'r eiliad fechan hefo'i brofiad.

'Y tro dwytha i mi weld Isben Ahti,' meddai, yn rhoi cymaint o barch ag a feddai i'r enw, 'oedd y diwrnod hwnnw flynyddoedd yn ôl pan gychwynnodd dau gant ohonon ni dan oruchwyliaeth Uchben Brün ac Uchben Anund ar ymgyrch i waredu'r tiroedd o Warchodfa oedd gan y fyddin werdd yn y lle uchel ac anghysbell hwnnw i'r gogledd o'r Tri Llamwr leuada dirifedi i'r gogledd-orllewin 'cw.' Amneidiodd i gadarnhau'r cyfeiriad. 'Os ydi o yma mae o wedi cadw'n glir oddi wrtha i, a phawb arall yma, mi faswn i'n tybio. A does 'na'r un teulu diarth yn y gymdogaeth nac wedi bod yma.'

'Mae'n rhaid i ni chwilio,' meddai'r Uchben.

'Ar ba sail ydach chi'n credu 'u bod nhw yma?' gofynnodd Tarje.

'Sail gwybodaeth a ddaeth i'n dwylo.'

'Dyna chi 'ta. Chwiliwch.' Estynnodd Tarje ei fraich fel pe i'w gwahodd. Mentrodd. 'Peidiwch â chyffwrdd yn neb na dim.' Arhosodd ennyd, cyn mentro eto. 'A phan ewch chi'n ôl dudwch wrth eich hysbiwyr mai ysbïo ydi'u gwaith nhw, nid creu na dyheu.'

Ai Tarje ydi hwn, meddyliodd Seppo.

'Mae gynnon ni orchwyl arall, i'n cadw yma am rai dyddiau os nad mwy,' meddai'r Uchben.

'Be felly?' gofynnodd Tarje, yn methu cuddio'r amheuaeth newydd ddisyfyd a lanwodd ei lais.

'Mae'r duwiau wedi gorchymyn gorseddu'r Gallu yng ngwead y bobl a thrwy'r holl diroedd.'

Roedd hynny'n fwy o gyhoeddiad nag o ateb, ond am eiliad roedd Tarje yn fud. Doedd y peth ddim yn newydd iddo, oherwydd roedd y gymdogaeth i gyd fwy na heb wedi cael gwybod am fwriadau'r Aruchben drannoeth wedi i Ahti sôn amdanyn nhw wrth Eir a Gaut y noson y daeth yno drwy'r niwl. Yn ôl y disgwyl roedd Gaut yn dal i gael ei byliau o falu'r holl egwyddor yn deilchion a'i chwalu i'r deunaw gwynt. Ac yn sydyn roedd rhyw reddf yn deud wrth Tarje nad oedd ganddo ateb i'w gynnig i'r Uchben na dim gobaith o gael un.

Ond arbedwyd o gan ei dad. Daeth heibio i Tarje, gan godi rhywfaint ar ei ddwylo i gyfarch yr awyr.

'Allu!' llefodd, ar ffin llafarganu a'i lygaid i'w gweld yn canolbwyntio ar yr anweledig, 'tyrd i lawr! Llenwa'r tiroedd, llenwa'r afonydd a'r llynnoedd a'r moroedd a'r bryniau a'r mynyddoedd! Bywioged y Chwedl fryd dy bobl!' Trodd rywfaint oddi wrth y fyddin, gydag osgo dod â thyrfa'r gymdogaeth i mewn i'w ymbil. 'Clyw dy bobl, o Allu!' llafarganodd fymryn yn uwch. 'Helpwch fi, y lemingiaid!' sibrydodd yn ffyrnig dan ei wynt wrth Seppo a Hagan cyn troi'n ôl i wynebu'r Uchben.

'Yr Oll yw'r Gallu!' ategodd Seppo, gan ddal yr 'oll' yn hir a chrynedig a chan ganolbwyntio ei sylw ar yr un anwéledig ag yr oedd Lars Daid newydd ei gyfarch.

'Cyfoethoga'r tiroedd a'r afonydd a'r llynnoedd a bywyd dy bobloedd!' llefodd Hagan, yn dal ei freichiau mor uchel ag y medrai uwch ei ben cyn eu gostwng at yr Uchben fel tasai am ei anwesu.

Roedd y gweddill wedi dallt hefyd, a chyn pen dim roedd y sŵn yn llenwi, ac ambell air yn dod drwodd yma a thraw. Roedd Tarje wedi'i syfrdanu. Doedd o erioed wedi priodoli'r fath ddychymyg i'w dad ag yr oedd newydd fod yn dyst iddo. Cymerodd ychydig eiliadau i'w gael ei hun i drefn, ac yna wrth i syniad newydd ei daro cododd law i dawelu'r sŵn y tu ôl iddo a chafodd ufudd-dod o fewn eiliadau.

'Mi weli fod y gorchwyl sydd o dy flaen yn un mor fuddiol â channu'r eira,' meddai wrth yr Uchben. 'Mae'r cenedlaetha a fu wedi cael y blaen arnat ti a'r fyddin a phob byddin arall. Fuodd y Gallu rioed yn ddiarth ar lanna Llyn Sorob. Mae Sorob dduw ei hun wedi gofalu am hynny.' Trawodd syniad newydd arall o, o hanes a glywsai gan Ahti. 'Glywist ti am Uchben Brün yn ymgynghori â'r duwiau ar lan rhyw Lyn Cysegredig rywle ymhell i'r gogledd-orllewin wedi i mi ladd Uchben Anund?' gofynnodd. 'Mi ddychwelodd i gyhoeddi wrth ei fyddin fod Oliph dduw ei hun wedi dyfarnu cosb ar y gymdogaeth hon ac y byddai'r llyn yn amddifad o bysgod ac o bob bywyd nes i'r tri ugain mil lleuad fynd heibio. Mi wyddost rŵan pam na ddigwyddodd hynny. Mae Oliph dduw hefyd yn nabod ac yn cydnabod ei bobol.'

'Yn nabod ei bobol,' ategodd Seppo ddwys.

Gwelai fod Tarje wedi cael gwrandawiad trwyadl. Plygodd yr Uchben ei ben am ennyd. Yna daeth at Tarje. Safodd yn llonydd a ffurfiol o'i flaen cyn gosod dau ddwrn cadarn ar ei ysgwyddau.

'Mi chwiliwn yn ôl y gorchymyn ac mi awn ymlaen,' cyhoeddodd.

Symudodd at Lars Daid. Gosododd ddau ddwrn yr un mor gadarn ar ei ysgwyddau o. Anwybyddodd Seppo a Hagan a doedd Seppo ddim yn siŵr ai bod yn eiddigeddus 'ta diolchgar a ddylai. Ond byddai'n rhaid i Gaut gael gwybod, meddyliodd, yn methu cadw'r direidi sydyn o'i lygaid.

Ni welodd yr Uchben hynny, gan ei fod wedi troi at yr Isben ac amneidio arno. Cododd hwnnw ei arf i roi arwydd i'r fyddin. Cychwynasant, a'r dyrfa'n dechrau ymwasgaru ar ei hunion, pawb yn gwybod ei bod yn well iddyn nhw fod adref yn eu tai os oedd y milwyr am ddod iddyn nhw i chwilio. Ar gychwyn oedd yntau pan welodd Seppo ddau filwr ymhlith y gweddill yn edrych yn syth o'u blaenau.

Ryw hanner awr yn ddiweddarach roedd Tarje a'i dad a Hagan ac yntau'n gwylio'r gymdogaeth oddi ar y boncan, ar ôl trefnu i wneud hynny y munud y byddai eu tai eu hunain yn glir o filwyr. Hagan a fo oedd y ddau gyntaf i gyrraedd. Safodd y ddau wrth ochrau'i gilydd i edrych ar y milwyr yn ailymgynnull fesul un neu ddyrnaid bychan ar gyrion pella'r gymdogaeth. Yna sylwodd Hagan fod Seppo yn welw braidd.

'Be sydd?' gofynnodd.

'Mae 'na ddau wedi bod yma o'r blaen.' Roedd y cynnwrf yn glir yn llais Seppo. 'Roeddan nhw ynghanol y rhai ddaru falu wynab Aud. Roeddan nhw wrthi gymaint â neb.'

'Lle maen nhw?' rhuthrodd Hagan, yn rhythu ar y milwyr draw.

'Wela i monyn nhw rŵan. Ella nad ydyn nhw wedi cyrraedd.'

'Fasan nhw'n dy nabod di?'

'Na. Welis i monyn nhw'n 'i churo hi na'u cl'wad nhw. Ond mi dduthon nhw heibio i mi wedi iddyn nhw orffan. Roedd yn amlwg oddi wrth 'u clebar nhw be oedd wedi digwydd. Roeddan nhw'n brolio nhw'u hunain a brolio'i gilydd ac yn sychu 'i gwaed hi ar wynab y naill a'r llall a chwerthin wrth wneud hynny.'

'Be wnawn ni?'

''Well i ni beidio â deud. Cad o i chdi dy hun.'

Ond roedd hi'n rhy hwyr. Roedd Lars Daid yn astudiwr wynebau diguro. Dim ond cip a roddodd ar wyneb Seppo wrth iddo fo a Tarje gyrraedd.

'Be 'di'r gyfrinach 'ma?' gofynnodd.

Gwyddai Seppo nad oedd ganddo ddewis.

'Mae 'na o leia ddau ddaru guro Aud yn 'u plith nhw.

Dw i'n sicr mai nhw ydyn nhw,' pwysleisiodd, o weld wynebau Lars Daid a Tarje yn gwelwi y naill mor gyflym â'r llall.

'Lle maen nhw?' gofynnodd Tarje, ei welwedd disymwth yn gwrth-ddeud yr ymdrech yn ei lais i beidio â chynhyrfu.

'Dydyn nhw ddim wedi – do, dacw nhw,' meddai Seppo, y cynnwrf yn dychwelyd i'w lais. 'Rheina ar 'u penna 'u hunain yn fan'cw. Nhw ydyn nhw.'

Roedd y ddau filwr fymryn oddi wrth y gweddill, yn edrych o'u cwmpas a Seppo yn eu gweld fel tasan nhw'n ceisio peidio â dangos hynny.

'Mae'n deg i chi gael gwybod,' meddai.

'Neith be bynnag wnawn ni ddim gwahaniaeth i wynab Aud,' meddai Lars Daid wedi ysbaid o wylio cythryblus, a'i lais yn crynu braidd. 'Mi fedrai dial arnyn nhw orffan yn ddial arnon ni, ar y gymdogaeth gyfa,' meddai wedyn.

Tawel oedd Tarje. Erbyn hyn roedd golwg braidd yn gythryblus ar wyneb Hagan.

'Mi fyddai'n amhosib cael gafael arnyn nhw ar 'u penna 'u hunain prun bynnag, hyd yn oed tasai 'na rywun 'blaw fi yn 'u nabod nhw,' cynigiodd Seppo ar ôl ysbaid arall o wylio. 'Mi allwn fentro y gwnân nhw'n sicr o hynny.'

Bron na fyddai'n gallu deud eu bod wedi'i glywed, oherwydd roedd y ddau'n symud i ganol y milwyr eraill ac ymhen dim roedd yn amhosib gwybod oeddan nhw'n dal i fod hefo'i gilydd ai peidio.

'Ddaru nhw ddim chwilio rhyw lawar, naddo?' meddai Lars Daid toc.

'Tawn i'n bostyn!' ebychodd Seppo.

'Be sydd?'

'Yli llwyth...'

Roedd chwe milwr yn dod allan o un tŷ a daeth tri arall atyn nhw o'i gefn, nad oedd i'w weld o'r boncan. Cychwynasant at weddill y fyddin.

'Sut gwyddan nhw mai hwnna ydi tŷ Ahti?' gofynnodd Seppo.

'Yn byw yn y tŷ mwya disylw yn y gymdogaeth,' meddai Hagan. 'Nid wedi cael disgrifiad manwl o'r tŷ mae'r rhein, naci? Mae'r ysbïwr sy'n gwybod ne'n credu mai Ahti sy'n byw ynddo fo wedi gwisgo 'i wisg milwr yn ôl i ddod yma hefo'i fyddin i ddangos y tŷ iddyn nhw, 'tydi?'

'Fentrwn i ddim llawar mwy na chynffon brithyll am hynny chwaith,' meddai Lars Daid, yntau'n edrych ar y milwyr, ac yn dal i chwilio, yn gwybod yn ei grombil nad oedd haws. 'Ble mae Ahti?' gofynnodd.

'Hyd y lle 'ma, mae'n debyg,' meddai Seppo. 'Nid dŵad i chwilio amdano fo oeddan nhw.'

Tawel oedd Tarje o hyd. Roedd y milwyr bellach wedi ymgynnull, ac ymhen dim roedd yr Isben oedd ar y blaen hefo'r Uchben yn codi ei arf i'r awyr ac yn gwthio ei fraich ymlaen. Cychwynnodd y fyddin, a mynd ymlaen tua'r dwyrain.

* * *

Tasai popeth yn iawn byddai Gaut wedi gwneud môr a mynydd heintus o glywed fod ei dad a'i dad cyswllt wedi cael dos o Allu. Ond roedd yr hanes arall yn tagu pob difyrrwch.

Roedd Seppo newydd ddychwelyd o stafell gysgu Lars ar ôl deud y stori oedd yn angenrheidiol i rywun ei deud bob nos cyn cwsg wrtho, ac Eir a Gaut wrthi'n dechrau paratoi gwledd at drannoeth i Tarje gan ei bod yn ben-blwydd arno. Roedd Seppo wedi brolio cadernid newydd Tarje wrth iddo fo ddal at yr Uchben a'i fyddin mor ddiwyro, ac yn gweld y tawelwch llethol o du Tarje wrth iddo sefyll ar ben y boncan pan glywodd am y ddau filwr oedd wedi cam-drin ei fam yn arwydd o'r un cadernid.

Doedd Gaut ddim mor ffyddiog.

'Oedd raid deud wrthyn nhw, Dad?' gofynnodd.

'Oedd,' meddai Eir cyn i Seppo gael cyfle i ateb. 'Dydi Dad na Tarje na finna ddim isio cael ein harbad rhag dim. Dim byd fel'na beth bynnag.'

'Ia, mae'n debyg,' cytunodd Gaut wedi ennyd. 'Twyll fyddai arbad eich clustia chi.'

'Mae'n well 'u bod nhw wedi mynd,' meddai Eir. 'Cheith neb mo'i demtio fel hyn.'

'Mae hynny'n wir,' meddai Seppo.

Roedd ei fod yn cytuno i'w glywed yn ei lais, a sylwodd Gaut ar ei union. Nid rhyw gytuno dilyn y drefn oedd o. I Gaut, roedd yn cadarnhau amheuaeth a damcaniaeth oedd yn llond ei feddwl ers dyddiau.

'Ac mae gynnoch chi ddigon o waith datrys i fynd

â'ch meddylia chi am sbelan go lew,' meddai Seppo, i ddod ag o'n ôl i fyd digwyddiadau'r dydd.

'Oes 'na rywun arall o'r gymdogaeth yn ama mai Ahti ydi Hilmir?' gofynnodd Eir.

'Na.' Roedd dyfarniad tawel Seppo yn gadarn. 'Does 'na fawr o neb yma'n gwybod am fodolaeth Ahti prun bynnag. Doedd gan y rhai glywodd y negesydd 'nw dro'n ôl yn sôn amdano fo ddim achos na digon o ddiddordab i gofio 'i enw o. Roedd hynny'n amlwg o'r ymatab hyd y lle 'ma i gyhoeddiad yr Uchben bach pwysig 'na pnawn. Ydi Beli yn 'i nabod o?' gofynnodd i Gaut.

'Roedd o'n gwybod fel pawb arall mai Ahti oedd yn gyfrifol 'mod i wedi dengid y tro cynta,' meddai Gaut. 'Ddudodd o ddim wrtha i oedd o'n 'i nabod o chwaith.'

'Dyna fo, felly.' Cododd Seppo. 'Rwyt ti'n ddigon da dy law i wneud pâr o fagla newydd i dy fam 'u rhoi i'r cloffion anghenus ddaw ati,' meddai wrth Gaut.

'Rwyt ti'n deud na welwn ni mo Beli eto,' meddai Eir.

'Amheus, 'tydi?' Ildiodd Seppo i'r hen demtasiwn o wasgu ysgwydd Gaut. 'Does gen ti ddim syniad mor falch ydan ni nad oes 'na neb yn chwilio amdanat ti mwyach.'

''Ti 'di deud hynna ddega o weithia bellach,' meddai Gaut.

'Ac mi'i duda i o ddega o weithia eto, yn enwedig ar ôl rhyw ddiwrnod fel heddiw.'

Aeth, ond nid cyn i Gaut sylwi ar y cip cynnil a roddodd Eir ac o ar ei gilydd. Daliodd yntau i edrych ar Eir am eiliad, yn ystyried a fedrai yrru'r cwch i'r dŵr. Penderfynodd beidio a thynnodd hi i eistedd ato, a gorffwyso ei ben ar ei bron i gael ei fwythau. Wedi sbelan o hynny, cododd ei ben a'i chusanu.

'Dwyt ti ddim wedi cynhyrfu am fod y rheina ddaru guro Aud hefo'r fyddin,' meddai. 'Mi fedra i ddeud ar dy fwytha di.'

'Na,' meddai Eir yn dawel, a dal ati i'w fwytho.

"Ti'n gryfach na neb yn y gymdogaeth 'ma.'

'Ffalsiwr bach.'

Cusanodd hi eto. Mwythodd ei boch.

'Mae Dad a chdi'n dallt eich gilydd am rwbath na wn i mohono fo,' meddai. 'Mi fethist ti ac ynta guddiad hynny rŵan.' Ceisiodd gusan ildio arall. 'Deud.'

'Defnyddia dy ddonia creu hefo dy ddwylo yn hytrach na dy ymennydd. Mi gei well hwyl arni.'

'Dim ond un peth sy'n gwrthod gwneud synnwyr.'

'Be, Beli 'ta'r fyddin?'

'Dw i ddim yn sôn am heddiw. 'Nelo'r ddealltwriaeth gudd rhwng Dad a chdi ddim â hynny. Ydi Mam yn rhan ohoni?'

'Tyd. Gwely cynnar.'

'Mi dduda i 'ta,' meddai Gaut, a'r ddau'n dynn yn ei gilydd yn y gwely. 'Fyddai'r gostrelaid o fedd welodd y Weddw yn glanio yn nhŷ Obri y noson cyn iddo fo fynd ar 'i ras hannar meddw i hongian oddi ar y goedan ddim wedi bod yn ddigon i'w berswadio fo. Roedd gofyn rwbath arall.'

Doedd dim pwrpas bellach i'r gusan orchfygu, ac yn sydyn teimlai Eir wefr rhyddhad, rhyddhad yr oedd wedi gwneud ati i'w osgoi am flwyddyn a hanner a rhagor. Rhwbiodd wefusau tyner ar ei dalcen, yn chwilio am ei geiriau.

'Sut darbwyllist ti o?' gofynnodd o.

Doedd dim o'i le ar bwt o ohiriad.

'Taswn i'n deud wrthat ti mi fasat yn 'y nghlymu i wrth bostyn o gopor trwm y Chwedl a 'ngollwng i yn y llyn a mynd i chwilio am wraig Priodas Deilwng,' meddai hi.

Teimlodd anadl chwarddiad distaw yn ei chlust.

'Deud.'

Ni wnaeth hi, am dipyn, dim ond gadael i'r mwytho fynd yn gynilach a thynerach.

'Mi ddudis i wrtho fo nad chdi oedd tad Lars,' meddai hi toc, bron yn sibrwd. 'Mi ddudis 'mod i wedi gadael i ti gredu mai chdi oedd 'i dad o yn y gobaith y byddat ti'n dychryn ac yn dengid i ffwr i rwla pell am byth pan gâi o 'i eni a phan sylweddolat ti'r cyfrifoldeb.' Claddodd ei hwyneb yn ei wallt am eiliad. 'Mi ddudis 'mod i wedi hen laru arnat ti a 'mod i'n dy gasáu di ac mi wnes i ddiolch iddo fo am ddŵad â'r milwyr yma i dy gipio di, a deud wrtho fo y câi o well tâl na medd nos drannoeth.'

'Cadwed pob eryr ni!'

'Ro'n i wedi bod yn rhyw hannar gwenu arno fo ers dyddia, bob tro'r o'n i'n 'i weld o, ac wedi gwneud ati i ofalu 'mod i'n 'i weld o. Roedd hynny'n fwy na digon o baratoi oedd 'i angan arno fo.'

A dyna'r cyfan wedi'i ddeud, mor rhyfeddol o syml.

Doedd dim o'r ofn yr oedd hi wedi'i ddarogan bob tro'r oedd hi wedi meddwl am ddeud. Gwyddai oddi wrth anadl Gaut ei fod wedi'i orchfygu'n llwyr. Ni fedrai wneud dim ond gorwedd a gafael. Dim ond bod yno, dim ond y rhannu llonydd.

Doedd cwsg ddim am ddod.

'Be sy 'nelo Dad â hyn?' gofynnodd o ymhen hir a hwyr.

'Roedd o wedi bod yn sgota'r nos.' Roedd popeth mor hawdd i'w ddeud rŵan. 'Mi ddaeth ar 'y ngwartha i pan oedd o a fi ar ein ffor yn ôl. Mi dri'is chwilio am esgus i fod allan yn fan'no, ond lwyddis i ddim wrth gwrs. Ond chymerodd o ddim arno. Mi ddaeth acw nos drannoeth ynghanol y cythrwfwl i weld oeddan ni'n iawn, medda fo, a ddaru o ddim ond edrach i fy llgada i a 'nghusanu i'n slei bach wrth blygu i roi 'i fymryn mwytha i Lars ac edrach i fyw 'y llygaid i wedyn. Welis i rioed edrychiad mwy cadarnhaol gan neb. Dydi o ddim wedi cymryd arno fyth wedyn chwaith.'

'Dad!'

'Yli o deulu da wyt ti.'

'Ydi Mam yn gwybod?'

'Os ydi hi, dydi hi ddim wedi cymryd arni. Dyna chdi. Digon o ddychryn am un noson.' Cusanodd o. 'Cysga rŵan.'

'Sut cafodd y Weddw wybod?'

'Cysga, medda fi.'

Ni wnaeth, am hydoedd wedyn.

Ben bore trannoeth aeth i dŷ ei dad a'i fam. Ni ddywedodd ddim, dim ond mynd at Seppo a'i gofleidio.

'Chdi ydi tad gora'r tiroedd.'

Aeth at ei fam, a'i chusanu, ac i ffwrdd â fo, gan adael dau i edrych yn ddigon syn ar ei ôl.

11

Gwrando ac ystyried oedd Amora pan ddywedodd Bo mai rhyddid oedd gallu sefyll ar ben bryn. Roedd o'i hun yn dod i gredu hynny fwy a mwy. Adra gallai sefyll neu eistedd am hydoedd ar gopa moel y bryn uwchben y llyn yng ngolwg pawb, dim ond bod yno, hwnnw'n rheswm digonol ynddo'i hun. Ar ôl i Aino ac Eyolf a Linus ddod ag o adra ar ddiwedd ei hirdaith gyntaf daethai arwyddocâd newydd i gopa'r bryn. O hynny ymlaen hwnnw oedd y lle gorau i edrych ac edrych tua'r gogledd a chael byw ei ddyheadau. Yno yn rhywle y tu hwnt i'r mynyddoedd a'r bryniau a'r holl goedwigoedd a'r tiroedd roedd mynyddoedd y Pedwar Cawr ac Edda.

Rŵan, pan oedd y copaon yn angenrheidiol i chwilio'r tiroedd o'u blaenau, roeddan nhw'n rhy beryg i fynd arnyn nhw, pa mor hygyrch bynnag oeddan nhw. Yr unig obaith oedd mymryn o lwyni neu goed yn rhesymol agos atyn nhw ble gellid ymguddio i chwilio. Doedd dim prinder byddinoedd hyd y fan, yn wyrddion na llwydion, a'r peth cyntaf i'w wneud pan welid bryn y gellid sbecian oddi arno oedd chwilio rhag ofn bod gan fyddin wylwyr arno. Doedd dim prinder o'r rheini chwaith.

Ganol y pnawn hwn roedd pobman i'w weld yn wag. Roeddan nhw wedi cael bryn lled ddiogel ac roedd Bo wedi bod yn sbaena'n bur helaeth tua'r de oddi arno. Doedd dim tiroedd oedd yn gyfarwydd iddo i'w gweld a bellach doedd o ddim yn disgwyl hynny chwaith. Roedd yn amlwg erbyn hyn fod y rhewlif wedi mynd â nhw dipyn mwy i'r gorllewin nag yr oeddan nhw wedi'i ragdybio a chan hynny roeddan nhw'n ceisio anelu tua'r de-ddwyrain gymaint ag y medrent.

'Oes gen ti ryw fras amcan ble'r ydan ni?' gofynnodd Helge iddo pan ddaeth i lawr.

'Rwla yng nghyffinia ar goll,' atebodd Amora yn ei le.

'Cystal atab ag y medra i 'i gynnig,' meddai Bo. Eisteddodd ar bwt o foncyff cwymp i dynhau carrai ei esgid. 'Mae gynnon ni afon i'w chroesi toc a dydi hi ddim yn un i gerddad drwyddi hyd y gwela i. Mae hi'n troi i lifo tua'r gogledd-ddwyrain draw 'cw,' meddai wedyn gan amneidio tua'r dwyrain. 'Mae'n rhaid i ni 'i chroesi hi.'

''Dan ni wedi croesi afonydd o bob math o'r blaen,' meddai Edda ddigyffro.

Canolbwyntio ar yr afon ddaru nhw wrth ganlyn ymlaen â'u taith, gan chwilio am le y medrid ei chroesi'n weddol ddidrafferth. Doedd unman i'w weld yn argoeli debyg i ddim. Dal i chwilio oeddan nhw ymhen yr awr a Bo yn dechrau pryderu mymryn pan ddaethant at bant bychan a deuddeg corff yn un rhes droednoeth ynddo.

Troi at Amora a chuddio ei wyneb yn ei hwyneb hi ddaru Helge. Greddfol oedd o, dim arall. Gafael yn dynn yn llaw Edda ddaru Bo, yn gwybod fel y troeon cynt ei fod yn dibynnu'n llwyr arni. Ond roedd hyn yn wahanol i'r troeon cynt. Gwaddod brwydr oedd pob un o'r rheini. Nid dyna oedd y rhain. Roedd y rhaffau oedd yn clymu dwylo'r deuddeg hyn y tu ôl i'w cefnau'n cyhoeddi mai wedi'u dienyddio oeddan nhw, ac roedd cyflwr eu traed yn dangos eu bod wedi gorfod cerdded cryn bellter dros dir garw i gyrraedd eu tynged. Milwyr y fyddin lwyd oeddan nhw. Roedd Bo yn dechrau crynu.

Tynnodd Edda o yn nes ati. Gwyddai hithau o'r sgyrsiau yr oeddan nhw wedi'u cael ar eu hirdaith ddwy flynedd ynghynt na fyddai byddin fyth yn dienyddio milwyr o'r fyddin arall, dim ond eu lladd. Uchben yn y fyddin lwyd oedd tad Bo pan gafodd ei ddienyddio gan ei fyddin ei hun am berswadio a chynorthwyo dau wisgwr gwinau i ddianc yn hytrach na chael eu harteithio a'u lladd. Ymhen llai na lleuad wedyn roedd Bo yn cael ei gipio i'r fyddin.

Roedd y gorffennol yn llenwi Amora hefyd. Dim ond un corff oedd hi wedi'i weld ers i Bo a Linus ac Aino ac Eyolf ddod yno i ddeud am dynged Jalo, a chorff Tona oedd hwnnw. Gwisgoedd llwyd oedd am y cyrff oedd o'i blaen rŵan, a methai dynnu ei llygaid oddi arnyn nhw. Gwisg lwyd oedd gan Jalo amdano pan fu farw a phan ollyngodd Linus ei gorff yn dyner araf i'r môr. Doedd hi erioed wedi gweld y wisg amdano.

'Dowch,' meddai Helge ymhen ychydig.

Digon tawel y buon nhw am eu hawr arall o daith a gweddill y dydd.

Hen alar oedd o bellach, hen alar yn sobreiddio, ond erbyn trannoeth roeddan nhw wedi dechrau dygymod rhywfaint, ac fel tasan nhw'n benderfynol heb orfod deud hynny y naill wrth y llall nad oedd eu taith am gael bod yn un bruddglwyfus. Roedd yr afon bellach yn llifo i'r gogledd-ddwyrain a'r un mor gyndyn o gynnig croesfan ac yn fuan wedi iddyn nhw gychwyn, yn llawer mwy gwyliadwrus na'r diwrnod cynt, gwelsant gymdogaeth draw ar lan yr afon o fewn rhyw hanner awr o gerdded, cymdogaeth oedd gyda gobaith yn cynnig sarn. Buont yn ei gwylio o hirbell am ychydig rhag ofn bod milwyr ynddi, ond ni welid arwydd o hynny. Aethant ymlaen, ac o dipyn i beth aeth y gymdogaeth o'u golwg wrth iddyn nhw fynd i lawr pant bychan.

Gwelsant y tŷ bron yr un adeg ag y gwelsant y mwg yn codi ohono fo. Roedd yn dŷ ar ei ben ei hun ar dro hir yn yr afon, a thybient ei fod tua deng munud o gerdded o'r gymdogaeth. Yr eiliad nesaf roedd dyn yn camu o'u blaenau o'r tu ôl i lwyn. Roedd ganddo gaib ar ei ysgwydd ac roedd yn ddigon amlwg ei fod wedi bod yn eu gwylio'n dynesu. Gwelai Edda ei fod yn dipyn hŷn na'i thad.

'Pwy dach chi?' gofynnodd ar wib cyn iddyn nhw gael cyfle i'w gyfarch. 'O ble daethoch chi?'

'O'r tiroedd 'cw,' atebodd Bo gan amneidio'n ôl â'i ben a phenderfynu fod hynny'n hen ddigon o ateb i'r ddau gyfarthiad. 'Rhyw feddwl croesi'r afon,' meddai wedyn, yn fwy ffwrdd-â-hi fyth. 'Oes 'na sarn yn rwla hyd y lle 'ma?'

'Ffor daethoch chi?'

Roedd hwnnw'n gyfarthiad arall, ac yn awdurdodol am y'i clywid.

'Heibio i gyrff,' atebodd Edda, ac aros am funud i weld a wnâi'r dyn unrhyw beth o hynny. 'Wyddach chi fod 'na ddeuddag o filwyr wedi'u dienyddio i fyny'r dyffryn bach 'cw?' gofynnodd wedyn gan bwyntio ei fawd drach ei chefn, o weld nad oedd y dyn am drin ei sylw cyntaf fymryn yn wahanol i tasai o'n sylw ar gyflymdra llif yr afon.

'Waeth iddyn nhw gael 'u dienyddio yn fan'na ddim, decini,' atebodd y dyn.

'Ond mae 'u cyrff nhw ar y tir o hyd,' meddai Edda.

'Be dw i i fod i'w wneud? Mynd yna i'w coelcerthu nhw ne' 'u ceibio nhw i'r pridd?'

'Mi ddylai rhywun 'u claddu nhw.'

'Gymri di fenthyg rhaw?'

'Chwilio am sarn ydan ni, fel roedd o'n deud,' meddai Helge gan amneidio at Bo, yn synhwyro nad oedd budd deud dim arall. 'Oes 'na un yn y gymdogaeth? 'Dan ni isio mynd tua'r de.'

'Ydach chi'n rwbath amgenach na chnawdolion? I ble'r ewch chi?'

'Mynydd Nätte,' meddai Amora cyn i'r tri arall gael cyfle i feddwl. 'Glywsoch chi am hwnnw?'

'Pam ddylwn i gl'wad am beth felly?'

'Un da 'di hwn,' meddai Bo dan ei wynt wrth Edda.

'Glywsoch chi am Fynydd Toralf 'ta?' gofynnodd Amora.

'Pam ddylwn i gl'wad am beth felly?'

'Glywsoch chi am rwbath rioed?' gofynnodd Bo i gyfeiliant penelin Edda yn ei stumog.

'Mynydd Toralf ydi'r mynydd hefo tri chopa,' meddai Amora. 'Pan welwn ni hwnnw mi fyddwn ni'n troi i'r dwyrain i gyrraedd Mynydd Nätte ymhen rhyw ddeuddydd wedyn. 'Dan ni'n byw ar 'i odre fo.'

'Sy'n golygu croesi'r afon,' meddai Bo. 'Sut ydach chi'n gwneud hynny y dyddia yma?' gofynnodd.

'I be gwna i beth felly?'

'Sut basach chi'n awgrymu i ni wneud 'ta? Mi fasai'n ffor ddigon hwylus i chi gael mad â ni.'

'Dy ddowcio di yn'i hi a mymryn o bwysa wrth d'wddw di. Honno lawn hwylusad ffor o gael mad â chdi.'

'Os gwelwch chi'n dda i ddeud wrthan ni,' meddai Edda, 'oes 'na sarn yn y gymdogaeth?'

'Gan na chymri di raw, waeth i ti 'i chroesi hi ddim, decini. A chymryd eich bod chi'n mynd i'w chyrraedd hi.'

'Pa fyddin ydi hi?' gofynnodd Bo ar ei union.

'Pa fyddin ydi be?'

'Honno sydd yn y gymdogaeth. Am dyna dach chi'n sôn, 'te?'

'Fedrwch chi nofio?'

'Be'n union sy 'na?' gofynnodd Helge.

'Nofiwch chi ddim llawar pellach na'r gwaelod hefo'r holl bynna 'na chwaith.'

'Pa fyddin sydd yn y gymdogaeth 'cw?' gofynnodd Bo eto, yn benderfynol ei fod yn mynd i gael ateb.

'Diddordab gen ti, oes?' daliodd y dyn ato, yn hoelio ei lygaid arno. 'Yn ôl 'rhyn o'n i'n 'i ddallt, mae'r ddau tua'r un oed â chi'ch dau.'

'Dau be?' gofynnodd Helge, yn teimlo fod yn dyn yn cymryd arno ei fod yn anwybyddu ei fod wedi sylwi ar lygaid Bo.

'Maen nhw'n chwilio am y llofrudd mwya ffiaidd a welodd y duwia erioed,' atebodd y dyn. 'Roedd o'n Isben yn y fyddin ac mi laddodd o frawd yr Aruchben pan oedd hwnnw'n cysgu ac yn ddiamddiffyn. Mae o tua'r un oed â chdi yn ôl dy olwg di. Ac maen nhw'n chwilio hefyd am ryw lefnyn lawn cyn beryclad sydd â'i fryd ar ddial am dynged 'i dad, hwnnw'n Uchben mor fradwrus bob tamad ag ydi'r Isben lofrudd o ffiaidd. Hwnnw sydd tua'r un oed â chdi, faswn i feddwl,' meddai wrth Bo. Hoeliodd ei lygaid arno drachefn. 'Faint wnei di, y dyddia yma?'

'Pwy oedd yn deud y petha 'ma?' gofynnodd yntau. 'Pwy sydd yn y gymdogaeth 'cw?'

'Mae gen ti ddiddordab, wela i.'

'Dim ond isio gwybod pwy sy 'na ydan ni,' meddai Helge, 'dim ond isio gwybod pam nad ydi hi'n ddiogel i ni fynd yno i groesi'r sarn.'

'Chlywis i mohona i'n deud hynny, hyd y cofia i.' Sythodd y dyn. 'Ella na fydd gan neb unrhyw ddiddordab mewn gofyn i chi sut llwyddodd y cybyn 'ma a chditha tasai'n mynd i hynny i beidio â bod yn filwyr a gallu teithio'r tiroedd fel tasach chi'n fleiddiaid.'

Trodd oddi wrthynt, a chychwyn, gan dynnu

mymryn ar y gaib ar ei ysgwydd i'w chael i orwedd yn well. Syllasant arno'n mynd o'u golwg heibio i'r llwyni.

'Awydd mynd i guddiad?' gofynnodd Bo.

'Braidd yn fain am le, 'tydi?' meddai Edda. 'Dim ond ffyliaid fyddai'n llechu yn y llwyni 'ma.' Roedd yn chwilio pobman o'u hamgylch, yn gweld dim tebyg i waredigaeth yn unman. 'Mae'n well i ni fynd yn ôl i'r lle'r oeddan ni'n gallu gweld dros y llwyni 'ma, i gadw golwg arno fo a'r gymdogaeth,' meddai.

Aethant, ar dipyn mwy o frys nag y daethant yno. Pan gyraeddasant le y medrent weld y gymdogaeth ohono roedd y dyn eisoes wedi cyrraedd ei chwr ac yn siarad â dau arall, a hyd yn oed o'r pellter roedd yn amlwg mai milwyr oeddan nhw. Gwelsant y dyn yn troi ac yn pwyntio tuag at y tŷ. Yna roedd un milwr yn troi tuag at y gymdogaeth ac yn amneidio'n wyllt.

'Dowch,' meddai Helge.

Dychwelasant tua'r gorllewin, gan gadw mor agos at goed a llwyni ag y gallent. Buont yn cerdded drwy'r pnawn, heb aros i gael bwyd, dim ond ei fwyta wrth gerdded. Roedd Helge a Bo yn troi i chwilio'r tir o'u hôl yn aml, ond ni welsant arwydd o neb, a doedd dim amdani ond dal ati i fynd. Roedd Helge wedi pwysleisio o'r dechrau mai Amora ac Edda oedd i benderfynu pa mor gyflym yr oeddan nhw'n cerdded a phryd i aros i orffwys. Tua diwedd y pnawn, ryw ddwyawr ar ôl iddyn nhw fethu osgoi'r pant bychan a'i ddeuddeng milwr marw, a hwythau bellach ar dir go wastad a'r tir ar eu hochr nhw braidd yn rhy ddigysgod, gwelsant damaid o'r afon y gellid o bosib ei ddefnyddio fel rhyd. Doedd y tir ar y lan arall ddim yn argoeli'n rhy hawdd ond roedd digon o leoedd i lochesu arno. Gollyngodd Bo ei bynnau a thynnu am ei draed. Gallodd groesi'n lled hwylus. Pan drodd yn ôl ar y lan gwelodd fod y tri arall eisoes wedi dechrau croesi a bod Edda a Helge yn cario ei bynnau o.

'Welist ti'r Isben 'na maen nhw'n chwilio amdano fo rioed?' gofynnodd Amora i Bo pan oedd pob coes a throed wedi'u rhwbio'n ddigon chwyrn i gael y gwres yn ôl iddyn nhw a'r babell wedi'i chodi y tu ôl i lwyn, a hwythau bellach yn gallu cael pryd go hamddenol o fwyd.

'Dim hyd y gwn i,' meddai Bo. 'Gwneud 'y ngora i'w hosgoi nhw oedd hynny o gyfraniad wnes i i'r fyddin.'

'Hynna'n ddigon credadwy,' meddai Edda.

'Mi wn i mai Ahti ydi'i enw fo,' aeth Bo ymlaen. 'Mi ddudodd brawd Aino hynny pan o'n i yn Llyn Sigur.'

Yna roedd o'n syllu ar Amora ac yn dechrau gwenu'n braf arni.

'Ro'n i'n meddwl nad oeddat ti'n dallt fawr ddim am y tiroedd,' meddai wrthi.

'Mi wn i fod gwellt yn tyfu ac afonydd yn llifo.'

'Sut gwyddat ti am Fynydd Nätte? Lle mae o?'

'Mae o wedi peidio â bod,' atebodd hi wedi ennyd o bendroni, a rhyw hiraeth hoffus yn dod i'w llais.

'Am be wyt ti'n sôn?' gofynnodd Bo.

'Dim ond yn nychymyg Jalo oedd o'n bod, a 'nychymyg inna wedyn. Mi fyddai bron pob un o'i straeon o pan oedd o'n glapyn yn dechra ne'n gorffan ar i odre ne'i lethra ne'i gopa fo. Fan'no'r oedd Mynydd Toralf hefyd.'

'Fo oedd yn 'u creu nhw, felly?' gofynnodd Edda ar frys.

'Ia.'

'Wel paid â meiddio deud 'u bod nhw wedi peidio â bod.'

'O'r gora.' Rŵan roedd derbyn syml yn llais Amora o glywed y chwyrnu a'r cerydd yn llais Edda. Syllodd beth yn synfyfyriol ar ei bwyd. 'Mi ddechreuodd 'u creu nhw pan oedd o ryw chwech, saith oed, ac mi ddaliodd ati nes aeth y fyddin â fo, a'u cadw nhw i gyd yn gyfrinach rhyngon ni'n dau.' Roedd ei llygaid yn dal i fod yr un mor synfyfyriol. 'Dim ond ni'n dau. Neb arall. Roedd y ddau fynydd yn lleoedd ymollyngol i fod arnyn nhw pan oedd 'i dad o a'i nain o'n annifyr hefo fo a dim modd ganddo i fynd o'r tŷ,' aeth ymlaen. 'Be sydd?' gofynnodd i Bo, o'i weld yn ysgwyd ei ben a chau ei lygaid am eiliad.

'Sut daru ti 'u diodda nhw cyhyd?' gofynnodd o.

'Roedd Jalo a minna'n cynnal ein gilydd yn ddifai.'

Roedd gwên fechan Amora, gwên mor drist ag arfer, yn cadarnhau ei geiriau.

'Pam ddaru ti ddefnyddio'r mynydd hefo'r callddyn 'na bora 'ta?' gofynnodd Edda iddi.

'Roedd o'n f'atgoffa i.'

'Dyn y Briodas Deilwng,' meddai Bo.

'Roedd arna i ofn i chdi ddeud y gwir wrtho fo, ac enwi rwla fel Mynydd Tarra ne' un o'r llynnoedd. Ro'n i'n meddwl 'i bod hi'n well iddo fo beidio â gwybod.

Ac mae'n debyg 'mod i isio cl'wad y gair yn uchal,' meddai wedyn, ar ôl ystyried eiliad. 'Ro'n i wedi bod yn meddwl amdano fo ac yn ail-fyw y straeon a'r creu drwy neithiwr. Dw i ddim wedi'i gl'wad o'n cael 'i lefaru ers blynyddoedd.'

'Hen bryd,' meddai Edda. 'Mi fydd yn rhaid i ti 'u deud nhw i gyd a'u dysgu nhw i gyd i ddau blentyn bach, a dal ati nes byddan nhw'n fawr.'

'Oes 'na ryw symudiada bellach?' gofynnodd Bo gan amneidio mymryn tuag at eu boliau.

'Mi ddôn,' meddai Amora.

'Synnwn i ddim na ddôn nhw a ninna'n dringo,' meddai Helge wrth edrych ar hynny a welai o'r tir o'u blaenau, oedd i'w weld yn codi ym mhob cyfeiriad, yn enwedig felly tua'r de-ddwyrain. 'Ydi Mynydd Tarra'n ddigon trawiadol i'w nabod o o bell?' gofynnodd i Bo.

'Gawn ni weld.'

Edda ddaru ateb, mor dawel hyderus ag erioed.

*　　*　　*

Dim ond Bo oedd wedi clywed y sŵn o'r blaen, a hynny ddwywaith. Y tro cyntaf iddo'i glywed, roedd yn ei ganol, ond roedd ei arswyd wedi'i atal rhag cyfrannu dim tuag ato. Yr eildro roedd yng nghwmni Aino ac Eyolf a Linus, a'r tri'n ei gynnal heb iddyn nhw lawn sylweddoli hynny tan drannoeth. Rŵan roedd tri arall yn ei gynnal, a gwyddai fod un yn sylweddoli'n iawn ei bod yn gwneud hynny. Na, meddyliodd ar draws popeth, roedd pump yn ei gynnal.

Doeddan nhw ddim yn gweld y frwydr y tro hwn, dim ond ei chlywed, a hynny am ei bod yn rhy agos iddyn nhw fentro symud cam rhag ofn i frigau'r llwyni symud hefyd. Roeddan nhw wedi dringo ochrau dau fynydd am ddeuddydd am mai dyna oedd yr unig ddewis oedd ar gael, ac yna i lawr drwy goed a llwyni am ddiwrnod a bore arall tan i'r gweiddi a'r sgrechian roi terfyn disyfyd ar hynny, a hwnnw'n amlwg heb fod ond ychydig gamau i'r chwith odanynt.

Doedd gan Bo yr un syniad am faint oedd y sŵn a'r brwydro wedi para y tro cyntaf, na'r eildro chwaith fwy na heb, dim ond ei fod o'i hun yn bodoli drwy'r gyntaf ac yn dioddef drwy'r ail. A doedd y dioddef ddim gronyn yn llai rŵan, ond fod teimlad gormesol o oferedd yn ei wneud yn waeth y tro hwn. Rŵan roedd geiriau Aino yn llond ei ben. Heinisk bana oedd hi wedi'i ddeud drosodd a throsodd wrth ei ymgeleddu pan oedd yn wael gan wenwyn yn y Warchodfa honno ac yntau newydd ei ryddhau o sach gan Tarje a Loki a Hente, oedd i fod yn ddau o filwyr y gelyn. Cyrff oferedd. Dechreuodd sibrwd y ddeuair, a chael llais Aino yn ogystal â'i geiriau i lenwi ei ben. Dim ond siâp ceg a welai Edda, yn sefyll rhyngddo fo ac Amora, yn gafael am y ddau.

O dipyn i beth darfu'r twrw a'r bloeddiadau. Cwta hanner awr wedi iddo gychwyn oedd hynny yn nhyb Helge. A fo oedd y cyntaf i stwyrio, ymhen rhyw hanner awr arall, a'r pedwar yn gwrando ar y distawrwydd mor astud ag y medren nhw. Camodd yn araf rhwng dau lwyn ar y chwith iddo, yn rhoi ei reddf heliwr ar waith, fel nad oedd na brigyn na deilen yn ysgwyd wrth iddo fynd. Ychydig funudau y bu o olwg y lleill cyn dychwelyd.

'Mae'n debyg mai'r gwyrddion ddaru ennill,' meddai. 'Mae hynny sydd ar ôl ohonyn nhw'n mynd draw tua'r gorllewin beth bynnag.' Roedd ei wedd yn dangos fod yr hyn yr oedd wedi'i weld yn newydd iddo. 'Mae o'n ddyffryn pur lydan yn 'nelu tua'r gogledd-ddwyrain hyd y gwela i,' aeth ymlaen, fel tasai o'n chwilio am rywbeth i'w ddeud. 'Mae'n rhaid i ni 'i groesi o.' Arhosodd, y pryder yn amlwg ar ei wyneb. 'Mae'n llawn cyrff yna.'

''Dan ni wedi croesi dyffryn llawn cyrff o'r blaen,' meddai Edda. Trodd at Amora, o deimlo ei llaw yn mwytho ei gwallt. 'Wyt ti'n iawn?' gofynnodd iddi.

'Ydw os wyt ti.'

'Mae'n well i ni aros yma,' meddai Bo.

'Crwydrwyr ysbail?' gofynnodd Helge, ei lais rŵan yn crynu mymryn.

'Mae'n ddigon posib bod 'na filwyr yn llechu amdanyn nhw. A hyd yn oed os nad oes 'na, waeth gan y crwydrwyr ysbeilio'r byw mwy na'r marw ddim.'

'Nid bod hynny'n rheswm dros ladd 'u plant nhw,' meddai Edda.

Roedd gweld cyrff y tri phlentyn ynghanol y crwydrwyr ysbail a'r milwyr marw a welsant ar eu hirdaith ddwy flynedd ynghynt yn dal i fod yr un mor fyw iddi â'r diwrnod y'u gwelodd. Doedd hi ddim wedi cadw ei theimladau iddi'i hun chwaith.

Oriau wedyn a'r pnawn yn mynd rhagddo y daeth y gweiddi newydd, ond ei fod y tro hwn yn fwy o leisiau unigol nag o sŵn torfol. Roedd dim ond edrych ar ei gilydd yn cadarnhau i'r pedwar eu bod o'r un meddwl, a bod yr hyn oedd yn digwydd odanyn nhw'n fwy personol o glywed y lleisiau, ac yn waeth. Roedd clywed sgrechfeydd merched a chri sydyn plentyn yn cadarnhau hynny. Unwaith yn rhagor roedd popeth yn rhy gythryblus iddyn nhw allu deud dim, dim ond aros yno a gwrando'n ddiymadferth.

Ychydig funudau y parodd y tro hwn, ond doedd neb am feiddio mynd ar sgawt sbecian wedi iddo ddarfod. Roedd Edda yn dal i weld cyrff y plant ynghanol y milwyr marw, yn gwybod y byddai'n rhaid iddi fynd drwy'r un peth eto cyn nos gan na fedrid codi'r babell ble'r oeddan nhw. Ond dim ond ychydig eiliadau a gafodd i ystyried hynny. Daeth sŵn sydyn ger y llwyn agosaf atynt ar y llethr o'u blaenau. Roedd ochr y llwyn yn ysgwyd a mwya sydyn roedd hogan yno yn un rhuthr a chyllell yn ei llaw. Arhosodd yn syfrdan a chodi'r gyllell, honno'n crynu am y'i gwelid, ond er hynny sylwodd Amora ei bod ymhell o fod yn gyllell tlotyn.

Ei meddwl hi oedd yr un mwyaf effro hefyd, o bosib am mai hi oedd yr un agosaf at yr hogan. Gwelodd ar ei hunion nad oedd unrhyw symudiad arall o'r llwyn a chamodd ymlaen ar amrantiad a phlygu mymryn at yr hogan a dal ei bys dros ei gwefusau, ei llaw chwith allan ac ar led i ddangos nad oedd bygythiad. Roedd Edda wrth ei hochr y munud hwnnw. Plygodd hithau fymryn ymlaen a dal ei dwy law allan a gwenu.

Tua thair ar ddeg oed oedd yr hogan, er ella fymryn yn hŷn, meddyliodd Edda wedyn. Roedd pob arwydd nad oedd ei hwyneb wedi gweld dŵr ers y glaw diwethaf. Roedd ei gwallt yn gyrliog a melyn a budr. Daliai'r gyllell i fyny yn ei llaw o hyd. Yn dal i wenu arni, syllai Edda i'w llygaid, yn gweld dim ond ofn ynddyn nhw.

'Dydan ni ddim yn beryg,' meddai, yn pwysleisio ei geiriau hefo'i dwylo.

Tynnodd Amora ei bys oddi ar ei gwefusau a dal ei llaw allan fel y llall.

'Cadw'r gyllall, ia?' meddai, a gwenu.

Dal i sefyll ddaru'r hogan, a'r un ofn di-ddallt yn y llygaid. Doedd dim arwydd ei bod am ostwng y gyllell. Daliodd Helge yntau ei ddwy law ar led o'i flaen cyn rhoi ei fys dros ei geg a phwyntio i'r llwyn wrth ei ochr. Sleifiodd iddo fel cynt, yn teimlo ychydig yn fwy hyderus erbyn hyn. Ni symudodd yr hogan a gwelai Bo hynny fel arwydd fymryn yn obeithiol. Daeth gam yn nes ati.

'Be 'di d'enw di?' gofynnodd.

Doedd o ddim yn disgwyl ateb a chafodd o'r un. Plygodd yn araf a hamddenol i agor ei sachyn. Tynnodd damaid o ysgwydd elc ohono a'i dorri. Rhoes un tamaid yn ei geg wrth gamu at yr hogan a chynnig y tamaid mwyaf iddi.

'Dyma chdi. Blas da arno fo.'

Yn llwyr annisgwyl iddo fo cythrodd yr hogan am y

cig a'i blycian o'i law hefo'i llaw chwith. Ddaru hi ddim mo'i fwyta chwaith, dim ond ei ddal yn ei llaw, a'r gyllell o hyd yn ei llaw arall. Roedd Bo hefyd yn gweld y gyllell yn un lawer rhy dda i fod yn ei dwylo hi.

'Mae o'n dda 'sti,' cynigiodd wedyn, a gwneud ati i gnoi.

Edrychodd yr hogan i lawr ar y cig un waith a dechrau ei sglaffian. Ddaru hi ddim gostwng y gyllell. Gwyddai Bo y gallai ei phlycian o'i llaw ond penderfynodd beidio. Trodd at Edda ac Amora. Roedd rhyw olwg be nesa yn ei lygaid.

Dychwelodd Helge, yr un mor ddistaw a disylw ag yr aethai. Amneidiodd beth yn syn a bodlon ar y bwyta. Yna ysgydwodd ei ben yn gynnil.

'Mae gynnon ni gydymaith, felly, 'toes?' meddai Edda yn ddistaw.

'Fedrwn ni mo'i gadael hi yma,' cytunodd Amora.

'Mae 'na dipyn o waith molchi arni hi.'

'A mymryn o waith gwareiddio,' meddai Bo. 'Ac os rhowch chi'r dillad 'na i'w golchi mi fyddan nhw'n chwalu. Maen nhw'n prysur fynd yn rhy fach iddi hi prun bynnag.'

Cafodd Amora syniad sydyn.

'Sut mae hi 'na?' gofynnodd i Helge gan amneidio dros y llwyn.

'Mae pawb ond y meirw wedi mynd. Mae'r rhai aeth i'r afael â'r crwydrwyr wedi cychwyn tua'r gorllewin ar ôl y lleill.'

'Os ydi'n ddiogel mi fedar un ohonon ni sleifio

i lawr yna a chael dilledyn ne' ddau go lân oddi ar rai o'r cyrff. Mi fedrwn ni 'i lapio hi mewn un ohonyn nhw am heddiw unwaith cawn ni ddŵr i'w molchi hi, ac mi addasa inna ddillad i'w ffitio hi erbyn fory.'

Gwelodd fod y tri'n cytuno. Trodd yn ôl at yr hogan.

'Wyt ti am ddŵad hefo ni?' gofynnodd. 'Mi gei di ddigon o fwyd a dillad glân.'

Dim ond edrych arni oedd yr hogan, ond doedd y gyllell ddim mor uchel nac yn crynu cymaint â chynt.

'Dyna fasa ora,' meddai Bo wrthi. Tynnodd ragor o gig o'i sachyn a'i dorri. 'Dyma chdi.'

Cythrodd yr hogan i'r cig eto, a dechrau bwyta.

'Mae'n debyg y medar hi siarad,' meddai Bo yn ddistaw wrth y lleill.

'Mae'n rhaid i ni groesi'r dyffryn,' meddai Helge. 'Mi wêl 'i theulu marw. Mae 'na ryw bymthag yna hyd y gwela i, bob oed.'

'Faint gymrith hi i'w groesi o?' gofynnodd Bo.

'Awr daclus. Mae 'na afon yr ochor yma. Mae'n ddigon hawdd 'i chroesi hi.' Edrychodd Helge ar yr hogan. 'Mae 'i sgidia hi'n sych.'

'Mae'n rhaid mai llechu ar yr ochor yma oeddan nhw,' meddai Bo.

Roedd Edda wedi troi eto at yr hogan.

'Cyllall i lawr rŵan?' meddai, a gostwng ei llaw chwith i ddangos.

Yn ara deg, daeth y gyllell i lawr.

12

'Mae'n beryg y bydd raid i ni chwilio am enw iti os nad wyt ti am gynnig un,' meddai Edda. 'Wyt ti am ddeud be ydi o?'

Doedd yr hogan ddim am ateb. Doedd yr un gair wedi dod ohoni, ond roedd Bo wedi darganfod nad oedd hi'n fyddar drwy wneud ambell sŵn sydyn wrth ei hochr. Roedd y pedwar wedi ystyried y gallai hi fod yn fudan, yn enwedig pan oedd hi'n gwrthwynebu ac yn gwrthod tynnu amdani i fynd ar ei thraed i'r cawg, gan wneud hynny'n ddi-sŵn. Dim ond pan ddaru Bo dynnu amdano a mynd ei hun i'r cawg a dechrau molchi a chanu'n ysgafn wrth wneud hynny y daru hi gydsynio. Ond yr eiliad nesaf roedd yn edrych mewn dryswch ar y lwmp oedd gan Edda yn ei dwylo ac oedd yn ei gynnig iddi.

'Talp molchi ydi o,' meddai Bo wrthi, yn sylwi ar ei phenbleth. 'Mae o'n dy folchi di'n gynt ac yn well na dim ond dŵr. Mi ddysgwn ni chdi i wneud peth. Dim ond cymysgu golchludw a seimiach ac olew a ballu.'

Deud rhag ofn y câi ateb oedd o, a chafodd o'r un. Ond molchodd yr hogan ei hun wedyn yn ddigon didrafferth, ac roedd yn fodlon i Edda ei chynorthwyo i olchi ei chefn a'i gwallt, ac Edda bellach yn credu ei bod yn hŷn na'r hyn yr oeddan nhw wedi'i dybio pan ruthrodd hi i'w plith. Am ennyd roedd Bo yn ystyried tybed ai hwn oedd y tro cyntaf iddi brofi dŵr cynnes ar ei chorff erioed, ac roedd yn dal i sefyll wrth ochr Edda rhag ofn y byddai ei angen. Buan iawn y gwelsant mai baw newydd oedd ar yr wyneb a'r corff ac roedd yn lled amlwg bellach fod yr hogan wedi dofi digon i weld nad oedd hi mewn unrhyw fath o gyfyngder ac roedd yr ofn mawr wedi diflannu o'i llygaid. Ond o dipyn i beth roedd Bo yn meddwl ei fod yn gweld tristwch yn disodli'r ofn, rhyw dristwch annirnad, a hwnnw'n cael ei gryfhau gan olwg syn a ddeuai'n ddirybudd i'w llygaid bob hyn a hyn, yn amddifad o bob gobaith. Roeddan nhw wedi symud ymlaen rhwng y llwyni nes cyrraedd gwastad lled gul a rhesymol guddiedig oedd yn ddigon agos at yr afon i gyrchu dŵr ohoni a lle gallent gynnau tân i'w gynhesu ac i baratoi pryd poeth. Ar eu siwrnai wyliadwrus roedd Bo wedi chwilio'n ofer am olion sathru ar dyfiant a fyddai'n dangos lle'r oedd yr hogan wedi dringo iddo. A rŵan wrth weld mor ddiffwdan roedd hi'n derbyn dwylo prysur Edda drwy ei gwallt meddyliodd nad oedd angen dau i'w gwarchod mwyach, a throdd at Amora i'w chynorthwyo i gael trefn ar y dillad yr oedd Helge wedi'u cyrchu mewn dau lwyth o weddillion y frwydr. Roedd hi wrthi'n addasu cotiau i fod yn sach cysgu dros dro ac roedd Helge wedi dechrau datod y gwisgoedd yr oedd Amora am eu culhau a'u cwtogi fymryn i ffitio'r hogan.

'Tasan ni'n dod i gymdogaeth mewn deuddydd ne' dri, be wnawn ni?' gofynnodd Bo. 'Gofyn i rywun 'i chymryd hi i fyw hefo nhw 'ta dal i fynd â hi hefo ni?'

'Tasai hi'n gwneud rwbath i wneud i rywun sylweddoli ne' ama mai crwydrwyr ysbail ydi'i llinach hi mi fedrai fod yn ddigon amdani,' meddai Amora.

'Hynny'n sicr,' meddai Helge.

'Os gwelwn ni gymdogaeth mi drïwn ni gael dillad a sach cysgu iawn iddi,' meddai Amora.

'Mi fedrwn ni gyfnewid y piga haearn amdanyn nhw,' meddai Helge. 'Go brin y gwêl ein traed ni ddefnydd iddyn nhw eto. Ac mi fydd yn llai o bwysa i'w gario.'

'Dyna fo 'ta,' meddai Bo. 'Siawns na fyddwn ni wedi gwareiddio hynny sydd 'i angen arni cyn cyrraedd Llyn Helgi Fawr. A chymryd bod angan,' ailfeddyliodd yn sydyn wrth droi i edrych ar yr hogan a gweld mor wahanol oedd ei hystum bellach.

'Mae'n well i ti gymryd yn ganiataol bod 'na,' meddai Amora.

'Welodd hi be ddigwyddodd i'r gweddill tybad?'

'Go brin,' meddai Helge. 'Mi gyrhaeddodd aton ni'n rhy fuan i hynny.'

'Do, gobeithio,' meddai Bo, yn dal i weld y tristwch yn y llygaid ac yn dechrau teimlo ei fod yn gallu uniaethu ag o. 'Hefo ni mae hi i fod,' meddai'n sydyn.

Roedd Edda ac yntau'n edrych ar ei gilydd, llygaid y naill yn un â llygaid y llall, fel pob tro. Yna, yn benderfynol, rhoes Edda gynnig ar gynllun arall wrth ddal ati i gynorthwyo'r hogan.

'Edda,' meddai, gan bwyntio ati'i hun. 'Amora, Helge, Bo,' meddai wedyn yn araf gan droi mymryn a phwyntio at y tri yn eu tro, ac aros rhwng pob enw. 'Edda,' meddai eto, a phwyntio ati'i hun cyn pwyntio at yr hogan a gwneud wyneb parod am yr ateb nas cafodd.

Gwnaeth y talp molchi well gwaith ar y gwallt nag oedd Edda wedi'i ragdybio, ac roedd yn amlwg fod yr hogan yn gwerthfawrogi'r dŵr cynnes glân a gâi ei dywallt dros ei phen i orffen y gorchwyl. Wedi iddi orffen hynny estynnodd Edda liain wrth ei hochr a'i ddal o'i blaen, a braidd yn annisgwyl iddi fe gamodd yr hogan o'r cawg ohoni'i hun a dod ati. Dechreuodd Edda ei rhwbio.

'Ragnil.'

Hanner llais oedd o, os hynny, a dim ond Edda a glywodd o.

'Dyna 'di d'enw di?' gofynnodd, yn ceisio cadw'r un gyfrinach sydyn yn ei llais ei hun.

Nodiodd yr hogan. Osgôdd Edda y demtasiwn i droi at y lleill.

'Faint 'di d'oed di?'

Ysgydwodd Ragnil ei phen.

'Lle 'ti'n byw?'

Ysgydwodd Ragnil ei phen eto. Tybiodd Edda nad heb ddallt y ddau gwestiwn oedd hi, ond nad oedd hi'n gwybod ei hoed, ac ella nad oedd hi erioed wedi byw yn unman, dim ond wedi treulio ei hoes yn dilyn byddinoedd, neu'n hytrach yn cael ei llusgo ar eu holau i chwilio gwisgoedd y meirw ac i orffen y lladd os oedd angen. Yn sydyn roedd Edda yn fwrlwm o ryddhad am nad oedd gwaed i'w weld ar gyllell Ragnil pan ruthrodd i'w canol bron ddwyawr ynghynt, cymaint o ryddhad fel y tynnodd Ragnil ati i'w chofleidio. Derbyniodd hi hynny hefyd. Trodd Edda at y lleill. Roeddan nhw'n dal wrth eu gorchwylion fel tasai dim wedi digwydd a dyna pryd y sylweddolodd nad oeddan nhw wedi clywed y llais.

'Wyt ti am ddeud dy enw wrth Amora a Helge a Bo hefyd?' gofynnodd i Ragnil.

Cododd y tri bennau syn. Ond roedd Ragnil yn rhy swil.

'Ragnil ydi d'enw di 'te?' meddai Edda. 'Deud o eto.'

Dim ond Edda ddaru ei glywed y tro hwn hefyd.

Daethai'n amlwg ers iddyn nhw gyrraedd y gwastad nad oedd ganddyn nhw ddewis ond croesi'r dyffryn yn agos at waddod y frwydr, lle'r oedd cyrff y crwydrwyr ysbail i'w gweld ynghanol y cyrff eraill. Gan fod lle i godi'r babell fymryn o olwg y dyffryn a chan fod angen cael dillad i Ragnil penderfynasant beidio â mentro croesi tan drannoeth. Roedd Amora a Helge mor ddiwyd â'i gilydd yn addasu'r dillad a manteisiodd Edda a Bo ar y tân i baratoi pryd o fwyd poeth a rhyfeddu braidd o weld Ragnil yn mynd ati ohoni'i hun i baratoi'r brithyll roedd Bo newydd eu dal, gan wneud hynny'n grefftus ddiwastraff gyda chyllell Helge. Roedd o wedi cadw ei chyllell hi o'r golwg. A phan ddaeth y gwyll roedd hi'n ddigon bodlon mynd i'w sach cysgu newydd, ac ymhen dim roedd hi'n cysgu. Doedd yr un gair arall wedi dod o'i phen.

Heliasant eu pynnau ben bore. Roedd Ragnil yr un mor fodlon cario ei sach cysgu ar ei chefn ag yr oedd hi'n mynd iddo y noson cynt. Bron nad oedd gwên ar ei hwyneb wrth i Bo ei glymu amdani cyn iddyn nhw gychwyn, ac roedd yn amlwg fod y dillad yr oedd Amora wedi'u gwneud iddi'n ei phlesio hi dipyn yn fwy nag yr oeddan nhw'n plesio Amora. Ond ni ddeuai'r un gair o'i cheg eto chwaith, er y mynych sgwrsio a holi.

Doedd dim i'w wneud ond gobeithio na ddeuai rhagor o filwyr na chrwydrwyr ysbail o'r newydd yno wrth iddyn nhw groesi'r dyffryn tuag at y goedlan agosaf a welid tua'r de-ddwyrain. Roedd coedlannau llawer nes yn fwy tua'r gorllewin, ac roedd yn amlwg iddyn nhw bellach mai yn un o'r rheini'r oedd y crwydrwyr ysbail wedi bod yn ymguddio wrth aros am eu cyfle ofer a bod rhai o'r fyddin werdd fuddugol wrth gilio o'r frwydr wedi ymguddio mewn coedlan arall, yn barod amdanyn nhw. Roedd y goedlan yr oeddan nhw eu pump yn anelu ati i'w gweld yn ymestyn rywfaint at ochr y dyffryn ac roedd Bo wedi awgrymu mai'r peth callaf i'w wneud oedd mynd drwyddi yn y gobaith y gellid dringo ochr y dyffryn yn lled rwydd iddyn nhw gael mynd ohono fo cyn gynted ag oedd modd.

Ar wahân i Edda, digon tawel oedd pawb wrth gerdded, a hwythau'n gorfod mynd ar fymryn o gylch am dipyn er mwyn osgoi hynny a fedrid ar y cyrff. Roedd hi'n gofalu am Ragnil am mai dim ond hi a gâi wneud, ac roedd yn siarad hefo hi bron gydol yr amser, a Ragnil yn edrych arni bob hyn a hyn gan anwybyddu cyrff ei cheraint a chyrff y milwyr yn llwyr. Roedd anwesu cynnil ac ysbeidiol Edda i'w weld yn dwyn ffrwyth, a Ragnil yn pwyso yn ei herbyn bob hyn a hyn i gael rhagor. Cydgerddai Helge hefo nhw gan geisio gofalu ei fod rhwng Ragnil a'r meirw gymaint ag y gallai. Roedd Amora a Bo ychydig gamau y tu ôl iddyn nhw, y ddau mor ddistaw â'i gilydd.

'Ydi o'n brofiad newydd iddi tybad?' awgrymodd Bo pan oeddan nhw wedi mynd heibio i'r rhan fwyaf o'r cyrff, a'r goedlan yn dal i fod yn llawer rhy bell i ffwrdd ganddo.

'Be?' gofynnodd Amora.

'Cael 'i hanwesu.'

'Mi fedar fod. Ne'n brofiad roedd hi wedi anghofio 'i fod o.'

Daliasant ati am ychydig, a Bo yn edrych o'i gwmpas yn wastadol rhag ofn symudiadau pell, yn enwedig o'r gorllewin, cyn i Amora droi ei phen fymryn i edrych arno.

'Wyt ti'n dygymod â dy brofiad newydd di?' gofynnodd hi.

'Am be 'ti'n sôn?'

'Y dienyddio 'na y diwrnod o'r blaen. Mi welist dy dad, 'ndo?'

'Do.'

Gwyddai Bo nad oedd yn dymuno gwadu. Roedd wedi byw gormod yn y dienyddiad nas gwelodd i hynny. Pan llusgwyd o i'r fyddin doedd dim prinder o filwyr, yn Uwchfilwyr neu Orisbeniaid yn amlach na pheidio, oedd yn disgrifio dienyddiad ei dad gam wrth gam gwatwarus wrtho a hynny heb gynnig unrhyw reswm pam y'i dienyddiwyd. Doedd bod y disgrifiadau'n wahanol bob tro ddim yn lleddfu yr un mymryn ar ei alar di-ddeud o a dim ond ar ôl i Eyolf ddeud yr hanes gwir wrtho pan oedd yn y Warchodfa y llwyddodd i ddechrau dygymod. Doedd o ddim wedi rhannu â neb wedyn chwaith, hyd yn oed Eyolf.

Ond roedd Amora wedi gweld drwyddo. Gwyddai o hefyd mai felly oedd hi i fod.

'Mi ddudodd Eyolf na chafodd Nhad mo'i arteithio, dim ond 'i ddienyddio,' meddai.

'Paid â chadw dy alar newydd i chdi dy hun. Chwyda dy fol.'

'Does 'na ddim ar ôl i'w chwydu. Mae Edda a chi'ch dau wedi gofalu am hynny. A phawb arall pan o'n i adra.' Gwyddai Bo rŵan yn sicrach nag erioed ei fod yn ddiffuant. Trodd ati. 'Rwyt titha'n gweld Jalo wrth weld y gwisgoedd llwyd 'ma, 'twyt? Paid ti â chadw hynny i chdi dy hun chwaith.'

'Does gen ti ddim syniad mor falch ydw i ein bod ni'n pedwar hefo'n gilydd.'

'Pump. Naci, saith.'

'Saith amdani 'ta.'

A mwya sydyn teimlai'r ddau fel ei gilydd eu bod wedi ymlacio.

'Wyt ti'n credu y bydd gen ti hiraeth am dy gynefin?' gofynnodd Bo ymhen ychydig.

'Na fydd.'

Derbyniodd Bo hynny fel ateb digonol. Aethant ymlaen.

'Y gyllall 'ma,' meddai Bo pan oeddan nhw o fewn rhyw bum munud i gwr y coed, ac wrth iddi ddod yn fwy amlwg wrth iddyn nhw ddynesu mai coedwig yn hytrach na phwt o goedlan oedd hi a'i bod yn cyrraedd ochr y dyffryn a mwya tebyg yn canlyn ymlaen i fyny ei lethrau.

'Cyllall Ragnil?' gofynnodd Amora.

'Dim ond gan Nhad dw i wedi gweld un debyg iddi o'r blaen.'

'Welis inna rioed un mor gaboledig â honna chwaith. Oes gan Uchbeniaid gyllyll arbennig?'

'Dw i ddim yn cofio gofyn hynny iddo fo.'

'A waeth i ni heb â gofyn iddi hi.' Amneidiodd Amora at Ragnil. 'Edda sy'n cael y gwaith siarad o hyd,' meddai.

Roedd hynny'n wir, ond wrth ddal ati i gam neu ddau o'u blaenau gwyddai Edda ei bod yn cael gwrandawiad. O ran y daith, roedd wedi ymlacio rhywfaint unwaith iddyn nhw fynd heibio i weddillion y frwydr a gadael pob corff o'u hôl. Ond o dipyn i beth, wrth ddal ati i siarad a holi a chael dim yn ôl ar wahân i'r pyliau ysbeidiol o nesu'n dynn ati i gael rhagor o anwesu, dechreuai Edda deimlo fymryn yn anniddig, ond gwrthodai hynny yr eiliad nesaf bob tro wrth sylweddoli ei bod yn llawer rhy fuan i ddod i unrhyw farn na chasgliad. Daliodd i fynd a daliodd i siarad a llawn rannu'r rhyddhad o gyrraedd y coed a hynny o ddiogelwch a gynigient.

13

Dychwelodd y fyddin i Lyn Sorob ymhen deuddydd, neu'r rhan fwyaf ohoni. Nid oedd Tarje ar gael i'w chyfarch y tro hwn, ond roedd Seppo wedi gofalu bod yno y munud y clywodd ei bod ar gyrraedd, a bu wrthi'n ddyfal yn chwilio wynebau heb gymryd arno ei fod yn gwneud hynny, yn enwedig ar ôl i'r Uchben ofyn i'r dyrfa oedd wedi ymgasglu a oedd rhywun o'r gymdogaeth wedi gweld dau filwr yn dychwelyd yno neu'n mynd heibio ers y tro cynt. Doedd neb wedi'u gweld a gofynnodd Seppo iddo pam nad oeddan nhw'n mynd ymlaen i Lyn Embla, ac er mymryn o syndod iddo cafodd ateb. Roedd y fyddin wedi cyfarfod â byddin arall oedd ar yr un perwyl. Ella bod y ddau filwr wedi mynd hefo honno, cynigiodd yntau'n ddiniwed i gyd. Fuost ti mewn byddin erioed, oedd yr ateb swta. Cofiodd yntau gyfarch mymryn ar y Gallu wrth i'r gyfathrach fer ddod i'w therfyn ac i'r fyddin ganlyn ymlaen ar ei thaith yn ôl tua'r gorllewin. Wedi munud neu ddau o bwyso a mesur gyda'i gymdogion, dychwelodd o at Gaut, oedd wrthi'n clirio rhagor ar y tir wrth gefn y tŷ, a lle'r oedd yntau wedi treulio'r pnawn yn ei gynorthwyo.

"Ti'n rhyw dawal iawn,' meddai Gaut wrtho ymhen munud. 'Be ddigwyddodd?'

'Dw i ddim yn siŵr iawn,' atebodd.

'Deud.' Roedd Gaut yn argyhoeddedig ei fod wedi dod i nabod mwy ar ei dad yn y deuddydd oedd newydd fynd heibio nag yr oedd o wedi'i wneud drwy'r blynyddoedd cynt. 'Mi fedra inna gau 'ngheg hefyd, mor dynn ag rwyt ti wedi cau d'un di am dair blynadd.'

'Be 'ti'n 'i frywela, hogyn?'

Ailfeddyliodd Seppo wrth ofyn ei gwestiwn. Roedd yn amlwg y byddai Gaut yn cael yr hanes prun bynnag. Rhoes y gorau i'r clirio ac eisteddodd ar y fainc ffwrdd-â-hi yr oedd Gaut wedi'i darparu ar eu cyfer.

'Mae 'na ddau filwr yn llai nag oedd 'na echdoe,' meddai.

Rhoes Gaut y gorau i'w waith hefyd.

'Y ddau,' meddai.

'Ia.'

Chwiliodd y ddau wynebau ei gilydd am ennyd, yna daeth Gaut i eistedd ar y fainc.

'Dydi hynna ddim yn gyd-ddigwyddiad, nac 'di?' meddai.

'Go brin.'

'A dwyt titha ddim wedi bod yn sgota'r nos i weld na chl'wad dim. Be 'di dy ddamcaniaeth di?'

'Rho gyfla i rywun, greadur. Braidd yn fuan i sôn am rwbath felly.'

'I bawb ond chdi. Tyd.'

Pendronodd Seppo am ennyd. Gadawodd Gaut iddo.

'Os nad oedd y ddau yn nabod Tarje cynt,'

meddai Seppo, yn siarad yn araf, fel tasai'r geiriau'n penderfynu'r syniad, 'mi welson pwy oedd o yn ddigon buan echdoe. Mae'n debyg iddyn nhw 'i weld o'n sefyll ar ben y boncan wedyn yn edrach tuag atyn nhw pan oeddan nhw fymryn oddi wrth weddill y fyddin. Ella bod cydwybod euog ne' ofn yn gwneud iddyn nhw ama tybad oedd 'na rywun wedi'u nabod nhw ac yn gwybod mai nhw ddaru ymosod ar Aud ac wedi deud wrtho fo, a bod ei fryd ar ddial. Maen nhw'n mynd o'ma hefo'r lleill ac yn cymryd y goes cyn gyntad ag y gallan nhw wedyn ac yn 'i gluo hi mor bell ag y medran nhw a chyn gyflymad ag y medran nhw.'

'Mi fedra hynny fod, yn hawdd.' Daliodd Gaut i ori ar y syniad hwnnw, dim ond am ychydig. 'Ond fasa hynny ddim yn dy wneud di mor anniddig ag yr wyt ti,' meddai, yn dal i deimlo'r cyd-ddealltwriaeth newydd oedd rhyngddyn nhw a hwnnw'n cryfhau ei sicrwydd. "Ti wedi styriad rwbath arall, 'ndo? Tyd â fo.'

'Dydi o'n ddim ond syniad sydyn a blêr, dim gwerth 'i rannu hefo chdi na neb.'

'Tyd â fo.'

'O'r gora.' Chwiliodd Seppo eto am ei eiriau am ennyd. 'Mae'r ddau'n cofio'n iawn be ddaru nhw i Aud a mwya sydyn maen nhw'n ôl yma, o bosib yn llwyr annisgwyl iddyn nhw. Maen nhw'n meddwl tybad be 'di hynt Aud, tybad ddaru nhw 'i lladd hi, ne' tybad ddaeth hi ati'i hun ac ydi hi'n fyw o hyd. Ac nid rhyw ddynas dim gwerth poitsian hefo hi ydi hi. Mam Llwfr Lofrudd oedd hi pan gafodd hi 'i churo gynnyn nhw, ond rŵan mae hi'n fam i arwr. Ac wrth fynd ymlaen hefo'r fyddin i gyfeiriad Llyn Embla maen nhw'n dechra c'noni ac yn gweld 'u bod nhw'n colli'r cyfla i gael gwybod 'i hynt hi. Mae'r c'noni'n mynd yn drech na nhw ac maen nhw'n dychwelyd yma ar y slei.'

"Beryg y byddan nhw yma am hir, felly', meddai Gaut. 'Dw i ddim yn meddwl bod Aud wedi bod o'r tŷ ers tridia, ar wahân i'r cefn ella i orffan clirio'r ardd, a wêl neb moni yn fan'no. Mae'n well gen i dy ddamcaniaeth gynta di.'

'Ond dydyn nhw ddim yn gwybod hynny. A phaid byth â bychanu'r gafael y medar c'noni 'i gael ar rywun. Ond dwyt ti o bawb ddim yn gwneud hynny prun bynnag,' ailfeddyliodd Seppo ar frys.

Os oedd c'noni a chrynu yr un peth, meddyliodd Gaut. Roedd ei deulu'n gwybod ei hanesion ar ei hirdaith, yn crynu ar gyrion cymdogaethau neu dai ar eu pennau eu hunain, weithiau am ddwyawr a rhagor, yn ceisio magu plwc i fynd iddyn nhw i ofyn am Lyn Sorob ac adra, ac yn methu bob tro. Ond nid cydwybod euog oedd yn gyfrifol am hynny, na chydwybod chwilfrydedd afiach neu fusnesgar. Os oedd y ddamcaniaeth honno am y ddau filwr gan ei dad yn gywir doedd o ddim ar feddwl uniaethu hefo nhw. Roedd o'n gweld Aud a'i hwyneb bob dydd.

Yna yn sydyn roedd o'n llawn cynnwrf.

'Oedd Lars Daid ne' Tarje yna gynna?' gofynnodd.

'Nac oeddan.'

'Mi ddylan gael gwybod.'

'Does dim rhaid iddyn nhw,' atebodd Seppo, y darbwyllo'n llond ei lais o sylwi ar gynnwrf Gaut. 'Mae Aud yn hollol ddiogel. Hyd yn oed os gwêl y ddau filwr 'na hi wnân nhw ddim byd iddi, mae hynny'n ddigon sicr. Dim ond isio bodloni'r c'noni y maen nhw, a chymryd mai at yma y daethon nhw.'

Doedd o ddim am ddeud yr hyn oedd ar ei feddwl.

'Mae'r tir 'ma'n dŵad i siâp yn dda gen ti,' meddai, i geisio dod ohoni.

Doedd o ddim haws.

'Dwyt ti ddim isio i Lars Daid na Tarje wybod am bod arnat ti ofn y byddai'r awydd i ddial yn mynd yn drech na nhw,' meddai Gaut. 'Nac Eir,' meddai wedyn, yn dawel fwriadol.

'Be s'gin ti rŵan eto?'

'Mi wn i hanas dy noson sgota di. Mae Eir wedi deud. Mae'r gyfrinach wedi peidio â bod.'

Roedd y cynnwrf yn diflannu a gwefr newydd yn ei feddiannu dim ond wrth glywed y geiriau o'i geg ei hun, a phob byddin a milwr diflanedig yn peidio â bod am ennyd. Ac unwaith yn rhagor roedd bod hyn i gyd wedi'i wneud a phob cyfrinach wedi'i chadw er ei fwyn o'n ei orchfygu'n llwyr. A dim ond eiliad y parodd y syniad ym meddwl Seppo o gymryd arno na wyddai am be'r oedd Gaut yn sôn. Roedd o wedi amau y gallai fod yn gwybod cymhelliad Gaut dros ddod i'w tŷ i'w gofleidio o a chusanu Thora y bore cynt, drannoeth ar ôl i'r fyddin gyrraedd a mynd gan adael ei chythrwfwl annisgwyl a diarwybod ar ei hôl, ond dim ond un o blith amryw gymelliadau posib eraill oedd o. Ond o dipyn i beth wrth iddo ddal i ori ar y cofleidio a'r cusanu, hwnnw oedd y cymhelliad oedd yn mynnu aros. Ac o synhwyro rhyw dawelwch bodlon wrth ei ochr gwyddai rŵan nad oedd angen iddo chwilio am rywbeth i'w ddeud.

'Sut cafodd y Weddw wybod?' gofynnodd Gaut ar ôl y tawelwch cyfrin.

Bu'n rhaid iddo aros ennyd am ateb.

'Doedd dim rhaid iddi gael gwybod a hitha yno'n gwylio.'

'Llwdwn y bendro!' llefodd Gaut.

'Ynghudd, wrth gwrs,' prysurodd yntau i ychwanegu, yn fwriadol ddifater ei lais.

Doedd dim arwydd fod hynny'n mynd i lwyddo chwaith.

'Oeddat ti'n gwylio hefyd?' gofynnodd Gaut ar ruthr.

'Na.' Daliodd Seppo ati hefo'i lais difater gorau. 'Taro ar ein gilydd wrth imi ddychwelyd o'r llyn ddaru'r Weddw a minna. Mi ofynnis iddi be oedd hi'n 'i widdona hyd y lle mor hwyr y nos a ddaru hi ddim ond mwmblian rwbath a mynd yn 'i blaen.'

'Roedd hyn cyn i ti daro ar Eir?'

Roedd goslef Gaut yn dechrau cymedroli.

'Oedd. Ond mi drodd y Weddw yn ôl ar ôl cam ne' ddau a chwilio'r awyr am eiliad a deud mor daclus oedd Llwybr Gwyn yr Adar y noson honno. Wyddwn i ddim be oedd ar 'i meddwl hi wrth ddeud hynny.' Arhosodd ennyd. 'Wn i ddim eto chwaith. Chlywis i rioed neb arall yn 'i ddeud o. Ac roedd y lleuad yn rhy gry i'r Llwybr fod yn y golwg prun bynnag. Ymhen lleuada wedyn y clywis i 'i bod hi wedi bod yn sbecian ar y slei ar Obri ers dyddia a'i bod hi wedi gweld rhywun yn mynd â chostrelaid o fedd iddo fo y diwrnod cyn yr helynt. Ond ben bora trannoeth roedd tynged Obri yn llenwi pob clust a llygad hyd y fan ac ar ôl cymryd arna ryfeddu at ddisgrifiad Angard o be oedd fwya tebyg wedi digwydd a hynny i guddio dychryn yn fwy na dim arall am 'i fod o ella mor agos ati, mi ymlwybris inna'n ddigon pryderus tua'i thŷ hi. Do'n i ddim am alw hefo hi'n unswydd, dim ond cymryd arna fynd heibio a gobeithio y bydda hitha allan hefyd.'

'Oedd hi?'

'Oedd. Mi edrychodd arna i am sbelan a deud bod 'i golwg hi wedi mynd yn ddrwg. Mi nodiodd arna i ac i ffwr â hi yn ôl i'r tŷ. Mi wyddwn i wedyn y bydda popeth yn iawn. Ro'n i'n crynu o ryddhad drwy'r dydd.' Daeth yr un rhyddhad o'i enau yn ochenaid fodlon hir dim ond wrth iddo gofio. 'A hyd y gwn i doedd gynni hi ddim lle i gredu 'mod i wedi taro ar Eir y noson cynt. Mae'n debyg iddi fynd adra yn syth ar ôl 'y ngweld i, yn gwybod bod 'i chyfnod sbecian hi wedi dod i ben.' Cododd, yn fodlon bellach fod popeth wedi'i ddeud. 'Tyd. Mae 'ngwaed i'n dechra mulo bellach o fod yn llonydd allan fel hyn.' Gafaelodd yn ei fforch. 'A doedd 'i golwg hi ddim digon drwg iddi beidio ag edmygu Llwybr Gwyn yr Adar neithiwr chwaith, nac i ddeud 'i fod o'n daclus unwaith eto,' meddai wrth gychwyn at y darn tir yr oedd wedi bod wrtho cynt.

'Pam oedd hi wedi bod yn sbecian ar Obri?' gofynnodd Gaut.

Dim ond ysgwyd ei ben ddaru ei dad.

'Dwyt ti rioed mor ddiniwad â hynna, debyg,' meddai. 'Rhyw feddwl ydw i 'i bod hi isio dial arno fo am be ddaru o i'r crys bach 'nw roedd dy fam wedi'i wneud i Lars lawn cymaint ag am be ddaru o i ti. Un fel'na ydi hi wedi bod erioed. Y petha bach sy'n tanio iddi. Ond pan welodd hi rywun yn cael y blaen arni mi ofalodd yr eiliad honno mai caead fydda 'i cheg hi. Ac mi ge's i gadarnhad digon rhyfadd o hynny,' meddai wedyn. 'Wel rhyfadd ar un wedd. Rai lleuada yn ddiweddarach oedd hi.'

'Be ddigwyddodd?' gofynnodd Gaut.

Bron nad oedd o'n teimlo ei fod yn dechrau nabod y Weddw o'r newydd eto fyth.

'Roedd y lleuad dan ddiffyg, ac Angard yn cynnal y ddefod o flaen tŷ Aud a Lars Daid.' Roedd rhyw oslef synfyfyriol yn llais Seppo. 'Pan aethon nhw i'r tŷ wedyn mi afaelodd y Weddw yn Angard a mynd â fo i'r gongol a'i gyhuddo fo fwy neu lai o fod yn gwybod yn iawn pwy laddodd Obri. Fo'i hun ddudodd hynny wrtha i wedyn. Ond roedd o'n eitha sicr wedi iddo fo ystyriad mymryn medda fo mai chwilota rhag ofn oedd hi. Mae'n debyg 'i bod hi wedi cymryd yn ganiataol 'mod i'n gwybod. Roedd hi eisoes wedi dangos 'i bod hi lawn cystal â minna am gau 'i cheg.'

Y munud y gorffennodd Gaut ei waith am y dydd llanwodd y sach mwyaf oedd ganddo â choed a mynd ag o i dŷ'r Weddw. A fo afaelodd ynddi hi i'w chusanu yn hytrach na'r drefn arferol, ac yna i ffwrdd â fo cyn iddi gael cyfle i dywallt ei chwpanaid fechan o fedd iddo. Wrth ddychwelyd adra y sylweddolodd fod y lleuad yn ddigon cry i bylu Llwybr Gwyn yr Adar y noson cynt hefyd.

*   *   *

Cari glywodd y sŵn. Roedd Dag wedi mynd i'w wely, yn chwyrnllyd o anfoddog am na châi fynd hefo'i ffrindiau yng ngolau'r lleuad i chwilio am ddau filwr oedd ar goll, gan wrthod pob ymgais i'w ddarbwyllo na châi ei ffrindiau fynd chwaith. Roedd y criw brwd o blantos wedi bod wrthi'n chwilio drwy'r gymdogaeth a'i chyrion o'r munud y clywson nhw am y milwyr tan iddi ddod yn amser bwyd arnyn nhw. Roedd Gaut wedi galw ar ôl bwyd a Dag wedi gwneud ei orau i grafu cymeradwyaeth i'w gynllun ohono ond roedd Gaut i'w weld yn fwy synfyfyriol nag arfer. Doedd hynny ddim yn plesio ac roedd Dag wedi'i alw'n lwmp o flew llgodan ac wedi ildio i'r drefn a mynd i'w wely.

Digwydd bod wrth y drws oedd Cari. Roedd Gaut wedi mynd, ar ôl gofyn rhyw gwestiynau yr oedd hi'n eu gweld braidd yn hurt ac annodweddiadol am Lwybr Gwyn yr Adar a'r lleuad. Roedd yn amlwg ar ei hwyneb fod ei mam o'r un farn â hi ynglŷn â nhw hefyd. Ar hynny'r oedd ei meddwl pan glywodd sŵn bychan fel sŵn crafu o ochr arall y drws. Gwrandawodd. Daeth crafiad arall, dim ond am eiliad neu ddwy.

'Mae 'na rwbath allan,' meddai.

Cododd Seppo ond agorodd Cari y drws cyn iddo gael cyfle i gychwyn ato. Neidiodd hi'n ôl wrth i rywbeth ei tharo ar ei choes. Yna gwelodd yn syth mai coes bagl oedd hi. Brysiodd allan gan anwybyddu rhybudd lled argyfyngus ei mam iddi aros.

Iddi hi yn y tywyllwch a'r lleuad dan gwmwl ni fedrai'r un oedd yn sefyll a'i gefn yn pwyso ar y wal wrth bostyn y drws a'r fagl yn ei law dde'n hongian ac ysgwyd mymryn a'r griddfan truenus ond prin i'w glywed o'i geg fod yn neb ond Beli. Ceisiodd chwilio'r wyneb.

'Beli?' gofynnodd. 'Chdi sy 'na?'

Dim ond griddfan oedd yr ateb. Camodd fymryn i'r llwybr i wneud lle i'w thad a'i mam ac unwaith y cawson nhw afael iawn yn y dyn a'i droi fel bod ei wyneb i'w weld yn y golau a ddeuai o'r tŷ gwelodd ei bod yn gywir. Dychrynodd braidd o'i weld.

Roedd gofyn ei gynorthwyo i'w gael i'r tŷ. Ni chymerai sylw o neb na dim, dim ond rhyw hanner hongian ym mreichiau Thora a Seppo, ei ben yn gam a'i lygaid wedi hanner cau a'i anadl ochneidus yn glywadwy i bawb.

'I be cymrat ti'r goes a Mam ar ganol dy drin di?' gofynnodd Cari, ei llais yn llawn cerydd wrth symud cadair i le mwy hwylus i'w gael i eistedd arni.

Anwybyddodd y rhybudd yn llygaid ei thad wrth iddyn nhw osod Beli mor daclus ag y medrid ar y gadair.

Aeth ar ei gliniau o'i flaen i ddatod ei esgid a thynnu ei hosan. Gwnaeth hynny mor ara deg ag oedd fuddiol ac mor dyner ag y medrai. Doedd dim gormod o dynerwch yn ei hebychiad o weld y troed nac yn y waedd a'i dilynodd.

"Ti'n dallt 'i bod hi wedi canu arnat ti, 'twyt?'

'Cari!'

Dim ond yr un gair o gerydd y medrai Thora ei gynnig. Fedrai Seppo gynnig yr un, dim ond ysgwyd ei ben a chau ei lygaid.

'Dw i'n deud y gwir, 'tydw?'

'Taw, hogan.'

Plygodd Thora i archwilio troed Beli. Cododd ei llygaid ymhen dim i edrych ar Seppo, ac ysgwyd ei phen yn gynnil.

'Mae'n rhaid i ti ffarwelio â dy droed, a dy fywyd hefyd, mwya tebyg,' meddai Cari.

'Cari!'

'Arnat ti mae'r bai am ddengid ar ganol dy driniaeth, a Mam wedi ymlafnio hefo chdi. Waeth i ti heb â chwyno.'

'Cari, rho'r gora iddi rŵan,' ceisiodd Seppo.

Cododd Cari. Ar amnaid gan ei thad aeth ar ei ôl i'r cefn.

'Dydi dy fam byth yn deud petha fel'na wrth bobol, waeth pa mor ddrwg ydi 'u harchollion nhw,' meddai wrthi.

'Mi fentrodd hwn 'i fywyd i achub Gaut,' dadleuodd hi, 'a rŵan mae o'n lluchio 'i fywyd 'i hun i'r doman am fod yn well gynno fo fynd ar 'i sgawt yn hytrach nag aros yma i gael 'i drin yn iawn. Mi fasa fo wedi gwella bellach. Be sydd?' gofynnodd, o weld gwedd ei thad yn newid mymryn.

'Wyddon ni ddim pam aeth o o'ma,' meddai Seppo. 'Gwranda ar sut mae dy fam yn siarad hefo cleifion a gwna ditha yr un fath. Wellith o fyth dragwyddol o gl'wad petha i dorri 'i galon o.'

Nid ar hynny'r oedd ei feddwl chwaith. Agorodd gwpwrdd bach y meddyginiaethau a thynnu'r potyn tynnu gwres ohono, oedd yn gymysgedd o sudd y ganrhi a'r goesgoch gan mwyaf, a rhyw gymaint o sudd dail yr ysgawen. Roedd o hefyd yn ddefnyddiol cyn amled â pheidio i buro'r gwaed, yn enwedig pan gymerid trwyth o ddail y danadl yn gymysg â ffa'r corsydd wedyn. Estynnodd botyn arall dipyn mwy ei faint yn llawn o eli llwynhidydd ar gyfer trin yr archoll.

'Mae o'n haeddu gwell na'i fod o'n 'i drin 'i hun mor ddi-feind,' meddai hi.

'Ydi,' cytunodd o, yn ei glywed ei hun fel tasai'n ildio. 'Bydd ditha'n gall hefo fo.'

Dychwelodd Cari at Beli, a daeth Thora drwodd i'r cefn. Rhoddodd Seppo y ddau botyn iddi.

'Rhyw olwg synfyfyriol arnat ti,' meddai hi. 'Wyt ti wedi cael mwy o'i hanas o o rwla 'ta dychryn am fod gen ti hogan fach gair garwa 'mlaen wyt ti?'

'Na.' Roedd y sŵn ildio'n llond llais Seppo eto. 'Nid fo na'i hanas. Ro'n inna'n credu tan rŵan fod gynnon ni hogan fach o hyd ond mae hi wedi rhoi heibio 'i phlentyndod. Finna'n dal i feddwl ...' Ysgydwodd ei ben fymryn. 'Sut mae o?'

'Dw i ddim yn credu 'i fod o mor ddrwg ag y mae Cari yn bytheirio. Mae'n bosib ein bod ni wedi'i gael o mewn pryd. Ond mae gynno fo dipyn o wres.'

'A phan ostyngith hwnnw a'i droed o ddŵad rwbath yn debycach i'r hyn mae o i fod mi geith ddechra siarad,' meddai Seppo, ond â'i feddwl ar yr ysgytwad newydd. 'Mi fydd yn rhaid iddo fo wneud hynny y tro yma.'

14

'Rhyw olwg synfyfyriol arnat ti,' meddai Gaut wrth ei fam bore trannoeth. 'Meddwl bod dy waith di'n mynd i fod yn ofer eto fyth wyt ti?'

'Na, dw i'n meddwl y bydd o'n iawn,' atebodd hi.

Roedd Beli yn dal mewn gwres ond roedd wedi tawelu, ac wedi mynd yn ôl i'w gwsg anniddig pan adawodd Gaut o ychydig funudau ynghynt a dychwelyd i'r gegin. Roedd Cari wedi rhedeg drwy'r mymryn golau a gynigiai'r lleuad cudd i ddeud yr hanes wrth Eir a Gaut y noson cynt, ac roedd o wedi mynd yn ôl hefo hi i gynorthwyo wrth i'w dad a'i fam geisio cael rhyw fath ar drefn ar Beli cyn y nos. Erbyn iddo gyrraedd roedd ei fam wedi trin yr anaf orau y gallai ac roedd rhwymyn newydd glân am droed Beli, ond roedd o'n ffwndro am y'i clywid, ei wres wedi codi'n waeth. Roedd Seppo a Gaut wedi gorfod ei gario i'r stafell gysgu fwyaf a'i roi i orwedd ar y fatres oedd wedi'i gosod iddo yn y gongl. Doedd dim yn bosib wedyn ond ei adael a gobeithio, ac roedd Gaut wedi cael adroddiad pur lachar am sylwadau Cari cyn iddo ddychwelyd adra.

'Be 'di'r synfyfyrio 'ma ta?' gofynnodd i Thora.

'Chdi, a rŵan Cari,' meddai hi wedi ennyd.

'Am be 'ti'n sôn?'

'Y bora y doist ti i'r tŷ hefo Cari a'ch bwcad llugaeron llawn a deud fod gen ti hogyn bach. Y bora hwnnw y ce's i 'ngorfodi i roi'r gora i feddwl amdanat ti fel plentyn, er dy fod di'n bymthag oed. Roedd o'n dipyn o ysgytwad. Mae dy dad a minna wedi cael ysgytwad tebyg neithiwr. Dim ond un plentyn sydd yn y tŷ 'ma bellach. A dim ond deuddag ydi Cari.' Gwenodd, fymryn yn drist. 'Mi fydd Lars yn rhoi'r un ysgytwad i Eir a chditha ryw ddiwrnod. Ac mae gynnon ninna un ysgytwad i ddŵad, ac o nabod Dag fydd yr ysgytwad hwnnw'r un mymryn yn llai o wybod 'i fod o'n dŵad.'

'Lle mae Dag?' gofynnodd o.

'Mi lowciodd 'i frecwast ac mi ddiflannodd at 'i ffrindia i fynd i chwilio am y milwyr.' Aeth gwên Thora yn lletach. 'Mi fyddai pry genwair yn well ac yn gallach cymorth iddyn nhw na chdi medda fo, yn ôl y rwdlan oedd yn dŵad o dy geg di neithiwr.'

Daeth Cari drwodd a dod at Gaut a gafael ynddo a'i lusgo ar ei draed.

'Tyd am dro at y llyn,' gorchmynnodd.

Gwnaeth Gaut ei ystum ildio arferol. Aeth y ddau allan, gan adael Thora yn fodlonach ei byd am fod Gaut yn cael ei hawlio eto fyth.

''Ti'n clebran digon hefo'r Weddw ac yn cl'wad myrdd o'r syniada rhyfadd 'na sydd gynni hi am y sêr a'r Sêr Crwydrol,' meddai o pan oeddan nhw bron gyferbyn â phen y boncan. 'Ydi hi wedi sôn rwbath am Lwybr Gwyn yr Adar hefo chdi?'

"Ti 'di gofyn hynna ddoe i Mam a Dad ac Aud a Lars Daid,' meddai hi. "Ti 'di trio Lars hefyd?'

'Atab, cyn i mi dy lapio di mewn croen glastorch a dy fyta di.'

'Mae'n well gen i hynny na gwrando arnat ti'n malu awyr fel roeddat ti neithiwr.'

Neidiodd Cari i ben yr hen foncyff oedd yn gorwedd ar ochr y llwybr ger y boncan, y boncyff oedd bellach yn dadlennu nad oedd llawer iawn o oes yn weddill iddo. Yna eisteddodd arno a thynnu Gaut i'w chanlyn. Hwn oedd y boncyff yr oedd hi ac yntau yn eistedd arno pan ddywedodd Gaut ei gyfrinach fawr wrthi, mai fo oedd tad y babi bach newydd yr oedd o wedi mynd ag o o'r gors yn ôl i Eir y noson cynt heb i neb o'r rhai oedd yn gwylio'r gors ei weld yn sleifio yno ac yn ôl. A hi oedd y gyntaf i gael gwybod heblaw am Eir ac Aud a Lars Daid. Byth ers y diwrnod hwnnw roedd y boncyff wedi dod yn rhywbeth byw ac arbennig iawn iddi.

'Deud di pam 'ti'n gofyn yn gynta,' meddai, yn dal ei gafael yn ei law am nad oedd dim arall yn bosib ar y boncyff.

Dyna'r drwg, meddyliodd Gaut. Gwyddai pam roedd yn gofyn, ond ni wyddai beth yn union oedd o. Roedd popeth yn rhy annelwig.

'Pryd mae'r Llwybr ar 'i ora?' gofynnodd.

'Pan mae hi'n glir ac yn ddunos ddileuad, debyg. Mae pysgod dall yn gwybod hynny.'

'Pryd mae o'n daclus 'ta?'

'Lle mae'r croen 'na?'

'Dydi hi ddim wedi sôn wrthat ti, felly.'

'Mae hi'n sôn dipyn am y Llwybr, ond dim byd fel'na, beth bynnag.' Penderfynodd Cari nad oedd y Llwybr yn werth sôn amdano gefn dydd golau. 'Mae Beli yn well heddiw,' meddai.

Roedd Gaut yn mynd i ddeud rhywbeth ond dechreuodd chwerthin.

'Ydi, debyg, ac yn dawnsio ar 'i droed drwg ar ôl i chdi godi cymaint ar 'i galon o neithiwr.'

'Gwylltio wnes i, 'te?' meddai Cari, a'i golwg geryddgar ar y llwybr o'u blaenau. Doedd hi ddim ar feddwl chwerthin na gwenu. 'Mentro 'i fywyd i dy achub di un munud a'i luchio fo i'r deunaw gwynt y munud nesa.'

'Chydig bach o or-ddeud ella.'

'Nac 'di.'

'Ella 'i fod o.' Roedd llais Gaut yn dawel ddarbwyllol, fel pob tro y byddai'n ymresymu hefo Cari a phob tro yr oedd wedi rhannu'r cyfrinachau dirifedi hefo hi, lawer ohonyn nhw ar y boncyff yr oeddan nhw arno fo rŵan. Roedd y chwerthin yn ei lais yn darfod hefyd. 'Mae 'na le i gredu nad o'i wirfodd y daru o ddiflannu.'

'Mi wn i hynny. Mae Eir wedi deud. Ro'n i wedi bod yn meddwl hynny fy hun prun bynnag, 'i fod o'n 'cau deud dim am 'i fod o'n cael 'i fygwth.'

Arwydd arall o blentyndod wedi dod i'w derfyn yn ddeuddeg oed, meddyliodd Gaut. Gwasgodd fwy ar ei llaw, yn reddfol.

'Mi ddaru ti osgoi cael dy ddal am leuada a cherddad

yr holl diroedd yr un pryd,' meddai Cari wedyn, o deimlo'r gwasgiad newydd. 'Pam na fedra fo ddengid oddi wrth y bygythwyr a gwneud hynny?'

'Mam yn deud neithiwr bod dy feddwl di'n chwim. Yn rhy chwim.'

'Dydi hynna ddim yn atab. Oes 'nelo Beli rwbath â dy Lwybr taclus di?'

Cymerodd Gaut eiliad neu ddwy i ateb hynny.

'Nac oes.'

'Dwyt ti ddim yn swnio'n sicr iawn. Oes 'nelo fo rwbath â'r milwyr 'na sydd ar goll 'ta?'

'Go brin.'

Petrusai Gaut eto.

'Mi gei di agor dy geg,' meddai Cari. 'Mi wn i pwy ydyn nhw. Mae Eir yn deud pob dim wrtha i,' meddai wedyn yn ffwrdd-â-hi braf cyn i Gaut gael cyfle i ddeud dim.

'O'r gora 'ta,' meddai o, yn teimlo gwefr fechan y rhannu'n ailgydio, yn fwy felly gan fod Cari yn dal i afael yn ei law. 'Y noson ddaru Obri gael 'i hongian roedd Dad wedi bod yn sgota. Mi welodd o'r Weddw pan oedd o'n mynd adra. Roedd yn amlwg 'i bod hi wedi bod yn sbecian ar Obri'n cael 'i ladd, er na wydda Dad mo hynny tan drannoeth, siŵr. A dyma hi'n deud wrth Dad bod Llwybr Gwyn yr Adar yn daclus y noson honno, er bod y lleuad yn 'i orchfygu o. Doedd o rioed wedi cl'wad neb yn deud peth felly am y Llwybr cynt.'

'Mae hwnna'n hawdd,' meddai Cari, wedi ennyd o ystyried.

'Sut felly?

'Roedd hi wrth 'i bodd bod Obri wedi cael 'i ladd, am be ddaru o i chdi. Roedd hi'n deud hynny wrth bawb, a'r ymchwilwyr yn myllio hefo hi ac yn bygwth 'i rhoi hi mewn cadwyna er bod 'i gŵr hi wedi bod yn Hynafgwr. Ac mae hi'n sôn dipyn am y Llwybr ac mai'r duwia a'r Gallu 'ma pia fo, ac mae hi'n deud 'i fod o'n wir am bod 'i thad hi'n deud hynny ne' rwbath. Ond does 'na neb yn gwrando arni medda hi.'

'Ia, ond...'

'Mae 'na rwbath arall hefyd.' Rŵan roedd Cari ar frys i rannu popeth. 'Does 'na neb 'di deud wrthat ti ella. Dim ond Dad a Mam glywis i'n sôn am y peth, a hynny pan nad o'n i i fod i wrando.'

'Be, felly?'

Roedd llais Gaut yn dangos ei frys hefyd.

'Mi ddudodd Mam wrth Dad bod 'na reswm 'blaw be ddaru o i chdi pam nad oedd y Weddw am achwyn. Mi'i clywis i hi'n deud mai Obri ddaru fynd â'r milwyr i dŷ Aud i ymosod arni a malu 'i llygad hi pan ddaru Tarje ladd yr Uchben hwnnw. Ac roedd Obri wedi deud wrth bawb bod y Weddw wedi'i hysio fo i wneud hynny, a hitha heb wneud dim o'r fath. Doedd hi ddim yn gwybod 'i fod o wedi deud hynny tan clywodd hi 'i fod o wedi deud wrth bawb 'i bod hi wedi'i hysio fo i i helpu'r milwyr i dy gipio di hefyd.'

Roedd Gaut ar goll yn lân. Yn gweld hynny, brysiodd hithau ymlaen.

'Ac os oedd hi'n falch bod Obri wedi'i ladd, roedd y

duwia'n falch 'toeddan? Iddi hi, beth bynnag. Ac i ffwr â nhw i ddathlu hefo hi y noson honno drwy llnau a thacluso Llwybr Gwyn yr Adar.'

'Cadwed y llygon ni!' Daeth hynny â Gaut ato'i hun fymryn. 'Does 'na ddim o'i le ar dy ddychymyg di.'

'Nid 'y nychymyg i ydi o.'

Roedd Gaut ar fin ymhelaethu ar hynny ond sobrodd yn syfrdan.

'Be sydd?' gofynnodd Cari, yn sylwi ar ei hunion. 'Deud,' meddai wedyn, am fod Gaut yn amlwg mewn cyfyng-gyngor disyfyd.

'Mae Eir yn deud pob dim wrtha i, a fi wrthat ti,' mynnodd hithau wedyn. 'Tyd 'laen.'

'Pam ddaru'r Weddw 'i ddeud o eto echnos?' Roedd Gaut fel tasai o'n sylweddoli am y tro cyntaf, a rhyw olwg ddi-ddallt arno wrth iddo rythu ar y llwybr o'i flaen. 'Er bod 'na leuad.'

Roedd yn amlwg i Cari ei fod yn rhuthro i chwilio am ryw arwyddocâd i hynny. Ceisiodd hithau chwilio.

'Mae hi wedi gweld rwbath arall sy'n plesio felly, 'tydi?' cynigiodd yn y man, am na ddeuai dim gan Gaut. 'Yn y goedlan tu ôl i dŷ Aud a Lars Daid ella,' aeth ymlaen, yn cysylltu wrth gofio'n sydyn. 'Roedd hi'n mynd am dro y ffor honno pnawn echdoe a'r diwrnod cynt.'

''Ti'n dechra 'u creu nhw rŵan,' cynigiodd Gaut, heb lawer o argyhoeddiad yn ei lais.

'Mae'r ddau filwr 'na'n cofio lle mae Aud yn byw, 'tydyn?' dadleuodd hithau, yn gryfach o weld mor ansicr oedd Gaut. 'A'r goedlan ydi'r lle calla i sbecian ar y tŷ heb i neb 'u gweld nhw, 'te? Ac mae'r Weddw yn ffrindia mawr hefo Aud a Lars Daid, 'tydi? Mae hi'n cael swpar hefo nhw yn amal.'

'Does 'nelo hynny...'

'Tyd i chwilio.'

'Dydi Dad na Hagan ddim wedi deud pwy 'di'r ddau filwr 'na wrth neb 'blaw ni. Does 'na ddim mymryn o reswm pam dylai'r Weddw na neb arall wybod mai nhw ydyn nhw.'

'Pwy sy'n deud mai dim ond Dad ddaru 'u nabod nhw?'

Roedd hynny ar ei ben. Roedd Gaut yn fud gan y meddwl chwim.

'Mi glywis i o'n deud fel roeddan nhw'n brolio'u hunain ac yn chwerthin dros y lle ar ôl malu wynab Aud,' daliodd hi ati. 'Mae'n debyg fod y gymdogaeth i gyd wedi'u cl'wad nhw wrthi. Mi allwn fentro fod y Weddw wedi'u cl'wad nhw, a'u gweld nhw'n brolio ella. A ddaru hi ddim mynd i guddiad i'r tŷ pan ddaeth y fyddin yma y diwrnod o'r blaen na phan ddaeth hi'n ôl heb y ddau filwr 'na echdoe.'

'Ia, ond...'

'Tyd. Mae hi wedi gweld rwbath,' penderfynodd hi, o weld Gaut yn dal yr un mor syfrdan.

Neidiodd oddi ar y boncyff a'i dynnu ar ei hôl. Roedd pob math ar deimladau a meddyliau'n chwyrlïo drwy ei ben o, a sicrwydd pendant a di-droi Cari yn teyrnasu drostyn nhw i gyd. Ac yn sydyn ni fedrai

beidio â meddwl sut y byddai wedi bod arno fo tasai o
wedi bod yr un mor sicr a'r un mor bendant pan oedd
ar ei hirdaith, heb neb ond y bleiddiaid a'r eryr yn
gymdeithion iddo. Roedd o'n dal i wrthod y gair eryrod.

'Waeth i ni fynd i'r coed mwy nag at y llyn ddim,'
meddai Cari. 'Os na welwn ni rwbath, wel dyna fo. Fydd
'na ddim c'noni wedyn, na fydd? Tyd.'

Tynnodd o ar ei hôl. Ildiodd yntau.

Anelodd hi ar draws y tir yn hytrach na mynd
yn ôl ar hyd y llwybr. Mewn dim roeddan nhw'n
anweladwy rhwng llwyni y rhan fwyaf o'r amser, ond
roedd Cari yn dal i afael yn llaw Gaut ac yntau bellach
yn anymwybodol o hynny. Roedd rhyw reddf yn deud
wrtho mai ofer fyddai eu taith o ran ei nod, beth bynnag
oedd y nod annelwig hwnnw, ond teimlai yn sydyn nad
oedd dim drwg mewn awran neu ddwy o saib oddi wrth
drin y tir y tu ôl i'w tŷ.

Yna arhosodd yn sydyn.

'Be sydd?' gofynnodd Cari.

'Be tasan nhw yna o hyd? Ne' wedi dŵad bora 'ma.'

'Fasai'r Llwybr ddim wedi bod yn daclus. Tyd.'

Tynnodd Gaut hi'n ôl.

'Mae bod yn rhy bendant yn gallu bod gyn beryclad
â bod yn rhy ddiniwad,' meddai.

'Os wyt ti'n deud. Mi gymrwn ni bwyll 'ta.'

Tynnodd hi o ar ei hôl. Ond roedd hi'n llygadu'r
goedlan yn fanwl wrth wneud hynny, a buan y daeth yn
amlwg i Gaut ei bod yn anelu fwy at ganol y goedlan
nag at y cyrion agosaf at dŷ Lars Daid ac Aud. Roedd

yn amlwg hefyd bod yr anelu'n fwriadol, er nad oedd ganddo syniad pam. A'r munud y daethant i'r coed roedd greddf chwarae cuddiad yn dod i rym heb i'r naill na'r llall orfod deud na dangos dim, a'r ddau mor wyliadwrus â'i gilydd wrth sleifio o goeden i goeden. Dechreuodd Gaut ymlacio rhywfaint oherwydd roedd yn amlwg nad oedd dim yn amharu â bywyd y goedlan, a'r adar a'r anifeiliaid un ai'n gochel neu'n diflannu o'u gweld neu'n eu hanwybyddu, yn ôl eu greddf hwythau. Gwelodd gynffon llwynog yn diflannu i redyn, prun ai i ochel ai i chwilio ni wyddai, ond doedd dim gwahaniaeth prun. Yr un oedd y cyferbyniad braf yn y lliwiau â phob tro.

Doedd Cari ddim wedi cymryd arni wrth iddyn nhw ddod i'r goedlan ond daeth yn amlwg ar unwaith ei bod yn anelu at un lle. Doedd hi ddim am ddeud ble na pham, a ddaru hi ddim aros tan iddyn nhw gyrraedd darn lled grwn a chlir bron lle'r oedd y goedlan yn darfod ar odre'r bryncyn oedd i'r de o'r gymdogaeth, hwnnw wedi bod yn lle dringo a chwarae yn ei dro. Roedd y darn clir hefyd wedi bod yn ei dro'n atynfa plentyndod wrth chwarae yn y goedlan.

'Ydi Eir wedi bod â chdi yn fa'ma?' gofynnodd hi.

Roedd wedi edrych o'i chwmpas mor fanwl ag y gallai cyn penderfynu y gallai siarad. Roedd ei llais a'i holl osgo'n dynodi fod hyn yn bwysicach nag unrhyw chwilio arall.

'Naddo,' atebodd o.

'Lle gora'r goedlan.'

'Pam?' gofynnodd o, yn chwilio o'i amgylch ac yn gweld dim ond yr arferol.

'Yn fa'ma ddaru Eir a Tarje gwarfod yn gyfrinachol pan oedd o ar ffo a phan ddaeth Ahti ar 'u traws nhw wrth hela. Chwartar munud wedyn roedd Tarje ac Ahti yn penderfynu teithio'r tiroedd i chwilio amdanat ti i dy ryddhau di o'r sach.'

Trodd ato a'i gwasgu ei hun mor dynn ag y medrai ynddo.

'Eir ddaeth â chdi yma?' gofynnodd o yn y man, yntau'n teimlo ar y funud fod hynny'n bwysicach na dim arall y medrai'r goedlan ei gynnig iddyn nhw.

'Ia.'

'Oedd Dag yma hefyd?'

'Na. Mae gynno fo 'i gyfrinacha 'i hun.'

'Tyd 'ta.' Câi Gaut fymryn bach o drafferth i ymryddhau. 'Ddaru'r Weddw ddim dŵad oddi ar y llwybr ac i'r coed, naddo? 'Deith 'i thraed hi ddim â hi oddi ar hwnnw bellach, a go brin 'i bod hi wedi dŵad cyn bellad â hyn prun bynnag. Ac os gwelodd hi rwbath, fedra fo ddim bod ymhell o'r llwybr.'

Aethant ymlaen, yr un mor ochelgar, a'r goedlan yn cynnig dim ond ei synau bychain arferol. Daethant at y llwybr ymhen rhyw bum munud neu well. Roedd hwnnw yr un mor wag a'r un mor annadlennol.

'Y llwybr 'ma'n brysur ers talwm, medda'r Weddw,' meddai Cari. 'Pobol yn mynd i ben y bryn i gyfarch y duwia. Ac mae 'na sôn hyd y lle 'ma 'u bod nhw am ailddechra gwneud hynny medda hi. Nid cyfarch y duwia chwaith. Cyfarch y peth Gallu 'ma ne' rwbath. Ffor awn ni?'

'I lawr. Ddaeth hi ddim cyn bellad â hyn.'

Aethant ar hyd y llwybr yn ôl tua'r gymdogaeth, yn mynd gan bwyll, fo'n chwilio'r coed i'r chwith a hithau i'r dde. Ymhen ychydig roedd y tir i'r dde'n disgyn at afon oedd yn derbyn dŵr o ddwy ffynnon ar odre'r bryncyn ac yn ffurfio tro hir tua'r dwyrain ymhellach draw, ond roedd y llethr o'r llwybr i lawr at yr afon yr un mor goediog a daliai Cari i chwilio pob tamaid oedd yn y golwg. Roedd yn ddigon hawdd cytuno hefo Gaut mai o'r llwybr yr oedd y Weddw wedi gweld rhywbeth os o gwbl.

'Be sy yn fan'na?' gofynnodd Cari yn sydyn ar ôl rhyw hanner awr o'r symud a'r chwilio ara deg, a hwythau'n lled agos bellach at derfyn y goedlan a'r llwybr lletach a âi i'r gymdogaeth. 'Yli,' pwyntiodd i lawr at yr afon wrth i Gaut droi hefo hi, 'mae 'na rwbath wedi bod yna.'

Daeth Gaut ati a chamu at yr ymyl. Dim ond wrth chwilio'n fwriadol y gellid gweld y gwahaniaeth yn y llwyni isel a'r rhedyn a'r tyfiant ger glan yr afon. Roedd yn anos i'w weld gan fod y rhan honno o'r llethr a'r afon yn dywyllach nag unman arall yn y goedlan.

'Mae 'na rywun wedi bod yma,' meddai Cari. 'Yli.'

Olion sathru oeddan nhw yn hytrach nag olion traed, y rheini hefyd yn ddigon disylw i bawb ond y sawl oedd yn chwilio.

'Tyd,' meddai Cari.

Edrychodd Gaut o'i amgylch, ond doedd dim i'w weld. Aethant i lawr y llethr, ac roedd digon o waith canolbwyntio ar hynny. Deuai'n fwy amlwg hefyd wrth iddyn nhw fynd i lawr fod rhywun wedi bod yno yn ddiweddar iawn. Pan ddaethant i'r gwaelod roedd mwy o olion yn y tyfiant i'r dde iddyn nhw, oedd yn llwyni mieri ac eithin a rhedyn yn un gybolfa mewn tamaid nad oedd i'w weld o gwbl o'r llwybr.

'Be 'di hwn?' gofynnodd Cari.

Plygodd yn gyflym a gwahanu dwy redynen a stwffio ei braich bron at ei hysgwydd rhyngddyn nhw. Gafaelodd mewn darn o ddefnydd a'i dynnu ati, a gweld ar unwaith mai llawes côt oedd o. Unwaith y daeth y gôt o'r tyfiant roedd darnau eraill i'w gweld ynddo, yn amlwg blith draphlith. Cynorthwyodd Gaut hi i gael at y gweddill.

Dwy wisg milwr oeddan nhw, gwisgoedd llwyd, yno ynghudd yn y tyfiant, a rhywfaint o waed arnyn nhw. Roedd yn amlwg nad oeddan nhw wedi bod yno am lawer o amser, dim llawer mwy na diwrnod, meddyliai Gaut. Chwiliodd am esgidiau, hynny o chwilio oedd yn bosib, ond doedd yr un i'w weld. Tra bu o'n gwneud hynny roedd Cari wedi chwilio pob poced yn y ddwy wisg.

'Gwag,' meddai.

Astudiodd y ddau y gwisgoedd eto am ychydig.

'Fedran nhw ddim bod yn neb arall, na fedran?' meddai Cari.

'Go brin,' meddai Gaut.

Edrychodd o'i gwmpas. Roedd y coed a'r ddau lethr o boptu'r afon yn cyfyngu'r golwg, yn gwadd neu'n gorfodi'r sylw at sŵn yr afon, a hwnnw'n gwneud dim ond cadarnhau'r hyn oedd wedi bod erioed.

'Pam tynnu'u dillad nhw?' gofynnodd Cari wedyn.

'Ella mai wedi'u tynnu nhw 'u hunain maen nhw.'

'I be fasan nhw'n gwneud hynny?'

Cymerodd Gaut eiliad i dacluso ei syniad.

'Ella bod y ddau wedi laru ar 'u bywyd yn y fyddin. Maen nhw'n dŵad i'r gymdogaeth, yn annisgwyl iddyn nhw ella, ac mae'r cofio a'r dychryn mae hynny'n 'i godi yn setlo 'u penderfyniad nhw i ddengid. Maen nhw'n sleifio i'r goedlan 'ma wrth i'r lleill ymgynnull i fynd tua Llyn Embla ac mae'r fyddin yn 'i chychwyn hi heb sylwi bod dau ar ôl. Mae'r ddau'n dŵad i lawr i fa'ma i ymguddiad a newid ac yn cymryd y goes yn 'u dillad newydd unwaith mae hi'n dechra twllu.'

Doedd Cari ddim yn amharod i dderbyn y syniad hwnnw, ond doedd dim golwg fodlon iawn arni chwaith.

'Os felly, be 'di'r gwaed 'ma?' gofynnodd.

'Does 'na ddim llawar ohono fo, nac oes?' atebodd Gaut. 'Ella bod un ohonyn nhw wedi syrthio ac agor 'i law ne' rwbath. Os fo oedd yn cuddiad y dillad mi fasa'r gwaed wedi mynd arnyn nhw wrth iddo fo wneud hynny.'

'Ella,' meddai Cari, o hyd braidd yn anfoddog.

'Dw i ddim yn deud mai dyna ddaru ddigwydd,' meddai Gaut. 'Ond mae o llawn mor bosib â dim arall.

Ac mi fasai'n egluro pam nad ydi 'u sgidia na'u sana nhw yma.'

'Be am Lwybr taclus y Weddw 'ta?'

'Y Weddw 'di'r Weddw.'

'Dyna atab deud dim.'

'Ia, ella.'

Sŵn ilido oedd yn llais Gaut, yn gwybod y gallai'r dyfalu fod yn ddi-ben-draw ac na ddeuai dim ohono. Daliodd y ddau i astudio'r dillad am ychydig, fel tasan nhw'n gyndyn o'u gadael, a bron heb iddyn nhw sylwi daeth sŵn cadarnhaol yr afon i deyrnasu drachefn.

'Mi'u rhown ni nhw yn 'u hola,' meddai Gaut yn y man. 'Dim gair wrth neb.'

Amneidiodd Cari gytuniad.

'Neb ond Eir,' meddai.

'O'r gora,' cytunodd Gaut, yn sicr ei feddwl na wyddai Eir ddim am hyn.

15

Roedd pawb oedd yn golygu rhywbeth i Bo yn deud eu bod nhw'n gweld drwyddo'n daclus braf, fel tasai'n blentyn o hyd. Doedd ganddo ddim gobaith o guddio ei deimladau rhagddyn nhw, a doedd hynny'n poeni dim arno. Rŵan dim ond pwyso ei llaw ar ei ysgwydd oedd Edda wedi'i wneud a dod i eistedd wrth ei ochr ar y garreg gron, ond roedd hynny'n ddigon.

Ragnil oedd wedi llithro, ac o'i gweld yn dal ar ei gorwedd ar y gwellt roedd Bo wedi brysio ati i'w chodi, yn meddwl ei bod yn bosib ei bod wedi troi ei throed neu frifo fel arall. Nid dychryn oedd wedi rhuthro i'w llygaid wrth iddo afael ynddi, ond arswyd, a hwnnw'n waeth am na ddeuai'r un gair o'i cheg, dim ond ebychiad hir oedd yn llawer mwy o anadl nag o lais. Roedd wedi codi ei dwylo at ei hwyneb fel pe i'w harbed ei hun neu o bosib i geisio gwrthod cydnabod yr argyfwng oedd o'i blaen. Roedd Bo wedi dychryn nes ei fod yn llonydd. Ond roedd Amora yno yr eiliad nesaf ac wedi cynorthwyo Ragnil i godi ac wedi'i chofleidio a mwytho ei phen i geisio lliniaru'r cryndod mawr yn ei chorff. Yna daeth Edda atyn nhw. Dechreuodd hithau fwytho Ragnil a siarad yn dawel a thaer hefo hi. Ymhen tipyn, wrth i gynnwrf Ragnil dawelu, daethai at Bo.

'Mae 'na ddyn ne' ddynion wedi'i cham-drin hi,' meddai, yn dal i glywed a gwrando ar anadl Bo. "I churo hi ne' waeth.'

'Ond hefo'i theulu oedd hi, 'te?' meddai Bo yn y man.

'Ia.' Roedd mymryn o amheuaeth yn llais Edda. 'Ia, ella,' meddai hi wedyn.

'Be?'

'Chymerodd hi ddim sylw o gwbwl o'r cyrff wrth inni groesi'r dyffryn 'nw. Ella ... na, mi fasa fo'n ormod o gyd-ddigwyddiad,' ailfeddyliodd hi.

'Be, felly?' gofynnodd Bo, y dychryn yn gorchfygu ei lais o hyd.

'Ella nad oedd 'nelo hi ddim â'r crwydrwyr ysbail. Ella mai dŵad o rwla arall ar 'i phen 'i hun ddaru hi. Na,' ailfeddyliodd drachefn.

'Tasai'r hannar llais bach 'na'n deud rwbath 'blaw 'i henw wrthan ni.'

Roedd yn amlwg fod Ragnil yn dallt popeth a ddywedid wrthi, ond doedd hi ddim ar feddwl siarad, ac roeddan nhw wedi penderfynu mai peidio â gwneud ati i'w hannog oedd orau, dim ond siarad yn naturiol hefo hi fel tasai dim yn bod. Roedd Edda ac Amora yn gofalu bod eu sgwrs yn gwahodd ymateb bob tro, ond doedd dim yn tycio.

'Mi ddylwn fod wedi gadael i chdi ne' Amora 'i chodi hi,' meddai Bo.

'Doedd 'nelo hynna rŵan ddim byd â chdi. Callia.' Gafaelodd Edda amdano. 'Yli,' meddai wrth Ragnil, oedd yn dynesu yn llaw Amora, 'mae Bo yn ffrindia hefo ni.' Cusanodd o ar ei foch. 'Dydi Bo byth yn brifo neb. Dydi o rioed wedi brifo neb.'

'Dim ond teimlada amball dduw bob hyn a hyn,' ategodd Amora.

Doedd ei hymdrech i leddfu argyfwng Bo ddim yn llwyddiant mawr, nac yn fethiant chwaith, sylweddolodd.

'Tyd. Stedda rhyngon ni,' meddai Edda. Cusanodd Bo eto ar ei foch. 'Yli da 'di Bo. Tyd, iddo fo gael cusan gen ti hefyd.'

Diflannodd yr amheuaeth yn wyneb Ragnil yn raddol wrth i Edda ddal i wenu arni ac i Amora ddal i fwytho mymryn arni. Yna gollyngodd Amora hi a daeth hithau'n nes, fymryn yn betrus. Eisteddodd rhwng Edda a Bo, a phwyso ar Edda.

'Chdi rŵan,' meddai Edda, a gwenu arni fel tasai'n mynd i fod yn hwyl o fenter.

Doedd hi ddim am wneud. O weld amnaid gan Amora, mentrodd Bo. Roedd llaw chwith Ragnil ar ei glin a gafaelodd Bo ynddi. Derbyniodd hi hynny ac roedd rhyddhad Bo yn glywadwy. Mwythodd ei llaw â'i law arall.

'Cusan i Bo?' meddai Edda.

Doedd hi ddim am wneud. Ond ymhen ychydig gosododd ei llaw dde ar law Bo a dechrau mwytho. Ar amnaid arall gan Amora mentrodd Bo eto. Trodd at Ragnil a'i chusanu ar ei boch, cusan fechan, sydyn. Roedd ei rhyddhad yn glywadwy eto.

Y digwyddiad hwn oedd yr ail argyfwng, ond roedd yn amlwg ei fod wedi'i ddatrys. Byddai'n rhaid datrys y llall hefyd, sut bynnag y gellid gwneud hynny, meddyliodd Edda wrth deimlo pen Ragnil yn dal i bwyso arni. Roedd hwnnw wedi digwydd drennydd iddyn nhw groesi'r dyffryn a'i gyrff. Yn fuan wedi iddyn nhw gychwyn y bore hwnnw roeddan nhw wedi cyrraedd cymdogaeth a'r munud y gwelodd Ragnil hi roedd yr un arswyd wedi llenwi ei chorff a'i hwyneb. Doedd dim darbwyllo na gobaith o wneud hynny, a'r unig ddewis oedd ganddyn nhw oedd gadael Edda a hi hefo'i gilydd ynghudd ac o olwg y gymdogaeth. Roedd Helge ac Amora a Bo wedi mynd ymlaen ac roedd Amora wedi llwyddo i gael dillad da ac esgidiau a sach cysgu i Ragnil, yn gyfnewid am eu haearnau eira a llafur parod Helge a Bo wrth i'r ddau fynd ati am weddill y dydd i gynorthwyo i dorri planciau o goed oedd wedi'u torri a'u paratoi ar gyfer eu sychu. Roedd Bo wedi holi am Fynydd Tarra ond ni chafodd ateb amgenach na'i fod rywle tua'r de.

'Ymarfar at y dyfodol ydach chi'ch dau?'

Roedd Helge yn dod i fyny o'r afon ynghanol y coed, yn fodlon ar yr eog braf yn ei law, ac yn edrych ar y tri a eisteddai mor dynn yn ei gilydd ar y garreg. Cododd Ragnil ar ei hunion a dod ato a chymryd yr eog oddi arno a dal ei llaw arall am ei gyllell. Roedd y mymryn lleia o wên swil ar ei hwyneb.

'Rydan ni newydd gael mymryn o gynnwrf,' meddai Edda wrtho.

Dywedodd yr hanes. Doedd Bo byth yn sicr oedd o wedi dod ato'i hun ai peidio.

Roedd yr argyfwng byrhoedlog wedi gadael digon o'i ôl ar Ragnil iddi fod wedi blino'n gynt nag arfer ac roedd hi wedi mynd i'w sach cysgu ohoni'i hun gyda'r machlud ac wedi cysgu bron ar ei hunion. Roedd eu cuddfan yn y coed yn un ddigon diogel i gynnau tân, ac eisteddai'r pedwar arall o'i amgylch yn gwledda arno fo ac ar weddill eu swper.

Doedd Bo ddim yn ymuno yn y sgwrsio. Roedd o'n gori ar ei feddyliau ei hun, yn methu peidio â gweld cysylltiad rhwng argyfwng y pnawn a'r tristwch oedd lond llygaid Ragnil yn ei dro, tristwch oedd bron yn ymbilgar, yn ymbil am rywbeth yn hytrach nag ar neb. Ac roedd o newydd sylweddoli rhywbeth arall, llawer mwy pendant, a synnu braidd nad oedd o wedi gwneud hynny ynghynt.

'Mae dy syniad di'n gwneud mwy o synnwyr na dim arall, faint bynnag o gyd-ddigwyddiad ydi o,' meddai'n sydyn wrth Edda.

'Pa syniad?' gofynnodd Helge.

'Does 'nelo Ragnil ddim â'r crwydrwyr ysbail. Doedd hi ddim hefo nhw.'

'Ble ce'st ti syniad fel'na?' gofynnodd Helge i Edda, ei lais yn fwrlwm o anghrediniaeth.

'Dim ond rhyw syniad sydyn oedd o,' meddai Edda, hithau'n ei amau yn gryfach o'i glywed o enau Bo.

'Dyna pam na chymerodd hi sylw o'u cyrff nhw wrth

inni groesi'r dyffryn,' dadleuodd Bo. 'Dŵad o rwla arall ar 'i phen 'i hun ddaru hi.'

'Dydi hynna ddim yn gwneud llawar o synnwyr, nac 'di? Heb sôn am fod braidd yn ormod o gyd-ddigwyddiad,' meddai Helge.

'Tasai hi'n un o'r crwydrwyr ysbail nid yn 'i llaw hi y byddai'r gyllall 'na,' daliodd Bo ati.

'Naci, debyg,' sylweddolodd Amora, yn dychryn braidd o wneud hynny. 'Mi fyddai cyllall fel'na yn llaw 'u harweinydd nhw.'

'Mi fyddai gofyn bod yn dipyn o ben cadach i dybio bod gynnyn nhw i gyd gyllall fel'na,' meddai Bo, yn mynd yn fwy a mwy argyhoeddedig ei fod o'i chwmpas hi, yn enwedig gan fod Helge hefyd yn amlwg yn cnoi ar yr hyn roedd newydd ei glywed.

'Ydi o'n bosib mai yn llaw rhywun arall oedd hi a'i bod hi wedi'i chymryd hi oddi arno fo pan gafodd o 'i ladd?' gofynnodd Amora.

'Go brin,' meddai Bo. 'Mi fyddai hi fel pawb arall wedi trio cymryd y goes yr eiliad y byddan nhw wedi gweld y milwyr yn dŵad amdanyn nhw.'

'Rhanna gynnwys dy ben,' meddai Helge, yn dal i bendroni. 'Mae arna i awydd dechra cytuno hefo chdi.'

'Iawn 'ta.' Cododd Bo ei ysgwyddau fymryn. 'Mae hi o deulu o grwydriaid blêr a di-hid. Hynny'n amlwg o'i chyflwr hi pan welson ni hi a'i hymateb i'w molchi y tro cynta.'

'Ydi ella, ond dydi o ddim yn egluro pam mae hi

wedi molchi mor daclus bob tro wedyn chwaith,' meddai Edda.

'Am 'i bod hi'n gall, tasai hi wedi cael cyfla i fod felly. Mae 'na rwbath mawr yn digwydd, ella awr, ella ddwyawr cyn iddi gyrraedd aton ni. Ella bod y teulu wedi'i chwalu, ne' wedi'i ddifa. Ne' ella bod hynny wedi digwydd cynt a'i bod hitha wedi dengid a mynd ar grwydr. Ond sut bynnag y bu hi, mi gafodd 'i chamdrin yn enbyd y diwrnod hwnnw gan ddyn ne' ddynion, 'i threisio ella. Ond mi lwyddodd i ddengid a llwyddo i gael gafael ar y gyllall.'

'Tasai hi wedi'i threisio mi fydden ni wedi gweld hynny wrth 'i molchi hi,' meddai Edda.

'Dibynnu ydi hi wedi'i threisio lawar gwaith cynt.'

Aeth mymryn o gryndod gweladwy drwy Amora.

'Yn 'i hoed hi, mae'n debyg y basan ni wedi darganfod hynny hefyd,' cynigiodd, heb ormod o argyhoeddiad.

'Mae'n beryg dy fod o'i chwmpas hi, os nad hefo'r crwydrwyr ysbail oedd hi,' meddai Helge wrth Bo. 'Ond mae 'na obaith,' prysurodd ymlaen. 'Mi wenodd arna i pnawn 'ma, yn hollol ddigymell, ac roedd 'i llygaid hi'n gliriach wrth wneud hynny nag yr ydw i wedi'u gweld nhw o gwbwl.'

'Mae 'na rwbath arall,' meddai Bo. 'Bob tro mae hi wedi cael cyllall, dydi hi ddim wedi gwneud unrhyw fath o arwydd nac awgrym bod arni isio 'i chyllall 'i hun. Dydi honno'n golygu dim iddi felly, nac 'di, er mor gain ydi hi.'

'Dydi hynny ynddo'i hun yn deud dim,' meddai Helge.

'Nac 'di ella. Ond mae o'n wir, yr un fath. Ac mae 'na rwbath arall hefyd.' Roedd Bo yn codi ei fys i'w ategu ei hun, rhywbeth go newydd yn ei hanes. 'Tasai hi'n un o'r crwydrwyr mi fasa hi wedi gorfod dengid drwy'r tyfiant oedd ar yr ochor i'n cyrraedd ni. Mae hwnnw'n drwchus, a doedd 'na ddim olion sathru arno fo na symud drwyddo fo. Mi chwilis i wrth ddŵad i lawr. A go brin y byddai hi wedi gallu aros ynghudd tasai hi wedi dringo'r ochor prun bynnag, a fyddai'r fyddin fyth yn gadael iddi ddengid.'

Chafodd neb gyfle i ateb hynny. Agorodd y babell a daeth Ragnil ohoni yn droednoeth a dod at Edda a gafael amdani. Doedd dim digon o olau dydd ar ôl i Bo allu dirnad ei llygaid ond roedd bron yn argyhoeddedig nad oedd ei angen.

'Be sydd?' gofynnodd Edda, yn gwybod nad oedd dim gobaith o gael ateb, ond yn benderfynol fel pob tro mai dal ati i siarad oedd yr unig obaith.

'Methu cysgu.'

Bo oedd y cyntaf.

'Dathled pob bwystfil a deryn!' ebychodd.

*　　*　　*

Daeth egin argyfwng trannoeth, ond buan y darganfuwyd nad oedd o'n un. Roeddan nhw wedi dod o'r coed a'r peth cyntaf a welsant yn lled agos oedd cymdogaeth. Ciliasant, i wylio. Glynu'n dynn yn Edda ddaru Ragnil, yr ymbil yn llond ei llygaid. Trodd Bo ati.

'Mae'n rhaid i mi fynd yna 'sti, i weld gawn ni ryw syniad ble'r ydan ni,' meddai. 'Does dim rhaid i ti ddŵad.'

Doedd yr un gair arall wedi dod o geg Ragnil, ond roeddan nhw'n dal yn gytûn na fyddai dim pwyso arni. Roedd yn amlwg hefyd erbyn y bore ei bod yn llawn cymaint o ffrindiau hefo Helge a Bo bellach ag yr oedd hi hefo Edda ac Amora. Roedd Helge yn well na Bo am allu cuddio ei lawenydd.

'Fydda i ddim yn hir yna,' meddai Bo wedyn.

''Dei di ddim yna rŵan,' meddai Helge, oedd wedi mynd ymlaen i gael gwell sbec.

'Be sydd?' gofynnodd Bo.

'Mae'r fyddin werdd yna, lond y lle ohoni.'

Brysiodd Bo ato, a wardio y munud hwnnw. Draw yn y gymdogaeth roedd milwyr yn ymddangos, ac i'w gweld yn ymgynnull. Yna aeth sylw Bo ar griw bychan o lanciau hefo'i gilydd yn eu canol, heb wisg werdd. Cyfrodd wyth. Gwyddai ar ei union mai wedi'u hela i'r fyddin oeddan nhw. Doedd dim dichon gwybod ai o'u gwirfodd neu drwy orfodaeth oedd hynny, ond doedd ganddyn nhw ddim gobaith o gymryd y goes os oedd dymuniad i wneud hynny yn eu plith. Ceisiodd beidio ag ail-fyw, a dychwelodd at Ragnil.

'Mae'n rhaid i ni fod yn ddistaw ddistaw rŵan,' meddai, yn y llais mwyaf cyfrinachol a feddai, a dal ei fys ar ei wefusau, ac yn yr eiliad honno yn teimlo dim ond diolch am ei bodolaeth ac am ei bod hefo nhw.

Ella bod rhyw reddf yn mynegi hynny iddi. Hynny neu ei lygaid o ella. Cusanodd o. Cusan fach oedd hi, ar ei foch, ond un ddigon i'w barlysu. Yna roedd yn llonni o'r newydd, a'i ymdrech i guddio hynny'n ddigon truenus.

'Mi fuo fo mewn sach, 'ndo?' sibrydodd Amora wrth Edda.

Ymhen yr awr roedd y milwyr a'u dalfa newydd wedi mynd a'r gymdogaeth yn ôl i drefn i'w gweld.

'Mi awn ni'n tri 'ta, ne' mi fyddan ni'n stelcian yn fa'ma drwy'r dydd,' meddai Amora.

'Does dim raid i ti ddŵad,' meddai Bo.

'Na, mi ddo i. Mi fydd yn fwy naturiol. Fyddan ni ddim yn hir,' meddai wrth Ragnil.

'Tyd yn ôl.'

Y tro hwn roedd pedwar dathliad yn hyglyw, y penderfyniad i fod yn naturiol ddigyffro drwy bopeth yn cael ei anghofio'n llwyr.

Aethant. Doedd neb i'w weld ar gyrion y gymdogaeth, na thai ar fymryn o wasgar chwaith, ac roeddynt wedi dod iddi cyn gweld neb. Dyn a chaib ar ei ysgwydd oedd y cyntaf i ddod i'w cyfarfod. Roedd golwg pur hen arno, ac roedd ei wallt claerwyn yn cyrraedd gryn dipyn yn is na'i sgwyddau. Busnesgar yn hytrach nag amheus oedd ei lygaid.

'Oes gobaith y medrwn ni obeithio fod hwn yn gallach na'r cynhaliwr caib dwytha i ni 'i weld?' gofynnodd Amora.

'Wela i ddim llawar o ddeunydd Hynafgwr ynddo fo,' meddai Bo.

Roedd yn dal i fod yn feddwol hapus, yn dal i deimlo'r gusan fechan ar ei foch.

'Da bo dy ddydd, wrda,' meddai wrth y dyn.

'Dau lwyth o ddieithriaid o fewn dwyawr,' meddai'r dyn wrth aros a'u hastudio fesul un. 'Be mae'r Gallu yn 'i dywallt arnon ni tybad?'

'Ella ein bod ni fymryn bach yn fwy diniwad na'r llwyth cynta,' cynigiodd Bo. Roedd ganddo ateb arall, ond penderfynodd ei gadw iddo'i hun am y tro. 'Gweld 'u bod nhw wedi mynd â'ch pobol chi hefo nhw,' meddai.

'Do, ond o'u gwirfodd oedd y rhain yn mynd.' Roedd sŵn hen arfer yn y llais. 'Mae'r lleill yn rhyw ddechra codi o'u tylla. Cael a chael oedd hi arnyn nhw fynd i guddiad hefyd. Dydi'r rheini ddim isio mynd hefo'r llwydion na'r gwyrddion.' Gollyngodd y gaib wrth ei draed. 'Ffansi dechra byddin, un felan ne' gochan ella, i weld eith honno â'u bryd nhw. Dacw i ti un, yli,' meddai gan amneidio i gyfeiriad hogyn oedd i'w weld dipyn yn fengach na Bo, ac oedd yn amlwg yn gwrando'n astud ar ddynes yn siarad hefo fo o flaen tŷ oedd i'w weld ar ffin y gymdogaeth. 'Mae gen i chwaer sy'n nain iddo fo, druan ag o. Mi geith 'i hannar lladd pan eith o adra ac ynta wedi cael gorchymyn di-droi i fynd yn wyrddyn. Mae o'n cael 'i hannar lladd am rwbath neu'i gilydd bob yn eilddydd prun bynnag. Mi lasa rhywun feddwl y bydda fo'n gl'uo am y cyfla i fynd o'u golwg nhw. Ac mi dduda i ti beth arall,' meddai gan bwyntio at Amora, 'wela i ddim bod 'na unrhyw bwrpas i'r rhein na'r petha llwydion 'na hel milwyr bellach.'

'Pam?' gofynnodd hi, yn synhwyro erbyn hyn mai sgwrs yn hytrach na gwybodaeth oedd yr arlwy.

'Wel does gynnyn nhw ddim mymryn o ddiddordab mewn chwilio am 'i gilydd, nac oes?'

'Mi welson ni frwydr chydig yn ôl,' meddai Helge. 'Roedd gynnyn nhw ddigon o ddiddordab y diwrnod hwnnw.'

'Ia, ia.' Chwifiodd y dyn law ddibris. 'Rwbath i'w cadw nhw i fynd oedd honno, 'te? 'Tydi 'u dyddia nhw i gyd yn llwydion a gwyrddion yn mynd i chwilio am ryw gybyn a rhyw gnawdolan ddim mwy na llefran a rhyw deulu o ferchad a rhyw Isben sydd wedi taenu 'i ddŵr yn gam hyd y tiroedd 'ma.'

'Am be'n union wyt ti'n sôn?' gofynnodd Bo.

'Wyt ti'n dad i'r dwlgi yma?' gofynnodd y dyn i Helge. ''Tydi'r holl diroedd yn gwybod amdanyn nhw,' meddai heb aros am ateb, 'ne' dyna maen nhw'n 'i ddeud. Wel, nid am y lefran ella,' ailfeddyliodd. 'Newydd ddŵad ar y peil mae hi, yn ôl 'rhyn o'n i'n 'i ddallt. A'r gwyrddion sy'n chwilio amdani hi prun bynnag. Y llwydion sy'n chwilio am y lleill. Roeddan nhw yma wyth diwrnod yn ôl ac mi aethon nhw â deg o'r llafna 'ma hefo nhw. Dim ond rhyw betha fel hwn sydd ar ôl yma bellach.'

Roedd yr hogyn yn cyrraedd atyn nhw. Prin gip arnyn nhw roddodd o, y cip hwnnw'n atgoffa Amora ac yn ei dynnu o yn nes ati, yn enwedig wrth iddi ei weld yn cadw ei olygon wedyn rywle o flaen ei draed.

'Wyt ti'n barod am dy gurfa, ddewryn?' gofynnodd y dyn iddo.

Cododd yr hogyn ei lygaid. Llyncodd lwmp, ac anadlodd yn ddwfn.

'Dw i'n mynd i wisgo'r gwinau,' meddai, heb dynnu ei lygaid oddi ar y dyn.

'Y Gallu yn ei Lwybr uwch ein penna!' Roedd dwy law y dyn yn codi o'i flaen fel tasai'n mynd i anwesu neu dagu'r hogyn. 'Rhyw glapyn fel chdi'n herio pob byddin yn y tiroedd? Gwrthod ymladd i neb a chyhoeddi hynny gyda chryfdar yr arth i'r deunaw gwynt?' Roedd y dwylo wedi cau'n ddyrnau, ond roedd yr hogyn yn dal i syllu'n ddi-her arno. 'Fyddan nhw ddim chwinciad yn cael 'u bacha arnat ti! A be am y tad a'r ewyrthod 'na sy gen ti? Fydd gen ti na gwinau na chroen nac einioes!'

'Dw i'n mynd o'ma. Weli di na nhw mohono i eto.'

Doedd o ddim am droi ei olygon ymaith.

'Peth fel hyn ydi o, yli.'

Datododd Bo ei grys a thynnu'r cerflun oedd yn hongian ar garrai am ei wddw, cerflun cain o'r hebog mawr, yn winau drosto. Dangosodd o. Rhythodd yr hogyn arno. Rhythodd ar Bo.

'Be 'di d'enw di?' gofynnodd Helge iddo cyn iddo gael cyfle i ddeud na gwneud dim, a Bo wrth ei glywed yn hen wybod mai cwestiwn rhagbaratoawl oedd o.

'Erno.'

Daliai i rythu ar yr hebog ac ar Bo bob yn ail, ac edmygedd digymysg yn dechrau llenwi ei lygaid.

'Sut gwyddost ti nad ydan ni'n ysbiwyr i un o'r byddinoedd?' gofynnodd Helge.

Tynnodd Erno ei lygaid oddi ar yr hebog ac edrych ar Helge.

'Hefo peth fel'na am 'i wddw fo?' gofynnodd.

'Sut gwyddost ti nad magl ydi o?'

'Amlwg, 'tydi?' atebodd yntau, yn sydyn yn ffrwcslyd i gyd ac yn edrych ar yr hebog drachefn.

'Nac 'di.' Roedd y rhybudd yn llais Helge yn gryfach am nad oedd yn ei godi o gwbl. 'Cym bwyll cyn deud petha fel hyn wrth neb. Cym ditha bwyll hefyd,' meddai wrth Bo, ei lais yn newid ac yn mynd yn fwy llym nag oedd Bo wedi'i glywed ganddo o'r blaen. 'Go brin fod Edda yn dymuno i'w babi bach hi fod yn amddifad o dad cyn 'i eni.'

'Mymryn o or-ddeud,' cynigiodd Bo.

'Nac 'di 'sti,' meddai Amora, hefo'i llais darbwyllol tawel arferol. 'Cofia ditha hynny hefyd, Erno.'

Roedd ei llais mor gyfeillgar â phe tasai hi wedi'i nabod o erioed. Fedrai o wneud dim ond amneidio ei ddiolch ansicr, a dyhead angerddol i nabod yn ei lenwi'n ddirybudd. Trodd yn ôl at y dyn.

'Dw i'n mynd,' meddai wrtho. 'Diolch,' meddai wrth Bo, ond yn methu peidio ag edrych ar Amora hefyd. 'Fydda i ddim yn gollad i neb na dim ond 'u dyrna nhw,' meddai, wrtho'i hun neu wrth bawb.

Gwelodd Bo Helge yn gwelwi. Yna daeth Erno at Bo a chynnig ei ddwylo iddo. Cynigiodd nhw wedyn i Amora, a'u dal fymryn yn hwy, yn teimlo gwasgiad yr oedd yn gobeithio ei fod yn ei ddallt, ac wedyn i Helge. Am eiliad roedd Helge fel tasai'n gyndyn o'u gollwng. Yna trodd Erno a brysio ymaith.

'Dilyned y Gallu a Chynhalwyr y Chwedl di,' meddai'r dyn, lawn wrtho'i hun ag wrth Erno. 'Dw i ddim yn 'u gweld nhw'n gwneud chwaith,' meddai'n ddistawach. 'Dyna ni, felly,' meddai wedyn, ei lais yn hamddenol eto, yn cuddio pob teimlad a barn. 'Maen nhw'n deud hyd y lle 'ma bod gan y llefnyn mae'r llwydion yn chwilio amdano fo winau am 'i wddw hefyd. Un 'fath â hwnna ella,' meddai wrth gynhesu iddi ac amneidio at wddw Bo, oedd yn cau ei grys yn ôl. 'Roedd 'i dad o'n Uchben meddan nhw ac mi dynnon nhw 'i ben o i ffwr am rwbath. Dechra meddwl yn hytrach nag ufuddhau ella. Lembo.' Poerodd i'r ochr. 'Ac mae'r llefnyn yn benderfynol o ddial am 'i dynged o meddan nhw.' Ysgydwodd ei ben, fel tasai'n synnu at y rhyfyg. 'Maen nhw'n chwilio am 'i deulu o hefyd, llwyth o ferchad,' meddai gan amneidio ar Amora fel rhybudd iddi. 'Mae'r rheini wedi diflannu i rwla yn ôl pob sôn. Synnwn i ddim chwaith nad yr un oed â chdi ydi'r llefnyn, i'r eiliad ella,' meddai wrth Bo.

'Mae geni'n para mwy nag eiliad fel rheol,' atebodd yntau.

Roedd yn ymdrech i ddeud hyd yn oed hynny. Teimlodd Bo law Amora yn gafael yn slei yn ei law o, ac yn cynnil wasgu. Ond roedd y dyn yn mynd ymlaen.

'Ac mae'r llafnas fach 'ma o gnawdolan mae'r gwyrddion am 'i gwaed hi'n fengach fyth yn ôl pob sôn, prin gyrraedd at 'y mhenelin i. Newydd gael achos i chwilio amdani hi maen nhw yn ôl 'rhyn ddalltis i, prin leuad yn ôl. Fedar hi ddim bod ymhell felly, na fedar?'

'Be ddaru hi 'ta?' gofynnodd Amora, yn llwyddo i wneud ei chwestiwn yn un chwilio am wybodaeth er ei fwyn ei hun a dim arall, a'i llaw yn dal i afael yn llaw Bo.

'Yn ôl yr hyn roedd y gwyrddion 'ma'n 'i ddeud gynna roedd hi a'i brawd mawr yn crwydro'r tiroedd ac yn dwyn bwyd pawb o fewn gafael. Mi ddaethon at gyrion rhyw wersyll a dechra dwyn bwyd yr Uchben o bawb. Mi welodd hwnnw nhw a dyma fo'n gweiddi arnyn nhw a rhedag ar 'u hola nhw. Mi gododd garrag ac mi'i cafodd yr hogyn hi ar ganol 'i gorun ac mi ddisgynnodd yn gelain yn y fan a'r lle meddan nhw.' Cododd ei fraich a'i gostwng ar wib i ddarlunio'r digwyddiad. 'Mi ofalwyd 'i fod o'n gelain hefyd,' pwysleisiodd wedyn. 'Mi ddaliodd yr Uchben yr hogan ond yn y gwffas ac ynghanol 'i strancio mi lwyddodd hi i dynnu 'i gyllall o o'i wain o a'i stwffio hi cyn bellad ag yr âi hi i mewn i'w fol o ne' rwbath. Mi ddisgynnodd o ac i ffwr â'r hogan â'r gyllall yn 'i llaw a'r fyddin fel gwib yr hebog ar 'i hôl hi, hefo dim ond rhyw ddyrnad ar ôl i drio cau'r twll yn yr Uchben. Pharodd hwnnw ddim mwy na ryw awran wedyn meddan nhw nad oedd o wedi mynd i edrach am y duwia. Ond yn ôl 'rhyn ddalltis i gynna roedd y gyllall yn fwy o werth na fo, nid 'u bod nhw wedi deud hynny mewn geiria i gyrraedd y glust chwaith. Dydach chi byth wedi deud be dach chi'n 'i wneud yma.'

Prin sylwi ar y newid cywair ddaru nhw. Amora oedd y gyntaf i gael ei gwynt ati.

'Chwilio am Fynydd Tarra ydan ni. 'Sgynnoch chi ryw amcan ble mae o?'

'Y goedan 'cw,' atebodd y dyn ar ei union gan bwyntio at goeden unig ar ben bryncyn i'r de-ddwyrain. 'Nela hi yn union ffor'cw. Mi gymrith hannar lleuad i ti ddŵad o fewn hediad cyw cigfran iddo fo ond ffor'na mae o.'

'Mi ddylan ni fod yn nes na hynny,' oedd sylw Bo wrth iddyn nhw gychwyn o'r gymdogaeth.

'Mi ddudodd o bod dy fam a dy chwiorydd wedi dengid,' pwysleisiodd Amora, yn nabod ei lais i'r blewyn.

'Wydda fo ddim chwaith, na wydda?'

Arafodd Helge. Trodd ei ben yn ôl am ennyd at y gymdogaeth, fel tasai am ofalu nad oedd neb yn eu dilyn ac yn eu clywed.

'Maen nhw'n chwilio amdanat ti ers tair blynadd a dwyt ti ddim wedi gwneud yr ymdrech leia un i guddiad oddi wrthyn nhw,' meddai. 'Mae'n amlwg felly 'tydi mai dim ond gofyn amdanat ti 'ran gorchymyn mae'r milwyr 'ma pan maen nhw'n dŵad i gymdogaetha ac nad oes gan neb 'blaw yr Aruchben a'i fymryn criwiach wir ddiddordab mewn cael gafael arnat ti, hyd yn oed tasan nhw'n cofio dy wynab di ne'n dy nabod di oddi wrth dy dad. Ac os ydi be ddudodd y dyn 'na'n wir, dyna fel bydd hi hefo dy fam a dy chwiorydd hefyd.' Gwasgodd fymryn ar ysgwydd Bo. 'Mi fyddan nhw'n iawn.'

Dim ond syllu yn ddiymadferth o'i flaen a wnâi Bo.

'Mi fasai'r ffor y disgrifiodd hwnna ddienyddiad dy

dad yn ddigon i gael unrhyw un,' daliodd Helge arni. 'Hen ŵr ne' beidio, ro'n i'n ysu am 'i ddyrnu o.'

'Ddyrnist ti neb rioed. Dim ond chdi ac Erno oedd yn gwybod am be'r oedd o'n sôn pan oedd o'n deud am y dyrna.'

'Mae pob dim rwyt ti wedi'i ddeud wrthan ni am dy fam a dy chwiorydd yn dangos 'u bod nhw'n fwy na digon abal i edrych ar 'u holau'u hunain,' meddai Amora. 'A phwy sydd wedi deud wrthan ni fod anwybyddu gorchmynion yn un o hanfodion gwarineb? Mae'n amlwg fod y rhan fwya o'r milwyr sydd i fod i chwilio amdanat ti'n cytuno hefo chdi, er nad oes gynnyn nhw syniad 'u bod nhw'n gwneud hynny.'

'A tasat ti heb ddangos dy winau i Erno druan fyddai'r fyddin y cafodd y dyn 'na gystal sgwrs hefo hi wyth diwrnod yn ôl ddim wedi deud wrtho fo fod gan fab yr Uchben winau am 'i wddw chwaith,' meddai Helge, yntau'n synhwyro fod gofyn iddo ddeud hynny. 'Dim ond paldaruo i weld be ddeuai ohoni oedd o.'

Eto fyth roedd pobl yn ei gynnal. Doedd gan Bo yr un dyhead o wadu hynny, wrtho'i hun na neb arall. Pan llusgwyd o i'r fyddin ar ddienyddiad ei dad roedd y gymdogaeth gyfan wedi gofalu fod ei fam a'i chwiorydd yn ddiogel. Roedd digon wedi deud wrtho wedyn mai bwriad y fyddin oedd gwneud iddyn nhw ddioddef gwybod ei golli, ac mai dyna pam nad oedd wedi dial arnyn nhw hefyd pan ddaeth i'w nôl o. Bob tro'r oedd y fyddin wedi bod o fewn cyrraedd i Lyn Helgi Fawr wedyn roedd ei deulu wedi cael gwybod o flaen pawb arall.

Arhosodd yn sydyn a gafael am Amora. Derbyniodd hi o, yn fwy angerddol nag arfer oherwydd yr atgoffa funudau ynghynt, pan oedd Erno newydd gyrraedd atyn nhw a'r hyn a welodd hi yn ei lygaid. Ni ddywedwyd dim. Yna, ymhen ysbaid, aethant ymlaen.

'Mae'n bosib fod gynnon ni Uchben a'i gyllall i lenwi'n meddylia ni hefyd, 'toes, faint bynnag o falu awyr oedd 'rhyn glywson ni gynna,' meddai Helge.

16

Pan ddaeth Helge a Bo a hithau'n ôl o'r gymdogaeth roedd Amora wedi mynd â sylw Ragnil tra bu Bo a Helge yn deud yr hanes am yr Uchben wrth Edda. Gwrando'n dawel a phwysleisio nad oeddan nhw ddim i holi Ragnil yn ei gylch ddaru hi, nid bod angen iddi wneud hynny. Roedd Ragnil wedi deud tipyn mwy o eiriau erbyn iddyn nhw ddychwelyd ac roedd ei llais hefyd wedi cryfhau er bod ambell arwydd o grygni'n dod bob hyn a hyn wrth i'r dydd fynd rhagddo. Roedd yn eistedd wrth ochr Edda wrth i'r tri arall ddeud gweddill eu hanes, a phawb wedi sylwi fod y golwg diddeall oedd wedi bod yn teyrnasu braidd yn ei llygaid yn graddol ddiflannu. Roedd hyd yn oed wedi gofyn ambell gwestiwn pytiog, fel beth oedd gwinau a pham oedd Bo yn ei wisgo. Cwestiwn i Edda oedd pob un, ond teimlai Bo ei fod yn dechrau ymlacio o'u clywed.

'Mae'n rhaid i ni fynd i Lyn Helgi Fawr, felly 'tydi?' meddai Edda wedi rhyw awran o'r sgwrsio. 'Chawn ni ddim gwybodaeth na chadarnhad yn unman arall.'

'Oes 'na rywun yno fyddai'n achwyn arnat ti ne' dy deulu?' gofynnodd Helge i Bo.

'Go brin. Ro'n i'n credu bod Mam a'r genod wedi gorfod mynd i rwla o'r golwg pan ge's i 'nghipio ond roedd pawb yn wych hefo nhw. A hefo finna pan ddychwelis i.'

'Dyna i ti newydd da, Ragnil,' meddai Edda. 'Mae Hynafgwr Llyn Helgi Fawr a Bo yn ffrindia calon.'

'Mae hwnnw'n rhy bwysig i achwyn ar neb,' meddai Bo.

'Be 'di Hynafgwr?' gofynnodd Ragnil, cwestiwn bychan syml eto'n llonni pedair calon ac yn gwneud mwy na dim i aildanio hyder Bo am mai iddo fo'r oedd hi'n ei ofyn yn hytrach nag i Edda.

'Mae'n well i mi atab hwnna, dw i'n meddwl,' meddai Helge.

O fewn deuddydd roedd Ragnil yn siarad yn naturiol, a hynny fel tasai hi ddim yn sylweddoli ei bod wedi bod fel arall o gwbl, a phan ddechreuodd y llifeiriant roedd yn amlwg ei bod fymryn yn llai swil hefo Edda nag oedd hi hefo'r tri arall. Pan awgrymodd Bo drannoeth y medrai ddechrau gwthio cwch y gyllell i'r dŵr yn ara deg a slei bach dywedodd Amora ar ei phen wrtho am beidio, ac ategodd Helge hynny yr un mor bendant.

'Mae 'na rwbath digon diddorol yn'o fo hefyd, 'toes?' meddai Bo wedyn.

'Be?' gofynnodd Edda.

'Os ydan ni'n cysylltu Ragnil hefo'r Uchben gwyrdd hwnnw mae'n bosib mai ni ydi'r llwyth cynta yn hanas y tiroedd i gael 'i hela gan y fyddin lwyd a'r fyddin werdd.'

''Sgafndra profiad,' dyfarnodd Helge. 'Dim ond i ti gofio y gall peth fel'na fod yn beryg,' meddai'n sobrach.

Ond roedd yn ystyried geiriau Bo. 'A chymryd 'i bod hi wedi trywanu'r Uchben 'na a'i bod hi wedi gwneud hynny y diwrnod hwnnw, trio cael gafael arni hi oedd y gwyrddion felly cyn i'r fyddin lwyd ddŵad i'r golwg i fynd â'u sylw nhw', meddai.

'Ella na welodd hi mo'r fyddin lwyd o gwbwl os oedd hi'n trio cadw ynghudd wrth redag', meddai Amora. 'A phan glywodd hi sgrechiada'r crwydrwyr ysbail wedyn mi ddaru hynny ddychryn mwy fyth arni. Hynny gynyddodd y cythrwfwl yn'i hi pan drawodd hi arnon ni.'

'Y peth calla i ni 'i wneud ydi cymryd bod hynna'n gwneud synnwyr', meddai Edda.

Ymhen ychydig funudau roedd hynny'n amherthnasol i Bo, gan fod ei feddwl i gyd ar lwyddiant heintus o annisgwyl. Gofyn o ran gofyn ddaru o i Ragnil oedd hi am ddod hefo fo i chwilio afon islaw am bysgodyn neu ddau. Ddaru hi ddim ateb, dim ond cychwyn hefo fo. Wedi i Bo ddod dros ei sioc fechan aeth y ddau i lawr a chwerthin yn braf ar ei gilydd. Ond buan y darfu chwarddiad Bo pan ddaethant at yr afon ac iddo yntau weld nad oedd mymryn o waith hyfforddi ar Ragnil. Roedd hi'n canolbwyntio'n llwyr ar yr afon a'i glan, ac yna'n astudio torlan ychydig yn uwch. Aeth ati a mynd ar ei gliniau a thorchi ei llewys cyn sodro ei dwy law yn y dŵr o dan y dorlan. A sylweddolodd Bo nad oedd ganddo le i synnu gan ei bod eisoes wedi dangos droeon mor ddeheuig yr oedd yn trin y pysgod roedd Helge ac yntau wedi'u dal. Ymhen llai na munud o'r chwarae cynnil yn y dŵr roedd y dwylo'n codi a'r brithyll yn cael ei daflu i'r gwellt wrth ei hochr. Trodd ei phen i wenu'n braf ar Bo.

Nhw ill dau ddaru drin y pysgod hefyd. Roeddan nhw wedi dal pedwar bob un a Bo wedi penderfynu bod hynny'n ddigon i un pryd. Roedd o wedi rhwbio dwylo Ragnil yn ei ddwylo ei hun i'w cynhesu ac roedd yn amlwg fod y syniad o gael rhywun arall i wneud hynny'n newydd a derbyniol iddi.

'Pwy ddaru dy ddysgu di i sgota mor dda?' gofynnodd Bo pan oeddan nhw'n dechrau trin y pysgod.

'Tore.'

'Pwy 'di o?'

''Y mrawd.'

'O.'

''Ti 'di gosod babi bach yn 'i bol hi medda Edda.'

Roedd hynny mor annisgwyl nes bod Bo yn fud. Roedd ei feddwl ar chwâl wrth chwilio am gysylltiad neu arwyddocâd. Doedd ganddo'r un syniad sut i ateb. Yna sylweddolodd mai dim ond ei ddeud o'n naturiol oedd Ragnil, heb fymryn o ymgais i osgoi dim. Ac roedd ei llygaid mor naturiol â'i llais.

'Wel ia, waeth 'i ddeud o fel'na ddim am 'wn i,' atebodd.

'Ac mae Helge wedi gosod un yn 'i bol hitha hefyd medda Amora.'

'Do. Rhyw le go brysur tua'r Pedwar Cawr 'na. Glywist ti am y rheini?'

Ysgydwodd Ragnil ei phen.

'Pedwar mynydd uchal a dau lyn a dwy gymdogaeth

ydyn nhw,' meddai Bo. 'Paid â gwrando ar neb sy'n deud rhyw betha gwirion amdanyn nhw.' Mentrodd fymryn rhagor. 'Faint o frodyr a chwiorydd sy gen ti?'

Ysgydwodd Ragnil ei phen eto.

'Dim ond Tore?' gofynnodd Bo.

Amneidiodd Ragnil.

'Lle mae o?'

'Mi ddaru nhw 'i ladd o.'

Doedd Bo ddim yn disgwyl cadarnhad o gwbl, heb sôn am un mor ddiarwybod ddiffwdan. Cododd ei lygaid i edrych arni ac ni welai ddim ond dymuniad. Symudodd ati a rhoi ei fraich amdani. Swatiodd hi'n dynn ato.

'Pwy ddaru?' gofynnodd o.

'Milwyr.'

Roedd ei llais yn fach.

'Gwisgoedd gwyrdd?'

'Ia.'

'Y diwrnod y doist ti aton ni ddaru nhw 'i ladd o?'

'Naci.'

Teimlai Bo ei hun yn cael ei fferru gan y gair. Ni fedrai yn ei fyw ofyn y cwestiwn arall ac yntau wedi cymryd yn ganiataol fod Ragnil wedi ceisio dengid yr un adeg ag y lladdwyd Tore os oedd cred ar stori'r dyn yn y gymdogaeth. Ond nid felly'r oedd hi. Rŵan roedd yntau'n ail-fyw. Roedd o wedi casáu pob eiliad o'i fywyd yn y fyddin. Pan gaewyd o yn y sach roedd wedi dychryn gormod ac yn rhy ddiymadferth i gasáu na dim arall, a dim yn bodoli ond yr ofn. Ond cyn hynny roedd ei gorff wedi cael llonydd, ar wahân i ambell gic ac ambell ddyrnod. Pedair ar ddeg oedd o pan gafodd ei gipio a phymtheg pan daflwyd o i'r sach. Roedd yn ddigon posib nad oedd Ragnil wedi cyrraedd ei phymtheg, tybiai. Rŵan, a'i fraich amdani a hithau'n dal i bwyso arno, ni fedrai wneud dim ond cyd-ddioddef, hynny o gyd-ddioddef oedd yn bosib.

Hi ddaeth â'u distawrwydd i ben.

'Pedwar diwrnod,' meddai. 'Pump,' ailfeddyliodd.

'Wyt ti isio deud be ddigwyddodd?' gofynnodd Bo. 'Paid â deud os nad wyt ti isio,' ailfeddyliodd yntau.

'Mi ddaru'r milwyr 'y nal i pan o'n i wrth yr afon a Tore yn gwneud tân i ni gael pysgod. Mi redodd o i drio 'nghael i'n rhydd ac mi ddaru nhw 'i drywanu o yn 'i wddw.'

'Faint ohonyn nhw oedd 'na?'

'Pedwar. Mi ddaru nhw 'nghario i at y lleill. Fedrwn i ddim dengid.'

'Ac mi fuost ti yn 'u gwersyll nhw am bum diwrnod?'

'Do.'

Petrusodd Bo cyn gofyn ei gwestiwn.

'Oeddan nhw'n dy frifo di?'

'Dim ond un ohonyn nhw.'

Eiliad barodd penbleth Bo o glywed hynny. Gwelodd nad oedd ond un rheswm posib.

'Uchben oedd o?' gofynnodd.

Ysgydwodd Ragnil ei phen. Edrychodd ar Bo, a gwelodd yntau nad oedd hi'n deall ei gwestiwn.

'Oedd gynno fo ddillad swanc?' gofynnodd.

'Oedd.'

"I gyllall o oedd gen ti pan ddoist ti aton ni?'

'Ia.'

Petrusodd Bo eto.

'Sut ddaru ti ddengid?' gofynnodd, yn ceisio gwneud ei lais mor gyfeillgar gyfrinachol â phosib.

'Gwneud 'fath â ddaru nhw i Tore.'

Gwyddai Bo ei fod yn clywed y gwir. Trodd ati i'w chusanu ar ei thalcen.

'Cheith neb dy frifo di byth eto.'

Roedd ei gwta flwyddyn yn y fyddin yn dal i ormesu arno cyn waethed ag erioed wrth iddo adrodd yr hanes wrth Edda ac Amora a Helge ychydig funudau yn ddiweddarach, a Ragnil wrthi'n ddiwyd yn goruchwylio'r brithyllod yn y cawg coginio, heb yr un arwydd yn ei hosgo ei bod newydd rannu cyfrinach.

'Mae'n dda mai wrthat ti y dudodd hi yn hytrach nag wrtha i,' meddai Edda.

'Pam?' gofynnodd o.

'Mae hi'n ymddiried ynon ni'n pedwar.'

'Che'st ti ddim gwybod pam nad oedd 'na neb ond hi a'i brawd?' gofynnodd Amora.

'Naddo. Y peth calla ydi gadael iddi ddeud pob dim ohoni'i hun rŵan.'

'Ia. Tasai 'na rieni i hiraethu amdanyn nhw, mae'n debyg y basan ni wedi cael rhyw arwydd o hynny bellach,' meddai Helge.

Doedd o ddim yn canolbwyntio'n llwyr ar hynny chwaith. Roedd Bo ac yntau wedi bod braidd yn anniddig byliau ers deuddydd, er nad oherwydd Ragnil oedd hynny na'r wybodaeth nad oedd modd ei chadarnhau am deulu Bo. Doedd Amora nac Edda yn cael dim trafferth cario chwaith. Bo oedd wedi sylwi i ddechrau a doedd Helge ddim yn synnu gan fod gan Bo fwy o brofiad teithio effro mewn cwta leuad ambell dro nag oedd ganddo fo wedi bod ar hyd ei oes. Roedd Bo yn mynnu mai Aino oedd wedi'i ddysgu i nabod symudiadau anifeiliaid ac adar a hyd yn oed ganghennau a brigau ac i wahaniaethu rhwng symudiadau naturiol a'r rhai oedd wedi'u hysgogi gan ymyrraeth, a hyd yn oed sut fath o ymyrraeth oedd o. Dim ond mymryn yn anniddig ynghylch y symudiadau anarferol yn ystod y deuddydd cynt oedd o, ac roedd o wedi dyfarnu mai busnesa yn fwy na dim arall oedd y rheswm amdanyn nhw os oedd arwyddocâd perthnasol iddyn nhw o gwbl ynddyn nhw.

Doeddan nhw ddim wedi crybwyll eu hamheuon wrth y lleill fodd bynnag er nad oedd y symudiadau pell wedi lleihau, a bore trannoeth roedd Helge wedi mynd ar grwydr hela bychan i ganol y goedlan yr oeddan nhw wedi llechu ar ei chyrion y noson cynt. Roedd Ragnil yn fwy o ffrindiau fyth hefo nhw am nad oedd neb yn anghymeradwyo'r hanes yr oedd hi wedi'i ddeud wrth Bo ac roedd y tyndra oedd wedi bod yn anorfod o beidio â gwybod sut daeth hi i'w mysg y diwrnod hwnnw wedi diflannu'n llwyr, a phawb yn teimlo bod y rhyddhad yn werth gori yn ei ganol. Roedd Helge wedi gofyn iddi oedd hi am ddod i hela hefo fo ond roedd

Bo eiliad ynghynt wedi deud ei fod am fynd i bysgota a dywedodd hithau mai hefo fo oedd hi am fynd. Doedd hi ddim wedi deud rhagor o'i hanes ond doedd dim brys am hynny.

Beth bynnag am adnabod symudiadau cynnil pell, roedd Helge yn ei gysuro ei hun ei fod yn llawn cystal heliwr â Bo. Wedi iddo fod yn wardio rhwng y coed am ryw bum munud go dda gwelodd geiliog y coed yn pigo'r ddaear ychydig o'i flaen. Arhosodd yn stond. Yna ciliodd fymryn i'r ochr cyn dechrau dynesu'n araf. Ond daeth sŵn arall ychydig draw ac i ffwrdd â'r ceiliog o'r golwg. Dychwelodd yr amheuon newydd yn un rhuthr a sleifiodd Helge yn nes at y sŵn gan gadw mor gudd ag oedd modd. Roedd pobman yn dawel ond yna roedd cangen yn ysgwyd y mymryn lleiaf o'i flaen. Daliodd yntau i sleifio.

'Chdi!'

Roeddan nhw bron lygad yn llygad.

'Rwyt ti'n ein dilyn ni ers dyddia.'

Ysgydwyd pen.

'Nac 'dw.'

'Deud y gwir,' meddai Helge.

Roedd gwrid dadlennu popeth.

'Ydw.'

'Diolch byth.' Doedd gan Helge yr un bwriad o gelu'r rhyddhad yn ei lais. 'Tyd. Mae arnat ti geiliog coed inni.'

'Erno!' ebychodd Amora funudau yn ddiweddarach.

'Pam ddaru ti ein dilyn ni?' gofynnodd iddo rai oriau wedyn, a phawb wedi'i dderbyn yn ddirwgnach fel cyd-deithiwr ar ôl ymdrech enfawr i'w ddarbwyllo nad oedd neb yn ei weld yn lembo nac yn llwfr nac yn ddim arall.

'Am bod dy lygaid di wedi deud wrtha i am wneud,' atebodd, a gwrid newydd ar ei wyneb.

17

Trawodd y rhaw garreg arall, dim llawer mwy na hyd bys o'r wyneb, a chliriodd Gaut y dywarchen a'r pridd uwch ei phen a phlygu i'w harchwilio. Plygodd Lars hefo fo, a gadael i'w fysedd bach fwytho'r garreg fel y tybiai'r oedd ei dad yn ei wneud. Roedd Gaut wedi arfer bellach â cherrig tir oedd yn fwy na'r dyfalu a ddeilliai o fras olwg ac archwiliad trosol, a doedd arno ddim angen anogaeth y cynorthwywyr oedd yr un mor frwd â'r un oedd hefo fo rŵan i'w rhyddhau a'u cario ymaith. Roedd yn werth pob trafferth i gael y tir yn hydrin i gael mwy a gwell cynnyrch ohono, yn enwedig pan oedd gofyn cael dau i gario carreg at y pentwr oedd ychydig ymhellach na'r darn yr oedd o'n ei drin, pentwr oedd yn prysur dyfu'n domen.

Wedi rhyw bum munud o dyrchu a chrafu a cholbio roedd o bron â dod i'r casgliad mai'r graig ei hun oedd hi ac roedd naws y glec a ddeuai wrth ei tharo hefo'r trosol yn ategu hynny, er ei bod yn amlwg yn galetach a goleuach ac o natur wahanol i'r graig a welid yma a thraw hyd y gymdogaeth a'r cyffiniau. Gwyddai nad oedd hynny'n amhosib oherwydd pan oedd o ar ei hirdaith roedd wedi gweld digon o greigiau oedd fel tasan nhw wedi ymwthio rywfodd drwy'r graig gysefin. Daliodd ati i dyrchu a chrafu, a chyn hir daeth at damaid lle'r oedd y trosol fel tasai'n gallu mynd fymryn o dan y garreg. Ymhen rhyw bum munud arall roedd wedi clirio rhagor o'r pridd cyndyn ac o roi un hyrddiad arall hefo'r trosol credai i'r garreg fygwth symud led ewin neu lai. Roedd Lars yn tuchanu llawn cymaint â fo wrth dynnu ei garreg ei hun o'i dwll ei hun hefo'r trosol bach o bren caled y fasarnen yr oedd ei dad wedi gorfod ei wneud iddo.

'Tyd i chwilio am Tarje,' meddai Gaut.

Gadawodd ei drosol ar ei sefyll yn y twll a gwnaeth Lars yr un peth hefo'i drosol o. Aeth y ddau law yn llaw. Roedd gan Gaut reswm arall dros obeithio bod Tarje ar gael i helpu hefo'r garreg. Rhinwedd neu wendid trin y tir oedd nad oedd angen meddwl am y gwaith wrth ei wneud ac y gellid gadael i'r meddwl fynd ble y mynnai. Cyn y canolbwyntio ar y garreg roedd ei feddwl wedi bod yn gwibio yn ôl ac ymlaen rhwng brolio gwaith ac ateb parabl cyson Lars a'r hyn a welsai y diwrnod cynt. Tua diwedd y pnawn roedd Tarje ac yntau'n cael pwt o sgwrs o flaen tŷ Tarje. Ymhen ychydig daeth y Weddw o'r tŷ, hithau wedi bod yn cael sgwrs a mymryn o fwyd hefo Aud a Lars Daid. Dim ond rhyw gyfarchiad ffwrdd-â-hi roddodd hi i'r ddau, gan fod Gaut wedi cael un sgwrs hefo hi yn gynharach yn y dydd, a hithau'n anwybyddu fel pob tro bob abwyd roedd o'n ei gynnig. Dim ond cip ddaru'r Weddw a Tarje ei daflu ar ei gilydd pan ddaeth hi o'r tŷ a'u cyfarch, ond bu Gaut yn gori arno weddill y dydd. Ni ddywedodd wrth Eir chwaith.

Roedd gan Tarje gwmni'r Weddw eto. Eistedd allan wrth ochr y tŷ oedd o, yn llyfnu darn o dderw oedd yn mynd i fod yn gwpwrdd i Lars, neu dyna beth oedd Lars yn ei ddeud. Ond doedd hynny mwy na phresenoldeb y Weddw yn mynd i atal Tarje rhag gorfod gwneud ei briod waith, sef codi a dal ei freichiau allan i dderbyn rhuthr Lars a'i godi i'r awyr a'i gosi. Am eiliad roedd Gaut yn cael ei demtio i ddeud mai mynd am dro i'r goedlan oeddan nhw ond ailfeddyliodd yn syth, yn teimlo fod hwnnw'n abwyd rhy amlwg. A doedd y sgwrs rhwng y Weddw a Tarje ddim wedi'i darfod yn swta ddadlennol wrth iddyn nhw ei weld o a Lars yn cyrraedd atyn nhw chwaith.

'Mae arnon ni dy angan di a dy drosol,' meddai wrth Tarje, 'ne' chi a'ch trosol,' meddai wrth y Weddw.

'Paid â bod mor glyfar, clapyn,' atebodd hi. 'Dw i wedi trosoli lawn cymaint â chdi, a llawn cystal hefyd, mi fentra.'

'Dowch 'ta.'

'Be sy gen ti?' gofynnodd Tarje, a Lars yn dal yn ei freichiau, yn dilyn ei drefn o wrthod cymryd ei ollwng.

'Carrag anfarth, ne'r graig 'i hun. Os y graig ydi hi, mae hi wedi ymwthio drwy'r llall. Dydi hi ddim yr un math.'

'Ymwthio, wir,' wfftiodd y Weddw. 'Mae Hognur dduw yn gosod ei greigiau ble y myn.'

'Waeth gen i am y bwbach hwnnw. Isio tir cynhyrchiol ydw i.'

'Paid â rhyfygu deud y fath beth am dduw'r graig yng ngŵydd dy blentyn!'

Roedd llais y Weddw y peth agosaf at waedd a glywsai Gaut o'i genau erioed.

'Fo sydd wedi 'nysgu i.' Cynigiodd winc fach chwareus ar y Weddw, na chafodd fwy o werthfawrogiad na tasai o wedi poeri arni. 'Tyd yma i Tarje gael mynd i nôl 'i drosol,' meddai wrth Lars, a chodi aeliau cynnil ar y Weddw wrth iddi ysgwyd ei phen ffrom.

'Mae angan i ti fod yn fwy cyfrifol hefo fo,' daliodd hi ati â'i cherydd, 'a chditha hefo'r holl brofiad sy gen ti.'

'Mae gen i syniad go dda lle'r oedd y duwia 'ma yn ystod y profiad hwnnw,' atebodd Gaut, mor ysgafn ei lais ag y medrai. 'Tyd, dyn bach, i Tarje gael 'i drosol,' meddai wrth Lars.

'Dag wedi dal milwyr!' cyhoeddodd Lars frwd wrth y Weddw.

Dim ond eiliad oedd y distawrwydd.

'Wel ia,' cynigiodd Gaut, fel tasai'r distawrwydd heb fod o gwbl, 'dydi dychymyg dy ewyrth Dag di ddim yn chwyrnu cysgu, mae'n amlwg.'

*　　*　　*

'Roeddat ti yn dy fyd bach dy hun neithiwr, 'ti yn dy fyd bach dy hun heno 'ma,' meddai Eir.

Roedd Lars yn ei wely ers meitin, wedi hario ar ôl ei lafur hefo'i drosol pren. Roedd Gaut wedi dathlu cael y garreg anferth i odre'r domen hefo dwy gwpanaid o fedd bob un i Eir ac yntau. Ei hysio ar hyd y ddaear gan dri throsol gafodd y garreg i fynd â hi i'w safle newydd, gan ei bod yn rhy drwm ac anhylaw i'w chario. Roedd Hagan wedi dod yno i gynorthwyo Tarje ac yntau, ac roedd ei angen. Roedd Gaut wedi dychryn braidd ond wedi gwneud ei orau i gymryd arno nad oedd wedi sylwi ar edrychiad un ar y llall bryd hynny chwaith pan aeth Lars ati eto i sôn am Dag yn dal milwyr.

'Wyt ti am ddeud?' gofynnodd Eir.

'Gwely.'

Roedd eiliadau beunosol dim ond gwybod ei fod yn eu gwely cyfforddus nhw'u hunain yr un mor ddwys â phob noson arall, yr un mor anochel â phob noson arall.

'Wyt ti am ddeud rŵan 'ta?' gofynnodd Eir ymhen rhyw funud.

'Mi dyrni di fi'n stwnsh.'

'Mae 'na ddigon o le i dy gladdu di yn nhwll y garrag. Deud.'

'Mae'r Weddw a Tarje wedi dechra cael pylia o daflu cip ar ei gilydd yn union fel roedd Dad a chditha yn 'i wneud cyn i'ch cyfrinach chi beidio â bod. Mi ddigwyddodd o pnawn ddoe ac mi ddigwyddodd o'n gryfach heddiw pan ddaru Lars ddeud bod Dag wedi dal y milwyr.'

'Does 'na ddim llawar o ddeunydd stwnsh yn hynna. Dw i 'di deud wrthat ti am greu hefo dy ddwylo yn hytrach na dy ben.'

'Mae'n rhaid fod Hagan yn'i hi hefyd. Mi ddudodd Lars yr un peth wrtho fo a Tarje wedyn. Roedd y ddau am y gora'n bod yn naturiol, yn enwedig pan ddudodd

Lars mai yn y coed ddaru Dag ddal y milwyr. Ddaru o ddim deud hynny wrth y Weddw.'

'Doro dy ddwy law dros dy fron a deud fod dy ddamcaniaeth newydd di'n werth cynffon llyg.'

'Does gen i ddim damcaniaeth.'

Ond roedd ei fod wedi rhannu i'w glywed yn ei anadl. Swatiodd Eir ato.

'Paid â deud dim am hyn wrth Cari,' meddai hi.

'Dim peryg. Dyfarniad fasa gynni hi, nid damcaniaeth.'

*　　*　　*

Roedd Hagan wedi cynnig fod mwy o le i Beli yn ei dŷ o nag yn nhŷ Thora a Seppo ac y câi o wely yn hytrach na matres, ac yno'r oedd o ers deuddydd. Roedd yn hwylusach i Thora ei fod yno hefyd gan fod y tŷ rhwng eu tŷ nhw a thŷ Eir a Gaut, a hithau'n gorfod archwilio'r troed ddwywaith y dydd. Roedd y tŷ yr oedd ynddo cynt yn nes at ben arall y gymdogaeth.

Roedd Hagan ac yntau newydd orffen bwyta pan gyrhaeddodd Gaut bore trannoeth. Er ei waethaf roedd Gaut yn chwilio am ryw arwydd dadlennol yn wyneb Hagan, ond nid oedd dim i'w gael. Eisteddodd gyferbyn â Beli. Doedd o ddim wedi'i weld o ers y deuddydd a gwelodd ar unwaith fod gwedd lawer gwell arno.

'Mae 'na ryw olwg arnat ti fel tasat ti wedi gwella digon i ddechra siarad,' meddai wrtho. 'Be 'di dy hanas di?'

'Fawr ddim.'

Nid dyna'r golwg a gâi Gaut arno chwaith. Roedd yr ymdrech i swnio'n ddi-hid yn rhy fwriadol, a'r un mor amlwg ar ei wyneb ag yn ei lais. Roedd o hefyd yn canolbwyntio braidd ormod ar bwyso ei droed drwg ar y llawr i weld faint y gallai ddal.

'Fawr ddim,' meddai Gaut yn hamddenol. Edrychodd am eiliad ar y profi troed dyfal. 'Fawr ddim ydi gwylio'r lle 'ma am bedair awr a rhagor cyn i Dad a minna ddŵad ar dy wartha di. Fawr ddim ydi mynd o'ma ar y slei a chditha'n gwybod yn iawn nad oeddat ti mewn cyflwr i gychwyn i unman. Fawr ddim ydi dŵad yn ôl yma'n hannar marw ddyddia lawar wedyn ac ar dy ben i dafod difyr Cari.'

'Mae'n dda gen i fod dy fywyd di'n llawn. Mae'n dda gen i dy fod di'n fwrlwm o iechyd ac o hyder braf, mor wahanol i fel roeddat ti pan oeddan ni'n cerddad. Mae'n wych dy weld di fel hyn.'

'Dyna chdi. Cana di faint fynnot ti, a dw i'n 'i werthfawrogi o,' pwysleisiodd Gaut, yn sylwi ar wên fechan sydyn Hagan, 'ond pan ddaw dy gân di i ben mi ddychwelwn ni at f'un i.'

'A dach chi mor dda hefo fi.'

'Ella. Oes gen ti hoff eryr?'

'Be?' gofynnodd Beli, yn edrych i lygaid Gaut am y tro cyntaf.

Methodd Hagan atal gwên oedd yn gynnyrch bron ddwy flynedd o nabod.

'Mi a' i i wneud trefn ar y doman goed ac i chi gael llonydd i sgwrsio,' meddai.

Cododd ac aeth allan, yn dal i wenu. Roedd golwg ar goll a chynhyrfus braidd ar Beli.

'Mae gen i un,' meddai Gaut. 'Clamp o dderyn. Chydig yn ôl, wel y diwrnod cyn i ti ddiflannu i fod yn fanwl, roedd o'n rhyw gymywta hyd diroedd y de-orllewin 'na,' meddai, gan luchio bys di-hid tua'r pared. 'A dyma fo'n digwydd cl'wad Uchben ac Isben llwydion yn cael rhyw sgwrsan fach hefo ysbïwr, a dyma un ohonyn nhw'n deud 'i bod hi'n hen bryd i'r Beli 'na ddŵad yn ôl. Un da 'di'r eryr am gofio enwa.'

Roedd rhythu Beli yn ddigon.

'Chdi oedd i fod i fynd yn ôl, felly,' meddai Gaut, yn ddyfarniad yn hytrach na chwestiwn.

'Ia.' Prin glywadwy oedd y gair. 'Pwy oedd dy eryr di?'

'Paid â phoeni. Does 'na neb yma'n mynd i anghofio bod arna i ryddid i ti. Ond os oes angan callio arnat ti mi rown ni chdi i ofal Eir a Cari. Fyddan nhw ddim chwinciad hefo chdi.'

'Does 'nelo fo ddim â chi.' Ysgydwai Beli ben ffrwcslyd. 'Nid chi sydd gynnyn nhw...'

Tawodd. Daliai i ysgwyd ei ben, a chadw ei olygon ar y llawr o'i flaen.

'Mae fy chwaer fach ddeuddag oed i'n argyhoeddedig mai cael dy fygwth wyt ti i wneud rwbath na fasat ti fyth yn 'i wneud o dy wirfodd,' meddai Gaut. 'Mae fy chwaer fach ddeuddag oed i'n deud hefyd bod gormod o olwg ar goll arnat ti i wybod be wyt ti'n 'i wneud ac na wnei di fyth adyn prun bynnag am nad oes 'na olwg adyn yn dy llgada di.' Arhosodd ennyd. 'Be oeddat ti i fod i'w wneud yma?'

Doedd dim i'w gael ond yr ysgwyd pen. Ceisiodd Gaut edrych mor amyneddgar ag y gallai.

'Dw i ddim yn un da am ymgynnal,' meddai Beli yn y man.

'O,' meddai Gaut, pan ddaeth yn lled amlwg nad oedd Beli am ddeud rhagor. 'Be mae hynna i fod i'w egluro?' gofynnodd wedyn.

'Ddeuddydd wedi inni ymwahanu yn y gymdogaeth honno mi ddaeth 'na lwyth o filwyr i chwilio amdanon ni ac mi ge's dipyn o drafferth 'u hosgoi nhw. Wedyn mi es yn ôl tua'r de ac mi ddalis i fynd am bedwar ne' bump lleuad, yn bur amal yn dwyn bwyd o gymdogaetha. Mi ge's lond bol ar hynny a phan welis i fyddin un bora a'i dilyn hi am ddeuddydd i drio gwneud yn siŵr fod pawb ynddi hi'n ddiarth mi benderfynis newid fy enw ac ymuno.'

'Oes 'na hawl i ofyn pa enw ddewisist ti?'

'Cau dy geg.'

Roedd y gorchymyn mor ffrom ag o swta. I Gaut, roedd o'n arwydd sydyn fod Beli yn dod ato'i hun. Dechreuodd deimlo'n fwy gobeithiol.

'Pan es i i'r gwersyll, y cynta welis i oedd Uwchfilwr oedd yn 'y nabod i pan o'n i mewn catrawd arall,' aeth Beli rhagddo. 'Roedd hi wedi canu arna i newid enw wedyn, 'toedd? Roeddan nhw'n gwybod am y llanast hefo chdi ond doedd 'na neb yn disgwyl i'r Beli hwnnw ailymuno o'i wirfodd, nac oedd? Mi ddudis mai wedi bod tua phellafoedd tiroedd y de o'n i a 'mod i wedi mynd ar goll ar ôl brwydr ac wedi gorfod dwyn dillad am fod 'y ngwisg i wedi rhwygo.'

'Dal i fynd,' meddai Gaut am ei fod wedi tewi eto.

'Roedd pob dim yn iawn tan ryw ddau leuad yn ôl. Mi ddaeth 'na gatrawd aton ni, a honno erbyn hynny hefo cryn dipyn o'r milwyr oedd hefo ni pan oeddat ti yn y sach. Roedd y rheini'n gwybod pwy o'n i ac mi aeth hi'n dipyn o helynt. Ond am fod yr Aruchben newydd wedi deud fod Tarje yn un i'w barchu yn hytrach na'i hela a'u bod nhw'n derbyn mai am 'i arddal o yr oeddat ti yn y sach mi ge's faddeuant.'

'Maddeuant amodol?' cynigiodd Gaut, yn synhwyro fod Beli wedi mynd yn fwy anniddig.

'Roedd yr Uchbeniaid yn sôn dipyn am Tarje, ac yn credu bod 'i deulu o a'r gymdogaeth wedi'i lochesu o ar y slei ac mai dyna sut llwyddodd o i beidio â chael 'i ddal am gyhyd. Ac wrth fod y fyddin yn chwilio am yr Isben Ahti hwnnw ddaru drefnu i chdi ddengid y tro cynta dyma'r Uchbeniaid yn meddwl tybad oedd o wedi dŵad at yma, yn gwybod y byddai o'n cael 'i lochesu gynnoch chi. Amod y maddeuant oedd 'mod i'n dŵad yma i chwilota.'

'Wyt ti'n 'i nabod o?' gofynnodd Gaut, rŵan mewn penbleth.

'Nac 'dw. Dŵad yma i gymryd arna 'mod i ar 'y nhaith i Lyn Embla oedd y bwriad, ac aros yma am ddiwrnod ne' ddau a chwilio a holi'n ddiniwad yma ac acw, gan gynnwys bod yn ffrindia mawr hefo chdi a gorfoleddu am dy fod wedi dŵad adra'n ddiogel a thrio dy gael di i ddatgelu unrhyw gyfrinach fyddai gen ti am Ahti heb i ti sylweddoli mai dyna'r oeddat ti'n 'i wneud.' Arhosodd ennyd, a mymryn o wên yr euog ar ei wyneb. 'Roedd yn rhaid i mi fynd yn ôl ne' mi fyddai hi wedi canu arna i,' aeth ymlaen, y wên yn darfod. 'A phan es i'n ôl a deud be oedd wedi digwydd ac nad oedd 'na'r un arwydd bod Ahti yma mi ddaru nhw wrthod trin 'y nhroed i.'

Prin wrando ar hynny oedd Gaut ynghanol y cynnwrf bychan annymunol oedd wedi rhuthro drwyddo. Yr hyn yr oedd newydd ei glywed oedd nad oedd bod y fyddin wedi rhoi'r gorau i chwilio amdano'n golygu ei bod wedi anghofio amdano. Yn ddiarwybod iddo, roedd Uchbeniaid nad oeddynt mwya tebyg erioed wedi'i weld o na fo wedi'u gweld nhw yn gweld defnydd ynddo i'w bwriadau nhw'u hunain, a hynny'n unswydd ar draul Ahti o bawb. Y munud hwnnw roedd o'n dyheu am Eir a Lars a'r sicrwydd.

Ond roedd Beli yn mynd rhagddo.

'Mewn rhyw funud wedyn mi ddaeth 'na filwr ata i a deud be oedd wedi digwydd i deulu Ahti, 'u bod nhw i gyd ond hogyn 'i frawd o wedi'u lladd,' meddai. 'Mi ruthon nhw hwnnw mewn sach a mynd â fo i wersyll a'i arteithio fo a'i ladd o. Roedd o'n dyst i hynny 'i hun. Mi wyddwn i 'i fod o'n deud y gwir oherwydd newydd gyrraedd y gwersyll ers rhyw leuad oedd o hefo rhan o gatrawd o bellafoedd y gorllewin yn rwla. Deud hyn ar y slei wrtha i ddaru o. Roedd hi'n amlwg 'i fod o'n ddiffuant ac yn ffieiddio be oedd o wedi'i weld.' Cododd ei lygaid. 'Wnes i ddim meddwl,' meddai'n sydyn o weld wyneb Gaut, ei lais yn ymddiheurol, 'rwyt ti'n ôl yn y sach.'

'Na, paid â phoeni,' meddai Gaut, ei lais ddim llawer uwch na sibrwd.

'Chdi welis inna hefyd pan oedd y milwr yn deud yr hanas.'

18

'Brawd Nain ydi'r unig un o 'nheulu i y mae'n bosib 'i odda,' meddai Erno, 'a'r unig reswm am hynny ydi am nad ydi o'n hannar call.'

Doedd yr un awgrym o gellwair yn ei lais, ac am hynny roedd yn anodd chwilio am ateb iddo. Roedd o'n dal i fod yn anniddig byliau yn y deuddydd yr oedd wedi bod hefo nhw ac yn eu siarsio i ddeud wrtho am fynd os oeddan nhw'n ei weld yn tarfu, ac Amora oedd yn cael y gwaith darbwyllo bob gafael, neu hi oedd yn dewis gwneud hynny, meddyliai Edda. Roedd hi'n gweld rhywbeth yn ei drem weithiau oedd yn ei hatgoffa o Jalo, ac os oedd hi'n ei weld, roedd Amora yn ei weld yn gryfach yn sicr, neu dyna a gredai Edda. Roedd rhywbeth arall i atgoffa hefyd. Dwy ar bymtheg oed oedd Erno, yr un oed yn union â Jalo pan aeth y fyddin lwyd ag o, a hynny ar orchymyn diarbed ei dad, fel y gwyddai Edda yn burion.

Roedd Erno wedi wedi dychryn o weld wyneb Helge pan ddywedodd ei fod wedi dwyn y babell fechan oedd ganddo o dŷ'r Hynafgwr ac roedd Edda a Bo wedi cael cryn dipyn o waith egluro iddo nad anghymeradwyo oedd Helge. Roedd Erno wedi deud hefyd, yr un mor ddi-lol ag y dywedai bopeth arall, mai'r sach cysgu gorau yn ei gartref, sef un ei dad, oedd wedi'i ddwyn, a bod y ddau ladrad mor fwriadol â'i gilydd. Ac roedd o wedi gwneud yn sicr na fyddai neb o'i deulu'n credu mai wedi ymuno â'r fyddin werdd oedd o. Ond i Bo a Helge, y peth gorau ynglŷn â'i fod o hefo nhw oedd fod Ragnil hefyd wedi'i dderbyn mor ddigynnwrf, yn brawf o lwyddiant rhyfeddol Edda ac Amora.

Rŵan roedd o'n rhannu ei helfa o ddwy lastorch ac yn amlwg yn falch o gael gwneud hynny. Ar ganol eu gwledd fechan roedd Edda wedi gofyn iddo oedd o wedi dechrau gwisgo'r gwinau ac roedd yntau wedi tynnu cadach bychan o'i boced a'i ddangos. Roedd o braidd yn ymddiheurol am hwnnw a phwysleisiai ei fod yn dymuno cael rhywbeth cadarnach i'w wisgo, rhywbeth fel y cerflun gwych o'r hebog mawr oedd gan Bo am ei wddw.

'Ond maen nhw'n gwybod,' meddai. 'Fedra i fyth fynd yn ôl i'w plith nhw nac i'r gymdogaeth. A wela i mo'u colli nhw na hi.'

'Ddôn nhw ar dy ôl di?' gofynnodd Amora.

'Os bydd 'u dyrna nhw heb ddim i'w wneud. Be fydd enw dy fabi bach di?' gofynnodd, o'i gweld yn mwytho mymryn ar ei bol.

'Dibynnu oes 'na dduw ne' dduwies gwingo. Gofyn i Bo.'

Ond roedd Bo â'i feddwl ar ystyriaeth arall.

'Chwe ffoadur, ac o leia bedwar rheswm gwahanol,' meddai. 'Da 'te?'

'Ragnil hefyd?' gofynnodd Erno.

'Ydw,' meddai Ragnil.

Dychrynodd Erno o weld mor ddifrifol oedd hi.

'Chdi...' dechreuodd.

'Chân nhw mo 'nal i,' meddai Ragnil. 'Mae Bo wedi deud.'

'Y fyddin werdd?' gofynnodd Erno, yn dychryn mwy wrth glywed ei llais a'i geiriau oedd mor brydferth ddiniwed. 'Yn y gymdogaeth? Amdanat ti...'

'Chân nhw ddim gafael ar Ragnil,' cyhoeddodd Edda.

I Erno roedd hynny'n gadarnhad, yn fwy felly am mai Edda oedd wedi'i ddeud. Roedd yntau'n gwybod mai chwilio am hogan oedd wedi lladd Uchben oedd un rheswm i'r fyddin werdd ddod i'r gymdogaeth y diwrnod y cymerodd o y goes, a'i bod yn ifanc iawn yn ôl y sôn. Roedd ei feddwl o'n rhy gythryblus i gymryd llawer o sylw o hynny ar y pryd. Ond o weld Ragnil o'i flaen rŵan roedd ceisio dirnad bod byddin gyfan yn chwilio am rywun fel hi yn drech nag o. Os oedd hi wedi lladd Uchben gwyddai nad oedd ond un rheswm iddi wneud hynny.

'Llonydd i fod yn sicr dw i 'i isio,' meddai mewn ychydig, braidd yn ddryslyd, yn ceisio meddwl am rywbeth heblaw yr hyn y gwyddai o ddistawrwydd y pedwar arall oedd wedi digwydd i Ragnil. 'Dim ond llonydd i fod yn sicr ohono fy hun,' meddai wedyn. 'Dw i rioed wedi cael y cyfla i'w gael o.' Cododd ei lygaid. 'Ddaru chi ofyn i frawd Nain sut i gyrraedd rwla?' gofynnodd.

'Do,' meddai Helge.

'Ac mi ddaru o bwyntio at y goedan ar ben y bryn a deud wrthach chi am 'i 'nelu hi yn union y ffor honno a dal ati am hannar lleuad.'

'Do,' meddai Helge, y gair bron fel cyffes.

'Tasach chi'n sefyll yr ochor arall i'r goedan ne' tasach chi wedi gofyn iddo fo sut i fynd i'r Seren Grwydrol Goch mi fasa fo wedi deud yr un peth yn union wrthach chi.' Ysgydwodd fymryn ar ei ben i dderbyn y drefn. 'Ond ro'n i'n gallu ymlacio yn 'i gwmni o.'

Doedd yr un awgrym o chwilio am gydymdeimlad yn ei lais chwaith.

'Ydi dy fam yn fyw?' gofynnodd Amora.

'Ydi, tasai hi haws. Fedrodd hi rioed ddeud fawr ddim ond gwranda ar dy dad wrtha i. Doedd gynni hi fawr o ddewis,' meddai wrth y gwellt wrth ei draed.

'Wyddost ti ble mae Mynydd Tarra 'ta?' gofynnodd Bo. 'Am hwnnw'r oeddan ni'n chwilio.'

'Dach chi'n 'nelu y ffor anghywir os dach chi isio mynd at hwnnw. Mae o ddeuddydd taclus i'r gogledd-ddwyrain o'r gymdogaeth.' Roedd ei lais fymryn yn gynhyrfus. 'Mae'n rhaid i mi'ch gadael chi os ydach chi'n mynd i fan'no.'

'Pam?' gofynnodd Edda.

'Mae brawd Dad yn byw yno. Mi fuodd o acw am bron ddau leuad chydig yn ôl.'

'Dydan ni ddim yn mynd yno.' Roedd boddhad newydd yn llenwi llais Bo. ''Dan ni wedi teithio'n well nag yr o'n i'n 'i dybio. 'Dan ni'n haeddu dy wledd di.' Edrychodd ar hynny o dirwedd a welid o gwr y coed ble'r oeddan nhw'n hanner ymguddio. 'Mi 'nelwn ni'n fwy tua'r dwyrain o hyn ymlaen,' meddai. 'Wyddost ti ble mae Mynydd Frigga ne' afon Cun Lwyd?' gofynnodd i Erno.

'Dim syniad.'

'Fedran nhw ddim bod ymhell.'

'Faswn i ddim yn gwybod am Fynydd Tarra 'blaw am frawd Dad. Rhyw gymdogaeth cadw iddi'i hun ydi 'nghymdogaeth i, ne' oedd hi,' meddai fel tasai o'n sylweddoli hynny am y tro cyntaf. 'Neb fyth yn sôn am unman arall ar wahân i fangreoedd y duwia.' Arhosodd ennyd, cyn penderfynu y gallai fentro. 'A mangre'r Gallu 'ma, beth bynnag 'di hwnnw. Ydach chi â'ch bryd ar gyrraedd rwla, 'ta dim ond teithio ydach chi?'

'Llyn Helgi Fawr,' meddai Bo. 'Go brin dy fod di wedi cl'wad am hwnnw.'

Rhuthrodd golwg gythryblus braidd i lygaid Erno.

'Do, pan oedd y fyddin lwyd acw. Maen nhw am ddifa'r lle. Roedd 'na Uchben hefo nhw. Roedd hwnnw'n deud 'i fod o am ddifa'r lle 'i hun.'

'Ffordd aethon nhw wedyn?' gofynnodd Helge ar dipyn o frys.

'I'r gogledd.'

'Mae Llyn Helgi Fawr i'r de,' meddai Helge, yn ei ddeud lawn cymaint wrth Bo ag wrth Erno. 'Ac o'r hyn glywson ni yn dy gymdogaeth di, mi allwn fentro fod cymdogaeth Llyn Helgi Fawr ar 'i gwyliadwriaeth.'

'Mi ge's i 'nghipio i'r fyddin a tasa pob bygythiad i ddifa rhyw gymdogaeth ne' rwbath arall oedd ddim yn plesio a glywis i tra bûm i yno wedi'i wireddu fyddai na thir na thiroedd ar ôl,' meddai Bo. Ond roedd ei feddwl yn rhuthro at dynged cymdogaeth bell y Tri Llamwr ychydig leuadau cyn y'i rhoddwyd o yn y sach yno bum mlynedd ynghynt. Am eiliad roedd yn ymdrech. 'Ddudon nhw 'u bod nhw am ddifa'r llyn hefyd?' gofynnodd mor ddi-hid ag y medrai.

'Do medda brawd Nain. Ond fo oedd yn deud hynny.'

'Cael un o'r duwia 'ma ne'r Gallu hollanalluog 'ma i'w yfad o a'i biso fo i gyd yn ôl i'r un lle yn union, debyg.'

'Dwyt titha ddim yn gredwr chwaith?' gofynnodd Erno.

Y direidi sydyn yn llygaid Amora a arhosodd gryfaf ym meddwl Erno o glywed ei gwestiwn. Yna roedd yn chwilio am arwyddocâd wrth weld Helge yn gafael yn ysgwydd Bo ac yn ei gwasgu, a Bo yn amlwg yn gwerthfawrogi hynny. Roedd o'n awchu am gael gwybod mwy a chael dechrau nabod ac erbyn diwedd y pnawn roedd hynny wedi digwydd ac yntau'n gwybod ei fod wedi'i dderbyn yn ddiffwdan i'w plith. Roeddan nhw wedi deud eu hanes a hynny a wyddent o hanes Ragnil wrtho, ac yntau ar goll braidd wrth geisio sylweddoli ei fod yng nghwmni dau yr oedd dwy fyddin wedi holi yn eu cylch yn ei gymdogaeth yn ystod yr ychydig ddyddiau cynt. Er ei fod wedi cael hanes Bo yn y sach hefyd roedd yn fwy ar goll o weld Helge mor gyfeillgar hefo fo ac yntau'n dad i'r babi yng nghroth Edda a hwythau heb briodi. Fyddai hynny fyth wedi digwydd yn y gymdogaeth; fyddai o ddim wedi cael digwydd, a fyddai bod Helge yn dad i fabi yr oedd Amora yn ei ddisgwyl a hwythau ill dau heb briodi chwaith yn newid dim ar hynny. Roedd wedi mentro deud hyn wrthyn nhw. Gwên Edda oedd yr un letaf o weld y benbleth fawr yn ei lygaid.

'Mae 'na ddwy fyddin am y gora'n chwilio amdanoch chi a dydi o'n poeni dim arnach chi,' meddai wrth Bo bore trannoeth. 'Sut dach chi mor hyderus?'

'Dydi'r llwydion na'r gwyrddion ddim yn gwybod ein bod ni hefo'n gilydd, nac 'dyn?' atebodd Bo. 'Ond mae'n rhaid cael hyder, ne' 'di'n dda i ddim. Dyna oedd gen ti i fynd o dy gymdogaeth.'

'Naci.'

Roedd y ddau ar sgawt hela, ac Erno heb fod yn sicr sut fath o heliwr oedd o. Y rheswm am hynny meddai oedd nad oedd o ddim ond yn cael ei watwar bob tro'r oedd yn hela hefo'i deulu, ond rhagwelai Bo nad oedd angen gormod o ymdrech i'w gael o at ei goed.

'Mae'n bwysig dy fod yn magu hyder 'sti,' meddai. 'Nid hyder penddall chwaith. Hyder i wneud i ni allu ymddiried yn y tiroedd a'r awyr a'r sêr a'r Sêr Crwydrol i'n derbyn ni os ydan ni'n gall ac i'n gwrthod ni os nad ydan ni. Dim ond hynny. Mae o'n beth braf.'

Roedd Erno yn gwrando'n astud ar bob gair, ac yn amlwg yn eu hystyried.

'Oedd o gen ti pan roddodd y milwyr chdi yn y sach?' gofynnodd.

'Dim ond anadl oedd gen i yn hwnnw.' Doedd Bo ddim ar feddwl gwadu hynny. Syllodd yn fwy dyfal ar y tir rhwng y llwyni o'u blaenau. "Well i ni 'i chau hi rŵan am funud ne' ddau. Dydi clebran a hela ddim yn mynd hefo'i gilydd.'

"Ddrwg gen i,' meddai Erno ar beth brys. 'Do'n i ddim yn bwriadu d'atgoffa di o'r sach.'

'Paid â phoeni. Nid dyna pam o'n i'n deud wrthat ti am gau dy geg.'

Awr yn ddiweddarach roedd gan un fwy o lwyth na'r llall. Roedd gan Bo ddwy betrisen yn ei law ac roedd gan Erno afr am ei sgwyddau. Tawel falch oedd o mai fo oedd wedi bod yn fwyaf cyfrifol am ei dal, yn gadarnach ei feddwl y gallai o gyfrannu cymaint â neb tuag at eu cynhaliaeth tra byddai o hefo nhw. A rŵan hefyd roedd o'n dechrau sylweddoli'r gwahaniaeth. Roeddan nhw ar daith â nod a phen draw iddi. Dim ond mynd oedd o, dim ond dilyn y plwc a gymerodd flynyddoedd i'w fagu. Gan nad oedd erioed wedi bod o'r gymdogaeth doedd y syniad o gyrraedd ddim yn bodoli, yn y breuddwydio na'r cynllunio, hynny o gynllunio oedd wedi bod. Dim ond mynd a cheisio ymgynnal oedd wedi bod yn berthnasol. Roedd o'n gwybod hefyd bellach na fyddai fyth wedi magu digon o blwc i ddod atyn nhw ohono'i hun. Roedd wedi gweld i ba gyfeiriad yr oeddan nhw wedi mynd o'r gymdogaeth ac o fewn awr wedi iddyn nhw gychwyn roedd yntau wedi cychwyn hefyd ac wedi dod o hyd iddyn nhw'n ddigon didrafferth. Cadw ynghudd a gobeithio ac anobeithio bob yn ail oedd hi wedyn nes i Helge ddod ar ei warthaf pan oeddan nhw ill dau'n hela yr un pryd.

Ar gyrraedd yn ôl oeddan nhw pan arhosodd Bo yn stond, a gafael ym mraich Erno i'w gael o i aros hefyd. Roedd llais Helge i'w glywed yn glir, yn llawer rhy glir. Gollyngodd Bo ei ddwy betrisen a sleifiodd ymlaen. Daliai i glywed llais Helge ac roedd yn amlwg nad siarad hefo Edda ac Amora oedd o. Aeth yntau at lwyn y gallai sbecian o'r tu ôl iddo. Ymhen dim dychwelodd yr un mor ddistaw at Erno.

'Mae 'na dri milwr llwyd yna,' meddai. 'Paid â phoeni, dim ond siarad maen nhw,' ychwanegodd o weld wyneb Erno. 'Ar ein cyfar ni oedd llais uchal Helge. Mae'n rhaid ein bod ni yn ymyl byddin, os nad ydi'r tri yma hefyd wedi cymryd y goes.'

'Be wnawn ni?'

'Aros yma, debyg. Mae'n well i mi beidio â dangos 'y ngwep. 'Well i titha beidio hefyd, rhag ofn iddyn nhw dy fachu di. Waeth i ti ollwng yr afr ddim, rhag ofn y byddwn i yma am sbelan.'

Cynorthwyodd o i gael yr afr oddi ar ei sgwyddau. Sleifiodd Erno yntau at y llwyn a sbecian am ychydig cyn dychwelyd.

"Ti 'di hen arfar â hyn,' meddai wrth Bo.

'Do. Ac Edda. Tyd. Mi awn i sbecian rhag ofn 'u bod nhw â'u bryd ar wneud rwbath 'blaw siarad.'

Roedd golwg digon syn yn llygaid Erno.

'Os na fedra i setlo yn rwla mae gen i flynyddoedd o hyn o 'mlaen, 'toes?' meddai.

'Croeso i'r tiroedd.'

19

Roedd troi ei ben i edrych tua'r bryn yn y pellter difyr yn ddigon i gadarnhau i Dag fod y pantle a'r pwll a'r gyfrinach yn bwysicach ambell dro na chwarae. Doedd dim o'i le ar ffrindiau ond weithiau roedd llonydd a'i fyd cyfrin yn galw, ac roedd hynny'n drech na ffrindiau yn ddi-feth, er bod chwarae cuddiad rhwng y llwyni ger yr afon a chystadleuaeth pwy fedrai fynd agosaf at lastorch cyn iddi sgidadlan ymaith yn ddigon difyr ynddyn nhw'u hunain. Ond rŵan roedd y pantle digymar yn gorchfygu a defnyddiodd Dag y trin tir yng nghefn tŷ Gaut ac Eir fel esgus, a mynd.

Roedd digon o lwyni ar y bryn i sleifio rhyngddyn nhw wrth fynd i fyny i'r pantle a'i guddfan fel na welai neb o'r gymdogaeth o'n cyrchu yno a dod ar ei ôl i fusnesa ac ymyrryd. Ac ar ei ffordd i fyny'r bryn dechreuodd feddwl beth tasai'r ddau filwr nad oedd neb byth wedi dod o hyd iddyn nhw yno, yn sbecian ar y gymdogaeth yn union fel roedd Beli wedi sbecian o ganol y bryn arall pan gafodd Gaut a'i dad afael arno fo. Penderfynodd y byddai'n deud wrthyn nhw mai dim ond gan Gaut a fo oedd hawl i fod yno. Fyddai dim llawer o groeso i Gaut yno chwaith os oedd yn mynd i fod yr un fath ag yr oedd o y noson pan ddaeth Beli a'i droed du i'r fei drachefn, a Gaut yn llawn ffwlbri nad oedd ddallt arno am Lwybr Gwyn yr Adar. Gaut o bawb yn malu awyr am hwnnw. Ar hynny'r oedd ei feddwl pan ddaeth i'r pantle.

Nid milwyr oedd ynddo, ond pobl, i gyd yn codi eu pennau fel un o'i weld yn cyrraedd. Ni fedrai ond sefyll yn edrych yn gegrwth arnyn nhw. Roedd pum dynes ac un dyn, a llwyth o bynnau. Roedd un ddynes tua'r un oed â'i fam, un arall rywfaint yn hŷn nag Eir, tybiai, a'r tair arall tua'r un oed â Gaut. Ar y tair hynny'r oedd o'n rhythu fwyaf. Roedd y tair yr un fath yn union â'i gilydd.

Yr un oedd yn hŷn nag Eir oedd y gyntaf i symud. Daeth ato, yn gwenu'n rhadlon braf.

'Da bo dy ddydd, wrda,' meddai. 'Be 'di d'enw di?'

'Dag.'

'Enw da.' Roedd ei llais yr un mor gyfeillgar â'i hedrychiad. 'Faint ydi d'oed di?'

'Wyth.'

'Wyth o'n i pan ddysgis i nofio.' Gwenodd hi eto. 'Fyddi di'n dŵad yma'n amal?'

'Byddaf.'

'Paid â phoeni. Dydan ni ddim am ddwyn y lle oddi arnat ti. Chdi pia fo o hyd. Deud i mi,' meddai wedyn, bellach ochr yn ochr ag o, 'Llyn Sorob ydi'r llyn mawr 'na yn y gwaelod 'cw?'

'Ia, debyg.'

Gwelodd ryddhad amlwg yn wynebau'r lleill.

'Da iawn,' meddai hi. 'Wyt ti'n nabod Thora a Seppo sy'n byw yn y gymdogaeth?'

'Mam a Dad,' meddai Dag.

'Dy fam a dy dad? Wel gwych! Gwranda, wnei di gymwynas fach â ni?'

'Os gwnewch chi beidio ag amharu ar yr adar na'r anifeiliaid na'r pysgod na'r gwas y neidar glas a melyn.'

'O'r gora.' Roedd y wên yn anferth eto. 'Wnawn ni ddim. Ei di i nôl dy dad a gofyn iddo fo ddŵad yma? Paid â deud wrth neb arall 'blaw dy deulu. A deud wrthyn nhw ein bod ni wedi dŵad o Lyn Sigur ac mai Aino sydd wedi'n hanfon ni yma.'

'Mae Aino wedi bod yn aros hefo ni. Mae hi'n ffeind ofnadwy.'

'Ydi, mae hi.'

'Ydach chi'n byw yn Llyn Sigur?'

'Na. Ymhellach na fan'no.'

'O. Oes isio i mi fynd rŵan?'

'Ia, dyna fasai'r gora. Mi gei di ddŵad yn ôl hefo dy dad os bydd o'n fodlon.'

Trodd Dag a sgrialu nerth ei draed i lawr y bryn. Daeth o hyd i'w dad yn dod ar y llwybr rhwng tŷ Aud a thŷ Eir a Gaut, ac roedd yn amlwg nad oedd ei dad wedi sylwi ar Gaut a Tarje yn dynesu ymhellach draw y tu ôl iddo. Rhuthrodd yr hanes yn ddiatal o geg Dag ac erbyn i Seppo ddeall yn well roedd Gaut a Tarje wedi cyrraedd.

'Mi ddown ni hefo chdi,' meddai Tarje wrth Seppo.

Mynnodd Dag gael dod hefyd, gan bwysleisio gwahoddiad yr hogan i gryfhau ei achos. Roedd yn rhaid iddo gael ymhelaethu ar yr hanes eto fyth ar y ffordd i fyny'r bryn.

Amneidio fymryn yn ansicr ar y bobl ddaru Seppo pan ddaethant i'r pantle. Dim ond cip arno ddaru'r hogan oedd wedi bod yn siarad hefo Dag ei gynnig cyn hoelio ei sylw ar Gaut.

'Gaut?' gofynnodd.

Methodd Gaut ateb am eiliad.

'Ia,' meddai, yn clywed ei lais yn ddi-glem.

Daeth hi ato a chynnig ei dwylo iddo.

"Dan ni wedi cael dy hanas di gan Aino yn Llyn Sigur,' meddai. Gwasgodd ei ddwylo yn gadarnach. 'Mae gen i frawd, bedair blynadd a darn leuad yn fengach na fi. Mi fuodd ynta mewn sach. Dim ond am ychydig ddyddia, nid fel chdi. Ond roedd yr ychydig yn llawar gormod.'

Daliai i afael, daliai i wasgu. Ni fedrai Gaut ddeud dim.

'O ble daethoch chi?' gofynnodd Seppo.

'Llyn Helgi Fawr.'

'Bo!' llefodd Gaut.

'Ia. Birgit dw i.'

Aeth y gwasgiad dwylo'n dynnach fyth. Ond dim ond am ennyd. Roedd Gaut yn tynnu ei law yn rhydd i'w phwyntio at Tarje.

'Tarje ddaru dynnu Bo o'r sach,' meddai ar ruthr.

'Tarje!'

Nid cynnig dwylo i Tarje ddaru Birgit ond rhuthro ato a gafael amdano a'i gofleidio a'i gusanu.

'Nid fi ar 'y mhen fy hun!' llefodd Tarje, wedi rhusio'n lân.

'Paid â chynhyrfu,' meddai'r hynaf o'r merched wrth ddynesu ato. 'Un fel'na ydi hon wedi bod erioed.' Cymerodd ei ddwylo yn ei dwylo hi. 'Diolch,' meddai.

'Nid ar 'y mhen fy hun,' meddai Tarje, wedi'i drechu'n llwyr gan y gair. 'Agor y sach wnes i. Y ddau filwr gwyrdd ddaru 'i dynnu fo ohono fo.'

'Dy wynab pryderus di ddaru o 'i weld gynta. Mae o wedi deud hynny wrthon ni ganwaith.'

Trodd hi ei sylw at Gaut.

"Dan ni wedi cl'wad eich hanas chi'n gorfod diflannu,' meddai o wrth dderbyn ei dwylo, a Seppo wrth ei ochr yn dychryn gan y profiad oedd lond ei lais. 'Lle mae Bo?'

'Dydan ni ddim wedi'i weld o ers tair blynadd.' Trodd hi eto at Tarje. 'Ro'n i'n dallt yn Llyn Sigur dy fod di wedi cael mymryn o'i hanas o ar gwr Mynydd Tarra pan oeddat ti a'r lleill ar dy daith i chwilio am Gaut,' meddai wrtho. "I fod o'n mynd yn ôl i'r Tri Llamwr hefo'i gariad a rhyw gydymaith oedd yn byw yno.'

'Do,' atebodd Tarje. 'Ond dw i ddim wedi'i weld o ers y diwrnod y daru ni 'i dynnu fo o'r sach. Paid â phoeni,' meddai wedyn, yn teimlo'r angen i'w ddeud, 'mi allwn fentro 'i fod o'n iawn. Yn ôl 'rhyn glywson ni ym Mynydd Tarra roedd o a'i gariad yn byrlymu o asbri.'

'Chdi ydi 'i fam o?' gofynnodd Gaut iddi, ei ddwylo'n dal yn ei dwylo hi.

'Ia. Amora ydw i, a dyma i ti Görf, y gŵr. Runa, Eydis

a Gerd,' meddai gan amneidio at y tair hogan yn eu tro. 'Efeilliaid, fel y gweli.'

'Oedd 'na reswm dros i chi fynd i Lyn Sigur?' gofynnodd Seppo.

'Mi glywson ni fod y fyddin ar ein gwartha,' meddai hi. 'Aino ac Eyolf a Linus ydi'r unig gyfeillion sydd gynnon ni y tu allan i'r gymdogaeth a dyma ni'n penderfynu ei gwneud hi am Lyn Sigur i gael cyngor Aino ac Eyolf, yn gwybod y medren ni elwa o'u profiadau hirdeithio nhw ill dau. Nhw ddudodd wrthan ni am ddŵad tuag yma, i fod yn bellach fyth o Lyn Helgi Fawr ac i elwa rhagor o'ch profiadau hirdeithio chi'ch dau,' meddai wrth Tarje a Gaut.

'Does dim rhaid i chi deithio rhagor,' meddai Gaut.

Greddf oedd yn deud hynny wrtho, dim arall. Gwyddai na allai ei gyfiawnhau am eiliad. Ond wrth iddo orffen roedd Tarje yn cynnig ei bwt.

'Na,' cytunodd. 'Mi fyddwch chi'n iawn yma. Os nad ydach chi â'ch bryd ar fynd ymlaen.'

'Dim ond mymryn o ddiogelwch a mymryn o sicrwydd,' meddai Birgit.

'Mae rhai'n 'u cael nhw eisoes,' meddai Görf gan amneidio at y pwll.

Roedd Dag wedi derbyn y cysylltiad fel rhwydd hynt i gyfeillachu, ac wedi rhoi arwydd i'r tair efeilles ddod ar ei ôl at y pwll iddo gael ei ddangos yn iawn iddyn nhw a dangos y lleoedd oedd y pysgod yn mynd i guddiad iddyn nhw pan oeddan nhw'n synhwyro peryg uwchben. Roedd o'n pwysleisio hefyd fod y dŵr mor bur â dŵr y ffynhonnau ac wedi'u gwadd nhw i gymryd llawiad i'w yfed, yn sêl naturiol ddibaratoad ar y cysylltiad a'r croeso. Roedd ychydig eiliadau'n ddigon iddyn nhw fynd yr un mor frwd a siaradus ag o.

'Dyna ni 'ta,' meddai Seppo, wedi iddo yntau fod yn eu gwylio am eiliad. 'Y peth calla i'w wneud rŵan mae'n debyg ydi trio meddwl am gynllun i chi allu cyrraedd y gymdogaeth ar eich pennau eich hunain yn ddiniwad i gyd o'r cyfeiriad arall.'

* * *

'Lle mae Dag?' gofynnodd Eir.

'Hefo Dad, siŵr,' meddai Cari. 'Dag sy'n gorchymyn ac yn goruchwylio pob dim hefo'r bobol ddiarth newydd.'

'Hynafgwr ieuenga'r tiroedd,' meddai Gaut.

'A Dad yn ufuddhau i bob gorchymyn,' ategodd Cari.

Cribiniodd ragor o gerrig rhydd a'u codi i'r bwced. Roedd hithau wedi bod yn ddigon chwilfrydig ei chroeso i'r newydd-ddyfodiaid hefyd, yn enwedig wedi iddi gael yr hanes gan Gaut y pnawn cynt, a doedd dim angen gofyn iddi gadw'r gyfrinach. Doeddan nhw ddim wedi cael mymryn o drafferth i gael Dag i'w chadw chwaith ac roedd o hefo nhw pan oeddan nhw'n trefnu beth i'w wneud. Y cynllun oedd iddyn nhw gyrraedd y gymdogaeth o gyfeiriad Llyn Embla drannoeth a deud eu bod ar hirdaith o gymdogaeth ymhell i'r gogledd-ddwyrain. Awgrym Tarje oedd iddyn nhw gynnig enw nad oedd yn bod ar y gymdogaeth bell honno. Llyn Lator, cynigiodd Dag ar ei union. Hwnnw oedd y llyn yr oedd o'n ei ddyfeisio yn ystod dyddiau dinofio'r gaeaf maith neu pan oedd yn cael ei geryddu gan ei dad neu ei fam am fynd i nofio Llyn Sorob heb i Cari na Gaut na neb fod hefo fo. A phan fyddai o'n nofio'n braf yn llyn ei ddychymyg byddai'r eryr yn gwylio uwch ei ben a'r blaidd ar y lan yn ei warchod, yn union fel y blaidd oedd wedi gwarchod Gaut pan oedd o'n nofio yn y pwll cyn i frodyr Linus ddod ar ei warthaf ac yntau ar ei hirdaith. Roedd Gaut wedi deud yr hanes hwnnw droeon wrtho a chan fod Gaut a Bo wedi bod mewn sach roedd yn addas cyflwyno Llyn Lator i'r bobl garedig yn y pantle.

Buan iawn y cafwyd rheswm i'w gynnig i'r gymdogaeth am yr hirdaith hefyd, rheswm oedd yn ei wadd ei hun. Gan fod tair chwaer Birgit yn efeilliaid, a chan fod hynny mor anarferol byddai'n ddigon naturiol i'r tair ei heglu hi cyn belled ag oedd bosib yn hytrach nag i un o'r cymdogaethau agosaf i'w cartref o wrthod cymryd eu llusgo i Briodasau Teilwng digroeso a di-ildio, a byddai'n ddigon naturiol hefyd i'w teulu ffoi hefo nhw rhag y dial. Trefnwyd wedyn i Hagan ddigwydd bod hyd y fan pan fydden nhw'n cyrraedd drannoeth, ac o glywed o ble y daethant i'w gwadd yn frwd yng nghlyw pawb i aros am dipyn yn y gymdogaeth gan fod ganddo gyfeillion o Lyn Lator oedd wedi achub ei fywyd pan oedd yn y fyddin.

Aeth y cynllun rhagddo'n daclus, yn fwy taclus meddai Dag am ei fod o wedi gallu darbwyllo ei fam a'i dad y dylai yntau fod hefo Tarje a Gaut yn tywys y dieithriaid drwy'r nos dywyll i ochr arall y gymdogaeth. Roedd Gaut wedi cael ei alw'n wynab bol malwan am awgrymu nad oedd hynny'n beth doeth ond roedd y brawd mawr yn rhywbeth digon derbyniol i afael amdano ar eu ffordd ddi-weld yn ôl o ben arall y gymdogaeth hefyd wedi iddyn nhw orffen eu gorchwyl ac iddo yntau gael cofleidiad a chlamp o gusan bob un gan Runa ac Eydis a Gerd. Doedd peth felly ddim i fod i blesio ond plesio ddaru o. A ben bore trannoeth roedd Dag mor effro â neb, yn barod ac yn awchu i groesawu pobl ddiarth o'r dwyrain, oedd yn orchwyl llawer amgenach na llwytho cerrig i fwced hyd yn oed os oedd Lars, ei nai bach a'i gyfaill pennaf, mor ddiwyd â neb yn stachu llwytho.

A stachu oedd Lars pan gododd ei ben. Gollyngodd bopeth a rhedeg. Dyna oedd y drefn bob tro y deuai Ahti o fewn cyrraedd, yn union fel hefo Tarje, er mai Tarje oedd yn cael y flaenoriaeth pan fyddai'r ddau'n cyrraedd hefo'i gilydd. Yr eiliad nesaf roedd yn gweiddi chwerthin wrth gael ei droi yn yr awyr, ac Ahti yn ceisio dyfalu eto fyth oedd yna ryw gof bychan o'u hirdaith wedi glynu ynddo, er mai dim ond blwydd a rhyw ddau leuad oed oedd o pan ddaru nhw ddychwelyd.

Roedd Eir yn syllu ar ei wyneb wrth iddo ddynesu, ac yntau'n gwybod pam. O gael yr hanes gan Beli am dynged Mog, y nai na welsai Ahti mohono erioed, roedd Gaut wedi dychwelyd adra ac wedi'i ddeud, yn gwasgu Lars yn dynn yn ei freichiau wrth wneud hynny.

Roedd y tri wedi mynd ar eu hunion wedyn i dŷ Ahti. Eir oedd wedi deud yr hanes wrtho fo, a Gaut yn dal i ganolbwyntio'n llwyr ar Lars. Roeddan nhw ers hynny'n dal i gyd-fyw y tristwch tawel bob tro yr oeddan nhw'n gweld ei gilydd.

'Welist ti nhw?' gofynnodd Eir iddo pan ddaeth atyn nhw.

'Do. Pob dim yn iawn. Pawb wedi coelio popeth.'

'Ddudist ti wrthyn nhw mai chdi wyt ti?'

'Roedd Hagan wedi deud wrthyn nhw cyn i mi gyraedd. Ac roedd Eyolf wedi deud wrthyn nhw yn Llyn Sigur 'mod i wedi gwrthwynebu dienyddiad Uchben Haldor.' Arhosodd ennyd. 'Maen nhw'n deulu gwerthfawrogol. Maen nhw'n haeddu pob cymorth.' Rhoes Lars i lawr. 'Mi glywis rwbath arall hefyd,' meddai, a mymryn o ddireidi'n dod i'w lygaid. 'Mae 'na dystiolaeth led gadarn nad ydi'r duwia na'r Gallu yn rhy hoff o dy frawd.'

'Mi ddudis i bod gen ti ewyrth call,' meddai Gaut wrth Lars wrth i'r bychan redeg ato. 'Pam mae Tarje yn haeddu'r fath anrhydedd?' gofynnodd i Ahti.

'Mi ge's i ddau hanas yn un,' atebodd o. 'I ddechra arni, doedd 'nelo Beli ddim â bod y milwyr wedi treulio mwy o amsar yn chwilio 'nhŷ i na'r un arall pan ddaethon nhw yma. Yr Hynafgwr oedd yn gyfrifol am hynny.'

'Doedd hwnnw ddim ar y cyfyl medda Dad,' meddai Gaut.

'Adra oedd o. Pan ddaeth y milwyr i'w dŷ o mi

orweddodd ar 'i gefn a'i draed a'i freichia yn yr awyr fel blaidd yn ildio i'r pencnud i gyhoeddi teryngarwch iddyn nhw a deud bod 'na ddyn diarth yn byw yn gyfagos oedd â chysylltiad agos iawn â chi'ch dau a'ch teuluoedd. Mi ddudodd bod y dyn hwnnw newydd gychwyn allan ac wedi mynd ar frys i gyfeiriad y dwyrain pan welodd o nhw'n cyrraedd o'r gorllewin. Ac mi aeth â nhw i'r drws i ddangos y tŷ iddyn nhw. Mi aeth ar 'i gefn drachefn i ymbil am drugaredd a maddeuant am nad oedd o wedi dŵad i'r gymdogaeth i'w cyfarch a'u derbyn nhw yn unol â'i arucheldra ond roedd o wedi cael pwl o gloffni a phylia o besychu ers y bora medda fo. 'Ngwas i.'

"Ti i fod i'w barchu o, meddan nhw,' meddai Cari. 'Ac mae o'n dal i drio cael gwybod pwy laddodd Obri. Roedd o wrthi ddoe medda Dad.'

'Synnu dim. Yn ôl be glywis i mae 'na gryn angan aildaenu'r awdurdod hyd y fan a hynny oherwydd Tarje. Dyna pam nad ydi o'n plesio'r duwia.'

'Be mae o wedi'i wneud?' gofynnodd Eir.

'Trin y milwyr y diwrnod hwnnw 'te? 'U cael nhw o'ma mor ddiffwdan, heb iddyn nhw greu mymryn o lanast na bachu neb. Pan glywodd yr Hynafgwr y brolio ar Tarje am hynny mi gymrodd ato'n drybeilig. A rŵan mae pawb wedi gweld hynny ac yn gwneud ati i dynnu arno fo a deud wrtho fo fod Tarje yn arweinydd naturiol ar y gymdogaeth. Mae o'n mynd yn llwyd ac yn lloerig bob yn ail bob tro mae o'n cl'wad 'i enw fo. A wyddost ti pwy sy'n tynnu arno fo fwya?'

'Hagan,' cynigiodd Cari heb betruso.

'Naci. Y Weddw. Dwyt ti ddim yn synnu,' meddai Ahti ar ei union wrth Eir.

'Pan gipiwyd Gaut mi ddaeth hi acw hefo crys newydd i Lars a deud 'u bod nhw wedi'i thwyllo hi ar hyd y blynyddoedd.' Am y tro cyntaf teimlai Eir ei bod yn gallu ymlacio wrth ailadrodd yr hanes hwnnw yng nghlyw Gaut, gan nad oedd raid iddo fo bellach holi nac amau dim am gysylltiad rhwng yr hanes ac Obri. 'Roedd y nhw'n cynnwys 'i gŵr 'i hun, mae'n debyg,' aeth ymlaen, 'a hwn, ddaru 'i benodi 'i hun yn Hynafgwr y munud y daru hwnnw farw, cyn 'i gladdu o hyd yn oed. A rŵan mae hi'n dial arnyn nhw i gyd yn 'i ffor bach 'i hun. A llond 'i bol o chwerthin sydd gynni hi wrth wneud hynny, nid llond 'i bol o gasineb. Dyna pam mae hi'n ennill, bob tro.'

Plannodd Gaut ei fforch yn y pridd. Heb ddeud dim, aeth tua'r tŷ, yn gorfod arafu mymryn ar ei gerddediad gan fod Lars yn tuthian wrth ei ochr ac wedi gafael yn ei law. Aeth i nôl sach, a'i lenwi hefo coed.

'Deud rwbath, hogyn,' meddai'r Weddw am nad oedd o wedi gwneud dim ond gollwng y sach a mynd ati a'i chusanu. 'Wyt ti wedi dechra siarad yn fwy cyfrifol am y cewri a'r duwiau hefo dy hogyn bach bellach?' ceryddodd.

'Do. Mae o'n fwy argyhoeddedig na fi 'i bod hi'n fain iawn arnon ni a'r tiroedd os oes arnan ni angan rhyw nialwch felly.'

'Cym di'r ofal â deud y fath beth!' Roedd y Weddw yn codi dwrn ato. 'A hynny yng nghlyw dy blentyn, heb sôn am y duwiau 'u hunain! Maen nhw'n gwrando ar bob gair o dy ena di!'

'Mi gân nhw gwyno wrth y swbach Gallu 'ma. Pam oedd Llwybr Gwyn yr Adar yn daclus y noson o'r blaen?'

'Wn i ddim be ddaw ohonat ti.' Roedd yn amlwg fod y Weddw yn anwybyddu ei gwestiwn. 'Wn i ddim be ddaw o'r tiroedd. Rhieni'n dysgu 'u plant i ddirmygu'r duwiau, i herio'r Gallu ...'

'Pam oedd Llwybr Gwyn yr Adar yn daclus y noson o'r blaen?'

'Chei di ddim medd gen i eto, ne' mi fyddi di'n deud petha mwy anghyfrifol fyth wrtho fo. Lars druan.'

Edrych arni a gwenu'n braf oedd Lars, yn ôl ei arfer. Mwythodd hithau ei ben, yn ôl ei harfer.

'Y Llwybr ddaru 'nghadw i'n gall,' meddai Gaut, yn gwneud ymdrech i beidio â gadael i'r mwytho bach syml o'i flaen roi taw arno. 'Roedd dim ond 'i weld o'n ddigon. Doedd 'na ddim lleuad y noson honno. Roedd o ar 'i ora. Pam ddudoch chi 'i fod o'n daclus ac ynta dan orchudd y lleuad?'

'Wyt ti'n gweld rwbath 'blaw 'rhyn sydd o flaen dy lygaid di, hogyn?'

Yr un cerydd oedd yn llais y Weddw, y cerydd oedd Gaut yn ei werthfawrogi'n fwyfwy bob tro'r oedd yn ei glywed. Ond doedd y cwestiwn ceryddol y tro hwn ddim yn un i wamalu yn ei gylch.

'Pan dw i'n gweld Dag yn dringo'r fasarnen yn groes i orchymyn Hynafgwr dw i'n gweld dathlu. Pan dw i'n gweld Cari ac ynta'n hawlio Lars a Lars yn 'u hawlio nhw dw i'n gweld rhyddid. Pan dw i ar ben y bryn ac yn edrach i un lle tua'r de-orllewin dw i'n gweld anwarineb. Pan dw i'n edrach arnach chi dw i'n gweld callineb a chyfrinach. Pam ddudoch chi bod y Llwybr yn daclus y noson cafodd Obri 'i hongian? Roedd 'na leuad y noson honno hefyd medda Dad.'

'Dw i wedi deud wrthat ti unwaith. Heddiw a fory ydi dy gyfnod di. Gwranda! A dysga rwbath call i dy hogyn bach.'

20

'Wyt ti am 'i mentro hi?' gofynnodd Seppo i Aud gan daflu pwt o amnaid tua'r gladdfa draw.

'Rhyw feddwl loetran lle'r ydw i am 'wn i nes bydd Tarje ac Eir a Gaut a chditha a rhyw ddau ne' dri arall yn cerddad bob ochor i mi,' atebodd hi.

'Mi fydd yn hen ddigon buan i ti feddwl am ryw lol felly pan fydd Lars bach ne' hyd yn oed 'i fab o'n ddigon hen a chry i fynd â chdi.' Edrychodd Seppo eto tua'r gladdfa. 'Welist ti beth fel hyn o'r blaen?'

'Naddo, rioed. Sut mae pawb yn gallu callio hefo'i gilydd heb ddeud wrth y naill a'r llall?'

Dim ond dyrnaid oedd yn y gladdfa, i gyd yn ddynion, a doedd dim siâp o neb arall yn dod yno. Arferiad yr oesoedd a'r tiroedd oedd bod pawb, yn bobl a phlant, pawb ond y musgrell a'r gwael yn dod i gladdu Hynafgwr, ac os oedd Hynafgwr newydd wedi'i benodi neu wedi ymbenodi rhwng y farwolaeth a'r claddu fo fyddai'n arwain y defodi a'r deisyf uwchben y bedd, a fo fyddai'n arwain teulu'r Hynafgwr marw o'r gladdfa.

Deuai'n amlwg fesul eiliad i Seppo ac Aud wrth i'r ddau sefyll o flaen ei thŷ hi a'u trem tua'r gladdfa nad oedd hynny'n mynd i ddigwydd y tro hwn. Roedd y peswch a gadwodd yr Hynafgwr yn ei gartref y diwrnod y daeth y milwyr i'r gymdogaeth ac y bu Ahti yn bur ysgafn ohono wrth ei ddisgrifio i Eir a Gaut wedi dod ar ei warthaf drachefn ymhen llai na lleuad, ac yntau wrthi'n ceisio ei orau i aildanio'r ymchwilio i lofruddiaeth Obri yn ei obaith i gael y gymdogaeth i ddiystyru sut y deliodd Tarje â'r milwyr. Ychydig ddyddiau wedyn roedd y peswch wedi'i orchfygu o a chan nad oedd arwydd o'r galaru torfol disymwth oedd i fod i ddeillio o farwolaeth pob Hynafgwr doedd neb wedi cynnig ei hun yn olynydd iddo, a hyd yn oed o bell roedd golwg ar goll braidd ar y dyrnaid galarwyr yn y gladdfa, yn sefyllian ger y corff oedd wedi'i osod ar ochr y bedd yn barod ar gyfer y dyrfa nad oedd olwg ohoni.

Gwyddai Seppo nad oedd Aud am drin ei gwestiwn fel un creulon. Roeddan nhw wedi cael digon o sgyrsiau y ddau ddiwrnod cynt iddo fod yn dawel ei feddwl am hynny, a doedd dim mymryn o ddialedd wedi bod yn sgwrs na llais Aud wrth sôn am farwolaeth y dyn oedd wedi hysio ei nai i ddeud wrth filwyr ble i gael gafael arni hi funudau cyn iddyn nhw falu ei hwyneb.

'Lle mae gweddill dy deulu bach di?' gofynnodd o.

'Mae Lars tua'r goedlan a Tarje hefo Eir, am 'wn i.'

'Dydach chitha ddim am 'i chychwyn hi chwaith, greda i,' meddai llais sydyn cyfarwydd y tu ôl iddyn nhw.

'Tria ddeud wrthan ni dy fod di am fynd,' meddai Seppo wrth i'r Weddw ddod i sefyll rhyngddyn nhw.

Dal i edrych ar y gladdfa ddaru hi, a dim awgrym o beth bynnag oedd yn mynd drwy ei meddwl i'w weld ar ei hwyneb.

'Rhyw olwg fodlon arnat ti,' meddai wrth Seppo yn y man.

Doedd hi ddim wedi tynnu ei llygaid oddi ar y gladdfa cyn deud hynny.

'Wela i ddim llawar o ddiben mynd i'r draffarth i fod yn fodlon mwy nag i fod yn anfodlon,' atebodd o.

'Na weli, debyg. Roedd yr hen blwc druan wedi'i chwythu ers blynyddoedd. Mi wyddost ti pryd, gwyddost?'

'Wyddwn i ddim fod 'na blwc wedi bod yna rioed.'

'Pan est ti i'r afael â fo y bora y gwelwyd Obri'n hongian oddi ar y goedan, pan oedd o'n trio tynnu Angard druan drwy'r baw. Nid anga 'i nai ufudd ddaru 'i drechu o y diwrnod hwnnw.'

'Wyt ti am fynd ymlaen?' gofynnodd Aud iddi gan amneidio tua'r gladdfa.

'Os daw hwn wrth fy ochor i,' meddai hi. 'Ond ddoi di ddim, mwy na ddaw'r hogyn annwyl rhyfygus 'na ti 'di'i fagu,' meddai wrth Seppo, a cherydd bellach yn llond ei llais.

'Dag?' gofynnodd yntau.

'Mi wyddost yn iawn!' Aeth y cerydd yn fwy llym. 'Mae o'n magu 'i hogyn bach 'i hun i fod yn fwy rhyfygus fyth. Mae gofyn i ti 'i ysgwyd o.'

'Ysgwyd pwy? Lars?'

'Paid â chymryd y peth mor ysgafn! Faint ddysgist ti am y duwiau i Gaut? Dim, mi fentra. Faint wyt ti'n 'i ddysgu amdanyn nhw a'r Gallu a'r Chwedl i'r ddau arall? Llai fyth tasai hynny'n bosib, mi fentra i ragor.

Mae'r ddau mor annwyl â Gaut bob tamaid ond mae Dag bach yn edrach arna i fel taswn i'n fleiddast pan dw i'n sôn am y duwiau wrtho fo.'

'Mi ddylat fod yn hapus, felly,' meddai Seppo. 'Doedd dim angan i Gaut na neb arall 'i ddysgu o na Cari i hannar addoli'r bleiddiaid. Ac mae o'n edrach arnat ti mewn edmygedd pur am dy fod yn gallu tywallt y rwts 'ma i'w glustia o heb fymryn o wên ar dy wynab.'

'Cer o 'ngolwg i i ddeud y fath beth!' Daeth dwrn y Weddw i lawr cyn gyflymed ag yr oedd wedi'i godi. 'Wn i ddim be ddaw o'r tiroedd, wir, hefo rhyw betha 'fath â chdi'n tadogi plant fel tasan nhw'n forgrug ac yn dysgu dim iddyn nhw ar ôl gwneud hynny.' Roedd ei llais wedi gostwng ond y dirmyg ynddo wedi cynyddu. 'Mi ddylai fod arnat ti gywilydd,' meddai gan ei bwnio yn ei fraich.

'Mae Lars bach yn deud yr un peth wrtha i bob tro mae o 'ngweld i,' meddai Seppo. 'Pam oedd dy Lwybr di'n daclus y noson o'r blaen a'r lleuad yn 'i orchfygu o?'

'Rwyt titha'n neidio'r cymyla, yn union fel dy fab. Dw i'n mynd, wir.'

Aeth, y geiriau'n dal i lifo gan fynd yn fwy aneglur wrth iddi gilio a throi i'r llwybr at y goedlan.

'Be sy'n gwneud i mi feddwl 'i bod hi wedi dŵad allan yn unswydd i ddangos i bawb nad ydi hi ar feddwl mynd i'r gladdfa tybad?' gofynnodd Seppo.

'Hynna'n ddigon posib.' Roedd sylw Aud yn ôl ar y gladdfa. 'Mi fyddai'n braf gallu deud bod gwerthoedd y tiroedd yn newid a bod yr holl gymdogaetha'n callio ac yn rhoi'r gora i arferion sydd wedi mynd yn beryg am 'u bod nhw'n ddifeddwl, fel mae Lars a minna wedi'i wneud gobeithio,' meddai. 'Ond nid felly mae hi. Gaut a Tarje sy'n benna gyfrifol am hyn.'

'Beidio dy fod di'n gor-ddeud rhyw fymryn?' gofynnodd Seppo.

'Mi heliodd Tarje y fyddin o'ma yn fwy diffwdan nag a wnâi pob Hynafgwr yn y tiroedd hefo'i gilydd.' Roedd edmygedd syml yn llais Aud. 'A dydan ni byth wedi llawn sylweddoli faint o gefnogaeth gudd oedd i Gaut pan aeth o â Lars bach o'r gors dan drwyna'r rhein,' meddai wedyn, a'i hamnaid at y gladdfa'n amlygu rŵan mor ddibris oedd hi o'r dyrnaid dynion ger y bedd. 'Dyna oedd yn gyfrifol am y croeso gafodd o pan ddaeth o adra o'r fyddin, a hynny cyn iddyn nhw gl'wad be ddigwyddodd iddo fo yno. A'r rhein oedd yn gorchymyn pawb i gasáu Lars ac Eir a minna cyn i Tarje droi o fod yn llofrudd i fod yn arwr. Ddaru'r maddeuant ddim mymryn o wahaniaeth i 'ngwynab i chwaith, naddo? Ella mai heddiw ydi'r dydd mae'r gymdogaeth yn cofio hynny.' Amneidiodd eto tua'r gladdfa. 'Waeth iddyn nhw 'i ollwng o i'r twll 'na ddim. Welan nhw neb arall bellach, mwy na wêl y gymdogaeth 'ma Hynafgwr yn dŵad yn 'i le o.'

'Rhyw ffansi peidio â mentro llawar ar hynny,' meddai Seppo, yntau'n edrych eto tua'r gladdfa. 'Go brin fod dyddia pwysigion bach ar ben, yn fa'ma mwy nag yn unrhyw gymdogaeth arall.'

'Ac mae'n amlwg nad ydi dyddia pobol yn mwydro 'u penna hefo Llwybr Gwyn yr Adar ar ben chwaith, nac 'dyn?' meddai Aud.

'Nid mwydro,' meddai Seppo, yn swnio'n synfyfyrgar mwya sydyn.

'Mi glywis i Dag yn bygwth cicio tin Gaut yr holl ffor i'r Llwybr a'r lleuad os na ddudith o pam mae o'n gori arno fo bob munud. 'Beryg iddo fo wneud yr un peth i titha.'

'Be mae Gaut wedi'i ddeud wrthat ti?'

'Bod Tarje a Hagan a'r Weddw yn gwybod rwbath na ŵyr neb arall a bod 'nelo fo â'r ddau filwr 'na, a bod y Weddw wedi sôn wrthat ti am daclusrwydd y Llwybr ddwywaith a dim ond dwywaith, a'r arwyddocâd mae Cari ac ynta'n 'i weld i'r ddau dro.'

'A Cari sy'n 'i weld o gryfa, mi fentra.'

Daeth symudiad tua'r gladdfa cyn i Aud ateb. Roedd y dyrnaid yn ymgynnull ac un yn troi i edrych unwaith yn rhagor i gyfeiriad y gymdogaeth cyn troi'n ôl. Cododd pedwar dyn y corff wedi i un osod carreg lefn dros y galon. Tri oedd yn weddill i edrych arnyn nhw'n gwneud hynny ac i'w gwylio'n gollwng y corff i'r bedd, gan wneud hynny'n araf rhag ofn i'r garreg symud a disgyn. Roedd un o'r tri'n sefyll ar ochr y bedd ac yn codi dwyfraich cyn uched ag y gallai a'r breichiau wedyn yn ymgroesi'n araf, ac wrth wylio meddyliodd Seppo am yr hyn yr oedd Aud newydd ei ddeud am yr arferion yn mynd yn beryg am eu bod yn ddifeddwl. Gan nad oedd llais y dyn yn eu cyrraedd roedd y teimlad yn gryfach, bron yn gwneud i Seppo gredu mai gweddillion defod yn hytrach na defod yr oedd yn eu gweld wrth i'r breichiau ostwng yn araf ymhen llai na munud.

'Pharodd honna ddim llawar,' meddai Aud. 'Dim i'w gyhoeddi wrth y duwia am Hynafgwr. Wel wel.'

'Fedar defod dorri 'i chalon?' gofynnodd Seppo.

'Mae hi i weld yn o dlawd arnyn nhw, 'tydi?' cytunodd Aud.

'Y ddefod a'r defodwyr mor flinedig â'i gilydd.'

'Mi fyddan nhw'n fwy blinedig fyth ar ôl gorffan rhawio.'

Gallai hynny fod yn wir, sylweddolodd Seppo. Trefn claddu Hynafgwr oedd bod pawb, yn bobl a phlant, yn mynd fesul un at y domen bridd ger y bedd a mynd â'i rawiad o bridd i'w ollwng ar y corff, a dal ati nes byddai'r bedd wedi'i lenwi a'i siapio, gyda'r Hynafgwr newydd os oedd un wedi'i benodi yn cyflwyno'r rhawiad gyntaf a'r olaf. Ac ar draws popeth dyma Seppo yn meddwl yn sydyn beth tasai'r hyn oedd yn digwydd yn y gladdfa'n mynd i glustiau rhyw fyddin a honno'n dod i'r casgliad bod cymdogaeth gyfan yn gwrthod y defodau a'r credoau, a thrwy hynny'n gwrthod y duwiau a'r Gallu a'r Chwedl hefyd. Dim ond un Uchben cigyddol fyddai ei angen. Roedd profiad Tarje wrth iddo adrodd yr hanes am fyddin yn difa cymdogaeth gyfan a hynny dim ond o ran gwneud yn cadarnhau hynny, ac yntau wedi bod yn dyst dychrynedig a diallu i'w ganlyniad. Ond roedd Seppo yn argyhoeddedig nad oedd cred drwy orfodaeth yn gred o fath yn y byd. Roedd Gaut wedi dysgu hynny iddo, a hynny heb ddeud yr un gair, dim ond amlygu ei ddibristod cyson a diflino o gredoau a defodau ac arferion nad oedd o'n eu gweld yn bodoli ond er eu mwyn eu hunain. Roedd Cari yn prysur wneud yr un peth.

Draw yn y gladdfa roedd y saith wedi dechrau rhannu'r rhaw.

Ysgwyd ei phen yn gynnil oedd Aud wrth eu gwylio'n dechrau arni, ond dim ond ennyd a gafodd i wneud hynny cyn i Hagan ddynesu ar ei sgawt. Rhyw siâp mynd am dro oedd arno yntau hefyd, a golwg fodlon arno wrth iddo gyrraedd a chanolbwyntio mymryn ar y gladdfa.

'Dach chi ddim yn credu mewn llenwi tylla, felly,' meddai.

Eiliad gymerodd Seppo i fentro.

'Pan ddudis i 'mod i'n cofio'r ddau filwr 'na ddaru falu wynab Aud ddaru ti ddim deud dy fod ditha'n 'u nabod nhw hefyd,' meddai.

Cadwodd Hagan ei olygon ar y gladdfa.

'Pam meddwl am rwbath felly ar ddiwrnod mor athrist â hwn yn hanas y tiroedd?' gofynnodd.

'Croeso i ti atab. Mae'n debyg dy fod yn gwybod fod y Weddw wedi bod yn dyst i'ch anturiaeth chi'ch dau, beth bynnag oedd hi.'

Dal i gadw ei olygon ar y gladdfa ddaru Hagan.

'Wyt ti am atab?' gofynnodd Seppo.

'Pan o'n i'n mynd drwy'r coed y pen pella i Lyn Sigur ar 'y ffor adra ar ôl dengid o'r fyddin y daru mi lawn sylweddoli pwy oedd yn cerddad hefo fi, er 'i fod o wedi deud wrtha i pwy oedd o a'i deulu ryw awran ne' ddwy ynghynt a ninna newydd daro ar ein gilydd,' meddai

Hagan yn y man, yn dal i edrych i'r un lle. 'Roedd hi'n dipyn o wefr, sylweddoli'n sydyn mai mab fy ffrind penna pan o'n i'n llefnyn oedd yn cerddad hefo fi, ac ynta wedi treulio lleuada mewn sach a lleuada erill yn cerddad tuag adra ar 'i fentar 'i hun heb yr un syniad ble'r oedd o y rhan helaetha o'i daith. Roedd o newydd ddeud wrtha i be oedd wedi digwydd i wynab mam 'i gariad o, oedd yn nain i'w hogyn bach nhw, a'r diwrnod ar ôl inni gyrraedd adra mi welis i 'i hwynab hi fy hun. A marwolaeth Nhad oedd yn 'i phoeni hi y diwrnod hwnnw. Hynny a dim arall oedd 'i sgwrs hi. Wyt ti'n cofio?' gofynnodd i Aud.

Dim ond ysgwyd mymryn ar ei phen ddaru hi. Bellach roedd ei hedrychiad ar y gladdfa'n dipyn mwy synfyfyrgar.

'Dim ond dau leuad oedd ers marwolaeth dy dad,' meddai.

'Paid â 'ngham-ddallt i,' meddai Seppo wrth Hagan, 'ond dydi be ddudist ti rŵan ddim yn atab. Dydi o'n atab dim.'

''Well i ti fynd i helpu'r rhei'cw i lenwi'r twll felly, 'tydi? Ella cei di fwy o synnwyr gynnyn nhw.' Daliai Hagan i syllu tua'r gladdfa. 'Gŵr y Weddw oedd yr Hynafgwr pan ge'st ti dy guro, 'te?' gofynnodd i Aud ymhen ysbaid. 'Nid hwn, naci?'

'Naci,' cytunodd hi.

'Oedd hwnnw'n cymeradwyo?'

'Nac oedd,' meddai Seppo, gan fod Aud hefyd yn ddisymwth fel tasai wedi mynd i ganolbwyntio ar y rhawio dienaid yn y gladdfa. 'Ond roedd y creadur yn rhy lywaeth i ddangos hynny, rhag ofn i'r fyddin ddyfarnu bod yma Hynafgwr anufudd. Mae 'i weddw o o natur wahanol. Fel y gwyddost ti,' ychwanegodd mor ffwrdd-â-hi ag a dybiai'n addas.

*　　*　　*

Am yr eildro yn ei bywyd roedd Eir wedi ysgwyd ei brawd mawr. Roedd hi a Gaut wedi gweld nad oedd yr hyder newydd sbon a ddangosodd Tarje hefo'r milwyr yn y gymdogaeth yn wastadol, a'i fod yn cael ambell bwl o hyd o'i weld ei hun yn ddiddim. A chan nad oedd Gaut yn y tŷ a bod Cari wedi herwgipio Lars am y pnawn gan bwysleisio mai at y llyn yr oeddan nhw am fynd ac nid tua'r gladdfa, roedd ganddi rwydd hynt i'w ysgwyd. Doedd yn ddim gan Tarje dreulio awr neu ddwy yn y tŷ, weithiau dim ond yn eistedd yno heb iddo fo na hi ddeud dim, am nad oedd angen. Roedd gormod o flynyddoedd wedi'u colli.

'Fi sy'n gyfrifol am wynab Mam.'

Rhyw hanner siarad hefo fo'i hun oedd o, ond clywodd Eir. Yr eiliad nesaf roedd o'n cael ei bannu hyd y lle.

'Naci,' meddai Eir wedi i'r colbio a'r dyrnu ddod i ben a hithau'n gafael amdano ac yn gwrthod gollwng. 'Naci,' sibrydodd wedyn i fyw ei lygaid.

Cafodd gusan ar ei thalcen, mor ansicr â phob un o'i gusanau.

Roedd Gaut yn y drws.

'Faswn i ddim wedi gallu dal hannar awr mewn sach,' meddai Tarje wrtho gan roi ei law ar ei ysgwydd wrth fynd heibio ac allan.

'Be oedd hynna rŵan?' gofynnodd Gaut.

'Rhyw rwdl mai fo ddaru falu wynab Mam. Dydi o byth yn mynd i'w ddeud o eto.'

Eisteddodd Gaut.

'Be sydd?' gofynnodd Eir.

'Dw i'n gwybod pam dudodd o fo.'

'Pam, felly?' gofynnodd hithau ar frys gwyllt.

'Dw i newydd gael yr hanas gan Mam, hi wedi'i gael o o lygad y ffynnon gan Birgit. Mi aeth Tarje a hitha am dro i'r goedlan ac i fyny'r bryn echdoe, ac roedd y ddau'n ddigon hapus ar ôl cyrraedd yn ôl i fynd eto ddoe. Ond mi ofynnodd hi iddo fo ddoe be oedd wedi digwydd i wynab Aud. Mi ddudodd Tarje'r hanas yn llawn a beio 'i hun drwy'r adag. A dyma fo'n deud wrth Birgit am anghofio am 'i fodolaeth o am nad oedd o'n dda i ddim i neb.'

Roedd Eir yn pystylad am y drws. Erbyn i Gaut ei gyrraedd roedd hi bron wedi cyrraedd y llwybr.

Doedd dim angen iddi fynd lawer ymhellach. Pan gyrhaeddodd y llwybr roedd Birgit a Tarje yn sefyll hefo'i gilydd ychydig yn uwch i fyny, a llais Birgit i'w glywed yn ymresymu'n braf. Yna roedd Tarje yn codi mymryn ar ei sgwyddau a'r ddau'n cychwyn ar hyd y llwybr.

21

Mynnai Gaut greu cysylltiad, a hwnnw'n ei fodloni, neu am fod hwnnw'n ei fodloni, meddyliodd wedyn. Roedd yr Hynafgwr oedd newydd ei ollwng i'w fedd ym mhresenoldeb tystion prin y gladdfa wedi byw rhan fwyaf ei oes mewn tŷ oedd yn rhy fawr iddo, ac wedi'i adael i fynd braidd er yr holl frolio a wnâi arno fel y tŷ gorau yn y lle. A hyd y gwyddai Gaut rhyw dyfu ymhlith y gymdogaeth ddaru'r awgrym y byddai'n dŷ addas i'r teulu newydd o Lyn Lator. Buan iawn y daeth yn syniad cymeradwy a thrannoeth y gladdedigaeth roedd y gwaith atgyweirio a chymhennu'n mynd rhagddo. Pan glywodd Dag y bwriad fe'i penododd ei hun yn oruchwyliwr yr atgyweirio gyda chefnogaeth frwd y teulu newydd. A'r peth cyntaf a wnaeth ar ôl mynd drwy'r tŷ oedd dyfarnu nad oedd tŷ heb stafell ager well na'r un oedd ynddo yn dda i ddim i neb, heb wybod fod y penderfyniad i godi un newydd wedi'i wneud ers y diwrnod cynt.

Roedd Gaut yn fwy na bodlon cynorthwyo i godi honno hefyd, yn enwedig wrth i'r cysylltiad lenwi ei feddwl a dod yn llawn arwyddocâd iddo. Roedd y tŷ oedd wedi bod yn eiddo un oedd wedi cymeradwyo i'r milwyr falu wyneb Aud oherwydd Tarje bellach yn eiddo teulu un yr oedd Tarje wedi'i ryddhau o sach y fyddin. Roedd creu neu'n hytrach ddarganfod y cysylltiad hwnnw yn brofiad digon dymunol i'w grybwyll yn y gwely y noson honno, eiliadau cyn i Eir wasgu ei gwefusau yn ei glust a sibrwd iddi.

'Hwn ydi brawd mawr gora'r tiroedd, ond dw i'n mynd i gicio 'i din o yr un fath,' meddai Dag wrth ei dad tuag amser cinio drannoeth.

'Pam?' gofynnodd Seppo, yn gwledda ar y llais a'r wyneb difrifol.

'Dw i wedi bod yn siarad hefo fo a gofyn petha iddo fo drwy'r bora a dydi o'n cymryd dim sylw. Mae o'n dal i boitsian ynghanol yr hen Lwybr 'na yn 'rawyr.'

'Nac 'dw,' meddai Gaut. 'Ond ella 'i fod o'n atab y cwbwl hefyd,' meddai wrth ei dad.

'Be?'

'Be ddudodd Hagan wrthat ti echdoe, a chditha'n deud nad oedd o'n atab dim.'

'Dyfalu y byddi di.'

'Dydi o ddim gwahaniaeth chwaith.'

Synnodd Seppo braidd o glywed hynny, ond gadawodd iddo fod, er ei fod yn gweld rhyw olwg newydd rywfodd yn llygaid Gaut. Gadawodd i hynny fod hefyd ac amneidiodd yn gymeradwyol ar waith y bore. Roedd Gaut wedi bod wrthi'n cael trefn ar y prennau oedd dros ben ar ôl gorffen adeiladu eu tŷ nhw, gan archwilio a llnau a gorffen llyfnu pob planc oedd angen hynny, a Dag wedi bod wrthi hefo fo yr un mor ddiwyd.

Roedd pentwr go helaeth eisoes yn barod i'w gludo i dŷ newydd Birgit, fel roedd Dag yn mynnu ei alw.

Daeth Cari atyn nhw i gynorthwyo ar ôl cinio a buont wrthi am ryw deirawr cyn cyrraedd at y planc olaf, a Gaut yn dal i fod yn llawer rhy dawel yn nhyb Dag.

'Dowch am dro,' meddai Gaut wedi iddyn nhw orffen clirio.

Tuag at y llyn yr aethon nhw, ond 'daethon nhw ddim pellach na phen y boncan a'r boncyff yr oedd Cari mor hoff ohono. Eisteddodd Gaut arno a daeth Cari a Dag un bob ochr iddo. Rhoes ei freichiau am sgwyddau'r ddau a'u tynnu ato.

Buont felly am dipyn, yn dawel braf yno am nad oedd angen deud dim. Roedd Cari yn fodlon am mai felly'r oedd hi i fod, a'r tri'n gallu hawlio ei gilydd. Roedd Dag yn fodlon am fod mwythau'r brawd mawr fu ar goll gyhyd yn deud na fyddai o fyth yn mynd ar goll eto.

'Chdi oedd y gynta i gael gwybod 'mod i wedi mynd â Lars o'r gors, 'blaw Eir ac Aud a Lars Daid,' meddai Gaut wrth Cari yn y man.

'Da 'te,' meddai hi.

'Chi'ch dau ydi'r cynta i gael gwybod hyn hefyd.'

'Be?' gofynnodd Dag, yn frwd i gyd wrth synhwyro cyfrinach fawr.

'Mi fydd gan Lars frawd ne' chwaer fach cyn bo hir.'

'Go iawn?' gwaeddodd Dag.

'Ia.'

'Pryd?' gofynnodd Cari yr un mor frwd.

'Rhyw saith lleuad mwya tebyg.'

'Ers pryd wyt ti'n gwybod?'

'Neithiwr.' Gwnaeth Gaut ystum i godi. 'Dowch. Mi awn ni i ddeud wrth Mam a Dad.'

'Ga i ddeud wrthyn nhw?' gofynnodd Dag.

'Mae'n well i mi wneud 'sti.'

'Paid â malu. Mae dy ben di yn y Llwybr 'na drwy'r adag. Mi fyddi di wedi anghofio be 'ti isio 'i ddeud wrthyn nhw.'

'Gaut sydd i fod i ddeud 'sti,' ceisiodd Cari ddarbwyllo Dag. "U babi bach nhw ydi o.'

"Ti'n cofio sibrwd yn 'y nghlust i y basat ti'n deud am Lars pan aethon ni adra y diwrnod hwnnw?' gofynnodd Gaut iddi.

'Ydw siŵr.'

'Dowch.'

Mynnai'r ddau afael yn Gaut ar y ffordd yn ôl i lawr at y tŷ hefyd.

Ni chawsant eu dymuniad chwaith, nid y munud hwnnw beth bynnag. Pan ddaethant i'r tŷ roedd Hagan newydd gyrraedd yno o'u blaenau, ac roedd ganddo hanes digon rhyfedd i'w adrodd. Roedd o wedi trefnu hefo Görf a Tarje y noson cynt i fynd i dŷ'r Hynafgwr ben bore i glirio'r cefnau i wneud lle i'r stafell ager newydd ac roedd y wawr a nhw ill tri'n cyrraedd y tŷ tua'r un adeg. Buont wrthi drwy'r bore a hanner y pnawn gyda chymorth parod a pharablus gweddill y teulu, a Görf yn amlwg wedi hen ddygymod â phrociadau geiriol cellweirus y tair efeilles. Pan ddaeth Hagan yn ôl i'w dŷ ei hun cafodd y lle'n wag, a'r unig arwydd fod Beli wedi bod yno o gwbl oedd y baglau. Roedd ei babell a'i bynnau i gyd wedi mynd, ac roedd yn amlwg i Hagan ei fod wedi mynd gefn nos rywdro, neu byddai rhywun yn sicr o fod wedi'i weld ac wedi dod i ddeud.

Daeth Eir a Lars i mewn fel roedd Hagan yn gorffen yr hanes. Ysgydwodd Gaut ben cynnil arni i ateb y cip gan daflu amnaid gynilach fyth i gyfeiriad Hagan yr un pryd. Roedd edrychiad Thora arni hi ac yntau yr un mor gynnil, ac aeth Hagan a'i gyhoeddiad yn amherthnasol iddi am ennyd.

'Waeth i ti fwyd hefo ni ddim, felly,' meddai Seppo wrth Hagan.

Roedd Gaut mewn cyfyng-gyngor y munud hwnnw. Gwelai bob cyfle'n diflannu. Ond arbedwyd o gan Hagan.

''Sgin i funud ne' ddau i fynd i molchi a chael mymryn o ddillad yn lle'r carpia 'ma?' gofynnodd.

'Oes,' atebodd Thora, yn synhwyro. 'Ydach chi'ch tri am aros hefyd?' gofynnodd i Eir.

'Mae gynnon ni beth yn y ffwrn,' meddai Eir. 'Dŵad i nôl Gaut oeddan ni. Roeddan ni wedi'u gweld nhw'n mynd am dro.'

'Mam babi bach!' gwaeddodd Lars.

'Wela i'r un, dim ond hogyn mawr,' meddai Hagan wrtho gan roi ei law ar ei ben i'w fwytho fymryn wrth fynd allan.

'Wel?' gofynnodd Thora ar ddiwedd y pwt distawrwydd.

'Fi oedd i fod i ddeud,' cynigiodd Gaut.

'Ddudis i, 'ndo?' meddai Dag. 'Mae hwn yn anobeithiol.'

'Mi fydd yn fwy anobeithiol fyth o hyn ymlaen,' gwenodd Thora. 'Mi fydd yn cael y medd i gyd iddo fo'i hun.'

'O, fel'na mae hi?' sylweddolodd Seppo.

*   *   *

Braf oedd bod drwyn wrth drwyn ar ymylon cwsg.

'Be sydd?' gofynnodd Gaut, yn teimlo mwythiad bychan newydd.

'Chdi.'

'Be dw i 'di'i wneud rŵan eto? 'Blaw bod y brawd mawr mwya anobeithiol yn yr holl diroedd a'r lleuad?'

'Pryd penderfynist ti mai Cari oedd i gael gwybod gynta?'

'Digwydd ddaru o.'

'Mi fydda'n anodd i ti ddŵad o hyd i reswm dros gael dy dad a dy fam i ista un bob ochor i ti ar y boncyff 'na. Nid felly'r oedd hi i fod prun bynnag, naci?'

Dim ond murumur ddaeth o geg Gaut.

'Roedd isio iddo fo fod 'fath â'r tro blaen, 'toedd?' sibrydodd Eir.

'Cysga.'

'Paid byth ag aeddfedu.'

*   *   *

Roedd Gaut fymryn mwy o gwmpas ei bethau trannoeth ac yn gallu canolbwyntio'n well, er bod popeth a phob digwyddiad a hanesyn yn bellach a llai perthnasol nag yr oeddan nhw cyn i Eir sibrwd yn ei glust. Roedd Hagan wedi deud wrth Seppo a Thora y noson cynt ei fod am bicio i weld Gaut i ymhelaethu ar ddiflaniad Beli a cheisio esboniad iddo ond cadwodd y ddau o yno gyda chymorth y gostrel fedd. Ddaru o ddim sylweddoli mor fwriadol oedd hynny.

A chyn mynd i chwilio am Gaut trannoeth aeth Hagan i holi yma a thraw hyd y gymdogaeth, yn gwybod mai di-fudd fyddai hynny yn ôl pob tebyg gan mai cadw iddo'i hun oedd Beli yn ei wneud bron gydol yr amser. Pan oedd ei droed wedi gwella digon roedd wedi codi allan, ac roedd wedi bod yn hela droeon, a byth yn dychwelyd yn waglaw. O weld hynny a gweld ei fod yn trin pob helfa mor ddeheuig wrth eu paratoi ar gyfer y ffwrn neu'r badell câi Hagan byliau o amau oedd o wedi bod mor ddidwyll ag a gymerai arno pan oedd o'n deud wrth Gaut nad oedd yn un da am ymgynnal.

Dim ond wedi clywed am fodolaeth Beli neu ei weld o bell oedd y rhan fwyaf yn y gymdogaeth a chafodd Hagan ddim o werth wrth holi yma a thraw nes iddo daro ar Lars Daid a Birgit, a doedd o ddim yn sicr a gafodd ddim o werth wedyn chwaith. Roedd y ddau'n cynnal sgwrs o flaen tŷ Lars Daid a phan gynigiodd o ei neges dywedodd Birgit ei bod wedi gweld Beli ddeuddydd ynghynt wrth iddo ddod o'r goedlan, ac os oedd wedi bod yn hela doedd ganddo ddim i ddangos hynny. Roedd y ddau wedi cael mymryn o sgwrs a chyn hir dechreuodd hi deimlo braidd yn anniddig meddai hi am ei fod o fel tasai'n pwyso arni i ddeud yn union ble'r oedd Llyn Lator a'i gymdogaeth, a hithau'n amau nad busnes a oedd o. Dyfeisiodd enwau fesul dyrnaid a deud wrtho na wyddai hi ddim rhagor am fod y gymdogaeth yn un i gadw iddi'i hun. Enwodd y Pedwar Cawr a deud eu bod nhw leuadau maith tua'r gorllewin. Wedi i Beli sylweddoli nad oedd rhagor i ddod ac ar ôl rhyw fân sgwrsio wedyn roedd hi wedi gofyn iddo ai cymdogaeth Llyn Sorob oedd ei gartref bellach a'r unig ateb a gafodd oedd bod y Gallu yn galw, ac i ffwrdd ag o, a rhyw olwg bell braidd yn ei lygaid meddai hi.

Yng nghefn y tŷ yn llifio oedd Gaut pan ddaeth Hagan o hyd iddo. Bwriad Gaut oedd cario'r coed oedd Cari a Dag ac yntau wedi'u paratoi y diwrnod cynt i gyd i'r tŷ arall cyn eu torri i'w priod hyd ond gan fod y stafell ager newydd yn mynd i fod yr un faint â'r un yn eu tŷ nhw penderfynodd eu torri adra, iddo gael bod mor agos at Eir ag oedd modd.

'Be wnei di ohono fo?' gofynnodd Hagan wedi iddo grynhoi ei sgwrs hefo Birgit.

'Oes 'na wneud ohoni?' Gafaelodd Gaut yn y lli eto ond ailfeddyliodd a'i gosod ar ben y planc. 'Dw i ddim yn 'i ddallt o,' meddai wedyn.

'Y gwir amdani ydi na fedra i roi dwyfraich dros galon a deud y byddai'r Beli dw i wedi'i nabod yn un i fynd o'i wirfodd i baball llawn milwyr gefn nos i wneud rwbath mor rhyfygus â dy ryddhau di o sach,' meddai Hagan.

'Mae 'na rwbath 'blaw be mae o wedi'i ddeud wrthan ni wedi digwydd,' meddai Gaut. 'Ne'n mynd i ddigwydd,' meddai wedyn.

'Ella,' meddai Hagan, yn clywed pryder annodweddiadol yn llais Gaut. 'Dw i ddim yn credu bod angan i ni boeni am deulu Birgit oherwydd 'i ddiflaniad o. Mi allwn fentro 'i fod o fel pob milwr arall yn gwybod o'r dechra bod y fyddin yn chwilio amdanyn nhw. Mi ddaru'r Uchben digri 'nw gadarnhau hynny wrthon ni. Maen nhw'n gwybod hefyd am y genod yn y teulu. Ond mae'n amlwg na chafodd Beli orchymyn i chwilio amdanyn nhwtha hefyd, dim ond chwilio am Ahti. Fel arall mi fasa fo wedi deud wrthat ti. Roedd o'n ddigon parod i sôn am Ahti, 'toedd?'

'Mae hynna'n gwneud synnwyr, mae'n debyg,' meddai Gaut, yn teimlo mai gobeithio oedd o yn fwy na chytuno.

'A tasa fo'n bwriadu 'i heglu hi i chwilio am y fyddin i ddeud wrthyn nhw bod 'na deulu diarth hefo pedair o genod a thair yn efeilliaid wedi cyrraedd yma go brin y bydda fo wedi holi Birgit yn dwll fel daru o echdoe. Mi fydda fo wedi bod fymryn yn fwy cyfrwys na hynny, siawns.'

Ystyriodd Gaut hynny am ennyd.

'Bydda, mae'n debyg,' cytunodd.

Roedd bywyd a meddyliau'n dod yn ôl i drefn yn ara deg, er bod cyfoeth y teimladau newydd yn dal i deyrnasu, a Gaut yn sydyn yn teimlo eu bod yn dod â hyder newydd hefo nhw. Am eiliad roedd hynny mor gry nes creu awydd ynddo i hyrddio'r cwestiwn arall at Hagan. Ond roedd Hagan yn cael y blaen arno.

'A chymryd bod 'nelo 'i ddiflaniad o â rwbath ddaeth i'r amlwg yn 'i sgwrs hefo Birgit, mae arna i ffansi meddwl bod 'na esboniad syml ac mai hwnnw sy'n gwneud mwya o synnwyr,' meddai.

'Be felly?' gofynnodd Gaut ar fwy o frys.

Roedd pwt o wên ar wyneb Hagan.

'Dy gyfaill penna,' meddai.

'Am be 'ti'n sôn?'

'Mae'r Gallu wedi mynd i'r afael â fo.'

'Be?'

Aeth gwên Hagan yn lletach am ennyd o glywed mor anghrediniol oedd y cwestiwn. Yna sobrodd.

'Dw i wedi'i weld o'n digwydd, ddwywaith,' meddai. 'Roedd 'na filwyr yma a thraw yn gredwyr y Gallu bryd hynny hefyd, a'r rheini at 'i gilydd yn dŵad o bellafion tiroedd y de-orllewin pell a rhai'n llawar mwy dwys na'i gilydd.'

'Oeddat ti'n gweiddi ar y duwia hefo pawb arall?' gofynnodd Gaut, yn methu peidio â thorri ar ei draws.

'Dim ond pan oedd yr uchel rai'n rhy agos i mi beidio, a phan nad oedd 'na obaith i wneud siâp ceg 'u twyllo nhw chwaith.'

Teimlai Hagan braidd yn euog wrth wneud hynny o gyffes oedd hi, wedi synhwyro cefndir y cwestiwn.

'Mi fûm i'n dyst i ddau'n gadael y fyddin am fod y

Gallu wedi deud wrthyn nhw am fynd hyd y tiroedd i ledaenu 'i fodolaeth o, ne' rwbath tebyg i hynny,' aeth ymlaen. 'Mi aeth y ddau o fewn rhyw leuad i'w gilydd. Wn i ddim o hanas y cynta ond ymhen tridia ar ôl iddo fo fynd roedd yr ail yn cael 'i lusgo'n ôl i'r gwersyll gerfydd 'i draed a'i glymu â'i ben i lawr wrth bostyn ynghanol llwyth o wair sych. Mi daniwyd y gwair.'

'Y noson honno 'ta drannoeth ddaru ti ddengid o'r fyddin?' gofynnodd Gaut ar ôl eiliadau hirion distaw.

'Sut dyfalist ti?' gofynnodd Hagan ar ôl eiliadau distaw eraill.

'Ella 'mod i'n dechra dy nabod di.'

'Ella dy fod di wedi 'nabod i yr eiliad y gwelist ti fi gynta un.'

'Doedd dim angan 'i ladd o, nac oedd?'

'Pan mae'r Weddw yn trio dy droi di'n gadach llawr am nad wyt ti'n mawrygeiddio'r Gallu wrth Lars 'ti'n mynd â sachad o goed a chusan iddi hi. Dydi pawb ddim 'run fath â chdi.' Ysgydwodd Hagan ben ofer. 'Y rheswm ffurfiol am losgi'r milwr oedd 'i fod o wedi dengid, ond mae'n debyg 'i fod o wedi deud petha rhwng cael 'i ddal a chyrraedd y gwersyll.'

'Wyt ti'n credu fod Beli wedi cymryd y goes er mwyn trio dyrnu'r Gallu 'ma i benna pawb welith o?'

'Mae'n bosib, yn enwedig os ydi'r Gallu wedi gafael ynddo fo. Ac os ydi o, nid credu hynny mae Beli ond 'i fyw o.'

'Ond pam mynd gefn nos?'

'Fo ŵyr 'i betha.'

'Mewn geiria erill, 'dan ni ddim mymryn nes i'r lan.'

'Nac 'dan.'

Roedd Gaut yn prysur ystyried rhywbeth arall.

'Pan ofynnis i ti y diwrnod y daru ni gwarfod gynta pam oeddat ti wedi dengid o'r fyddin ddaru ti ddim crybwyll hyn,' meddai. 'Mi ddaru ti awgrymu mai dy fod di'n gwybod be ddigwyddodd i mi oedd un rheswm, ac ella y rheswm penna.'

Roedd Hagan yn ystyried am eiliad hefyd.

'Roeddat ti wedi gweld a phrofi digon o betha ffiaidd heb i mi ychwanegu atyn nhw,' meddai.

'Be ddigwyddodd i'r ddau filwr?'

'Mae'r Weddw yn deud dy fod yn un da am neidio'r cymyla.' Roedd Hagan mor hamddenol â tasai o wedi bod yn disgwyl y cwestiwn ers meitin. 'Nid "da" ydi'r union air sydd gynni hi chwaith.'

'Paid ag atab 'ta.'

22

'Mae'r tiroedd yn hardd,' meddai Erno. 'Be ddudis i o'i le rŵan?' gofynnodd wedyn o weld wyneb Helge.

'Dim,' meddai Amora.

Roedd ei llais fel tasai'n awgrymu nad oedd cytuno nac anghytuno ag o'n berthnasol. Roeddan nhw wedi bod yn cerdded dyffryn lled gul am ddau ddiwrnod a bore a hwnnw'n mynd â nhw fymryn i'r de-ddwyrain yn unol â dyhead Bo. Ddiwedd y trydydd bore cyraeddasant lan llyn hir ac eang, a hwnnw'n amlwg ym mhen draw'r dyffryn. Roedd hynny o dir cerddadwy y pen pellaf iddo'n codi'n llethr gwelltog oedd yn culhau wrth i fynydd gau amdano, gyda haenau trwchus o graig olau'n cydredeg ag o ar y chwith, ac ochr o graig bur drawiadol o syth a di-lol ar y dde a mymryn o fwlch cul a serth a lled welltog i'w weld rhwng ei chopa a llethrau pellaf y mynydd arall oedd ar y dde iddyn nhw, oedd yn codi'n raddol o'r llyn. Gwelid mynyddoedd eraill y tu hwnt i'r un o'u blaenau, bron pob un yn wyn ei gopa. Wrthi'n archwilio hynny a fedrai o'r tirwedd oedd Bo pan wnaeth Erno ei sylw. Buan y trodd ei wên yn chwarddiad.

'Dw i rioed wedi crwydro'r tiroedd, naddo?' meddai Erno yn ei lais ymddiheuro gorau. 'Rois i rioed fwy na cham ne' ddau o'r gymdogaeth tan rŵan.'

'Na finna chwaith,' meddai Amora. 'Ond – ym...'

Tawodd, fymryn ar goll.

'Dau yn gweld caethgyfle, un yn gweld prydferthwch,' meddai Bo. 'Lle dach chi'ch dwy arni?' gofynnodd i Edda a Ragnil.

'Roeddan ni'n dringo coedwigoedd heb weld ymhellach na dwy goedan o'n blaena ddwy flynadd yn ôl,' meddai Edda, hithau'n astudio'r mynydd ac yn chwilio am arwyddion o obaith y gellid mynd ymlaen yn hytrach na gorfod troi'n ôl. 'Aros i wrando yn fwy nag i weld wyt ti pan wyt ti yn 'u canol nhw,' meddai wrth Erno.

'Gwrando ar y coed?'

'Ia yn benna.' Daliai hi i chwilio tua'r mynydd. 'A phan oeddan ni yn 'u canol nhw ac yn gweld dim arall roeddan nhwtha'n gallu bod yn ddigon prydferth hefyd.'

'Sgwrsio fel hyn oeddach chi mewn caethgyfle?' gofynnodd Helge.

''Well na sgrechian.'

'Be 'di dy farn di?' gofynnodd Bo i Ragnil, hithau hefyd yn dyfal astudio'r mynydd.

'Mae 'na afr yn y lle ucha 'cw,' meddai hi gan bwyntio at y bwlch pell rhwng y ddau fynydd, a'r afr yn haws i'w gweld ynddo am ei bod yn symud. 'Mae 'na eifr ne' ddefaid gwyllt ar y llethr 'na. Ella bod 'na hafn gul yna a'u bod nhw wedi gwneud llwybr rhwng y ddau. Tyd i weld,' gorchmynnodd.

'Mae gen i syniad gwell,' meddai Bo. 'Mi 'rhoswn ni yma heddiw a heno i Amora ac Edda gael mymryn o orffwys. Mi gei di a Helge edrach ar 'u hola nhw rŵan ac mi eith Erno a finna i weld fedrwn ni fynd i fyny i'r bwlch ac edrach be sydd tu hwnt iddo fo os medrwn ni.'

'Dydi hwn ddim wedi crwydro medda fo,' protestiodd Ragnil gan amneidio at Erno. 'Fydd o ddim yn gwybod be i'w wneud.'

'Gosod un troed o flaen y llall ne' rwbath, ia?' meddai Erno.

'Mae'n dau ddieithryn ni'n prysur ddŵad atyn 'u hunain,' meddai Amora yn ddistaw wrth Helge.

'Diolch byth,' meddai o yr un mor ddistaw, yntau'n dechrau ymlacio hefyd o glywed geiriau dibryder pawb ond Amora a fo. 'Pam nad ewch chi'ch tri?' meddai wrth Bo ac Erno a Ragnil. 'Mi fyddwn ni'n iawn yma. Cym di bwyll,' meddai wedyn wrth Ragnil. "Dan ni ddim isio dy golli di a ninna newydd dy gael di.'

Gwenu ei buddugoliaeth braf wnaeth Ragnil. Bellach, a'i swildod wedi graddol ddiflannu roedd hi'n gallu derbyn cyfeillgarwch naturiol oedolion heb ei amau na'i ofni, a gallu derbyn y caredigrwydd rhyfedd oedd wedi bod mor ddiarth iddi pan ddechreuwyd ei amlygu. Roedd yn amlwg hefyd ei bod wedi dechrau trin Erno dipyn yn fwy amharchus, ac roedd o wrth ei fodd am hynny, er mor newydd oedd y profiad hwnnw iddo gan fod yr amarch yn hoffus a digri yn amlach na pheidio, mor wahanol i'r amarch gwastadol a brofasai cynt. Doedd hi ddim wedi cynnig rhagor o'i hanes chwaith, a doedd neb wedi gofyn iddi wneud hynny nac wedi pwyso dim arni. Roedd Edda wedi sôn mymryn wrthi am ei phlentyndod ei hun o bryd i'w gilydd yn y gobaith o'i chael hithau i wneud yr un peth, ond dim ond dangos diddordeb a holi oedd hi'n ei wneud. A dim ond gwrando ddaru hi pan ddywedodd Edda mai prin gofio ei mam oedd hi.

Ymhen yr awr roedd y tri ar waelod y llethr yr ochr arall i'r llyn, a'r pori di-baid arno yn ei wneud yn hawdd ei dramwyo, yn union fel y tir yr oeddan nhw newydd ei gerdded ar yr ochr dde-orllewinol hir. Roedd coed ar y dde o'u blaenau, yn ymestyn i ochr y mynydd oedd yn codi o'r llyn ac yn cuddio'r graig syth yr oeddan nhw wedi'i gweld o'r lan bellaf awr ynghynt. Ragnil oedd y fwyaf eiddgar ac roedd yn mynnu mynd ar y blaen, a hi oedd y gyntaf i gyrraedd cwr uchaf y coed. Roedd mymryn o hafn rhyngddyn nhw a'r graig syth, ac roedd buddugoliaeth yn llond ei hwyneb wrth droi at Bo ac Erno.

'Mae 'na lwybr yn mynd i fyny,' meddai. 'Ro'n i'n iawn.'

'Llwybr.'

Dyna unig air Erno.

'Dy ddychymyg di sydd braidd yn wastad ella,' meddai Bo wrtho.

'Fedar Edda ac Amora fynd i fyny hwn a nhwtha'n cario?'

'Leuad a mymryn yn ôl roedd y ddwy'n dringo clogwyn rhew unionsyth a diafael. Dydyn nhw ddim wedi trymhau digon ers hynny i'w llesteirio nhw rhag hwn.'

'Hefo ffon oedd dyn Mam yn cerddad llwybra 'fath â hwn,' meddai Ragnil.

Aeth i fyny'r ddringfa at y bwlch serth mor ddeheuig â phe tasai ar lwybr gwastad mewn cymdogaeth.

Aeth Erno ar ei hôl, yr un mor ddidrafferth. Roedd wedi hen arfer â dringfeydd cyffelyb gan eu bod yn mynd ag o i'r llonyddwch a chwenychai o fod yn ei gwmni mynych ei hun. Doedd dim angen iddo fod wedi deisyfu'r llonyddwch hwnnw ers y diwrnod y daeth Helge ar ei warthaf.

Roedd Bo yn ei ddilyn i fyny, rhyw fath o ddilyn. Am y tro cyntaf roedd Ragnil wedi datgelu mymryn am ei gorffennol ohoni'i hun, a doedd na dychryn na dim yn ei llais wrth iddi wneud hynny. Roedd o'n ysu am ragor, ond yn gwybod mai dim ond ohono'i hun y dylai'r rhagor hwnnw ddod hefyd.

Er ei fod yn serth gwaith cerdded yn hytrach na dringo oedd ar y bwlch. Pan ddaeth iddo roedd yn rhaid i Ragnil gael codi ei breichiau a'u chwifio i gyfeiriad pen pellaf y llyn islaw a daeth cyfarchiad cyffelyb yn ôl oddi yno. Bron nad oedd angen craffu i'w weld gan ei belled. Aethant i fyny.

'Pwy ydi dyn Mam?' gofynnodd Erno pan oeddan nhw newydd gyrraedd pen uchaf y bwlch a'r tir yn fwy gwastad a Ragnil wedi troi'n ôl eto i edrych a welai'r llyn.

Am eiliad roedd Bo yn diarhebu wrtho'i hun, ond nid oedd angen iddo.

'Dyn Mam,' atebodd Ragnil.

'Ia, ond – ym – nid dy dad, felly?'

'Naci. Dyn Mam.'

'O.'

Gadawodd Erno hi ar hynny a chodi mymryn o ael ar Bo. Aethant ymlaen. Ymhen ychydig roeddan nhw'n dod at ysgwydd ar y dde ac ar ôl rhyw hanner awr o gerdded hefo hi daethant i olwg y tiroedd y tu hwnt. Safodd y tri i astudio. Roedd y mynyddoedd uchel a'r rhai gwyn eu copaon i gyd ar y chwith ac o'u blaenau ni welent ddim ond ucheldir gwag.

'Digysgod braidd,' meddai Erno. 'Wela i ddim llawar o guddfanna inni.'

'Pwy bynnag fyddai yma i'n gweld ni,' meddai Bo.

'Mae o'n iawn fel arall, 'tydi? Mi eith â ni i rwla, siawns. 'Well na mynd yn ôl ar hyd y dyffryn 'na.'

'Dowch 'ta. Mi gei di ddeud wrthyn nhw,' meddai Bo wrth Ragnil.

Troesant yn eu holau, ac o gael y cyfrifoldeb roedd Ragnil ar dipyn o frys a doedd Bo nac Erno ddim llawer haws â'i hannog i gymryd pwyll. Bron nad oedd yn llithro i lawr yr hafn rhwng y bwlch a'r llethr uwchben y llyn. Ond arhosodd yn stond pan ddaethant i gwr y coed ar y llethr.

'Ylwch!' meddai, y brwdfrydedd yn llond ei llais.

Roedd y llethr yn wag, y geifr a'r defaid gwyllt wedi diflannu, ac islaw roedd dau flaidd ar lan y llyn yn llepian mymryn o ddŵr.

'Ddudis i, 'ndo?' meddai hi, ei llais eto mor llon â'i hwyneb.

'Deud be?' gofynnodd Erno.

'Bod fa'ma'n lle da i fleiddiaid.'

'Chlywis i mohonat ti'n deud.'

'Isio i ti wrando sydd. Mi fentra i bod 'na gnud yma.'

Daliai i gadw ei golwg eiddgar ar y ddau flaidd wrth

gerdded i lawr y llethr, ac roedd Bo yn ddigon balch eu bod wedi llwyddo i arafu rhywfaint arni.

'Pam wyt ti'n hoff o fleiddiaid?' gofynnodd Erno wedi iddyn nhw gyrraedd glan y llyn, a'r bleiddiaid ar y lan gyferbyn wedi codi eu pennau i'w gwylio.

'Dyn Mam yn 'u casáu nhw.'

Doedd dim arlliw o'r wyneb llon. Trodd ei golygon oddi ar y bleiddiaid. Aeth at Erno a gafael amdano a phwyso ei phen arno. Dychrynodd Erno. Doedd neb wedi gafael fel hyn ynddo erioed ac roedd yn ddisymwth ar goll yn lân. Ond gwelodd Bo yn amneidio arno i gyfleu fod popeth yn iawn. Tynhaodd yntau ei freichiau fymryn amdani.

'Dwyt ti ddim yn hoff o dyn Mam,' cynigiodd.

Ysgwyd ei phen oedd Ragnil.

'Oedd o'n gas hefo chdi?'

'Mi ddaru nhw hel Tore a fi i ffwr am byth.'

'Pwy?' gofynnodd Erno, y dychryn sydyn yn llond ei wyneb a'i lais.

'Dyn Mam a Mam.'

Gwasgodd hi ei hun yn dynnach ato.

'Am be?' gofynnodd o, pob math o syniadau yn gwibio drwy ei feddwl.

'Mi ddaru nhw daflu cerrig ar ein hola ni. Mae Edda yn deud dy fod di'n cael dy guro hefyd.'

'Hidia befo amdana i.' Ceisiodd ymryddhau mymryn oddi wrthi i weld ei hwyneb yn iawn, ond nid oedd ganddo obaith. 'Pam oeddan nhw'n gwneud hynny?' gofynnodd.

'Dim isio ni.'

Prin glywed y geiriau ddaru Erno a Bo, ac o'u clywed ni fedrai'r un o'r ddau wneud dim ond sefyll yno, mor llonydd â'r ddau flaidd draw.

'Pa bryd oedd hyn?' gofynnodd Erno yn y man.

'Eira.'

"Ti 'di bod yn crwydro ers y gaea?'

Amneidio ddaru hi, a'i gwasgu ei hun yn dynnach fyth at Erno.

'Tyd,' meddai Bo, a mwytho'r mymryn lleiaf ar ei hysgwydd, 'mae pob dim yn iawn i ti rŵan. Mi awn ni i gael bwyd.'

Roedd Ragnil yn mynnu gafael yn llaw Erno.

'Mewn cymdogaeth oeddat ti'n byw?' gofynnodd Bo wedi iddyn nhw fynd ychydig.

'Be 'di hwnnw?' gofynnodd hi.

'Oedd 'na lawar o dai yn ymyl?'

'Pump. Roeddan nhw ar wasgar.'

Dim ond pan ddaru hi weld Edda y gollyngodd ei gafael ar Erno. Ac eistedd rhwng y ddau ddaru hi wrth iddyn nhw gael eu bwyd cyn y machlud, gan frwd ddisgrifio'r ucheldir a'r bleiddiaid i Edda ac Amora a Helge. Roedd hi wedi mynnu cael Edda hefo hi pan oedd y lleill yn paratoi'r bwyd, ond doedd hi ddim wedi datgelu rhagor o'i hanes iddi. Roedd hi wedi blino digon ar ôl ei bwyd i fynd i'w sach cysgu a dim ond wedyn y cafodd Edda hanes y dyn Mam.

'Mae gen i syniad be sydd wedi digwydd hefo'r cymdogaetha, ne' gymdogaeth ella,' meddai hi, yn canolbwyntio llawn cymaint ar y tân bychan o'u blaenau a galwad braf a phell y blaidd o ben arall y llyn ag yr oedd hi ar ei geiriau.

'Be?' gofynnodd Helge.

'Mae hi a'i brawd yn gweld cymdogaeth am y tro cynta rioed. Maen nhw ar 'u cythlwng ac yn gweld gobaith bachu bwyd ynddi. Maen nhw'n trio dwyn peth ac yn cael eu hymlid, ne' ella'n cael eu dal a'u curo a'u hymlid. Hynny'n gwneud mwy o synnwyr. Petha i'w hofni ydi pob cymdogaeth iddi wedyn.'

'Ydi, mae hynna'n gwneud synnwyr,' meddai Amora. 'Faint oedd oed y brawd tybad?'

'Fengach na fi,' meddai Erno. 'Mi ddudodd hynny gynna. Roedd o'n hŷn na hi, ond dydi hi ddim yn gwybod faint oedd o mwy nad ydi hi'n gwybod 'i hoed 'i hun.'

'Mae 'i bod hi'n deud y petha 'ma wrthat ti yn dangos dy fod yn plesio fwyfwy bob dydd,' meddai Helge.

'Ydw.' Synnodd Erno fymryn ar y tân. 'Tro cynta yn fy hanas. Braf, 'tydi?'

'Diolch, Dad,' meddai Edda yn sydyn.

'Am be rŵan eto?' gofynnodd Helge.

'Mae 'na chwech ohonan ni, a fi ydi'r unig un sydd heb ddiodda.'

'Mi gollist dy fam,' meddai Amora, ei llais yn fwy tyner nag arfer hyd yn oed.

'Ro'n i'n rhy ifanc i ddiodda.'

'Be wnest ti 'i ddiodda?' gofynnodd Erno i Helge.

'Mae hi'n stori hir. Mae'n well i ni fynd i gadw.'

*   *   *

Aeth trannoeth i gyd i'r ucheldir. Er iddo sylwi y diwrnod cynt, doedd Erno ddim wedi llwyr ystyried mor ddigysgod oedd o. Roedd gofyn bod yn ei ganol i hynny. Be tasai'n dŵad yn ddigon o storm i chwythu'r ddwy baball i ben arall y lleuad? gofynnodd. Mynd am dro hefo nhw, oedd ateb digyffro Edda. Bod yn ddigysgod ynghanol mellt a thrana'n well fyth, meddai Bo. Deud wrth hwn am gallio, meddai Ragnil wrth Edda, a Bo yn llonni yn ei galon o'i chlywed.

Aeth cryn dipyn o drennydd iddo hefyd er ei bod yn amlwg eu bod yn mynd at i lawr yn raddol. Ond roedd yn ganol y pnawn arnyn nhw'n dod i le y gellid ei alw'n derfyn iddo, a ble gallent weld yn rhesymol glir yr hyn oedd odanynt. Roedd yn amlwg ers meitin fod coed tua'r de a'r dwyrain a dim ond wrth ddod i derfyn yr ucheldir y gwelsant mai coedwig eang oedd yno. Roedd cymdogaeth ar waelod y llechwedd hawdd o'u blaenau a llyn yn derfyn gorllewinol arni. Dim ond tua'r gorllewin yr oedd y tir yn glir. A doedd dim posib llechu rhag y gymdogaeth chwaith gan fod plant islaw yn pwyntio tuag atynt.

'Mi gawn ni'n dau sgwrs fach hefo Ragnil,' meddai Edda wrth Bo.

'Mae'n debyg bod angan un,' cytunodd o.

Amneidiodd Edda ar Ragnil a daeth hi atynt.

'Roeddat ti wedi dychryn ac roedd arnat ti ofn am dy fywyd pan welist ti ni gynta, 'toedd?' meddai Edda wrthi.

Amneidio ddaru Ragnil.

'Ond mae pob dim yn iawn rŵan, 'tydi?' meddai Edda.

'Ydi.'

'Ond rydan ni ar goll braidd. Mae'n rhaid i ni gael gwybod ble ydan ni, ac mae'n rhaid i ni fynd i'r gymdogaeth 'na i ofyn. Mae'n rhaid i ni i gyd fynd hefo'n gilydd. Does 'na ddim pwrpas inni ddŵad yn ôl i fyny i fa'ma. Mi fyddi di'n hollol iawn. Neith 'na neb ddim byd i ti.'

Edrych yn amheus oedd Ragnil, ond doedd dim o'r ofn oedd wedi'i llenwi y troeon cynt.

'A does 'na ddim milwyr yna, ne' fyddan ni ddim yn mynd ar 'cyfyl,' meddai Bo. 'Ond mae'n rhaid i ni fynd. Mae'n rhaid i ni fod yn rwla call cyn y gaea, a bod mewn tŷ iawn pan ddaw'r ddau fabi, i chdi ac Erno a minna gael helpu i edrach ar 'u hola nhw.'

'Fydd gan dy fabi bach di wallt 'fath â chdi?' gofynnodd Ragnil i Edda.

'Mae'n anodd deud ar hyn o bryd 'sti,' meddai Edda, yn rhyfeddu at lwyddiant annisgwyl Bo. 'Gofyn i Bo.'

'Be ŵyr hwn? Mi fasai'n braf cael gwallt 'fath â chdi.'

'Tyfu at allan mae gwallt cyrliog, nid at i lawr. Mi awn ni ymlaen 'ta, ia?'

Amneidiodd Bo y llwyddiant ar Amora a Helge. Cychwynasant i lawr, a Ragnil yn gafael yn llaw Edda drwy'r adeg. Bellach gwelent bobl yn ymgasglu hefo'r plant islaw i'w gwylio. Awgrym Helge oedd mai am eu bod yn dod i lawr y llechwedd oedd hynny, a bod dieithriaid fel arfer yn dod ar hyd y tir gwastad o'r gorllewin. Awgrym Erno o weld y busnesa eiddgar oedd mai casgliad o bobl fel brawd ei nain oedd y gymdogaeth benbaladr ac mai'r unig gyfarwyddyd credadwy a gaent yno fyddai sut i fynd i'r Seren Lonydd. Ydi, mae hwn yn debycach i'r hyn y dyla fo fod, meddai Amora heb fynd i'r drafferth o gadw ei llais yn isel.

Arafai Bo bob hyn a hyn, a phendroni ar y goedwig.

'Be weli di?' gofynnodd Erno, o'i weld yn arafu eto.

'Ella ein bod ni wedi mynd fwy i'r de nag yr o'n i'n 'i dybio.'

'Mae'n rhaid i ni fynd fwy fyth ne' groesi. Wyddost ti sut i gadw cyfeiriad mewn coedwig?'

'Mi wn i sut i fynd ar goll mewn coedwig.'

Aethant i lawr ar ôl y lleill. Roedd Ragnil yn pwyso fwy a mwy yn Edda wrth iddyn nhw ddynesu at y gwaelod, yn enwedig wrth iddi weld rhagor o bobl yn cyrraedd o'r gymdogaeth i'w gwylio. A mwya sydyn dyma Edda yn sylweddoli, a synnu nad oedd hi wedi gwneud hynny y troeon cynt. Ymhen blwyddyn neu well byddai llaw fach newydd yn gwneud hyn, yn dibynnu'n llwyr arni wrth i draed bach newydd fynd ati i ddygymod â'r tir a'r byd odanyn nhw. Gwasgodd fymryn mwy ar law Ragnil. Doedd ganddi ond gobeithio nad ar hirdaith eto fyth y byddai'r llaw fach newydd yn dechrau gafael a dibynnu. Canolbwyntiodd eto ar y dyrfa islaw. Roedd eu sylw bron i gyd ar ei gwallt hi wrth iddyn nhw eu gwylio'n dynesu, ond roedd hi wedi hen arfer â hynny bellach, gartref ac ar ei theithiau.

Cyraeddasant y gwaelod a dynesu at y dyrfa. Gofalodd Edda fod y lleill o'i blaen hi a Ragnil.

'Da bo eich dydd, bawb,' cyfarchodd Helge y llygaid chwilfrydig.

'A'ch dydd chitha yr un modd,' meddai'r dyn oedd ar flaen y dyrfa.

Er bod amheuaeth yn llond ei wyneb roedd Edda a Bo ac Erno yn ddiarwybod i'w gilydd yn penderfynu fod golwg rhy gall arno i fod yn Hynafgwr.

'Ffoaduriaid ydach chi,' meddai'r dyn.

Cyhoeddi hynny oedd o, nid gofyn.

'Pam wyt ti'n tybio hynny?' gofynnodd Helge.

'Fyddai teithwyr ddim yn cyrraedd yma o'r pellafoedd uchal 'cw.'

'Na theithwyr diarth sydd wedi troi i'r dyffryn anghywir a'i gerddad am dridiau?' gofynnodd Amora.

'Os dyna ddigwyddodd, dyma'r tro cynta.' Roedd hwnnw'n llawn cymaint o gyhoeddiad â'r un cynt. 'O ble daethoch chi?' gofynnodd y dyn wedyn, heb ddim o'r amheuaeth oedd yn dal i fod yn ei wyneb i'w glywed yn ei lais.

'O'r gogledd-orllewin pell 'cw,' dyfeisiodd Bo. 'Cyffinia'r Tri Llamwr. Wyddost ti am fan'no?'

'Rhy bell i mi. A dach chi'n dŵad yma ne' dach chi ar goll.' Roedd mymryn o fuddugoliaeth i'w chlywed yn llais y dyn. 'Waeth i chi heb â chymryd arnoch fel arall,' meddai, yn ysgwyd ei ben. 'Os daru chi edrach o'ch cwmpas wrth dramwyo'r llechwedd maith 'ma mi ddaru chi weld nad ydi hi'n gymdogaeth i fynd trwyddi.

'Dewch chi ddim llawar pellach os nad oes gynnoch chi flaidd ne' fleiddast i'ch tywys chi drwy'r coed.'

Ddaru Bo ddim cynnig unrhyw sylw ar hynny, nac ar ddim a ddywedwyd wedyn wrth i'r dyrfa raddol ddatgelu ei bod yn gymdogaeth ddigon croesawgar i fynnu eu bod yn aros mewn un o'r ddau dŷ gwag oedd ynddi er mwyn iddyn nhw gael gorffwys a gwres a bwyd iawn. Roedd gorchymyn iddyn nhw aros am ddiwrnodau a cherydd i Helge a Bo ynghlwm wrtho am eu bod yn gorfodi hirdaith ar ddwy feichiog. Pan ddaethant i'r tŷ gwag cyntaf a phenderfynu ar hwnnw cafodd Edda gerydd arall gan un wraig am fod ei gwallt yn rhy hir. Erno ddaru ruthro i achub cam Edda, a chafodd o gerydd llawer llymach am fod yn ddi-ddallt ynglŷn â'r nerth yr oedd hirwallt yn ei fynnu iddo'i hun pan ddylai'r nerth hwnnw gael ei ddefnyddio er budd y babi yn y groth. Roedd rhyddid diarth Erno yn rhy newydd iddo beidio â dychryn o glywed y cerydd oedd mor llym a therfynol, ond yna gwelodd wyneb braf Amora yn edrych arno. Roedd Ragnil yn dal i fod yn dynn wrth Edda, yn cuddio ei hwyneb ynddi wrth glywed y cerydd, a'r wraig yn ei hanwybyddu gan ddal ati ar Erno ac Edda. Gwasgodd Edda fymryn mwy ar Ragnil i geisio lleddfu'r crynu bychan.

Dal yn dawel oedd Bo, hyd yn oed pan ddaeth y dyn yn ei ôl atyn nhw mewn ychydig â chostrelaid o fedd yn ei ddwylo a deud mai Klas oedd ei enw a chael cerydd mwy llym gan y wraig nag a gafodd Erno, a hynny am ddod â medd i dŷ y beichiog. Doedd o ddim mymryn haws â dadlau mai ar gyfer y dynion oedd y ddiod. Ac yn llachar annodweddiadol ohono, chymerodd Bo ddim sylw o rybudd y wraig fod Hedal dduw ei hun, duw'r ffrwythlon a'r beichiog, yn gwahardd pob medd a phob cwrw o'r tŷ.

'Oes gen ti fymryn o awydd rhannu'r byd bach cyfrin 'ma'r wyt ti ynddo fo ers yr awr ddwytha 'ma?' gofynnodd Edda iddo wedi i'r wraig ymadael gan adael Klas i wenu'n gynnil ar ei hôl.

Chafodd hi ddim ateb i hynny, ond roedd Bo yn troi ei sylw at Klas.

'Oes 'na draddodiad o fleiddiaid yn tywys pobol drwy'r goedwig ymysg y gymdogaeth?' gofynnodd iddo.

'Be 'di dy eiria di, lencyn?' Roedd Klas yn ffrom. 'Mae golwg gallach na hynna arnat ti.'

'Oes 'na hanas o fleiddiaid yn tynnu sylw rhywun at hogyn anymwybodol 'ta?'

Sobrodd Klas. Gwelodd nad gofyn o ran gofyn oedd Bo. Ond chafodd o ddim cyfle i ddeud dim.

'Steinn?' gofynnodd Bo.

Rhythodd Klas arno.

'Steinn?'

'Oedd o'n byw hannar diwrnod o'r gymdogaeth?' gofynnodd Bo.

'Sut gwyddost ti amdano fo?'

'Oedd o?'

'Oedd. Yn y coed.' Ond nid hynny oedd ar feddwl Klas. 'Ble clywist ti'r hanas?'

'Ro'n i'n iawn.'

Rhyw hanner wrtho'i hun y dywedodd Bo hynny. Roeddan nhw wedi teithio fwy i'r de nag yr oedd o wedi'i dybio a gwyddai ble'r oeddan nhw, ac er bod y goedwig eang yn creu cymhlethdod roedd y rhyddhad disymwth wedi'r holl diroedd diarth a'r holl obeithio a dyfalu yn goresgyn hynny.

'Mae Mynydd Agnar a Llyn Sigur ddeuddydd neu dri i'r dwyrain drwy'r coed, felly,' meddai.

'Ydyn, ne' fymryn i'r de-ddwyrain yn nes ati,' meddai Klas, ei lais yn llawn penbleth. 'Sut gwyddost ti am Steinn a'r hogyn, medda fi.'

Adroddodd Bo yr hanes, am Eyolf yn mynd ar goll yn y goedwig mewn storm eira pan oedd yn bedair ar ddeg oed a'r hanes am Steinn yn dod o hyd iddo wedi i'r bleiddiaid dynnu ei sylw ato, ac Eyolf wedi taro ei ben wrth syrthio nes ei fod yn anymwybodol, a Steinn yn ei ymgeleddu ac yn gorfod ailddysgu popeth iddo pan ddechreuodd ddod ato'i hun gan gynnwys rhoi enw newydd iddo am ei fod wedi colli ei gof yn llwyr. Adroddodd am Aino yn dod i chwilio amdano ymhen lleuadau, a Steinn a'r hogyn wedi ymadael â'r gymdogaeth erbyn hynny. Roedd Klas yn rhyfeddu wrth gytuno o glywed ei henw. Aeth Bo ymlaen i adrodd hanes Eyolf yn y fyddin a sut y bu iddo gyfarfod Aino heb wybod pwy oedd hi ac yntau erbyn hynny yn bump ar hugain oed ac iddyn nhw gyd-deithio am leuadau cyn cyrraedd adref, a chof Eyolf yn dychwelyd iddo o weld magl blaidd yr oedd o'i hun wedi'i falu pan oedd yn llefnyn ryw ddeuddeng mlynedd ynghynt.

Roedd Edda ac Amora a Helge yn hen gyfarwydd â'r hanes ond roedd Klas ac Erno wedi rhyfeddu cymaint â'i gilydd o'i glywed, a Ragnil wedi gwirioni.

'Wyddat ti fod gwraig a mab Steinn wedi'u llofruddio ychydig leuada cyn i'r hogyn frifo yn y goedwig?' gofynnodd Klas pan oedd Bo yn credu ei fod wedi deud hynny oedd ei angen o'r hanes.

'Gwyddwn.'

'Steinn druan. Roedd o bron yn drigain oed pan anwyd 'i fab. Fo oedd popeth iddo fo. Fawr ryfadd iddo fo ymgeleddu a mabwysiadu'r hogyn arall. Oedd 'i fam o'n gwybod pwy oedd o cyn i'w go fo ddod yn ôl iddo fo?'

'Oedd. O'r dechra. Ond doedd hi ddim am gymryd arni. Roedd hi wedi penderfynu fod yn rhaid i'w go fo ddychwelyd ohono'i hun.'

'Rhyw awgrymu dy gysylltiad dy hun â hyn i gyd wyt ti hefyd 'te,' sylwodd Klas. 'Ydw i'n busnesa os gofynna i ti gynnig rwbath ar hwnnw?'

'Roedd Aino ac Eyolf ymhlith y blaena o'r bobol oedd yn 'y nghadw i'n gall pan oedd gofyn hynny.'

'Dyna chdi.' Gwenodd Klas. 'Wna i ddim busnesa rhagor. Ond os ydach chi â'ch bryd ar gyrraedd Llyn Sigur mae gynnoch chi daith ddigon anodd o'ch blaena os ydach chi'n bwriadu cerddad y goedwig. Mae hi'n gymhleth ac yn beryg ac yn llawn clogwyni. Dyna pam nad oes rioed gysylltiad o unrhyw bwys wedi bod rhyngon ni a chymdogaeth Sigur. Synnwn i damaid nad y wraig Aino oedd y ddwytha i fentro drwyddi. Does 'na ddim prinder bleiddiaid ynddi hi chwaith.'

'Be wnawn ni?' gofynnodd Edda wedi iddo fynd.

'Mae'r bleiddiaid dw i wedi'u gweld yn llai peryg na 'nheulu i,' meddai Erno.

'Os cân nhw lonydd gynnon ni mi gawn ni lonydd gynnyn nhw,' dyfarnodd Ragnil.

Sylwodd Bo fod Helge ac Amora yn synnu braidd o glywed y profiad yn ei llais. Ond roedd Aino yn llenwi ei feddwl o unwaith yn rhagor. Byddai'n rhaid iddi gael gwybod.

'Tasai Klas heb grybwyll y bleiddiaid faswn i ddim wedi meddwl am hanas Eyolf a Steinn ac Aino,' meddai.

'A dyna fo wedi cael rheswm arall eto fyth dros 'u haddoli nhw,' meddai Helge wrth y lleill. 'Mi fydd o'n deud wrth bawb rŵan mai'r bleiddiaid sy'n gyfrifol am 'i fod o'n gwybod ble'r ydan ni.'

'Dim ond y gwir,' meddai Bo.

'Ydan ni am 'i mentro hi?' gofynnodd Edda, ei llais yn llawn o'i hateb.

'Go brin bod clogwyni gwaeth na chlogwyn rhew yn y goedwig 'na,' meddai Erno. Chwiliodd wynebau am eiliad. 'Mae'n amlwg felly, 'tydi?'

'Asbri a hyder ieuenctid,' meddai Amora.

'Iawn 'ta,' meddai Bo, yn gwybod mai annog penderfyniad oedd ei eiriau. 'Y goedwig amdani.'

23

Sleifiodd Helge o'i sach cysgu ychydig funudau wedi i ddigon o olau'r wawr dreiddio i'r babell. Aeth â'i ddillad a'i esgidiau hefo fo a gwisgodd amdano yn gyflym pan ddaeth allan. Ei fwriad oedd mynd i'r lle cliriaf oedd agosaf at y ddwy babell ble gallai weld cymaint â phosib o'r awyr a gweld o ba gyfeiriad y deuai'r golau cryfaf wrth iddi wawrio'n iawn a chan obeithio nad oedd cymylau twyllodrus yn awyr y dwyrain. Roedd y lle cliriaf ychydig gamau i'r dde ond doedd dim digon o awyr i'w gweld i gynnig sicrwydd o fath yn y byd iddo. Er hynny roedd yn lled obeithiol wedi rhyw bum munud o syllu ei fod wedi darganfod y dwyrain yn fras ac yn fodlon eu bod wedi stachu mynd i'r cyfeiriad hwnnw fwy na heb y diwrnod cynt.

Y diwrnod cynt roedd ei feddwl wedi bod ar Aino bron drwy'r adeg. Er mai dim ond am ddiwrnod a noson y bu yn ei chwmni a'r naill ddim yn deall iaith y llall roedd sylweddoli'r ymdrech yr oedd hi wedi'i gwneud wrth dramwyo'r union goedwig hon i chwilio am ei mab yn ddigon â'i syfrdanu, heb sôn am y blynyddoedd eraill o chwilio yr oedd hi wedi'i wneud, yn gwrthod pob anobaith. Roedd yn amlwg fod Bo wedi bod yn meddwl amdani hefyd, oherwydd ryw dro ganol y pnawn roedd wedi sefyll a throi i edrych o'i gwmpas ac ysgwyd ei ben a deud mai'r ffordd hon y daethai Aino. Dim ond hynny. Fedrai yntau wrth glywed Bo ddim ond meddwl sut y byddai arno fo'i hun tasai wedi gorfod mynd i chwilio am Edda.

'Ddoist ti o hyd iddo fo?'

Trodd. Dynesai Amora, hithau hefyd yn chwilio'r awyr.

'Be?' gofynnodd.

'Y dwyrain. Am hwnnw'r wyt ti'n chwilio, ia?'

'Dw i'n credu ein bod ni o'i chwmpas hi.'

'Ydan.'

Roedd Helge yn sôn am gyfeiriad taith drwy goedwig; wrth gytuno roedd hi'n meddwl am bopeth arall hefyd. Y peth gorau a'r mwyaf annisgwyl iddi hi oedd nad oedd ansicrwydd mawr eu taith yn peri pryder. Roeddan nhw'n benderfynol fod pob dydd yn cynnig rhyw gyfoeth, waeth faint o anawsterau fyddai angen ymdrin â nhw na faint o ochel fyddai ei angen. Roedd y frwydr y bu eu clustiau'n dystion iddi a'u llygaid yn dystion i'w chanlyniad wedi codi ofn arnyn nhw, ond ar ôl hynny cadw ynghudd ac yn ddistaw a dim arall oedd angen ei wneud o weld byddin. Roedd Edda a Helge a hithau wedi ymdrin â'r tri milwr ddaeth ar eu gwarthaf pan oedd Bo ac Erno yn hela yn ddigon diffwdan, er ei bod yn amlwg fod y tri'n gall wedi bod o gymorth.

Ac oherwydd nad oedd rhyw bryder mawr yn teyrnasu roedd ymlacio braf gyda'r nos neu yn y babell pan oedd y tywydd yn eu cadw ynddi. Gwyddai Helge a hithau mai i Edda a Bo a'u profiad o hirdeithio oedd y diolch am hynny. Roedd rhywbeth pwysicach fodd bynnag, a doedd hi ddim wedi ystyried hynny tan ychydig ddyddiau ynghynt. Rhyddid oedd o. Doedd dim mymryn o gysylltiad wedi bod ers pum mlynedd rhyngddi hi a'i gŵr, Dyn y Briodas Deilwng fel roedd Bo yn mynnu ei alw, na rhyngddi hi a'i mam gyswllt, ond roedd y ddau'n byw yn y gymdogaeth ac roedd eu presenoldeb yno wedi bod yn fwy perthnasol nag yr oedd hi wedi'i dybio, a doedd hi ddim wedi llawn sylweddoli hynny tan i'r rhyddid newydd daenu'n un wefr drwyddi a hynny pan oedd Bo yn darnio Priodas Deilwng mewn cyd-destun arall yn y babell a'r glaw yn stido y tu allan. Ac yno wrth i Bo fynd drwy'i bethau roedd hithau'n diolch eto fod Jalo hefyd wedi mynnu ei ryddid tan i'r fyddin fynd â fo gyda chymorth brwd ei dad. Dim ond i'w dad, a'i nain, yr oedd o wedi bod yn blentyn y Briodas Deilwng, yn blentyn y Gorchymyn.

Daith llais Bo o'r tu ôl iddyn nhw.

'Ydw i'n tarfu?'

'Go brin,' meddai Helge, yn clywed llais Bo fymryn yn ddifywyd. 'Dim ond chwilio am y dwyrain. Dw i'n meddwl ein bod ni wedi dŵad o hyd iddo fo.'

Syllodd Bo yntau ar yr awyr am rai eiliadau, ac yna ar y coed o'u hamgylch.

'Ydach chi'n difaru i chi 'ngweld i rioed?' gofynnodd.

'Dim hannar cymaint ag y byddi di os gofynni di hynna eto,' meddai Amora.

'Lembo,' meddai Helge.

'Ydi Edda yn iawn?' gofynnodd Amora, yn synhwyro'r rheswm am y cwestiwn.

'Mi neith y tro, medda hi. Dydi'r lwmpyn bach 'na y tu mewn iddi hi ddim yn rhy hoff o'r wawr. Gwaith dysgu arno fo. Ne' hi.'

'O. Ro'n i'n ama.'

Trodd Amora ac aeth yn ôl i'r babell at Edda.

'Mi fydd hi'n well mewn rhyw funud,' meddai Helge.

'Dw i'n cael y felan pan mae hi fel hyn.'

'Lle mae hwn wedi mynd eto?'

Trodd y ddau. Roedd Ragnil wedi codi hefyd ac wedi rhoi ei phen i mewn i babell Erno.

Roedd mymryn o awel fain i'w wyneb ond doedd dim gwahaniaeth gan Erno. Gynt, diben dringo coed oedd i gael llonydd a dyfeisio'r amhosib. Bellach teimlai fod rhywbeth anhraethol well na'r amhosib hwnnw wedi digwydd, a hynny wedi'i gadarnhau y noson cyn iddyn nhw fentro'r goedwig pan awgrymodd wrth y lleill y byddai'n ddigon bodlon aros yn y gymdogaeth os oeddan nhw'n tybio ei fod dan draed. Amora oedd wedi dod agosaf at ei ysgwyd o'i glywed.

Roedd wedi dewis ei goeden y pnawn cynt pan godwyd y pebyll ar ôl taith mor anodd bob tamaid â'r hyn oedd wedi'i ddarogan wrthyn nhw yn y gymdogaeth, ac roedd ei ddyfaliad mai hi oedd y goeden uchaf yn y darn hwnnw'n gywir. Digwyddiad oedd iddo ddeffro o flaen neb yn y babell arall, ond pan ddaeth yn ddigon golau iddo weld be'r oedd yn ei wneud roedd wedi dringo'r goeden ac wedi llwyddo i gyrraedd yn ddigon uchel i weld dros ben yr holl goed eraill a theimlo y munud hwnnw y gallai dreulio gweddill ei oes yno. Cryfhau oedd y teimlad wrth i'r wawr gyfoethogi'r amrywiadau cynnil yn y lliwiau o'i flaen ac i siapiau ddod yn fwy pendant. Byddai'n ddigon hawdd credu bod y trwch a welai ym mhobman yn cyrraedd y ddaear ac nad oedd modd i neb allu cerdded drwyddo. Nid tarfu ar y llonyddwch mawr oedd yr ambell aderyn pell a welid wedi mentro'r wawr chwaith. Daliodd i edrych. Daliodd i ddisgwyl am yr haul. Er bod yr awyr yn glir doedd dim golwg ohono ond roedd yn ddigon amlwg o ble deuai pan ddeuai. Arhosodd yno i syllu ac i wledda tan iddo glywed y lleisiau yn galw ei enw islaw. Roedd fymryn bach yn anfoddog i gychwyn ond yna gwyddai y byddai'n gwneud hyn eto fwy nag unwaith yn ystod y dydd. Doedd neb yn y gymdogaeth wedi awgrymu unrhyw ddull credadwy o gadw cyfeiriad yn y goedwig ac felly roedd yn rhaid iddyn nhw geisio meddwl am un eu hunain. Wrth gerdded y pnawn cynt oedd o wedi meddwl am ei gynllun ond doedd o ddim am rannu cyn profi, a bellach roedd pob gobaith fod y cynllun yn un call. Dim ond iddo ofalu ei fod yn wynebu i'r un cyfeiriad pan gyrhaeddai ben y goeden ag yr oedd pan oedd ar ei gwaelod byddai'n gallu cadarnhau'r cyfeiriad yr oeddan nhw wedi cerdded iddo ac a fyddai angen ei newid ai peidio. A chadw i gyfeiriad gwawrddydd a wnaeth wrth ddod i lawr y goeden.

Erbyn hyn roedd pawb wedi codi.

'Ffor'cw,' meddai gan ddal ei fraich allan.

'Rydan ni'n gytûn, felly,' meddai Helge. 'Welist ti'r haul?'

'Naddo. Mae'r goedwig yn codi i'r gogledd a'r dwyrain. Welis i ddim ond penna'r coed a'r awyr. Mae hi'n wych yna.'

'Prydferthwch yn trechu caethgyfle eto,' meddai Amora.

'I be oeddat ti'n mynd hebdda i?' gofynnodd Ragnil.

'Mae 'na ddigon o waith i dy draed di heb i ti fynd i ddringo'r coed,' meddai Bo wrthi.

''Des i ddim ymhell,' meddai Erno.

Roedd gwg difyr Ragnil wedi diflannu erbyn iddyn nhw ddychwelyd at y pebyll i gael bwyd cyn cychwyn ac roedd Bo yn llygad ei le ynglŷn â'r defnydd o'i thraed wedyn. Cofiai o fod Aino wedi sôn am ddilyn llwybrau'r anifeiliaid wrth fynd drwy'r goedwig ond doedd dim sôn am lwybr o fath yn y byd yn y rhannau yr oeddan nhw'n eu tramwyo mwy nag oedd wedi bod y diwrnod cynt. Hyd yn oed pan nad oedd gwaith dringo roedd llawr y goedwig yn anwastad ac yn beryg i draed, ac roedd y prysgwydd mynych rhwng coed yn rhwystrau cyson gan wneud ceisio cadw cyfeiriad yn anos fyth. Mynnai Helge eu bod yn gorffwys yn aml er mwyn Amora ac Edda, ac er mwyn Bo fymryn. Y stumogau oedd yn mesur yr oriau a phan awgrymodd Helge ei bod bellach tua chanol y dydd ac yn amser pryd arall o fwyd aeth Erno i chwilio am goeden. Buan iawn y daeth o hyd iddi.

Roedd dringo hon yn wahanol, ac eto doedd o ddim. Unwaith y cafodd ei hun ar y gangen isaf roedd popeth yn iawn. Cafodd gryn drafferth, a dim ond wrth neidio a defnyddio ei draed ar y boncyff y gallodd ei gael ei hun ar yr un isaf. Dull y duwiau o'u gwarchod a phwysleisio'r gwaharddiad oedd cael eu canghennau isaf mor uchel oddi wrth y ddaear, neu dyna oedd dyfarniad ei gymdogaeth o a phob cymdogaeth drwy'r tiroedd yn ôl y sôn. Roedd o'n ceisio dyfarnu nad oedd gwefr wahanol i wefr y bore ar y goeden arall wrth edrych o'r brig dros ben y coed i gyd ond gwyddai mai twyllo ei hun oedd y dyfarniad. Ac roedd ganddo fwy na digon o hyder yn ei gymdeithion bellach.

Erbyn iddo ddychwelyd roedd y lleill wedi dechrau bwyta.

'Traffarth 'ta gwirioni eto?' gofynnodd Amora iddo.

'Mae hi'n wych.'

'Mi ddewisist dy goedan yn unswydd,' meddai Edda, bellach mewn llawer gwell hwyliau.

'Mi gei di a Helge gynnal ymryson daeru prun ai dringo coedan gysegredig 'ta croesi Terfyn y Cawr sy'n achosi'r sterics mwya ymhlith y duwia,' meddai Bo, yntau hefyd yn well ei fyd. 'Ac yn cynddeiriogi'r Gallu,' meddai wedyn mewn llais dwys gan ddal blaen ei fys ar drwyn hapus Ragnil.

'Be 'di hwnnw?' gofynnodd hi.

'Rhyw groen rhech leming o rwbath tua'r topia 'na.'

Ysgwyd ei ben oedd Helge.

'Be sy 'nelo'r Terfyn y Cawr 'ma â'r peth?' gofynnodd Erno.

'Gorfodaeth oedd hwnnw,' meddai Edda. 'Gwneud o ddewis ddaru ti.'

'Be welist ti 'ta, 'blaw dy ryddid newydd?' gofynnodd Bo iddo, ei lygaid yn llongyfarch.

'Mae'n bosib fod y dringo ar ben,' meddai o, yn gwrido braidd. 'Mae'r goedwig yn llawar mwy gwastad o hyn ymlaen, fymryn at i lawr mwya tebyg ar wahân i gyfeiriad y gogledd. Mae'r haul yn daclus i'r dde ac mae 'na gopa mynydd ymhell tua'r gogledd-ddwyrain. Mae o'n wyn.'

'Mynydd Agnar?' gofynnodd Edda i Bo.

'Mae'n rhaid, os rhyw ddeuddydd gymerodd Aino i fynd drwy'r goedwig. Mi wnei di dywysydd tan gamp,' meddai wrth Erno.

'Mae tywysydd yn gwybod i ble mae o'n mynd. Ac yn gwybod am be mae 'i gymdeithion o'n sôn,' mentrodd o.

'Ro'n inna'n gwybod i ble'r o'n i'n mynd hefyd,' meddai Bo, 'ond doedd hynny ddim yn fy atal i rhag mynd ar goll mewn coedwigoedd. A 'dan ni wedi mynd braidd ormod i'r de ddoe a bora 'ma mwya tebyg. Tyd i fyta cyn i Ragnil 'i sglaffio fo i gyd.'

Doedd o ddim am ddeud ei fod yn gobeithio y byddai eu sachau cysgu dan do y noson honno, ond ymhen yr awr roedd y gobaith hwnnw wedi diflannu wrth iddyn nhw ddod uwchben ceunant. Roedd sŵn yr afon i'w glywed cynt ac o'i gweld doedd hynny ddim yn syndod. Roedd y dŵr yn chwyrn a'r ceunant yn gul a dyfn. Gwyddai Bo fod afon yn llifo i Lyn Sigur o'r goedwig, ond roedd yn amlwg fod yn rhaid croesi hon prun ai honno oedd hi ai peidio. Roedd yn amlwg hefyd fod Aino wedi'i chroesi yn rhywle.

"Bryd cael rhyw sbec fach arall ella,' meddai Erno.

Roedd o'n chwilio eto am goeden addas ond dim ond pinwydd diddringo oedd i'w gweld gerllaw. Cafodd syniad sydyn wrth ddal i astudio. Mesurodd led y ceunant â'i lygaid a chwilio am goeden oedd yn ddigon tal ac yn ddigon agos at yr ymyl i'w thorri fel y byddai'n disgyn ar draws y ceunant ac yn dod yn groesfan iddyn nhw. Roedd un led addawol ac o ran ei thorri fyddai hynny ddim yn mynd â gormod o amser gan fod gan Helge a Bo ac yntau fwyell bob un. Ond wrth edrych yn fanylach tua'i brig teimlai ei bod yn rhy beryg. Hyd yn oed tasai hi'n cyrraedd y pen arall doedd dim sicrwydd y byddai ei brigau uchaf yn ddigon praff i ddal pwysau.

'Meddwl torri honna oeddat ti?' gofynnodd Helge iddo, o'i weld yn astudio.

'Go brin 'i fod o'n werth y draffarth,' atebodd, a gweld ar unwaith fod Helge yn cytuno. 'Be 'di hyn am Derfyn y Cawr?' gofynnodd.

'Dim ond Bo yn malu awyr.'

Tybiai Erno ei fod yn clywed rhyw oslef fwriadol ddi-ffrwt yn ei lais.

'Dw i am fynd yn ôl fymryn i chwilio am goedan i edrach wela i ddechra ne' ddiwadd i'r ceunant 'ma o'i phen hi,' meddai. Trodd at Bo. 'Wyt ti am ddŵad i ti gael cip ar Fynydd Agnar rhag ofn bydd gynno fo gyfarwyddyd i ti?' gofynnodd.

'O'r gora.'

Ymhen ychydig eiliadau roedd Ragnil yn dringo masarnen.

'Mae o'n bell, 'tydi?' meddai wrth edrych ar Fynydd Agnar.

Roedd hyn funud cyfan wedi iddi gyrraedd cangen oedd yn ddigon uchel, a Bo ac Erno newydd gyrraedd cangen odani. Doedd hi ddim wedi deud yr un gair cynt am ei bod wedi gwirioni lawn cymaint ag Erno ar bennau'r coed diddiwedd o'u hamgylch. Roedd Bo hefyd wedi rhyfeddu. Doedd o rioed wedi meddwl am wneud peth fel hyn pan oedd yn cerdded y coedwigoedd cynt. Gwyddai na fyddai haws prun bynnag gan nad oedd ganddo ddim y medrai ei nabod i chwilio amdano yr adegau hynny. Ac wrth iddo yntau syllu ar y mynydd gwelai ei bod yn annhebygol iawn y bydden nhw'n dod o'r goedwig cyn nos.

'Y peth calla ydi i ni 'nelu ryw fymryn i'r de iddo fo,' meddai wedi iddo astudio mymryn rhagor. 'Mi ddown i Gwm yr Helfa. Rhyw awr o gerddad sydd rhwng 'i ben ucha fo a'r llyn. Mae o'n ddigon serth, ond mae o'n gwm braf. Cym bwyll, hogan!' gwaeddodd ar Ragnil wrth iddi ddringo'n uwch fyth.

'Mwy o dy llgada a llai o dy geg,' meddai hi. 'Yli be wela i.'

Dim ond hi a fedrai weld i'r cyfeiriad roedd yn edrych iddo, fymryn yn ôl ac i'r gogledd.

'Be sy 'na?' gofynnodd Erno.

'Rhaeadr.'

'Tyd yn d'ôl. Dydi'r gangan 'na ddim digon cry i dy ddal di.'

'Mae hi'n simsan,' cytunodd hi heb fymryn o sŵn pryder yn ei llais cyn dychwelyd i'r gangen arall.

'Os ydi'r afon yn rhaeadru i'r ceunant go brin bod gynnon ni lawar o waith dringo i fynd y tu hwnt iddo fo,' meddai Erno. 'Ella bydd hi'n haws i ni groesi wedyn.'

'Dowch 'ta.'

Gwnaeth Bo ati i fynd i lawr yn araf, gan anwybyddu gwawd difyr Ragnil ei bod wedi gweld malwod musgrell yn mynd yn gyflymach.

'Mae'n well gen i fod ar goll nag i chdi fentro gormod,' meddai wrthi pan ddaethant i lawr. 'Roedd y gangan 'na'n llawar rhy beryg i ti.'

Plannu dwrn ysgafn yn ei stumog a rhedeg yn ôl at Edda ac Amora ddaru Ragnil.

'Be 'di'r hanas am y Terfyn y Cawr 'ma 'ta?' gofynnodd Erno.

'Dim byd ond Helge wedi anghofio rwbath wrth ddychryn o dy weld di'n dringo'r goedan gysegredig 'na,' meddai Bo. 'Be 'di hanas hynny?'

'Hi oedd yr ucha.'

Hynny oedd i'w gael. Gwenodd Bo.

'Ia, debyg. Tyd. Os awn ni drwy weddill y goedwig 'ma heb lawar o draffarth, i Ragnil a chdi a neb arall y bydd y diolch am hynny.'

Roedd o'n dal i bwysleisio hynny rai oriau yn ddiweddarach wrth ddod i lawr o goeden gan gyhoeddi yr un pryd fod Mynydd Agnar a Chwm yr Helfa bellach o fewn gafael, er ei bod yn amlwg mai trannoeth fyddai hynny. Ond roedd un peth i resynu yn ei gylch. Roedd o wedi bwriadu mynd â nhw i gymdogaeth Llyn Nanna er mwyn i Amora a Linus weld ei gilydd eto, ond doedd dim gobaith o hynny bellach. Dywedodd hynny wrthi.

'Yr unig beth sy'n bwysig ydi dy fod yn gwybod ble'r ydan ni,' meddai hi.

Ragnil oedd y gyntaf i weld y ddau flaidd yn eu gwylio wrth iddyn nhw godi'r pebyll.

'Wnân nhw fygwth?' gofynnodd Erno, ei lais yn awgrymu mai gofyn o ran gofyn roedd o.

'Dim ond deud y gair Aino wrthyn nhw,' meddai Bo.

'Dwyt titha ddim wedi gadael dy ddychymyg ar ôl yn y Pedwar Cawr, 'ddyliwn,' meddai Amora.

'Paid â gadael i Aino gl'wad hynna.'

24

Roedd y ddau'n llawer rhy bell i'w gweld yn iawn ond o dipyn i beth wrth syllu arnyn nhw yn y gwaelod islaw dechreuodd Bo deimlo fod rhywbeth yn gyfarwydd yn un. Roedd o'n lled gyfarwydd â bron pawb yng nghymdogaeth Llyn Sigur prun bynnag, gan ei fod wedi bod yno am leuad a darn rhwng ei bedwar ymweliad a doedd ddim yn amhosib na allai gyfarch y dyn islaw wrth ei enw.

Nid dyna oedd bwysicaf chwaith. Y peth pwysig cyntaf oedd ei fod yng Nghwm yr Helfa. Wedi treulio dau leuad a rhagor yng nghyffiniau ar goll, fel roedd Amora wedi deud, roedd hynny ynddo'i hun yn ddigon, a'r cwm rŵan yn brydferthach a mwy cyflawn na bron ddim a welsai erioed. Roedd o wedi dychmygu ei gyrraedd tua'i ganol, yn union fel y tro cynt hefo Aino ac Eyolf a Linus, ond roedd o'n llawer uwch na hynny, nid ymhell o waelod y trum uchaf yr oedd Eyolf mor hoff ohono.

Yr ail beth pwysig oedd fod y tri phlentyn oedd wedi bod hefo'r ddau islaw wedi rhedeg oddi wrthyn nhw ac o'r golwg tua'r gymdogaeth, yn mynegi i Bo fod popeth yn iawn yno ac nad oedd dim i darfu ar eu bywyd chwareus arferol. Roedd yn amlwg nad oedd y ddau arall ar unrhyw frys i fynd ar eu holau, ond doedd dim gwahaniaeth gan Bo oherwydd roedd rhywbeth arall, pwysicach na'r cwbl. Roedd y defaid a'r geifr a'r ceirw dof yn dal i bori'r cwm, a neb wedi meddwl am eu symud i lawr am y gaeaf. Un ystyr oedd i hynny. Roedd Edda ac Amora yn ddiogel a bellach câi'r gaeaf ddod pryd y mynnai. A rŵan o fod yn sicr ble'r oedd roedd o mwya sydyn yn gallu meddwl yn fwy gobeithiol am ei fam a'i chwiorydd a Görf.

'A hwn 'di dy gwm di.'

Trodd. Roedd Helge wedi dod ato heb iddo'i weld, ac wedi aros yn dawel y tu ôl iddo, yntau wedi'i ddal am ennyd gan y cwm braf a'r llyn yn y pellter odano.

"Ti'n gori yma ers meitin,' meddai wedyn.

Doedd Bo ddim wedi sylweddoli hynny.

'Ar 'u ffor yma 'ta ar 'u ffor yn ôl mae'r ddau acw?' gofynnodd Helge.

'Yn ôl, mwya tebyg. Mae 'na blant wedi mynd o'u blaena nhw. Mae Edda ac Amora yn iawn rŵan.'

'Dyna chdi.' Daliodd Helge i syllu tua gwaelod y cwm a'r llyn. 'Ella 'i bod hi'n well inni beidio â dangos ein bod ni yma cyn i'r ddau fynd o'r golwg.'

'Ydi ella. Bechod braidd na wêl Amora a Linus 'i gilydd hefyd.'

'Pwy ŵyr? Pan ddaw petha i drefn, ella.'

Pan gychwynnodd y ddau islaw tua'r gymdogaeth, mynd wrth eu pwysau ddaru nhw, heb stelcian, hynny hefyd yn amlygu i Bo fod popeth yn iawn. Aeth yntau ar ôl Helge i gyrchu'r lleill ac i gyrchu'r pynnau a'r babell a phan gyrhaeddodd gwelodd Amora y bodlonrwydd newydd yn ei lygaid ar ei hunion. Methodd ddal ac aeth ato a'i gofleidio.

'Fel'ma'r wyt ti i fod,' meddai wrtho.

Roedd Edda ac yntau'n gafael yn bur dynn yn ei gilydd wrth ddod o'r goedwig.

Gan fod Ragnil wedi mynnu hanes Eyolf i gyd y peth cyntaf a wnaeth pan gyrhaeddodd y cwm a gweld y trum uchaf yr oedd Bo wedi gorfod ei ddisgrifio mor fanwl iddi oedd mynd i fyny ato a sefyll ar ei ben, yn union fel roedd Eyolf wedi gwneud pan oedd o'n hogyn a phan ddychwelodd y tro cyntaf hwnnw. Doedd gan Erno ddim dewis ond mynd hefo hi. Buont yno am hir, yn syllu ar y cwm a'r llyn islaw a throi bob hyn a hyn i edrych ar Fynydd Agnar, yn wastadol wyn ei gopa y tu hwnt i'r coed y tu ôl iddyn nhw.

Roedd Edda ac Amora hefyd yn dyfal astudio'r amgylchfyd newydd.

'Mi ddudist ryw dro nad oes 'na lwybra drwy'r coed tua'r gogledd chwaith,' meddai Edda wrth Bo ar ôl ychydig funudau o astudio.

'Na, dim ond cerddad a gobeithio,' meddai Bo.

'Does 'na fyth ddieithriaid yn cyrraedd y gymdogaeth i lawr y cwm 'ma, felly.'

'Amball dro, ella. Mae Linus wedi gwneud hynny unwaith ne' ddwy. Mi ddaru Aino a'i gŵr wneud pan oedd Eyolf yn 'i chroth hi. Dydi o ddim ots chwaith. Ella na welwn ni neb cyn cyrraedd tŷ Aino. Ac os gwnawn ni mae'n debyg y bydd 'y ngwep i'n gyfarwydd. Dowch 'ta,' galwodd ar Erno a Ragnil, y ddau fel ei gilydd yn gyndyn o ddod i lawr o'r trum.

"Dan ni am fynd i lawr i'r gymdogaeth ar lan y llyn,' meddai wrth Ragnil pan ddaeth y ddau i lawr. 'Mi gawn ni groeso yna. Does 'na ddim i ti i'w ofni.'

Roedd llawer llai o amheuaeth yn ei llygaid nag oedd cyn iddyn nhw ddod i'r gymdogaeth arall, ond mynnodd hi law Edda yr un fath. Mynnodd hefyd gael Bo i ddeud ble'r oeddan nhw wedi dod o hyd i'r magl blaidd yr oedd Eyolf wedi'i falu flynyddoedd ynghynt. Doedd gan Bo ddim mymryn o fwriad dyfeisio er mwyn plesio ac atebodd nad oedd o'n cofio'r union fan ond y câi hi weld y magl yng nghartref Aino gan ei fod bellach yn un o drysorau'r tŷ. Fo'i hun a Linus oedd wedi gofalu am hynny. Drannoeth wedi iddyn nhw gyrraedd roedd y ddau wedi dychwelyd i ochr y cwm ac wedi hel y darnau i gyd at ei gilydd a mynd â nhw i'r tŷ a'u cyflwyno i'r fam fodlon a'r mab syfrdan.

Ymhen yr awr roeddan nhw bron ar waelod y cwm, a dyna pryd y cofiodd Bo. Trodd at Erno a Ragnil a dechrau siarad hefo nhw.

'Be mae hwn yn 'i frywela?' gofynnodd Ragnil.

'Mae o'n cl'wad ogla dŵr y llyn ac mae hwnnw fel costrelad o fedd iddo fo,' meddai Erno. Gwenodd yn braf ar Bo. 'Deud oedd o yn 'i hiaith hi bod gan Aino iaith wahanol i ni,' meddai wrth Ragnil.

"Titha'n 'i siarad hi hefyd?'

Roedd Bo wedi rhyfeddu'n lân. Roedd llygaid Erno yn llawn direidi newydd sbon o weld ei lwyddiant.

'Mae 'na ddynas yn 'y nghymdogaeth i – cymdogaeth brawd Nain,' prysurodd i'w gywiro ei hun, 'wedi dŵad o rwla pell ryw dro. Mae hi'n glên ac yn dallt ac mi fyddwn i'n mynd ati yn amal i gael llonydd ac mi ddysgis 'i hiaith hi am fod arni hi isio cl'wad 'i llais yn 'i siarad hi hefo rhywun 'blaw hi'i hun. Roedd hi'n gwledda ar sŵn y geiria. Gwraig weddw ydi hi.'

'Hefo hi oeddat ti'n siarad y bora hwnnw y gwelson ni di gynta?' gofynnodd Amora, yn llawn werthfawrogi'r direidi a'r cywiro.

'Ia. Deud 'y mhwt ffarwél yn 'i hiaith hi. Mi fydd yn chwith gen i ar 'i hôl hi a brawd Nain a neb arall.'

'Dowch,' meddai Bo. ''Dan ni bron yna.'

'Welis i rioed mo Jalo, ond mi wn i bod gynno fo hiraeth amdanat ti a neb arall pan oedd o yn y fyddin,' meddai wrth Amora ymhen cam neu ddau, yn gofalu nad oedd neb ond Edda a hi'n ei glywed.

'Roedd gynno fo hiraeth am 'i fywyd 'sti,' atebodd hi.

Daethant at lan y llyn ac o fewn golwg i'r gymdogaeth, beth pellter i'r chwith.

'Dyma ni,' meddai Bo.

Aethant ymlaen, a Bo yn llawenhau o weld popeth yn iawn draw ac yn dechrau cynhyrfu'n braf o ragweld y munudau oedd i ddod. Roedd pobl yma a thraw, i gyd o'u gweld yn aros i edrych arnyn nhw'n dynesu wrth iddyn nhw ddod i'r golwg yn iawn. Cyn hir daethant at y llwybr bychan oedd yn troi i'r chwith at gartref Aino. Arhosodd Bo yn stond.

'Mae hwn yn newydd,' meddai gan bwyntio at y tŷ

oedd ar ochr y llwybr, a thŷ Aino i'w weld ymhellach draw ar ei derfyn.

Cyn iddo ddeud rhagor daeth hogan heibio i ochr bella'r tŷ. Roedd ganddi fabi yn ei breichiau. Gwelodd nhw'n dod a throdd i edrych.

'Louhi!' bloeddiodd Bo.

'Wel ia hefyd!' meddai Helge.

'Bo!' gwaeddodd yr hogan. 'Amora! Helge!' gwaeddodd wedyn.

Nid brysio atyn nhw oedd hi, ond rhedeg. Y munud y cyrhaeddodd ddaru hi ddim lol, dim ond sodro'r babi ym mreichiau Helge.

'Gafael yn hon,' meddai.

Daeth at Bo a gafael amdano a'i wasgu, a'i chusan yn clecian. Cusanodd o eto yr un mor swnllyd cyn troi ei sylw at Edda.

'Chdi ydi Edda?' gofynnodd, ei llais llawen bron yn gân.

'Ia meddan nhw,' meddai Edda, yn prysur deimlo yr un mor llawen.

Gollyngodd Louhi Bo a gafael yr un mor gadarn am Edda a'i chusanu hithau. Yna amneidiodd at ei bol.

'Y priodi 'ma 'di dy daro ditha hefyd?' gofynnodd.

'Wel – ym...' dechreuodd Bo.

'O. Wela i. Bothanyn!'

Cafodd Bo ddwrn yn ei stumog. Y tu ôl iddo roedd Erno yn troi at Amora.

'Pwy ydi hi?' gofynnodd, yn cadw ei lais yn isel.

'Roedd hi hefo nhw yn y Warchodfa honno mae Bo

wedi bod yn sôn amdani wrthat ti,' atebodd hi. 'Mae hitha wedi mwy na diodda hefyd.'

Roedd Louhi wedi troi ei sylw yn ôl at Bo ac wedi sobri ar ei hunion.

'Os wyt ti'n chwilio am dy deulu paid â mynd i Lyn Helgi Fawr,' meddai wrtho. 'Maen nhw'n ddiogel mewn tŷ yng nghymdogaeth Llyn Sorob.'

Ni fedrai Bo ddeud dim.

'Mi fuon nhw yma am ddyddia lawar,' aeth hi ymlaen, yn uniaethu ar ei hunion â phopeth yr oedd y llygaid o'i blaen yn ei ddadlennu. 'Mi gawson nhw ymgeledd a swcwr, nid bod arnyn nhw angan gormod o hwnnw. Mi ddaru Aino a Baldur – wyt ti'n dal i'w alw fo'n Eyolf?' gofynnodd.

'Ydw debyg,' llwyddodd Bo i ddeud. 'Ac Eyolf fydd o.'

'Dyna ydi o gen inna hefyd fwy na heb. Mi ddaru nhw gynghori dy fam i fynd i Lyn Sorob am fod fa'ma braidd yn rhy agos at Lyn Helgi Fawr, a deud wrthyn nhw y caen nhw gyngor yno gan nith Aino a'i theulu, a theulu Tarje. Mi gawson ninna negas bum diwrnod yn ôl 'u bod nhw wedi aros yno a'u bod nhw mewn tŷ. Tasach chi wedi cyrraedd echdoe mi fasa'r negesydd wedi gallu mynd â'ch hanas chi yn ôl hefo fo iddyn nhw.'

Roedd Bo yn fud eto, ac Edda wedi gafael amdano.

'Be 'di hanas Leif ac Aarne?' gofynnodd Amora.

'Mae'r ddau newydd fynd ar y llyn i chwilio am fwyd i ni.'

'Ydi Aarne yn iawn?'

'Ydi.' Dychwelodd direidi i lygaid Louhi. 'Mae o fel

ninna wrth 'i fodd yma. Yma byddan ni bellach gyda gobaith.' Yna amneidiodd at fol Amora. 'Chdi hefyd?' gofynnodd.

'Wyt ti am roi dwrn i Helge?' gofynnodd Bo, yn dechrau dod ato'i hun.

'Felly mae hi?' Chwarddodd Louhi, cyn sobri eto. 'Na, mae'n well gen i dalu cymwynas yn ôl. Mae croeso i chi yma. 'Dan ni wedi cl'wad be sy'n digwydd tua'r Pedwar Cawr ac wedi meddwl a phoeni llawar amdanoch chi. Ydach chi wedi 'madael am byth?'

'Mae'n debyg,' meddai Helge.

'Be 'di enw'r hogan fach?' gofynnodd Bo.

Ddaru Louhi ddim ateb ar ei hunion. Edrychodd i fyw llygaid Bo.

'Mi wyddost.'

Plygodd Bo ei ben am ennyd. Teimlodd fymryn o gryndod yn mynd trwyddo. Yna camodd at Helge a chymryd yr hogan fach oddi arno.

'Tyd yma, Sini,' meddai, yn hanner sibrwd, 'tyd at Bo.'

Gwasgodd hi ato.

'Ydi Eyolf wedi priodi?' gofynnodd i geisio goresgyn y lleithder a deimlai yn ei lygaid a'r lwmp oedd ar fin ei dagu.

'Do.'

Gwelai Louhi ar unwaith nad oedd mymryn o waith ailnabod na nabod o'r newydd ar Bo. Yr un oedd y pyliau dwys sydyn oedd yn ei daro â phan oedd o'n bymtheg oed, pan oedd o'n dangos iddyn nhw mor llwyr yr oedd o'n dibynnu ar ei gyfeillion newydd yn y Warchodfa, a byth yn gwneud yr ymdrech leiaf i wadu hynny er mor annibynnol oedd ei feddwl.

'Nid Iaru disgwyl amdanat ti i ddŵad yn Hebryngwr iddo fo ddaru o,' aeth hi ymlaen. 'Roedd Idunn ac ynta'n gwarafun braidd gorfod gwneud hebddat ti, ond mi fodlonon nhw ar Linus ac roedd ynta'n gweld dy golli di hefyd gan mai fo oedd wedi mynnu dy gael di iddyn nhw gael dau Hebryngwr. Roedd o'n brysur iawn y diwrnod hwnnw rhwng pawb. Mae ynta wedi priodi erbyn hyn hefyd. Mi fuon ni yno i gyd.'

'Aino hefyd?' gofynnodd Bo, yn rhyfeddu.

'Do. Mi fynnodd Linus gael 'i ddau frawd ac Eyolf yn Hebryngwyr. Fu rioed y fath firi. Ond roeddan ni'n gweld dy golli di yn fan'no hefyd. Roedd 'na lawar o sôn amdanat ti, ac Edda.'

'Pam oedd o'n brysur rhwng pawb ddiwrnod priodas Eyolf 'ta? Am be 'ti'n sôn?'

Anwybyddodd Louhi ei gwestiwn, y wên eto'n dychwelyd i'w llygaid.

'Teulu?' gofynnodd gan amneidio at Erno a Ragnil.

Am eiliad tybiai Bo ei bod yn gofyn hynny i osgoi ateb ei gwestiwn.

'Na,' atebodd Amora hi. 'Doeddan ni ddim yn gwybod bod y ddau yma'n bod pan oeddan ni'n cychwyn mwy nad oeddan nhw'n gwybod amdanon ni. Ond rŵan ni pia nhw a nhw pia ni.'

Derbyniodd Ragnil yr ateb hwnnw'n naturiol braf ond roedd Erno ar chwâl. A fo ddaeth at Amora pan oedd Louhi wedi gorchymyn iddyn nhw fynd â'u pynnau i gefn y tŷ.

'Be 'di hyn i gyd?' gofynnodd iddi, yn teimlo agosatrwydd newydd sbon tuag ati. 'Sut mae Bo yn gwybod enw'r babi?'

Daliodd hi yn ôl hefo fo.

'Mi wyddost am gefndir Bo yn y sach,' meddai. 'Roedd yr Uchben ddaru orchymyn 'i gau o ynddo fo newydd ladd chwaer fach Louhi. Sini oedd 'i henw hi. Rhyw ddeg oed oedd hi, ac roedd hi'n analluog, druan. Fedra hi ddim symud, dim ond gwenu a chanu un gair bach drosodd a throsodd. Roedd y fyddin wedi lladd pawb bron yn y gymdogaeth ddyddia ne' ella leuad ynghynt, ond ddaru nhw ddim lladd Louhi, dim ond 'i chipio hi a mynd â hi hefo nhw. Mi wyddost i be. Ond mi lwyddodd hi i ddengid, a llwyddo hefyd pan ddaeth hi'n ôl i helpu i ryddhau milwr o sach. Leif oedd hwnnw. Yn ddiweddarach mi ddaethon nhw i'r Warchodfa lle'r oedd Bo ac Eyolf ac Aino yn aros. Roedd Aino yno ers tua tair blynadd am fod crwydro'r tiroedd i chwilio am Eyolf wedi mynd yn rhy beryg hefo'r holl ymladd. Fel oedd yn digwydd bod, tad Leif oedd yr Uchben yn fan'no. Fo ydi Aarne, ac roedd Aino ac ynta wedi dŵad yn ffrindia calon.' Arhosodd ennyd. 'Paid byth â newid dy feddwl ynglŷn â dy winau ac ymuno â'u byddinoedd nhw.'

'Dial oedd y gwinau cyn i mi'ch gweld chi,' meddai o. 'Mae Louhi a Leif wedi priodi, felly?'

'Do, mae'n rhaid.'

'Ac mae Bo a Leif wedi bod mewn sacha.'

'Do.'

'Dyna be oedd y gusan 'na.'

'Wel ia,' synnodd Amora. 'Mi elli feddwl hynny mae'n debyg.'

'Sut wyt ti a Helge yn 'u nabod nhw?'

'Mi ddaeth y drefn yn y Warchodfa i ben ac mi aeth Aarne a Leif adra i bellafoedd arfordir y gorllewin, a Louhi hefo nhw, ac mi ddaeth Bo ac Eyolf ac Aino acw, fel gwyddost ti. Mewn rhyw ddwy flynadd ne' fymryn rhagor wedyn mi ddaeth y fyddin werdd ar wartha cymdogaeth Aarne ac mi fu'n rhaid iddyn nhw ddengid. Wedi cerddad lleuada mi ddaethon i'r Pedwar Cawr ac o fewn pum munud iddyn nhw gyrraedd roeddan nhw'n gwybod am ein cysylltiad ni â Bo. Mi fuon nhw hefo ni am ddau leuad a rhagor.'

'Finna'n cwyno 'myd cyn eich gweld chi,' meddai Erno, bron wrtho'i hun. 'Yli, mae o'n dal i gario Sini,' meddai gan amneidio i gyfeiriad Bo o'u blaenau, 'am fod Leif ac ynta wedi bod mewn sach.'

'Wel ia,' synnodd Amora eto. 'Mi elli feddwl hynny hefyd.'

Ddeng munud yn ddiweddarach roedd Edda a Bo yn cerdded y llwybr bychan at dŷ Aino. Roedd y pynnau i gyd yn nhŷ Louhi a Helge wedi deud wrth y ddau am fynd i weld Aino ar eu pennau eu hunain iddyn nhw gael llonydd ac y deuai Amora ac yntau yno yn y man. Ac wrth dddynesu at y tŷ roedd Bo yn penderfynu ei fod yn aeddfetach na'r troeon o'r blaen ac nad oedd angen i Aino ac yntau lyfu a mwytho ei gilydd am hydoedd cyn i'r un gair ddod o geg y naill na'r llall. Yna roedd Aino yn y drws.

'Heb briodi,' meddai wrth Edda ryw chwarter awr yn ddiweddarach a Bo yn penderfynu ac yn deud nad oedd ei llais na'i cherydd mor anghymeradwyol â'r hyn roedd hi'n ceisio ei ddangos. 'Pam est ti i'r draffarth o ddysgu fy iaith i?' gofynnodd iddi wedyn.

'Hwn 'te,' atebodd Edda gan amneidio at Bo. 'Sôn amdanoch chi yn ddiddiwadd. A chi,' meddai wedyn. 'Pob dim dach chi wedi'i wneud, pob dim dach chi...'

Gorffennodd hi ar hynny, yn gwybod ei fod yn ddigon.

'Pam ddudodd Louhi fod Linus yn brysur ddiwrnod priodas Idunn ac Eyolf?' gofynnodd Bo.

'Mae Linus yn mynnu 'i alw fo'n Eyolf hefyd,' meddai Aino yn ei llais ildio gorau.

'Ble maen nhw?'

'Mae gynnyn nhw 'u tŷ 'u hunain. Mae Idunn fel chdi,' meddai wrth Edda gan amneidio tua'i bol.

'Iawn 'te,' meddai Bo. 'Pam oedd Linus yn brysur y diwrnod hwnnw 'ta?'

'Ddudodd Louhi ddim? Fo oedd 'u Hebryngwr nhw hefyd. Roedd y briodas yr un diwrnod.'

'Pawb hefo'i gilydd?'

'Ia.'

'Gwych.'

'Ia,' cytunodd hi.

Gwelai Bo ryw olwg gwahanol braidd yn ei llygaid wrth iddi sôn am hynny.

'Ac mae Aarne yma,' meddai o. 'Mae'n dda arnach chi.'

'Mi ellid deud hynny, mae'n debyg,' meddai hithau, a'r golwg gwahanol yn dal yna.

'Be dach chi'n 'i feddwl?' gofynnodd Bo, ei feddwl yntau'n neidio'n ôl i'r atebion amhendant yr oedd hi'n gallu eu cynnig mor aml i'w gwestiynau dirifedi o yn y Warchodfa ac ar eu hirdaith flynyddoedd ynghynt.

'Roedd Linus yn Hebryngwr mewn tair priodas y diwrnod hwnnw,' meddai hi.

'Aino!'

*   *   *

'Yr ola i briodi fydd yn gwadd pawb.'

'Ia, felly 'te, os wyt titha am wneud,' meddai Edda, yn ceisio ac yn llwyddo i wneud y sylw mor amhersonol ag y medrai.

Roedd Bo am ganlyn ymlaen ond dechreuodd chwerthin. Swatiodd yn dynnach ynddi. Roedd y gwely'n braf, yn hybu'r holl deimladau ymollyngol oedd yn corddi'n hyfryd ddi-drefn drwy ei feddwl. Roedd yn amlwg eu bod yn corddi yr un mor fyrlymus yn Edda. Roedd tŷ bychan gwag wedi'i ddarparu ar eu cyfer nhw ac Erno a Ragnil, er mai dim ond nhw ill dau oedd ynddo fo y noson honno. Roedd Helge ac Amora wedi derbyn y gorchymyn i letya hefo Louhi a Leif gan fod digon o le yn eu tŷ nhw.

Roedd y gwledda yn nhŷ Aino ac Aarne wedi bod

yn ddathlu o'i ddechrau i'w ddiwedd, a'r cwrw grug a'r medd wedi llifo'n rhwydd, er bod Bo wedi dewis bod yn eithaf cymedrol ac wedi bodloni ar fymryn o'r medd. Ond oriau cyn hynny, ac ar ôl y cyfarchion a'r croeso eirias cyntaf roedd Aarne wedi diflannu ac wedi dychwelyd ymhen rhyw hanner awr i ddeud fod negesydd mwyaf dibynadwy y gymdogaeth am gychwyn am Lyn Sorob ben bore trannoeth. Dim ond diolch fedrai Bo ei wneud, a chytuno'n frwd fod y negesydd yn haeddu stafell ager newydd yn ei dŷ am ei drafferth, er nad oedd i gael gwybod hynny tan y byddai'n dychwelyd. Aeth yn ôl hefo Aarne i ddiolch ei hun i'r negesydd ac i ymhelaethu mymryn ar ei hanes er mwyn i'w fam a'i chwiorydd a Görf ei gael. Ar y ffordd yn ôl roedd Aarne wedi cyhoeddi'n hapus ddi-lol wrtho y câi o wneud fel y mynnai ond nad oedd Edda am gael symud cam o'r gymdogaeth nes y byddai Amora a hithau wedi dadflino'n iawn, gan awgrymu'n anghynnil braf y byddai'r gaeaf a'i eira a'r ddau fabi wedi cyrraedd cyn hynny, a bod y negesydd wedi cael hynny ar ddallt hefyd. Derbyn hynny fel y drefn ddaru Bo. Roedd Aarne ac yntau wedi'u hel i eistedd o'r neilltu wedyn am eu bod wedi'u gwahardd gan Leif a phawb arall rhag cynorthwyo i baratoi'r wledd. Ac eistedd yno'n fodlon y bu'r ddau bron drwy'r pnawn, yn rhannu hanesion rhwng pyliau hir o ddistawrwydd llawn cyfoeth. Yn y distawrwydd roedd Bo yn cael pyliau cyson o gymharu ei dad ac Aarne, yn methu gweld dim ond tebygrwydd, yn enwedig o weld fod Leif mor agos at ei dad.

Yn y diwedd mentrodd ddeud hynny wrtho. Tawn i'n dal i fod yn Uchben ac yn arwain byddin a dy dad yn dal yn fyw ella y byddwn i'n wrthwyneb iddo fo mewn brwydr, meddai i'w ateb. Roedd yr ysgydwad pen cynnil a ddilynodd hynny'n fwy na digon.

Ac yn y wledd roedd pawb wedi gofalu heb drefnu ymlaen llaw fod Erno a Ragnil yn gymaint rhan o'r sgwrsio a'r hanesion â phawb arall, er bod Ragnil eto'n dibynnu'n llwyr ar Edda, â chyfeillgarwch cymaint o oedolion hefo'i gilydd yn deimlad mor ddiarth iddi. Wedi i'w swildod cychwynnol gael ei oresgyn roedd Erno fymryn yn wahanol. Ar ôl iddyn nhw orffen bwyta ac i'r medd oedd yn beth mor ddiarth iddo ddod i'r fei roedd o ymhen rhyw ddwy gwpanaid wedi dechrau brywela'n ddiddiwedd hefo Aino a hwnnw'n mynd yn ddigrifach lymaid ar ôl llymaid. Daeth yn amlwg wedi rhyw ddwyawr o hynny mai'r peth callaf i'w wneud hefo fo wrth i'r cyfnos droi'n nos oedd ei arwain yn dyner i hen wely Eyolf ac y byddai'n iawn iddo fudo drannoeth. Roedd Ragnil eisoes mewn gwely arall yn y stafell ac wedi rhyfeddu o fynd iddo, ac ni fedrai Edda beidio â meddwl tybed ai hwn oedd y gwely cyfforddus cyntaf iddi fod ynddo erioed.

'Be 'di'r peth ola i briodi 'ma 'sgin ti?' gofynnodd hi mewn ychydig, gan fod Bo yn amlwg yn bodloni ar fwytho a chusanu ysgafn.

'Roeddan ni wedi cyrraedd cefnen eira a'r Pedwar Cawr wedi dŵad i'r golwg ym mhellafoedd y gogledd-ddwyrain. Roedd Aarne a Louhi a Leif yn mynd oddi wrthon ni yn fan'no a'r peth dwytha ddudodd Aarne oedd mai'r cynta i briodi fyddai'n gwadd pawb. Fi 'di'r unig un sydd heb wneud. A go brin 'i fod o'n 'i gynnwys 'i hun nac Aino yn 'i restr y diwrnod hwnnw.'

'Ydi hynny'n golygu dy fod di am wneud?' gofynnodd hi, eto'n llwyddo'n braf i wneud i'w chwestiwn swnio'n llwyr amhersonol. 'Ella medar Lodor dduw gael 'i facha ar hogan Priodas Deilwng i ti. Roedd Tona'n deud mai fo ydi duw'r briodas. Be sydd?' gofynnodd wrth glywed anadliad sydyn, bron fel ochenaid.

"Dan ni'n cael sgwrs malu awyr. 'Dan ni'n ddiogel.'

Tynnodd hi'n dynnach ato.

'Roeddat ti'r un mor gyndyn o ollwng Aarne a Leif bora ag yr oeddat ti o ollwng Aino,' meddai hi ymhen ychydig. 'A Louhi pan ddaeth hi draw wedyn. Ar wahân i bob dim arall roedd hynny'n dangos faint wyt ti wedi pryderu drwy gydol y daith.'

'Dydi hynna ddim mor wir â hynny.'

'Ydi mae o.'

'Doeddan ni ddim yn disgwyl gweld Aarne a Louhi a Leif, nac oeddan?'

'Eyolf yn deud gynna mai Aarne a dy dad oedd yr unig ddau Uchben call yn hanas y tiroedd.'

"Blaw am Dad faswn i ddim yn bod. 'Blaw am Aarne faswn i ddim yn fyw.'

'A fasa gen inna ddim lwmpyn bach tu mewn yn gwneud naid y lastorch.' Cusanodd hi o, yn synhwyro'r angen. Cusanodd o eto, yn ysgafnach. 'Wnes i ddim meddwl fod Louhi yn gymaint o feistres arnat ti.'

'Mi gadwodd hitha fi'n gall hefyd. Ond doedd hi ddim yn gywir gynna. Tawn i'n mynd i Lyn Sorob hebddat ti a Mam a Birgit yn cl'wad bod y babi yn dŵad o fewn dau leuad mi fasan nhw'n gwneud potas o 'nghroen i.'

Wedi meddwl ei bod hi wedi gweld rhywbeth yn ei lygaid oedd Louhi pan aethpwyd i sôn ar ddiwedd y wledd am y negesydd cymwynasgar. Yr eiliad nesaf roedd hi'n gafael yn ei war ac yn bygwth pob math o erchyllterau arno os oedd o am feiddio ystyried mynd hefo'r negesydd i weld ei fam a'i chwiorydd. Doedd o ddim haws â dadlau na fyddai angen i'r negesydd fynd os oedd o am fynd hefyd. Ei hateb hi i hynny oedd nad oedd o'n gwybod sut i gyrraedd Llyn Sorob.

'Mi awn ni yno gyntad daw'r gwanwyn,' meddai Edda.

'Chdi sydd i ddeud. Dw i isio cl'wad y lastorch,' meddai o, gan symud ei ben i roi ei glust ar ei bol.

'Cysga,' meddai hi ymhen rhyw funud. 'Mae gen ti waith codi stafall ager fory.'

25

Ychydig leuadau wedi iddo ddychwelyd o'i hirdaith ac yntau'n ymlacio ar fainc o flaen y tŷ yn haul newydd gwanwyn ac Eir wrth ei ochr a Lars ar ei lin roedd Gaut wedi cynnig wrth i'r sgwrs fynd rhagddi nad oedd unrhyw un oedd â phwysau i'w luchio ganddo fyth yn gwneud nac yn dyheu am wneud hynny. Roedd ei fam a'i dad wedi edrych ar ei gilydd am eiliad ac wedi cytuno. Roedd yn amlwg iddo fo fod y ddau yn teimlo hynny'n reddfol prun bynnag ond nad oeddan nhw ella wedi meddwl am ei fynegi mewn geiriau.

A rŵan o flaen tŷ Aud a Lars Daid roedd Seppo yn cofio am y sgwrs honno wrth i'r dieithryn sgwario braidd o'i flaen, yn gorchymyn yn fwy na gofyn ei gwestiynau. Roedd y pedwar dyn a'r ddynes wedi dod ar hyd y dyffryn o'r dwyrain, o gyfeiriad Llyn Embla. Roedd Cari a Dag wrthi'n brysur yn cynorthwyo i glirio mymryn o amgylch y tŷ pan welson nhw'n dynesu. Doedd dim angen amnaid na dim ar Dag. Rhoes y gorau i'w orchwyl a rhedodd i dŷ Ahti ac yna i dŷ teulu Llyn Helgi Fawr. Arhosodd Cari hefo'i thad i gael busnesa ac ymhen dim roedd yn gwledda ar ei ymateb o i gwestiynau'r dieithryn, oedd yn amlwg yr ieuengaf o'r pump. Rhyw wrando'n dawel a braidd yn anniddig oedd y pedwar arall. Llwyddodd Cari i gadw ei gwên iddi'i hun wrth i'r dieithryn fynnu cael siarad hefo'r Hynafgwr a'i thad yn gresynu fod hwnnw wedi mynd braidd yn drwm ei glyw yn ddiweddar.

Camodd un arall yn nes atyn nhw, hwn dipyn yn hŷn na'r llall. Ymhen eiliad neu ddwy, cyn iddo gael deud dim, roedd Cari yn astudio ei wyneb heb wneud yr ymdrech leiaf i gymryd arni nad oedd yn gwneud hynny. Nid cymryd arno ei fod yn gwylltio oedd yntau o'i gweld chwaith.

'Mae'n rhaid i ni gael siarad hefo'r Hynafgwr!' arthiodd. 'Ble mae o?'

'Tria yn union o dan y tocyn 'na yn fan'cw,' meddai Seppo, a phwyntio draw. 'Hwnna ydi'r diweddara.'

'Be 'di dy eiria di, ynfytyn?' gwaeddodd y dyn.

'Rhyw ddyfndar coes rhaw ne' lai.'

Yna roedd Cari yn rhoi ei phig i mewn.

''Well i ti roi'r gora i wylltio,' meddai wrth y dyn. 'Does 'na ddim llawar o leuada ar ôl i dy galon di fel mae hi, heb sôn am i ti 'i gwneud hi'n waeth hefo dy fylltod.'

'Be ddudist ti, y sguthan fach annymunol?' gwaeddodd y dyn.

'Dw i'n gweld o amgylch dy llgada di,' meddai Cari, yn dychryn dim. 'Dwyt ti ddim. Ac mae'r arwyddion i gyd yna. Waeth i ti heb â dadla na thaeru. Mae 'na wendid mawr ar dy galon di a dyna fo. Phari di ddim llawar eto.'

'Yn enw Oliph a'r duwiau!'

'Paid â meiddio,' meddai Seppo, wedi sobreiddio'n llwyr ac yn dal ei fys at y dyn.

'Dowch i rwla callach,' meddai'r llall.

Trodd y pump, a chychwyn, yn amlwg wedi'u dychryn, a'r ieuengaf yn dal i fytheirio a rhegi. Edrychodd dyn oedd wrth ymyl y ddynes ar y ddau am ennyd wrth fynd heibio, a gwelodd Seppo lygaid ansicr, a chael rhyw deimlad rhyfedd am eiliad nad felly'r oeddan nhw i fod, er nad oedd y dyn wedi deud yr un gair o'i ben i greu argraff o unrhyw fath arno. Daliodd i edrych ar y pump yn mynd tua chanol y gymdogaeth cyn troi ei sylw at Cari.

'Faint o weithia ydan ni wedi trio cynnig yn garedig i dy ben di nad fel'na mae deud petha wrth gleifion?' gofynnodd.

'Roedd o'n dy drin di fel baw 'toedd?' Roedd yn amlwg fod hynny'n fwy na chyfiawnhad gan Cari. 'Gofyn amdani,' meddai wedyn gan daflu braich ddibris yn ôl tua'r pum crwydryn. 'Ddudis i ddim ond y gwir wrtho fo prun bynnag. Mae hi'n prysur ganu arno fo.'

Ceisiodd Seppo ei orau i ymresymu.

'Cyngor dy fam i bobol hefo calonna drwg ydi deud wrthyn nhw am beidio â phoeni i wneud petha'n waeth,' meddai.

'Dydi'r rheini ddim yn gofyn amdani.'

'Mi fydd pob claf yn dengid am eu bywyda rhagddat ti.' Gafaelodd amdani a'i thynnu ato. Doedd hi ddim yn rhy hen i gael mwythau. 'Pawb ond dy fam a fi.'

Cododd ei lygaid ymhen ychydig i ddilyn hynt y

pum dieithryn. Roeddan nhw wedi aros eto, ac roedd rhywun na welai Seppo o yn siarad hefo nhw. Parhaodd hynny am ychydig cyn i'r ddynes symud mymryn ac i Seppo weld mai Hagan oedd o. Daliasant ati i siarad am rai munudau wedyn cyn ymwahanu, ac yna roedd Hagan yn dynesu ar beth brys.

'Lle mae Ahti?' gofynnodd ar yr un brys pan gyrhaeddodd, yn amlwg heb amser na bryd i gyfarch Cari hefo'r un o'i amrywiadau digri arferol ar iechydwraig y tiroedd.

'Yn 'i dŷ, am 'wn i,' meddai Seppo. 'Mae Dag newydd fynd i ddeud wrtho fo bod 'ma bobol ddiarth. Be sydd?'

'Lle mae Tarje?'

'Mae o yn nhŷ Birgit,' meddai Cari. 'Mae Gaut ac ynta wedi mynd â bwr newydd iddyn nhw gynna. Pam?'

'Rhed i lawr a deud wrth Tarje a nhwtha am aros ble maen nhw tra bydda i'n chwilio am Ahti.'

O weld y llygaid taer ddaru Cari ddim petruso na holi, dim ond mynd.

'Be sydd?' gofynnodd Seppo eto.

'Dduda i wrthat ti munud.'

Trodd Hagan a brysio ar ôl Cari. Roedd bron yn sicr o'i bethau ond roedd arno angen cadarnhad, yn enwedig gan ei fod wedi cael cymaint o ysgytwad. Dim ond o bell yr oedd o wedi gweld yr unig un distaw o'r pump yr oedd newydd eu cyfarfod o'r blaen, a dim ond dwywaith yr oedd hynny wedi digwydd yn ystod ei ddeunaw mlynedd o fyddina. A hyd yn oed tasai'r dyn wedi deud rhywbeth funudau ynghynt fyddai o ddim mymryn elwach, gan nad oedd o erioed wedi clywed ei lais.

'Be sydd?' gofynnodd Ahti iddo y munud y daeth trwy'r drws.

'Mae'n rhaid i ti 'i weld o drostat dy hun. Tyd.'

Yn nabod Hagan yn ddigon da i wybod na châi o ragor ohono, gwisgodd Ahti ei gôt ac aeth y ddau allan. Anelodd Hagan tua chanol y gymdogaeth gan iddo weld y dieithriaid yn cychwyn tuag yno ar ôl eu sgwrs hefo fo.

'Mae 'nelo'r pum dieithryn 'ma â beth bynnag sydd gen ti i'w ddangos, mae'n debyg,' cynigiodd Ahti ymhen ychydig, gan nad oedd dim yn dod o gyfeiriad Hagan.

'Mae 'nelo chditha ag o hefyd. Tarje fwy fyth. A Gaut ella.'

Roedd tipyn o gynnwrf o hyd yn llais Hagan.

'Be dw i i fod i'w weld? Person 'ta be?' gofynnodd Ahti.

'Dacw nhw.'

Arafodd Hagan ei gamau a gosod llaw rybuddiol ar fraich Ahti. Amneidiodd ymlaen. Ymhen ychydig gamau arhosodd Ahti yn stond.

'Tawn i'n sugno'r ewig!'

'Fo ydi o 'te?' meddai Hagan.

''I wraig o ydi honna,' meddai Ahti, wedi'i syfrdanu.

''Ti 'di'i gweld hitha unwaith hefyd 'ndo?' sylweddolodd Hagan.

'Lle mae Tarje?'

'Mae o hefo teulu Llyn Helgi Fawr. Mae Cari wedi

mynd i ddeud wrtho fo a nhw am aros yno. Wyt ti'n nabod y lleill?'

'Nac 'dw, am 'wn i. Tyd.'

Dychwelasant, ar dipyn mwy o frys na chynt. Dim ond ebychiadau a ddeuai o geg Ahti ac o gael y cadarnhad doedd gan Hagan fawr gwell i'w gynnig chwaith. Edrychai yn ôl bob hyn a hyn, er na wyddai i be'n union, a theimlai ei hun yn fwy ar chwâl gyda phob cam.

Amora, mam Birgit, oedd y gyntaf iddyn nhw ei gweld pan ddaethant at y tŷ.

'Be 'di'r cyfrinacha mawr 'ma?' gofynnodd hi.

'Mae'r hen Aruchben a'i wraig yma,' meddai Hagan, yn ceisio rheoli ei lais, ac yn sylweddoli'n sydyn a braidd yn hwyr o weld yr wyneb o'i flaen yn delwi yr un mor sydyn ei fod yn deud hynny wrth weddw'r dyn yr oedd yr hen Aruchben wedi'i ddienyddio.

*   *   *

Ryw ddwyawr yn ddiweddarach yn nhŷ Eir a Gaut roedd meddyliau'n dechrau dod i ryw fath o drefn. Dyfarniad tawel Seppo wedi iddo glywed pwy oedd yr un oedd wedi edrych ar Cari ac yntau hefo'r llygaid ansicr am eiliad neu ddwy oedd fod prif gynhaliwr a gwarchodwr y drefn a roddodd Gaut mewn sach er mwyn iddo ddiodda cyn ei ladd yn gorfod cydnabod ei fod o'i hun bellach yn fwy o ffoadur na neb y bu o'n eu hymlid yn ystod ei ddeng mlynedd ar hugain o oruchafiaeth. Roedd llygaid Eir wrth iddi edrych arno bron wedi'i drechu pan ddywedodd o wrth Gaut ei fod o'n fwy rhydd rŵan nag y bu'r hen Aruchben erioed, er ei holl rwysg a'i rym.

Roedd pawb yn gytûn ei bod yn amhosib nad oedd yr hen Aruchben a'i gymdeithion yn gwybod eu bod wedi cyrraedd Llyn Sorob. Roedd bod ei wraig ac yntau wedi dod yno hefo dim ond tri chydymaith yn cadarnhau hefyd yr hyn roedd Ahti wedi'i glywed yn ystod ei deithiau, sef nad oedd ganddo'r un gobaith o ddychwelyd i deyrnasu dros ei fyddin ac adfer ei hen rym os oedd o'n fyw o hyd, a Seppo yn gweld hynny fel cadarnhad hefyd mai llygaid dyn ar goll a welodd ganol y bore. A hwnnw oedd y rheswm pennaf dros iddo gredu nad oedd gan Tarje ddim i boeni yn ei gylch.

Roedd Tarje a Birgit yn eu canol, a Tarje yn cyfrannu cymaint â neb. Roedd Birgit yn ddistawach, yn fwy yn ei theimladau ei hun, yn gwybod fod y lleill yn ymwybodol eu bod yn sôn am y dyn a ddaeth yn unswydd i wersyll i oruchwylio dienyddiad ei thad, a hynny ar ei orchymyn o. Roedd hi a'i mam wedi cael dipyn o waith darbwyllo Hagan nad oedd raid iddo fo deimlo'n ddrwg nac ymddiheuro am fod yn fyrbwyll a difeddwl wrth gyhoeddi ei neges. Ei farn o wedi iddo ddod ato'i hun fymryn oedd ei bod yn rhaid fod yr hen Aruchben yn gwybod hefyd fod yr un newydd wedi cyhoeddi nad oedd y fyddin yn chwilio am Tarje mwyach a'i fod yn rhydd. Credai Eir ei bod yn bosib nad oedd yr hen Aruchben wedi bwriadu dod i Lyn Sorob, ond ei fod o a'r pedwar arall un ai'n crwydro'r tiroedd neu'n mudo o un lle i'r llall a bod y daith yn dod â nhw heibio i Lyn Sorob, o bosib yn ddiarwybod iddyn nhw tan iddyn nhw gael hynny ar ddeall yn un o'r cymdogaethau cyfagos. Ond gwybod cynt ai peidio, o ddod o fewn cyrraedd roedd yr hen Aruchben yn methu cadw draw o gymdogaeth yr un oedd wedi lladd ei fab, er mwyn cael gwybod ei hanes heb i neb o'r gymdogaeth sylwi, a chael gwybod yr un pryd hanes ei fam y malwyd ei hwyneb, eto ar ei orchymyn o.

'Mae o'n gwneud synnwyr 'i fod o'n credu nad oes neb yn 'i nabod o, yn enwedig mewn dillad ffwr-â hi,' meddai Tarje.

'Os ydi o wedi gallu cadw'n fyw tan rŵan mae'n rhaid bod hynny'n wir,' ategodd Gaut. 'Go brin y byddai'r Aruchben newydd 'na'n gadael iddo fo gymywta hyd y tiroedd.'

'A tasan nhw wedi dŵad yma'n fwriadol i ddial arnat ti go brin y bydden nhw wedi udganu cymaint gynna,' meddai Hagan wrth Tarje. 'Ond mi fedar penderfynu'n sydyn bod 'na gyfla iddyn nhw ddial 'u gwneud nhw'n fwy peryg.'

'Mae hynny'n sicr,' cytunodd Ahti.

'Ella mai 'i wraig o sy'n benderfynol o gael gwybod hynt Tarje a Mam,' meddai Eir. 'Oedd golwg ar goll arni hi?' gofynnodd i Seppo.

Dim ond ysgwyd ei ben a chodi mymryn ar ei sgwyddau ddaru o.

'Sylwis i ddim,' meddai.

'Roedd o a hitha wedi dŵad yn unswydd i'r gwersyll

lle cafodd y milwyr 'u dienyddio ar ôl i Tarje ladd yr Anund 'nw i wledda ar y dienyddiada medda chdi,' cynigiodd Gaut wrth Ahti pan oeddan nhw'n ystyried rhesymau eraill posib.

'Oeddan,' meddai Ahti. 'Pam?'

'Welist ti o?'

'Do, debyg.'

'O agos?'

'Rhy agos.'

'Welodd o chdi?'

'Dim peryg. Welodd o rioed filwr, dim ond milwyr, ble bynnag oedd 'i llgada fo.'

'Roeddat ti'n Orisben.'

'Wel taw â deud. Roedd Isbeniaid islaw 'i sylw o, heb sôn am neb arall. Ymddyrchafu gerbron Uchbeniaid oedd 'i swyddogaeth o a chega a chodi ofn arnyn nhw, a sefyll mewn gwersylloedd bob hyn a hyn i wrando ar y milwyr yn gweiddi 'i glod. Doedd 'na neb yn meiddio aros yn ddistaw rhag ofn i'r un wrth 'i ochr o achwyn a chael dyrchafiad. Pam wyt ti'n gofyn y petha 'ma?'

'Meddwl – ym...'

'Anghofia fo. Dydi o na'i wraig ddim wedi dŵad yma i chwilio amdanat ti, er mai dy sach di oedd yr un pwysica oedd o fewn 'i afael o tra buost ti ynddo fo, ond mae'r dyddia hynny ar ben iddo fo a thitha. Ac os clywodd o amdana i, mae'n debyg mai ar ôl y darostyngiad mawr oedd hynny, pan glywodd o be wnes i i frawd yr Aruchben newydd. Mae'n debyg y byddwn i'n plesio.'

Roedd Eir wedi ystyried rhywbeth arall ers meitin, ond doedd hi ddim wedi'i wyntyllu rhag ofn y deuai rhyw syniad neu ddyfaliad newydd i'r fei, a hefyd am ei bod yn rhagweld yr ymateb iddo. Ond teimlai ei bod yn rhaid i Birgit gael gwybod yn gyntaf, ac o weld nad oedd dim byd pendant yn dod o unman amneidiodd arni ac aeth y ddwy drwodd i'r cefn.

'Rwyt ti a dy deulu wedi diodda mwy na ni ar 'i gorn o,' meddai Eir. 'Rydach chi'n diodda eto heddiw. Deud ar dy ben os na fyddi di'n cytuno.'

Roedd amheuaeth gyntaf Birgit yn diflannu'n gyflym wrth iddi wrando ar Eir yn manylu mor ddiryfyg ar ei chynllun a bron heb yn wybod roedd y ddwy'n cyfnewid profiadau. Atgof cryfaf Birgit oedd Bo yn brwd bartatoi am ei ben-blwydd yn bymtheg oed rai lleuadau cyn pryd gan obeithio y byddai ei dad gartref bryd hynny. Nid ei dad ddaeth, ond y fyddin, yn cyfarth yr hanes am ddienyddiad y tad ac yn cipio Bo, yn ei hyrddio o un milwr i'r llall wrth fynd ag o ymaith a gofalu fod ei fam a'i chwiroydd yn gweld hynny.

'Mi wn i 'mod i'n anghywir ond dw i'n dal i deimlo 'i fod o'n waeth am fod Bo yr unig hogyn ynghanol teulu o ferchad,' meddai.

'Dw i wedi gori ar 'y nheimlada fy hun ar dy draul di a dy deulu,' meddai Eir. 'Ella y byddai'n well i mi anghofio am y peth.'

'Na, paid,' atebodd Brigit.

Aeth hanner awr dda arall heibio cyn i Eir alw ar

Gaut i ddod atyn nhw. Ymhen deng munud wedyn dychwelodd y tri.

'Dydach chi ddim nes i'r lan, nac 'dach?' meddai Birgit wrth y lleill, ei llygaid yn dawel a digynnwrf.

'Mi fedrwn ni ddal ati i ddyfalu nes byddwn ni wedi mynd i boeni,' meddai Eir cyn aros am ateb. 'Ne' mi fedrwn ni chwalu unrhyw fwriad amheus sydd gynnyn nhw, os oes gynnyn nhw un.'

'Be, 'u bygwth nhw?' gofynnodd Tarje.

'Hollol groes. 'U gwadd nhw am fwyd. Mi geith yr Aruchben a'i wraig ddŵad aton ni ac mi geith y lleill fynd i dŷ arall,' meddai wedyn yr un mor hamddenol, yn anwybyddu'r wynebau o'i blaen, oedd yn union fel y gwyddai y byddent. 'Dangos croeso iddyn nhw, un tra gwahanol i d'un di a Cari,' gwenodd ar Seppo. 'Wedyn gawn ni weld.'

'Wyt ti o ddifri, hogan?' gofynnodd Seppo.

Fedrai o ddim meddwl am un dim arall i'w ddeud, ac o weld ei wyneb cododd Gaut.

'Tyd,' meddai wrth Hagan.

Aeth allan. Daeth Hagan ar ei ôl, a'r un golwg ddiddeall yn llenwi ei wyneb.

'Ydach chi o ddifri?' gofynnodd.

'Dydi o ddim mymryn o wahaniaeth ydyn nhw'n gwybod pwy ydan ni,' atebodd Gaut, yr un mor hamddenol ag Eir eiliadau ynghynt. 'Yr unig beth sy'n bwysig ydi na fyddan ni'n gwybod pwy ydyn nhw. Fedrist ti ddŵad i ryw fath o farn am y ddynas?'

'Na. Mi ofynnodd oedd 'ma dŷ gwag y medren nhw aros ynddo fo am ddiwrnod ne' ddau. Fawr o ddim arall.'

'A ddudodd o ddim?'

'Dim gair, hyd yn oed pan ddudis i bod 'ma dŷ iddyn nhw.' Petrusodd Hagan. 'Does arnat ti o bawb ddim angan cyngor ar sut i fod yn wyliadwrus,' meddai. 'Dim ond i ti gofio y medar ffiol o wenwyn fynd i le bychan bach, i lai o le na'r gyllall oedd gan Tarje yn plannu i wddw mab y rhain.'

'Mi fyddwn ni'n wyliadwrus. Mae croeso i ti ymuno yn y wledd. Mi ddudan ni dy fod yn frawd i Dad ne' Mam os bydd angan.'

'Os ydach chi'n bwriadu gwneud hyn mi fydda i'n dawelach fy meddwl o fod hefo chi. Nid 'y ngwadd fy hun ydw i. Ydi Birgit yn dŵad hefyd?'

'Na. Mae'n well gynni hi beidio.'

*　　*　　*

'Ydach chi wedi dŵad o bell?' gofynnodd Eir.

'Do,' atebodd y ddynes ymhen rhyw eiliad neu ddwy.

'Mae'r bwyd yn odidog,' meddai'r dyn. 'Rydan ni'n ddiolchgar i chi.'

Doedd o ddim wedi deud fawr ddim arall, a newydd ddechrau bwyta oeddan nhw. Roedd Eir a Gaut wedi sylwi ar unwaith mor ansicr oedd ei lygaid pan ddaeth Hagan â nhw i'r tŷ a buan y gwelwyd fod ei gwrteisi yr un mor ansicr, yn cadarnhau dyfarniad Seppo ynghylch. Doedd Gaut ddim wedi cael unrhyw drafferth i'w cael i ddod atyn nhw i gael bwyd ac roedd Thora wedi mynd i dŷ'r Weddw i'w chynorthwyo i ddarparu pryd i'r tri arall, a Seppo a Cari wedi cadw'n glir drwy orchymyn. Roedd Gaut wedi gofalu fod y Weddw yn gwybod cymaint â phawb arall am y dieithriaid cyn iddi gynnig gwneud bwyd i'r tri, a hithau wedi pwysleisio o gael rhybudd taer ganddo y medrai hi fod yr un mor wyliadwrus ag yntau. Ond roedd o'n ddigon balch fod Ahti wedi cytuno i fynd i'w thŷ i gynorthwyo a chydfwyta. A rŵan wrth glywed y dyn yn brolio'r arlwy roedd arno yntau awydd brolio hefo fo er ei fod wedi bod â'i ran yn ei ddarparu.

'Ydach chi'n bwriadu aros yma, 'ta ar eich taith ydach chi?' gofynnodd, heb fod yn sicr oedd y dyn yn ceisio troi'r sgwrs oddi wrthyn nhw ill dau wrth sôn am y bwyd.

'Ar ein taith,' atebodd o. 'Rydach chi'n byw mewn cymdogaeth fywiog i'w gweld,' meddai wedyn.

'Mae hynna'n wir,' meddai Hagan, oedd yn eistedd ar y pen ac yn teimlo y medrai yntau gynorthwyo i yrru'r cwch i'r dŵr. 'Deunaw mlynedd o fyddina a chael dychwelyd i fwrlwm naturiol braf, a gweld fod awch ddiarbed y byddinoedd i godi ofn a'i gynnal wedi methu'n llwyr.' Roedd yn fwriadol ysgafn ei lais, fel tasai'n sôn am y dibwys. 'Mae'r ddwy'n galw bob hyn a hyn i fygwth a chwilota am yr ifanc, ond mynd maen nhw bob tro hefo'r un faint yn union ag oedd gynnyn nhw'n cyrraedd, diolch i Gaut.'

'Paid â malu awyr,' meddai Gaut, yn yr un llais ag a fyddai wedi'i ddefnyddio hefo Lars.

Roedd Eir wedi sylwi fod Hagan ac yntau'n cael gwrandawiad. Doedd hi ddim yn dymuno dyfeisio, a doedd hi ddim yn gallu bod yn sicr oedd golwg ochelgar yn llygaid y ddynes ai peidio. Roedd wedi gofalu ei bod yn eistedd gyferbyn â hi fel ei bod yn naturiol i lygaid gwrdd yn ddigon aml er nad oedd y ddynes wedi codi ei llygaid oddi ar ei phlât wrth wrando ar Hagan. Ac o glywed natur gwadiad Gaut neidiodd i'r cyfle ac ymhen ychydig funudau roedd y dyn a'r ddynes wedi cael crynodeb llawn o hanes Gaut yn y fyddin a hanes y chwilio amdano, o'r noson y dygodd Lars o'r gors tan y bore y dychwelodd hefo Hagan. Torrodd Gaut i mewn yn fuan wedi iddi ddechrau i ddeud nad oedd ar y ddau ddiarth eisiau clywed ei hanes o ond ysgwyd eu pennau arno i anghytuno ddaru nhw.

'A dyna fo,' meddai Eir pan oedd yn credu ei bod wedi deud hynny oedd ei angen. 'Y peth rhyfedda erbyn hyn ella ydi bod Lars pan oedd o fymryn dros 'i hannar blwydd wedi cychwyn ar daith a ddaeth â fo ymhen amser o fewn cwta leuad i'r arfordir ym mhellafoedd tiroedd y gogledd-orllewin. Mae o wedi crwydro mwy na bron pawb arall yn y gymdogaeth 'ma hefo'i gilydd.'

'Trueni braidd 'i fod o'n rhy ifanc i gofio,' meddai Hagan, ei oslef yn gwahodd cytuniad.

Amneidiodd y dyn. Cadwodd y ddynes ei sylw ar ei phlât.

'Dw i byth wedi llwyddo i ddygymod â bod pobol nad oeddan nhw rioed wedi cl'wad amdana i wedi mynd hefo Eir am leuada i chwilio amdana i,' meddai Gaut, yr un mor ddiffuant â phob tro arall yr oedd wedi deud hynny. 'Fuoch chi mewn byddin?' gofynnodd yn sydyn i'r dyn.

'Do,' atebodd o ymhen eiliad, yr un mor ansicr.

'Y llwydion 'ta'r lleill?'

'Y fyddin lwyd.'

'Cael eich cipio iddi ddaru chi?'

'Na,' ysgydwodd y dyn ei ben.

'Iawn felly, 'toedd?'

Chafodd hynny ddim sylw.

'Mynd at Eir a Lars o'n i,' aeth Gaut ymlaen. 'Pedwar diwrnod oed oedd o. Yn union o flaen y tŷ yn fa'ma y ce's i 'nghipio, pan oedd 'na ddim ond llwybr a llwyni yma.' Ysgydwodd yntau ben cynnil. 'Y peth dwytha dw i'n 'i gofio ydi'r haul ar adenydd yr eryr. Welis i ddim o werth wedyn am leuada meithion.' Gwenodd yr un mor gynnil ar y dyn. "Ta waeth. Dach chi fel Hagan yn haeddu'ch canmol am oroesi.'

'Dim mwy nag wyt ti,' meddai Hagan

'A 'dan ni'n tri'n fyw,' aeth Gaut ymlaen, fel tasai am anwybyddu sylw Hagan. 'Mae hynny'n fwy nag y gellir 'i ddeud am yr Aruchben oedd â'i facha arnon ni ac ar 'i fyddin. Mae'r un newydd yn waeth fyth meddan nhw,' aeth ymlaen cyn i neb gael cyfle i ddeud dim. 'Fasai'r duwia na'r drefn yn caniatáu iddo fo fod yn well mae'n siŵr. Mi ddudodd rhyw negesyddion ddaeth hyd y lle 'ma un ar ôl y llall ryw dro 'i fod o wedi arteithio'r hen Aruchben am ddyddia dirifedi cyn 'i ladd o.'

'Gaut,' meddai Hagan yn dawel, 'gwerthfawroga lafur dy wraig a dy lafur dy hun. Mae'r bwyd 'ma'n rhy flasus inni droi ein sylw at betha fel'na.' Gwenodd fymryn yn ymddiheurol. 'Dowch,' meddai, a thywallt rhagor o win llus i gwpanau'r dyn a'r ddynes, 'mae o'n llawar gwell am wneud gwin nag am ddewis rwbath i siarad amdano fo wrth fwrdd y wledd.'

'Dw i'n cael cerydd am rwbath ne'i gilydd gynno fo bob dydd,' gwenodd Gaut, ei wên mor ddiniwed ag un Hagan eiliad ynghynt.

Roedd ymdrech y dyn yn amlwg i Eir, wrth iddi geisio dirnad ei feddwl wrth iddo glywed ei fod o'i hun wedi'i arteithio am ddyddiau ac yna wedi'i ladd. Teimlai hi ei bod yn bosib ei fod yn gwegian rhwng y gobaith annisgwyl ei fod yn ddiogelach nag y tybiasai a'r ofn o obeithio hynny. Roedd Seppo yn gywir. Dyn ar goll oedd yr hen Aruchben, oedd rŵan yn eistedd bron gyferbyn â hi, mor wahanol i Gaut, oedd wrth ei hochr. A doedd dim dialedd wrth iddi gymharu am nad oedd ei angen.

Roedd y ddynes fodd bynnag yn derbyn popeth yn ddigynnwrf. Roedd Ahti wedi deud yn gynharach mai felly'r oedd hi yn y gwersyll wrth wylio'r dienyddiadau hefyd, o'r hyn yr oedd o wedi'i weld arni. Doedd Eir ddim am ddod i unrhyw gasgliad chwaith, a phenderfynodd ohirio mymryn ar brif bwrpas y gwahoddiad a gadael i'r gwledda a'r mân sgwrsio fynd rhagddynt.

'Ar draws pob dim,' meddai Gaut yn y man wrth syllu ar y gwin yr oedd Hagan yn ei dywallt i'w gwpan, 'ddaru chi ddim digwydd gweld ne' gwarfod crwydryn yn ystod y deuddydd ne' dri dwytha 'ma? Tua'r un oed â Hagan, hefo gwallt goleuach fymryn a rhyw dyfiant yn fwy o flewiach nag o locsyn o dan 'i ên?'

'Do,' meddai'r ddynes, yn codi ei golygon bron am y tro cyntaf. 'Echdoe.'

'Fuoch chi'n siarad hefo fo?' gofynnodd Eir.

'Mi fuodd o'n siarad hefo ni. A dim ond am funud oedd hynny. Roedd o ar frys.'

'Ddudodd o 'i enw ne' o ble'r oedd o wedi dŵad?'

'Naddo. Yr unig beth ddaru ni ei ddallt oedd ei fod â'i fryd ar gyrraedd cymdogaetha i ddeud sut oedd y Gallu wedi defnyddio hogan fach a'i mam i'w achub o rhag diddymdra.'

'Sôn am 'i droed oedd o?' rhuthrodd Gaut.

'Ddudodd o ddim.'

'Mi ddaru o bwyntio at ei droed,' meddai'r dyn. 'Roedd yn amhosib gweld arwyddocâd i hynny.'

'Dyna ni, felly,' meddai Hagan. 'Beli ydi'i enw o.'

'Fo ddaru ryddhau Gaut o'r sach,' meddai Eir, yn sylwi ar y dychryn a'r tyndra a ruthrodd i'r ddau wyneb gyferbyn ac yn ei anwybyddu. 'A thrwy ryw ddigwyddiad mi gyrhaeddodd yma ychydig yn ôl hefo anaf digon drwg ar 'i droed i'w ladd o. Mi ddaru mam Gaut a Cari 'i chwaer o 'i ymgeleddu o.'

'Dach chi eisoes wedi gweld Cari,' cynigiodd Gaut yn hamddenol. 'Roedd Dad yn deud 'i bod hi wedi cynnig cyngor i un o'ch cymdeithion ynglŷn â'i iechyd bora 'ma.'

'Mi ellid deud hynny, mae'n debyg,' atebodd y dyn.

Sylwodd Eir nad oedd dim o'r ysgafnder oedd yn sylw Gaut yn yr ateb a gafodd. Ni chredai chwaith mai'r hyn yr oedd hi newydd ei ddeud am y sach oedd yn gyfrifol am hynny.

'Mae gallu Cari i droi gwybedyn yn arth lawn cystal â'i galluoedd meddyginiaethol,' meddai Gaut, yn gwenu'n braf ar y ddau. 'Mae Mam a Dad wedi laru 'i cheryddu hi.'

'Dydi hi na neb arall ddim yn ddigon galluog i wneud dim i wynab Mam chwaith,' meddai Eir.

Digwydd ddaru'r cyfle. Doedd dim yn fwriadol yn ei gylch. Cyn i Hagan a'i ddau westai gyrraedd roedd Gaut wedi gofyn be'n union oedd yn mynd i ddigwydd, ac roedd Eir wedi ateb y byddai'r cwbwl yn cael ei ddeud, yn enwedig gan fod Hagan yn dod yno hefyd i fod yn swcwr iddyn nhw ill dau. Roedd hi eisoes wedi crybwyll y bwriad wrth ei thad a'i mam a'u hunig wrthwynebiad nhw oedd ei bod hi'n rhy bosib ei bod hi'n ei rhoi ei hun mewn peryg. Tarje oedd wedi bod gryfaf ei amheuaeth, ond roedd Birgit ar gael i'w ddarbwyllo.

A'r eiliad y daeth y cyfle wrth y bwrdd bwyd aeth rhagddi. Dechreuodd hefo hanes Tarje, a chymryd arni nad oedd yn sylwi ar yr ymateb i'w enw a'i fod yn frawd iddi. Soniodd amdano fel un o'r milwyr mwyaf cydwybodol a fu yn y fyddin erioed a gwelodd Hagan ei gyfle i ategu hynny, yn union fel tasai o wedi bod yn gydymaith i Tarje drwy'r adeg. Pwysleisiodd fod i Tarje gael ei ddyrchafu'n Isben ar ôl dim ond pedair blynedd yn y fyddin yn dangos ynddo'i hun milwr mor gydwybodol oedd o, yn cael dyrchafiad buan er nad oedd ganddo berthnasau â digon o bwys ganddyn nhw i lyfu neb. Pam felly y byddai milwr mor ymroddgar yn lladd Uchben, heb sôn am yr un oedd yn fab i'r Aruchben, gofynnodd heb anelu ei gwestiwn at neb.

Gaut atebodd y cwestiwn yn y distawrwydd bychan a'i dilynodd. Amddiffyn ei hun rhag rhuthr yr Uchben a'i arf oedd Tarje, meddai, a hynny am ei fod wedi gwrthod arteithio milwr mewn sach. Greddf oedd yr amddiffyn, nid penderfyniad. Doedd dim amser i benderfynu. Ac roedd digon o dystion i'r sach a thystion hefyd fod Tarje wedi cydnabod ei fod wedi rhyddhau milwr o sach mewn ymgyrch arall a bod yr Uchben y daru o ei ladd yn gwybod hynny.

'Methiant yr Uchben oedd 'i anallu o i gydnabod mai person ydi Tarje, nid teclyn,' meddai. 'Maen nhw'n deud i mi bod llawar os nad y rhan fwya o Uchbeniaid 'run fath â fo.' Gwenodd mor gynnil ag y gallai ar y ddau wyneb llonydd. 'Does gen i ddim digon o brofiad i wybod.'

'Ac mi ddaeth y fyddin yma i falu wynab Mam ar orchymyn yr Aruchben,' meddai Eir, hithau yr un mor ffyddiog bellach fod y dadleniad yn dwyn ffrwyth. 'Mae hwnnw wedi marw ac mae Mam yn fyw. Doedd 'na neb yn dathlu pan glywson ni 'i fod o wedi'i ladd. Mae'n debyg fod gynno ynta deulu, a chymryd na chawson nhwtha 'u lladd hefyd.'

'Mae hynny'n fwy na phosib,' meddai Hagan. 'Maen nhw'n deud fod yr Aruchben newydd yn ddigon cigyddol i ladd 'i gysgod 'i hun.' Gadawodd i hynny dreiddio am eiliad. 'A ddaru'r hen Aruchben ddim trio cyflyru pawb i gredu nad ydi rhai pobol nad oes 'nelo nhw ddim ag unrhyw fyddin yn haeddu byw oherwydd 'i fympwy o'i hun drwy 'u galw nhw'n gnawdolion yn hytrach na phobol.' Gadawodd i hynny dreiddio hefyd cyn newid mymryn ar ei gân. 'Ond hyd yn oed os ydi o a'i deulu'n fyw, go brin fod bywyd yn rhy wych iddyn nhw,' meddai, yn synfyfyrio hynny oedd ei angen ar y cwpan o'i flaen. 'Dydi rhyw betha 'fath â fi ddim yn meddwl am fod yn werthfawr a phwysig a ballu wrth gwrs. Ond roedd o'n treulio pob dydd o'i fywyd yn gwybod na fedrai'r tiroedd na'r moroedd na'r awyr wneud hebddo fo 'toedd? A mwya sydyn dyma fo'n darganfod nad ydi o fymryn mwy o werth iddo fo'i hun nac i neb arall na blaen ewin leming marw. Peth fel'na ydi codwm.'

Cymerai Eir arni nad oedd yn gwrando ar y tawelwch a ddilynodd hynny.

'Ond dyna fo,' meddai. Cododd ei sgwyddau y mymryn lleiaf. 'Rhyw hanas fel'na sy 'na i'n teulu ni.'

'Mae'n ddrwg gynnon ni,' cynigiodd Gaut ar ôl ennyd dawel arall. "Dan ni wedi'ch laru chi hefo rhyw straeon. A chitha wedi dŵad yma i gael bwyd a llymaid o win.'

'Na,' ysgydwodd y dyn ei ben.

Roedd diolchiadau'r ddau wrth iddyn nhw godi i fynd mor ffurfiol â'i gilydd.

*   *   *

Braf oedd bod drwyn wrth drwyn ar ymylon cwsg.

"Dan ni ddim mymryn nes at 'i nabod o chwaith,' meddai Gaut.

'Roedd o fwy ar goll yn mynd o'ma na hyd yn oed pan ddaeth Hagan â nhw yma,' meddai Eir. 'Ella bod hynny'n ddigon o nabod arno fo.' Cusanodd o. 'Mi ge's i gusan gan Hagan pan oeddat ti allan.'

'Felly mae 'i dallt hi?'

'Am lwyddo mor ddiffwdan heddiw medda fo, ac am dy lenwi di hefo hyder call.'

'Rwdlyn.'

'Nac 'di.'

'Does 'na ddim angan iddo fo wylio'r nos chwaith.'

Ond roedd Hagan yn mynnu gwneud hynny. Roedd wedi dychwelyd atyn nhw ar ôl danfon yr hen Aruchben a'i wraig i'r tŷ oedd ar eu cyfer ac erbyn hynny roedd Seppo wedi cyrraedd, yn deud na chysgai o winc heb wybod fod rhywun yn gwylio'r tŷ drwy'r nos ac roedd am wneud hynny ei hun. Gwaharddodd Hagan o gan ddeud ei fod o eisoes wedi penderfynu gwylio, a chafodd Gaut gynnig cefn llaw ganddo am ddeud y byddai o'n mynd i wylio hefo fo.

'Rhyfadd hefyd 'te?' meddai hi wedi eiliadau eraill o fwytho.

'Be?'

"Dan ni wedi darparu gwledd i'r dyn oedd wedi trefnu i dy arteithio di a dy ladd di i ddial am be ddaru Tarje i'w fab o, ac roedd o am ddŵad i weld hynny drosto'i hun, yn ôl be'r oedd Ahti yn 'i ddeud pan oeddan ni'n chwilio amdanat ti, a dŵad â'i wraig hefo fo mwya tebyg. A phan welodd o chdi yn y diwadd a chael ar ddallt yn iawn mai chdi wyt ti nid llond dy gorff di o waed welodd o ond llond dy gorff di o hyder tawel.' Cusanodd o eto. 'Dyna i ti be 'di dyn ar goll.'

'Ella nad oedd o'n meddwl amdani felly,' meddai o.

'Oedd, mi oedd o. Mae 'na rwbath arall yn rhyfadd hefyd 'toes?'

'Be felly?'

'Mi ddaru ni ddarparu gwledd i ddau ddiarth a chawson ni fyth wybod 'u henwa nhw.'

'Dim ots. Mae gynnon ni rywun pwysicach i chwilio am enw iddo fo. Iddi hi. Iddo fo.'

Sibrydodd y ddau bob yn ail wrth i'w law chwilio am y chwydd bychan.

26

Tawel a diflas a boddhaol oedd dyfarniad Hagan am y noson ac roedd yn ddigon llwglyd erbyn toriad gwawr i lonni o weld Gaut yn sleifio tuag ato i ddeud fod y bwyd oedd wedi'i addo iddo y noson cynt bron yn barod. Bellach roedd yn fwy na bodlon fod unrhyw blwc oedd gan yr hen Aruchben a'i gymdeithion wedi mynd i ganlyn y gwynt ac os bu ganddyn nhw unrhyw fwriad i wneud rhywbeth dan din roedd hwnnw hefyd wedi'i chwalu, a hynny gan Eir. Nid syniad oedd darparu'r wledd y noson cynt ond gweledigaeth. Ni fedrai o ddod i gasgliad arall ar ôl gori drwy'r nos arno. Roedd wedi picio i dŷ Thora a Seppo cyn cychwyn ar ei wyliadwriaeth ac wedi cael ar ddallt fod Thora a'r Weddw wedi gwneud eu rhan hefo'r tri arall hefyd, a'r ddwy wedi pwysleisio wrthyn nhw heb gymryd arnyn mai dyna'r oeddan nhw'n ei wneud mor gref oedd y gymdogaeth ac mor benderfynol oedd pawb ynddi o warchod ei gilydd rhag bygythiadau oddi allan. Roedd Ahti wedi bod yn borthwr brwd i hynny.

O dipyn i beth, ar ôl y brecwast helaeth ac i Hagan fynd adref am ei gwsg ac wrth i'r bore fynd rhagddo roedd Beli a pha hynt bynnag oedd iddo fo wedi mynnu dychwelyd i feddwl Gaut, ond doedd o ddim yn cymryd arno wrth neb ond Eir. Roedd Beli wedi awgrymu ac amlygu nad oedd o'n chwennych sylw o fath yn y byd ar wahân i'r sylw'r oedd Thora a Cari wedi'i roi i'w droed. Roedd o wedi deud hefyd nad oedd yn beth doeth i'r hanes amdano'n rhyddhau Gaut fynd ar led rhag ofn i'r fyddin gael achlust a chredu ei fod yn brolio hynny er mwyn y sylw, ac ailfeddwl am y maddeuant a gawsai. Am hynny dim ond y teulu ac Ahti a Hagan oedd yn gwybod am ei gysylltiad â Gaut, a wyddai neb arall yn y gymdogaeth ddim amdano ond ei fod yn ddyn diarth wedi brifo ei droed, neu dyna a gredai Gaut tan iddo gael gwybod yn amgenach.

Newydd ddarfod ei ddwyawr o wylio oedd o ganol y pnawn, dwyawr o gynorthwyo cymdogion i baratoi mymryn at y gaeaf a chadw golwg ar y tŷ yr un pryd. Y munud y daeth Ahti i wylio yn ei le aeth adref a llenwi'r sach defodol o goed i'r Weddw a mynd ag o iddi. Roedd o'n dod i werthfawrogi mwy a mwy arni gyda phob ymweliad. Roedd o'n gwerthfawrogi ei hannibyniaeth; roedd o'n gwerthfawrogi ei bod yn glynu mor ddi-droi at ei phenderfyniad i wrthod cynnig y gwpanaid fechan o fedd iddo pan oedd yn dod â'r coed iddi am ei fod mor anghyfrifol hefo Lars, yn gwrthod ei drochi yn y Chwedl a'r duwiau a'r Gallu. Ei dull newydd o gydnabod y gymwynas a phob cymwynas fynych arall oedd gwneud teisennau bychain blasus iddo fynd â nhw adra i Eir a Lars, gyda'r gorchymyn ei fod i ddod â'r ddesgil yn ôl a pheidio â'i cholli na'i gollwng ar boen ei fywyd. A rŵan ac yntau newydd gael hergwd i'r gadair ger y siambr dân y munud y daeth i mewn roedd yn gwerthfawrogi ei cherydd hir a llym iddo am dadogi eto ac yntau'n rhy ifanc i wneud hynny am y tro cyntaf heb sôn am yr eildro. Dim ond y noson cynt y cafodd hi wybod, pan ddywedodd Seppo wrthi, ac roedd hynny'n llawer pwysicach iddi nag ail-fyw y byrddiad bwyd gyda'r tri dieithryn neu gael gwybod sut aeth y wledd yn eu tŷ nhw.

'A be ddysgi di i dy blentyn bach newydd pan ddaw o, 'sgwn i?' gofynnodd yn siort ar ddiwedd y cerydd, a'i dwylo'n bygwth troi'n ddyrnau ar ei harffed.

'Mi fydd Lars ar gael i ddysgu pob dim iddo fo,' atebodd o. 'Llawn gwell nag Eir a fi.'

'Dwyt ti'n ddim ond rhyfygwr.' Ochneidiodd hi'r anobaith cyfarwydd cyn newid ei chân. 'Doeddat ti fawr o ddeud wrtha i mai Beli ddaru dy dynnu di o'r sach.'

'Pwy oedd yn deud hynny?' gofynnodd o ar ruthr.

'Fo'i hun, debyg.'

Roedd Gaut ar goll.

'Roedd o wedi deud wrthan ni am beidio â deud wrth neb. Pryd oedd hyn?'

'Y diwrnod cyn i Hagan ddŵad yma i ofyn wyddwn i rwbath o'i hanas o. Mi gawson ni sgwrs hir, a chwpanaid o fedd i fynd hefo hi. Be haru ti, hogyn?' gwylltiodd yn sydyn.

Er gwaethaf popeth roedd arwyddocâd y medd a'r pwyslais a roes hi arno wedi ffrwydro'n un chwarddiad o geg Gaut.

'Ddaru o ddeud 'i fod o am fynd o'ma?' gofynnodd, ei wên yn dal i ateb ei gwg.

'Nid yn yr union eiria hynny.'

'Ond mi ddaru o awgrymu?' gofynnodd Gaut, yn sydyn yn ysu am ragor.

'Mi ddudodd fod y tiroedd yn galw.'

Gorodd Gaut ar hynny am ychydig.

'Ddaru o egluro'n union be oedd hynny?' gofynnodd yn y man. 'Oedd o'n rwbath ehangach na dymuniad gynno fo i fynd i grwydro eto?'

Chafodd o ddim ateb. Roedd y Weddw yn codi, a'r munud nesaf roedd yn rhoi cwpanaid bychan o fedd yn ei law. Daliodd ddwrn o flaen ei wên anghrediniol.

'Mi ddudodd nad oedd y bobloedd yn ymwybodol o hynny am eu bod nhw'n rhy ddifeddwl,' meddai hi ar ôl eistedd yn ei hôl.

'Debyg fod Hagan o'i chwmpas hi, felly, a'n pobol ddiarth ni ddoe,' meddai o wedi iddo gnoi ar y geiriau am rai eiliadau.

'Be?'

'Mae Beli yng nghrafanga'r petha 'ma.'

'Pa betha, hogyn?' gofynnodd hi yn ddigon ffrom.

Yfodd Gaut lymaid o'r medd, ac aros am ennyd i lawn ori ar ei flas o'r newydd.

'Y duwia 'ma a'r Gallu 'ma 'te?' meddai. 'Mae o wedi'u llyncu nhw a nhw wedi'i lyncu o er nad ydyn nhw'n bod.'

'Tyd â'r medd 'na'n ôl i mi y munud yma!' arthiodd y Weddw.

'Maen nhw wedi'u dyfeisio a'u defnyddio'n unswydd i'n cadw ni'n ufudd a dwl drwy fygwth a chodi ofn arnon ni, a hwnnw'n barhaol o un pen bywyd i'r llall.'

'Rwyt ti ohoni'n lân! Llymaid yn ddigon i dy droi di'n benbwl!'

'A dydi Beli druan ddim yn sylweddoli 'i fod o'n dymuno iddyn nhw godi ofn arno fo.' Canolbwyntiodd ennyd ar y cwpan yn ei law. 'Gynnoch chi a Lars Daid mae'r medd gora yn y tiroedd.' Yfodd lymaid arall. 'Y gora un.'

"Ti 'di cael y llymaid ola gei di gen i byth! A chan dy dad cyswllt hefyd, mi wna i'n sicr o hynny!'

Doedd hi ddim wedi gwneud unrhyw ymdrech i fynd â'r cwpan oddi arno chwaith. Cymerodd Gaut lymaid arall. Edrychodd i lygaid y Weddw. Dim ond cerydd oedd ynddyn nhw. Trodd ei lygaid i lawr.

'Ro'n i'n enwi pawb oedd yn golygu rwbath i mi i 'nghadw i i fynd pan o'n i yn 'u sach nhw,' meddai, bron fel tasai'n siarad hefo'r cwpan. 'Doedd dim raid i mi ddyfeisio na duw na chwannan i gael fy enwa. Tawn i'n eich nabod chi fel dw i'n eich nabod chi erbyn hyn mi fasa'ch enw chitha hefo nhw hefyd. Pam na wnewch chi sylweddoli eich bod chi'n well ac yn gallach na'r un o'r duwia 'ma y medrwch chi na neb arall 'i ddyfeisio?'

'Cer o 'ngolwg i i ddeud y fath lol.'

Llais deud er mwyn deud glywai Gaut rŵan.

'Ddudodd Beli rwbath arall?' gofynnodd.

'Dw i ddim am siarad hefo chdi, wir.'

'Siarad hefo chi 'ta dim ond deud petha prun oeddach chi'n gwrando ai peidio oedd o? Oedd o hefo chi 'ta oedd o yn 'i fyd duwgar 'i hun?'

'Mi wn i be 'ti'n trio 'i ddeud. Mi wyt ti isio i mi

ddeud nad oedd o hefo ni am fod deud hynny'n mynd i ategu dy syniada cyfeiliornus di. Ac rwyt ti'n trio gwthio'r rheini ar bawb. Dy gredoa di ne' ddim.'

'Mi geith y credoa fynd i ganu. Dim isio gweld rwbath yn digwydd i Beli dw i. Oedd o?'

Daeth gwaedd sydyn bell o'r tu allan cyn iddi gael cyfle i ateb. Cododd Gaut ar frys a rhoi'r cwpan ar y bwrdd a rhuthro at y drws. Trodd ei ben yn ôl ar unwaith.

'Mae 'na fyddin yn dŵad,' meddai.

'Dos!' meddai'r Weddw gan godi cyn gyflymed ag y medrai. Daeth ato i'r drws, yn ymdrechu i oresgyn y camau oedd wedi mynd yn rhy fyr ganddi. Gafaelodd ynddo, a'i droi i'w hwynebu. 'Dos!' ymbiliodd.

Doedd y cythrwfwl sydyn ddim yn mynd i atal Gaut rhag gwerthfawrogi'r gusan. Allan, roedd pawb oedd rhwng rhyw ddeuddeg a deg ar hugain oed eisoes yn ei gwneud hi am guddfannau'r coed. Gwelodd Tarje yn brysio tuag ato ac yn codi ei fraich i bwyntio tua'r dwyrain.

'Pwy sy 'na?' gofynnodd.

'Y fyddin lwyd. Mae Eir a Lars yn ddiogel. Tyd.'

Roedd y cyfan ar un gwynt. Trodd Gaut ei ben i chwilio ond nid oedd olwg o'r fyddin.

'Mae gynnon ni chwartar awr ella,' meddai Tarje. 'Dad welodd nhw o ben y bryn. Tyd am dy guddfan.'

Ymhen dim roedd Gaut yn petruso.

'Be am ...' dechreuodd, ac amneidio at ganol y gymdogaeth.

Arhosodd Tarje. Roedd y ddau'n dawel am ychydig.

'Chdi sydd i benderfynu,' meddai Tarje.

'Tyd 'ta,' meddai Gaut wedi ennyd arall dawel. 'Pan fydda i'n dy enwi di cofia nad ydan ni i fod i wybod pwy ydyn nhw.'

'Ella 'i bod yn well i ti beidio,' meddai Tarje ar ruthr.

'Mae'n anghwrtais peidio. Tyd.'

Aethant, a Tarje yn dechrau difaru. Roedd o wedi gweld yr hen Aruchben a'i wraig y diwrnod cynt ond roedd o wedi gofalu nad oeddan nhw'n ei weld o. Roedd o wedi gweld y tri arall hefyd ond roedd bron yn sicr nad oedd wedi eu gweld o'r blaen. Awgrymodd y gallai'r ieuengaf fod yn fab i'r Aruchben a'i fod yntau hefyd â'i fryd ar ddial am dynged ei frawd. Mae gen ti ddigon o waith gochal fel mae hi heb fynd ati i ddyfeisio, oedd sylw Ahti am hynny. A rŵan roedd Gaut wrth ei ochr yn gwrthod y syniad o ochel rhag y pump yn llwyr a diryfyg.

Pan ddaethant at y tŷ doedd neb o'i gwmpas na dim i awgrymu bod neb ynddo. Curodd Gaut y drws a'i agor. Er pob cynnwrf a deimlai gofalodd Tarje ei fod wrth ei ochr.

'Mae'r fyddin lwyd ar gyrraedd,' meddai Gaut wrth yr wynebau o'i flaen, yn cymryd arno anwybyddu mor amharod oeddan nhw am ymweliad o unrhyw fath. 'Mae hi'n dŵad yr un ffordd ag y daethoch chi ddoe. Mae Tarje newydd 'i gweld hi.' Amneidiodd at Tarje wrth ei ochr a chymryd arno anwybyddu'r dychryn digamsyniol. 'Meddwl 'i fod o o fudd i chi gael gwybod,' meddai wedyn, yn ceisio swnio mor ddifater ag y medrai.

'Mae'n debyg eich bod chi'n gwybod mor chwannog ydyn nhw o chwilio tai.'

Amneidiodd yn gynnil arnyn nhw cyn troi. Aeth Tarje allan o'i flaen. Ond trodd o yn ôl yn y drws.

'Mae 'na lwybra a dyffrynnoedd digon hwylus tua'r gorllewin, a digon o guddfanna i bawb sydd angan rhai,' meddai. 'Mae Tarje wedi cael mwy na digon o resyma ac o achosion dros fod yn dyst gorfodol i hynny, fel y clywsoch chi neithiwr.'

Amneidiodd eto, a chau'r drws ar ei ôl. Cododd fymryn o sgwyddau ar Tarje. Cychwynasant yn ôl heb ddeud dim.

Roedd y llygaid wedi edrych arno a doedd Tarje ddim wedi'u hosgoi. Fedrai o wneud dim ond gobeithio nad oedd ei lygaid o wedi dadlennu dim. Roedd y llygaid oedd wedi rhythu arno fo wedi dadlennu rhywbeth, rhywbeth oedd yn gymysg â'r ofn a ddaeth iddyn nhw o glywed neges Gaut. Trodd ei ben yn ôl cyn iddyn nhw fynd o olwg y tŷ ond doedd na symudiad na smic yn dod ohono. Gwyddai na fyddai felly cyn hir. Yna meddyliodd tybed oedd y pump yn y tŷ wedi dechrau amau fod Gaut ac yntau a'r lleill yn gwybod pwy oeddan nhw. Ella bod ei lygaid o wedi dadlennu popeth, yn enwedig i bobl oedd ar eu gwyliadwriaeth ac yn gwybod hefyd pwy oedd o. Roedd yr awch i ddial wedi bod ynddyn nhw ers pum mlynedd a rhagor, a hwnnw'n awch parhaol mwya tebyg, meddyliodd. A mwya sydyn maen nhw'n dod wyneb yn wyneb ac yn gorfod sylweddoli na fedran nhw wneud dim yn ei gylch. Ella mai dyna a welodd yn eu llygaid. Ond ella hefyd nad oedd ei feddyliau rŵan yn ddim ond ei ddychymyg o'i hun yn creu.

Pan ddaethant i olwg tŷ Tarje gwelsant Lars Daid a Seppo yn dod allan ohono ar beth brys. Trodd Tarje at Gaut.

'Mi wnest yn iawn,' meddai wrtho. 'Dos i guddiad.'

Aeth Gaut. Roedd ei dad a phawb wedi pwysleisio wrtho nad oedd bod y fyddin wedi rhoi'r gorau i chwilio amdano yn golygu ei fod yn ddiogel rhag cael ei gipio drachefn oherwydd ei oedran. Roedd ganddo guddfan y gallai sbecian ohoni a chwta bum munud wedi iddo'i chyrraedd daeth y milwyr i'r golwg. Gwyddai wrth eu gweld a bras gyfri nad oedd yr hyder diorchest oedd ganddo funudau ynghynt yn berthnasol rŵan, er nad oedd o wedi meddwl am ddim arall bron ar ei ffordd i'r guddfan. Roedd o leiaf drichant o filwyr yn gorymdeithio draw odano. Dim ond ofni a gobeithio oedd yn bosib. Gallai'r rhain ddifa'r gymdogaeth benbaladr mewn llawer llai nag awr. Ond yna'n sydyn roedd ystyried hynny'n amherthnasol hefyd. Roedd sach a'i ddeupen wedi'u clymu wrth bolyn hir ar chwe ysgwydd wedi dod i'r golwg yng nghanol yr orymdaith, tair ysgwydd ym mhob pen iddo.

*   *   *

Mynd heb ddeud dim wrth neb. Doedd gan Hagan ddim mymryn o le i gredu nad dyna oedd orau. Roedd y fyddin wedi mynd ymlaen tua'r gorllewin heb wneud llawer o helynt na holi am neb ond gwelsai Seppo ac yntau fod yr hen Aruchben a'i gymdeithion wedi cael y blaen arni. Wedyn y cawsant wybod gan Tarje sut roedd hynny wedi digwydd. Doedd dim angen iddyn nhw rybuddio neb i ddal ati i fod ar eu gwyliadwriaeth gan eu bod i gyd yn gwybod y gallai deuddydd neu dri o fod ynghudd yn gwneud dim ond gori a chorddi aildanio'r awydd os oedd gan yr hen Aruchben a'i gymdeithion unrhyw fwriad i ddial ar Tarje.

Roedd gan Hagan ddigon o gyfeillion yn y gymdogaeth ond ar ôl deunaw mlynedd yn y fyddin a hynny heb fod o fewn cyrraedd i'w gartref ni theimlai fod ganddo hawl i fynd ar ofyn neb i fynd hefo fo, ar wahân i'w gyfeillion agosaf, y byddai'n eu clymu wrth bostyn cyn gadael iddyn nhw fynd tasan nhw wedi mynegi bwriad i wneud hynny eu hunain. Er bod y lleuad o'i blaid doedd dim pwrpas teithio'r nos gan y byddai trannoeth yn llawer rhy fuan i wneud dim, ar wahân o bosib i chwilio hynt y pum dieithryn os deuai modd i wneud hynny. Gallai gychwyn yn nhywyllwch y plygain cyn i neb ei weld.

Ymhen rhyw funud ar ôl penderfynu roedd yn gorfod ailfeddwl. Roedd yn rhaid iddo ddeud rhywbeth wrth rywun gan nad oedd o wedi crwydro cam o'r gymdogaeth ers iddo ddychwelyd o'r fyddin, ar wahân i ambell fore o hela. Daeth y syniad yn ddigon syml wrth iddo weld Cari a Dag yn mynd tuag adref o dŷ Eir a Gaut. Dywedodd wrthyn nhw ei fod am fynd ar daith hela am ddiwrnod neu ddau ben bore trannoeth, yn union fel roedd eu tad ac yntau wedi'i wneud droeon cyn i'r fyddin fynd â fo. Addawodd rannu ei helfa hefo nhw ar yr amod bod Cari yn addo bod yn fwy caredig ei geiriau wrth gleifion. Roedd ei chwarddiad hi mor bell oddi wrth y fyddin oedd newydd fynd heibio ag y gallai dim fod.

Awr yn ddiweddarach roedd ei babell a'i bwn yn barod. Aeth i'w wely'n gynnar.

*   *   *

Ymylon cwsg.

'Mi wnest yn iawn,' sibrydodd Eir.

27

'Rwyt ti'n werth yr holl diroedd, Eir.'

Wrtho'i hun y dywedodd Hagan hynny. Doedd neb arall ar gael, ond roedd o angen clywed y geiriau, angen gwrando arnyn nhw. Roedd yn ganol pnawn ail ddiwrnod ei daith, ac ymhell o'i flaen cerddai pump, un ddynes a phedwar dyn. Roeddan nhw newydd droi i ddyffryn cul a âi â nhw fymryn tua'r gogledd-orllewin. Rhyw ddwyawr ynghynt roeddan nhw fel yntau'n gwylio'r fyddin yn dal i fynd ar hyd y dyffryn lletach tua'r gorllewin. Digwydd eu gweld ddaru o, ond roedd yn gwybod y munud hwnnw na fyddai ei daith yn ofer hyd yn oed tasai'r prif fwriad yn methu. Wrth edrych ar y pump o geg y dyffryn yn mynd yn eu blaenau heb betruso dim gwyddai fod unrhyw fwriad oedd wedi bod ganddyn nhw i ddial ar Tarje wedi'i roi o'r neilltu a bod Tarje yn ddiogel. A bod Eir wedi ennill.

Ddwyawr yn ddiweddarach roedd yn canolbwyntio ar ei brif ochwyl, mor sicr ag y gallai fod ei fod yn ddigon pell o'r gymdogaeth. Roedd y fyddin o'i flaen yn ymbaratoi ar gyfer y nos ac wrthi'n codi'r pebyll. Gwelai fod y sach aflonydd newydd ei agor a bod pwy bynnag oedd ynddo'n cael ei fwydo. Ni welai ei wyneb. Sleifiodd yntau y tu ôl i'r goeden fwyaf a welai gerllaw yn y gobaith y deuai o hyd iddi'n lled hwylus yng ngolau'r lleuad yn nes ymlaen a chuddiodd ei babell a'i bwn a'r pâr arall o esgidiau oedd wedi'u clymu wrtho y tu ôl iddi.

Arhosodd ynghudd i wylio tan i'r milwyr orffen bwyta ac iddi fynd yn ddigon tywyll. Yna ymbaratôdd, ei feddwl yn fwy na'i gorff a dim ond am eiliad neu ddwy, ac aeth ymlaen i'r gwersyll gan gyfri ei gamau. Doedd dim rheswm i neb gymryd sylw ohono gan ei fod yn gwisgo'r wisg nad oedd wedi dychmygu y byddai'n ei gwisgo fyth wedyn ar ôl iddo'i thynnu oddi amdano ddwy flynedd ynghynt. Yr unig reswm ei bod hi ganddo o hyd oedd ei fod wedi anghofio amdani drannoeth ei thynnu fwy na heb am fod ei gartref yn ddigon mawr i'w chadw o'r golwg.

Gwyddai o brofiad y byddai'r babell y cedwid y sach ynddi dros nos yn dal ugain milwr o leiaf ac unwaith y gwelodd y sach a'i lwyth yn cael ei gario i mewn i gyfeiliant y rhegi a'r bygwth a'r gwawdio arferol aeth i mewn ar ei ôl, a syniad newydd yn ei daro wrth iddo wylio'r sach. Roedd wedi hen arfer â chario milwyr clwyfedig a chredai ei bod yn bosib y medrai gario hwn hefyd. O'r hyn a welodd o'r sach pan oedd y fyddin yn y gymdogaeth ac wrth astudio hynny a fedrai arno rŵan, ni chredai fod pwy bynnag oedd ynddo yn dal nac yn drwm iawn.

Y munud y rhoddwyd y sach i lawr ynghanol y babell aeth heibio iddo a gosod ei sach cysgu yn ei ymyl a mynd iddo ar ôl tynnu ei esgidiau heb ddeud dim wrth neb. Chymerodd neb sylw. Ceisiodd bennu ei lwybr yn y golau gwan, yn cofio Gaut yn disgrifo Beli ac yntau'n gwthio eu traed ymlaen yn hytrach na'u codi wrth fynd o'r babell pan oedd o'n cael ei ryddhau o'i sach. Daliodd i ganolbwyntio ar sut roedd y sachau cysgu rhyngddo fo a'r agoriad wedi'u gosod. Daeth y gwatwar i ben yn lled fuan ac unwaith y diffoddwyd y llusernau ni fu'r sgwrsio cyn cysgu'n hir chwaith. Y gorchwyl rŵan oedd ceisio cofio ei lwybr drwy ei ail-greu yn ei feddwl drosodd a throsodd.

Arhosodd awr dda arall, ac o dipyn i beth cynyddodd y cyfyng-gyngor. Roedd y syniad o godi'r sach a'i gario o'r babell yn un lled resymol yn gynharach, ond o ystyried prin ddigon o le i sefyll oedd yn y babell. Gwaeth na hynny oedd nad oedd modd iddo wybod sut filwr oedd yn y sach. Roedd Beli wedi gweld Gaut ddigon o weithiau cyn ei ryddhau o o'i sach i wybod ei fod yn gall ac na fyddai'n gweiddi, neu'n gwallgofi fel y milwr y daru Tarje geisio ei ryddhau pan ddigwyddodd yr helynt hefo mab yr hen Aruchben. Ella nad milwr oedd yn y sach wrth ei ochr. Ella mai gwisgwr gwinau oedd o neu ryw lwybrwr oedd wedi digwydd deud rhywbeth nad oedd yn plesio wrth i'r fyddin fynd heibio.

I bobl eraill roedd peth fel hyn yn antur, y bobl oedd yn ddigon pell o'r babell a'r gwersyll. Iddo fo, gweithred oedd hi, dim arall. Gweithred fentrus ella, ond roedd mentro'n digwydd yn aml, braidd yn rhy aml ar brydiau. Y peth callaf i'w wneud oedd cydnabod y gallai'r munudau nesaf fod yn anodd a pheryglus a pheidio â gori ar hynny.

Gwrandawodd. Yr unig sŵn a ddeuai o'r sach oedd ambell anadl uwch na'i gilydd bob hyn a hyn. Cododd yn araf a gollwng ei sach cysgu yn raddol at ei draed. Doedd o ddim wedi colli'r arfer o'i glymu ar ei gefn yn y tywyllwch ac wedi gwneud hynny plygodd at sach y caethyn a gosod ei glust lle'r oedd y pen. Roedd y sŵn bychan yn fwy o riddfan nag o chwyrnu, ond roedd yn rheolaidd. Gwisgodd ei esgidiau a'u clymu.

Mentrodd. Aeth ar ei gwrcwd a symud ei fraich chwith o dan y sach ble teimlai'r sgwyddau. Daeth mymryn o stwyrian a sŵn bychan newydd o'r sach, dim ond am eiliad neu ddwy. Symudodd ei fraich dde o dan blygiad y pengliniau. Ni ddaeth unrhyw sŵn newydd o'r sach.

Cododd yn araf, mor araf ag y gallai. Roedd ei lwyth yn drwm, ond nid yn ormodol. Dechreuodd symud, yn gadael i'w droed lithro ymlaen yn hytrach na'i godi. Aeth ymlaen felly, ar hyd y llwybr yr oedd wedi'i greu rhwng y sachau cysgu, yn gobeithio mai llwybr ei gof ac nid ei ddychymyg oedd o. Llwyddodd i fynd gryn dipyn cyn teimlo'r rhwystr cyntaf. Ceisiodd gofio. Credai ei fod yn gweld y mymryn lleiaf o ricyn o'i flaen, lle'r oedd y lleuad yn cynnig ei obaith drwy agoriad y babell. Credai hefyd mai fymryn i'r dde y dylai symud ei droed i osgoi'r rhwystr. Ac felly yr aeth ymlaen, o un llithriad lled gwybedyn i'r llall a'i longyfarch ei hun yn gynnil am gyrraedd yr agoriad heb deimlo dim ond pedwar rhwystr ar ei daith.

Doedd dim pwrpas cael clymau amgenach na rhai ffwrdd-â-hi i gau'r agoriad a gallodd eu hagor heb amharu dim ar y sach yn ei freichiau, dim ond ymestyn mymryn ar ei law dde o dan goesau'r caethyn i dynnu yn y rhaffau byrion. 'Daeth o ddim i'r drafferth hefo'r ddau gwlwm isaf a llwyddodd i gamu allan. Roedd yn rhaid iddo gau'r clymau rhag ofn a doedd ganddo ddim dewis ond gollwng y sach. Doedd o ddim wedi meddwl am hynny cynt. Doedd o ddim wedi amharu ar gwsg pwy bynnag oedd yn y sach chwaith gan fod popeth wedi bod mor araf, ac yn sicr doedd o ddim wedi disgwyl hynny. Ond gan fod yn rhaid iddo ollwng y sach rŵan yr unig beth call i'w wneud oedd deffro'r caethyn a gobeithio.

Gollyngodd y traed yn araf, gan ddal ei fraich am yr ysgwyddau. Unwaith y cyrhaeddodd y traed y ddaear ac iddo yntau gael ei law dde'n rhydd agorodd y sach a'i dynnu i lawr. Roedd pwy bynnag oedd yn dechrau stwyrian yn ei fraich dipyn yn hŷn na Gaut, sylweddolodd, o bosib tua'r un oed ag o ei hun. Gollyngodd y sach a dal ei law o flaen ceg y dyn rhag ofn. Ysgydwodd fymryn ar yr ysgwyddau.

'Deffra,' meddai yn ei glust. ''Dan ni am ddengid. Tyd. Deffra rŵan.'

Ysgydwodd fwy ar yr ysgwyddau.

'Mae pob dim yn iawn,' sibrydodd eto wrth iddo deimlo'r dyn yn deffro. 'Paid â dychryn. Paid â gweiddi. Rwyt ti'n rhydd. Dengid ydan ni. Wyt ti'n 'y nghlŵad i?'

'Ydw,' meddai sibrwd bychan llawn dychryn.

'Aros i mi dynnu'r rhaffa 'ma.'

Sylwodd bron ar ei union mai un rhaff oedd yn clymu'r dyn, un pen yn clymu ei ddwylo a'r llall ei draed, a hithau'n ddigon tyn i ofalu na fedrai o symud nemor ddim ar ei ddwylo heb i'w draed symud hefyd. Roedd y cwlwm yn ddigon didrafferth ac ni fu raid iddo fynd am ei gyllell. Unwaith y gwelodd fod y caethyn yn gallu sefyll heb gymorth brysiodd i gau agoriad y babell.

'Tyd,' meddai ar ôl gofalu fod traed y caethyn yn glir o'r sach. 'Mi gei di sgidia pan ddown ni at goedan yn fan'cw. Fedri di gerddad?'

'Medraf.'

'Ers faint wyt ti yn y sach 'ma?'

'Seithddydd ella. Dim syniad.'

Roedd yr hanner llais yn gryg a dryslyd.

'Tyd 'ta.'

Credai Hagan ei fod yn gweld y goeden ac anelodd tuag ati dan gyfri ei gamau, yn gorfod mynd yn arafach na'r hyn yr oedd wedi'i obeithio i gydweddu â'i gydymaith troednoeth ond yn mynd yn fwy sicr gyda phob cam eu bod yn anelu at y goeden gywir.

Ymhen ychydig funudau roedd y cydymaith newydd yn cau'r esgidiau oedd braidd yn rhy fawr iddo. Cododd i wynebu Hagan.

'Pam wyt ti'n gwneud hyn?' gofynnodd, wrth i'r lleuad ddod o hanner cuddfan pwt o gwmwl tenau a goleuo mymryn ar ei wyneb.

'Cadwed pob cynffon torgoch ni!'

*   *   *

'A phryd doist ti yn d'ôl?

Cerdded y llwybr at dŷ Gaut ac Eir ben bore oedd Seppo a Cari pan ddigwyddodd hi edrych i lawr at dŷ Hagan wrth fynd heibio a'i weld yn y drws. Daeth i lawr ato ar ei hunion. Roedd o wedi bod ar ei sgawt am bum niwrnod a hithau fel pawb arall yn gweld hynny'n syndod o hir i fod ar daith hela.

'Yn hwyr neithiwr,' atebodd o. 'Roeddat ti fel pob meddyginiaethwraig gyfrifol yn chwyrnu'n braf.'

'Wyt ti am rannu dy helfa 'ta?'

'Na. Dw i am 'i rhoi hi i gyd i chdi.'

'Be?'

'Mae'r helfa yn y tŷ. Dos i mewn.'

Cododd Hagan ael gynnil ar Seppo wrth iddo yntau gyrraedd ac i Cari fynd heibio iddo i'r tŷ. Chafodd o ddim cyfle i ddeud unrhyw beth cyn i waedd lenwi'r tŷ a chlustiau pawb o fewn cyrraedd.

'Os wyt ti 'di gadael i dy droed fynd yn ddrwg eto mi dyrna i di! Dangos! Tyn yr hosan 'na!'

Rhythodd Seppo ar Hagan.

'Pan ddois i ata fy hun a dechra ystyriad pob dim mi sylweddolis i nad oedd gen i le i synnu,' meddai o.

'Beli? Ble doist ti o hyd iddo fo?'

'Yn y sach, debyg.'

'Mi est ar ôl y fyddin?'

'Mi welodd Gaut y sach. Mi welis i Gaut.'

'Mi fentrist dy fywyd i ...'

Doedd gan Seppo yr un syniad beth i'w ddeud.

'Gen ti mae teulu gora'r tiroedd.' Gwasgodd Hagan ei

ysgwydd wrth fynd heibio iddo at y drws. 'Tyd i gyfarch gwell i'r gŵr diarth cyn i dy hogan fach di 'i dafellu o.'

Aethant i mewn.

'Paid â phoeni,' meddai Hagan wrth Cari, oedd eisoes ar ei gliniau o flaen Beli ac yn tynnu ei hosan yn ofalus. 'Nid oherwydd 'i droed mae o'n llwytyn.'

'Pam 'ta?' gofynnodd hi, y croesholi'n llond ei llais.

'Am fod y fyddin wedi'i glymu a'i gario fo mewn sach, 'fath â Gaut.'

Neidiodd Cari ar ei thraed. Rhythodd eto ar Beli. Yna gafaelodd amdano a'i gusanu. Cusanodd o eilwaith cyn ymryddhau a mynd allan ar beth brys, heb droi i weld yr wyneb dychrynedig o'i hôl.

Awr yn ddiweddarach dim ond Gaut a Beli oedd yn y tŷ, Gaut wedi dod yno drwy blu eira cyntaf yr hydref hwyr. Eisteddai'r ddau yr un mor dawel â'i gilydd.

'Dw i'n dy ddallt di rŵan,' meddai Beli toc.

'Dw i ddim yn trio bod yn sarhaus nac yn ddibris,' meddai Gaut ar ôl rhyw ennyd, ei lais yn cadarnhau hynny. 'Oes 'na ddallt arnat ti?'

Gwyddai nad gofyn i gael ateb oedd o.

'Mi ge's i gusan gan dy chwaer fach di,' meddai Beli ar ôl eiliadau tawel eraill, ei lais a'i wyneb mor rhyfedd â'i gilydd.

'Be 'di hanas y sach?'

Dim ond ysgwyd ei ben oedd Beli. Roedd Gaut yn fodlon aros. Allan, daliai'r plu eira i ddisgyn ac aros ond roedd braidd yn gynnar iddo fo fod yn eira diddadmer gaeaf, tybiai. Roedd o'n ddigon balch fod Hagan a Beli wedi cyrraedd yn ôl y noson cynt, serch hynny.

'Mi ro i gynnig arni hi 'ta,' meddai ymhen ysbaid. 'Mi welist fyddin, mi est ati, a dyma chdi'n awgrymu ne' ella gyhoeddi braidd yn rhy frwd wrthi nad oedd hi mwy na thitha i fyny â gofynion a disgwyliada'r Gallu, a dal i wneud hynny nes iddyn nhw benderfynu rhoi taw arnat ti.'

Dim ond codi mymryn ar ei ysgwyddau ddaru Beli.

'Ac mi welodd rhywun nad oes gynno fo'r diddordab lleia yn y Gallu na'r duwia y sach yn hongian ar bolyn rhwng chwe milwr wrth i'r fyddin fynd heibio yma. Doedd gynno fo ddim syniad pwy oedd ynddo fo wrth reswm, ond mi fentrodd 'i fywyd i fynd ar 'i ôl o am ddiwrnoda, a mentro'n fwy fyth i'w gario fo o baball oedd yn llawn milwyr a'i agor o gefn nos a rhyddhau'r un oedd ynddo fo, yn union fel y mentrist ti dy fywyd i fy rhyddhau i o baball llawn milwyr. Y Gallu 'ma ddaru dy glymu di yn y sach. Hagan ddaru dy dynnu di ohono fo. Paid â thrio deud mai'r Gallu ddaru 'i arwain o a'i anfon o i wneud hynny a'i warchod o gydol y daith. Naci, Beli.'

'Mi ge's i gusan gan dy chwaer fach di,' meddai Beli toc.

'Un annwyl a chyfrifol 'i thafod ydi hi wedi bod rioed.' Gwelodd Gaut fod hynny'n cael sylw mwy effro. Yna ystyriodd. 'Gwranda am funud,' meddai, yn amlwg mewn penbleth, 'y peth Gallu 'ma. Ydi'r Gallu wyt ti'n trio 'i golbio i benna gweigion 'fath â fi yr un Gallu â hwnnw mae'r fyddin wedi cael gorchymyn gan ryw lipryn o Aruchben i'w golbio i benna pawb welith hi?'

Dim ond edrych i lawr ac ysgwyd mymryn ar ei ben oedd Beli.

'Ydw i o'i chwmpas hi os duda i bod dy eiria di a dy gondemniad di wedi bod yn llawar cryfach na be'r o'n i'n 'i awgrymu gynna?' gofynnodd Gaut. 'Dy fod di wedi deud wrthyn nhw ne' hyd yn oed weiddi arnyn nhw nad oeddan nhw o ddifri o gwbwl ynglŷn â be'r oeddan nhw i fod i'w wneud a hynny ella am nad oedd gynnyn nhw syniad am be'r oeddan nhw'n sôn?'

Roedd wyneb Beli wedi mynd yn fwy truenus fyth. Roedd hynny'n ddigon o ateb gan Gaut. Tyrchodd iddi.

'Mae 'na rwbath bach yn deud wrtha i dy fod yn rhy gall i hyn i gyd, tasat ti 'mond yn sylweddoli hynny,' meddai. Newidiodd ei gân. 'Welist ti bump o bobol ar dy daith?' gofynnodd. 'Un ddynas a phedwar dyn?'

'Do,' atebodd Beli, fel tasai o newydd gofio hynny.

'Ddaru nhw ddim deud wrthat ti pwy oeddan nhw, naddo?'

'Be 'ti'n 'i feddwl?'

O'r diwedd roedd Beli yn cymryd sylw. Dywedodd Gaut yr hanes i gyd wrtho, yn rhannol i gael ei feddwl ar rywbeth heblaw am y sach ac yn rhannol hefyd i'w gael i siarad ohono'i hun. Roedd Hagan wedi gofyn iddo wneud hynny i gadarnhau ei dyb o nad oedd meddwl Beli wedi mynd ohoni rhwng pob dim, fel y dywedodd. Roedd dull Gaut o adrodd yr hanes yn gwadd cwestiynau ac fe'u cafodd. Roedd pob gobaith fod meddwl Beli yn dal i fod yn gyfa. Er hynny roedd yn llawer rhy fuan i ofyn iddo yr unig ddau gwestiwn oedd yn bwysig, sef beth yn union a ddaeth â fo i Lyn Sorob i ddechrau, ac fel yr oedd Hagan wedi pwysleisio, pam oedd o'n gymeriad mor wahanol i'r un oedd â digon o hyder a menter ganddo i ryddhau Gaut o sach mewn pabell oedd yn llawn milwyr gefn nos. Roedd Gaut yn benderfynol o'u gofyn yn hwyr neu'n hwyrach, a'r un mor benderfynol o fynnu atebion call.

Awr yn ddiweddarach roedd o allan o flaen ei gartref hefo Lars yn ail-fyw y plentyndod oedd yn croesawu eira cyntaf yr hydref. Bu'r ddau wrthi'n chwarae a chreu siapiau a chwedlau tan i Eir alw arnyn nhw i ddeud fod gweddillion y cawl oedd Gaut a hithau wedi'i baratoi y diwrnod cynt yn barod amdanyn nhw. Ar ganol bwyta oeddan nhw pan ruthrodd Birgit i mewn a gafael yn Gaut a'i godi a'i gusanu drosodd a throsodd.

'Be haru ti'r hulpan?' chwarddodd o.

'Mae'n rhaid i mi gael cusanu rhywun sydd wedi bod mewn sach,' meddai hi ar frys mawr. "Dan ni newydd gael negesydd. Mae Bo yn ddiogel. Maen nhw i gyd yn Llyn Sigur hefo Aino.'

Gollyngodd Gaut a mynd at Eir a'i chodi hithau a'i chusanu. Daeth Lars i lawr o'i gadair i fynnu ei hawliau yntau. Erbyn i Birgit orffen ei fwytho roedd Eir wedi llenwi desgil hefo cawl iddi.

'Tyd, gorffan o,' meddai. 'Cawl dathlu.'

'Mae cusana Tarje yn iawn, ond nid heddiw,' meddai

Birgit, fel rhyw fath o ymddiheuriad pan oedd ar ganol bwyta.

'Ia, o sôn am hynny,' meddai Gaut ar ôl ystyried mymryn, 'wyt ti a fo'n gariadon 'ta ydach chi ddim?'

'Mae'n anodd deud hefo Tarje 'sti,' atebodd hithau.

28

Barn Eyolf oedd nad oedd yn adeg o'r flwyddyn iddo fo eistedd ar drum uchaf y cwm er mor braf oedd y pnawn, oedd fel tasai'n gwadu cawod eira y pnawn cynt. Temtio'r duwiau yr oedd Bo mor hoff ohonyn nhw fyddai hynny, meddai. Roedd yr eira wedi cyrraedd braidd yn ddirybudd o fewn munudau i'r defaid a'r geifr a'r ceirw dof gael eu symud i lawr am y gaeaf, bron leuad yn ddiweddarach nag arfer gan fod yr hydref wedi bod yn anarferol dyner. O gael yr eira roedd pawb yn darogan na fyddai'r cwm ar gael i neb arall chwaith tan y gwanwyn ond roedd o leiaf dri o'r dieithriaid yn dymuno iddi fod fel arall. Roeddan nhw wedi bod yn gynorthwywyr brwd i'r symud mawr y diwrnod cynt ac roedd y tri fel ei gilydd wedi gwirioni trannoeth am fod y tywydd wedi troi o'u plaid a'r cwm yn galw. Doedd dim llawer o waith llusgo ar Eyolf i ddod hefo nhw a rŵan roedd o'n sefyll ar y trum isaf yn gorfod mynd drwy ei hanes eto hefo Ragnil ac Erno, y ddau wedi gorchymyn hynny arno iddyn nhw gael ei glywed ganddo fo'i hun ac yn y gobaith y byddai ganddo fwy na'r hyn roedd Bo wedi'i ddeud wrthyn nhw.

Doedd Bo ddim hefo nhw. Roedd o'n eistedd hefo'r dieithryn arall ar ben y trum uchaf ac yn dechrau dod i drefn yn raddol. Roedd y negesydd oedd wedi mynd i Lyn Sorob i ddeud ei hanes wedi dychwelyd ar y machlud y diwrnod cynt a'r gawod eira a dau gydymaith yn gwmni iddo. Drannoeth i'w deulu gael gwybod hynt Bo ac o weld nad oedd gan Birgit mo'r gallu na'r dyhead i droi ei meddwl at ddim arall roedd Tarje wedi awgrymu'n betrus y gallai hi fynd i Lyn Sigur pan fyddai'r negesydd yn cychwyn yn ôl ymhen tridiau, ac wedi awgrymu'n fwy petrus ei fod o'n fodlon mynd hefo hi gan awgrymu'n fwy petrus fyth mai'r peth callaf a'r mwyaf diogel fyddai iddyn nhw rannu pabell. Roedd gan y negesydd, oedd yn aros hefo'i chwaer a'i frawd cyswllt, ei babell fechan ei hun. Ddeng niwrnod yn ddiweddarach roedd Tarje a Bo yn cyfarfod am y tro cyntaf ers y diwrnod hwnnw bum mlynedd a rhagor ynghynt pan rwygodd Tarje geg y sach yn agored i weld wyneb Bo mewn gwres a'i dafod a'i weflau'n las gan wenwyn. A phan welodd Birgit Edda a'i bol doedd dim hanes o'r cribin crastir yr oedd Bo wedi deud fod ei chwaer fawr yn mynd i'w sgwrio fo hefo fo. Ymhen rhyw ddwyawr wedyn y gofynnodd o mor ddifater ag y gallai beth oedd ei fam wedi'i ddeud pan glywodd hi am y babi. Roedd gwên Edda mor gynnil ag un Birgit wrth i'r ddwy ddallt y difaterwch cystal â'i gilydd, a Birgit yn deud mai dyfarniad eu mam oedd y câi Edda ac yntau hanner cant o blant cyn priodi cyn belled â'u bod ill dau'n ddiogel.

Er bod Tarje yn ddigon siaradus câi Bo ryw olwg swil braidd arno. Roedd yn dyheu am gael ei nabod yn iawn ac wrth eistedd hefo fo ar y trum roedd eisoes wedi gweld mai'n raddol y tyfai'r nabod hwnnw. Roedd Tarje yn ei fyd ei hun. Roedd o wedi cael hanes Gaut yn pwysleisio wrth yr hen Aruchben mai greddf amddiffyn yn hytrach na phenderfyniad oedd yn gyfrifol am farwolaeth ei fab. Rŵan roedd o'n cofio'r diwrnod hwnnw yn y Warchodfa pan oedd o'n cael ei ddyrchafu'n Isben gerbron cant o filwyr ac yntau'n gweld dim ond wyneb diobaith Bo, y sach wedi'i agor fymryn er mwyn i Bo fod yn dyst i'r dyrchafiad hefyd, pa ddiben bynnag oedd i hynny. Gwyddai rŵan mai greddf a dim arall wnaeth iddo ruthro at y sach i'w agor ychydig oriau'n ddiweddarach pan glywodd filwyr gwyrdd yn gweiddi fod y sach yn ysgwyd ac yntau'n credu nad oedd neb arall yn fyw ar ôl y gwenwyn yn y casgenni diod. Tasai'r reddf honno ddim ganddo go brin y byddai wedi bod ar gyfyl y sach arall pan ddaeth Uchben Anund ar ei warthaf ac yntau wrthi'n agor y sach, a fyddai'r helynt ddim wedi digwydd o gwbwl a byddai o'n dal i fod yn Isben cydwybodol neu hyd yn oed yn Uchben. Ond rŵan a Bo yn eistedd wrth ei ochr roedd o'n gwybod am y tro cyntaf nad oedd ganddo ddim i ddifaru yn ei gylch.

Roedd rheswm arall yn cadarnhau hynny, a sach oedd yn gyfrifol am hwnnw hefyd, y sach oedd rhwng y ddau arall. Roedd Louhi ac yntau wedi rhyddhau milwr ohono a'r milwr wedi deud mai Pentti oedd ei enw. Pan oedd Tarje a'r lleill ar eu hirdaith yn chwilio am Gaut roedd Eyolf wedi deud wrtho mai Leif oedd ei enw cywir a'i fod yn fab i Uchben Aarne, a bod Louhi ac yntau ac Aarne wedi cymryd y goes o'r Warchodfa y diwrnod cyn i Tarje gyrraedd yno hefo'r fyddin a mynd ar ei ben i'r helynt hefo Uchben Anund. Roedd Birgit wedi deud wrtho y diwrnod y daru nhw gyfarfod yn Llyn Sorob fod Leif a Louhi wedi priodi a'u bod nhw'n byw yn Llyn Sigur, a bod Aarne ac Aino wedi priodi hefyd ac yn byw yn nhŷ Aino. Gwên fawr a gofyn iddo oedd o am fod yn fwy o ffrindia hefo fo na'r tro blaen oedd cyfarchiad Aarne iddo pan ddaeth Bo ag o i gyfarfod y pedwar y noson cynt. Deud nad oedd ganddo fawr o ddymuniad cael ei atgoffa am y dyddiau hynny a gwên lawer cynilach oedd ateb Tarje wrth gynnig ei ddwylo iddo. Cafodd lawn cymaint o groeso gan Louhi a Leif ag a gafodd gan Edda a Bo.

Gwyddai fod rheswm arall hefyd. Roedd o wedi deud yr hanes am ymweliad yr hen Aruchben a'i wraig a'i dri chydymaith â Llyn Sorob wrth bawb y noson cynt. Mae'n amlwg fod gen ti chwaer a brawd cyswllt lawn mor ddiddorol a mentrus â chdi dy hun oedd geiriau Aarne wedi i'r hanes am y wledd y daru Eir a Gaut ei pharatoi i'r ddau ddieithryn a'i harwyddocâd dreiddio yn iawn. Ond wrth sylwi mor dynn oedd Birgit a Bo yn gafael yn nwylo ei gilydd wrth i'r hanes gael ei ddeud a'u bod yn dal i wneud hynny ymhell wedi iddo orffen gwyddai fod pob eiliad o'r seithddydd o daith wedi bod yn werth pob ymdrech.

'Mi wn i mai lol di-fudd ydi tasai hyn a tasai'r llall,' meddai Bo ymhen ychydig i ddod ag o o'i feddyliau, 'ond tasai Eyolf heb ista ar y trum 'ma pan oedd o'n bedair ar ddeg a'r storm eira honno'n dŵad ar 'i wartha fo a phob dim ddigwyddodd o'i herwydd hi mi fydda bywyda pob un ohonan ni'n hollol wahanol.'

"Ti'n gywir. Di-fudd,' meddai Tarje.

'Mae o'n wir hefyd, 'tydi? Fasa gen i ddim bywyd i ffidlan meddwl hefo fo prun bynnag. Fasat ti ddim wedi bod ar gael i f'achub i.'

'Mae Birgit yn deud dy fod yn un da am or-ddeud.'

'Dw i'n gor-ddeud dim. Mae Edda am dy herwgipio di a dy gadw di yma am byth.'

'Ydi hi'n meddwl cymaint â hynny ohonat ti?' Roedd gwên fechan Tarje yn datgelu ei fod yntau'n dyheu am nabod hefyd. Newidiodd ei gân fymryn. 'Mi ddaethoch o hyd i gymdeithion digon diddorol,' meddai gan amneidio i lawr at Erno a Ragnil.

'Do,' meddai Bo. Syllodd yntau ar y ddau eiddgar odano. 'Ragnil oedd y gynta i alw tŷ ni'n adra.' Ysgydwodd ei ben yn gynnil. 'Oes 'na ddallt ohoni?' gofynnodd.

'Am be 'ti'n sôn?'

'Mi fasa'n werth i ti weld Erno wrthi pan oeddan ni'n codi'r stafell ager i'r negesydd. Mae o'n grefftwr, a phrin wybod hynny oedd o. Roedd o wrthi yr un mor ddygn ddoe hefo'r defaid a'r geifr a'r ceirw 'ma. A dim ond dirmyg a dyrna oedd o'n 'u cael adra o un pen diwrnod i'r llall. Nid fo ddudodd hynny wrthan ni i chwilio am gydymdeimlad chwaith.'

'Dw i eisoes wedi cl'wad dy fod yn werthfawrogwr heb dy ail,' meddai Tarje.

'Mae 'na rwbath nad ydan ni wedi'i ddeud wrthat ti hefyd,' meddai Bo, rhag gori ar y ganmoliaeth. 'Mae Helge ac Amora ac Edda isio i ti gael gwybod.'

'Be?'

'Ragnil. Dydan ni ddim wedi deud yr hanas i gyd wrthat ti. Ond cad o i chdi dy hun a Birgit.'

'Be felly?' gofynnodd Tarje ar fwy o frys, o glywed llais Bo wedi difrifoli.

'Nid chdi ydi'r unig un yn y cwm 'ma sydd wedi lladd Uchben.'

Roedd Tarje yn fud.

'Mae Edda am ddeud wrth Birgit,' meddai Bo. 'Neb arall.'

Dywedodd yr hanes yn dawel, a Tarje er gwaetha'r datgeliad yn teimlo ei fod yn dod i'w nabod wrth glywed y cyd-ddioddef yn ei lais. Odanynt roedd llais clir Ragnil i'w glywed yn chwerthin yn braf hefo Eyolf.

*   *   *

'Dyma hi, yli,' meddai Helge yn ddiweddarach wrth roi'r gyllell i Tarje.

'Cyllell Uchben,' dyfarnodd yntau heb betruso. 'Mae'r fyddin lwyd a'r fyddin werdd yn rhoi'r un faint o fri â'i gilydd ar y rhain.'

'Dyna ddudodd brawd nain Erno yn 'i ddull 'i hun.'

'Wyt ti wedi'i dangos hi i Aarne?'

'Naddo,' atebodd Helge ar frys. 'Nac i neb arall

chwaith. Mi ddudodd Bo 'i fod o am ddeud wrthat ti am bod 'na reswm dros wneud hynny.'

'Ia. Gora po leia sy'n gwybod. Mae isio i Ragnil gael llonydd.'

'Mi wyddost ti hynny'n well na neb.'

*   *   *

'Dw i'n ysu am gael nabod Tarje yn iawn,' meddai Bo.

'Ella y doi di,' meddai Birgit, mor hamddenol ag yr oedd hi'n deud popeth arall. 'Dydi o ddim wedi deud hynny wrth gwrs, ond mae ynta'n gl'uo isio dy nabod ditha'n iawn hefyd. Roedd o'n deud mai bron yr unig gyfathrach fu rhyngoch chi cyn dy helynt oedd sgwrs gawsoch chi ar lan rhyw lyn ddeuddydd cyn iddyn nhw dy gau di yn y sach.'

'Dw i'n cofio honno. Fo oedd yr unig un call ddaru siarad hefo fi o gwbwl.'

Roedd Birgit wedi dod at Edda a Bo i gynorthwyo i orffen paratoi'r wledd groeso ar gyfer Tarje a hithau, oedd hefyd yn wledd i ddathlu popeth oedd i'w ddathlu. Gan fod y tŷ yn rhy fach i letya dau arall roedd Eyolf ac Idunn wedi mynnu bod Tarje a hithau'n dod atyn nhw ac wedi deud wrthyn nhw fod pob croeso iddyn nhw aros am y gaeaf a bod hynny'n ddoethach nag iddyn nhw deithio'n ôl i Lyn Sorob yn hin ddiddal y gaeaf cynnar oedd ar eu gwarthaf. Ac o glywed ei geiriau rŵan roedd meddwl Bo wedi dychwelyd at rywbeth yr oedd y negesydd wedi'i ddeud wrtho fo a neb arall y diwrnod cynt am ei fod wedi cael siars gan y tair efeilles i ofalu nad oedd neb arall i gael gwybod. Roedd yntau wedi brwd rannu'r hyn a glywodd hefo Edda yn y gwely ac wedi darganfod arwyddocâd rhyfeddol iddo a rhyw feddwl dod ag o gerbron oedd o pan ddaeth Tarje i mewn.

'Newydd gael gair da i ti,' meddai Birgit wrtho.

'Mae'n wych eich gweld chi fel hyn,' meddai o.

Doedd o ddim wedi bwriadu deud hynny, oherwydd roedd ganddo rywbeth arall i'w ddeud wrthyn nhw, ond wrth weld Edda a Bo o'i flaen a'r ddau lawn mor dawel hyderus ag Eir a Gaut, yn brawf syml fod y ddau sach y cafodd Bo a Gaut eu cau ynddyn nhw'n gymaint o fethiant â'i gilydd, doedd dim arall yn llenwi ei feddwl yr eiliad honno. Ac wrth weld ei lygaid mor ddidwyll ag yr oeddan nhw pan oedd o'n cynorthwyo'r milwyr gwyrdd diarth i'w dynnu o o'r sach a'i ymgeleddu, roedd Bo yn penderfynu.

'Cl'wad bod 'na ryw lyfu a rhyw ymnyddu hyd y fan hefyd,' meddai.

'Am be 'ti'n sôn, greadur?' gofynnodd Birgit, yn sylweddoli pam oedd ei thair chwaer wedi cael gafael ar y negesydd ac yn amlwg wedi cael hwyl iawn wrth siarad hefo fo ryw ddwyawr cyn iddo gychwyn ar ei daith yn ôl i Lyn Sigur.

'Am y bleiddiaid a'r gwyachod.' Gwenai Bo yn braf. 'Os dach chi'ch dau yn mynd i ddal ati i wneud hynny a rhyw briodi a ballu chdi fydd yr unig un yn hanas y tiroedd fydd hefo dau frawd cyswllt un bob ochor a'r ddau wedi bod yn sacha'r fyddin ac wedi'u rhyddhau ohonyn nhw,' cyhoeddodd yn hapus wrth Tarje, ei lygaid yn pefrio. 'Da 'te?'

'Oliph a'n cadwo!' ebychodd Tarje.

'Dwyt ti ddim wedi newid dim arno fo, naddo?' meddai Birgit wrth Edda, yn gwybod fel erioed nad oedd dim arall i'w ddisgwyl gan ei chwiorydd na'i brawd.

'I be 'te? Ydi o'n wir 'ta?' gofynnodd hi, lawn mor hapus â Bo.

'Does dim rhaid iddo fod yn anwir, ond rydach chi'n rhyw ruthro braidd,' meddai Birgit.

Bellach roedd hi'n ffyddiog, a theimlai nad oedd waeth iddi gyfleu hynny ddim er gwaetha gwrid taclus Tarje wrth ei hochr. Ddwy noson ynghynt yn y babell roedd hi wedi ceisio ei gael i ddod o'i gragen garu. Procio tawel oedd hi wedi'i wneud, yn chwilio am beth bynnag oedd yn ei ddal yn ôl heblaw am y swildod a'r ansicrwydd cynhenid. Pan oedd ei theulu a hithau yn Llyn Sigur roedd Idunn ac Eyolf wedi deud digon o hanes Tarje wrthi ar ôl iddi sôn fel roedd Bo yn deud drwy'r adeg mai fo oedd wedi'i dynnu o o'r sach, a theimlai ei bod yn nabod cryn dipyn arno cyn iddyn nhw gyfarfod yn y pantle hwnnw uwchben Llyn Sorob. Buan y gwelodd nad oedd raid iddi ailfeddwl dim. Ac yn y babell ddwy noson ynghynt, o weld nad oedd y procio cynnil yn dwyn ffrwyth, dyma hi'n deud wrtho ar ei phen nad oherwydd ei fod o wedi tynnu Bo o'r sach yr oedd hi'n dymuno ei gwmni a'i gusanau. Ydan ni'n gariadon rŵan 'ta? sibrydodd yn ffyrnig i'w glust. Bodlonodd ar gusan hefo ychydig mwy o hyder ynddi na'r lleill fel ateb.

'Dach chi wedi meddwl am enwa?' gofynnodd gan amneidio at fol Edda.

'Ingrid os bydd hi'n hogan,' meddai Bo.

'Bo sy'n mynnu hynny,' meddai Edda. 'Ingrid oedd Mam.'

'Faint oeddat ti pan fuodd hi farw?' gofynnodd Birgit.

'Pedair. Haldor fydd o os bydd o'n hogyn.'

'Pryd penderfynist ti hynna?' gofynnodd Bo.

'Pan oeddat ti'n gwasgu 'y llaw i wrth grynu deud am y babi wrth Dad ac Amora. Ac wedyn pan ddudodd Eyolf enw dy dad wrth sôn amdano fo ac Aarne fel yr unig ddau Uchben call yn hanas yr holl diroedd.'

'Pam na fasat ti wedi deud 'ta?'

'Creadur bach wedi cael cam,' gwenodd Birgit. 'Be oeddat ti am 'i gynnig?' gofynnodd iddo.

''I adael o i Edda ne' Helge ne' chdi. Ne' Ragnil.'

Dim ond am eiliad oedd Tarje ar goll o weld nad enwi Ragnil o ran hwyl neu ryw orchest ddaru Bo.

'Wyt ti wedi deud am Ragnil wrth Birgit?' gofynnodd i Edda.

'Do,' meddai Birgit yn ei lle. 'Lle mae'r ddau?'

'Maen nhw wrth y llyn,' meddai Tarje. 'Dw i newydd gael sgwrs hefo nhw, wel rhyw fath o sgwrs.'

Tawodd.

'Be 'ti'n 'i feddwl?' gofynnodd Bo.

'Pan oeddan nhw'n mynd at y llyn gynna mi glywson ddau o'r gymdogaeth yn sgwrsio. Fi a 'ngorffennol oedd testun y sgwrs. Mi glywodd Ragnil ddigon ohoni i holi.' Arhosodd ennyd. 'Mae Erno wedi deud y cwbwl wrthi hi. Mae o wedi deud be'n union ydi Uchben, a fy hanas i hefo Uchben Anund a'i gymharu o hefo be ddaru hi i'r Uchben oedd yn 'i cham-drin hi. Mae o wedi deud be ddigwyddodd i dy dad, a dy hanas di yn y sach a pham mae'r fyddin yn dal i drio dy hela di. Dydi o ddim wedi dal dim yn ôl oddi wrthi. Ac nid fo ddaru ddeud bod dy dad yn Uchben gwahanol i'r ddau arall chwaith. A phan welodd Ragnil fi mi redodd ata i a gafael amdana i. Dyna sut ce's i wybod be oedd wedi digwydd.' Ysgydwodd ben diddeall braidd. 'Ydi o'n gyfrifol deud hanesion fel hyn wrthi?'

'Gamp i ti ddeud wrthi nad ydi hi'n ddigon aeddfed i drin petha fel hyn,' meddai Bo.

Agorodd y drws cyn i Tarje gael cyfle i ateb a daeth Erno a Ragnil i mewn, ei chwarddiad o'n llawer mwy hyderus na'i hanner gwên amheus hi, ond y naill a'r llall yr un mor anghydnaws â'r hyn roedd Tarje newydd ei ddeud.

'Be 'di'r hwyl?' gofynnodd Edda.

"Dan ni newydd gael sgwrs hefo ryw hen ŵr,' meddai Erno. 'Deud,' meddai wrth Ragnil, ac ailddechrau chwerthin.

Ddaru hi ddim, dim ond dod at Edda ac eistedd yn dynn wrthi.

'Deud di 'ta,' meddai Bo wrth Erno, am eiliad yn

methu peidio â'i gymharu rŵan â'r hyn oedd o pan welson nhw o gynta yng nghwmni'r hen ŵr rhyfedd yn y gymdogaeth honno.

'Gwrando oeddan ni'n dau, nid sgwrsio,' meddai Erno. 'Y Chwedl a'r duwia a chymaint o fraint oedd inni 'u mawrygu nhw a phlygu iddyn nhw a diolch iddyn nhw am ddod â ni yma'n ddiogel. A mwya sydyn dyma fo'n gofyn i Ragnil oedd hi'n gwybod be oedd y Gallu. Mi gafodd o atab hefyd.'

'Mi colbia i di,' meddai Edda wrth Bo wrth i Ragnil bwyso'n dynnach fyth arni. 'Mae'n well i ti beidio â gofyn,' meddai wrth wyneb ymholgar Birgit.

Yna sylwodd wrth i Ragnil ddal i bwyso arni fod ganddi garrai am ei gwddw.

'Be 'di hon?' gofynnodd.

Tynnodd Ragnil y garrai'n rhydd. Roedd darn bychan o fasarnen a'r goeden ei hun wedi'i cherfio arno yn hongian arni, y garrai a'r pren wedi'u llifo'n winau.

'Roedd hi'n mynnu cael gwybod pam mae Bo a fi'n 'i wisgo fo,' meddai Erno. 'A dyna 'i hoff goedan hi.'

Rhythu ac ysgwyd pen diobaith oedd Tarje. Chafodd o ddim cyfle i ddeud dim chwaith oherwydd agorwyd y drws eto a daeth Eyolf i mewn ar beth brys.

'Mae gynnon ni ddieithriaid,' meddai. 'Pedwar dyn ac un ddynas.'

Aeth pob gwinau i ebargofiant. Neidiodd Tarje ar ei draed.

'Aros lle'r wyt ti!' gwaeddodd Birgit arno, hithau'n codi hefyd. 'Nhw ydyn nhw?' gofynnodd i Eyolf.

'Mae'n beryg. Mae Aarne yn deud 'u bod nhw wedi dy weld di ac wedi dy nabod di,' meddai wrth Tarje. 'Roedd o'n siarad hefo nhw pan welson nhw chdi ac roedd y dychryn ddaeth i'w hwyneba nhw'n amlwg medda fo.'

Aeth Birgit am y drws.

'Welson nhw mohona i yn Llyn Sorob,' meddai. 'Aros ditha lle'r wyt ti,' meddai wrth Bo.

'Roedd tri ohonyn nhw â'u cefna ata i,' meddai Eyolf. 'Fedra i ddim bod yn siŵr.'

Amneidiodd Birgit arno ac aeth y ddau allan. Ymhen dim roedd Bo ac Erno wrth eu cwt.

'Dos yn d'ôl!' meddai Birgit wrth Bo gan roi sgwd ddi-lol iddo.

'Dim ond sbecian,' meddai o.

Yna gwelodd Birgit ei lygaid.

'Gofala hynny 'ta,' meddai.

'Ia, gofala,' cytunodd Eyolf, yntau hefyd yn gweld ei lygaid. 'Mae Aarne wedi mynd yn ôl atyn nhw ar lan y llyn,' meddai. 'Welodd o mohonyn nhw'n ddigon buan, ond mae o'n credu 'u bod nhw wedi dod o'r dwyrain ne'r de-ddwyrain ella.'

'Nhw ydyn nhw,' meddai Birgit ymhen rhyw funud.

29

Câi Erno drafferth braidd i geisio dirnad yn llawn ac roedd o wedi deud hynny wrth Amora yn ôl ei arfer. Roedd dallt yn haws na dirnad, yn ei brofiad o beth bynnag, meddai. Gan ei fod yn fwy cyfarwydd â dyrnau ei dad na dim arall roedd o'n ceisio meddwl sut byddai o tasai rhywun wedi llofruddio ei dad ac yntau'n dod wyneb yn wyneb â'r llofrudd ymhen blynyddoedd, meddai wedyn.

Yr hyn oedd wedi digwydd oedd bod Birgit wedi dangos i Bo prun o'r pedwar dyn ymhlith y dieithriaid oedd yr hen Aruchben. Roedd yntau wedi syllu arno am rai eiliadau ac yna wedi troi ei wyneb draw a chychwyn yn ôl am y tŷ a'r dagrau wedi llenwi ei lygaid. Roedd Erno wedi cerdded yn ôl hefo fo a Bo yn amlwg yn gwerthfawrogi hynny. Wrth gyrraedd y tŷ roedd o wedi deud na châi yr un Aruchben na neb arall ennill drwy ddifetha'r wledd groeso oedd ar gyfer Birgit a Tarje.

'Paid â meddwl am fynd i ddial ar 'i ran o,' meddai Amora wrth Erno drannoeth, yn gweld rhyw olwg newydd a braidd yn annodweddiadol yn ei lygaid.

'Gair dyrchafol am lofruddio ydi dienyddio,' meddai yntau. 'Gair lluchio'r cyfrifoldeb. Llofruddio tad Bo ddaru'r Aruchben 'na.'

'Mi gafodd tad Bo 'i ddienyddio am 'i fod o wedi helpu dau wisgwr gwinau i gymryd y goes yn hytrach na'u dienyddio nhw. Mi gafodd o 'i ddienyddio am 'i fod o'n gwybod bod gwisgwyr gwinau'n beryclach na dim a fedar y gelyn 'i luchio at neb.'

Roedd yn amlwg ar unwaith fod hynny'n newydd sbon i Erno.

'Dydi Bo ddim yn beryg,' cynigiodd. 'Nac Eyolf.' Arhosodd eiliad, fel tasai'n chwilio. 'Na finna chwaith am 'wn i.'

'Dach chi'n beryg bywyd i ffor o feddwl. Hynny'n waeth na dim.'

Dim ond ysgwyd ei ben fedrai o ei wneud i hynny.

'Os wyt ti'n grediniol 'mod i'n beryg i ffor o feddwl neb mae'n hen bryd i dy fabi bach di ddŵad i'r fei i ti gael rhoi dy sylw ar rwbath amgenach,' meddai.

'Wyt ti rioed yn dy ddifrïo dy hun?' gofynnodd Helge, yn llwyddo i gadw ei wên o'i wyneb ond nid o'i lygaid. Yna sobrodd. 'Mae 'na ryw olwg cynllwynio arnat ti ers pan ddoist ti drwy'r drws 'na,' meddai. 'Be 'di'r bwriad?'

'Maen nhw wedi deud wrtha i am ddeud wrthach chi'ch dau.'

Ei syniad gwyllt o oedd o i ddechrau, wedi'i egino o weld y dagrau disymwth yn llygaid Bo. Roedd Bo wedi gwneud yn ôl ei air ac wedi gofalu nad oedd hynny'n cael tarfu ar eu gwledd, ac oherwydd hynny yn bennaf yr oedd Erno wedi mentro gwyntyllu ei syniad, a hynny'n lled fuan wedi iddyn nhw orffen bwyta rhag ofn i'r medd fynd i'r afael â fo. Roedd Eyolf ac Idunn hefo nhw yn y wledd, ond roedd y stafell yn rhy fach i dderbyn rhagor, er siom braidd i Edda a Bo.

Doedd gan Erno unrhyw fath o fwriad i gyflawni'r syniad chwaith ar y pryd, a dyfnhau wnaeth y teimlad wrth iddo fynd ymlaen, yn dod i gredu mai gwrandawiad goddefgar a dim arall oedd yn ei dderbyn. Cynnig croeso i'r hen Aruchben oedd fymryn yn fwy diniwed na'r un a gafodd yn Llyn Sorob, cynigiodd, a hynny drwy iddo fo fynd ato fo a dangos ei winau iddo fo. Buan iawn y darganfu ei fod yn cyfansoddi'r manylion ac yn eu datgelu yr un pryd, ond daliodd ati yr un fath, a chyn hir dechreuodd deimlo fod y gwrandawiad yn mynd yn fwy cadarn. Roedd o'n gywir hefyd. A chrynodeb o hynny'r oedd Amora a Helge yn ei gael ganddo.

'Mae'n well i Leif ac Aarne a finna ofalu bod hyd y fan hefyd,' meddai Helge pan orffennodd ddeud ei bwt. 'Cofia bod gynno fo dri chydymaith lled gyhyrog. Ne' dri gofalwr ella.'

'Doedd 'u cyhyra nhw na'u gofal nhw'n ddim llawar o gymorth iddo fo na nhw yn Llyn Sorob,' atebodd o. 'Roedd Birgit a Tarje yn deud mai dim ond un peth oedd yn cael 'i bwysleisio yn fan'no,' aeth ymlaen i gryfhau ei ddadl. '"I fod o ar goll yn llwyr, wedi colli pob tewin o awdurdod fu gynno fo rioed. Fel'na bydda 'nheulu i tasan nhw'n colli 'u dyrna.'

'Dw i byth yn dallt yn iawn,' meddai Amora, braidd yn ansicr rhag ofn bod mymryn o ryfyg diarwybod yn yr hyder newydd a welai o'i blaen. 'Be'n union ydi dy fwriad di?'

'Dim ond 'i gael o i weld nad oes ar neb ofn dangos y gwinau mae o wedi ymfalchïo mewn llofruddio pobol o'i herwydd o iddo fo mwyach a bod mymryn o'r gwinau yn gryfach na goresgyn tiroedd.'

'Mae 'na Aruchben yn 'i le o ac mi ddaw 'na un yn lle hwnnw,' meddai Helge.

'Rhyngddyn nhw a'u petha am hynny.'

'Tyd 'ta.' Cododd Helge. 'Mae Leif hefo Aarne. Paid â synnu os byddan nhw'n amheus.'

'Dw i'n dŵad hefyd,' meddai Amora.

Aethant allan, allan i'r oerni newydd oedd yn mynegi mai ffarwelio am dymor arall oedd hindda y diwrnod cynt, gydag ambell bluen eira'n braenaru'r tir a phawb ynddo ar gyfer yr hyn oedd i ddod. Doedd y tymor oedd ar eu gwarthaf ddim yn dymor crwydro i neb ond y mentrus neu'r diddewis. Ar hynny oedd meddwl Erno wrth iddyn nhw groesi i dŷ Aino.

'Mi elli fod yn mentro,' oedd sylw Aarne wrtho ychydig funudau yn ddiweddarach ar ôl iddo fo fanylu ar ei fwriad a chynnal ei sgwrs arferol hefo Aino, sgwrs oedd dipyn yn llai brwd nag arfer.

'Dim chwartar cymaint ag y daru nhw yn Llyn Sorob,' ddadleuodd yntau. 'Dim ond rhyw ategiad bach i be ddigwyddodd yn fan'no i'w wneud o'n fwy diddim fyth dw i'n 'i wneud. Ella bod teulu Tarje yn Llyn Sorob yn ystyriad 'i bod yn bosib 'i fod o a'i griw yn gwybod i ble'r oeddan nhw'n mynd a bod hynny'n cynnal rhywfaint arno fo. Mae'n amlwg rŵan 'u bod nhw ar goll fel arall hefyd, 'tydi?'

'Dyna chdi 'ta. Os wyt ti wedi'i ystyriad o'n drylwyr mi ddown ni hefo chdi.'

'Mae Eyolf a Bo yn dŵad hefyd,' meddai o.

'Gora oll. Ond cym bwyll.'

'Dydyn nhw ddim wedi deud ydyn nhw'n mynd i ddangos 'u gwinau nhw.'

Ryw chwarter awr yn ddiweddarach roedd Erno ac Eyolf a Bo yn dynesu at y ddwy babell oedd ar bwt o ddôl wastad ger glan y llyn. Dim ond eiliad o swnian oedd angen i Ragnil ei wneud i gael ymuno hefo nhw. Roedd Amora ac Aarne a Leif o gwmpas y cychod fymryn ymhellach draw ar y lan, a dynesai Aino atyn nhw. Roedd Aarne wedi deud wrth y dieithriaid y pnawn cynt nad oedd dim o'u blaenau ond cymhlethdod y coedwigoedd ac nad oedd tŷ gwag ar gael yn y gymdogaeth. Doedd neb wedi cynnig mynd â nhw i'w cartrefi am bryd o fwyd chwaith er bod rhai wedi gofalu bod digon o fwyd ar gael iddyn nhw ei fwyta yn eu pebyll. Doedd neb chwaith ar wahân i Eyolf a Birgit wedi awgrymu eu bod yn nabod yr un o'r pump.

Yna yn sydyn, wrth weld y pedwar dyn yn sefyll o flaen y pebyll yn eu gwylio'n dynesu, roedd Erno yn aros, yn petruso.

'Dw i wedi bod yn meddwl am un dull o'u trin nhw,' meddai, 'ond dw i ddim wedi – dw i ddim wedi dy ystyriad di,' meddai wrth Bo, ar fymryn mwy o ruthr. 'Mae'n beryg mai bychanu dy brofiada a dy hanas di a be ddigwyddodd i dy dad mae o, ac nid bychanu'r rhein. Mae hynny'n ffiaidd.'

'Deud o,' meddai Bo. 'Fydda i ddim dicach.'

''U cyfarch nhw a siarad hefo nhw yn union fel y byddai brawd Nain yn 'i wneud. Dim ond peidio â'i or-wneud o.'

'Gwna hynny,' meddai Bo ymhen rhyw eiliad.

'Wyt ti'n siŵr?'

'Ydw.'

Trawodd syniad arall Erno wrth iddyn nhw ailgychwyn.

'Ga i ddeud pwy wyt ti, 'fath â ddaru brawd cyswllt Tarje hefo fo?'

'Dyna chdi 'ta,' meddai Bo, y syniad yn amlwg yn annisgwyl iddo yntau.

Aethant ymlaen.

'Wnes i rioed ddychmygu y bydda parabl brawd Nain yn dŵad o fudd,' meddai Erno pan oeddan nhw o fewn cyfarchiad i'r dieithriaid, ac Eyolf newydd fynegi'n gynnil iddo prun o'r pedwar oedd yn sefyll o flaen y babell oedd yr hen Aruchben.

'Am be 'ti'n sôn?' gofynnodd Ragnil.

'Gei di weld.' Trodd ati fymryn. 'Paid â chymryd dy demtio i chwerthin am 'y mhen i, ne' mi fydd o'n ofar.' Cododd ei ben i edrych ar y pedwar dieithryn. 'Da bo eich dydd,' hanner gwaeddodd arnyn nhw. 'Gysgoch chi?'

O glywed ei lais daeth dynes o'r babell.

'Da bo dy ddydd ditha, hen wreigan,' cyfarchodd Erno hi, a llwyddiant y cyfarchiad yn y llais uchel yn rhuthro i'r amlwg yr eiliad honno. 'Rhywun yn deud yn y gymdogaeth gynna eich bod chi wedi dŵad i fyw yma. Mi fedrwch godi tŷ, decini.' Syllodd arnyn nhw fel tasai'n ceisio dyfarnu ar hynny. 'Gofyn i chi gael rwbath cyn daw'r eira os nad ydach chi am babellu drwy hwnnw 'tydi? Dim ond i chi ddallt bod 'na betha digon rhyfadd yma, fel ym mhobman, debyg, ond bod rhain yn rhyfeddach,' aeth ymlaen, a'i lais yn dechrau cyflymu a chodi mymryn eto. 'Newydd gael sgwrs hefo un. Digon hen i fod yn nain i'r Hynafgwr. 'Ta waeth. Wyddoch chi be ddudodd hi? Taeru hyd at 'y nharo i mai chdi ydi hen Aruchben y fyddin lwyd,' meddai gan amneidio'n frwd ar yr un roedd Eyolf wedi'i ddangos iddo. 'Paid â malu, medda fi wrthi hi, mae Bergo dduw wedi cyflwyno'r swbach hwnnw'n fwyd i'r tyrchod ers dwy flynadd a darn leuad. Mae pawb yn gwybod hynny. Ond do'n i ddim haws â dadla hefo hi. Fo ydi o ac mae gynno fo awdurdod, medda hi wrtha i. Wel yr hen greadur, medda finna, ers pryd mae o arno fo? Ond mi dduda i un peth wrthat ti. Os chdi fasai'r hen Aruchben mi faswn i'n rhuthro i ddangos 'y ngwinau iti, a'i ddal o yn union o dan dy drwyn di. Dyma fo, yli.'

Agorodd ei grys a thynnu'r garrai'n rhydd a dangos ei winau i'r pump yn eu tro, yn gweld llygaid yn methu gwneud dim ond rhythu.

'Wyddost ti pam mae o gen i?' gofynnodd, yn anwybyddu hynny. 'Mi ddaru'r hen Aruchben lofruddio tad Bo am 'i fod o'n Uchben ac am 'i fod o wedi cynorthwyo dau wisgwr gwinau i ddengid yn hytrach na'u harteithio nhw a'u lladd nhw. Ac mae Bo wedi achub 'y mywyd i.' Gosododd ei law yn gadarn ar ysgwydd Bo a thynnodd Ragnil ato a gafael amdani hefo'i fraich arall, rhag ofn bod angen, meddyliodd yn sydyn. 'Ac mi ddaru o achub bywyd Ragnil hefyd, 'do'r hen hogan?' Gwasgodd hi ato a'i chusanu'n swnllyd. 'Achubodd yr hen Aruchben diffath 'nw fywyd rhywun rioed tybad?' gofynnodd.

Doedd o ddim yn gwestiwn oedd yn gwadd ei ateb ac ni chafwyd yr un.

'Mi faswn inna'n 'i ddangos o iddo fo hefyd,' meddai Bo, yn gweld hynny ac yn fwriadol syberach a thawelach ei lais. Llaciodd ei grys a thynnu ei addurn gwinau allan i'w ddangos, yr hebog mawr oedd Linus wedi'i gerfio yn unswydd iddo bum mlynedd ynghynt. Roedd y pump o'i flaen yn rhythu eto am y gorau, arno fo yn fwy nag ar ei winau. Wrth ei ochr synnai Eyolf ei fod yn llwyddo i fod mor hunanfeddiannol. Doedd ddim angen iddo yntau betruso.

'Ro'n i yn y gwersyll hwnnw pan ddaeth yr hen Aruchben yno i ddienyddio Uchben Haldor,' meddai. Syllodd fwy nag oedd ei angen ar wyneb yr hen Aruchben. 'Erbyn meddwl mae 'na gryn debygrwydd rhyngot ti ac o hefyd,' meddai wrtho gan ddal i wneud ati i astudio ei wyneb. 'A'r cyfla cynta ge's i mi ddaru mi lifo hwn yn winau.'

Tynnodd yntau ei hen ddarn o addurn o'i boced a'i ddangos. Ond dal i rythu ar Bo oedd y pump.

Ddaru Ragnil ddim deud yr un gair wrthyn nhw, dim ond dangos.

'Mi gân nhw oresgyn tiroedd, mi gân nhw sathru cymdogaetha a'u pobol,' meddai Bo. Cododd fymryn mwy ar ei addurn. 'Wnân nhw fyth oresgyn hwn.'

'Dyna ni wedi'n cyflwyno'n hunain i bob pwrpas,' meddai Eyolf yn ysgafnach ei lais. 'Be 'di'ch hanas chi'ch pump?'

'Ac mi dduda i chi beth arall,' meddai Erno bron ar ei draws gan chwifio bys o un i'r llall, ac yn cael swcwr o deimlo braich Ragnil amdano, yn ymddiried mor naturiol braf ynddo. 'Mae chwaer Bo yn mynd i briodi Tarje. Hynny ydi, mae merch yr Uchben ddaru'r hen Aruchben 'i lofruddio yn mynd i briodi'r un ddaru ladd mab yr hen Aruchben. Dyna i chi be 'di buddugoliaeth. Ac mae'r ddau newydd gyrraedd yma ers deuddydd ac ella y gwnân nhw briodi yma ac mi faswn i wrth 'y modd cael bod yn Hebryngwr iddyn nhw ond mae Mam yn deud 'mod i'n rhy swil, heb sôn y bydd gan Tarje dri Hebryngwr fel mae hi. Bo 'di un, am fod Tarje 'di'i dynnu o o sach yr hen lipryn Aruchben 'nw. Leif yn fan'na 'di'r llall, am fod Tarje 'di'i dynnu ynta o sach hefyd, a milwr gwyrdd oedd Leif, yn enw'r Gallu mawr 'i hun, nid un llwyd. A brawd cyswllt Tarje 'i hun fydd y trydydd am 'i fod ynta hefyd wedi bod yn un o sacha'r sbrych Aruchben 'nw, a hynny am arddel Tarje, Oliph a'n cadwo. Tri Hebryngwr, yn gwisgo'r gwinau ar 'u bron a gweddillion sacha carpiog ar 'u cefna. Dyna i chi be fydd priodas. Lle dach chi amdani felly?' gofynnodd ar yr un gwynt.

'Mi ddaethon ni drwy'r dyffryn anghywir,' meddai'r ddynes a throi draw.

'Mi gafodd y bwbachod 'u geni i'r tiroedd anghywir,' meddai Erno ryw hanner awr yn ddiweddarach wrth syllu ar babell yn cael ei gosod yn rholyn braidd yn fawr ar gefn yr ieuengaf o'r pump. Roedd y babell arall lai ar gefn yr hen Aruchben.

'Oeddat ti'n bwriadu sôn am Tarje?' gofynnodd Helge. 'Ydi o'n gwybod?'

'Ydi, debyg. Faswn i ddim wedi gwneud heb 'i gydsyniad o. Mi gawson ni sgwrs gynna. Ac roedd wynebau'r rheina ddoe pan welson nhw o yn dangos nad wedi'i ddilyn o yma oeddan nhw medda Aarne.'

'Oedd gan Tarje ryw amcan be fyddai natur dy barabl di?' gofynnodd Eyolf.

'Oedd. Dyna pam ddaru o gydsynio.'

'Iawn, felly,' meddai Helge. 'O ble ce'st ti afael ar y Bergo dduw 'ma?' gofynnodd. 'Pwy 'di hwnnw?'

'Brawd Nain, debyg.'

'O ble ce'st ti afael ar dy hyder?' gofynnodd Amora.

'Mi wyddost hynny'n well na fi.' Syllodd Erno ar y pump yn gorffen paratoi i gychwyn. 'Ydyn nhw am grwydro drwy'r gaea tybad?'

'Dydi'r dyffrynnoedd na'r tiroedd ehangach sydd heb gymdogaetha ddim i gyd yn wag,' meddai Bo. 'Mae 'na dai ar wasgar yma a thraw, a rhai o'r rheini heb neb yn byw ynddyn nhw. Dw i wedi manteisio ar ddau ne' dri.' Petrusodd ennyd, yn meddwl am Ragnil. 'Nid ar bob un chwaith.'

'Be 'ti'n 'i feddwl?' gofynnodd Erno, yn synhwyro nad rhywbeth ffwrdd-â-hi oedd hynny.

Petrusodd Bo eto, cyn penderfynu nad oedd Ragnil yn rhy ifanc, nac yn bendifaddau yn rhy ddibrofiad.

'Os wyt ti am fynd i amball un mae'n rhaid i ti rannu hefo gweddillion y cyrff ar ôl i un o fyddinoedd hwnna ne'r peth gwyrdd arall 'na oedd i fod yn elyn iddo fo fynd i'r afael â nhw am nad oeddan nhw'n ddigon da i anadlu'r un awyr iach â nhw,' meddai. 'Doedd pob un o'r tai hynny ddim yn cael 'u llosgi.'

'Bo,' dechreuodd Helge, yn chwilio am ei eiriau cerydd.

Doedd dim angen iddo. Roedd Ragnil yn deud ei phwt, dim ond ei ddeud.

'Mi welodd Tore a fi dŷ felly,' meddai. 'Dim ond agor a chau'r drws ddaru ni.'

'Dyna ni 'ta,' ildiodd Helge.

Gydag amnaid arall o rybudd i Bo, cychwynnodd o ac Amora yn ôl am y tŷ. Roedd Aino ac Aarne a Leif eisoes wedi dychwelyd adra o weld bod y pum dieithryn ar gychwyn ymaith, a Leif wedi diolch yn gynnes i Erno am gofio amdano yn ei druth. Arhosodd y pedwar arall ble'r oeddynt am ychydig ac wrth syllu ar y dieithriaid yn cychwyn yn ôl tua'r de-ddwyrain a dim pwt o hyder i'w weld ar eu cyfyl roedd Erno yn bur falch ei fod o wedi gallu cyfrannu cymaint â neb at eu penderfyniad i fynd.

'Be wnest ti pan oedd y gaea ar 'i waetha?' gofynnodd i Ragnil pan oeddan nhw'n mynd yn ôl i'r tŷ.

Dim ond nhw ill dau oedd o fewn clyw sgwrs i'w gilydd a gwyddai Erno ei bod hi bellach yn ymddiried lawn cymaint ynddo fo ag yr oedd hi yn Edda a'i bod yn barod i rannu pytiau o'i hanes hefo fo a hynny fel rheol ohoni'i hun.

'Tŷ 'fath ag oedd Bo yn 'i ddeud,' atebodd hi. 'Roedd 'na hen ddyn yn byw ynddo fo ac roeddan ni'n torri coed a gwneud bwyd iddo fo am na fedra fo wneud 'i hun. Roedd o wedi mynd yn rhy hen. Mi ddaru o farw cyn y gwanwyn ac mi 'rhoson ni yn y tŷ ar ôl llusgo 'i gorff o i'r coed a'i gladdu o hefo briga a hen ddail.'

'Be ddigwyddodd i chi fynd o'no?'

'Mi ddaeth 'na fyddin yno. Mi ddaru ni ddengid i'r coed cyn iddyn nhw gyrraedd.'

'Mi gei di well gaea 'leni, siawns.'

Teimlai fod rhywbeth yn braf mewn gwybod nad oedd raid iddo fo bellach fod yn annaturiol o wyliadwrus cyn deud na gofyn dim am y gorffennol iddi.

'A chdi hefyd,' meddai hi wedi cam neu ddau. Closiodd ato. 'Ac os wyt ti'n cael 'y nghusanu i mi ga inna dy gusanu ditha hefyd.'

Gafaelodd amdano a'i gusanu ar ei foch lawn mor swnllyd ag yr oedd o wedi'i chusanu hi.

'Yli,' meddai Bo wrth Eyolf, y ddau'n cerdded y tu ôl iddyn nhw, 'dwy fuddugoliaeth mewn bora.'

'Be?' gofynnodd Eyolf.

'Ein buddugoliaeth ni – naci, buddugoliaeth Erno dros y rheina a buddugoliaeth derfynol Ragnil dros 'i hofna.'

'Mae'r ddau wedi uniaethu'n llwyr hefo chi 'tydyn?' meddai Eyolf. 'Do'n i ddim wedi sylweddoli hynny tan rŵan. Mor llwyr ag y daru ti hefo ni pan ge'st ti dy dynnu o'r sach.'

'Hynny fawr o gamp, nac oedd?' Edrychodd Bo i'r awyr. 'Mae'n edrach fel bod yr eira am ddŵad i ddathlu hefo ni.' Yna arhosodd. 'Er 'y mwyn i oedd hynna i gyd 'te?' meddai, a dychryn yn ei lais.

'Dyna dw i newydd 'i ddeud wrthat ti.'

*　　*　　*

Ychydig ymhellach tua'r de-ddwyrain a'r plu eira'n graddol fynd yn llai swil o ddangos eu hunain doedd dim sôn na meddwl am ddathlu o fath yn y byd, na neb yn deud dim. Roeddan nhw wedi mynd o olwg y gymdogaeth a'r llyn cyn i'r ieuengaf aros a throi, fel tasai'n amau fod rhywun yn eu dilyn.

'Ynfytyn!' ebychodd. 'Gyw cigfran!'

Doedd neb arall am ddeud dim. Aethant ymlaen.

'Wnâi o ddim drwg inni gymryd nad ynfytyn ydi o,' meddai'r hen Aruchben yn y man. Edrychodd ar ei wraig fel tasai'n chwilio am gytuniad. 'Roedd 'na rwbath yn fwriadol yn'o fo, ymhob dim, ymhob gair. Roedd o'n union fel tasan nhw'n gwybod pwy ydan ni. Chwara bod yn ynfyd oedd yr hogyn 'na. Roedd 'i lygaid o'n rhy glir.'

'Sut fath o bobol sy'n cyflyru hogan fach hefo gwinau o bob dim?' gofynnodd yr un oedd wedi profi geiriau hogan arall fymryn yn ieuengach yn Llyn Sorob. 'A phwy glywodd am ferchaid yn 'i wisgo fo prun bynnag? Be ddaw o'r tiroedd, hefo'r sothach Aruchben newydd 'na a rhyw nialwch fel rheina'n sgwario dangos 'u gwinau drewllyd i bawb sy'n digwydd mynd heibio?'

'Roedd 'u bod nhw i gyd yn dangos hwnnw'n rhy fwriadol,' meddai'r hen Aruchben, yn dawelach a mwy pendant ei lais. Petrusodd ennyd. 'Dw i'n dechra ama oedd y bobol 'na yn Llyn Sorob mor ddiniwed ag yr oeddan nhw'n cymryd arnyn hefyd.' Petrusodd eto. 'Synnwn i damaid nad ydyn nhw a'r rhein yn gwybod pwy ydan ni a'u bod nhw'n gwybod mai wrtha i roeddan nhw'n deud be maen nhw'n 'i feddwl ohona i.'

'Os wyt ti'n dal i fod angan gwers ar sut i gynnal byddin chwilia am rywun sydd â phrofiad o wneud hynny, nid rhyw betha 'fath â'r rheina,' meddai'r ddynes, y cerydd i bawb yn llond ei llais.

'Ro'n i'n cael yr un teimlad gynna ag yn y pryd bwyd hwnnw yn Llyn Sorob a phan ddaeth yr hogyn â'r Tarje 'na i'r tŷ i ddeud bod y fyddin ar gyrraedd,' meddai o fel tasai'r cerydd heb ei ddeud. 'Mi ddaeth ag o yn unswydd i'w ddangos, yr un mor unswydd ag y daeth o yno i achub ein bywyda ni.' Edrychodd o un i'r llall am ennyd, ond yn disgwyl dim. 'Dydi o'n gwneud dim synnwyr.'

'Dipyn o newid, 'tydi?' daliodd y ddynes ati ymhen rhyw chydig gamau. 'Arwain byddin enfawr un munud a phoeni be mae rhyw gybia prin waredu 'u clytia yn 'i feddwl a'i ddeud y munud nesa.'

'O leia mi gawson ni gadarnhad mai'r llipryn Llwfr Lofrudd 'na welson ni yma ddoe,' meddai'r ieuengaf. 'Mi 'rhoswn ni yma am rŵan,' penderfynodd yn sydyn, o weld nad oedd neb am gynnig sylw ar hynny chwaith. 'Mi gewch chi'ch dau aros yn y baball ac mi awn ni'n tri'n ôl a'u cael nhw gefn nos.'

'A be wnei di wedyn?' gofynnodd yr hen Aruchben. 'Mynd yn ôl i Lyn Sorob a chael y rheini hefyd?'

'Maen nhw'n dy sarhau di, yn dy fychanu di.'

'Be 'di hynny bellach? Ac wyt ti'n credu nad ydi'r rhain ar 'u gwyliadwriaeth ar ôl be maen nhw newydd 'i wneud?' Arhosodd, ac edrych o'i gwmpas, yn gweld dim ond yr un dieithrwch â phob tro arall. 'Be 'dan ni am 'i wneud y gaea 'ma 'di'r peth.'

'Dydw i ddim am grwydro,' cyhoeddodd ei wraig yn ddi-droi'n-ôl.

Doedd yr un o'r tri arall am gynnig dim.

30

Gan fod llawr gwlad yn glaerwyn dim ond y coed oedd ar gael i unrhyw un a ddymunai hela. Roedd ambell un yn y gymdogaeth yn mynnu gwneud hynny er nad oedd mymryn o angen gan fod digon o gig yr anifeiliaid dof a llysiau cadw a blawd ar gael i bawb ar gyfer y gaeaf. A doedd fyth brinder o binwydd i gael blawd o'u rhisgl ar gyfer torthau bras i'r rhai oedd yn dymuno mymryn o amrywiaeth.

Yr helwyr oedd y rhai oedd yn argyhoeddedig fod cig y gwyllt yn fwy blasus na dim a fedrai unrhyw ffwrn ei wneud â chig y pasgedig, ond barn lafar Bo oedd ei fod wedi cael digon o hela i bara am un oes ac roedd Ragnil yn deud ei bod hithau wedi cael hynny hefyd. Barn fwy llafar Aino oedd nad oedd ar Edda angen cnöwr gwinedd diarbed wrth ei hochr o fore tan nos, a chan fod ei hamser ar ddod a Bo yn gofyn iddi oedd hi'n iawn bob ryw hanner munud roedd Aino yn ei sgubo o'r tŷ ac yn gorchymyn Erno i fynd â fo'n ddigon pell ar hyd glan y llyn a'i dywys yn ôl fesul cam ara pan fyddai'r machlud yn bygwth trechu llygaid i Edda gael mymryn o lonydd. Rhyw bum munud ar ôl iddi ddod i'r tŷ ganol y bore am mai hi oedd yn gofalu am y geni oedd hynny a doedd gan Bo ddim gobaith o ddadlau ei achos. Roedd Aino yn pwysleisio wrtho na ddeuai'r babi y diwrnod hwnnw, nid cyn y nos beth bynnag.

Rhyw hanner ufuddhau i'r gorchymyn ddaru Erno. Roedd llai o eira yn y coed nag yn unman arall ac roedd yn weddol hawdd tramwyo'r cyrion oedd ar ochr y dyffryn llydan ar y dde iddyn nhw y deuai pob teithiwr o gyfeiriad Llyn Sorob ar hyd-ddo. Roedd Ragnil wedi gwirioni ar yr esgidiau eira newydd a wnaethai Leif iddi ac roedd yn mynnu mynd ar y blaen. Roeddan nhw wedi mynd dipyn ymhellach na'r bwriad, yn union fel tasai undonedd gwastad y dyffryn gwag yn eu denu i ddarganfod oedd o am ddarfod ai peidio, ac arhosai'r tri bob hyn a hyn dim ond i edrych arno a gwrando ar y tawelwch, neu hanner gwrando yn achos Bo.

'Y tro cynta i mi fynd i ganol eira a gwybod y bydd pob dim yn iawn i mi pan ddychwela i,' meddai Erno i dorri ar un o'r pyliau hynny, a Ragnil wedi mynd beth o'u blaenau.

'Mwynhau rhyddid yn beth braf, 'tydi, yn enwedig pan mae o'n brofiad newydd,' meddai Bo.

Roedd Erno ar goll am eiliad.

'Rhyddid ydi byddin gyfa'n chwilio amdanat ti?' gofynnodd.

'Hannar, chwartar chwilio'n nes ati. Ddo i byth i ben os poena i am hynny. Hyn yn well, 'tydi?' Trodd Bo ei ben i wylio Ragnil yn ymbellhau yn ddibryder oddi wrthyn nhw. 'Straffaglio drwy eira dim ond o ran gwneud. Dim nod, dim cyfrifoldeb, dim ond tynnu plesar o'i wneud o. Ella ein bod ni'n haeddu hynny bellach.'

'Dw i am godi tŷ yma hefyd,' meddai Erno wedi rhyw funud neu ddau arall o wylio distaw.

Llamodd meddwl Bo yn ôl i ble'r oeddan nhw.

'Edda 'ta fi sydd ddim yn plesio?' gofynnodd.

'Ella dy fod di'n haeddu cael rwdlan hefyd.'

'Mae 'na ddigon o le inni'n pedwar, 'toes?'

'Mi fydd ar y babi angan fy lle i erbyn y bydd y tŷ wedi'i orffan. Dw i am helpu i godi tŷ Amora a Helge yn gynta.'

'Pryd penderfynist ti?'

'Ddoe, pan ddudodd Amora 'u bod nhw am godi tŷ yma.'

Bo oedd wedi gyrru'r cwch hwnnw i'r dŵr. Ddwy noson ynghynt roedd Erno a Ragnil wedi mynd at Aino ac Aarne i gael swper, Ragnil hefyd yn byrlymu dysgu iaith Aino. Roedd Helge ac Amora wedi dod at Edda a Bo a Bo wedi dechrau sôn am y dyfodol a chyhoeddi ar ei ben mai'r peth callaf oedd iddyn nhw benderfynu mai Llyn Sigur oedd eu cartref bellach. Roedd yn amlwg ers iddyn nhw gyrraedd yno nad oedd ar Helge nac Amora awydd rhagor o grwydro er nad oedd yr un o'r ddau wedi mynegi hynny. Roedd Bo yr un mor benderfynol ag yr oedd wedi bod ers y dechrau na ddylai Edda chwaith fod lawer mwy na rhyw led tŷ neu ddau oddi wrth Helge. Ond doedd o ddim wedi meddwl y byddai Erno yn penderfynu mor gyflym ei fod o am godi ei gartref yno hefyd. Nid ei fod yn dychryn na synnu dim o'i glywed.

'Ydi Ragnil yn gwybod am dy fwriad di?' gofynnodd iddo.

'Nac 'di eto,' meddai Erno. 'Paid â mynd yn rhy bell,' galwodd arni.

Dim ond codi ei llaw a dal i fynd wnaeth Ragnil. Ymhen dim roedd hi o'u golwg.

'Tyd,' meddai Bo, rhag ofn.

Doedd dim angen iddo boeni. Ymhen dim roedd Ragnil yn dod i'r golwg yn y pellter ac yn amneidio'n wyllt arnyn nhw hefo'i braich. Roedd yn amlwg fod bys ei llaw arall dros ei cheg.

'Cyfrinach fawr mewn coedwig eira,' meddai Bo.

'Ia, gobeithio. Dw i'n gweld cyfrinach ymhob coedwig,' meddai Erno, heb boeni bellach oedd hynny'n swnio fel cyffes diniweityn ai peidio.

Roedd llygaid Ragnil yn disgleirio wrth iddyn nhw ddynesu a'i bys dros ei cheg rŵan yn gorchymyn distawrwydd. Aeth â nhw ymlaen fymryn i fan lle'r oedd ochr y dyffryn yn troi i mewn i'r goedwig. Islaw roedd cnud o fleiddiaid wedi dechrau croesi a hynny ar hytraws tua'r de gan anelu ymhellach o ble'r oeddan nhw ill tri. Un llwybr oedd ganddynt yn mynd ar eu taith, yn cael ei greu gan y blaidd oedd ar y blaen a'r lleill yn dilyn yn un rhes, heb yr un yn ei thorri. Roedd deunaw blaidd i gyd, yn ei wneud yn gnud go fawr.

'Mi fasa'n braf mynd i'w canol nhw,' meddai Ragnil.

'Ella 'i bod hi'n brafiach peidio,' meddai Bo. 'Mae 'na ormod ohonyn nhw ac maen nhw ar berwyl. Fasan nhw ddim yn rhy hoff o neb na dim fydda'n amharu ar y perwyl hwnnw. Ac ella bod 'na amball un go lwglyd yn 'u plith nhw.'

'Be wnân nhw os gwnân nhw'n synhwyro ni?' gofynnodd hi, heb bwt o bryder yn ei llais.

'Maen nhw wedi gwneud hynny ers inni gychwyn mwya tebyg,' meddai Erno. Ysgydwodd ben anobeithiol. 'Ydi pob Hynafgwr mor wallgo â'i gilydd?' gofynnodd.

'O ble daeth hynna?' gofynnodd Bo, ynghanol ffrwydrad bychan o chwerthin.

'Mi ddaru mi grwydro'n ddigon pell o'r gymdogaeth llynadd i weld cnud o ddeuddag yn croesi eira dyfn 'fath â hwn a'r eira bron at 'u canol nhw. Pan ddychwelis i a deud yr hanas wrth brawd Nain a'r ffŵl Hynafgwr yn cynnal sgwrs hefo fo ar y pryd mi ddudodd yr ynfytyn hwnnw mai'r bleiddiaid gwanna oedd ar y blaen am y bydda 'na beryg y byddan nhw'n cael 'u gadael ar ôl tasa'r rhai cry o'u blaena nhw'n darparu'r llwybr ac yn pennu cyflymdar y cnud. Yli gwaith creu sydd gan hwnna ar y blaen. Fasa blaidd gwan ddim yn gallu dechra arni.'

'Ro'n i wrth ochor Tore pan oeddan ni'n mynd drwy eira 'fath â hwn,' meddai Ragnil.

'Roedd dy resyma di'n rhai gwahanol i'r rhein,' meddai Erno.

Daeth hi ato a gafael amdano. Gwasgodd yntau hi ato fymryn. Roedd o wedi arfer bellach gan ei bod yn gwneud hynny bron bob tro y soniai am ei brawd.

'Dw i'n ddiogel rŵan, 'tydw?' meddai hi.

'Wyt.'

Roeddan nhw i gyd yn gytûn ar hynny. Gan nad oedd y gymdogaeth yn un i fynd drwyddi anaml iawn y gwelid byddin ynddi, a doedd yr un wedi bod yno ers i'r fyddin lwyd gyrraedd a gwersylla ar waelod y cwm am ychydig ddiwrnodau ddwy flynedd ynghynt cyn penderfynu nad oedd unrhyw fudd iddi fod yno. Ond hyd yn oed tasai'r fyddin werdd yn cyrraedd a milwyr oedd yn y gwersyll lle lladdwyd yr Uchben yn rhan ohoni a bod rhai o'r rheini'n bras gofio wyneb Ragnil, y casgliad oedd na fyddai gan neb fymryn o le i gredu y byddai hi wedi llwyddo i ddod cyn belled o'r gwersyll y darnluchiwyd hi i'w ganol tua diwedd yr haf, yn enwedig gan fod hwnnw leuad taclus a rhagor i'r gogledd, oedd mor anhygyrch o'r gymdogaeth. Roedd Amora wedi penderfynu drannoeth iddyn nhw gyrraedd mai'r peth callaf i'w wneud oedd gadael i'r gymdogaeth gredu mai perthnasau i Helge a hithau oedd Erno a Ragnil, Erno yn nai iddi hi a Ragnil yn nith i Helge. Dim ond Louhi a Leif a theulu Aino oedd i gael gwybod y gwir, er bod Tarje a Birgit wedi cael gwybod yn ddiweddarach. Roedd Erno a Ragnil wedi derbyn y syniad heb betruso. Doedd dim angen i Ragnil newid ei henw gan nad oedd neb yn y gwersyll y bu hi ynddo wedi mynd i'r drafferth o ofyn iddi be oedd o. Ac wrth ei chlywed yn deud ei bod yn ddiogel rŵan ac Erno yn cadarnhau mor ddi-lol a hynny o fewn ychydig gamau i gnud o fleiddiaid, roedd teimlad o fuddugoliaeth braf yn llenwi Bo.

"Well i ni fynd yn ôl,' meddai toc, wrth i'r cnud bellhau a'r un ar y blaen ddal i durio'r eira'n ddiflino a'i feddwl gwibiog yntau ddychwelyd eto fyth i'r hyn oedd ar fin digwydd yn eu tŷ.

'Fi ceith hi gan Aino,' meddai Erno.

'Cyfarthiad bach sydd gynni hi rioed. Hen bryd inni gael bwyd bellach prun bynnag. Neith hi ddim gwarafun hynny inni siawns.'

Wrth ddychwelyd y daru nhw sylweddoli'n iawn mor bell yr oeddan nhw wedi mynd. Rhwng y cerdded a'r stelcian credai Bo mai mewn rhyw ddwyawr wedi iddyn nhw gychwyn o'r tŷ y gwelodd Ragnil y cnud ar ei grwydr, ond wrth i ben uchaf y dyffryn fod mor gyndyn o ddod i'r golwg ar eu ffordd yn ôl ac wrth i'w stumog awgrymu'r rheswm am hynny deuai'n amlwg iddo fod tipyn mwy o amser na dwyawr wedi mynd. Doedd o ddim yn poeni gormod oherwydd gwyddai na fyddai Aino fyth yn deud celwydd wrtho er mwyn ei gael o'r tŷ, ac roedd parabl cyson Ragnil ac Erno yn gorfodi ymateb yr un mor gyson ganddo fo hefyd. Ac ynghanol y sgwrsio di-baid hwnnw y soniodd Erno am ei fwriad i godi tŷ wrth Ragnil.

'Fydd gen ti stafall ager ynddo fo i ni?' gofynnodd hi.

'I ni?'

'Wel ia. Dw i'n mynd i dy briodi di 'tydw?'

Roedd y llais a'r oslef yn datgan fod pawb yn gwybod hynny, ac yn ei wybod ers tro byd. Hynny ddaru atal cam Erno, ei atal nes ei fod mor llonydd â'r coed o'i amgylch, a'i geg led agored fel tasai'r rhew wedi mynd i'r afael â hi hefyd.

'A be 'ti'n 'i chwerthin?' gofynnodd Ragnil i Bo.

'Dydw i ddim,' meddai Bo cyn i'w chwarddiad ei orchfygu. Gafaelodd amdani a'i chusanu, ei wefusau o mor oer â'i thalcen hi. 'Tyd. Mi adawn ni iddo fo fod tan y gwanwyn,' meddai gan amneidio'n ôl at Erno. 'Mi neith hwnnw 'i ddadmar o gyda gobaith.'

'Be wna i rŵan?' gofynnodd Erno mewn peth argyfwng pan frysiodd Ragnil ymlaen tua'r tŷ wrth iddyn nhw gyrraedd y gymdogaeth.

'Does gan y Priodasa Teilwng diffath 'ma ddim gobaith yn erbyn rwbath fel hyn,' meddai Bo, yn llonni am fod Ragnil wedi gwneud byd o les iddo eto fyth. 'Mae'n rhaid i'r tiroedd gael enw arno fo.'

'Ia, dyna chdi.' Cododd Erno ddwy law ofer. 'Gwamala faint fynni di.'

'Priodas Deilwng Groes braidd yn gamarweiniol,' aeth Bo ymlaen, yn gwneud ati i ddwys ystyried. 'Rwbath fel Priodas Uwchdeilwng ella. Ac mae gofyn inni chwilio am ryw dduw yn rwla i fynd hefo hi.'

'Cau hi, yn enw pob corrach. Dydi brawd Nain hyd yn oed ddim yn malu awyr fel hyn.'

Ond roedd Bo yn dal ati'n braf.

'Dach chi'n gwneud pob dim hefo'ch gilydd, 'tydach?' meddai. ''Ti'n meddwl y byd ohoni, 'twyt?'

'Dydi hynny...'

'Tua'r un oed â hi oedd Edda pan welson ni'n gilydd gynta. Ond mi 'rhoson ni tan drannoeth cyn penderfynu.'

'Yn enw dy fabi bach newydd, callia.'

Roedd Bo yn sobri fymryn wrth ystyried rhywbeth arall.

'Roeddan ni'n rhyw gredu pan ddaeth hi aton ni gynta mai tua tair ar ddeg ydi hi. Mae hi'n hŷn na hynny, 'tydi?'

'Pymthag yn nes ati,' meddai Erno. 'Braidd yn ifanc i feddwl am briodi,' meddai wedyn, a Bo yn ei glywed fel mwy o gerydd iddo fo na dim arall.

'Does 'na ddim prindar o Briodasa Teilwng wedi'u trefnu ar gyfer genod fengach,' meddai.

'Mae'r peth yn ffiaidd,' meddai Erno.

'Ydi, faint bynnag 'di'r oed.' Roedd pob gwamalrwydd yn darfod wrth i Bo ddal i ystyried. 'Fasa 'na neb yn y tiroedd yn credu y byddai hi fel mae hi rŵan pan welson ni hi gynta,' meddai. 'Pan oeddan ni'n cael bwyd echnos roeddan ni'n pedwar yn gytûn mai chdi sydd fwya cyfrifol 'i bod hi wedi gallu goresgyn 'i phrofiada.'

'Lol ydi hynna,' meddai Erno. 'Chi'ch pedwar sydd wedi gwneud y gwaith mwya.'

'Ni ddaru'r gwaith mawr. Chdi sydd wedi gwneud y gwaith pwysig. Wn i ddim pam wyt ti'n cynhyrfu. Mae Ragnil yn werth pob anadl fu hyd y tiroedd rioed.'

'Mi wn i hynny.'

'Yr eiliad hon mae'r Aruchben yn meddwl am oresgyn yr holl diroedd. Rwyt ti'n meddwl am Ragnil. Yli braf 'di arnat ti.'

'Oliph dduw!'

Darfu'r sgwrs yn ebrwydd wrth i Aino eu cyfarfod yn nrws y tŷ.

'Mae'n gynt nag y tybis i,' meddai wrth Bo, ei llais yn dangos dim cynnwrf. 'Mi ddylat fod yn dad ymhen llai nag awr.'

'Ydi hi'n iawn?' rhuthrodd Bo.

'Mae gen ti ddewis o fod yn ddewr ne'i heglu hi. Mae

genedigaeth gynta'n boenus iawn tra parith hi. Mae'n rhaid i ti ddiodda hynny ne' fynd.'

'Dw i ddim am 'i gadael hi, nac 'dw?'

'Mi ddo i â bwyd i ti rŵan.'

Hefo un llaw y bwytaodd Bo. Ni ollyngodd ei law arall law Edda, oedd wedi gwenu ei gorau ar y gwelwedd sydyn a'i trawodd o pan ddaethai at y gwely. Pan oedd y poenau ar eu gwaethaf roedd ei ddwy law am ei llaw hi a'i dalcen yn pwyso ar ei bysedd. Ac yn y stafell arall roedd Ragnil yn gafael yn dynn am Erno wrth i sŵn yr ymdrechion lenwi'r tŷ, ac Erno yn ei deimlo'n afael newydd sbon.

'Wyt ti am gyflwyno dy gyfarchiad tad i Ingrid fach?' gofynnodd Aino i Bo ymhen yr awr.

'Wyt ti am gyflwyno dy gyfarchiad tad i dy hogan fach newydd?' gofynnodd i Helge ddeuddydd yn ddiweddarach, a'i greddf yn deud wrthi nad oedd gofalu fod y duwiau ynghlwm â'r cyfarchiad yn addas yr eildro chwaith, a heb boeni dim mai dim ond dechrau cael crap ar ei hiaith hi oedd Helge.

A seithddydd yn ddiweddarach na hynny, penderfynodd Tarje ei fod wedi laru ochneidio pan welodd Ragnil yn cyflwyno carrai yn dal darn bychan gwinau o fasarnen a cherfiad o'r goeden ei hun arno yn rhodd geni bob un i'r ddwy fechan newydd. Dim ond codi mymryn ar ddwy law ildiad ddaru Erno arno.

31

Rhannu profiadau'r sach heb ddeud yr un gair. Dyna oedd dyfarniad Eir. Doedd yn ddim gan Beli ddod yno ac eistedd, yn ateb cwestiynau pan oedd raid, ond fel arall yn gwneud dim ond gwrando ar y lleill yn sgwrsio neu ar Lars a Gaut yn mynd drwy'u pethau. Roedd Lars fel tasai wedi gweld ohono'i hun nad oedd o'n un i neidio ar ei lin a'i gam-drin a gwasgu a throi ei drwyn fel Tarje ac Ahti a Hagan, a buan iawn yr oedd wedi dod yn gyfarwydd â'i ddistawrwydd. Gan fod pobman dan eira doedd dim brys i wneud fawr o ddim a doedd i Beli fod yn y tŷ am ambell bnawn cyfan ddim yn tarfu o gwbl ar Gaut nac Eir. Roedd y darn tir helaeth yng nghefn y tŷ bellach yn glir o gerrig ac yn barod i'w lyfnu pan ddeuai'r gwanwyn.

Roedd yn lled amlwg bellach hefyd fod Beli mor ddiogel ag y medrai fod. Bore trennydd ei ddychweliad hefo Hagan daethai llwyth o filwyr i chwilio amdano ond gan fod disgwyl amdanyn nhw fwy na heb roedd popeth yn barod a Beli wedi'i gludo i guddfan mewn da bryd. Gan fod y gymdogaeth mor bell o'r gwersyll y'i rhyddhawyd ohono doedd y chwilio ddim yn rhyw frwd iawn ac roedd yn amlwg ar y rhan fwyaf o'r milwyr eu bod o'r farn mai dim ond pwt o wallgofddyn oedd o ac nad oedd y chwilio'n werth y drafferth o'i wneud, pa mor anfaddeuol bynnag oedd rhyddhau caethyn o sach. Nid felly y byddai'r chwilio amdanat ti wedi bod, oedd Hagan wedi'i bwysleisio wrth Gaut, a Seppo yn gwelwi braidd o'i glywed.

Doedd Beli ddim yn dawel drwy'r adeg chwaith. Roedd yn gallu bod yn llawer parotach ei sgwrs, ac ar yr adegau hynny roedd Gaut yn tueddu i ddod i'r casgliad ei fod yn fwy hyderus ei agwedd nag yr oedd wedi bod o gwbl ers iddo ddod i'r gymdogaeth, yn llawer tebycach i'r Beli naturiol roedd Gaut wedi dod yn gyfarwydd ag o yn ystod eu dyddiau o daith flwyddyn a hanner ynghynt. Cafodd gadarnhad o hynny pan benderfynodd Beli dalu'n ôl i Eir a Lars ac yntau gyda phryd iawn o fwyd.

Er byrred y daith rhwng eu tŷ nhw ac un Hagan cael a chael i gyrraedd oedd hi gan eu bod yn gorfod ymlafnio drwy'r storm eira waetha'r oedd y gaeaf wedi'i chynnig hyd hynny i fynd o un i'r llall, a golau'r dydd wedi darfod yn llawer cynt nag arfer a Lars ar goll yng nghôt ei dad a'i barabl hapus wrth gael ei gario ond prin i'w glywed yn y storm. Roeddan nhw'n bur falch o gael siambr dân Hagan yn wynias a chael llond tŷ o arogl coginio hyfryd.

Roedd y bwyd ei hun yr un mor dderbyniol a Hagan yn pwysleisio nad oedd 'nelo fo ddim ag o. Roedd Eir a Gaut yn sylwi fod golwg llawer tawelach yn llygaid Beli na'r hyn roeddan nhw wedi dod i arfer ag o, hynny hefyd yn atgyfnerthu cred Gaut ei fod yn fwy o fo'i hun nag yr oedd wedi bod ers iddo gyrraedd y gymdogaeth.

Wrth iddyn nhw fwyta roedd o'n mynnu neidio at y wledd hefo'r hen Aruchben ac wrth iddyn nhw ail-greu pytiau o hanes honno roedd Gaut yn prysur ddod i'r casgliad fod ei agwedd at y fyddin a phopeth wedi newid yn llwyr. Roedd o'n cymryd llawer mwy o sylw o Lars ac yn sgwrsio a chwerthin hefo fo byliau, hyd yn oed pan oedd Lars yn ei dynnu oddi ar brif destun y sgwrs. Ac roedd y sgwrsio rhwng pawb yn ddigon brwd iddyn nhw beidio â sylwi fod y storm y tu allan wedi gostegu a'i hyrddiadau wedi darfod tan iddyn nhw orffen bwyta.

'O'r gora,' meddai Gaut a'r bwrdd newydd wagio i sŵn y diolch twymgalon a dim ond y gostrel win a'r gostrel fedd ar ôl arno, 'dyna ddigon o'n hanas ni. Dy hanas di sydd nesa.'

'Hanas be?' gofynnodd Beli.

'Dydi darparwr y wledd sydd newydd ddiflannu oddi ar y bwr 'ma i bum stumog fodlon ddim yn un da am ymgynnal medda fo.' Gwenai Gaut. 'Sut fasai'r bwr wedi bod tasai'r darparwr yn un da am wneud hynny?'

Doedd Beli ddim am wenu.

'Do'n i ddim yn sôn am ymgynnal fel'ma,' meddai gan bwyso ei fys ar ei stumog. 'Yn fa'ma,' meddai gan ddal ei fys ar ochr ei dalcen.

'Doedd 'na ddim llawar o'i le ar fan'na pan oeddat ti'n achub Gaut,' meddai Eir.

'Nid hynny,' meddai Beli, a'r mymryn lleiaf o wfft yn ei lais. 'Roedd hi'n amlwg i bob morgrugyn dall mai fi a neb arall oedd wedi dy ryddhau di o'r sach,' meddai wrth Gaut, 'a doedd 'na ddim i fynd â 'meddwl i ond sylweddoli 'mod i'n herwr. Dim o 'mlaen i ond cerddad. Dim ond mynd o un dydd i'r llall. Cychwyn yn y bora i weld be ddeuai ohoni ac yn gwybod yn iawn mai dim oedd y be hwnnw, ddydd ar ôl dydd.' Arhosodd eiliad, fel tasai'n astudio'r gwin yn ei gwpan. 'Dw i ddim yn tynnu dim o dy gamp di na dy ddewrder di,' aeth ymlaen, yn codi ei lygaid i edrych ar Gaut, 'ond roedd y gobaith am dy gariad a dy fabi bach a dy deulu yn dy gynnal di ac yn sbardun iti. Os ce'st ti bylia o ddigalonni ar dy daith nid gwegi oedd yn gyfrifol am hynny.' Gostyngodd ei lygaid drachefn. 'Diolchwch eich dau na wyddoch chi be 'di gwegi ac nad oes gynnoch chi achos i wybod.'

Tawodd, ei olygon ar ei gwpan o hyd. Gwelai Gaut o wyneb Hagan ei fod yn fodlon mai dim ond y gwir oedd yn dod o geg Beli a'i bod yn amlwg bellach nad oedd o wedi dod i'r gymdogaeth ar unrhyw berwyl heblaw am yr un yr oedd eisoes wedi'i ddatgelu iddyn nhw. Roedd yntau yr un mor fodlon. Ond roedd rhywbeth yn c'noni Eir o hyd.

'Paid â meddwl 'mod i'n dy ama di,' meddai wrth Beli, 'ond os darfyddodd y gwegi pan ddaru ti ailymuno â'r fyddin pam y pedair awr a rhagor o sbecian oddi ar y bryn 'na cyn i Seppo a Gaut ddŵad ar dy wartha di?'

Ochenaid fer oedd yr ateb. Cododd Beli ei gwpan ond rhoes hi i lawr drachefn heb yfed dim.

''Ti isio'r gwir i gyd, felly,' meddai.

'Neith o ddrwg?'

'Ro'n i wedi difaru 'mod i wedi rhyddhau Gaut.'

'Weli di be 'di gwegi rŵan?' gofynnodd wedyn, o gael dim ond distawrwydd.

'Mi fasai'n ffiaidd i mi weld bai arnat ti,' meddai Gaut yn dawel.

'Ond doedd hyd yn oed y gwegi ddim yn 'y nefnyddio i,' aeth Beli ymlaen, o gael distawrwydd wedyn hefyd. 'Doedd be'r oeddat ti'n 'i alw'n faddeuant amodol yn gwneud dim ond hynny,' meddai wrth Gaut. 'Rhyw reddf yn deud wrtha i nad oedd hwnnw'n ddim ond gohiriad hyd yn oed tawn i'n gallu mynd ag Ahti iddyn nhw. Rhwng 'y ngwres a 'nhroed ac ofn dy wynebu di a'r petha yma i gyd yn corddi yn 'y mhen i doedd gen i ddim syniad be o'n i'n trio 'i wneud.' Cododd ei gwpan a'i rhoi i lawr heb yfed dim eto chwaith. 'Ella nad wyt ti'n 'y nghoelio i.'

'Ydw.'

'Ydan,' ategodd Eir, yr un mor dawel.

'Ac yn hytrach na 'nienyddio i am fethu dŵad o hyd i Ahti mi ddaru nhw wrthod trin 'y nhroed i, yn gwybod y baswn i'n nychu'n ara deg a phoenus a therfynol drwy 'ngadael i i ofal y duwiau.'

'Yr un duwia â'r rheini sy'n troi 'u hunain yn stwnsh o Allu er mwyn i chdi gael dy glymu mewn sach er 'i fwyn o?' gofynnodd Gaut, i gyfeiliant gwg disyfyd Hagan.

'Mae hynny wedi bod,' meddai Beli yn swta ddigon.

'Ydi'r Weddw yn gwybod hynny?' gofynnodd Gaut, yn anwybyddu llwa dieiriau Hagan gyferbyn ag o. ''Ti'n byw a bod yno o hyd.'

'Ydi,' meddai Beli, yn anymwybodol o bopeth oedd yn corddi drwy Hagan.

'Be ddudodd hi?' gofynnodd Gaut.

'Deud na fyddai'r duwiau na'r Gallu yn dymuno i neb fynd yn gibddall wirion yn 'u cylch nhw. Nid dyna ydi mawrygu medda hi. Ac mi ddudodd hi hefyd 'i bod hi'n falch 'mod i'n gwrando arni yn hytrach na thrio cau 'i cheg hi hefo cusan.'

'Does 'na ddim mwy o obaith i gusana gau 'i cheg hi na sy 'na iddyn nhw 'i hagor hi,' meddai Eir.

'Pam, oes gynni hi ryw gyfrinach?' gofynnodd Beli, mewn gobaith sydyn ei fod yn gallu gweld diwedd ar y sgwrs ddigroeso am ei orffennol agos.

'Un gyfrinach ysblennydd ydi hi o un pen i'r llall,' meddai Gaut. 'Be ddigwyddodd i'r ddau filwr?' gofynnodd i Hagan.

'Yn enw holl bysgod y llyn!' ebychodd Hagan. 'Lle ce'st ti afael ar hwn, Lars?' gofynnodd i'r bychan.

Edrych yn swil ddaru Lars a dod o'i gadair a chrafangio i fyny ar lin ei fam. Roedd Gaut yn dal i edrych i fyw llygaid Hagan.

'Am be dach chi'n sôn?' gofynnodd Beli, yn bachu ar y cyfle.

Eir ddaru adrodd yr hanes, ac roedd Gaut yn bur falch o hynny. Dim ond torri i mewn ryw funud ar ôl iddi hi ddechrau ddaru o, pan welodd o wyneb Beli yn mynegi'n ddigamsyniol nad oedd yr hyn roedd yn ei glywed yn addas i glustiau plentyn bach. Dywedodd wrtho fod Lars yn gwybod yn iawn be ddigwyddodd i wyneb Aud, ac yn gwybod pwy ddaru a pham, ac yn dallt hefyd, pwysleisiodd wrth gymryd Lars oddi ar Eir a'i wasgu ato, y pwl dirybudd yn ei daro eto fyth. Ond ddaru hynny mo'i atal rhag gweld wyneb Beli yn newid wrth i Eir ganlyn ymlaen.

'Be sydd?' gofynnodd iddo pan oedd hi wedi deud hynny'r oedd hi'n credu oedd ei angen o'r hanes.

'Mae 'na fwy iddi,' atebodd o. Yfodd lymaid o'i win a rhoi ei gwpan yn ôl ar y bwrdd a syllu arno am ennyd. 'Pan ddaru nhw ddarganfod mai fi oedd y Beli ddaru dy dynnu di o'r sach a finna ddim yn siŵr oedd hi'n canu arna i ai peidio mi ddaeth 'na ddau filwr ata i a gofyn oeddat ti wedi sôn am dy gartra pan oeddan ni'n cerddad. Dyma nhw'n gofyn wedyn oeddat ti wedi deud rwbath am Tarje a'i fam. Poeri'r enwau oeddan nhw,' meddai, yn synnu braidd ar ei gwpan. 'Pan ddudis i dy fod di a sut oeddat ti wedi disgrifio 'i hwynab hi mi … mae'n ddrwg gen i,' meddai wrth Eir.

Tawodd.

'Be ddaru nhw?' gofynnodd hi.

'Dwrn yn 'y mol a deud 'u bod nhw wedi cl'wad yr Uchbeniaid yn sôn am 'y nienyddio i a'u bod nhw'n edrach ymlaen at hynny.' Cododd ei gwpan a'i roi i lawr eto heb yfed dim. 'Wn i ddim ai chwerthin am hynny oeddan nhw wrth 'y ngadael i 'ta am…'

Rhoes y gorau iddi eto.

'Go brin fod angan i ti 'u disgrifio nhw wrth Hagan,' meddai Gaut.

'Paid ag ailddechra dy greu, greadur,' meddai Hagan.

'Mae 'na fwy iddi na hynny hefyd,' meddai Beli ar ôl eiliad o ddisgwyl i Hagan ddal ati. 'Mi ddaru nhw 'nghornelu i wedyn pan ddychwelis i i ddeud wrth yr Uchbeniaid nad o'n i wedi cl'wad dim o hanas Ahti, a gofyn wyddwn i be oedd hanas dy fam,' meddai wrth Edda. 'Mi ddudis i wrthyn nhw nad o'n i wedi cl'wad dim amdani nac wedi cael cais nac achos i ofyn gan nad oedd y fyddin yn hela Tarje bellach ac nad o'n i ddim mewn llawar o gyflwr i gl'wad hanas neb prun bynnag.'

'Ddudon nhw rwbath am hynny?' gofynnodd Eir.

'Dim ond rhegi a sathru 'nhroed i a mynd.'

'Does dim angan i Tarje na chditha ddifaru dim,' meddai Gaut wrth Hagan.

'Be 'ti'n 'i rwdlan?' gofynnodd yntau.

'Mae Cari dipyn mwy cadarn 'i phetha na fi. Hynny'n amlwg i bawb 'tydi? A 'blaw amdani hi fasan ni ddim wedi dod o hyd i'w dillad nhw.'

Sythu mymryn braidd yn gyflym ddaru Hagan, tybiodd Gaut, a hynny'n cryfhau ei gred ei fod o'i chwmpas hi. Ei dro o oedd adrodd yr hanes rŵan, meddyliodd, a gwnaeth hynny. Dywedodd am Cari ac yntau'n dod o hyd i wisgoedd dau filwr, a bod Eir a nhw ill dau wedi penderfynu mai'r esboniad callaf oedd bod y milwyr wedi newid o'u gwirfodd gan nad oedd eu hesgidiau na'u sanau ar y cyfyl. Roeddan nhw'n credu hefyd mai wedi dwyn dillad ysbiwyr i newid iddyn nhw oeddan nhw, neu ella wedi dwyn rhai pan oeddan nhw ar eu taith gan nad oedd neb yn y gymdogaeth yn cwyno am fod dillad wedi diflannu.

'Mae'n amhosib credu nad nhw ydyn nhw,' meddai.

'Pam wyt ti'n gofyn i Hagan be ddigwyddodd iddyn nhw?' gofynnodd Beli, wedi iddo ystyried mymryn oedd o am fentro.

'Am 'mod i wedi gweld tri phâr o lygaid. A'u gweld nhw pan oedd Lars yn cyhoeddi fod Dag wedi dal y milwyr, yn enwedig pan ddudodd o mai yn y coed oedd hynny. Waeth i ti ddeud ddim,' meddai wrth Hagan.

Dim ond dymuniad syml i rannu a welai Hagan. Ystyriodd am ennyd, a Gaut yn dal i syllu arno. Yna cododd ei lygaid ac edrych ar Eir. Gwelai'r un dymuniad.

'Paid â chymryd 'mod i'n lluchio'r bai ar Tarje,' meddai.

'Siawns nad ydan ni'n dy nabod di bellach,' meddai hi.

'Roedd 'i lygaid o pan ddangosodd Seppo y ddau filwr 'na iddo fo yn dra gwahanol i lygaid Gaut pan welodd o'r sach yn cario Beli. Roedd arna i ofn am 'y mywyd y basa fo ... ro'n i'n gwybod na fasa fo fyth yn gofyn am gymorth neb ... ro'n i...'

Tawodd. Gadawodd y lleill lonydd iddo.

'Nid dŵad yn ôl ar y slei ddaru'r ddau filwr,' aeth ymlaen ymhen ychydig. "Duthon nhw ddim o'ma o gwbwl.'

'Sut gwyddost ti hynny?' gofynnodd Eir.

'Mi welodd rhywun nhw'n mynd yn slei bach i gefn tŷ'r Hynafgwr. Does gen i ddim lle i gredu 'i fod o'n gwybod hynny,' ychwanegodd ar beth brys o weld yr ymateb.

'Oedd y rhywun 'ma'n gwybod pwy oeddan nhw?' gofynnodd Gaut, am fod Hagan wedi tewi eto.

'Na. Wedyn cafodd o wybod.'

'Pwy oedd o?'

'Hilmir.'

'Mi wn i mai Ahti ydi Hilmir,' meddai Beli cyn i neb arall gael cyfle i ddeud dim.

'Pwy oedd yn deud hynny?' gofynnodd Eir.

'Fo'i hun. Drannoeth i Hagan ddŵad â fi'n ôl yma. Nid cyn hynny, diolch byth.' Cododd ei lygaid i edrych ar Gaut. 'Roeddat ti'n ddigon cry i wrthod 'u haddewidion gwag nhw a'u bygythiada nhw,' meddai wrtho. 'Yn y cyflwr o'n i ynddo fo dw i ddim yn meddwl y byddwn i wedi bod. Mi fasa'r demtasiwn i obeithio y bydda'r maddeuant yn peidio â bod yn amodol yn ormod.' Ysgydwodd ben diddeall braidd. 'Roedd Ahti yn dallt hynny'n iawn medda fo.' Arhosodd eto. 'Mae o fel chitha wedi bod yn wych yn trio cael y mymryn pen 'ma 'sgin i i drefn.'

'Hagan gafodd y gwaith, nid ni,' meddai Gaut. Trodd ei sylw'n ôl at Hagan. 'Mi ddudodd yr Hynafgwr wrth y milwyr fod Ahti wedi cymryd y goes tua'r dwyrain funuda cyn i'r fyddin gyrraedd. Lle oedd o pan welodd o'r ddau?'

'Roedd o wedi gweld yr Hynafgwr yn sbecian ac mi gymrodd arno mai tua'r dwyrain oedd o'n mynd. Mi drodd yn ôl tua'r goedlan ucha 'ma y munud yr aeth o o olwg hwnnw,' meddai gan amneidio ei ben yn ôl i gyfeiriad tŷ Aud a Lars Daid. 'Mi welodd o'r ddau yn dŵad o'r tu ôl i dŷ'r Hynafgwr ac mi ddaeth i ddeud wrth Tarje a fi. Mi ddaru ni sleifio ar 'u hola nhw ac mewn rhyw hannar awr ne' lai mi glywson ni 'u sŵn nhw'n dynesu. Roeddan nhw wedi newid 'u dillad am ryw reswm ond mi nabodis i nhw y munud hwnnw ac mi glywson y geiria Llwfr Lofrudd a'i deulu diffath o geg un a bod yr Aruchben yn ormod o gachgi o geg y llall.'

Tawodd. Doedd Gaut ddim wedi sylwi fod Lars wedi llonyddu ar ei lin a phan edrychodd arno gwelodd ei fod yn cysgu.

'Be ddigwyddodd?' gofynnodd, gan fod Hagan fel tasai'n gyndyn o ddal ati.

'Gan 'mod i'n 'u nabod nhw a nhwtha'n 'y nabod inna mi benderfynis aros amdanyn nhw iddyn nhw gael gweld y bydda unrhyw gynllun oedd gynnyn nhw'n ofer ac mi aeth Tarje ac Ahti i lechu y tu ôl i lwyn rhag ofn. Mi dri'is siarad yn gall hefo nhw ond y munud y gwelson nhw nad oedd gen i arf mi ddechreuon nhw fygwth a'r munud nesa roeddan nhw'n gollwng 'u pynna ac yn rhuthro. Roedd hynny'n ddigon i Ahti a Tarje.' Cododd fymryn ar ei sgwyddau ac ysgwyd pen braidd yn ofer. 'Mi aeth un i lawr dan gyllall Ahti fel roedd o'n 'nelu ata i a'i arf i fyny. Mi lwyddis i i roi hergwd i'r llall ac mi chwalodd 'i draed o ac mi ddisgynnodd wysg 'i gefn dros yr ochor a glanio ar 'i wegil ar garrag. Erbyn i ni gyrraedd ato fo roedd o'n gelain.'

Tawodd eto. Roedd y tri arall yr un mor dawel.

'Fy syniad i oedd i Ahti a Tarje gadw o'r golwg,' aeth o ymlaen ymhen ychydig. 'Doedd o ddim yn syniad call.'

'Gora daero ydi hi ynglŷn â hynny mae'n debyg,' meddai Eir. 'Be ddigwyddodd i'r cyrff?'

Bellach doedd gan Hagan ddymuniad i guddio dim.

'Gwaelod y llyn. Doedd gynnon ni ddim dewis ond 'u gadael nhw yn y coed tan iddi dwllu ac mi fuon ni wrthi wedyn tan berfeddion yn 'u cario nhw heibio yma yn y mymryn lleuad a mynd â nhw fesul un i ganol y llyn yng nghwch Tarje a'u clymu nhw wrth bwysa, yn y gobaith mai ni oedd yr unig adar nos y noson honno.'

'Roedd 'na un arall 'toedd?' meddai Gaut.

'Oedd mae'n debyg. Paid â gofyn sut daeth hi i wybod ond mi aeth hi i'r afael â Tarje drannoeth a phan welodd o nad oedd gynno fo ddewis ond egluro ddaru hi ddim ond gwasgu mymryn ar 'i fraich o a mynd. Y peth cynta ddudodd o wrtha i wedyn oedd 'i fod o bron yn sicr mai isio 'i gl'wad o'n cydnabod rwbath roedd hi'n 'i wybod eisoes oedd hi a deud wrtho fo yn 'i dull cyfrin 'i hun nad oedd o ddim haws â chuddiad dim oddi wrthi hi.' Arhosodd eiliad eto. 'Be sy'n gwneud i mi feddwl 'i bod hi'n mynd i gael sachad o goed a chusan bora fory?'

*　　*　　*

'Cysgu 'ta meddwl wyt ti?' sibrydodd Eir.

'Bodoli.'

'Hynny'n well na dim ella.'

'Bodoli a mawrygu eira diogel.'

Roedd o wedi deud hynny pan oeddan nhw yn ei ganol, a hwnnw'n cyrraedd at eu hysgwyddau mewn un man ar y llwybr. Er bod y storm wedi darfod tra oeddan nhw'n bwyta doedd yr eira ddim, a phan agoron nhw'r drws i'w chychwyn hi am adra roedd yr eira at ei ganol. Fedrai Eir a Gaut wneud dim ond chwerthin wrth weld nad oedd Beli ar gael i gynorthwyo. Roeddan nhw wedi aros i sgwrsio ar ôl y bwyd a daethai'n amlwg wrth i'r noson fynd rhagddi ei fod o yn gweld hynny fel maddeuant llawn a pharod am ei holl gamweddau ac roedd y gostrel win a'r gostrel fedd wedi cyd-ddathlu i'w heithaf. Rhaw bob un gan Hagan a Gaut agorodd dramwyfa gul iddyn nhw rhwng y ddau dŷ ac er bod Eir wedi cael cyngor i aros yn nhŷ Hagan tan i Gaut ddod yn ôl i'w chyrchu hi a Lars roedd hi hefo nhw drwy'r adeg yn dal y ffagl iddyn nhw, a Lars ynghwsg ac ar goll yn ei chôt. Roedd Hagan yn ddigon parod i dderbyn y cynnig o ddysglaid o gawl cynnes yn llawn llysiau i atgyfnerthu mymryn arno ond gwrthododd y cynnig i aros dros nos yn hytrach nag ymlafnio yn ôl adra, rhag ofn, meddai.

Cyn i'r costreli ddechrau o ddifri ar eu gwaith roedd Gaut wedi gofyn i Beli oedd agwedd y ddau filwr tuag at Tarje yn un gyffredin ymhlith y fyddin, a Beli wedi deud nad oedd o wedi clywed neb ar wahân i'r Uchbeniaid yn crybwyll enw Tarje o gwbl, hyd yn oed pan oedd y milwyr eraill yn clywed y ddau yn bwrw eu collfarn. A chodi hynny ddaru Gaut pan oeddan nhw ill tri'n bwyta'r cawl ac yn ceisio cael at reswm dros i'r ddau filwr newid eu dillad. Roedd yr hyn oedd Hagan wedi'i glywed ganddyn nhw'n cadarnhau eu bod yno'n fwriadol a'i bod yn bosib ei bod yn beryg ar Tarje neu Aud neu'r ddau. Awgrymodd Eir y byddai iddyn nhw wisgo dillad cyffredin yn ei gwneud yn haws iddyn nhw gael gafael ar Tarje neu Aud ac yn eu gwneud yn ddiogelach rhag dialedd y fyddin tasai'n cael achlust fod Tarje wedi'i ladd gan ddau filwr ac yntau bellach yn arwr yn ei golwg.

'Mi setlwn ni ar hynna,' oedd dyfarniad Hagan wedi iddyn nhw ystyried hynny am dipyn.

O weld yr eira'n dal i feddiannu'r awyr pan agorodd o'r drws roedd Gaut wedi cynnig ei ddanfon yn ôl.

'Beryg felly y byddan ni'n danfon y naill a'r llall yn ôl ac ymlaen yn ddiddiwadd tan ddadmar mawr y gwanwyn,' cynigiodd Hagan wrth gau ei gap yn dynn am ei ben a chychwyn.

A rŵan yn y gwely roedd sibrydiad bychan Eir wedi deffro Gaut eto.

'Sut mae o?' gofynnodd gan symud ei law i lawr yn araf a'i gorffwys ar y chwydd cynnes oedd yn graddol gynyddu.

32

Cafodd Bo fenthyg lli gan Aarne. Ymhen deuddydd aeth â hi'n ôl, ac ar ôl rhyw funud neu ddau o sgwrsio dyma Aino yn ei atgoffa'n dyner nad oedd wedi dod â'r lli hefo fo. Aeth yntau yn ôl i'w chyrchu a dychwelyd ymhen ychydig, ac ymhen ychydig wedyn dyma Aino yn ei atgoffa yr un mor dyner nad oedd wedi dod â hi hefo fo yr eildro chwaith.

Ingrid ac Edda oedd y cyfanfyd. Roedd pawb a phopeth arall mewn rhyw gefndir annelwig, yn ymwthio'n garedig i'w fywyd bob hyn a hyn ac yn diflannu'n ddiymdrech wrth i'r cyfanfyd ymafael drachefn. Roedd Birgit wedi rhybuddio Edda ymlaen llaw bod ei greddf a'i hadnabyddiaeth o'i brawd yn cyhoeddi y byddai Bo yn gwirioni ei ben pan ddeuai'r babi, ond er y reddf a'r adnabyddiaeth doedd hi ddim wedi dychmygu y byddai hynny'n ei oresgyn mor llwyr.

'Rwyt ti'n gallu bod hefo ni,' meddai Erno wrth Helge.

'Bo ydi o,' meddai Helge.

'Wirionodd 'na neb pan ddois i hyd y fan, mae hynny'n ddigon sicr.'

'Paid â meddwl fel'na,' meddai Amora.

''Di o ddim ots bellach.' Roedd Erno yn siglo

mymryn ar yr hogan fach yn ei freichiau. 'Ella dy fod di wedi gwirioni lawn cymaint â Bo,' meddai wrth Helge. 'Gwironi gormod i allu meddwl. Ella mai dyna pam gymroch chi'ch dau gymaint o amser i gael enw i Adela.'

'Croeso i ti feddwl fel'na,' meddai Amora, yn gwenu ar y mwytho cynnil yr oedd o'n ei wneud o bosib yn ddiarwybod wrth siglo Adela.

'Roedd Aino yn deud ddoe eich bod chi wedi ystyried rhoi Tona yn enw arni hi,' meddai o, a'i sylw ar yr wyneb bychan a'r amrannau yn dynn gaeedig yn ei freichiau.

'Mi ddaru ni feddwl wedyn y basa fo'n rhy drist i Edda a Bo,' meddai Helge.

'Adela oedd enw dy fam?'

'Naci. Mi fasa hynny'n rhy drist i mi.'

''Ddrwg gen i.'

'Paid â phoeni.' Yn sydyn o rywle daethai atgof i Helge o Jalo yn glapyn yn gwirioni o gael dal Edda yn ei freichiau pan oedd hi'n ddiwrnod oed, yn syllu ar ei hwyneb yn union fel y gwnâi Erno ar wyneb Adela rŵan. Roedd pob math o deimladau'n ymgorddi drwyddo wrth iddo gofio a chysylltu. 'Sut mae hi ar dy garwriaeth newydd di?' gofynnodd, bron fel tasai arno ofn iddyn nhw ddarganfod.

'Dim gobaith, nac oes?' Roedd ochenaid Erno yn llond ei lais. Cododd ei olygon. 'Pwy arall cymrith di ge's i gynni hi pan oeddan ni'n cael swpar neithiwr.'

'Wyt ti'n poeni?'

Roedd awgrym o ochenaid arall.

'Nac 'dw, am 'wn i.'

'Na, doedd yr ochenaid 'na ddim yn un drist iawn, nac oedd?' meddai Amora. 'Ac ydi, mae hi'n ifanc. Rwyt titha hefyd. Mae'n amhosib bod 'na fwy na dwy flynadd ac ella leuad ne' ddau rhyngoch chi. Nid cipio hogan fach wyt ti.'

'Na hi'n cipio hen ŵr. Dyna wyt ti'n trio'i ddeud?'

'Mae'n lled amlwg bellach nad dyna dw i'n trio 'i ddeud.' Gwenodd Amora eto. 'Diolcha nad wyt ti'n Aruchben. Yli braf 'di arnat ti.'

Cafodd Adela fwythiad diarwybod arall.

'Dw i ddim yn Uchben chwaith.'

'Am be 'ti'n sôn?' gofynnodd Helge, yn gweld arwyddocâd i'r gair ar amrantiad.

'Waeth i chi gael gwybod gen i ddim. Mae hi wedi deud y cwbwl wrth Edda ac mae hi'n mynd i'w ddeud o wrthach chi hefyd.'

'Deud be?'

'Mi ddaeth hi i'r gwely ata i neithiwr. Mi afaelodd amdana i a deud na faswn i fyth yn gwneud dim 'fath â ddaru'r Uchben iddi. Doedd hi ddim am ollwng a dyma ni'n dechra cusanu a chusanu fuon ni nes cysgon ni.' Roedd golwg led anobeithiol, led ymddiheurol, ar ei wyneb. 'A'r peth cynta ddaru hi pan godon ni oedd deud y cwbwl wrth Edda.'

'Dyna fo, felly,' meddai Helge yn ddigyffro. 'Braf iawn arnach chi.'

'Roeddan ni'n dal i afael yn ein gilydd pan ddeffron ni.' Rhyw ysgwyd pen derbyn y drefn oedd Erno rŵan, yn dychryn braidd o weld nad oedd Amora na Helge yn gweld dim o'i le ar hynny chwaith. 'Roedd hi'n pwysleisio hynny'n fwy na dim wrth Edda,' meddai, yr ildio eto'n llond ei lais.

'Fasai neb wedi mentro meddwl pan oeddan ni'n cychwyn o'r Pedwar Cawr y byddai'n taith ni'n un werth chweil,' meddai Amora mewn ychydig. 'Lle mae hi?' gofynnodd.

'Mae hi wedi bachu Leif ac wedi mynd hefo fo i rwla. Mi fentra i dafod brawd Nain 'i fod ynta'n gwybod sut cysgodd hi neithiwr hefyd.'

*   *   *

Wedi mynd i hela oedd Leif. Roedd wedi bod yn ddadl bur ddigri rhwng Aarne ac yntau y noson cynt prun ai cig carw gwyllt ai'r carw oedd wedi bod yn pesgi ar dyfiant Cwm yr Helfa a'r gwaelodion yn y tymhorau tyner oedd y mwyaf blasus. Roedd Leif yn setlo ar y gwyllt a'i dad yn wfftio am fod hynny'n golygu dibrisio'r cwm yr oedd Leif fel llawer arall mor ddibrin ei edmygedd a'i ganmoliaeth ohono. Gan hynny roedd Leif wedi mynd i'r coed i chwilio am garw. Doedd y syniad o gyfnewid cig hefo cynnyrch yr helwyr ddim yn dderbyniol rhag ofn na ellid dibynnu ar iddo fod wedi'i baratoi a'i hongian yn briodol.

Wrth iddo gychwyn gwelodd Ragnil yn dynesu at y tŷ ac eiliad neu ddwy yn ddiweddarach roedd hi'n ymuno yn yr helfa, wedi anghofio'n braf ei bod wedi ategu Bo pan ddywedodd o ychydig ddyddiau ynghynt ei fod wedi cael hen ddigon o hela i bara am un oes.

'Ddaru ti wirioni pan gafodd Sini 'i geni?' gofynnodd hi wrth iddyn nhw gychwyn tua'r coed i'r de.

'Do, debyg. Dal i wneud.'

"Fath â Bo?'

'Does 'na neb yn y tiroedd na'r lleuad na'r Sêr Crwydrol rioed wedi gwirioni cymaint â mae Bo wedi'i wneud. Mi gerddodd o heibio i mi pnawn ddoe heb 'y ngweld i.'

'Am 'i fod o wedi bod mewn sach mae o wedi gwirioni?'

Arhosodd Leif ennyd.

'Mae hynny'n rhan ohono fo,' meddai, yn gallu ateb mor ddiffuant ag oedd Ragnil wedi bod hefo'i chwestiwn syml.

'Mi fuost titha mewn sach hefyd.'

'Ydi, mae o'n rhan ohono fo.'

Distawodd y ddau wrth fynd i'r coed, Ragnil yn gwybod cystal â neb nad oedd hela a pharablu'n mynd hefo'i gilydd yn dda iawn. Dechreuasant sleifio o goeden i goeden, ond doedd dim i'w weld yn symud. Daliasant i fynd, llygaid y naill mor effro â'r llall, ond doedd yr un carw nac unrhyw anifail arall ar gael a thoc cyrhaeddodd y ddau gwr y coed uwchben y dyffryn llydan yr oedd llygaid a dychymyg Erno a Ragnil a Bo wedi gwledda arno ddwyawr neu dair cyn i Ingrid gael ei geni. Ond nid dyffryn gwag nac unrhyw lwybr bleiddiaid aeth â'u sylw nhw ill dau. Ychydig gamau gerllaw roedd olion traed dau berson yn dod o'r dyffryn i fyny i'r coed. Roeddynt i'w gweld yn dod ar hyd y dyffryn i gyfeiriad y llyn ac yn troi i fyny i'r coed, yn amlwg iawn yn yr eira dwfn, a chan nad oedd wedi bwrw ers rhai diwrnodau doedd dim dichon dyfalu pryd y'u gwnaed, mwy nad oedd dichon dyfalu pam nad oeddan nhw'n mynd ymlaen i'r tir agored ger glan y llyn er ei bod yn amlwg o'r fan hon fod y goedwig yn dod i'w therfyn beth pellter cyn ei gyrraedd.

'Fasai 'na neb o'r gymdogaeth yn dŵad adra ffor'ma, na fasan?' meddai Ragnil, yn chwilio'r olion a'u llwybr i'r coed, a'i greddf yn gostwng ei llais.

'Fasai 'na neb diarth yn gwneud hynny chwaith heb reswm,' meddai Leif yr un mor dawel.

'Mae 'na rywun wedi dŵad yma i sbecian felly, 'toes?'

'Os felly maen nhw wedi dŵad yng ngola'r lleuad neithiwr ne' gyda'i thoriad hi bora.'

Plygodd Ragnil yn nes at yr olion i'w hastudio. Cododd ei phen.

'Ydan ni am fynd ar 'u hola nhw?' gofynnodd.

'Wel...'

Roedd Leif mewn cyfyng-gyngor.

"Dan ni 'di osgoi byddinoedd cyfa wrth ddŵad yma,' meddai hi. 'Mi fedra i sleifio rhag pobol hefyd.'

'Cad y tu ôl i mi 'ta,' ildiodd Leif wedi ennyd arall o bendroni. 'Tro dy ben yn ôl yn ddigon amal.'

Roedd hynny wedi bod yn rhan o'r teithiau iddi prun bynnag, weithiau bob yn ail gam. Dyna a wnaeth y tro hwn hefyd, yn teimlo ei bod yn sylweddoli'n well na'r troeon cynt pam roedd yn gyngor mor gall. Troai yntau ei ben yn ôl yn bur aml ac roedd hi'n ddigon balch ei fod yn gwneud hynny, yn gwybod nad am ei fod o'n tybio nad oedd hi'n ddigon dibynadwy yr oedd o'n gwneud. Llygaid gorau, llygaid pawb oedd Edda yn ei ddeud ar adegau fel hyn.

'Y tiroedd yn cael hwyl am ein penna ni,' meddai Leif yn ddistaw pan welsant garw'n gwledda ar fymryn o sbrigynnau draw i'r chwith.

'Dw i rioed wedi dal carw,' meddai Ragnil.

'Busnesa'n bwysicach ar y funud. Tyd.'

Aethant ymlaen, yn fwy gwyliadwrus fyth gan eu bod yn dynesu at ben draw'r coed ac at y gymdogaeth. Roedd yr olion o'u blaenau weithiau ochr yn ochr neu un pâr bob ochr i goeden, weithiau ar draws ei gilydd. Doedd dim arwyddion o stelcian na newid cyfeiriad ynddyn nhw.

'Gwybod ble maen nhw'n mynd 'ta troi i edrach yn ôl bob hyn a hyn i ofalu bod 'u llwybr nhw'n un syth maen nhw?' gofynnodd Ragnil pan oeddan nhw wedi aros y tu ôl i goeden oedd â'i boncyff yn ddigon llydan i'w cuddio.

'Os ydyn nhw'n gyfarwydd â'r lle pam maen nhw'n mynd drwy'r coed?' meddai Leif. 'Mi fentra i dy fod o'i chwmpas hi. Troi i edrach yn ôl bob hyn a hyn maen nhw.'

'Aros.'

Roedd Ragnil yn gafael yn ei fraich wrth rythu ar yr

eira rai camau o'u blaenau. Doedd ei llais ddim uwch na sibrwd.

'Be weli di?' gofynnodd o, yr un mor dawel.

Pwyntiodd hi at goeden ymhellach draw.

'Mae'r olion yn daclusach ar ôl y goedan 'cw. Dim ond un sydd wedi mynd ymlaen.'

Astudiodd Leif hynny o'r olion oedd yn y golwg heibio i'r goeden oedd wedi mynd â sylw Ragnil. Roedd yn rhaid iddo ddal ati i wneud hynny am ychydig cyn gweld ei bod yn gywir, ac am eiliad roedd yn synnu mor sylwgar oedd hi.

'Mae 'na un ar ben y goedan, felly,' meddai hi.

'Mae'n debyg bod.'

'Be wnawn ni?'

Arhosodd Leif eiliad. Gwyddai nad oedd raid iddyn nhw fod yn amheugar. Gallai'r ddau oedd o'u blaenau fod ar ffo, wedi dianc o fyddin ac yn cadw gymaint ag y gallent i'r coed gan fod llai o eira dan draed a llai o siawns i erlidwyr allu dilyn olion a fyddai mor amlwg yn y tiroedd agored didramwy. Ella mai teithwyr a dim arall oeddan nhw, yn mynd drwy'r coed am yr un rheswm, neu ella eu bod wedi'u gorfodi i fynd o'u cynefin, fel oedd wedi digwydd i Amora a Helge a'u cymdeithion. Byddai hynny'n egluro teithio'r eira. Ond doedd dim rhaid iddi fod felly chwaith.

'Mae braidd yn beryg inni rŵan,' meddai. 'Mi awn ni i'r gymdogaeth ar hytraws ffor'na.'

'Mi wnân nhw'n gweld ni,' meddai Ragnil.

'Does gynnyn nhw ddim mymryn o le i gredu ein

bod ni wedi'u dilyn nhw. Iddyn nhw, dim ond dŵad yn ôl o'r coed fyddwn ni. Ac os ydyn nhw'n sbecian o fa'ma ers meitin, mae'n debyg 'u bod nhw wedi'n gweld ni'n mynd i'r coed 'ma gynna, prun bynnag.'

"Dan ni am ddeud wrth rywun?'

'Pawb.'

Ymhen rhyw chwarter awr roedd y wybodaeth yn mynd o amgylch y gymdogaeth. Roedd Leif a Ragnil yn dal i stelcian ar y cyrion ac yn ciledrych tua'r coed bob hyn a hyn ac ymhen dim gwelent Bo ac Erno yn prysuro tuag atynt. Roedd cip ar Bo yn ddigon i weld nad yn ei fyd ei hun oedd o. Ar Ragnil oedd ei sylw.

'Paid â symud cam heb fod 'na un ohonan ni hefo chdi,' meddai wrthi.

'Pam?' gofynnodd hi, y dychryn oedd wedi mynd yn beth mor ddiarth iddi yn bygwth dychwelyd, ond eto'n cael ei gymedroli gan lais tawel ddarbwyllol Bo.

'Mae o'n meddwl 'i fod o wedi nabod wynab sydd newydd fod yn sbecian o'r coed 'ma,' atebodd Erno yn ei le.

'Pwy, felly?' gofynnodd Leif.

'Dim ond am eiliad y gwelis i o ac roedd 'i gwfwl o'n cuddiad 'i dalcan o,' meddai Bo. 'Ond mi fedra fo fod yn un o'r rheina oedd hefo'r hen Aruchben. Yr ienga ella. Ond mi fedar fod yn rhywun arall mor hawdd â pheidio. Ella,' meddai wedyn, fel tasai'n ailystyried o glywed ei eiriau'n cael eu deud.

'Dau bâr o draed sydd wedi dŵad drwy'r coed,' meddai Leif. 'O ben coedan oedd o'n sbecian?'

'Na. Mi aeth o'r golwg cyn i mi 'i weld o'n iawn. Ella 'i fod o wedi gweld 'mod i wedi'i weld o.'

"Beryg bod raid i ti wneud dy lais brawd Nain os hwnnw 'di o,' meddai Ragnil wrth Erno.

'Mae'n well i chi'ch tri ac Eyolf gadw'n glir,' meddai Leif, yn dychryn braidd o'i chlywed. 'Does 'na ddim i ti 'i ofni,' prysurodd i egluro iddi, rhag ofn mai cymryd arni oedd hi hefo'i geiriau di-hid a rhag ofn iddi gam-ddallt ei rybudd, 'ond os nhw ydyn nhw mae'n well i bobol erill fynd i'r afael â nhw tro 'ma.'

'Mae hynny'n wir,' cytunodd Bo. 'Tyd,' meddai wrth Ragnil.

Troesant, er nid cyn i Erno daflu cipdrem arall at y coed. Ni welai neb.

'Sut daethoch chi o hyd iddyn nhw?' gofynnodd i Ragnil, oedd wedi gafael amdano wrth iddyn nhw gychwyn.

"Ti'n gariad i mi, 'twyt?' meddai hi.

'Oliph dduw! Sut gwelist ti nhw ddaru mi 'i ofyn.'

"Ti'n gariad i mi ddaru mi 'i ofyn.'

Gwelodd Erno wên sydyn ac annisgwyl Bo. Gwelodd lygaid Ragnil yn edrych arno.

"Sgin i ddewis?' gofynnodd.

"Ti isio dewis?'

Syllodd Erno yn syth o'i flaen am eiliad neu ddwy.

'Nac oes.'

A doedd ei ateb ddim yn swnio fel un derbyn y drefn. Ond ysgydwodd ei ben yr un fath wrth afael amdani.

'Llond tiroedd o fyddinoedd. Llond mynyddoedd o dduwia. Llond coedwig o fygythiad. Dau gariad newydd sbon. Dewis dewis pedwar dwrn,' meddai Bo.

'Dos yn d'ôl i fyd Ingrid,' chwyrnodd Erno.

'Ni neith ennill.'

Trodd Ragnil ei phen i wenu ar Bo ond yr un eiliad roedd yn edrych heibio iddo a'r wên yn diflannu. Roedd yn rhythu at y coed, y dychryn yn llamu i'w hwyneb.

'Be sydd?' gofynnodd o wrth droi i chwilio.

Roedd Erno hefyd wedi sylwi ar ei union.

'Be sy'n bod?' gofynnodd iddi.

Ond roedd Ragnil wedi mynd i grynu.

'Deud!' ymbiliodd Erno, yn prysur fynd i'r un cyflwr.

'Dyn Mam.'

Prin glywed y geiriau ddaru nhw.

*   *   *

Roedd Leif wedi danfon Ragnil a'r ddau arall yn ôl i'r tŷ ond wedi penderfynu fod gormod o frys iddo aros hefo nhw am fwy nag ychydig funudau, yr ychydig hynny'n ddigon iddo weld fod Edda a Bo ac Erno yn ddigon abl i dawelu meddwl Ragnil, yn enwedig gan fod Aino yno hefyd. Roeddan nhw'n pwysleisio wrthi ei bod yn amhosib fod y ddau yn y coed yn gwybod cynt ei bod hi yn y gymdogaeth, a'i bod yn anghredadwy eu bod yn crwydro'r tiroedd i chwilio amdani. Yr unig beth oedd angen i Leif ei ddeud oedd fod raid iddyn nhw gymryd yn ganiataol fod y ddau oedd yn sbecian o'r goedwig wedi gweld Ragnil ac yntau'n mynd i'r coed a'u bod wedi nabod Ragnil bryd hynny, ond dim ond rhag ofn, pwysleisiodd.

Roedd posib mynd i'r coed o'r gymdogaeth yn ddisylw drwy fynd heibio i gefnau dau dŷ a dyna'r oedd Aarne ac yntau a Helge a phedwar arall wedi'i wneud, gan gynnwys y negesydd oedd wedi mynd â hanes Bo i'w deulu yn Llyn Sorob ac wedi dod â Birgit a Tarje yn ôl hefo fo. Aarne oedd wedi bod yn gyfrifol am gynnull y pedwar, ac roedd pob un wedi derbyn ei gais yr un mor barod â'i gilydd. Roedd Aarne wedi gweld yr wyneb yn glir hefyd ac wedi cadarnhau nad oedd o yr un o'r rhai oedd wedi dod yno hefo'r hen Aruchben. Er ei fod mor effro â neb i'r hyn oedd yn digwydd, roedd Helge yn dal i weld wyneb arall, wyneb hogyn hapus yn dal babi bach newydd yn ei freichiau. Roedd y teimladau'n dal i chwyrlïo.

Gan nad oedd y pedwar arall yn gyfarwydd â hanes Ragnil roedd Aarne wedi penderfynu mai ei gadael hi felly oedd orau a pheidio â deud fod Ragnil wedi nabod yr un oedd yn sbecian o'r coed.

Roedd gan bawb ei arf, rhag ofn. Roeddan nhw wedi mynd dipyn i mewn cyn troi ac anelu at yr olion yn yr eira, a phawb â'i goeden oedd hi wedyn wrth iddyn nhw ddynesu. Leif oedd ar y blaen ac wrth gyrraedd ei ail goeden roedd yn ôl yn y fyddin yn ddirybudd. Doedd hynny ddim wedi digwydd cynt, ella am ei fod yn pryderu am ddiogelwch Ragnil y tu ôl iddo, tybiodd. Ond rŵan roedd y teimladau oedd wedi'u hen roi o'r neilltu'n dychwelyd. Roedd ei dad wedi cyrraedd stad Uchben ond daethai o i wybod bob yn bwt nad oedd o'i hun yn addas i gyrraedd stad milwr cyffredin heb sôn am ddyrchafiad o fath yn y byd, yn cael gwybod hynny gan eraill yn ogystal â'i grombil. Roedd wedi cael curfa un pnawn am ddeud mai'r unig wahaniaeth rhwng y fyddin werdd a'r un lwyd oedd enw'r gelyn. Gwyddai wedyn ynddo'i hun nad am feddwl hynny y cafodd gurfa ond am ei ddeud.

Doedd dim gwahaniaeth bellach. Roedd gweld ei dad yn cyrraedd y goeden agosaf ato yn dangos hynny. Magwraeth ddi-riant oedd o wedi'i chael fwy na heb. Roedd ei fam wedi marw ar ei enedigaeth ac yntau yn groes i bob disgwyl wedi byw ac wedi treulio'r rhan fwyaf o'i blentyndod heb ei dad. Dim ond pan ryddhaodd Tarje a Louhi o o'r sach ac i Eyolf a'i gymdeithion dywys Louhi ac yntau o'r tŷ ger y Tri Llamwr i'r Warchodfa oedd dan ofal ei dad ddyddiau lawer yn ddiweddarach y daeth y ddau i gysylltiad beunyddiol di-dor â'i gilydd. Y noson honno, a Bo bymtheg oed yn dadlennu'r llwybr drwy dywyllwch coedwig rewllyd iddyn nhw gyda'i alwadau tylluan o'r gefnen uwchlaw'r Warchodfa yr ailddechreuodd bywyd fod yn rhywbeth gwerth ei fyw iddo. Y noson honno y dechreuodd popeth fod yn iawn.

Roedd yn gallu meddwl hyn a gwylio yr un pryd. Yna yn sydyn roedd yn rhythu, ac yn codi ei law fel rhybudd. Wedi syllu mymryn rhagor amneidiodd ar y chwech arall i ymgynnull. Roeddan nhw wedi cyrraedd yr olion ac roedd yn amlwg fod dau bâr o draed yn mynd yn ôl, yn dilyn yr un trywydd â'r ddau oedd wedi dod i gyfeiriad y gymdogaeth.

'Ella 'u bod nhw'n gwybod 'u bod nhw wedi cael 'u gweld,' meddai Helge.

'Mi awn ni ar 'u hola nhw yr un fath,' meddai Aarne.

Aethant ymlaen, bawb â'i goeden eto, ac yn fwy gwyliadwrus fyth. Aarne oedd ar y blaen rŵan, yn rhoi mwy o rwydd hynt i feddwl Leif ddal i aros yn y fyddin. Wrth gychwyn roedd yn gresynu am eiliad nad oedd yr un o'i deulu pan oedd yn llefnyn wedi gweld mor anaddas oedd o i fod yn filwr. Ond wedyn, meddyliodd yr un eiliad, tasai hynny wedi bod fyddai o ddim wedi cyfarfod Louhi, fyddai Sini ddim yn bod, fyddai Ragnil ddim yn gofyn ei chwestiynau hyfryd iddo. Roedd meddwl fel hyn yr un mor anochel ac ofer â phob tro a chanolbwyntiodd drachefn ar ei orchwyl.

Ymhen rhyw bum munud roedd Aarne yntau'n codi llaw rybuddiol. Dynesodd y saith at ei gilydd.

"Rhoswch chi'ch dau yma, ne'u dilyn nhw'n ara deg,' meddai Aarne wrth Leif a Helge, ei lais bron yn sibrwd. 'Mi awn ni'n pump ar gylch i ddod i'w cwfwr nhw. Dowch chi i'r golwg pan glywch chi ni'n siarad hefo nhw. Peidiwch â chyfleu'r argraff arnyn nhw ein bod ni wedi'u hamgylchu nhw'n fwriadol.'

Amneidiodd ar y pedwar arall i gychwyn ond yr eiliad y trodd i wneud hynny gwelodd fod ganddyn nhw gwmni. Roedd Edda a Bo a Ragnil ac Erno o fewn ychydig gamau iddyn nhw, wedi dilyn eu holion nhw yr un mor dawel ag yr oeddan nhw wedi dilyn yr olion eraill. Brysiodd atyn nhw.

'Chân nhw ddim trechu,' meddai Edda.

'Na,' cytunodd o mewn eiliad, yn gweld llygaid Ragnil. 'Ond dydi'r cymdogion ddim yn gwybod mwy amdanoch chi'ch dau nag oeddan nhw cynt,' meddai wrth Ragnil ac Erno gan amneidio tuag at y pedwar y tu cefn iddo. 'Dydyn nhw ddim yn gwybod dy fod di wedi nabod hwnna oedd yn sbecian,' meddai wrth Ragnil. 'Wyt ti'n siŵr mai fo oedd o?' gofynnodd.

'Ydw.'

Roedd yn amlwg ei bod yn llawer mwy o gwmpas ei phethau na phan oedd o wedi gofyn yr un cwestiwn iddi yn y tŷ.

''Rhoswch hefo Leif a Helge,' meddai. 'Mi ddudan nhw wrthach chi be 'di'n bwriad ni.'

Amneidiodd eto ar y pedwar arall, a chychwynasant ar eu cylch, yn dipyn cyflymach na chynt, ac yn dipyn cyflymach na'r ddau oedd yn mynd beth pellter bellach o flaen Helge a Leif. Doedd dim iaswynt i fferru pennau ac roedd un wedi tynnu ei gwfwl a throai ei ben i'r naill ochr a'r llall yn bur aml i chwilio'r goedwig. Roedd pen ei gydymaith yn ei gwfwl o hyd ond roedd Leif bron yn sicr mai dynes oedd hi. Pawb â'i goeden oedd hi o hyd iddo fo a bron pob un o'i gymdeithion, yn enwedig gan fod y dyn yn troi ei ben mor aml, ond roedd Ragnil yn mynnu bod Erno yn rhannu'r un goeden â hi bob tro, ac yntau'n gorfod sefyll â'i gefn yn erbyn pob un iddi hi gael gafael iawn amdano a gofalu yr un pryd fod eu coeden yn eu cuddio ill dau. Roedd Helge yn gofalu fod ei goed mor agos ag oedd modd i rai Edda, a hithau wrth iddo edrych arni yn synhwyro fod rhywbeth heblaw am eu gorchwyl yn llond ei feddwl.

Leif oedd ar y blaen eto, a Ragnil ac Erno mor agos ato ag y caniatâi pob coeden addas. Roedd Leif yn gwylio Ragnil lawn cymaint ag y gwyliai'r ddau o'u blaenau.

'Dyn Mam ydi o,' meddai Ragnil cyn hir, yn syllu. Roedd mymryn o gryndod yn ei llais. 'Cheith o mono i, na cheith?' meddai'n sydyn, y syniad newydd disyfyd yn ei llenwi.

Gwasgodd Erno hi'n dynnach ato.

'Na cheith. Paid â meddwl rhyw betha fel'na.' Yr un mor ddisyfyd teimlai o fod popeth yn rhy ddiarth iddo yntau hefyd. 'Ella y basa'n well inni fynd yn ôl,' cynigiodd.

'Na.'

Yn benderfynol, tynnodd hi ei phen yn ôl fymryn i sbecian eto heibio i'r goeden. Yna roedd hi'n rhythu, ac yn symud ei phen yn ôl yn sydyn wrth i gydymaith y dyn o'i blaen dynnu ei chwfwl a throi ei phen yn ôl i astudio rhywbeth yn yr eira.

'Nid Mam ydi honna! Nid Mam ydi hi.'

Roedd ei llais rŵan yn fwy argyfyngus fyth, ac wrth ei chlywed a theimlo'r cryndod newydd roedd rhyw argyfwng sydyn a dirybudd yn ei lenwi o hefyd. Doedd ganddo ddim syniad beth i'w ddeud. Chwiliai ym mhobman wrth deimlo ei gafael amdano'n tynhau.

'Ella 'u bod nhw wedi ffraeo,' ceisiodd. 'Ella ... oedd o'n byw ... oedd dy fam a fo hefo'i gilydd ers ...'

'Dyn diarth oedd o,' meddai hi. 'Mi ddoth i un o'r tai ddwy flynadd yn ôl ac mewn rhyw ddiwrnod ne' ddau wedyn roedd o a Mam yn dechra arni.'

Eisoes roedd ei llais yn dechrau cymedroli.

'Doedd o ddim yn byw hefo chi, felly?' gofynnodd o.

'Mi ddoth yn 'diwadd.'

Roedd yr argyfwng wedi troi'n dristwch.

'Pa bryd?' gofynnodd o, bron ofn clywed yr ateb.

'Ddau ddiwrnod cyn iddyn nhw hel Tore a fi o'no.'

'Oliph dduw!'

Rhyw sibrwd hynny wrtho'i hun ddaru Erno.

'Roeddat titha'n cael dy guro hefyd 'toeddat?' meddai hi.

'Mae hynny wedi bod. Anghofia fo.'

Roedd ar ychwanegu ei fod o yn gyfa ac yn fyw ond cofiodd am Tore. Roedd yn chwilio ei orau am rywbeth arall i'w ddeud ond gwelodd Leif yn amneidio arnyn nhw i gilio o olwg y ddau o'u blaenau.

'Be sy'n bod?' gofynnodd Leif pan oedd pawb hefo'i gilydd.

'Nid mam Ragnil ydi'r ddynas,' meddai Erno.

Edda gamodd i'r adwy.

'Mae Amora a minna wedi cl'wad digon o hanesion gen ti i wybod nad oes angan i ti boeni gormod am hynny,' meddai wrth Ragnil.

'Dw i ddim yn mynd i'w osgoi o,' meddai hi, heb bwt o her yn ei llais.

'Ia, ond ella ...' dechreuodd Helge.

'Ni neith ennill. Mae Bo wedi deud.'

Prin orffen hynny gafodd hi pan gododd Leif law rybuddiol. Roedd lleisiau i'w clywed.

Ymhellach draw yn y goedwig roedd pump yn dod wyneb yn wyneb â dau. Roedd Aarne ar fin deud rhywbeth ond cafodd y negesydd y blaen arno.

'Tawn i'n godro'r lastorch!' cyhoeddodd. 'Chdi!' meddai wedyn, fel tasai o wedi bod yn chwilio am y gair.

Ar draws popeth roedd Aarne yn rhyfeddu mor annisgwyl addas oedd mai'r negesydd oedd wedi deud hynny, oherwydd ganddo fo oedd y llais mwyaf hamddenol a glywsai erioed. Roedd pawb arall yr oedd o wedi crybwyll hynny wrthyn nhw'n deud yr un peth, a llawer yn cael hwyl wrth gyfansoddi negeseuon brys ar ei ran, yntau'n llwyr ymwybodol o hynny ac yn cael yr un faint o hwyl tawel o'i herwydd.

Doedd dim arwydd fod y ddau o'u blaenau yn rhyfeddu am ddim. Rhythu arnyn nhw heb ddeud dim oedd y dyn. Roedd mwy o ddychryn i'w weld yn wyneb y ddynes.

'Mae hwn wedi'i fagu yma 'sti,' meddai'r negesydd wrth Aarne. 'Nabod y lle cystal â minna. I be deuat ti drwy'r coed i sbecian?' gofynnodd i'r dyn.

'Be arall wneith rhywun y dyddia hyn?' meddai yntau, ac Aarne wrth glywed ei lais yn ffrwcslyd a drwgdybus yn gweld y cwestiwn braidd yn hwylus.

'Wel ia ella,' cynigiodd y negesydd, yn gwybod bellach fod y lleill yn ddigon bodlon gadael iddo fo ofyn y cwestiynau, 'ond dydi fa'ma rioed wedi bod yn llawar o glwydfan i fyddin o fath yn 'byd nac 'di, yn enwedig gefn gaea fel hyn. Mi wyddost hynny cystal â ninna.'

Ddaru'r dyn ddim ateb hynny. Roedd yn edrych o un i'r llall, ac fel tasai'n canolbwyntio mymryn mwy ar Aarne a Leif.

'Wedi dŵad yn d'ôl i fyw yma wyt ti?' gofynnodd y negesydd, yn llwyddo'n braf i gyfleu ei fod yn gwybod yr ateb.

'Pam?'

'Wel ia,' cytunodd y negesydd yr un mor hamddenol. 'Pam 'te?' Cymerodd arno ystyried, heb boeni fod y dyn yn gweld mor fwriadol oedd hynny. 'Paid â meddwl ein bod ni'n busnesa. Leif a Ragnil ar sgawt hela, 'ran myrrath yn fwy nag angan, fel mae'r bobol ifanc 'ma, ac yn gweld olion ac yn credu bod 'ma bobol ar goll ac angan cymorth. Mi dduthon yn 'u hola y munud hwnnw i ddeud, debyg.'

'Dydan ni ddim angan cymorth. Mi gewch fynd.'

'Wel ia. Croeso'n ôl. O leia rwyt ti'n gyson â chdi dy hun.'

'Y?'

'Mi ddychwelist yr un mor llechwraidd ag yr ymadawist ti. Un yn arwain at y llall, decini.'

'Be wyt ti'n 'i awgrymu?' gofynnodd y dyn, ei lais bron yn gyfarthiad.

'Cludo negeseuon o un lle i'r llall fydda i, nid cludo awgrymiada.'

Chafodd y dyn ddim cyfle i ateb hynny. Roedd Leif

a Helge a'r pedwar arall yn cyrraedd. Daeth Ragnil i sefyll o flaen Aarne, ei llaw yn gwasgu llaw Erno.

'Lle mae Mam?' gofynnodd i'r dyn.

Cwestiwn ar ei ben oedd o, heb fymryn o ofn yn ei llais.

Ni chafodd ateb. Dim ond rhythu arni oedd y dyn.

'Lle mae hi?' ailofynnodd hithau.

'Dw i ddim hefo hi mwyach,' ebychodd o.

'Pledu'ch gilydd hefo cerrig ddaru chi?'

Ni chafodd ateb i hynny chwaith.

'Mi fasa Tore yn fyw 'blaw amdanat ti.'

Roedd hi ar ddeud rhywbeth arall ond yr un eiliad roedd popeth yn rhuthro gorchfygu.

'Tyd â fi adra,' sibrydodd wrth Erno.

Dim ond fo oedd yn clywed yr argyfwng. Gafaelodd amdani ar ei union, a throi. Cychwynasant, heb edrych ar neb na dim ond yr eira wrth eu traed. Edrychodd y negesydd am ychydig ar y ddau yn mynd cyn troi ei ben yn ôl i wynebu'r dyn a'r ddynes, yn llwyddo i guddio mor syfrdanol ac annisgwyl iddo oedd yr hyn roedd Ragnil newydd ei ddeud.

'Cwta dri lleuad sy 'na ers i'r ddau gyrraedd yma,' meddai, mor hamddenol â dim yr oedd o wedi'i ddeud cynt. 'Ond eisoes mae pawb yn y gymdogaeth yn meddwl y byd ohonyn nhw, y naill fel y llall.'

'Dydi o ddim yn cludo awgrymiada medda fo,' sibrydodd Leif wrth ei dad.

'Dydi o ddim wedi bod yn brin o ddarganfod cyfleon newydd bron yn feunyddiol i ddiolch i'r ddau am 'u bod nhw wedi bod wrthi gymaint â neb yn codi 'i stafall ager newydd o a nhwtha rioed wedi'i weld o,' atebodd Aarne.

'Be dach chi'n 'i sibrwd?' arthiodd y dyn arno. 'A phwy ydach chi, prun bynnag?'

Dim ond awgrym o wên a gafodd yn ateb.

Ymhen ychydig wedyn roedd Erno a Ragnil yn dynesu at derfyn y coed.

'Mi wnest yn iawn,' meddai o.

Doedd o na hi wedi deud yr un gair cyn hynny.

'Mi fasa fo'n fyw 'blaw am Mam hefyd, basa?'

Roedd hi wedi aros, yn claddu ei phen yn ei gôt.

'Tyd,' meddai o mewn ychydig.

"Ti'n gariad i mi 'twyt?'

'Ydw.'

'Tyd â fi adra.'

33

Gweld y deigryn drwy wên fechan Amora wnaeth i Eyolf sylweddoli. Roedd gan Idunn ac yntau hogyn bach dwyawr oed. Roedd Idunn wedi deud ers iddyn nhw ddechrau mynd hefo'i gilydd mai Eyolf fyddai enw'r babi cynta os byddai'n hogyn. Roedd yntau wedi mynd i dŷ Louhi a Leif i gyhoeddi'r enedigaeth, a gwnaeth hynny cyn eistedd na dim. Yr eiliad nesaf roedd yn plygu ei ben ac yn cuddio ei dalcen yn ei law wrth ymddiheuro'n drwsgl.

'Paid ag ymddiheuro am ddŵad â newydd da inni,' meddai Amora.

Dim ond dwywaith yr oedd o wedi deud unrhyw newydd yng nghlyw Amora, a sefyll ar ganol llawr oedd o y ddeutro. Y tro arall oedd pan aeth Aino a Linus a Bo ac yntau i'w thŷ i ddeud am Jalo.

'Mi gymrodd leuada i mi sylweddoli'n iawn a gwerthfawrogi fel dylwn i faint o ymdrech ddaru chi'ch pedwar drwy bob math ar beryglon yn unswydd er mwyn dŵad i ddeud wrthon ni am Jalo,' meddai hi wedyn. 'Paid byth ag ymddiheuro.'

'Wnes i ddim meddwl,' meddai yntau.

'Dwyt ti ddim i fod i feddwl ar adag fel hon.'

'Tyd, stedda,' meddai Helge. 'Sut wyt ti'n mynd i

berswadio dy ffrindia i dderbyn mai dy hogyn bach newydd di ydi Eyolf ac nid chdi?'

'Dw i ddim am drio.'

Roedd yr un pwnc yn cael sylw yn y tŷ agosaf atyn nhw.

'Does gynnoch chi ddim dewis rŵan,' meddai Aino wrth Bo a Tarje, a mwy o orchymyn na dim arall yn ei llais, a hithau newydd ddychwelyd ar ôl gofalu am yr enedigaeth gan adael Idunn a'r babi yng ngofal mam Idunn a Birgit. 'Mae gen i fab, sy'n gyfaill digymar i chi'ch dau ers blynyddoedd. Baldur ydi'i enw fo, a dyna fyddwch chi'n 'i alw fo o hyn ymlaen, ne' fydd 'na ddim ohoni ond camddallt.'

'Oedd gofalu am enedigaeth eich ŵyr chi'ch hun yn wahanol i ofalu am y lleill?' gofynnodd Bo iddi.

'Paid â neidio'r cymyla! Rwyt ti ac Edda a dy ffrindia'n galw fy mab i'n Baldur o hyn ymlaen.'

'Dim gobaith, Aino,' meddai yntau'n dawel, yn ymwybodol o wên Aarne wrth ei ochr er bod ei sylw i gyd ar Ingrid yn ei freichiau. 'Eyolf oedd o, Eyolf ydi o, Eyolf fydd o.'

'Waeth i chi heb,' meddai Edda wrth Aino. 'Mi fedra i 'i alw o'n Baldur.'

'Eyolf ydi o, Eyolf fydd o,' meddai Tarje, yr un mor dawel a'r un mor bendant.

Bellach roedd Birgit ac yntau hefyd wedi dysgu digon o iaith Aino i gynnal sgwrs hefo hi. Ar y dechrau roedd o wedi deud na fedrai o fyth ddysgu iaith arall, ac o'i glywed roedd Bo wedi gwrthod siarad unrhyw iaith ond iaith Aino hefo fo ac erbyn i ddadmer mawr y gwanwyn ddechrau ar ei waith roedd o'n synnu mor rhugl yr oedd o bellach yn gallu siarad hefo Aino.

'Mae pawb yn Llyn Sorob wedi hen arfar bellach hefo Lars Daid a Lars,' meddai wedyn i gryfhau ei ddadl. 'Mi wnawn ni alw'r hogyn bach yn Eyolf Fab pan fydd angan.'

'Chlywis i rioed y fath lol,' wfftiodd Aino.

'Ne' Eyolf mawr ac Eyolf bach,' cynigiodd Bo.

'Ydi rhywun haws â siarad hefo chi?' ildiodd Aino.

'Mae'n dda bod Eyolf bach wedi dŵad i'r tiroedd i ysgwyd mymryn ar hwn,' meddai Tarje, gan roi pwniad bychan i Bo. 'Mae o fwy hefo ni pnawn 'ma nag ydi o wedi bod ers i Ragnil ac Erno fynd â fo am dro i'r coed.'

Roedd Bo wedi dygymod bellach â gwybod nad oedd haws â gwadu'r dyfarniadau mynych ei fod mewn byd nad oedd neb ond Edda ac Ingrid ynddo, a chan hynny rhyw wadu ffwrdd-â-hi oedd o erbyn hyn gan nad oedd o'n ei weld yn berthnasol, yn enwedig wrth weld gwên fel oedd gan Edda rŵan.

Roedd rhywbeth arall i fynd â'u sylw nhw ill dau prun bynnag. Daethai'r dadmer â negesydd o Lyn Sorob i'w ganlyn. Roedd ei brif negeseuon ar gyfer dau deulu arall yn y gymdogaeth a dim ond pwt o neges oedd ganddo i Bo ac Edda, sef nad oeddan nhw i gychwyn am Lyn Sorob hefo'r babi bach newydd os oeddan nhw wedi bod â'u bryd ar wneud hynny, oherwydd bod y teulu yn Llyn Sorob yn dyfarnu fod y ddau wedi cael digon o hirdeithio. Doedd Birgit na Bo ddim wedi synnu o glywed hynny er bod Bo'n deud nad oedd siwrnai seithddydd yn hirdaith o fath yn y byd. Roedd y negesydd wedi ychwanegu ei bwt ei hun gan ddeud ei fod wedi cael yr argraff fod y teulu ar feddwl dod eu hunain i Lyn Sigur i weld y babi, a doedd Birgit ddim yn synnu o glywed hynny chwaith.

A rŵan roedd hithau'n dod i mewn ac yn amneidio ar Aino i gyfleu fod popeth yn iawn.

'Lwyddoch chi?' gofynnodd iddi gan estyn llaw i gyfeiriad Bo.

'Llwyddo, wir,' ffromodd hithau, i ateb y wên oedd yn datgelu nad oedd angen iddi ddeud dim. 'Mae'r ddau mor bengalad â'i gilydd.'

'Synnu dim.' Gafaelodd Birgit ym mraich Tarje a'i lusgo ar ei draed. 'Tyd i gynnig dy gyfarchiad cyd-letywr i Eyolf bach,' meddai wrtho.

'Be 'di peth felly?' gofynnodd o.

'Gorchymyn y duwia. Gofyn i Bo.'

Gwnaeth yntau ei ystum ildio wrth godi. Aethant allan, ac ymhen dim roeddan nhw'n mynd heibio i'r darn tir roedd Helge ac Erno wedi deud eu bod nhw'n mynd i godi eu tai arno. Dim ond syllu mymryn arno ddaru o wrth fynd ymlaen.

'Be sy'n mynd â dy feddwl di?' gofynnodd hi iddo pan oeddan nhw bron â chyrraedd y tŷ ac yntau heb ddeud yr un gair.

'Bo a chdi'n agos, 'tydach,' meddai o ar ôl dal yn dawel am eiliad neu ddwy.

'Dim mwy nag wyt ti at dy deulu di.'

'Dim ond rŵan dw i'n sylweddoli'n iawn pam na fedrat ti odda heb gael dŵad yma. Mae...'

Tawodd. Wyddai o ddim sut i fynd ymlaen.

'Dw i'n dal i'w weld o'n cael 'i hyrddio a'i luchio o un milwr i'r llall pan oeddan nhw'n 'i gipio fo oddi arnon ni,' meddai hi. 'Dim ond unwaith y medrodd o droi 'i ben yn ôl i edrach arnon ni, a'r milwyr erill yn gweiddi gwatwar wrth ein dal ni'n ôl ac yn udo arnon ni sut roedd Nhad wedi cael 'i ddienyddio. Roeddan ni'n cl'wad y milwyr oedd yn 'i gam-drin o'n gweiddi'r un petha arno fo. Finna'n methu gwneud dim. Dw i'n dal i weld 'i lygaid o pan drodd o 'i ben.'

Methodd hithau fynd ymlaen.

'Mi wn i ar 'i wynab o nad oes arno fo isio i ti fynd o'ma,' meddai o. Arhosodd ennyd. 'Os 'ti isio i ni godi tŷ yma dw i'n fodlon,' meddai, yr ymdrech i wyntyllu'r syniad oedd wedi bod yn corddi yn ei ben ers ychydig ddyddiau wedi i'r ddau gyrraedd Llyn Sigur yn hyglyw. 'Mi fedrwn ni ddal i gadw cysylltiad. Mi fedrwn ni dreulio lleuad ne' ddau yn Llyn Sorob bob blwyddyn. Wnawn ni ddim mynd yn ddiarth iddyn nhw. Ac mae isio i Idunn ac Eyolf gael llonydd i fagu Eyolf bach heb i ni fod dan draed,' meddai ar fwy o frys. 'Os 'ti isio i ni briodi mi wnawn ni,' meddai wedyn yn ddistawach ac ar fwy o frys fyth.

Roedd y geiriau'n swnio'n ddiarth iddo. Doedd o ddim wedi meddwl y byddai'n crynu ar ôl eu deud chwaith. Ac am y tro cyntaf, fo oedd yn gafael amdani hi yn hytrach na hi'n gafael amdano fo.

*   *   *

'Gawn ni briodi hefo nhw?' gofynnodd Ragnil.

Gollyngodd Erno ei gig yn ôl ar y plât.

'Paid â siarad drwy gyrn yr hydd,' meddai.

"Ti'n gariad i mi 'twyt?'

'Oliph dduw!'

'Be sy 'nelo hwnnw â'r peth?'

Ysgwyd y pen anobeithiol oedd Erno, a hynny am y tro cyntaf ers peth amser.

'Does dim angan inni 'i gael o nac unrhyw dduw arall i ddeud wrthon ni dy fod di braidd yn ifanc,' cynigiodd, yn gwybod yn iawn nad oedd haws â'i ddeud.

'Be amdanat ti? Darn leuad arall ac mi fyddi di'n benwyn.'

'Ers pryd mae pobol yn mynd yn benwyn cyn cyrraedd 'u deunaw?'

"Ti'n gariad i mi 'twyt?'

Doedd bod Edda a Bo wrth y bwrdd bwyd hefyd ac yn rhan o'r sgwrsio yn mennu dim ar Ragnil, na'r dathlu llon oedd lond eu llygaid wrth edrych a gwrando arni. Roedd hi wedi codi at y crud pan oeddan nhw ar ganol bwyta gan fod sŵn bychan yn dod ohono ac o weld Ingrid yn effro roedd wedi'i chodi a dod â hi at y bwrdd ac wedi gorffen ei bwyd ag Ingrid yn ei chôl, fel yr oedd hi mor hoff o'i wneud.

Doedd argyfwng y dyn Mam ddim wedi bod mor fyrhoedlog ag y byddai Erno a phawb arall wedi dymuno iddo fod, er eu bod yn cydnabod mai dymuno hynny oeddan nhw, nid ei ddisgwyl. Roedd y dyn a'i gymar wedi mynd o'r goedwig ac o olwg y gymdogaeth bron yn syth ar ôl iddyn nhw gael eu darganfod ynddi, ond doedd dim cysuro ar Ragnil o glywed hynny nac o glywed mai wedi dychwelyd i'w gynefin a dim arall oedd o pan welwyd o yn y coed. Doedd y tywydd drannoeth na thrennydd ddim yn gwahodd hel tai a thybiai Erno na fyddai wedi cael mynd allan ac o olwg Ragnil prun bynnag. Dradwy aeth i geisio cael rhyw hanes o gefndir y dyn, ond doedd o ddim yn teimlo fod ganddo neb i'w holi ond Aino a'r negesydd oedd wedi ymdrin â'r ddau yn y coed gan nad oedd yn nabod neb arall o frodorion y gymdogaeth yn ddigon da i fynd ar eu gofyn. Doedd gan Aino fawr o ddim i'w gynnig gan fod y dyn wedi ymadael â'r gymdogaeth pan oedd hi ar ei theithiau yn chwilio am Eyolf. Roedd hi'n gwybod mai byw ar ei ben ei hun oedd o a bod ei rieni wedi marw flynyddoedd ynghynt. Dim ond mymryn mwy oedd gan y negesydd, sef deud fod gan y dyn fwy o hoffter o'i dafod a'i ddyrnau nag oedd gan neb ohono fo pan oedd o'n byw yn y gymdogaeth, a'i fod wedi ymadael gefn nos ryw ganol haf a rhai o'i gymdogion wedi digwydd gweld colli rhywfaint o'u heiddo trannoeth. Dw i 'di rhyw gl'wad mai derbyn y dyrna oeddat ti, nid 'u dosbarthu nhw, ychwanegodd mor hamddenol ag erioed gan osod llaw gysur ar fraich Erno.

O dipyn i beth y daeth Ragnil ati'i hun, a buan y darganfu Erno bod hynny'n digwydd orau pan oedd hi'n sôn am Tore. Buan y darganfu hefyd fod iddo yntau ddeud rhywfaint o'i hanes o'i hun yn hwb pellach, a bod hyn i gyd yn well pan oeddan nhw'n mynd am dro, un ai ar hyd glan y llyn neu drwy'r coed. Manteisiodd ar bob cyfle a gynigiai'r tywydd i wneud hynny, a phan ddaru o awgrymu y tro cyntaf nad oedd mynd i'r goedwig yn beth rhy ddoeth i'w wneud atebodd hi nad oedd coed na bleiddiaid erioed wedi pledu cerrig at neb.

Y diwrnod cynt y daeth pob arwydd o'r argyfwng i ben, ac roedd dau beth yn gyfrifol am hynny. Y cyntaf oedd Erno a hithau'n cael dal yr Eyolf bach teirawr oed yn eu breichiau bob yn ail, ac Erno yn dal i ddychryn braidd o weld fod Idunn a'i mam hefyd yn ymddiried ynddo i allu gwneud hynny heb wneud llanast, yn union fel roedd Edda ac Amora ac Aino wedi gwneud hefo'r ddwy hogan fach. Gyda'r nos y digwyddodd yr ail beth, pan ddaeth Birgit dawel a Tarje swil i ddeud eu bod am briodi a chodi tŷ yn y gymdogaeth, a Birgit yn dyfarnu yr un mor dawel hyderus y byddai i Bo ac Edda briodi yr un adeg yn dra derbyniol. Roedd Ragnil wedi porthi hynny yn llawn asbri, ac Erno ddiniwed wedi cytuno'n braf, a hynny am ddim rheswm ond ei fod yn gweld fod Ragnil wedi llwyddo i oresgyn hylltra eto fyth.

Ganddo fo oedd y gwaith goresgyn rŵan.

'Wyt ti'n meddwl 'mod i'n rhy ifanc?' gofynnodd Ragnil yn sydyn i Edda.

'Wel...' Edrychodd Edda braidd yn ffrwcslyd drwy ei gwên arni hi ac Erno. 'Os duda i 'mod i,' meddai, fymryn yn araf, 'fedra i ddim rhoi dwyfraich dros galon a deud 'mod i'n ddidwyll. Os duda i nad ydw i, mi fedri di a phawb arall ofyn pam nad ydw i wedi gwneud hynny fy hun 'ta. Wedyn... ym...'

'Deud rwbath call, wir,' wfftiodd Ragnil.

'Gofyn i Bo.'

'Dyna be 'di call?'

Ychydig oriau yn ddiweddarach roedd un ochenaid hir yn dod o grombil Erno wrth deimlo'r gwely'n ysgwyd mymryn wrth i Ragnil sleifio iddo.

"Well i ti fynd yn d'ôl,' meddai.

'Dim ond gafael.'

Ochenaid hir arall. Cusan arall i ddod â hi i ben am ennyd.

'Pam nad wyt ti'n gwylltio hefo fi 'ta?'

'Dw i rioed wedi meiddio gwylltio. Dydi hyn ddim yn syniad da 'sti.'

'Dim ond gafael, medda fi. Felly cau dy geg a chysga.'

*   *   *

Y peth cyntaf ddaru'r negesydd oedd wedi deud wrth Bo ac Edda am beidio â theithio i Lyn Sorob pan ddychwelodd oedd cyhoeddi dyfodiad Ingrid i'r tiroedd a chludo'r neges am Birgit a Tarje, ac roedd o wedi cael gwybod hefyd bod y ddau am briodi cyn gynted ag y byddai'r teuluoedd yn Llyn Sorob yn cyrraedd os oeddan nhw'n dymuno dod, a bod rhagolwg lled bendant y gallai'r briodas fod yn un gyfun.

'Chdi sydd i ddeud,' meddai Eir.

'Naci, debyg,' meddai Gaut. 'Chdi sy'n cario. A 'ti 'di teithio llawn cymaint â fi.'

'Roedd gen i gymdeithion a swcwr parhaus. Dim ond enwa oedd gen ti.'

'Os 'ti'n iawn i fynd mi awn ni.'

Nid penderfyniad sydyn oedd o, ac roedd gwên fechan Eir yn cadarnhau ei bod hithau'n gwybod hynny hefyd. Am eiliad roedd meddwl Gaut yn dychwelyd i'w hirdaith, a'r adegau mynych roedd yn methu penderfynu, a hynny oherwydd yr ofn. Ond dim ond am eiliad oedd hynny.

'Mae gen ti un peth i'w oresgyn,' meddai Lars Daid wrtho, ac awgrym o wên ar ei wyneb o hefyd.

'Be?'

'Mi gei wybod yn ddigon buan.'

Wedi dod i'r tŷ i ddeud nad oedd Aud a fo am fentro'r daith oedd o, yn enwedig gan fod y negesydd wedi sôn am fwriad Tarje a Birgit i fyw yn Llyn Sigur ond y bydden nhw'n dod i Lyn Sorob o leiaf unwaith bob blwyddyn. Dywedodd hefyd ei fod eisoes wedi trefnu hefo Seppo i ofalu am y darn tir yr oedd Gaut wedi'i baratoi yn y cefn os oedd Eir a Lars ac yntau am fynd i Lyn Sigur. Ar ganol deud hynny'r oedd o pan ddaeth Cari a Dag i'r tŷ.

Ryw awr yn ddiweddarach roedd Gaut yn dal i fod mewn cyfyng-gyngor. Ceisiodd drywydd arall.

'Tasat ti'n dŵad hefo ni pwy fydd ar ôl yn y gymdogaeth i gynnig cysur i bobol hefo calonna drwg?' gofynnodd i Cari.

'Weithith hynna ddim chwaith,' atebodd Cari. 'Dwyt

ti ddim i gael mynd o'n golwg ni fyth eto a dyna ben arni.'

Er ei fod yn brysur yn chwarae hefo Lars roedd Dag yn gwrando pob gair ac yn cyfrannu llawn cymaint â Cari at y dadlau, ond pan welodd hi ar ôl dal ati am sbelan wedyn nad oedd dim yn tycio gafaelodd yng nghôt Gaut a'i lluchio iddo. Gwelodd yntau y golwg lled dosturiol lled ddireidus yn llygaid Eir wrth iddo gael ei dynnu gan law benderfynol ei chwaer fach.

Braidd yn oer oedd hi i eistedd ar yr hoff foncyff. Ond yno, a Cari a Dag un bob ochr iddo a'r un mor dynn â'i gilydd ynddo, a'r gwanwyn ddim eto'n ddigon cry i gynhesu'r awel ar eu hwynebau, eglurodd Gaut iddyn nhw, yn teimlo ei fod yn cael rhyw nerth gan gyfoeth syml profiadau'r boncyff. Roedd Cari bellach yn ddigon hen i fynd i guddiad rhag y byddinoedd a ddeuai heibio, a byddai'n mynd â Dag hefo hi yn ddi-feth. Dywedodd Gaut mai'r un peth fyddai o'u blaenau ar y daith mwya tebyg, yn enwedig gan fod y byddinoedd yn ailddechrau symud ar ôl segurdod gaeaf. Ond nid dyna oedd ei ofn mawr, ond ofn iddyn nhw ddod yn dystion i frwydr, neu i'w hadladd. Roedd wedi digwydd iddo fo ar ei daith, ac i Eir a'r lleill ar eu hirdaith hwythau, a hynny fwy nag unwaith. Gallodd egluro hyn i gyd i'r ddau heb eu dychryn. Gwyddai na fyddai neb ond nhw'n ei goelio tasai o'n deud mai dim ond ar y boncyff y gallai hynny ddigwydd.

'Chei di ddim mynd oddi wrthan ni eto,' meddai Dag wedi iddo ystyried hynny a allai ar ôl i Gaut orffen.

"Dan ni'n dŵad hefo chdi. Mi fydd Tarje a Birgit isio i ni fod yno.'

'Dyna fo 'ta,' ildiodd Gaut.

Bum niwrnod yn ddiweddarach, rhyw deimlad go od oedd yng nghrombil Thora, a Seppo, wrth weld eu tri phlentyn yn paratoi i gychwyn. Roedd golwg ddifrifol iawn ar wyneb Dag wrth iddo yntau sylweddoli union arwyddocâd yr hyn oedd yn digwydd, ac na welai ei fam a'i dad eto am ddyddiau lawer, ella am leuad neu ragor. Roedd ei freichiau'n dynn iawn am wddw ei fam ac yn gyndyn o ollwng. Roedd hi fymryn tawelach ei meddwl nag yr oedd pan glywodd am y bwriad, a hynny am fod Hagan wedi cytuno i fynd hefo nhw. Gaut oedd wedi awgrymu hynny, gan ddeud wrtho yr un pryd y byddai'r daith yn ddiogelach o'i gael o i'w harwain ac y byddai Tarje a Birgit wrth eu boddau o'i weld. Roedd o wedi gwadd Ahti i fod yn gyd-arweinydd, ond penderfynodd o y byddai pawb yn ddiogelach hebddo, a bod digon yn mynd ar y daith prun bynnag gan fod teulu Birgit i gyd yn mynd hefyd. Rhybuddiodd Hagan fod yn rhaid iddyn nhw ystyried y daith yn un ddeg neu hyd yn oed bymtheng niwrnod er tegwch â choesau wythmlwydd Dag. Roedd Görf ac yntau'n fwy na pharod i rannu'r baich o gario Lars ar eu cefnau pan fyddai'r cerdded yn ormod i'r bychan.

'Pam oedd ar y Weddw isio i'r Gallu ddŵad ar ein hola ni?' gofynnodd Dag ar derfyn yr ail ddiwrnod.

'Rhyw ddull o siarad 'sti,' cynigiodd Eir. 'I'r Gallu fod hefo ni oedd hi'n 'i olygu.'

Daethai'r glaw at ddiwedd y pnawn ac roedd pawb yn gytûn fod cadw'n sych yn gallach na cheisio cyrraedd unrhyw nod o ran amser neu bellter. Roedd y deuddydd wedi bod yr un mor ddidramgwydd â'i gilydd, heb unrhyw arwydd o neb arall yn crwydro'r tir. Rhannu pabell hefo Eir a Gaut a Lars oedd Cari a Dag ac roedd Hagan wedi stwffio atyn nhw i gael bwyd a sgwrs. Roedd Lars eisoes yn cysgu, bron ar goll yn ei sachyn bychan, ac roedd Dag newydd fynd i swatio, yn gwegian yn ddi-baid rhwng antur a hiraeth.

'Dilyned y Gallu di,' dyfynnodd Cari. 'Dyna ddudodd hi pan roddodd hi 'i chusan ffarwelio i Dag. Mae hi'n 'i ddeud o'n amal prun bynnag. Mae hi'n deud dilyned y duwiau di hefyd. Be'n union ydi'r Gallu 'ma felly?'

"Ti 'di gofyn hynna o'r blaen,' meddai Gaut.

'Do, ac wedi cael cymaint o synnwyr gen ti ag a gawn i gan drwyn llyg. Be 'di o?'

'Dyfais,' meddai Eir. 'Esgus,' meddai wedyn.

Pendronodd y pedwar ar hynny. Doedd Hagan yn synnu dim o'i glywed.

'Amgenach atab nag a fedrwn i 'i gynnig,' meddai Gaut.

'Dyfais be?' gofynnodd Cari, ar goll.

'I wneud i'r tiroedd gredu mai'r anwar ydi'r gwâr,' meddai Eir.

Ystyriodd Cari hynny am ychydig. Yna amneidiodd, fel rhyw awgrym ei bod yn dallt.

'Mi ofynnis i i Beli oedd ots gan y Gallu fod y milwyr wedi malu wynab Aud,' meddai.

'Be ddudodd o?' gofynnodd Gaut.

'Dim. Dim ond sbio'n rhyfadd.'

'Dyna fyddai'r Gallu wedi'i wneud hefyd tasa fo'n bod.'

'Ddudis i 'i fod o'n rwdlan, 'ndo?' meddai Cari wrth Hagan. 'Pam wyt ti'n gymaint o ffrindia hefo'r Weddw a hitha'n hysian y Gallu a'r duwia arnat ti bob cyfla geith hi?' gofynnodd i Gaut.

'Am 'i bod hi wedi gwneud crys i Lars.'

*   *   *

Roedd Gaut yn gywir ynglŷn â'r byddinoedd. Ddeuddydd yn ddiweddarach daethant uwchben dyffryn braidd yn ddirybudd ac er mai Hagan oedd ar y blaen chafodd o ddim digon o amser i atal y lleill rhag gweld y cyrff.

'Dowch,' meddai ymhen rhyw funud, yr unig beth y medrai ei ddeud.

Doedd dim dewis ond crafangio ochr serth lawn coed. Ymhen rhyw awr daethant at geufron fechan, a dyna pryd y daeth Dag at Gaut a gafael amdano. Dim ond gafael, heb ddeud dim. Fedrai Gaut ddeud dim chwaith.

'Doedd dim rhaid i ni weld hyn i wybod y byddat ti'n gywir,' meddai Eir wrtho yn y man, a Cari'n gafael ynddi hithau.

'Be?' gofynnodd o.

'Dydi'r ploryn ddim yn mynd i symud i ganol 'i drwyn o.'

'Am be 'ti'n sôn?' gofynnodd Cari, yn codi llygaid llawn dychryn i edrych i'w llygaid hi.

'Rwbath ddudodd Gaut am Oliph dduw, a dau Aruchben a dwy fyddin a phobol sy'n derbyn popeth i'w penna.'

'Mae'n well gen i feddwl am briodas a nith fach newydd Birgit,' meddai Gaut. 'Dowch.'

Doedd Dag ddim am ollwng ei afael ynddo wrth iddo droi i gychwyn. Y tu ôl iddyn nhw roedd Hagan yn chwilio am rywbeth i'w ddeud wrth Amora mam Bo a Görf a'r genod, eu llygaid nhw ill tair yn amddifad o'r direidi yr oedd o wedi dod mor gyfarwydd ag o. Roedd y dieithrwch yn atal ei leferydd.

'Nid arnat ti mae'r bai am y tirwedd,' meddai Amora wrtho. 'Mi fasa gofyn i ti fod ymhell o'n blaena ni i'w gweld nhw mewn pryd. Mae'n well i ni fod hefo'n gilydd.'

Profiad trist hen alar a glywai Hagan.

'Dyna ddrwg teithio'r gwanwyn,' meddai o.

'A'r ha' a'r hydref, medda Bo,' meddai Gerd, ei llais yr un mor amddifad o'r direidi cynhenid â'i llygaid. 'Petha fel hyn mae o 'di bod drwyddyn nhw. Mae o 'di deud wrthan ni.'

Bron na thaerai Hagan ei fod yn clywed yr un galar ganddi hi hefyd. Doedd hi na'i dwy efeilles ddim wedi deud yr un gair cynt wrth ymlafnio drwy'r coed, dim ond cynorthwyo ei gilydd pan oedd angen.

'Mae'r cyrff 'na i fod i ddŵad ag anrhydedd i'r tiroedd meddan nhw,' meddai Eydis, ei llais hithau beth yn synfyfyriol ac awgrym o wrthod diryfyg ynddo. 'Doedd dim llawar o siâp gwneud hynny arnyn nhw, nac oedd? Mi rôn nhw chydig o faeth i fymryn o'r dyffryn ella. Doedd dim rhaid inni gael Bo i ddeud hynna wrthan ni,' meddai wedyn, o weld wyneb Hagan.

'Dowch, mi awn ni,' meddai o.

'Does ar y tair yma ddim angan 'u lapio mewn cnu a'u mwytho,' meddai Görf wrtho wedi iddyn nhw gychwyn.

'Mi ddaliwn ni i fynd drwy'r coed nes bydd y tir yn wag,' meddai yntau.

Aethant. Ymhen ychydig roedd Runa wrth ochr Hagan.

'Mi ddaru ni orfodi Bo i ddeud 'i hanas i gyd pan ddaeth o adra y tro cynta,' meddai hi. 'Roedd o'n gyndyn o'i ddeud o ond mi fu'n rhaid iddo fo yn y diwadd.' Syllodd ar y tir wrth ei thraed am ennyd cyn codi llygaid fymryn yn swil i edrych ar Hagan. 'Mae Eir wedi deud wrthan ni bod y fyddin wedi llowcio pob un o dy frodyr di,' meddai. 'Pob un o'r pump.'

'Peth fel'na ydi o,' meddai o, wedi cam neu ddau. 'Dydi o ddim yn amhosib nad ydyn nhw'n fyw,' cynigiodd wedyn. 'Un ne' ddau ella...'

Roedd yn methu. Doedd o ddim yn teimlo ystyr i'w eiriau ei hun, i'w lais ei hun. Rhyw hiraeth derbyn y drefn oedd ganddo wedi bod am ei frodyr drwy'r adeg, a bellach dim ond ei ffrindiau agosaf oedd yn sôn dim amdanyn nhw, ond roedd y ddealltwriaeth yn y llais a'r llygaid oedd newydd rannu hefo fo wedi creu rhuthr o hiraeth o'r newydd ynddo, yn llawer dwysach na dim a fu cynt. Bron heb yn wybod iddo roedd o'n chwilio rhyw orffennol, a gwegi'n dechrau goresgyn popeth arall, bron hanner oes o wegi, yn cael ei ddadlennu'n ddiarwybod gan hogan prin ddeunaw oed oedd yn gwybod y nesaf peth i ddim o'i hanes. Nid dadlennu chwaith, meddyliai.

Gwyddai fod Runa yn dal i rannu wrth iddyn nhw fynd ymlaen, ochr yn ochr o hyd. Doedd o rioed wedi cysylltu swildod â direidi cynt, ond rŵan iddo fo roedd hynny ynddo'i hun yn gwneud y rhannu'n fwy diffuant.

Naw diwrnod yn ddiweddarach, a'r rhan fwyaf o ddau o'r rheini wedi'u treulio'n gochel rhag milwyr ddwywaith, yn llwydion a gwyrddion, roedd Gaut ac yntau'n sefyll ar lan Llyn Sigur ac yn ceisio dyfalu ble'r oeddan nhw wedi glanio ar ôl ei nofio yn nhywyllwch nos ryw ddwy flynedd a hanner ynghynt i osgoi'r fyddin lwyd oedd yn gwersylla ar waelod Cwm yr Helfa. Hwnnw oedd y tro cyntaf i Hagan nofio ers pan oedd yn llencyn yn Llyn Sorob ac roedd oerni sydyn y dŵr bron wedi'i drechu. Gwyddai y byddai hynny wedi digwydd tasai Gaut heb ei orfodi i ddefnyddio ei freichiau i nofio yn hytrach na gwthio'r sgraffyn yr oeddan nhw wedi'i wneud i gadw eu dillad a'u pynnau'n sych.

Roedd y croesawu a'r cyflwyno wedi digwydd ddwyawr ynghynt, a'r tair efeilles wedi meddiannu Bo ac Ingrid am awr daclus. Wrth weld llygaid Amora mam Bo yn cyfleu dim ond diolch wrth iddi hi ac Eir ac Edda sgwrsio a chyfnewid hanesion, roedd Edda yn methu peidio â meddwl sut byddai llygaid ei mam hi mewn amgylchiad cyffelyb, ac yn gwybod fod popeth yr oedd ei thad wedi'i ddeud wrthi amdani'n datgan mai'n union felly y bydden nhwythau hefyd. Ac wrth i'r sgwrsio ymlaciol fynd rhagddo teimlai nad oedd hi erioed wedi teimlo mor agos at ei mam.

Roedd Hagan yn syfrdan braidd o weld cyfarchiad Gaut a Bo i'w gilydd, dim ond llaw y naill ar ysgwydd y llall a'r un gair yn cael ei ddeud. Pan ddaeth Leif yno yn ddiweddarach dyna oedd ei gyfarchiad o a Gaut i'w gilydd hefyd.

'Fi oedd yn sicr o 'mhetha, chdi oedd ar goll,' meddai Hagan wrth iddo ddal i chwilio glan y llyn. 'Ond chdi achubodd 'y mywyd i ar y llyn 'ma.'

'Rwyt ti cystal â Cari am or-ddeud petha,' meddai Gaut.

'Fi sydd ar goll rŵan.'

Roedd llygaid Hagan bellach yn ddisymud ar y dŵr.

*   *   *

'Mae'r bywyd 'ma sydd gynnon ni'n beth rhyfadd,' meddai Aarne.

'Ydi, os ydach chi isio iddo fo fod felly, mae'n debyg,' meddai Tarje. 'Dibynnu am be dach chi'n sôn hefyd, 'tydi?'

'Un munud roeddat ti'n edrach arna i fel gelyn ac yn gwrthod atab cwestiyna ac yn ama fy nghyngor i, a'r munud nesa roeddat ti'n rhyddhau fy mab i o sach y fyddin yr o'n i'n Uchben ynddi.' Arhosodd ennyd. 'Dw i byth wedi diolch yn iawn i ti.'

'Do bellach, debyg. A pham meddwl am hynny rŵan?'

Amneidio i gyfeiriad y llyn ddaru Aarne. Roedd Leif a Bo a Gaut yn sgwrsio yno, dim ond nhw ill tri. Roedd Aarne wedi bod yn syllu arnyn nhw am dipyn, yn llwyr yn ei feddyliau ei hun, cyn i Tarje ac Erno a'r ddwy Amora ddynesu.

'Ddaru mi ddim meddwl fod fy rwdlan i'n llawn synnwyr,' meddai Erno, yntau hefyd wedi syllu'n ddistaw ar y tri am ychydig cyn credu ei fod wedi dallt popeth oedd yn mynd drwy feddwl Aarne.

'Pa rwdlan?' gofynnodd Tarje.

'Mae'n rhaid i ti gael tri Hebryngwr yn dy briodas.'

'Mae Gaut a Leif wedi mynnu 'mod i'n gofyn i Eyolf,' meddai Tarje, a'r dychryn bychan yn ei lais bob tro y soniai am ei briodas yn dal i fod yna.

'Gaut yn dy nabod di'n well na ni,' meddai Aarne. 'Ac mi ddudodd wrtha i echdoe mai dyn yr un Hebryngwr wyt ti fel pawb arall, ond fo 'i hun a Linus am 'wn i. Doeddat ti ddim yn y cyflwr priodol i wrando,' meddai wrth Erno, cyn i Tarje gael cyfle i ddeud rhywbeth arall.

'Dyma ni eto,' ochneidiodd Erno.

Ddeuddydd ynghynt roedd gwledd bur enfawr wedi'i chynnal i groesawu'r llwyth o Lyn Sorob, wedi'i rhannu rhwng tŷ Aino a thŷ Louhi a Leif a'r mymryn tir rhwng y ddau. Cyn i neb ddechrau sglaffian roedd Birgit wedi cyhoeddi ei bod wedi llwyddo yn ei hymgyrch ddi-ildio i gael ei brawd bach i briodi hefyd, ac y byddai Edda ac yntau'n priodi yr un pryd â Tarje a hithau. Erbyn i bawb orffen sglaffian roedd Ragnil, ar anogaeth cryn dipyn o'r gwleddwyr, wedi llwyddo i gael digon o fedd i grombil Erno iddo yntau gyhoeddi mewn llawenydd y byddai tair priodas y diwrnod hwnnw. Erbyn trannoeth roedd Erno wedi sobri. Doedd neb wedi anghofio. A dim ond gwaethygu pethau ddaru Aarne wrth ddeud wrtho yng nghlyw Ragnil fod y negesydd yr oedd Bo ac yntau mor hoff ohono ac yntau ohonyn nhwythau wedi priodi yn un ar bymtheg oed hefo hogan fymryn yn fengach ac nad oedd yr un o'r ddau wedi difaru eiliad.

Ond rŵan rhyw ochenaid ffwrdd-â-hi derbyn y drefn oedd y lleill yn ei chlywed.

'Mae hi wedi canu arnat ti, 'tydi?' meddai Aarne.

'I chi mae'r diolch os ydi hi.'

'Wyt ti am 'y nhaflu i i'r pair berw?'

'I be 'te?'

'Mae'n braf bod yma'n cl'wad hyn,' meddai Amora mam Bo.

'Be, rwdlan fel hyn?' gofynnodd Erno.

'Ia,' atebodd hi. 'Mae'r genod yn rwdlan yn ddi-baid hefo Görf ac yn tynnu arno fo'n ddidrugaredd pan ydan ni adra. Doedd dim mymryn o hynny ar y daith yma. Hyder tawel Eir cadwodd ni i fynd, lawn cymaint ag arweiniad Hagan a Gaut.'

'Mi wn i'n union am be 'ti'n sôn,' meddai Erno.

Erbyn iddo ddychwelyd i'r tŷ, gan adael y ddwy

Amora i sgwrsio hefo Aarne a Tarje, roedd o wedi meddwl am ddau arf amddiffynnol arall. Wrth iddo ddynesu roedd Cari yn dod o'r tŷ ac yn gweiddi ei chyfarchiad llawn hwyl arno. Aeth yntau i mewn. Dim ond Ragnil oedd yno. Y diwrnod cynt, drannoeth y wledd, roedd ei ymdrech o i ddifrifoli yn ogystal â sobri yn cael ei goresgyn yn rhwydd gan gusanau oedd yn amlach ac yn fwy direidus rywfodd, tybiai, ond doedd dim direidi yn y gusan rŵan ac roedd hi'n llawer hwy nag arfer hefyd. Gwyddai pam.

'Dw i wedi bod yn meddwl,' meddai ar ôl llwyddo i ymryddhau a chan edrych mor ddifrifol ag y gallai i'r llygaid parod o'i flaen. 'Mae isio i ni styriad. Mae Bo a Birgit yn gwneud dwy briodas yn un am 'u bod nhw'n frawd a chwaer. Ymyrryd mewn priodas deulu fyddai i ni briodi yr un pryd. Ac mi fyddwn i isio Bo yn Hebryngwr ac rwyt ti isio Edda yn Warchodes a fyddan nhw ddim ar gael.'

'Tyd.'

Roedd yn amlwg bod y ddau arf amddiffynnol yn mynd i ganlyn y gwynt hefo'r gair bychan hwnnw ac wrth iddi ei lusgo'n ôl allan. Gwyddai o ar ei union i ble'r oeddan nhw'n mynd. Drannoeth byddai'r anifeiliaid yn dychwelyd i Gwm yr Helfa am y tymhorau tyner ond rŵan roedd o'n wag. Doedd dim angen i un ddeud wrth y llall mai'r trum uchaf oedd y nod. Roedd y ddau'n dawel ar y ffordd i fyny a gwyddai Ragnil mai'r un rheswm oedd ganddo fo a hithau am hynny.

'Cheith ein plant ni mo'u trin 'fath â gawson ni.'

Roedd hi wedi aros i edrych arno. 'Daeth o ddim i chwilio am ateb. Aethant i fyny, yr un mor dawel ond y gafael yn dynnach. Dim ond tawelwch oedd i fod o gyrraedd y trum prun bynnag gan fod bod arno'n mynnu blaenoriaeth fel pob tro. Edrychodd o i lawr tua'r llyn pell. Dilynodd hynt eryr yn croesi gan chwilio'r cwm. Fymryn ymhellach i lawr roedd eryr arall yn gwneud yr un peth, yn croesi o'r cyfeiriad arall.

"Ti 'di sbydu pob dadl oedd gen ti,' meddai hi cyn hir, yr hyder yn ei ôl. 'A chdi ddaru ddechra hyn i gyd prun bynnag.'

'Pryd?' gofynnodd o, yr oferedd mawr yn llond ei lais eto fyth.

'Pan afaelist ti amdana i yn Llyn y Bleiddiaid.'

'Chdi ddaru afael yno' i.' Gwyddai o nad oedd fymryn haws â chynnig hynny. Gwyliodd yr eryrod. Roedd un wedi cyrraedd cwr y goedwig ac yn troi'n ôl yn osgeiddig ar dro hir, a'r llall yn hofran. 'Llyn y Bleiddiaid,' meddai ymhen ychydig, yn dal i wylio'r ddau. 'A dyna hwnna wedi cael enw. Ella na wêl neb mono fo eto am flynyddoedd.'

'Ni pia fo, felly.'

'Ia.'

Trodd ei ben i edrych ar gopa diddringo Mynydd Agnar y tu ôl iddyn nhw. Doedd dim dichon gwybod a fyddai'n dal i fod yn ddiddringo tasai ei wynder yn dadmer yn ystod yr haf. Roedd o wedi cyfarfod rhai yn y gymdogaeth oedd yn mynnu ei fod yn fangre'r duwiau. Dim ond harddwch a welai o.

Edrychodd drachefn i lawr y cwm. Hwn bellach oedd eu cynefin, a thrannoeth byddai hi ac yntau'n cynorthwyo i gael yr anifeiliaid dof i'w adfeddiannu.

'Mae Amora'n gywir,' meddai.

'Cywir be?' gofynnodd Ragnil.

'Ni pia nhw a nhw pia ni. Ni pia'r tiroedd a nhw pia ni. Ni pia'r bleiddiaid a'r eryrod a nhw pia ni. Nid y dyrna pia nhw. Na'r byddinoedd. Phia'r rheini ddim.'

'Dim ond sacha.'

Roedd hi'n pwyso ei phen ar ei ysgwydd ac yn edrych i'r awyr. Y noson cynt ar ôl direidi'r dydd roedd hi wedi sôn cryn dipyn mwy nag arfer am Tore a'r modd yr oeddan nhw'n edrych ar ôl y naill a'r llall, a phan sleifiodd hi i wely Erno roedd o wedi gafael yn dynnach amdani yn hytrach na gwneud y cais ofer arferol iddi fynd yn ôl i'w gwely ei hun am ei fod yn teimlo'r dagrau bychain ar ei foch. Roedd o wedi sibrwd wrthi nad oedd ganddo fo neb i hiraethu ar eu holau. A rŵan wedi'r rhannu syml hwnnw roedd hi'n gwybod nad oedd ei gorffennol yn ei dychryn nac yn codi ofn arni mwyach.

Ymhell uwchben gwibiai'r pytiau cymylau tua'r dwyrain. Dim ond mymryn o awel oedd i'w theimlo ar y trum, awel braf, ddiogel. Cododd yn sydyn.

'Tyd,' meddai, gan dynnu yn ei arddwrn. 'Mae 'na waith i ti.'

'Be?'

'Deud wrth Edda a Bo a Birgit a Tarje mai yn fa'ma y byddwn ni i gyd yn priodi.'

'Priodas Uwchdeilwng,' ochneidiodd o.

Ond rhyw chwarae a chwerthin oeddan nhw wrth fynd i lawr.

Awr yn ddiweddarach roedd dau arall ar y trum uchaf. Roedd un wedi ildio i'r demtasiwn o eistedd arno, i syllu'n dawel ar y cwm a'r llyn islaw. Roedd y llall yn cysgu mewn harnais bychan ar ei fron. Roedd o wedi cael mymryn o sgwrs hefo'r ddau arall pan oeddan nhw tua chanol y cwm, Ragnil yn llawer mwy parablus nag Erno, oedd â golwg ar goll di-hid braf arno a hithau'n cadw ei pharabl yn dawel rhag deffro a dychryn yr hogyn bach yn ei harnais. Rŵan roedd y cwm yn wag, y mân anifeiliaid ella wedi mynd i ochel rhag y ddau eryr oedd yn dal i symera hyd y fan.

Un eryr oedd yno y tro arall hwnnw. Un eryr, un hebog, un blaidd. Ei flaidd o, y dyflwydd yr oedd o flwyddyn ynghynt wedi'i ryddhau o fagl yr helwyr, a hynny ar ôl siarad hefo fo am ddwyawr neu well i ddofi digon arno cyn mentro gafael yn ei goes i'w chael yn rhydd o'r magl. Yn fuan yng nghwrs y ddwyawr roedd y blaidd wedi cael enw ganddo. Roedd deunaw mlynedd ers y bore gorchfygol hwnnw ac roedd braidd yn amhosib fod Leial yn fyw bellach, meddyliai. Ond doedd hynny ddim yn ei atal rhag troi ei ben i chwilio pen pellaf y trum a chwr y coed y tu hwnt iddo chwaith. Dim ond rhag ofn.